瀬戸内寂聴全集

弐

新潮社

瀬戸内寂聴全集

弐

新潮社

瀬戸内寂聴全集　第二巻　目次

装幀・口絵　横尾忠則

瀬戸内寂聴全集　第二巻

田村俊子

東慶寺

　朝から雨もようであった。

東京駅から私は横須賀線に乗った。北鎌倉の東慶寺へ行くために。

徳川の長い封建制度のしがらみの中で、非力で悲運な女たちが、唯一の避難所としていたというこの「駆け込み寺」に、前々から私は興味を強く惹《ひ》かれるものを持っていた。けれども、今日はじめてその寺を訪れる目的は、別であった。

　故田村俊子の歿後十四回目の法要が、東慶寺で午後一時から行われる。私は友人の平田敏子と、はじめて俊子忌に参列するための途次であった。

　私は生前の田村俊子に一面識もない。そのあまり多くない作品も、全部読んでいるとはいえない。その上、私の目にふれた十指に足りない作品の中でさえ、文学的感銘を心の底からゆさぶられたのは、数えるほどしかなかった。それでいて、私は、いつのころからだろうか、田村俊子という一人の人間が、生きて、書いて、愛欲の惑いにもだえて、ついには、上海の北四川路の路上に、行き倒れて孤独な生を終った一生に、強く惹かれはじめていた。その作品の中に、繰返し、ひたむきに（あまりにひたむきなため、時には愚直な感じの押しつけがましさを読者に感じさせるほど）叫んでいる、目覚めた女の「自我」と、卑俗な現実の矛盾相剋《そうこく》の嘆きにうたれた。

　私はたしか十二、三歳の頃、改造社版の「現代日本文学全集」で、彼女の作品をはじめて読んでいた筈である。けれどもそのどれも、単純な少女の頭には後にのこるような感銘を与えられなかった。ただ、記憶のどこかに、「炮烙《ほうらく》の刑」という何か激しいもののほとばしる題名だけが、ぼんやりとひっかかっていた。同じ巻に同時に収録されていた野上彌生子、中條百合子（宮本百合子）の名前は覚えて、田村俊子の名を完全に忘れ去った。少女の私には、他の二人の美しい華やかな感じのする名前に比べ、田村俊子という固有名詞は、あまりに平凡な魅力のない名前でしかなかった。

そのようにして十年近くもすぎ、私は思いがけない土地で、思いがけない情態の下に田村俊子の名前を聞いた。

昭和十八年の秋、私は結婚し、北京へ渡っていた。

そこで、夫の最も親しい女友達として、田村ふさという人を紹介された。

並の日本の男たちよりも背の高い田村ふささんは今でいう八頭身スタイルで、地味な色合だけれど、いつも贅《ぜい》をつくした地質の中国服を、粋に着こなしていた。銀座通りにたとえられる北京の王府井《ワンフーチン》の石畳を歩いていても、通行人の人目をひくような個性的な匂いを身辺に漂わせていた。私の夫や、その仲間と同じく、外務省の留学生として渡燕《とえん》し、その期間がすぎても、北京に居残り、師範大学に奉職している経歴であった。彼等の中で唯一の女性である田村ふささん一人が教授の肩書を持っていた。他の仲間は、平講師か、せいぜい助教授である。当時の彼女は、三十を一つか二つ越したばかりの年齢であった。

中国語は、留学生の誰よりも巧く、劉という女子学生を家にひきとって同棲していた。暮し方も、完全な中国式で、三度の食事から、便所の様式まで、純中国風に徹底していた。

馥郁《ふくいく》とした女らしさには凡そ縁遠かったけれど、彫の深い小麦色のきりっとした顔だちには、少女歌劇の男役に感じるようなある種の色気があり、美しかった。学生達の間でも好かれているふうであった。

そのふささんが、どういう話のきっかけからか、私に、

「佐藤俊子のもの読んだ」

と、きいた。

私がぼんやりとした顔をしていると、

「田村俊子で出てるわよ。田村ってのは、別れた亭主の名で、本当は佐藤なのよ。この部屋へも、たしかつれて来たことがあるわ」

と、つづけた。

私たちの巣は、王府井から横に入った三条胡同《ホートン》の入口に近い紅楼飯店の一室だったので、よく夫の友人たちのたまり場になっていた。ふささんのその話より、つい二、三日前、夫から、やはり私たちのその部屋に、嘘か本当か、李香蘭が遊びに来たことがあるなど、聞かされて、ど肝をぬかれた矢先であったため、私は別段、佐藤俊子＝田村俊子が、かつて私どもの部屋に立寄ったと聞いても驚かなかった。夫は天性の社交好きであって、いわゆる北京では顔の広い人間ということを自他ともに認めているのであったから。

それを機会に、ふささんは、何かにつけて、しきりに私に、田村俊子について語ってきかせた。姓が同じ点で血縁関係でもあるのかと思ったが、全然他人だという。ただ、田村ふささんは、内地にいた頃、長谷川時雨の『女人藝術』に入っていて、その最年少者として、同人から可愛がられた経歴の持主であった。一生に一つだけ小説が書きたい、その題も決っているの、「青い花」というのよなど、目を輝かし、照れもしないで、十歳あまりも年若な私に語ってきかせる文学少女上りであった。そのため、日本語で、日本の文学についてしゃべれる恰好な相手が出来たと、私を可愛がってくれたのではないかと思う。

ふささんの住む中国式の家屋で、厚いアルバムを見せてもらったことがあったが、その時も、

目を輝かして、『女人藝術』の人達の集まりの写真を幾葉か示してくれた。

「これが長谷川春子。この美人が、大田洋子」

いちいち長い指先でさし示しながら、彼女は楽しそうに語った。どこかで、芝居をした写真だといって、メーキャップの舞台姿の同人の写真も見せた。その中で、ふささんは男ズボンをはき、頭にハンティングをかぶり、男装していた。宝塚の生徒のような感じで、それがひどく似合っていた。

「これが、佐藤俊子よ」

ふささんが、アルバムの隅の小さな写真を指さした。中国服のふささんと並び、スタイルのいい中国服の女が一人立っていた。年の頃はわからなかったが、きれいな人だと思った。

「これでもう六十に近いんだから、若いでしょ」

そう聞けば、本当に若々しい。小さい写真のせいか、中国服の似合うせいか、四十代とも三十代ともとれた。

「いい人よ。面白い人なの」

ふささんの瞳はまた、いきいきと輝いて来た。

その頃では、私はもう、ふささんの独特の語り口に馴れていた。ふささんは、人間を批評する時、いい人とイヤナヤツの二種にきっかりと分類してしまう。イヤナヤツのことをしゃべる時は、心の底からいやそうに、その表情まで、どす黒く曇らしてしゃべる。彼女がいい人と称する人物の話をする時は、とたんに瞳がいきいきと輝き、人なつこい甘い表情が、どこか男っぽい顔付の中にあふれるのであった。特に佐藤俊子に関する話の時は、彼女の表情がいちばん柔らかく和むのに気がついた。

彼女の私に語る佐藤俊子は、北京へ渡って以来、六国飯店や北京飯店などの一流ホテルで、豪華な生活を送っていた。そして、そんな一流ホテルでの生活が、実にぴったりとふさわしい人柄のようであった。

六国飯店の豪華で清潔なベッドに寝ころびながら、佐藤俊子は、いつでも機嫌よく、自分を心から崇拝している子供のように年下の三十女を迎える。

「いい子だね、ここへおいで、可愛がってあげるから……ね、キスしてあげよう、おいで」

または、

「鈴木悦はいい男だよ。やっぱりあんないい男はちょっと見つからないな」

など、ひとり言のようにいう。

鈴木悦とは、俊子が夫の田村松魚と別れて、大正七年（一九一八）十月十一日に、後を追ってアメリカへ渡ったほどの熱烈な恋の相手であった。

田村俊子はそれ以来十八年間、カナダのバンクーバーに滞在した。

悦は先に一人帰国し病歿している。俊子は、この宿命的な恋の相手の死目にもあっていなかった。

「鈴木悦には今でも惚れてるらしいわよ。悦の話をしだすと、手放しなの」

ふささんはそういって、田村俊子から聞かされた鈴木悦なる人物のイメージを、私に聞いたとおり伝えてくれるのである。それによれば、鈴木悦は、スタイルがよくてハンサムで、頭がよくて女に優しく、女を悦《よろこ》ばす術にたけているという、申し分のない男性像が出来上る。女から、死んだ後までもこれほど慕われる鈴木悦は、男冥利《みょうり》につきる男ではないだろうかなど、妻とは名ばかりで、まだ書生くさく、男女間の情さえ、しかとは解していない二十歳の私は、想像したりするのだった。

「佐藤俊子は今は上海で『女聲』って雑誌やってるのよ。左俊芝という中国名を使ってる。北京でやりたがって、私やあんたの御主人といろいろ相談したんだけど、北京じゃだめだったの。そのうちまた彼女きっと北京へ遊びに来るわ。今度来たら、きっとあなたにも逢わせてあげるわね」

ふささんは、いつのまにか、私も彼女同様俊子の熱烈な崇拝者の一人に決めこんでしまい、こんなことを何度もいった。

ところが、田村俊子が再び北京を訪れないうちに、昭和二十年八月の終戦を迎えてしまった。終戦前の二、三カ月は、私の身の上にも、夫の出征など変化があり、あれほど親しくしていた田村ふささんとの往来も、なぜかとだえた。

その間、昭和二十年四月十六日に、佐藤俊子の左俊芝は、上海の路上に脳溢血で倒れ、永眠していたのであった。終戦の声も聞かずに。

田村ふささんがその報を知らなかった筈はないと思う。けれども、終戦後、大混乱の北京で、何カ月ぶりかでめぐりあったふささんの口からは、ふっつりと、佐藤俊子の話題は出なかった。

その時ふささんは、青いベレーをかぶったみるからに精力的な青年とつれだっており、松本というその人を、私たちに夫だと紹介した。

松本夫妻は、その後間もなく「日本自由党」という結社を結成し、頭目となった。終戦後、無警察状態の下におかれた北京在留邦人の中では、日本自由党の実力保護をうけた者が多かったし、その女頭目としての颯爽《さっそう》たるふささんの活躍ぶりが、記憶に残っている筈である。が、これは田村俊子という私の主題には無縁のことなのではぶく。

私が終戦後、何年かたって、再び田村俊子の名を思いだしたのは、夫と離婚し、まったく自分でも思いがけなく、ペン一本に頼って女一人の生活を支えはじめた頃からであった。

この頃になって私ははじめて、じぶんがじぶんとして生きているという実感にとらえられた。

これまで使ったことも、あまり聞いたこともない自我ということばが、時代の流行とは別に、抽象論ではなく、じぶんじしんの感覚として内的に実感されてきていた。と、同時に、明治以後の日本の女の生き方が、あらためて違った角度から、私の目に映って来た。

私のまわりでは、これまでひしひしと私を取りまいていたあらゆる権威が威厳を失い、不様《ぶざま》に崩壊した。私じしん、家庭や家族の絆さえ断ちきっていた。家と、過去の社会的立場を捨ててしまった私は、ただ、じぶんじしんの感覚的実感と事実に頼って、物事を判断し、行動するだけであった。そのくせ、私はじぶんの行動の一つ一つに抵抗を感じ、こだわらずにはいられなかった。そんな私に、はじめて、田村俊子の小説が、ひどく身近に心に触れてきた。

「自由と独立と自己」を声高に主張しながら、実生活の中には、前近代的な儒教的修養精神や、封建性の伝統にとりかこまれていた、明治と大正のはじめにあって、じぶんを「目覚めた女」と自覚した田村俊子が新しい近代主義の思想に立って、しゃにむにじぶんをとりまく旧《ふる》さを、じぶんの中の女に向かって細い腕をふりあげている姿が、悲痛さといじらしさと一種のこっけいさをもって、私には身近に感じられた。理論的には「新しい女」としてじぶんをきずきあげていた田村俊子の闘わねばならない敵は、あいかわらず旧態依然の頑固さで、彼女たちを圧迫している社会や、家庭や、その夫ではなく、彼女じしんの中に住む、旧い女の愛欲と情緒であった。同時代の男の作家たちが、近代主義精神や個人主義の思想にたって、現実の旧さとの矛盾に悩み、苦しみ闘っている苦闘とは、ニュアンスの違いがあった。

田村俊子の文学上の行きづまりも、生活的破綻も、彼女が、この闘いに気力と才能がつづかず、無惨《むざん》に破れたところに由来するのではないだろうか。樋口一葉ほどの天才に恵まれず、宮本百合子ほどの思想性もなかった田村俊子の文学は、天性恵まれていた感覚が磨《と》ぎすまされ、絢爛として独自の官能の世界を描きあげていった。その花は色薄く、花弁は小さくかじかんではいたけれど、一葉や百合子が咲かせてみせた大輪の花にはない、官能的な蠱惑的《こわくてき》な強烈な匂いを放って、花茎は悪びれず天を指していた。

低く垂れこめた雨雲の下に新緑の鮮かさが燃え上るようであった。

電車は森閑とした北鎌倉についた。

駅前の売店で教えられたまま、広いバス道路を百米ほど進むと、道路の右側に東慶寺の石段があった。私たちの数米前を歩いていた二人連れの男女の背も、その石段を上っていく。今日の法要の参列者なのだろう。

東慶寺は、いかにも尼寺らしい小ぢんまりとしたたたずまいで、親しみ深い建物の表情であった。

既に参列者は大方揃っており、数人の人々が、机をかこんでもの静かに坐っていた。

今日の忌の施主である湯浅芳子氏と山原鶴《たづ》氏が何かと世話を焼いておられた。私は偶然の機会から、一カ月ほど前、山原先生に茶道の入門を許された機縁で、今日の俊子忌にも参列を許されたのであった。

「俊子会」の事務所は、はじめ岡田八千代邸にあったのが、山原家に移されていることもその時知った。作家では立野信之氏の顔が見えた。間もなく、佐多稲子氏が見えた。故人の生前親しかったらしい人や、故人の文学のファンらしい人々、男女こめて全員十一名の参列者であった。

本堂で短い法要の時がすぎるころ、ついに雨が降りはじめた。緑に光ってみえる四月の細い雨は、寺の縁の下から花茎をのばした満開の牡丹のたわわな花弁の上に、音もなく降りしきった。

雨脚は次第に激しさをます。一同は庫裏《くり》に帰り、円覚寺から取りよせた弁当を開いた。

席上、草野心平氏から不参加をわびる電文がとどいた。

「……アナタノオコルカオガメニウカブユルセ……」

湯浅芳子氏が、読みあげ、二日酔だろうと磊落《らいらく》な笑い声をたてた。

俊子って人は、本当にしようのない人だったけれど、憎めない人だった。さんざん借金されたり、迷惑をかけられたりした人たちでもやっぱり俊子をなつかしがっているし、愛している、あれは人徳というものだろうかと、湯浅氏が語った。そのつくろわない声の中にも、故人を今も愛惜してやまない愛情が、あたたかくこもっていた。

誰も、とりたてて田村俊子について語る人もなかった。ましてやその文学についてなど。ただ、こうして雨の日の法要に寄り集まり、言葉少なに坐っているだけで、心の和む雰囲気であった。

田村俊子の印税が五十万円ばかりあり、その寄贈場所も決らないという話が出たが、誰の意見も出るわけではなかった。

雨は一向にやみそうもなかった。

雨をついて墓参をすることになる。

庫裏を出る時、山原先生に教えられて鴨居を仰ぐと、夏目漱石から、田村俊子にあてた美しい毛筆の手紙が横額に入れられてあった。

不一玉稿十七の娘只今頂だい致しました御暑い所をお急き《せ》立てまして済みません稿料は二三日中に社から届けさせる事に取計ひます一回四円の御払になつて居りますからどうぞ其御積りで御了承下さいましそれから掲載の順序はどうぞ私に御任せを願ひたいと思ひます
其は読者のこと作家のため私の方で好きやうに御取計ひたいのですから
先は右御礼かた〴〵御挨拶まで

夏目金之助

田村俊子様

と、読めた。

墓は、東慶寺の裏山にある墓地の入口に近く、立っていた。

右隣に、山原先生の墓標に定められた白い観音像が、柔和な姿でよりそっている。

真向いに、真杉静枝氏の墓石が立っていた。同じ台地の向かって斜め右に、佐佐木ふさ氏の墓標があった。

明治から、大正、昭和へかけて生きた三人の女流文学者、田村俊子の言葉をかりれば「女作者」の墓石がそこにそうして、ひっそりと向い立ち、緑の雨に濡れ清められているのが、深い感慨を呼ぶ。

三人の中で、誰の文学が高いとか大きいとか、誰の生涯が、女として幸福だったろうかと、問う気持はおこらない。

私は三つの墓石を同じ手厚さで洗い、同じ心の深さで掌を合せた。

黒いスーツと帽子に身をつつんだ小柄な中年の婦人が、田村俊子の墓石に水をそそぎながら、

「おなつかしいわね、鳥の子さん」

と、口の中でつぶやくのを私は聞いた。ふりむいた婦人は、私に聞かれたらしいとはにかんだ微笑をうかべ、問わず語りにいった。

「俊子さんはね、バンクーバーで、鳥の子夫人といわれていたんですよ。鈴木さんの主宰する新聞に、鳥の子というペンネームで、随筆なんか書いていられましてね。ある時、何かのパーティで、私どもが、いったいあの鳥の子って人は誰だろうと話しあっていたら、俊子さんが、くつく

つ笑いだして、あれは私よとおっしゃいましてね。それからみんなであの方のことを鳥の子夫人とか、鳥の子さんとかよんでいました。とてもやさしいあったかい方でしたわ……華やかなようでいて淋しい……」

雨はさらにやみそうになく、私たちの頭上にも、三つの墓石の上にもあいかわらず降りしきっていた。

鶴

松寿庵は雑司ケ谷鬼子母神の近くにある。

簡素な茶庭には打水がうたれ、燈籠の灯が、瑞々しい青苔の緑の色を、たそがれの中にしっとりと浮き上らせていた。座敷の灯も行燈型のスタンドに移されている。主人の山原鶴《たつ》女の、抜けるように白い俤《おもかげ》と、シングルカットにすっきり刈りこまれた銀髪が、ぼうっと光を放つような感じがする。

扇風機とか殺虫剤は一切使わないので、細く白い蚊やり香の煙が、うちわのゆるい動きにつれ、ゆらゆらとたゆたっていく。

白地と紺のくっきりした浴衣《ゆかた》に濃紫《こむらさき》の博多帯をしめ、庭のほうに目をやりながら、もう二時間の余も田村俊子の思い出話を語ってくれている鶴女の美しさは、還暦をすぎた老女ということばには、どうしてもしっくりしない。この人が、若い日、ひさし髪に結って、加賀友禅の長い袂の着物を着、憧れの女流作家田村俊子に逢う瞬間を想像して胸をときめかせ、汽車に揺られている姿は、どんなに華やかに美しかっただろうと想像される。

私は、茶号を宗雲と称《とな》える山原鶴先生の、いちばん新米の弟子だけれど、茶道は一向に上達しそうもない。それでも月に三、四回、松寿庵を訪ねることは、この春以来、私の埃っぽい生活の中で、何よりも清潔で心の洗われる時間になっていた。稽古日以外にも、私は、この古びた静かな邸《やしき》を訪ねることが多くなった。いつでもおだやかな微笑と、人を包みこむような優しさで迎えてくれる人の雰囲気が懐しいことと、興がつのれば、何時間でも、時間を忘れ、話してくれる田村俊子を中心にした思い出話の面白さ、意外さ、華やかさ、淋しさに、魅惑されてしまうからであった。

「俊子という人は、相手に応じて、一人一人に違ったつきあい方の出来る人でした。たとえば、わたくしのことなどは、いくつになっても、若いころ、金沢の町から熱心な手紙をよこしていた娘という印象がぬけないらしく、死ぬまで、わたくしを世の中の汚れなど一切知らない、清純無垢な女と決め込んでいました。世間に伝えられている、あの人の奔放な愛欲面などは、みじんもわたくしにはのぞかせなかったし、話題にもしなかったものですよ。あの人の中の美しい純粋な面だけをわたくしには示してくれました。だからわたくしは、あの人の小説の愛読者だし、世間の評判も人並に聞いて知っているのだけれど、思い出の中に出てくるあの人は、わたくしには、やさしい、なつかしい純粋な人なんです。わたくしがあの人の文学を好いていることに対して、わたくしの夢をこわすのがまるで罪悪のように思うのか、わたくしに逢った時は、いつでも、小説を書く話をするのです。晩年書けなくなってしまった頃――シナからよこす手紙にでも、今月はうんと書きたいとか、今年こそはいいものを書きたいとか、きまって書きそえてありました。

わたくしは、あの人のアメリカへ発《た》つ直前数度逢ったばかりで、十八年後アメリカから帰って北京へ渡るまで三年余りの短い年月のつきあいでした。一読者として近づいただけで、師弟という間柄でもなければ、ましてあの人の作品によく書かれている同性愛的なものでもありません。

親しいといっても限度がありますけれど、帰国後、北京へ渡るまでのあの人にとっては、いちばん交渉の多かった人間かもしれません。孤独であったあの人が、やはり孤独であったわたくしをなつかしがり、十いくつも年下のわたくしを妹のようにたよりにしていたことはたしかです。そういう意味で、他の人には想像も出来ないさびしい俊子さんというものを、わたくしはいちばん知っているような気もするのですよ。

はじめて逢ったころのことですか。

さあ、あれは、わたくしが目白の女子大に入った年ですから、たしか大正七年のことです。それまで、わたくしは郷里の金沢市に住んでおりました。父が市長をしておりましたが、わたくしの幼い時、母がなくなっていましたので、女学校を出た後のわたくしは、家の中では主婦代りになり、奥うちを取りしきっていました。女学校の頃からいわゆる文学少女で、『女學界』や、『女子文壇』等に詩や小文を投書していたりしたわたくしは、東京へ遊学することに憧れていたのですが、ひとりっ子のわたくしは、父が一人になるのはさびしいだろうと思い内心あきらめていたのです。

それが女学校を出て六年目に、どう思ったのか、父が東京へ出て勉強してもいいといい出してくれました。おくればせの願書を出してみると入学許可が来たので、夢のような気持で、急に上京しました。

その車中でも、わたくしは学校に入るということよりも、上京して、日ごろ憧れていた田村俊子に逢えるという喜びでいっぱいだったのです。

俊子さんはその年から七年前、明治四十四年に、『大阪朝日新聞』の懸賞に長篇『あきらめ』が二等当選して、文壇にデビューし、ずっと流行作家として活躍していました。人気のすばらしさは、このごろのように、女流作家の多い時代では、とても想像もつかないものでした。

わたくしも、『あきらめ』以来、絶対的なファンになっていたのです。
手紙も出し、美しい字のやさしい文面の返事をもらって、わくわく喜んでいたものです。母のないわたくしはさびしがりやでした。年上の才気にあふれた美しい芸術家に、母の俤を描いたところもあるのでしょう。

ところが、その年に入って出したわたくしの手紙には、俊子さんから返事がぱったり来なくなり、おしまいには、これまでどおり谷中に出した手紙が返って来るようになったのです。

文壇ではようやく田村俊子の行方不明が伝えられはじめていました。一年ばかり前から創作に行きづまっていた俊子さんが、鈴木悦との恋愛問題もからみ、田村松魚の家から出て、行方をくらませていたのです。

そんなことのわからないわたくしは、田舎者ののんきさで、東京にさえいけば、田村俊子の行方はきっと自分の手で探し出してみせるくらいの意気ごみだったから、笑ってしまいます。

上京してみますと、六年も学業から遠ざかっていた身が、六つも年下の少女たちと、起居を共にし、机を並べるのですから、その苦労は想像以上のものでした。六年のブランクを埋めるのに追われつづけ、二カ月ばかりは、寮と教室を往復するだけで、夢中のうちにすぎてしまいました。

あわただしく春が逝《い》ってしまうと、急にわたくしは俊子さんのことを思い出し、その行方をたずねることを思い出しました。すると、芝の玄文社という出版社で、俊子人形を売り出しているという広告を何かで見たのです。わたくしは躍り上りそうになり、早速、芝へ、その社を訪ねていきました。何しろ、上京して二カ月目、しかもその間寮と学校の間しか往復しなかった田舎者が、急に市中へ出たのですから、たまったものではありません。目白から芝へ出るだけだって大事業なのに、芝で社名だけを頼りに探すのです。知らない町並で迷う間に、陽がみるみる落ちていく時の心細さと、半日がかりでようやく玄文社を見つけた時の嬉しさは今でもありありと覚えているくらいです。

たしかそこには、千代紙で作った人形がたくさん並んでいました。汐汲みとか、藤娘とか、数種類の人形があって、どれも一つが五円でした。当時のお金で、五円の人形の値というのは、法外に高いものです。でもそれを、喜んで買っていく俊子ファンが相当いたのでしょう。

係りの人は、また俊子ファンが来たという顔付でわたくしを迎え、

『汐汲みですか、藤娘ですか』

『あのう、わたくしは、実は人形を買いに来たわけじゃあないのです。もちろん、人形も買いますけど、これをつくっている田村俊子さんの住所を教えていただきたいのですけれど』

『ああ、それはだめなんですよ。絶対だめなんです。本人から固く申し渡されているんです。あなたのようにいってこられる人は日に何人もあるんですよ。でも絶対教えちゃいけないんです。そういう約束なんですから』

まるでとりあってくれません。

『それじゃあ、しかたありませんけど、この人形を田村さんの所から持ってくる人がいるわけでしょう、この名刺を、その使いの人に必ず渡して下さい』

わたくしは、名刺の裏に、上京したこと、やっとここをたずねあてたこと、逢うのがいやなら、せめて、居所だけ知らせてほしいと書き、置いて来ました。その名刺も渡してくれたものやら俊子さんからは、やはり音沙汰なしでした。

そんなある日、わたくしは所用で市電に乗りました。ふと、何気なく隣の人のひろげている、読売新聞の文字が目に入ったのです。

『紙人形……岡田八千代』

岡田八千代さんと俊子さんの親交は、雑誌でよく読んでいましたから、その随筆の題が、行方

不明の田村俊子に関するものだと直感しました。わたくしは、もどかしさのあまり、目的地へ着くのが待ちきれず、次の停留所で電車を飛び下りると、すぐ停留所前で読売を一部買ったのです。わたくしは息もつかず、一気に『紙人形』を読みました。

その内容は、ある梅雨模様の日、玄関に訪《おとな》う声がするので出てみると、思いがけず、田村俊子の家にいた女中のいさちゃんという少女が立っていた。彼女はふろしきづつみの中から、千代紙人形をいくつかとり出し、先生がおつくりになったものですが、お金に困っているので、ぜひお買いあげ下さいという。八千代さんは驚いて、どこにいる、どうしていると問いかけたが、先生に一切口どめされているので申しあげられませんと、いさちゃんはさしうつむくばかりであった。あんなに親しくしていたのに、だまって身を隠すなんてあんまりだと、俊子さんにいうぐちをいさちゃんに向かっていいながら、なけなしのお金をかきあつめ、とにかくその紙人形をぜんぶひきとってやった。帰っていくいさちゃんの後を見送り、思わず表まで出てみると、少女は、たれこめた梅雨空の下を、渋谷青山方面に向かって、とぼとぼ歩いていき、ついにその背も見られなくなった。

と、まあ、こういった内容の文章なのでした。わたくしは、雀躍《こおど》りせんばかりに喜びました。俊子さんに逢いたい逢いたいのわたくしの一念が、神に通じたのだと、その時には心底にそう思いましたよ。とにかく、これで、青山方面を探せばいいという手がかりだけは、与えられたのです。

わたくしは、同郷の友人で、わたくしより早く上京している大学生に、青山方面をしらみつぶしに探してくれと頼みこみました。その大学生も、郷里で島田清次郎なんかと同人雑誌をやったりした文学青年ですから、乗気になって引きうけてくれました。やはり、あの時代はのんびりしていたのですね。その大学生は、毎日、足を棒にして歩きまわり、ただ、青山方面という雲をつかむようなはかないヒント一つを頼りに、一週間ばかり後にとうとう青山穏田《おんでん》の田村俊子の隠《かく》れ家《が》を探しあててくれたのです。

わたくしは早速、その住所あてに、どんなに探したかということを書き、手紙を出しました。それには折返し、俊子さんの返事がもらえました。非常に喜んでくれ、今の私は事情があって、世の中からすっかり隠れた生活を送っているけれど、はるばる上京したあなたには逢いたい、次の日曜日に訪ねてくるようにというのです。

電車の中で、『紙人形』を見つけた日、セルを着ていて、日曜日、俊子さんを訪ねた日は単衣《ひとえ》を着ていたのを覚えていますから、六月のはじめだったのでしょうか。たずねあてた家は、隠れ家とはいっても華やかな流行作家の俊子さんの住居にしては、あまりに小さな粗末な家でした。『紙人形』に出てきた女中さんがいました。

『先生は、唯今教会にいっていらっしゃいますけれど、山原様がお見えになられたら、上ってお待ちいただくようにいわれております』

上ってみると、部屋はきちんと掃除が行きとどいていましたが、本箱や机が場所をふさぎ、とても狭い感じがしました。ええそうです、筑摩の文学全集に入っている月報の写真が、その部屋なんです。あれにはひさし髪に、黒衿をかけた粋な着物で写っていますけれど、わたくしが逢う時は、いつも日曜だったせいか、その後も、黒衿姿の俊子さんには逢ったことがありません。

程なく帰って来た俊子さんは、きれいにお化粧して、上品な外出着を着ていました。美しい人でしたよ。それはもう、あの当時、あれほど男の人たちに好かれたのをみてもわかるように、美人だったというだけでなく、不思議な魅力のある人でした。顔だちという点では、長谷川時雨さん、岡田八千代さんと三人並べてみると、俊子さんがいちばん劣っていたでしょうか。でも大きな目の美しさは、逢う人を強くひきつけずにはおきませんでした。目だけでもっている顔、といってもいいほど、チャーミングな目で、いきいきと表情に富んでいました。色が白く、肌が美しい人でした。まあ鼻の手術のことまで、どうしてあなたが知ってらっしゃるのでしょう。おやそうですか、松魚が、そんなことを書いておりましたか。ええそうなんですよ。隆鼻術をしていました。そのころのことですから、技術もうまくなかったのか、鼻は鷲鼻になって段がついていました。めがねをかけたのはアメリカから帰ってからですよ。そうですね、松魚が書いているように、手術した時期は俊子さんが女優になって舞台に出ていた明治四十一年から二、三年の間ではないでしょうか。とにかく鼻の欠点など感じさせない魅力のある顔でした。話がそれましたが、教会から帰った俊子さんは、初対面のわたくしを愛想よくもてなして、このあたりはろくなものがないから、わたくしのために、うちでつくっておいたのだといって、きれいな重箱に、おすしをつめたのを持って、外へ誘い出しました。まだその頃の青山穏田あたりは、そう人家がたてこんでいず、少しいくと、青草の生えている原っぱがありました。そこで女学生のように、重箱のおべんとうをひろげ、二人でたべながら、いろいろな話をしました。その時の印象は、一口にいってとてもやさしい人という感じでした。肉親に縁のうすいわたくしのさびしい境涯や、父の決めてくれたフィアンセと結婚したくない気持など、わたくしがとりとめもなく話すのを、うんうんとやさしく聞きとってくれるのでした。

その日が縁になって、毎日曜日には必ず、青山へ通うのが、新しい嬉しい習慣になりました。俊子さんは、はじめてのとおり、重箱にわたくしのためのおべんとうを美しくつくり、お菓子や果物をどっさり用意して待っていてくれるのです。そしていつも狭くるしい家の中を出て、原っぱへ出かけ、ピクニックのまねをするのでした。

わたくしは、一週間ぶんの学校や寮の話を夢中になってするのです。そんな時にも、俊子さんは、なぜ、今のような、人に隠れた生活をしているかなどのことは、わたくしには話してくれないのです。男女間の愛欲のことなど、一切わたくしには話しませんせん。さきにも申しましたように、わたくしには、清らかめいたことばかりいって、わたくしのらちもない悩みごとの解答も、非常に常識的で、道徳的なようなことをいったものです。深窓育ちのお嬢さんあつかいにして、わたくしには波瀾に富んだ人生など送らせまいとしていたようでした。でもただ一度だけ、日頃の俊子さんのことばにしては、印象的な激しいことをいったことがあります。わたくしが、じぶんの才能もわきまえず、文学に憧れ、今の学校の授業がつまらなくて、いっそ学校などやめて小説を書いてみたいというようなことをもらした時のことです。その時だけは俊子さんが、断乎とした口調で、

『芸術は学問からは生れないのよ。いくらたくさん学問したからって、いい芸術家になるとはかぎらない。天分が第一ですよ。芸術家になるつもりで学校に通っているのなら、さっさとやめてしまいなさい』

と、いったのです。

わたくしは、その時、あまり深い気持もなく、かるくいったので、俊子さんのきっぱりしたことばにかえって引っこみがつかないような困った気持になりました。とにかくその後も、学校をやめることもなく、かえって、後にはその学校の寮監になって、人生の三分の一をすごしてしまう運命になったのですから、俊子さんの唯一の危険な忠告は用いなかったわけでした。けれど、そのことばだけは、印象的でした。意識してわたくしにむかっては、常識的にものをいっていた俊子さんの中から、芸術家としてのいつわらない本音が、出てきたのだと思うのです。他のことでは、時と相手によって妥協を示しても、こと芸術に関することだけは、本音をまげられないといった気魄も感じさせられて、忘れないことの一つです。

なぜ、教会へ通っていたのか、わかりません。その間に、わたくしは、一度も俊子さんを訪ね

ている客には出あったことがありませんでした。後で考えてみれば、もうその時、俊子さんの恋人の鈴木悦さんは、アメリカに渡っていたのですね。

そうでした、たしか一度、おべんとうに、俊子さんがみごとなざくろを持っていきました。

『たった今、徳田秋声さんが、このざくろをとどけてくれたのよ』

俊子さんがそういったのを覚えています。口調には、秋声さんがたびたび来ている感じがしました。あんなにきびしく世間に所在をくらましていた中にも、秋声さんには居所を教えていたのですから、なみなみならぬ信頼をしていたのではないでしょうか。

五、六度も青山に通ううち、もう夏休みが来て、わたくしは、郷里へ帰らなければなりませんでした。まさか、その後に、二十年近くも、別れてしまう運命が待っているとは、想像も出来ませんでした。

夏休みが終って、九月に上京してからも、新学期のあわただしさにとりまぎれ、心にかかりながらついつい一、二回、日曜日に訪ねる機会を逃してしまいました。すると、突然、俊子さんから速達が来て、

『深い事情があって、私は急に明日午後三時発のメキシコ丸でアメリカへ渡ることになった』

と、報せて来たのです。

わたくしはそれを読んで動顛《どうてん》してしまいました。寝耳に水なのです。手紙には、もう横浜の上州屋という宿に移って、出航を待つばかりだとあります。わたくしは死んでも明日の船出を見送りに行かなければと思いこみました。ところが御承知のようにやかましい規則ずくめの女子大の寮ですから、それからが大変なさわぎになってしまいました。寮監に明日はこういう事情だから、授業を休み横浜へやっていただきたいと申し出たところ、寮監の一存ではいかないというわけで、学長に相談されました。運の悪いことに、その当日の二時間目が、学長の心理学の時間だったか

らいけません。

『私の授業を休んで、あんな不道徳な小説をかく女作者を見送るとは何事だ』

と、一喝されました。

それを聞いたわたくしは、情けなくなって、年がいもなく、寮に帰って泣きだしてしまったのです。さあ大変です。まわりはみんな感じやすい年ごろの若い娘の集まりなのですから、わたくしにすっかり同情が集まりました。それに、田村俊子の人気は、たいへんなもので、寮の中にも熱烈なファンがたくさんいました。ちょうど今の若い人が、俳優や人気歌手に熱をあげるような憧れ方をしていたのですから、騒ぎが大きいのです。

いつのまにか、わたくしの部屋に一年生の寮生がみんな集まり、わたくしをとりかこんで、

『学校が無理解だわ』

『寮監がだらしがないわ』

『芸術がわからないのよ、あの人たち』

『鶴《たづ》さまがおかわいそう』

と、いっしょに泣きだす始末です。とうとう晩の食事の時間が来ても、誰一人、食堂へ立とうとしません。今でいうハンストがはじまったわけなのです。これには、まだ若かった寮監が困りきって、こっそりわたくしを呼びに来ました。

『もうこうなれば仕方がない。わたくしの責任で、あなたを出してあげます。そのかわり、あなたは、今すぐ出発してちょうだい。今夜、あちらで泊って、明日二時間目の学長先生の時間までには、どんなことがあっても帰ってきてくださいよ。もしおくれたら、わたくしは、寮を出ていかなければならないのですよ』

と、大そう悲壮な話合いになってしまいました。

一年生たちは、歓声をあげて喜び、興奮は一向にさめそうもなく、みんなが集まって、わたくしのところへ、田村俊子にあげてくれといって餞別《せんべつ》の品を持ちこんでくるのです。小さな懐中鏡とか、はいばらの千代紙とか扇子とかいったものでした。それのどれにも、俊子さんが吉右衛門を好きだというので播磨屋の紋の揚羽蝶のついた模様がある始末です。わたくしは、俊子さんの人気の大きさに、あらためてびっくりさせられたのでした。ひとかかえにもなった餞別をかかえ、わたくしはまるで胴あげされそうな勢いで、華々しく寮を出ました。みんなは興奮して目白の駅まで見送りに来たものです。

そうして、ようやく横浜についた時は、もうすっかり夜が深くなっていました。わたくしは、はじめての横浜につき、迷っては大変だと、友達におそわったとおり、駅前から人力車に乗りました。上州屋へやってくれというとぐるぐる夜の町を走り十分近くも走って、二円もとられました。これはお上りさんとみこまれ、車夫がいいかげんに走ったのです。翌朝目がさめてみると、上州屋と駅は目と鼻の間にあったのですから、あきれてしまいました。とにかく、そんなふうにしてようやく上州屋にたどりついて、俊子さんの部屋に通されたのです。

わたくしは、じぶん一人が訪ねたものと思いこんで、女中に案内され、勢いこんで部屋に入りましたら、おどろきました。そこには、俊子さんの前に、男物の浴衣を着た若い女の人が、髪をきゅっとひっつめにして、スパスパ煙草を吸っていたではありませんか。そのころは、若い女の髪といえば、たぼをたっぷりいれたひさし髪だったものですから、ひっつめ髪は、一種の異様さで目に映るのです。その人が外でもない湯浅芳子さんだったのです。

俊子さんにはじめて紹介されて、その人はわたくし同様、俊子さんの熱烈な愛読者の一人なのだとわかりました。

その夜は三人で枕を並べましたが、三人とも興奮して寝つかれません。真夜中に起きだして、埠頭のほうへ揃って散歩に出たり、ほとんど語りあかしました。

翌朝わたくしは、寮監の職を守るため、約束どおり、朝早く宿を発って、メキシコ丸は見送らず、学校に帰ったのです。

後で新聞をみると、こっそり発つといっていたものの、やはり聞き伝えた、新聞社や雑誌社の人達の見送りもあり、俊子さんの船出は、それ相当に華やかなものだったようすでした。

二日目、寮の玄関に、面会人が来ているというので出てみると、湯浅さんが、つったっていて、

『電報きたよ』

と、つき出しました。

『フナヨイナオリ　ココロヨクコウカイ』

という電文を、わざわざわたくしに見せに訪ねてくれたのでした。

俊子さんを通じてめぐりあったわたくしどもが、あれから四十年もたった今、こうして一つ屋根の下に、お互いに子供もない孤独な身をよせて暮しているのも運命的でしょうか。

湯浅さんはわたくしとは違い、性格も強いし、しっかりした人だったから、俊子さんは、頼りにして、人には知らせない自分の家庭のことや、男たちとのいざこざの尻ぬぐいまで頼んでいたようです。俊子さんの全盛時代の後に来た、創作の行きづまり時代の悩みや、田村松魚との結婚生活の破局、鈴木悦との三角関係のごたごたなど、湯浅さんはずいぶん相談をかけられたり、面倒をみさせられたりしたようですよ。自分が頼りにしていた湯浅さんを、頼りないわたくしのために紹介しておいてくれたのも、案外俊子さんの深い心から出ていたのかもしれません。

アメリカに渡ってから十八年間は、時折り文通がつづいていました。

バンクーバーの、鈴木悦との愛の巣の写真など、送ってくれたりしました。

そのうち、何年ころだったでしょうか。アメリカでの生活が苦しいから、例の紙人形をつくり

たいといって来て、ずっとはいばらの千代紙をわたくしに送らせていました。

またその間に、鈴木さんの影響で、左傾したらしく、河上肇の京都で出している雑誌をわたくしに送らせたりしました。さあ、渡米前の教会行はどんな心境からだったのでしょうか。『可愛い女』の要素のある人でしたから、あの頃はあの頃で、誰か尊敬出来るクリスチャンにめぐりあっていたのかもしれませんね。

わたくしはとうとう、鈴木さんには一度も逢いませんでしたが、俊子さんが、鈴木さんを死ぬまで、愛していたことはたしかでした。情熱的なああいう人でしたから、浮名も数々流したようですけれど、鈴木さんへの愛情だけは、郷愁のように、あの人の中に残っていたようです。

帰って来てからも、まったく貧乏で旅費もないのに、鈴木さんの郷里の豊橋までたびたび墓詣りに行ったりしています。

『わたしが死んだら悦の墓にいっしょに入れてほしい』

など、真顔でいっていたこともありました。

鈴木さんには豊橋でちゃんと正式の妻子があったのです。そんなことが不可能なのはわかっているし、あちらでも誰も俊子さんの墓参を喜んでくれるとも思えないのに――。

あの人が北京に行く時、ふろしきづつみにした鈴木さんとのラブレターの往復書簡の束をもって来て、

『これは、わたしの命より大切なものだから、預っておいてちょうだい』

と、残していきました。

アメリカへわざわざ持っていき、また持って帰るほどなのです。本当に命より大切に思っていたのかもしれません。わたくしも預りものだと思い、戦争の時にも、持ち歩き、焼けもせず残っています。

夢中で話している間に、すっかり蚊やりが消えてしまいましたね。気がつかずごめんなさい。蚊にさされはしなくって。

こういう昔語りをするのは、年をとったせいだといいますね。年寄くさいのはいやだから、昔語りなどつとめてしないように気をつけているのに、今夜はずいぶんしゃべってしまいました。俊子さんが帰ってきてからは、わたくしがいちばん交渉が深かったもので、思い出すこともそれはたくさんあるのです。

想像していた俊子像と、わたくしの話がずいぶん違うのでしょう。それはもう、人間なんて、複雑なものだし、ましてああいう芸術家の心の襞《ひだ》なんて人いちばいいりくんでいるのです。一人一人の目に映る俊子像は千差万別、ちがっているのがあたりまえかもしれません。

あなたがおっしゃるように、たしかにどんなささやかな一つの真実でも、核の核まで見きわめるのは至難なことでしょう。

どれだけの人間が、ほんとうにその人のすべてを、自分が望むほどに理解され、死んでいくでしょうか。わたくしが知っているつもりの俊子さんだって、結局、あの人の人並はずれたすばらしい個性のほんの一面なのかもしれませんものね。理解したいということが、愛するということではないのでしょうか。

そうそうこの間、俊子さんの折った折鶴が、ずいぶんまだうちに残っていて、出てきたのですよ。ええ、あなたに見せてあげられる何かあるかしらと、がらくたを整理していたら出てきたのです」

その折鶴は、色とりどりの千代紙を、散薬のつつみ紙ほどの大きさにきったもので折られていた。赤、黄、緑、紫など、歳月にも色褪《あ》せぬ鮮かな七彩の折鶴の翅には、般若心経《はんにゃしんぎょう》の文字が、一字ずつ繊細な毛筆で書きつけられていた。そんな鶴が、丹念に千代紙をはった紙箱の中に、何百羽となく埋まっているのは一種の壮観であった。

山原鶴女《たづ》は、思想問題で、獄窓につながれている女子大の教え子の出獄の日を祈りながら、千羽鶴祈願を思いたったのだという。千代紙に一字ずつ、般若心経を写し、その紙で折った鶴を、近所の鬼子母神の社に奉納することが、日課の一つになっていた。

昭和四年四月十六日の日本共産党の大検挙以来、女子大学の寮からも、続々検挙される生徒が出る騒ぎは、女子大の一寮監であった鶴女の運命まで、大きく変えてしまった。じぶんの寮生をかばったというだけのことから、逮捕され、厳重な取調べをうけた。釈放されても、寮にとどまることを潔しとせず、彼女は、大正七年以来住みなれた女子大学の寮から、ついに世間に出て行った。趣味で習っておいた茶道が、思いがけず女一人の生活の支えになった。寮を出ても、鶴女の公正で温かな人柄を慕って集る卒業生や寮生は、あとを絶たなかった。殊に、思想問題でまだ獄舎に捕われている娘たちの家族たちは、遠い地方から、獄中の娘との面会のため、はるばる上京するたび、雑司ケ谷の鶴女の一人住いを訪れるならわしであった。老いた母親たちの尽きることもない嘆きを聞きながら、彼女の指は、鶴を折っていた。

昭和十一年、バンクーバーから帰国した田村俊子が、どこよりもしげしげ訪れた山原家で、鶴を折る旧友の手から、千代紙をとりあげ、器用な指先で、たちまち鶴を折りあげていった情景は、容易に想像される。

人形をつくって生活の資にすることが出来た俊子の指先は、人並より器用に生れついていたらしい。その指が、す早く、正確に、鶴を折りあげていくさまは、白い細い指先から、魔術のように鶴が生みだされる感じがした。いつでも懐に経文の文字を記した千代紙をしのばせ、ちょっとした閑《ひま》をみつけて折る鶴女の用意を覚えてしまうと、俊子は、彼女の前に坐ればかならず、彼女の懐から千代紙をぬきとり、魔術のような鮮かさでみるみる折鶴を二人の間に並べていった。

「あなたの願かけのお手伝いよ」

といっていた折鶴に、いつのまにか、俊子は俊子なりの秘《ひそ》かな願いをこめているふうであった。

帰国当初の、今浦島と騒ぎたてた賑やかなジャーナリズムの歓迎さわぎも一応おさまり、次第に十八年の外国生活のずれが身にしみ、不本意と不如意の多くなってきた生活の中で、俊子は俊子なりの切実な願望にかられていたのかもしれない。

好きな芝居の幕間《まくあい》はいうまでもなく、観劇の最中でも、舞台を見ながら、膝の上では、鶴が何十羽も折られていくありさまだった。よく好んでいった銀座の若松で、おしるこの運ばれる間にも、鶴は生みだされていった。電車の中で、自動車の中で……ついには、暗闇の中で、豆つぶのような小さな鶴まで折りあげてみせ、鶴女を驚かせたりした。

「その間に、鶴を折ることが、二人の習性のようになってしまい、願かけのもとであった獄中の娘が無事にこの世に出て来た後も、折鶴だけは、わたくしのまわりに殖《ふ》えていったのです。俊子さんが来るたび、二人で鬼子母神へ散歩に出かけ、持てるだけの鶴を奉納してくるのですけれど、まだまだ鶴は、家中のあちこちにちらばっていました。

あの戦争の間にも、その鶴が荷物のあちこちに身をひそませていて、このごろになって、簞笥《たんす》の引きだしの奥や、つづらの底から、あらわれたりするのです。わたくしは、犬を散歩につれ出す道を、雑司ケ谷の墓地に選んで、俊子さんの折鶴を、俊子さんが生前好きだった鏡花や、荷風などのお墓に供えてくることにしています」

松寿庵で聞く昔語りは、このように華やかなあわれな匂いのするものばかりではなかった。

青春の日から二十年近くも、女子大の寮の中に住んでいた世間知らずの人のいい旧友を、俊子はたびたびだましたり、借金のふみ倒しをしたりもした。

渡米前、青山稔田に身をかくしていた頃は、すでに田村俊子の文学的生命は、下り坂になっていた。そのことを知っていたのは誰よりも俊子じしんであった筈だ。けれども、明治四十四年の「あきらめ」の華々しいデビュー当時から、大正五、六年までつづいた数年間の、文壇活動の華々しさは、つみあげた薪が一時に火をふいたような輝かしさであった。俊子の記憶の中では、その栄光の頃の思い出が、歳月にさらされることもなく、現実のじぶんがみじめになればなるほど、強い焔の残照になって、胸の中を照していたのかもしれない。

メキシコ丸で発つ時は、「ひそかに」発つつもりであったにもかかわらず、結構、賑やかなジャーナリズムの見送りを受けて喜ばされた俊子は、十八年経って帰国しても、思いがけないほどのジャーナリズムの歓迎の華々しさに、浮き浮きした。もともと万事華やかなことが好きで、贅沢な派手な性格であったし、そんな人間につきものの虚栄心の強さも人並以上であった。

「今浦島、田村俊子帰る」

という大見出しの新聞記事が、派手に出た上、田村俊子歓迎パーティは、俊子じしんがびっくりするほど、後を絶たず計画されていた。二十年前の、あの全盛当時のような日々が、すぐ何の苦労もなく繰りひろげられていくような感じがしてきた。

湯浅芳子が俊子のために、用意しておいた駿台荘に旅装をとくなりすぐ、こんな旧式な、女中が三つ指つくような大時代な宿はいやだといって、旧友の好意もふみにじって、さっさと、京橋のヤシマ・ホテルに移るようなわがままぶりを発揮した。同時に、湯浅芳子が豊かでない筈の俊子の懐を想像して、帰国に先だって、彼女のためにとっておいた雑誌の原稿を、にべもなく断った。そんなことが、まだ二つ三つ重なって、一本気な熱情家の湯浅芳子をすっかり怒らせてしまった。湯浅芳子は、五十二歳になっても、まるで、三十代のように浮き浮きした子供っぽい俊子に、絶交を宣言した。その足で彼女は、俊子を通じて知りあった山原鶴を訪ねたのだった。

「こんなわけで、わたしはけんか別れしたけれど、あんな人だから、きっと可哀そうなことになる。これからはあなたが、面倒みてあげなさい」

それまで、山原鶴は、帰国した俊子に逢っていなかった。地味な性質の鶴女は、帰国さわぎで、八方から脚光を浴びている俊子に、逢いにいく気にはならなかった。青山穏田の原で、二人でしみじみ語りあった俊子と、異国で郷愁にさいなまれ、淋しそうな便りをよこしていた俊子の映像とは、まるで他人のような気がしてくるのだ。

湯浅芳子の訪れの後で、ようやく俊子を訪ねることに決心した。

ヤシマ・ホテルにいくと、俊子は外出中だった。ロビーで待つほどもなく、俊子が一人の若い女といっしょに帰って来た。

十八年ぶりに再会した俊子は、ふちなしめがねをかけ、モダーンな洋装の板についたアメリカスタイルの美人であった。十八年前、まだ初々しい田舎出の女子大生だった鶴も、もう中年をすぎたしっかりした社会人になっている。誰にもかくしていた身内の恥や、恋のいざこざまで打ちあけていた旧友の芳子と絶交した直後の俊子には、成長した昔のじぶんの一ファンが、どんなに頼もしくなつかしくうつったことだろう。

俊子は同行の女を『女人藝術』の人だと鶴に紹介し、三人で俊子の部屋に上っていった。そこで、俊子は、何と思ったのか、急に和服が着たいといいだし、その女の着ていた着物を強制的にぬがせてしまい、じぶんの洋服ととりかえた。女の若向きの派手なぺらぺらした和服は、一向に俊子に似合わなかったが、それよりいっそう、俊子の大きすぎる洋服を無理に着せられた女の姿はこっけいで気の毒だった。着物のとり換えがすむと、俊子はにべもなく、

「じゃ、あなた帰ってちょうだいよ。わたしはこの人と、これからどっかへ遊びにいくんだから」

と、体よく女を追い出した。女は明らかに感情を害した表情で、洋装のまま出ていった。鶴は気の毒さとおかしさでその背を見送っていた。

俊子は独特の人なつっこさと魅力で、たちまち鶴との十八年間の歳月の壁をとかしてしまい、急激に親交を深めていった。鶴は芳子に代って、俊子が誰よりも心を許した唯一の友人になった。

歓迎パーティがつづくと、俊子は鶴のところにやって来た。

「洋服でとおすつもりでいたけれど、日本じゃ、何としても洋服って貧相ね。パーティつづきで着ていくものに困っちまう」

鶴の箪笥を片っぱしから開けさせ、衣裳道楽の鶴の和服をひっぱり出した。

「あなた、ずいぶん渋いものばかりつくるのね。みんな地味すぎるじゃない」

鶴よりは十歳以上も年上の俊子は、鶴の衣服の中で、いちばん派手な華やかな着物ばかりを選び出す。

「これ、パーティに着ていかせてね。お借りしてよ」

そういって持ち出された着物は、決して、再び元の持主のところに返ったためしはない。

「あの着物、とてもわたしに似合うんですって。みんながそういったわ。わたしが着ておくわね」

それで、着物はごく自然に、俊子じしんのものとなってしまう。何かの時、元の持主が、その着物の必要があって、

「あの着物、今度いるんだけど」

とでもいおうものなら、実にあっさりと、

「あ、そう、じゃ貸してあげるわ」

という返事がかえってくる。天真爛漫なのか、横着なのか、融通無碍《ゆうずうむげ》なのか。鶴のほうではしま

いに、その着物がほんとに俊子の着物であったような錯覚を感じる始末であった。たまたま、俊子の訪れた時、出入りの呉服屋が来ている場合だったりすると、俊子は呉服屋の荷の中から鶴の着物を選りわけながら、

「これはあなた向き、こっちはあたしにしか似合わない柄ね」

と、当然のようにじぶんの分も選び出す。その場で仕立に出し、支払いは、すべて鶴持ちと決っていた。

「その時には、そりゃ、ひどい人だとか、横着だとかは思いますよ。でも不思議に、心底から腹を立てさせられるとか、憎らしいとかってことがないのです。だましてやろうとか、ぺてんにかけてやろうとかいうたくらみは、みじんも心にない人でした。おもちゃがほしくなれば、矢も楯もたまらず、せがんで手に入れないと気のすまない子供みたいな無邪気さが、そんな非常識な行動を、紙一重で清めてもいるし救っていたのでしょうか。人のものとじぶんのもののけじめもつかないようなところも、まるで卑《いや》しさはなく、実に無邪気な感じなのです。何も、わたくし一人が、並はずれたお人よしで、ぼんやりで、そんな目にあっていたのではないのですよ。あの人とつきあった人のほとんどが、そんな迷惑な思い出の一つや二つは持っているようです。その人たちが、みんな笑って、そんなあの人の横暴をなつかしがっているようなのです」

そこまで寛大に、俊子を理解している鶴女に、俊子は金銭の上でもさんざんな迷惑をかけっぱなしだし、平気で、いくつでも嘘を重ねていった。嘘のつき方も、まったく他愛なく、ついた片はしから尻尾がのぞくような、女らしいちょこまかした嘘であった。

帰国当座は、もの珍しさと、昔の田村俊子の文学的盛名や、それと同等くらいの数々の華々しい情事のスキャンダルやゴシップでつくりあげられていた独特の人気の思い出から、小説の注文が殺到した。そんなジャーナリズムの扱いは、俊子をたちまちいい気にさせ、全盛当時のような

気位の高さで、編集者に対してわがままのいい放題をしていた。

渡米前からの知りあいの中央公論社の嶋中雄作や改造社の山本実彦などは、すでに、押しも押されもしない第一線の堂々たる社長におさまっていたから、俊子をいやが上にも甘やかした。彼らは、往年の俊子の才筆を知っているだけに、何とかして、昔以上のものを俊子から引き出そうと原稿を書かせることをあきらめない。

「こんなごみごみしたところじゃ、いい作品なんか湧いてこない。わたしは樹の見えないところではインスピレーションが湧かないたちなんだから」

こんな子供っぽいわがままを聞いても、山本社長はすぐ、鎌倉のじぶんの別荘を、俊子の仕事場に提供するという扱いだった。俊子はますます増長していった。ところが、いくらりっぱな樹木にとりかこまれた別荘にいっても、作品は一向に生み出される気配もなかった。最初は、俊子のいるところへ、どこまでも追っかけていった編集者たちも、俊子が作品らしいものも書かず、短い随筆など書いても、さしてぱっとした魅力もないのをみて、次第に俊子に書かせてみようという意欲を失っていった。

仕事をしないことは、無財産で帰った俊子を、容赦なく貧乏においこんだ。どんな逆境におかれ無一物になっても、じぶんの生活程度を、引きさげることの出来ない俊子は、たちまちその日に困ってしまった。外人の泊り客の多いヤシマ・ホテルからは、さすがに移り、日本橋本町三ノ三の本町アパートの一室に住むようになった。が、部屋代にもことかく月がたびたびになった。

「ちょっと五十円貸して」

と、山原家へかけこんでくるのは、毎度のことであった。もちろん、貸すことは、彼女の場合、あげるという意味である。それもあまりたび重なると、さすがに、照れくさいのか、子供だましの嘘をつく。

ある日、かけこんでくるなり、

「大変なのよ。今日はもらったばかりの原稿料を袋ごと、すられてしまったのよ。アパートの部屋代を、それで、今日必ず払うと約束してるのに、困ったわ。わるいけど、今日だけ貸してくれない」

もともと、女優になって舞台に立ったくらいだから、そんな科白《せりふ》や表情は玄人はだしだ。半信半疑ながらも、とにかくいうだけの金額を貸してやる。

「たすかったわ。アパートで待ちかねているから、一応これで払ってくるわね」

と、そそくさと出ていく。

その日も夜になって、俊子はまた鶴のところに戻って来た。

「部屋代払ってやっとせいせいしたわ」

すっかり上機嫌で話しこみ、泊っていく。

疲れた疲れたと連発しながら、着物をぬぎちらかし、俊子の好きな茶室にとってもらった床に入る。俊子のぬぎちらしたままの着物を、衣桁《いこう》にかけようとした鶴は、帯の間から舞い落ちた紙きれに目をとめ、何気なくひろいあげた。見るともなく見ると、それはその日づけの、三越の注文品の領収書だ。金額は、ちょうど、アパートの部屋代として今日貸した金額がそっくり書きこまれてあった。品名は、男物丹前となっていた。鶴はことの次第が一時にのみこめ、苦笑したが、もう、寝息をたてている俊子ののんきさかげんに、腹もたたなかった。

そんなことがあっても、俊子はケロリとしていたし、決して、男の話は、鶴には打ちあけなかった。昔とはつきあい方が変っていても、やはり、鶴に対する時、

「あなたは汚れなど一切知らない人だから」

という昔ながらの印象と態度を、あらためようとはしなかった。

男物丹前の注文などしている以上、その当時、また新しい情事がはじまっているとみてよかったが、鶴じしんもそんなことは詮索しない性《たち》なので、二人の間にそういう話題のかわされる機会がなかった。ただ、鈴木悦との昔話は、好んで語ってきかせた。もう一人、バンクーバーからしきりに便りをよこす山本という男のことは鶴にかくさなかった。本町アパートには、山本の封もきらない手紙が何通もなげ出されてあった。山本から送って来たという珍しい果物をたびたびいっしょに食べたこともあった。

「わたしも、今さら、日本でこんな貧乏してるより、いっそアメリカへ帰れば、この男が、どんな贅沢でもさせようと待っていてくれるのよ。でもこの男、わたしはどうしても好きなタイプじゃないんだ」

バンクーバーから、山本がついに東京へ俊子を訪ねて来る一幕もあったが、その時も鶴には逢わせなかった。どういう話であったのか、俊子はやはり東京に居残った。俊子が中国へ渡るまで、あいかわらず、山本との文通はつづいていた気配があった。

五十歳をいくつも超える俊子に、そんな情熱が、二十歳頃と同様に燃えつづけているのは、奇妙なようだが、三十代にしか見えない日もある魅力的な俊子には、情事の形が決して不似合ではなかった。

鶴がアパートを訪れる時、俊子は喜んで部屋に招じ入れるのだけれど、時々ノックすると、ドアののぞき窓から目だけ出して外をうかがった。鶴だとわかると、細目にあけたドアから体を斜めにして廊下へすべり出し、鶴の肩を抱きかかえるようにして、部屋を遠ざかる。

声をひそめて囁くには、

「大変なの。今、部屋に特高が来てるのよ。二、三時間、どこかで時間つぶして来てね」

警察では骨身にしみて厭な思いを経験している鶴は、その一言で顔色を変えてふるえ上り、そそくさと、アパートを飛び出す。十度に二、三度はそんなことがあった。事実、当時は、まだ思想的な弾圧がはげしく、戦争が長びくにつれ、そのスパイも多かったので、鶴は、俊子のことばをそっくり信じこんでいた。

部屋の中にいたのが、俊子の情事の相手だったと、人から聞かされたのは、後に俊子が北京へ渡り、それっきり一向に帰って来そうもなくなってからであった。鶴は、その男が誰であるか聞きもしなかったし、聞く気もなかった。

北京へ渡る前、鈴木悦とのラブレターをあずけに来た夜、俊子は悦との手紙とは別な、一束にした手紙も持っていた。それをじぶんの手で、風呂の釜に燃やした。相当の量だったので、なかなか燃えきれず、一時間ばかりもかかった。バンクーバーの山本の手紙も多かったが、中にはおそらく、新しい恋人との恋文も入っていたのだろう。

北京行は中央公論社の特派員として、ほんの一、二カ月の予定であった。旅費として嶋中社長から、三千円もらって出かけて行った。本町アパートの部屋もそのままにして、ほんの短い旅行の用意しかせず旅立った。まさかそのまま大陸にすみつき、ついにそこが終焉の地となろうとは、思いもうけなかったのではないだろうか。と同時に、帰国以来、次第にわかってきた、じぶんと故国の土の間に感じる違和感によって、もしかしたら、大陸の土が性に合い、そのまま、帰りたくなくなるかもしれないという漠然とした予感を持ったのかもしれない。悦との手紙を、わざわざあずけたり、他の男の手紙を焼き捨てたりするところに、じぶんでも気づかない運命的な予感が働いていたのではないかとも想像される。

帰国後三年間の文筆活動は、佐藤俊子の名でしていたが、ほとんど見るべきものはなかった。どうしても書きたいという芸術的燃焼をうながす内的欲求がすでになかった。観念的に左傾したため、往年の自由で奔放で、むせかえる官能的なものなどは、ペンがすくんで書ききれないようであった。観念的な頭はいくら左傾しても、俊子じしんの複雑な心の襞の中に巣くっている江戸下町的な庶民性や古風な情緒は、二十年近い海外生活の後でさえ、色褪せてはいなかったのだ。好んで、窪川稲子（佐多稲子）や宮本百合子たちの進歩的作家に交遊を求めていったが、一方歌舞伎見物とか、贅沢な服装などに対する嗜好《しこう》とか、享楽的な本性は、一向に矯《た》め直される気配はなかった。江戸下町に伝わっている迷信じみたものを結構信じて縁起かつぎであった。お西《とり》さま詣りをかかさなかったのもその一つだった。折鶴を鬼子母神に奉納するような鶴に向かって、皮肉や毒舌はつかず、じぶんから手伝いをかって出たことも、その一つのあらわれであったのだろう。

本町アパートは、日本橋の真中だから、銀座好きで遊び好きの俊子にとっては、結構地の利を得た場所である。それが一週に、二度も三度も、雑司ケ谷の松寿庵を訪れるのは、彼女のことばによれば、

「樹が見たい」

ためであった。

帰国したのは春三月だが、故国での最初の夏の暑さを、俊子はひどく厭がった。

鶴は、毎年出かけていく軽井沢のニューグランドホテルに、俊子を連れ出した。

軽井沢の風景も、気候も、雰囲気も、ひどく俊子を喜ばせた。

「樹がないところで小説は書けない」俊子にとって、文字どおり樹にとりかこまれたこの地では、創作欲が湧出すべき筈だけれど、ここでもやはり、俊子は一向に物を書かなかった。派手づくりに、化粧し、おしゃれな和服を着て、あくこともなく散歩を楽しんでいた。好みのいい衣服をつけ、色白で上品な面だちの鶴と、三十代にしか見えない派手で魅力的な俊子の二人連れは、避暑地でも目立った。

そんな散歩の途上、俊子と鶴は、やはり避暑に来ている吉屋信子と、彼女のマネージャー格の門馬千代子の二人連れの散歩に出あった。当時、少女小説で売出し、全国の少女たちに爆発的な人気のあった吉屋信子の後には、たちまちファンの少女たちの行列がつづいた。もちろん、少女たちの誰一人として、横に歩いている美しい中年の和服の女が、じぶんの母たちの心を、ある時代、激しくとらえた女流作家であるなどと気づくものもない。一言でも、あこがれの吉屋信子に声をかけてもらおうと、信子の気配をうかがっている。俊子は、鶴にだけ読みとれる、不機嫌な表情をおし殺し、ついと、その行列の横から離れた。道路の反対側へ鶴をつれて歩きながら、時々ちらちら、行列のほうを横目でみた。

「へええ、大した人気ねえ、大したもんじゃないの」

俊子は、厭味な、皮肉ないい方をした。

後に、吉屋信子の別荘に招待された時も、そこに押しかけているファンの群や、少女好みのプレゼントの山を横目でみて、

「ふん」

と、不機嫌な顔をした。たかが少女小説作家がという気持と、じぶんが全盛の頃、まだ上京したばかりの文学少女にすぎなかった吉屋信子の、現実に目撃する人気に嫉妬が押えきれないふうであった。今はすでに、じぶんには失われた文筆上の盛名や人気を、やはり内心非常に気にしているのが、鶴にはわかった。鶴は何とかして俊子にもう一度、昔のような瑞々しい魅力にあふれた作品を書かせようと計った。が、軽井沢も結局、俊子の贅沢好みを満足させただけで、何の収穫もなく終ってしまった。

この時知りあった吉屋信子からも、俊子は後に、五百円ほどの金を、だましとるような借り方をしている。もちろん払った形跡はない。それ以来、軽井沢をすっかり気にいり、

「ここは、バンクーバーの匂いもする」

といって、一人でもよく出かけた。

俊子を案内していった軽井沢で、後年、俊子の訃を聞くようになろうとは、当時、鶴も俊子も、夢にも想像しなかったことであろう。

昭和二十年、山原鶴は、先に軽井沢の別荘に疎開していた湯浅芳子の再三のすすめに従って、ついに雑司ケ谷の松寿庵をたたみ、芳子の別荘に疎開した。

それまで、田村俊子を通じて結ばれた二人の友情は、ずっと続いていた。鶴は、あらゆる機会に、けんか別れのままの俊子と芳子を和解させようと心を砕いた。けれど、二人とも勝気で、がんこで、心の中では、とっくに、許しあっているくせに、両方が、子供っぽい意地をはりとおしていた。

「あっちがあやまってくるべきよ。わたしは悪くないんだから」

と、両方でがんばるので和解するチャンスを失っていた。もっとも二人とも、鶴をとおして、お互いの状態がわかっている安心感もあったのだろう。いつでもその気になれば逢えるんだという、安心感があるまま、意地のとおしあいで、月日が流れていた。

山原鶴が、軽井沢の湯浅芳子のもとに着いて七日目、湯浅芳子が警察にひかれていった。理由などは、向うさま次第の時代で、泣いても叫んでも、どうにもならない。露文学者芳子は、家宅捜索をされれば、原書はたくさんある。ロシア語の一字も読めない警官にとって、ロシア語の本なら、みんな赤く見える。それに、湯浅芳子は、党員作家宮本百合子と二人で、かつて三年にわたるソ連旅行まで試みた経歴がある。

鶴は、軽井沢で、一人残され、東京の有力な知人たちに、芳子救出を依頼する手紙を続々と書いた。それらはすべて警察の手に入り、東京へ届けられなかった。考えあぐねた末、鶴は、芳子の窮状を訴える手紙を、岩波茂雄に書いた。それを長野の知人あての手紙に同封し、更にそこから、東京の岩波に送ってもらうという、まわりくどい手順をとって、ようやく成功した。そのため、湯浅芳子を深く理解している岩波茂雄の斡旋《あっせん》で軽井沢警察へ運動がきき、五十日ぶりで芳子はじぶんの別荘に帰ってくることが出来た。

芳子は玄関で線香の匂いをきいた。部屋に入ると、そこには、芳子の亡母の写真と並べられ、田村俊子の写真が飾ってあった。その前に線香が立っていた。芳子が顔色を変えた。

「これ、どうした」

「俊子さん、上海でなくなったのよ」

五十日の拘留で、疲れはてているからだを、写真の前になげ、芳子は激しく慟哭《どうこく》した。

「なぜ、死んだの、もう一度、笑って話したかったのに」

田村俊子は、ちょっと行ってくるつもりだった北京で一年余りもすごした後、南京から上海に移り、そのまま住みついてしまったのだ。上海で、華字雑誌『女聲』を発行し、名前も左俊芝と称えていた。華美好きで贅沢好きの俊子は、はからずも、終戦前の日本の窮乏した生活も、恐ろしい爆撃も味わわず、上海で死んでいった。

二十年四月十三日、上海北四川路の路上の洋車《ヤンチョ》の上で、突然、脳溢血におそわれ、そのまま意識が戻らず三日後に死亡した。俊子の中国服の胸には、コティのコンパクトがしのばせてあったという。享年六十一歳であった。

俊子の訃報は上海の日本大使館から東京にもたらされ、東京にとどまっていた岡田八千代のところにとどけられた。

軽井沢の山原鶴のもとへ、岡田八千代からその訃報がとどいたのは、湯浅芳子が、軽井沢警察に拘留されている間だった。

冬晴れのある午後、私は、雑司ケ谷の墓地を一人訪れた。

閑散な墓地に、人影はなかった。師走なかばのあわただしさのせいか、墓地に花の影は少なかった。赤茶けて末枯《すが》れた、しきみも目についた。蕭々《しようしよう》とした冬の墓地で一つの赤い色が、しみいるように私の目をとらえた。

鶴女の置いていった折鶴の紅だと、私はすぐさとった。

折鶴は、泉鏡花の墓石の前に供えられてあった。田村俊子の白い指が折った紅い鶴が、しんと、気品高く羽をひろげているのをみつめていると、ついに故国に住みつけなかった田村俊子の放浪の孤愁が、思いやられてきた。

「……自分が何所に居るのか分らないやうな漠とした旅愁、もう旅に居る筈ではなかつたのに、何か依然として旅に居るものゝやうな私の潜んだこゝろが、ふつと全面にありありと浮んで来たとでも云ふやうな旅愁である。

其の感情を味つてゐると何時かは又こゝを離れて行くやうな寂しさを含んでゐる。そんな運命が何所から来るのか、それは自分にも分らない。唯遠くへ漂ひ流れて行くものゝ、其の途上にあるやうな寂しさである。一人かけ離れた寂しさは何時も附いて廻つてゐた。……」(二日間)

本町アパートに落着いたばかりの頃、彼女が発表した短文の一節も思い出されるのであった。その時、彼女は、まさかじぶんの漂泊の晩年を予感したわけではなかろうに。

山道

その朝、配達されたたくさんの郵便物の中から一葉のはがきをとりあげた時、私は珍しいものを見た驚きと嬉しさを感じた。もうかれこれ十年近くも逢ったことのない友人の名を見出したのだ。型どおりの時候の挨拶や無沙汰のわびのあとに、穏やかで、平和な、つつましいサラリーマンの家庭の主婦としての幸福な日常をさりげなく匂わせてあった。更に、それがはがきの目的であるように、行をあらためて記してあった。

「思いがけず、知人の家で、あなたたちのやっていらっしゃる同人雑誌を拝見して、なつかしくなりました。あなたの『東慶寺』読みました。あの中に出てくる田村ふささんが、すぐうちの近所にいらっしゃるのですよ。時々お逢いして、あなたの話などしております」

私は雀躍りしそうになった。また、手繰り寄せる糸口がとびこんできた。私が去年の夏「田村俊子」の第一章「東慶寺」を、同人雑誌『無名誌』に発表して以来、思いがけないはがきや手紙が訪れてくる。

「彼女がデビューしたのは、私の中学四年の頃で、私の同級生の一人は、彼女を崇拝し、わざわざ上京して彼女の家の門の前をうろついたといっていました。偶然彼女が出てくることを期待したのでしょう……」

と、まだ逢ったことのない高名な文学者のはがきをいただくかと思うと、全然、未知の人から、

「私の知人に、田村俊子の浅草東陽寺時代、新聞に投書しながら母と住んでいた、西垣某の第二夫人だった時代――を知悉している方があります……」

と、新史料を教えてくれる手紙なども舞いこんでくるのであった。発信地も東京近在から、全国にとんでいた。私は、それらを頼りにして、人を訪ね、人を招き、見知らぬ土地へも出かけていく。図書館と、ある出版社の書庫を往復して、古い雑誌を読みあさる。俊子に関するノートは次第にかさ高になり、私の机の上を占領する。いつのまにか、私の生活は、田村俊子によって規定

され、時間割を強いられ、行動半径をひろげられていった。

かび臭い紙の匂いのする明治や大正の古雑誌を、終日読みあさるような日が何日もつづくと、私は、じぶんの机上のランプ型の電気スタンドのほやが、今にも石油の油煙で曇りはじめるのではないかと奇妙な不安にとらわれたりするようになった。そんな幻想に疲れ、思わず机にうつぶしてうたた寝をすると、夢に彼女の生活をありありと見ることもあった。現実に生きているじぶんの生活や社会が、薄ぼんやりしたピンボケの幻燈画のように次第に目の前から後ずさりしていくようだった。

パーマののびきった髪をひっつめ髪にし、時にはスラックスの脚をあられもないあぐらに組み、ペンのお尻をかじっているような、現実のじぶんの姿は、漠々と霞んでしまい、あたりには、濃い頭油の匂いと、固練白粉《かたねりおしろい》の鉛くさい匂いが漂いこめているような気がしてくる。

「この女作者はいつも白粉をつけてゐる。誰も見ない時などは舞台化粧のやうなお粧《つく》りをしてゐる。もう三十に成らうとしてゐながら、随分濃いお粧りをしてそつと喜んでゐる。少しぐらゐ身体の工合の悪るい時なら、わざ〳〵白粉をつけて床《とこ》のなかに居やうと云ふほど白粉を放す事の出来ない女なのである。おしろいを塗《つ》けずにゐる時は、何とも云へない醜いむきだしな物を身体の外側に引つ掛けてゐるやうで、それが気になるばかりぢやなく、自然と放縦《ほしいまゝ》な血と肉の暖《ぬく》みに自分の心を甘へさせてゐるやうな空解《そらど》けた心持になれないのが苦しくつて堪らないからなのであつた。さうしておしろいを塗《つ》けずにゐる時は、感情が妙にぎざ〳〵して、『へん』とか『へつ』とか云ふやうな眼づかひや心づかひを絶えず為《し》てゐるやうな僻《ひが》んだいやな気分になる。媚《こび》を失つた不貞腐《ふてくさ》れた加減になつてくる。それがこの女には何よりも恐しいのであつた。だから自分の素顔をいつも白粉でかくしてゐるのである。さうして頰や小鼻のわきの白粉が脂肪《あぶら》にとけて、それに物の接触する度に人知れず匂つてくるおしろいの香を味ひながら、そのおしろいの香《か》の染《し》みついてゐる自分の情緒を、何か彼《か》にか浮気つぽく浸し込んで、我れと我が身の媚に自分の心をやつしてゐる。

どうしても書かなければならないものが、どうしても書けない〳〵と云ふ焦《じ》れた日にも、この女作者はお粧《つく》りをしてゐる。また、鏡台の前に坐つておしろいを溶いてる時に限つて、きつと何かしら面白い事を思ひ付くのが癖になつてゐるからなのでもあつた。おしろいが水に溶けて冷たく指の端《はじ》に触れる時、何かしら新らしい心の触れをこの女作者は感じる事が出来る。さうしてそのおしろいを顔に刷いてゐる内に、だん〳〵と想が編まれてくる――こんな事が能《よ》くあるのであつた。この女の書くものは大概おしろいの中から生まれてくるのである。だからいつも白粉の臭《くさ》みが付いてゐる」(女作者)

こういう女臭さや、濃艶な情緒とは、およそじぶんは無縁な人間だと思っていたのに、いつのまにか、私は、じぶんの肉体の奥にも掘り出せば、こんな白粉くささが、かくれてぶすぶす醱酵《はっこう》しているかもしれないと、不安な目つきになることさえあった。

彼女の数奇な生涯のアウトラインがつかめ、彼女の数多い情事の匂いにもなれてくると、いちばん不可解なのは、なぜ、俊子が、せっかく帰って来た日本から、突然また、中国へとびたっていったかであった。表向きは、中央公論の特派員として、一、二カ月の予定で渡燕したことになっているが、何か直接の動機や原因がありそうであった。

その点を、私は、私に俊子の存在を教えた田村ふさにききたいと思っていたのだ。私は早速、はがきをくれた友人に返事を書き、すぐにも田村ふさの住所を教えてくれと頼んだ。それから二日後の午後、突然、受話器の中に、歯切れのいい江戸弁の低い女の声がひびいた。

「誰だかわかる」

十何年ぶりかで聞く田村ふさの声だった。荻窪に住んでいるという彼女は、すぐ私を訪ねて来てくれた。私は早速「東慶寺」を読んでもらい、私の疑問をただした。

「北京へいったのは、窪川鶴次郎との恋愛を清算するためでしょ」

「だって、その時もう俊子は五十四歳でしょう」

「年なんか死ぬまでない人だったのよ」

俊子がバンクーバーから帰国した時、長谷川時雨が主になって歓迎会が開かれた。その会で、ふさははじめて俊子に逢った。

会が終り、俊子を中心にして数人が、銀座へくりだした。ふさも呼ばれた。

「きみは、変った子だね」

というのが俊子の、田村ふさに対する感情だった。それ以来、親交がはじまった。親のような年の俊子のアパートへ、ふさは毎日のように出入りした。

花の好きな俊子は、ふさがいつでも花を持っていくのを喜んだ。家族のような親しさで、本町アパートの部屋に招じ入れられていたのに、一年余りたったころから、時々俊子が、ノックの音に首だけつき出し、

「今日はだめ」

と、すげなく追いかえした。五度に一度はそんなことがあり、そのうち、俊子の部屋には、男が住んでいるという噂を耳にするようになった。追いかえすばかりも出来ず、しまいには、俊子の部屋で、情人然としている男に何度か逢った。

俊子の新しい情事は、アパートでは公然の秘密だった。

「ちょうど、私が父の死で、昭和十三年の十一月北京から東京へ帰ってる時、俊子さんが十二月に急に北京に発ってしまったので、入れちがいになったのよ。葬式を終えて、私が北京へ戻ったら、友人がみんな、佐藤俊子が(帰国後佐藤姓を名乗っていた)来て、あんたを探しているって

口々にいうの」

東交民巷の六国飯店に滞在していた俊子の許へ、早速かけつけると、俊子は嬉しそうに迎えた。

「あんたがいるから、とにかく北京へ着きさえすれば、何とかなるさと思ってやってきたのよ」

東交民巷は、外国の領事館や大使館関係の人々の住む地区で、ヨーロッパのどこかの街へまぎれこんだような気のする特別な地区であった。そこにある六国飯店は、北京飯店よりも格が高く、ホテル代も北京最高である。

当時、田村ふさが師範大学でもらう給料が二百円で、それに外務省手当がついて二百八十円の手取りであった。六国飯店のホテル代は一週間で二百円、その上チップがつくので三百円近くなる。

ふさが訪れた時、俊子はもう完全に一文なしで、ベッドに寝ころがっていた。

「ああ、よかった。あんた早くホテル代支払ってよ」

三百円のホテル代を、もう何週間も滞納していた。

ふさは仕方なく、たまっていたホテル代の支払いだけはしたが、後がつづきそうもないのであわててしまった。聞いてみると、俊子は北京でこれという目的もないらしい。

「日本がいやになったのよ」

というばかりだ。ふさが、内地で聞いて来た情事の破綻が、俊子をやけにしているような、破れかぶれの面が濃かった。

ヨーロッパふうな雰囲気のする東交民巷は、大いに気にいったらしいが、今後の生活費も、専《もっぱ》らふさの懐をあてにしている様子なので、ふさはやむなく、ホテルを替ってくれるように申し出た。

「先生、もっと安いところへ替って下さいよ。とてもあたしの力じゃ、この後面倒みきれない」

「あ、そう。じゃ探してきてよ」

まるで他人事《ひとごと》のような調子でいう。

ふさは、中国飯店を選び、そこへ俊子を移した。その間も、顔さえみれば、

「お金ない」

と、きりだす。

ふさの預金はみるみるなしくずしになっていった。それでいて、顔をみれば断りきれない何かがある。天性の借金の名人なのかもしれないと、いまいましくなりながらも、ふさは俊子をつっ放すことが出来なかった。

中国飯店は、ひどく俊子の気に染まなかった。

「こんな汚くてバスもないところいやよ。一日もがまんならないわ」

仕方なく、今度は、哈達門《ハータメン》の韓記飯店に移した。ここには屋上にビヤホールもあったので、どうにか俊子の気にいった。一カ月二百円の部屋代は、ふさの一カ月の給料に相当するけれど、六国飯店に居つづけられる思いをすれば、いくらかましというものである。そこへは新聞記者連中や、当時北京にいた立野信之などがよく訪れていた。

ホテル代はふさに払わせ、後はどこで手に入れるのか、いつも、紫に黒の花模様の派手な中国服を着て、大粒の翡翠《ひすい》の指輪などはめるようになっていた。軍部の某高官の世話を受けているという噂も流れたりしたが、ふさにはそんな気ぶりを見せなかった。北京から上海へ移るまで、生活面ではほとんどふさにもたれていたことから見れば、世間の噂ほどのスポンサーもついたとも思えない。

ある日、珍しく、俊子は、田村ふさが劉という中国人の女子学生と二人で住んでいる中国式の家屋を訪れたことがあった。石畳の床の手ぜまな中国式の家屋に入って来て、亞の字型の櫺子窓《れんじまど》

からさしこむ柔らかな日ざしに目を細め、ぼんやり坐っていた俊子が、

「いいなあ、ここ、ここへ来て三人で住もうかな」

と、いい出した。

「だめよ。先生みたいな贅沢な人に来られたら、たちまちここが破産しちゃう」

ふさも笑いごとにしてそう返事した。俊子も低く笑い、それっきりここへ住むとはいい出さなかったけれど、簡素なそんな生活ぶりに、じぶんでは出来ないくせに、憧れているふうは、その後も時々のぞかせた。

ふらりと思い出したように時々やって来ては、劉のつくる餃子を美味《おい》しそうに食べていった。

「色が白くて、五十すぎても、チャーミングな不思議な魅力があったけれど、毛深いのを自分でとても気にしていたわね。脚に男みたいな毛が生えているのを苦にして、真夏でも靴下を離したことがなかったわ」

この人も、さんざん迷惑をかけられた話の末に、

「でもあんな、気っぷのいい女はもうあの人以来逢ったことないわね。思い出しても、なつかしさだけが浮んでくる。一度上海へ出かけて逢いたいと思っているうちに、とうとう亡くなってしまった」

と、話を結んだ。

田村ふさの話で、何が、俊子を突如北京へ渡らせたかという謎がとけた。

私は窪川氏に人を介して、真偽をたずねてみた。氏は、たまたま『群像』に連載中の佐多稲子の小説「灰色の午後」が、当時のことはほとんど正確に伝えているから読むようにと示唆を与えてくれた。

「灰色の午後」は、昭和十二、三年ころのある進歩的作家の家庭を中心として、その周囲の人々

をとおし、愚かな戦争に狂奔している日本の、曇天に掩《おお》われたような重苦しい日々の相を、女主人公の私小説的視点から、克明に描きあげたものであった。

女主人公の女流作家川辺折江、惣吉夫婦は、明らかに、作者夫婦とみなされる。夫惣吉の情事の相手は、田村俊子とみなしてよいものであろう。

小説の中で、その女は、吉本和歌という女医になっているが、和歌の思考方法や、行動の節々は、まったく俊子的である。それは、折江の畏敬する親友として描かれている美濃部数子の思想や行動が、まったく宮本百合子的であるのと同じ程度に。

昭和十一年の大晦日の夜、三人の女連れが浅草の観音様へ出かける情景から小説ははじまっている。三人の女とは、進歩的女流作家美濃部数子（宮本百合子）と川辺折江（佐多稲子）、女医の吉本和歌（田村俊子）である。

「今日は着物で黒びろうどのショールをかけ、白粉《おしろい》けの見える顔を正面に振り上げたような姿勢のままで吉本和歌は、持ち前の歯切れのよい口調で云った。

『浅草へ来たんだから、やっぱり先《ま》ず観音様をおがまなきゃいけないわね』」

この夜、吉本和歌は三人の中で、いちばんはしゃいでいた。仲店で稲穂のとりこめのかんざしを二本買って二人の友に与えたりする。

折江と数子は、同じ文筆の仕事をしているだけでなく、この数年、いっしょの団体と、非合法運動の組織との激しい活動を共にしてきた。その生活の内容も知りつくしあっている緊密な結びつきなのに対し、数子をとおして、この二人の仲間に後から交りこんだ和歌だけは、一人医者という別の職業を持つだけでなく、独特の派手で伝法な江戸下町育ちらしい雰囲気が、異様なものとして目立っている。

和歌の一人浮き上った声や調子が、ある違和感を三人の間にかもしているのが、最初の章から読者に意識させられてくる。そして和歌の口からしきりに折江の夫の惣吉の名が出されるのも、和歌が惣吉の下駄を見立てたり、惣吉のために清水焼の湯呑を買ったりするのも、印象的である。惣吉が和歌の患者であるというだけではない微妙な空気が、和歌の言動の中に感じられる。含みの多い第一章で、すでに、和歌と折江夫婦の間に、何かが起りつつあることが予想される。

この頃すでに折江夫婦の日常生活は複雑にもつれていた。

「……この頃の惣吉は、折江のみやげに弾《はず》んでくるような容易さではなかった。彼はめったに笑い顔も折江の前に見せなくなっていた。大晦《おおみそか》日の今日も、朝の食事をすますと、近所に借りている自分の仕事部屋にそそくさと出かけ、すぐ一度もどってくると、丁度来合せた若い友達の伊原と、早速のようにどこかへ外出していた。大晦日だからわが家にいようなどという心づかいは、わざと折江に向かって無視して見せるような素早い身体つきであった。折江もまたそんな惣吉に何らかの妻らしい言葉をかけるでもなかった」

そんな昏《くら》い空気の中で、折江の家庭は昭和十二年を迎える。夫婦が同じ文筆の仕事を持つため、仕事と生活とのぶっつかり合いからさまざまな不都合を生じ、その打開策の活路として、夫が外に仕事部屋を持つという方便がとられていた。けれど、この一種の別居態勢は、夫婦の間のすきま風をいっそう冷たくしていくようであった。折江は夫の異様なほどかたくなになっていく冷淡さに、はっきり疑惑と不安を感じながら、暗く沈んでいった。

惣吉は仕事部屋に寝ない日もあった。折江にはそんな時、奇妙にまざまざと、惣吉のいる場所の情景が、想念に浮び上ってくる。あり得べからざる想像なのに、不思議な執拗さで浮ぶ幻影に、折江は一人さいなまれていた。年上の女——高級アパートの部屋、それは和歌の派手な美しい顔であり、和歌の一人住いのアパートの部屋である。そのくせ、妄念はあくまで折江一人の頭の中で狂おしく渦まき、外へ向かっては出て来ようとしない。現実に和歌から、突拍子もなく手紙が舞いこんだりすると、折江の日ごろの妄念は、はたと、動きをとめてしまい、ただ現実の和歌の手紙の文字だけに心がすなおになごめられていく。

「――あなたは忙しいの、私は相変らず、といって毎日、くさくさしている。頭は痛いし、熱はあるし、別に風邪をひいたわけでもないんだけど、何をするのもめんどうくさいし、淋しくてしようがない。惣吉さんは無事？　この間数子さんに逢ったら心配な話を聞いたんだけど、それで私もあなた方のこと心配しています。執筆禁止なんて、政府は、そんなにこわいのかねえ。あなたが遊びに来ればいいとおもうけれど、電話はないし、フリージャの鉢を並べてひとりで匂いをかいでいるばかり。あした遊びにゆきます。どんな用事があってもほうり出して待っていてね、その代り、おいしいおすしを持ってゆくから――」

甘ったれたそんな文面を、惣吉に読んできかせ、折江は、

「あの人、妙に淋しがりやねえ、いつも表面、強そうな顔してるから、その裏が私たちの前では出るんだろうけど、いろんなおもいもあるにはあるんだろうな」

といい、

「彼女のときどきふっと、心がどこかでひとり歩きしているような表情や、癇《かん》のつよい素ぶりなど」思い浮べ同情する。

和歌は、じぶんの手紙などけろりと忘れたふうで、その日はやって来ず、勝手な日にふらりと訪れる。「約束どおり来なかった言訳けなどはしない。それはいつも、そんな調子なのであった」

惣吉と折江を前にして、けろけろと一人ではしゃぎ、数子が折江をすきらしいと、「すき」に意味をこめ、からかうように折江を見つめたりする。和歌のつかう「すき」には、男女の愛のニュアンスがある。折江はそんなことばから、和歌が若い日に、同性愛の結びつきで女同士の官能的な愛情を持ったことがあるという噂を思い出す。和歌はじぶんのことばにけしかけられたよう

に、なおもはしゃいだ声でつづける。

「『そりゃ折江さんを好きなのは、私だってそうだものね。私も折江さんを大好き。そりゃ惣吉さんもいい人だけど、私、折江さんの方がどっちかといえば好きだわよ。惣吉さん、かまわないでしょう』

はやし立てるように惣吉を見返った。惣吉は返答に困った顔で、苦笑に唇を曲げている。

『ねえ、折江さん、私、何かあなたに買って上げたいねえ。今なにか欲しいものないこと』

『あら、どうして、私いらないわ』

『私が買って上げたいんだからさあ、ねえ、何かあなたの仕事をするとき、身のまわりにおいとくもの、そんなもの』

和歌はそしておもいついたように自分で云い出した。

『そうだ。座ぶとんの布を買って上げる。私が見立ててね。どう?』

『ええ、そりゃありがたいけど』

『近いうち買って持ってくる。きっと、その布で座ぶとん作って、折江さんが使ってね。きっとよ。ほかのなにかに使っちゃいやよ』」

そんな高びしゃな甘ったれ方をしているかと思えば、突然、和歌は帰るといいだし、それまでの調子とがらりと変った荒々しい口調で口走る。

「『いつまでもこんなところにいられやしない』」

折江ははっとして和歌を見つめた。こんなところとは、それがどういう意味なのか、と考えるまもなく和歌は口走ったことにそそり立てられるように、癇の立った声でつづけた。

『豆腐やのラッパが聞えたり、よその台所の音が聞えたり、わたしゃ、こんな場所が堪《た》まらない。しんから厭ッ、だからわたしゃ、地べたに喰っついた家はきらいよ』

そう云って和歌は、惣吉と折江の、一言もなく見つめた視線をはずすように、そして自分もしんからそわそわしてしまったように、鞄を引きよせて帰り仕度をした。折江はこの家のうすぎたなさを指摘されたのかと、興冷《きょうざ》めた気もし、和歌に気の毒にもなったりして、

『もう、帰る?』

と云った。

和歌をおくって折江だけ外へ一緒に出ると、流しの車を探す姿勢で、往来に顔を振り向けたまま和歌は、

『折江さん、今度いつ遊びに来る。ときどき来てくれないと、淋しい』

と云った。それは顔は外に向けたままの言葉だから、上の空で云っているようでもあり、虚勢をよそおいながら、本心の淋しさを訴えかけたようでもあった。そして車に乗った和歌は、窓越しに、

『ほんとに来てね』

と、今度はきげんのよい声を残した」

ヒステリックな和歌の調子にふりまわされた感じの折江は、和歌のいなくなった茶の間で、惣吉にはじめて、じぶんの惣吉と和歌の間にかける疑惑を訴える。惣吉は一笑に附してとりあわない。

惣吉の折江に対するよそよそしさは一向にあらたまらなかった。家の近所に火事のあった晩も、折江の公判の前夜さえ、惣吉は外泊して帰って来なかった。折江は眠れない夜じゅう、惣吉を引きとめる女の俤《おもかげ》として、まざまざと和歌を描くが、昼間の光の中では、妙に夜の疑念が薄ぼけてしまうのだ。その上、和歌は、そんな中にもしげしげと手紙をよこしたり、ひょっこり訪ねて来たりする。約束の品だといって、黒地に赤と黄の椿の花のメリンスのふとんがわを持って来たり

する和歌と、夜の疑惑の中の和歌の俤が、折江の中では一つにならないのであった。そんな和歌を迎えると、ありきたりの女友達のように、

「結婚なさる気はないの」

などぬけぬけした会話さえ出てくるのだ。

「『私？　私はもう駄目よ。誰かを愛したって、その人をあくまでも自分のものにしようって気なんかないんだから。夫婦で力を寄せ合っているのを見たりすると、涙がこぼれる。あなたたちも仲よくやっていって頂戴。折江さんを見ると、いい奥さんだとおもうな。あんたみたいないい奥さんはめったにありゃしない。それを粗末にするなら、惣さんが悪いんだ。あのひと、少し我ままね』」

そんな親身なことばを出すかと思うと、急に表情を曇らせ、

「『私、もうこの頃日本がつくづく厭よ。どこか外国へでも行きたいんだけど、こんな情勢じゃ、どこへも行かれやしないしね。折江さんは、そんなことおもうことない？』」

とつぶやいたりする。和歌には和歌の悩みが、かくされているようでもあった。

また、ある日は、薄紫の小紋の袷に身をつつみ、匂うような粧《よそお》いで訪ねてくる和歌でもあった。折江に案内されて惣吉の仕事部屋にいく途中、和歌は、折江の肩を抱きかかえ、まるで男が女を抱く時のような悩ましい息づかいになり、思いにあふれたように折江の耳にささやきかける。

「『可愛いい人、可愛いい人、折江さん、私は、あなたが好きなの。惣吉さんより、あなたの方がずっと好き。それは信じてね』」

折江は、妖しい倒錯の愛情を示され、どう受けていいかわからない。和歌を目の前にすると、夫と和歌を結びつける妄念は、嘘のように折江の頭から消えていくのだ。

翌十三年の九月のある日、折江は外出先から思いついて、久しく訪ねない和歌のアパートに寄

ってみる気になった。和歌の部屋の前で折江は、ふっと惣吉の姿をその中に描き、じぶんの日ごろの想像が的中した場合をおそれる。

「扉の前に立った折江の前で、扉が半ばうちからあけられ、和歌が顔をのぞかせた。

『ああ、折江さん』

瞬間に和歌は、媚《こ》びるような微笑を浮べた。その微笑はまるでこぼれるように鮮やかであった。

『あのね、とっても散らかしているのよ。あなた、下の食堂で待ってて、すぐ行くから。御飯まだなんでしょう。一緒に御飯食べましょうよ。ね』

首だけ出して、口早やに云った」

折江は瞬間、部屋の入口に男の下駄を見たと思った。惣吉がいる。ほとんど確信に近い思いで、惣吉の存在を認めながら、折江は放心したように下の食堂に下りていく。そしてやがてやってきた和歌と、何気ない気まずい会話をかわして、そのまま別れて帰ってくるのだった。

その間の描写は、山原鶴や、田村ふさが、本町アパートへ訪ねた際、俊子に追い払われるさまと、まったく類似しているのだ。

「私が、俊子さんのところへ紹介して、時々つれていった女子大の友人は、私が北京へいった後も、一人でちょいちょい本町アパートへ訪ねていったのよ。彼女が北京の私によこした手紙だけれど——ある日、彼女がいつものように、俊子さんの部屋にいったら、ノックしても返事がないんだって。ちょっとドアをおしてみると、軽くあいてしまったので、何気なく首をつっこんだら、部屋の中に、宮本百合子と俊子さんが向いあって坐っていたんだって。何とも形容のしようのない異様な空気が漂い、二人とも放心したように、入口をふりかえったというのよ。その時の二人の顔は、泣いた直後のように、醜く泣きはらされた感じで、友だちはびっくりして、声も出ず立ちつくしたというの。ちょうど、宮本さんが、窪川さんの件を忠告に来てすったもんだした直後だったのだろうと、友だちはいっていたけれど――」

田村ふさから聞いたこんな話の場面は、またそっくり、「灰色の午後」の中に描写されていた。和歌のアパートの交換手が、美濃部数子の許に出入りする女へ、和歌と惣吉の情事を逐一話したことから、数子の耳に入り、数子が折江の家へ、忠告にいく。数子と折江の前に、惣吉は呼び出され、詰問されるが、彼はしらばくれてそんな事実はないとうそぶく。そのことから、数子が、デマなら、その根拠をつきとめたほうがいいという意見で、和歌の許へ話をしにいく役をじぶんから買って出る。折江は、半ばその事実を認める心がありながら、行きがかりに、数子にそのことを頼んでしまう。

数子が翌日、和歌のアパートへ単身乗りこみ、その結果の報告を折江の家に持ってくるあたりから、この長篇の終末の章に入るのだが、最後までの盛りあがりと迫力は迫真的である。惣吉と和歌との破廉恥な裏切行為に対して、折江の受けた心の傷と、憤りの激しさが、黒い炎を行間からふきあげてくるような、なまなましさがある。

折江の家に報告に来た数子はいう。

「『私は、和歌さんの前で、どんなだったとおもう。あの人、ひどいひどい権幕で、いきなり私を怒鳴《どな》りつけたのよ。私はしまいに、わあわあ泣いてしまったのよ』

『私は、もう何もいうの、厭よ。とにかくひどいことよ。私に吉本さんに逢えって云っておいて、そのあとでちゃんと工作しとくなんて考えられる？　仕組まれた中に、私はぬけぬけと押し出されたわけですからね。惣吉さんは私が帰ったあと、早速和歌さんに逢って、打ち合せをしたのよ。どう？　なんてひどいの。私はそこへだまされにゆけばいいの？』

『和歌さんはああいう気性だから、はじめはひどい調子だったんだけど、最後までの嘘は持ちこたえられないの。その点、あのひとの方が正直よ。おしまいにはあのひと、惣吉さんのことでぐちをこぼしていたわ』

『惣吉さんはこの頃、殆ど和歌さんの部屋で仕事をしていたんだそうよ。交換手にも知れるはずよ。和歌さんの部屋から、方々新聞社なんかにも電話していたっていうんだもの』」

そこまで、事実が歴然とあばかれても、惣吉という男は、妻と数子の前であくまでしらをきりとおす。

「『吉本さんが何を云ったか知らないが、僕は絶対に知らんね』」

惣吉のことばは、どんなに妻や数子が確とした証拠をつきつけても、がんとして変らない。それは不可解なほどのがんこさで固執されるのだ。

折江はそんな夫に絶望し、早急にこの不潔な夫と別れるために、移り住む貸家を探すことになった。

雑司ケ谷の鬼子母神近くに手ごろな貸家をみつけて帰った夜、折江は惣吉を、肉体で許してしまった。結果的にみれば、下世話でいう夫婦げんかの最も安易な仲直りの仕方であった。けれども、目覚めた進歩的作家であり、同時に女らしい柔軟な心の襞が人一倍湿っているような折江にとっては、その仲直りの仕方がまた、屈辱の鞭《むち》となって我身に打ちかかってくる。

「『ほら、お前だって』」

見破られる官能のたしかな証拠に、羞《は》じはその中にはぐらかして折江は埋没していった。その間にひらめくおもいは、今はもう共犯の意識であった。惣吉の罪に彼女自身もはや加担者となった、という共犯の意識であった。

ああ、共犯だ、共犯だ、どこかでそう叫ぶ彼女の悲痛な泣き声は、官能の泣き声の中にひとつになって妖《あや》しい勝利を挙げていた。しかしその時、折江の魂の中に保たれていた大切なものは、ぱちん、と音をたててくだけ散っていた」

「……あの夜以来、惣吉と折江は自分たちの狎《な》れ合《あ》いを深めるために、夜毎の情痴に溺れた。そのとき折江の意識の上に第三者が介入することは、麻薬の働きをした。彼女自身姦通の刺激に燃えた。勿論、惣吉がその後和歌と逢っているというわけではなかった。が、それだけ和歌は犠牲者となるべき立場であった。折江は惣吉にささやく。

『私は、もう共犯者よ。ね、ね、そうでしょう』

『うん』

答えながらも惣吉は、折江の云う意味を充分つかんでいるとはみえなかった。折江の、惣吉に屈服した行為は、彼女の倫理でいえば、自分をその関係に堕《おと》すことによって和歌をも軽蔑したことであった。夫婦というつよい狎れ合いがその上にあって、和歌は彼ら夫婦から見捨てられたもっとも惨澹たる被害者であった。折江はもう自分を加害者の立場においていた。共犯の悪が被害者をつくり出すのだ」

ともかく夫婦の間でそういう和解がなり立っているとは知らず、和歌は、ぷっつりと逢いに来なくなった惣吉を、がまんしきれず、仕事部屋に訪ねていく惨めな状態に、じぶんをおとしこんでいった。

惣吉は和歌がじぶんを訪れたことを聞くと、

「……惣吉は折江にもたれかかるように、

『どうしよう』

と云って、はにかんだ笑いをした」

折江は、最後の別れなんかされてたまるものかといった荒びた心になり、じぶんが和歌に単身逢いにいく。惣吉の部屋でしょんぼり待っていた和歌は、折江を見ると「ああ」といって顔をそむけ、そむけたままの顔でいう。

「『折江さん、あなたおこってる? おこってるでしょうね』

『あなたひとりを責める気はないわ』

折江はそう云い、何か言葉の浮くおもいに恥じた。和歌の声は沈んでいた。

『あなたたちの仲間の間に、私なんかが飛び込んでかき乱してしまったわね』

『もういいわ』

『ほんとうは私は、折江さんが好きだった。いつかも云ったけど、それはほんとうよ。それだけは信じてね』

『ええ』」

そんな惨めな会話をつづけた後で、和歌は折江に送りだされ、二人で大通りへ出ていく。そして突然、こんな立場の女のことばとしては、突拍子もないことをいいだすのであった。

「『これからあとね。私、ときどきあなたたちの家へ、御飯でもよばれに来ちゃいけない。駄目? そんなことでもなけりゃ、私、とっても淋しくてやりきれない』

強気がくずれ落ちたように、和歌は悄々《しおしお》としていた」

その事件が十三年十月なかばのことで、十月の末に武漢三鎮が陥ちた。年も押しせまった頃、折江は見しらぬ人から、吉本和歌が、突然、ハルピンへ発ったことを手紙で知らされる。

その日、折江と惣吉は銀座へ出て、仲よくドイツ料理をたべる。

「灰色の午後」はそこで終っていた。

この長篇小説は、ここに抜き出したような、夫婦間の三角関係の情事だけを書いたものではもちろんない。エピソードとしても、十二年の暮、岡田嘉子を道づれにカラフトからソ連領へ越境した杉本良吉や、その残された妻のこともある。主人公夫婦の家で結ばれた若い友人の結婚、出産、男の死なども書きこまれている。大陸の戦争が進み、政府の言論統制が急速に激しくなる昏い世情の中で、いつ執筆禁止にあうかわからない良心的作家の苦悩や、歪められた生活が、大本のモチーフになっているのはいうまでもない。けれども、この夫婦間の情事のもつれが、あらゆる場合に、ヒロインの思考や行動の底に、暗い流れとなって絶えまなく流れ、全篇を掩う暗鬱な主調音となってひびきわたっている。

その中で、作者の自虐にみちた筆つきは、この一家の醜聞を、誰にも公平に突っぱなして描いてみせ、決して、和歌という女に荒々しい非難の目も加えていなければ、その愚かさを嘲笑もしていない。

けれども、ここにあらわれる吉本和歌の愚かさと道化じみた惨めな顚末《てんまつ》は、ぬぐいようもなく読者の胸にのこる。

筑摩書房版「現代日本文学全集」〈平林、網野、佐多、壺井集〉の佐多稲子の年譜によれば、

「昭和十一年（一九三六）三十二歳

『くれなゐ』を『婦人公論』一月号より六ケ月連載、最後を『中央公論』に書き完結す。春、バンクーバーより帰国した田村俊子を知る。予審のため検事局に通ふ。四月二十七日父正文、死亡す。

昭和十二年（一九三七）三十三歳

戦争の進行につれて執筆困難となる。公判開かれ、懲役二年、執行猶予四年となる。八月『くれなゐ』を中央公論社より出版す」

とあって、小説中の事件はほぼ裏づけされる。

三人の知りあった昭和十一年には、稲子は三十二歳、俊子は五十二歳、百合子は三十八歳であった。

俊子と百合子は同じ日本女子大中退である。百合子の「貧しき人々の群」が『中央公論』に載

ってデビューしたのは大正五年、その頃田村俊子は、文壇随一の人気女流作家だったから、二人の結びつきは容易に想像される。バンクーバーから帰国後の俊子が、左翼文学に関心を寄せ、俊子から宮本百合子に近づき、百合子をとおして、佐多稲子を識ったのであろう。そして佐多稲子の魅力に強くひかれ、家庭に出入りするうち、窪川鶴次郎との問題が起ったとみられる。

俊子はこの当時、岡本かの子、宇野千代、平林たい子、円地文子等とも交遊があった。岡本かの子は、まるで恋文のような情熱的な分厚い手紙を、しばしば本町アパートの俊子のもとへ送っていた。平林たい子、円地文子とは女三人連れで新宿の遊廓に上ったりしたこともあった。


けれども俊子じしんが、いちばん積極的に心をひかれたのは、誰よりも佐多稲子だった。そんな中で、田村俊子が、十三年十二月六日に突然北京へ渡った時は、「灰色の午後」のことばを借りれば「周囲の解し兼ねる突然のおもいつきみたいにして」決めてしまったのだ。山原鶴と田村ふさの話を総合してみても、俊子の渡燕がいかに行き当りばったりの、無計画なものだったかが想像される。


俊子は帰国以来の二、三年、どんな文筆活動をしていただろうか。

昭和十一年六月、小説「昔がたり」を『文學界』に、十月、小説「小さき歩み」を『改造』、十二月、その続篇「薄光の影に寄る」を同じく『改造』に掲載。その他、随筆や小品を『改造』『中央公論』『新女苑』等に佐藤俊子の名で発表した。

昭和十二年は、九月に小説「残されたるもの」を『中央公論』に発表している。

「昔がたり」は、山原鶴に聞いた鶴の教え子の話を、ほとんどそのまま書いたものであった。「小さき歩み」は、二世の娘を主人公にし、社会主義的傾向をみせて意欲的だが、作品として燃焼しきらず、失敗作であった。

日本を去った昭和十三年には、ほとんど隔月ぐらいの割で『中央公論』に短い随筆がみえている外、これという仕事もしていない。

「学生に贈る書」「女学生に贈る書」などの随筆は、常識的なお説教じみたもので、何の魅力もなければ、俊子らしい筆つきもない。

ただ、「愛の簪」等という題で、じぶんの子供時代からの簪に対する思い出や、知識を語ると、それは不思議な色気が行間から漂い、往年の俊子の文名をしのばせるみずみずしい情感が匂いたってくるのであった。『中央公論』の九月号に「愛の簪」をのせ、十一月号に小説「山道」を久しぶりで書いている。それが、彼女の文筆活動の最後であった。

その月の『中央公論』は、表紙に、「女流短篇小説特輯」、「三民主義の検討」と、二つの特集記事を刷りこんでいる。

創作陣の顔ぶれを示すと、

「老妓抄」　岡本かの子
「竈の火は絶えじ」　中本たか子
「秋袷」　矢田津世子
「膿盆胎児」　小山いと子
「煉獄の霊」　円地　文子
「山道」　佐藤　俊子
「恋の手紙」　宇野　千代

の配列になっている。

創作欄の巻頭を飾る「老妓抄」は、岡本かの子の中でも代表作にあげられるほどのもので、世評も高かった名作である。その他の女流の力作にまじり、とにかく、五十四歳の俊子の「山道」が並んでいることは、彼女の文筆生活の最後を飾る舞台としては、恥かしくない華やかさだった。「山道」は、間の多い、どこか古風の匂いのする文章だが、ぱらりと見える活字面が、いかにも女の小説らしい優しい感じを与える。内容は、妻ある男との三角関係に悩む女が、男との邪恋を清算する下心から、一人山の温泉場へ逃げる。そこへ男が追いかけていく。女は男に面とむかい、ひた押しの愛で押してこられると、別れの決心もにぶっていく。二人は、一夜を明かした翌朝、手をとりあって、山道を散歩する。小鳥や、薪をきりだす老夫婦などを点景として、男と女の甘い恋唄が、ためいきのような低音でつづられている。小説というより、散文詩に近い感じの小説だった。

そこには、前年の『中央公論』九月号に書いた「残されたるもの」のような気負った筆つきも、浮き上った思想的意識もなく、俊子が「あきらめ」当初から書いてきた、男と女の情事の、はかない心のあやや、情緒があるばかりであった。他の力作に並んでは、弱い感じがするけれど、争いがたいその文体の旧くささにもかかわらず、一応しみじみした小説にはなっている。

「お互ひの中で惹き合つてゐるもの、絡み合つてゐるものを感じながら、触れられぬものを二人の間に隔てゝ、其れをそつと覗き合つてゐるやうな時間を、女は其れだけの意味の時間にして守らうとしてゐた。男が女の許へ尋ねて来るやうになり、其れが何故なのかと云ふことは知つてゐても、其の意味を解いては悪いと思ふこゝろで、女は男を迎へた。そんな日はどれだけ続いても、何も云はずに斯うして顔を合はせたまゝで、愛のこゝろを注いだ盃をそつと二人で捧げ持つやうな内気な喜びは、唯其れだけで足りた」

その中の女は、愛する男の好むものなら、男と同じ目でながめ、男と同じ愛着を持とうとする、「可愛い女」のタイプに描かれている。純情で素直で、男にサービス的な可憐な女は、いつの時代でも男にとっては理想の女性だろう。男のために部屋に花を飾り、男のために化粧し、男のために香水を肌にしみこませる。男にむかった時に、はじめていきいきと生命感にあふれ、美しさをます女。「山道」の女は、そういうタイプの女に描かれている。二十代か三十代のような可憐さだが、作者は、何度もいうように五十代半ばであったのだ。しかもこの情事は、現に作者俊子が体験しつつあった現実の情事そのものであったのだから、驚かされる。俊子は現実の、じぶんの娘のような年齢の親友の夫を盗むという情事に、果して破廉恥であったのであろうか。ただ情欲のおもむくままに、何の反省もなく、その恋を育てていったのだろうか。人の着物や、金を、けろりと借り倒す生来ののんきさや無邪気さで、友人の夫をも平気で盗むことが出来たのか。

「二人の指と指が触れた瞬間に、愛は盃からこぼれて了ふ。愛がこぼれたら、結局愛が失はれるやうな運命に行くのではないかと女は思つた。盃に注がれてゐる男の愛は、男自身の生活の中から、秘密に分けられて来た愛なのであつた。

こぼすまいとした愛がこぼれてしまつた。

誰れの手がこぼしたか。女は其れを振返ることから自分を反向《そむ》け、そして唯、逢へば別れることを考へる。踏み込んではならなかつた生活の中へ、一歩を踏み入れた憂鬱さで、女は重いこゝろを抱きながら、愛着はまた振切れると思つて一人で此所へ来た。

離れてゐれば、女はまだ澄んだ感情で男を思ふことが出来た。

『こゝまで来て、何所へ引つ返せと云ふのか。』

と男の手紙に書いてゐた。女は今なら元へ引返せるやうな気がしてゐる」

作中の女は、少なくとも、この愛から逃れ出ようと身をもがいていたのだ。男が、女の別れ話で病気になったといってつめよるのに対し、

「どちらも愛を欺いてはゐない。けれど現実を欺いてゐる」

「現実を欺く辛さよりも、別れる辛さの方が我慢ができる」

と、くりかえし、この裏切行為の罪の淵から這い出ようとあがいていることばが出てくる。

この小説では、男の利己的な愛のおしつけがましさに、女はまたしても負け、馴れた二人の愛の情緒にごまかされ、とかされこんでしまう。非常に微温的で消極的な反省が、女の恋の情緒に影をさし、それはかえって、秘密な情事に一種の刺戟剤になっているようである。

けれども、今でいうムード小説を書かせた内的必然はといえば、この恋に対する俊子の罪の意識と、文面には影となって出てこない男の妻への深い贖罪の気持ではないだろうか。

この「山道」が十一月号に発表されている以上、九月末か、おそくとも十月初旬には、原稿が入っていなければならない。と、すれば、「灰色の午後」にあらわれている事件を現実に則して考えた場合、「山道」は、いわゆるコトがバレる以前に書かれていたものとみなしてもいいのではないだろうか。はばかりが多く、明らかに出来ないだけに、意味ありげなことばや、文章で、ぼかされているので、小説の力が弱められ、ただムードだけが浮き上って来たのではないだろうか。

俊子が一部に伝えられているように、単に色情狂的な愛欲一途の女だったとしたら、五十代半ばで得た最後の恋から、こんなにあっさり身をひいただろうか。

「折江さんの方を惣吉さんより好きよ。それは信じて」

といった「灰色の午後」の中の和歌の叫びは、現実の俊子の邪恋にふみ迷った心の底にも叫ばれつづけていたことばなのではないか。余計者だったという自覚と自嘲を抱いて、身をひいた俊子は、誰よりもじぶんじしんが、最後におかれた己れの道化じみた惨めな立場を認識していたと思われる。

ともあれ田村俊子は、「山道」を最後に、日本を去っていったのだ。それは、二十年前バンクーバーへ発つ時とは比べものにならない絶望感と孤独の敗残の心を抱いて発ったものであろう。

炎

「予《かね》て渡米の噂のあつた佐藤俊子女史は、昨日秋雨のそぼ降る内を、墨西哥丸《めきしこまる》船上に僅か数人の見送人に送られつつ、寂しく日本の土地を出発されました。渡米の目的はとお伺ひ致すと、『新しい生活に入る為めです。無論筆を執る仕事は一生廃しません。私は色々の意味で、全く新しい生涯を此れから築きたいと思ふのです。帰朝は先づ五十位になつたらと思ひますが、それとも帰りたくなつたら――』と、大きな瞳を記者に向けて微笑《わら》はれました。バンクーバーに到着の上、其所の親しい御友達と相談の上、宿をお定めになるさうです。汽船がいよ〳〵鎖を巻上げる時、よくお似合になる黒地の外套の上に、雨は強く降り出し、茫と霞んだ丘の方を、女史は感慨深さうに凝《じ》つと眺めて居られました。」

大正七年（一九一八）十月十二日の『読売新聞』の記事である。

「昨日横浜を出発せる佐藤俊子女史」

という見出しの記事で、文章の上に、

「十一日午後メキシコ丸甲板にて」

という説明のついた俊子の洋装の写真がのっている。つばの広い帽子をかぶり、プリンセススタイルの粋なコートを着たハイカラな旅装は、当時は尖端をいくニュールックスタイルだったのだろう。

その時俊子は三十四歳の女盛りであった。作家というより女優のような美しさであった。

「帰朝は先づ五十位になつたら……」

ということの時の俊子のことばは、はからずも、彼女の五十二歳の後年の帰国を予言したようになった。

バンクーバーの親しい御友達とは、先に渡米している鈴木悦のことであり、「新しい生活」とは、悦との愛の新生活を指している。

鈴木悦は、これより三カ月余り前、五月末に、単身バンクーバーへ出発している。

この記事には俊子が佐藤姓になっている。俊子は前年秋頃から、田村松魚との仲が決定的に悪くなり、事実上別居していた。この年大正七年の六月頃には、じぶんでは松魚と離婚したというつもりで、原稿にことさら、佐藤姓を用いようとしていた。しかし、田村俊子で長年売りこんでいるため、ジャーナリズムのほうでは、ネームバリューのある「田村俊子」に執着して、なかなか俊子の意志どおりにならなかった。佐藤でとおるようになったのは、ようやく渡米一カ月位前のことであった。

俊子と鈴木悦との交遊は、前述の筑摩書房版の「現代日本文学全集」に附された年譜によれば、

「大正六年（一九一七）三十三歳

三月、小説集『彼女の生活』を新潮社から出版。十一月『女作者』を『代表名作選集』の二十八篇として新潮社から出版。創作力衰え書けなくなり、高利貸から借金などしてますます生活は行き詰まった上に、鈴木悦との恋愛関係を生じた。秋、熱海の宿に籠って『中央公論』のために書いたが、出来栄え思わしくなく、掲載されなかった。十二月、そのまま谷中に帰宅することなく、ひそかに家出して最初は高輪に、のち三田の功運町に隠れ住んだ。

大正七年（一九一八）三十四歳

田村松魚と別れ、青山穏田の陋屋に住んで千代紙人形など作って生活、その間、九月、「破壊

する前」を『大観』に、十月、「破壊した後」を『大観』に、「闇の中に」を『三田文學』に発表。同年十月九日（十月十一日が正しい）、メキシコ丸で鈴木悦を追って渡米、高村光太郎夫妻、上司小剣など知友十数人に見送られた。以後、バンクーバアに十八年間滞留する。この間、鈴木悦の編集する『日本新聞』を時折手伝っていた模様である。のち、二人は不和になり、鈴木悦は先に帰国、まもなく病歿した。又、この頃、河上肇主宰の『社会問題研究』を日本から取寄せ、マルキシズムに関心を示していた」
と、出ている。

大正三年（一九一四）の『中央公論』八月号に「田村俊子論」という特集が行われていて、その中に、当時俊子の夫だった田村松魚が、人間俊子をあらゆる角度から解剖した手記をよせている。

「俊子氏とその交遊」
という項があり、次のように記されている。
「俊子氏は交遊嫌ひである。交際といふやうな繁累をとても上手にするやうなマメな人ではない。併し交遊は（同じ意味かもしれないが、此の方は自然的な交情を意味する）狭い方ではないやうだ。さうして同性よりは異性の方に余計親しみを持つた人が多いやうである。その人々は凡て芸術家の範囲を出てゐない。

一寸と私丈けで思ひだした処で、読売社の徳田、上司、正宗の三氏、小山内氏、森田氏、阿部（次郎）氏、小宮氏、相馬氏、楠山氏及び鈴木（悦）氏等はいづれも俊子氏の先輩なり、親友なりであるやうだ。その外に俊子氏を訪ねて来る人は可なり多い。

私は或時、俊子氏の知つてゐる丈けの文壇の男作家の中で『君は誰を一番好きかい？』と訊ねて見たことがあつた。俊子氏はこの問に対して『さうね』と云つてしばらく考へてゐた。『誰だらう』さう云つて誰かを探り求めてゐるやうな表情をしてゐたが、遂に『誰です』といふ返答はしなかつた。

私はまた直に、『では誰の書いたものが一番好きだね』と訊ねた。矢張り、彼女は『さうね』と云つてゐた。俊子氏はこんな場合、能《よ》く『さうね』と云つて黙つてゐることがある。自己の愛好する人物乃至作物に対して明確な返答を与へることが出来ないのか。但しまた自己の意中の人はあつても、それを吾人の前に開展することを欲しないのか。或はまた、優劣、長短、是非、好悪、各に等差異同のある為に、その唯一人を指示するのに苦しむのか、其辺のことは私といへども追及することは出来ない。

併しながら、前述の人名の中に俊子氏の特に愛好する人物が必ずあることと私は信ずる。さうして、その愛好はやがて恋愛を意味し、心私《ひそ》かにその人柄や作物を渇仰してゐることであらう。いづれも抜群な才能と優秀な容貌とを持つて居られ、さうして月々に新しい文壇の中心生命を作つてゐられる諸氏を知己親友としてゐる俊子氏は、婦人として大なる光栄といはねばならない。その中で、私の良友であつて、また俊子氏の良友であるのは、徳田氏と鈴木氏と、それから文壇の人ではないが、彫塑家の朝倉氏位のものである。

附け加へて云ふまでもないが、私自身は真に孤立孤影である。悄然として只一人である。誰に行き、何処へゆく道もない。只一人あつた師さへも数年前私自身が棄て、且《かつ》棄てられた。」

これによると、鈴木悦は少なくとも大正三年（一九一四）には、田村松魚と俊子の家庭へ、夫婦の共通の親しい友人として出入りしていたことが証明される。そうして、この時すでに松魚が予言したように、この中の一人、鈴木悦が遂には俊子の宿命の恋人となり、それが原因で、後年松魚との縁を絶つに至っているのである。

鈴木悦も文学を志していた。

『早稲田文學』明治四十四年八月号に「家なき人」、同じく大正六年七月号に「白痴の子」という短篇を発表している外、大正三年には『福岡日日新聞』に長篇「芽生」を連載した。翌年四月に「芽生」が水野書店から刊行されている。残された文学的実績はそれくらいのもので、「家なき人」も「白痴の子」も文学青年の習作程度の域を出ない作品であった。

「芽生」も、自序の中に、

「私は全部を書き了へるまで、所謂《いはゆる》新聞小説を書くと云ふ心持ちを一回も起したことはなかつた。態度の上からは自分の芸術的良心を少しも傷つけなかつたことを公言し得るものである」

と力んでいる程の中身ではない。

残された作品によってみると、その文学的才能は明らかに、俊子のそれとは比べものにならず、また田村松魚の一応の文才にもかなわなかったとみられる。けれども大正四年頃、鈴木悦は、植竹書院の翻訳部の編集長になって、トルストイの「戦争と平和」の訳版の企画をしたりしている。また大正七年の渡米前は、朝日新聞に籍があって、社会的には一応の仕事をしていた。

大正六年五月号の『新潮』に、「田村俊子氏の印象」の特集があった。その中に、徳田秋声、森田草平、岡田八千代、近松秋江、長田幹彦と並び、鈴木悦にも一文を書かせている。他の四人が、俊子の知人として世間に知られている点から、ここに鈴木悦を一枚加えたのは――俊子と悦との関係が、すでに世間周知の親交の間柄とみなされていたのか、或いは、ジャーナリスティックに、二人の仲が、興味ある話題としてとり扱われるたちのものであったかによるとみていいだろう。

ちょうどこれから約一年後、悦はバンクーバーに渡っている。この文中では、悦は、まだ客観的な冷静な筆致と観察を、人間俊子に下しているのが面白い。また文の末尾に、ことさらのように、一カ年あまり逢っていないと特筆しているのも、かえって意味ありげにとられるのだ。

軟らかで艶っぽい

鈴木　悦

　俊子さんは、写真で見るのと、直接お目にかゝるのとでは大変に感じの異《ちが》ふひとである。之れは必らずしも俊子さんの場合に限らないことであるが、此の人のやうに夫《そ》れの著しいのは珍しいと思ふ。元より写真であるのだから、その人以外のものが写つてゐるわけはない。実物を見てゐても何《ど》うかすると、如何にも写真に似てゐると思はれる時はある。が、全体としての感じは、写真よりもズツと軟らかで、そして何所《どこ》やら艶つぽい。

＊

　写真の俊子さんは、取りすました、それでなくても固く口を閉ぢた、言はゞ他所《よそ》行《ゆ》きの俊子さんである。何となく思ひあがつた、鼻張りの強さうな、――片意地にさへも見えるやうな顔をしてゐる。あの巧みなお化粧も、挙止動作の蓮葉らしい中にも、しなやかに整つた所など其所からは殆んど全く想像が出来ない。全身を見せた写真などは、忌憚《きたん》なく言へば、随分醜いものである。訳も分らないくせに意地一点張りで貧乏代議士の肩でも持ちさうな寄席《よせ》か待合の女将かとも見えたり、肉の歓びに爛《ただ》れたお女郎のやうにブヨ〳〵した、だらけた感じを与へたりする。要するに写真に現れた俊子さんには、俊子さんの厭《い》やな所ばかりが出てゐるのではなからうか。直接会つて話してゐる時のやうな快い感じはしない。

＊

　俊子さんは、鋭い感覚と、可成り放埓な血潮と、夫れに殆んど同じ程度の明るい理智の所有者である。俊子さんの中では、此の三つのものが夫れ〴〵に自分を主張し合つてゐる。あの人の悩みや、苦しみや、悲しみや、或はまた淋しさやらは総て其所から生れてくるもの、やうに思はれる。此三つのものは、時によつて其の中の一つか他の二つを支配してゐる。或る場合には甚《はなはだ》しく理智的になるかと思ふと、他の場合にはハラ〳〵するほど放埒な所を見せる。感覚的な一点は、あの人の一挙一動、一音一行について廻る。その愛（広い意味でも狭い意味でも）さへもが全く感覚的のものである。

＊

理智の明るさ（功利的にばかり取つてはいけない）――之れは俊子さんの場合には、殊に良い力をなしてゐる。若し、あの人に夫れが欠けてゐたら……それを想像するのは、あの人の破滅を想像することである。耐《たま》らないことである。

＊

私は、あの人のことを思ふと大抵の場合イプセンの女性の一人（ヘッダ？）を聯想する。それは、マグダやノラのやうに或る境遇を経、或る経歴を踏み、或る事件に遭遇した後に初めて自我に目覚めた、若しくは目覚めさせられた女性ではない。寧《むし》ろ生れながらの近代人である。

俊子さんはさう云ふ風な女性だ。他の多くの女性――男性も勿論――のやうに明治末期の開放的思潮の影響によつて、漸《やうや》く自覚したたぐひの人ではない。夫れはたゞ此の人の性格に慈養を与へて、より明確な形をとらせたと云ふまで丶ある。時代思潮の上から見て、俊子さんは一個の自然児とも云ふべき人である。

＊

此の点は、俊子さんが他の近代的な、所謂「新しい婦人」と著しく異つてゐる点である。頭でだけならば、大抵の若い者には新しくなることぐらゐ容易である。併し、感情はさうはいかない。書いたものを読んだ上で、その人に会つて見ると、偽物《にせもの》ぢやないかと思はれるやうなのが多い所以である。それも平素何事もない時は、「新しい」で通しても行けるが、一旦何かの事件が生じると、忽《たちま》ち思想上の試練に耐へなくなつて、極端に醜悪な本性を曝露して了ふ。それ迄の新しい衣などは、掻き消す如くに消え失せる。俊子さんには、さうした危なつかしい所がない。

＊

従つて、作品を通して見た俊子さんと、実際に見る俊子さんとの間には、その写真と実物とに於《お》けるやうな甚しい相違は見出されない。一貫して「一人の俊子さん」である。言ひ換へれば、作家としての俊子さんも、夫人としての俊子さんも、同じ人であるのだ。作物の上で見られるやうに、甘えもすれば、怒りもするし、悩みもすれば、苦しみもする。そして時には多少燥《はしや》いだりして居られる。(断つて置くが、私は最近一ケ年あまりの間、俊子さんにお目にかゝらないし、その消息も殆んど知らない)

松魚と俊子との生活は、彼女の最盛期の作品に、ほとんど描きつくされているし、当時の彼女の生活をつぶさに見てきた湯浅芳子等によって、くわしく識ることが出来るが、バンクーバーに行って以来の十八年間の生活が、これまでの俊子の年譜には、まったく空白にされていた。

俊子の生涯には、いわゆる浮名を流した情事の相手は、ことの真偽はどの程度のものかは別として、相当にあった。美男で有名だった角力の両国関の土俵に、黒紋附に緋の裏のついた羽織を裏がえしにまるめて投げたとか、吉右衛門丈に熱をあげ、女友達とはりあってどっちが買ったとか買わないとかいう噂を数えあげればきりもない。けれども俊子の人生に大きく作用し、その運命を決定的に変えた男というのは、田村松魚と鈴木悦の二人だけであろう。

三十四歳から五十二歳までの十八年間は、女としても作家としても、最も厚みをまし、実るべき大切な期間の筈である。その時期を、俊子は、悦との恋一つに、残る半生のすべてを賭け、結果的には完全に文学から脱落してしまったのだ。鈴木悦の何が、彼女をこれほどまでにひきつけ、夢中にさせたのだろうか。また、悦とのアメリカでの生活のどこが、彼女の文学を眠らせきってしまったのか。俊子の生涯を理解する上にはどうしても究明しなければならぬ二人のアメリカ時代なのである。

幸いなことに、この間の二人の恋文と、鈴木悦のノートが、山原家に残っている。戦災にもあわず、生きのびたこの貴重な資料を、私は、山原家にかよって、見ることを許してもらった。

この手紙の最初のものが書かれた時から、すでに四十年以上たち、この手紙の束が山原鶴に託されてからも、はや二十年以上の歳月が流れている。二十年もの間、ほとんどかえりみられることもなかった手紙の束と一冊のノートは、大ぶろしきに一かかえもあった。一つの封筒に四通も五通も入っている手紙は、正確に何十通と数え上げることは出来ないが、およそ五十通余りもあろうか。資料として、まだ誰の目にも触れたことのないこの手紙の山を前にして、私は押え難い感動に、興奮をかくすことが出来なかった。

一九一八年（大正七年）五月から、一九三三年（昭和八年）八月にわたっているそれらの手紙は、年代別に選りわけるだけでも、かなりな労力と時間を要するものであった。その手紙には、よく見ると封筒に、鉛筆と赤鉛筆で、○印や番号が後からつけられ、明らかに、整理された形跡があった。山原鶴の手に渡って以来、誰も丹念にそれを見たものはないのだから、その印は、明らかに、俊子の手によってつけられたものだろう。おそらく、俊子は、この手紙類を使って、長篇小説を書く構想をあたためていたのではないだろうか。「命より大切なもの」という俊子のことばの中には、単に若い日の恋の思い出の記念という甘さだけではない思いが、こめられていたのではないだろうか。

年代別に分類すれば、

一九一八年（大正七年）六月〜九月

俊子より悦へ　東京からバンクーバーへ
一九一八年（大正七年）十月一日〜十一月七日
悦ノート
一九一九年（大正八年）一月七日
十二月十二日
悦ノート
悦ノート
一九二一年（大正十年）三月十二日〜四月五日
一九二一年（大正十年）三月
俊子より悦へ　モントリオルからバンクーバーへ
一九二一年（大正十年）三月
俊子より悦へ　ニューヨークからバンクーバーへ
一九二一年（大正十年）三月〜四月
悦より俊子へ　バンクーバーからニューヨークへ
一九二二年（大正十一年）五月〜六月
悦より俊子へ　サンフランシスコからロスアンゼルスから南米から　バンクーバーへ
一九二二年（大正十一年）六月
俊子より悦へ　バンクーバーからシヤトルへ
一九二二年（大正十一年）八月
悦より俊子へ　プリンス・ルパートルとポート・エシントンからバンクーバーへ
一九二三年（大正十二年）三月

俊子より悦へ　シヤトルからバンクーバーへ
一九二四年（大正十三年）五月～六月
悦より俊子へ　バンクーバーからサンフランシスコへ
一九二九年（昭和四年）十月
俊子より悦へ　バンクーバーからケローナへ
一九三二年（昭和七年）～一九三三年（昭和八年）
悦より俊子へ　日本からバンクーバーへ

と、なっている。

まず、俊子が、悦の渡米を見送りにいった日の手紙から、はじまっている。日附のない手渡しの手紙は、俊子が船をおりる時、悦の手に渡したものだろう。

「では御機嫌よく行つていらつしやい
泣死にしさうだけれどもでも我慢して勉強します　あんまり仲がよすぎて喧嘩した事が一番悲しい　帰つて来たら（原宿から）みねが泣いてゐましたいくら泣いても泣いても泣きつくせないやうに悲しい　でも仕方がない　身体を大事に
この指わの玉の中に私の瞳子《どうし》が入つてゐます（これを忘れないで）
きつと一年の間には逢ひます
きつと逢へる　い丶仕事をしてからあなたに逢ひに行く日の事を思ふと悲しい涙も消える　目が痛い
私の悦様　　　あなたの俊

とらんぷをあんまりやるとあたまがわるくなります　御用心なさい」

青山三河屋紙店製の原稿用紙に書かれている。日附はないが五月三十日、悦が船出した日のものと思われる。

その後、俊子は三カ月の間、自身の渡米の準備にかかるまで一日も休まず、悦への手紙を書きつづけている。その熱烈さは、朝、起きてすぐ、手紙を書き、夕方また書き、夜は夜で、その日一日のことこまかな日記を書いて、いっしょに送るという激しさである。

五月三十一日からは、日記は洋罫紙に細字でびっしりと裏表に書きこまれ、それが三日とか五日とかまとめて送られるようになった。

「五月三十一日

風が強く吹く。曇つたり晴れたりしてゐる。

午前の中に三河屋へ洋罫と日記を付ける紙を買ひに行く。善光寺前までいさちやんと一所に行く。よくあの人を送つて行つた道ゆゑ、唯いろ〳〵な思ひ出が私をとらへて寂しがらせる。三河屋で半年分付けられるだけの洋罫紙を買ふ。帰途は一人だつたから、猶寂しく悲しく恋しく涙が終始せぐんでくる。全身に力がない。やつと帰る。

洋罫紙一枚へ一日づゝの日附けをずつと書いて見る。一と月だけでも随分量がある。この一枚をきつと働きの上に充実した記事でいつぱいにするつもりに考へたけれども、何だかこの長い間が非常に煩はしく、何とかしてこれだけを一瞬に縮めてしまひ度い気がする。

本を読んだけれども神経が疲れてゐて気が乗らない。それで頼まれてゐた人形を四つ拵へる。おひるの食事の時（私には朝食）、箸を見たら無暗《むやみ》に悲しくなり泣いてしまふ。みねが涙含んで私を見てゐる。いさちやんが「誰れかこんな時おもしろい事でも云つて笑はせるといゝんですけれどね」と云ふ。斯《か》う悲しみの迫つた時直ぐに消えてしまふ薬はないものかと思ふ。

頭が一日中痛む。目も痛い。

人形を作り上げたのが夕方の四時過ぎ。その時何《ど》うしたのか不意に発作的に悲しくなり、沢山に泣く。泣けば泣くほど恋ひしくなるので猶《なほ》泣く。

ほんとに自分ながら困る。

一寸でも自分の身体を動かす事がこわい。原へ行つて見やうかと思ふけれども、直ぐに思ひ出が私を刺すやうで、つい、ぢつと家の中に身体をかたくする。もう何うしてゐゝのか分らない。みねがお夕飯は何うしませうと云つたけれども何も食べたくないからいゝと云ふと、それはいけないでせうと云つたので又泣いてしまふ。これはあんまりだらしがないと自分ながら持てあます。けれども何うしたつてこの恋しさの打消しやうがない。きつと我慢が出来ないかもしれない。こんな事では、一年はおろか半年も一と月も。困つた事だと思ふ。いつそ家を代へ、ところを代へたらいゝかもしれないと考へる。こゝにはあんまりあんまり思ひ出が多過ぎる。

風がつめたく吹く。風が変つたのだと見える。そろ〳〵今日も暮れて行くと思つてあの人は船の中からこの暮色を持つた空を眺めてゐる事だらう。

何も食べたくないから林檎でも食べて見やうと思つて買つて来てもらふ。其れを食べて外を見てゐたが非常に気分がわるく、起きてゐるのに堪へられない気持になる。胸が切なく、息がとまりそうで何うしてゐゝのか分らない。いさちやんが大いそぎで床を敷いてくれる。『身体がわるくなつては大変です』然《さ》う云つて一心に私の世話をしてくれる。みねもいさちやんもどんなに私のこの寂しみと恋ひしがる事とに同情してゐてくれるか分らない。そうしてはぽつ〳〵と、船はもう何所《どこ》までいつたらうとかやつぱり考へてゐらつしやるだらうとか、朴訥《ぼくとつ》な云ひ付けない言葉でこんな事を私の為に云つてくれる。何と云ふ優しい人たちだらうと思ふ。年もいかないのにいさちやんはこの事の為にその廻らない情を尽してゐる。何うして私を慰めたらい丶のかと云ふ風で二人ながら途方にくれながら。こんな事あの人が見たり聞いたりしたら、『人を困らせるばかりぢやないか、しつかりおしなさい』と云ふに違ひない。

床の中でうつら〳〵眠る。郵便の声で目が覚める。もうすつかり日が暮れてゐる。雨が降つてゐる。雨が障子にあたつてゐる。私が起きたのでいさちやんがはがきを持つて来ながら戸をしめてくれる。はがきはちゑ子さんから。帰つて来てゐるのだが人と話したり何かするのがいやで困つてゐると書いてある。

起きて玉子のおつゆを吸つてゐると按摩が通るから呼んでもらふ。目の見えない子按摩だつたが、上手によく肩をもんでくれる。揉んでもらひながらエマーソンの霊法論を読む。こ丶が読んで見たかつたから――いろ〳〵な事が感じられ、又力が付けられるやうな気がする。按摩が上手だつたせいか、あの人が『静に眠るのです。静に。静に。』とでも云つて祈つてくれたせいか、私は思いの外の安らかな眠りにずつとその儘落ちて行く事が出来るやうな気がしたので、一旦床を出てから日記を書いてしまつた。雨を聞きながら床に入る。みんなはまだ起きてゐる。早く〳〵あの人の手紙がほしい、ほしい、ほしい、と思ひながら――ぢつと枕に頭をつける」

この外に、原稿用紙に純然たる手紙が、同じ分量くらいめんめんとつづく。これがすでに名を成し、当代一流といわれた三十四歳の女流作家の書いたものかと思われるほど、純情とも幼稚ともいいようのない手放しの恋慕の情である。文中のみねは女中で、いさちゃんは、二、三年前から俊子がひきとって世話をしていた米光関月の遺児である。世をしのぶ生活の中でも、小さいながらも借家を一軒借り、女中や食客の娘をかかえる程度の生活は張っていた。はがきの主のちゑ子さんは、当時親交のあった高村光太郎夫人の智恵子である。

六月二日のものからは、

「今日から日記体にしないで毎日々々あなたへお話をするやうにして書く事にするの。でないと、一人ぼつちの行動があんまり淋しく書かれて行くのでいやになるから」

となって、以後は手紙体でこの洋罫紙の手記がつづいている。

この罫紙の手記とは別に、純然たる手紙が、並行して時々書かれた。その三カ月間の俊子の生活や行動は微に入り細をうがつばかりにうかがい知ることが出来るのだ。俊子の手記によれば、最初は、鈴木悦の渡米の後を、俊子は必ずしもすぐに追うつもりはなかったし、そういう約束も二人の間には交わされていなかったらしい。

俊子はすでにそれより二年ほど前から、創作上で行きづまりを感じ、なかばやけになり、生活は浪費と遊惰と華美に、荒廃しきっていた。経済的には破産状態で、はじめは俊子のファンとしてつきあった近藤げんという高利貸の女に、莫大な借金をして、その取立てを逃れるため世間から身をかくしている有様であった。

田村松魚とは事実上別居していたけれど、まだ完全に離縁が出来ているわけではなかった。創作を発表する時の名もまだ田村姓を名乗っていた。

鈴木悦とは、大正六年春頃から一年程の間に、急激に親しさを深めていった。前にあげた『新潮』の悦の文中に、この一年程俊子に逢っていないとあるが、それを書いた前後から、二人は恋仲になっているのが、俊子の日記体手紙に残されている。

六月一日附の中に、大掃除の手伝いが来たので去年の春の大掃除を思い出したとあり、その大掃除の日「あの人を全く自分のものにした」と記している。

「あの人を全く自分のものにした事——ほんとに『自分のものにしたい。』斯う云ふ気持がその前の晩から動いてゐて、とう〳〵あの朝私は大掃除の手伝ひに来てくれたあの人に私のあつい心を見せてしまつた。あの人はその時椅子に腰をかけてゐて、自分が代議士になるつもりで、そんな用意をした事のあつた事を話してゐた。私は新聞を読みながら『然う〳〵』と聞いてゐたが

――

あの時の私の気持はたしかに真剣だつた。あの時、あの人の私の胸にすがつた様にして私をぢつと見た顔を私ははつきりと覚えてゐる。目が赤くなつてゐた事を私ははつきりと覚えてゐる」

長い二人の友情に恋の火をつけたのは俊子だったことがわかる。恋愛感情が成立しても、なお半年程の間はプラトニックなものであった。肉体的に結ばれたのは、大正六年（一九一七）の八月五日だと、俊子の日記には追想している。二人が世を隠れるようにして、同棲したのは、大正六年暮から七年五月末の悦の渡米まで、半年ほどの間であった。

その頃鈴木悦には、郷里の豊橋にまだ妻子があった。姦通罪のあった当時の社会で、人妻であり夫である二人の情事は、とうてい日本ではなしとげられるものではなかった。

当時朝日新聞に就職していた鈴木悦が、その前途ある職をすて、思いきった渡米を決行した理由は、ひとえに、俊子との新生活の経済的基礎をきずく目的にあったようである。

悦の渡米の直接の動機は、当時英領カナダ・バンクーバー市東カドヴァ街一三五番地で発刊されていた邦字日刊紙『大陸日報』の社長山本䳒波から招聘されたことにあった。

世間の指弾と、債鬼の追求を逃れ、世間に背をむけて二人だけで隠れ住む生活も、二人の恋の焔だけではかくしきれない昏《くら》さをもっていた。とにかく、新天地に新しい生活を求めて飛び発とうとする悦の計画を、俊子はこばむことが出来なかった。じぶんと二人で泥沼に沈みこむ破滅の道を選ぶより、未知の大陸に運命を賭けてみる試みに、俊子も賛成せずにはいられなかったのだろう。悦一人でも、大陸に逃れさせ、後から、俊子も、仕事をしてせめて旅費でもつくり、逢いに行けばいいという計画であった。

五月三十日横浜を発つ悦を見送った時、きっと一年のうちには逢いましょうといっている。俊子が一年の間に「いい仕事」をして、お金もつくり、アメリカの悦のもとへ逢いに行く程度の意味にとれ、永住というほどの重さはもっていないようだ。それが、悦を見送った直後から、彼女を襲った孤独と淋しさの激しさに、誰よりも俊子じしんが驚いた。終日泣き沈み、何一つ手にもつかなければ、食もとおらない半病人の症状に、おちいってしまったのである。

「あなたも早く私に逢ひたいでせう。（然うですわね。逢ひたくない？）逢ひたくないなんて返事があつたら、私はその時こそおしまいです。生きる必要がなくなる。その時、私の行くべき道はもうきまつてゐます。あなたと離れて、そうして一人して生きると云ふ事は到底考へられません。

二人ぎりで寂しく生き、二人が寄り合つて、静に一点を見つめながら、清浄にこの世を生きる事が出来るなら、どんなに嬉しいでせう。たつた二人で生きる事——私はこの外に何の望みも持たない」（六月十日）

この思いは、悦のほうにも同様の感じを与えた。二人は別離という試練をとおして、はじめて自分たちの恋の強さと激しさに思いいたったのではないだろうか。

青山穏田のかくれ家は、悦と俊子の愛の思い出がみちみちていた。俊子にとっては、悦のいない青山の家のすべてが涙の種になるのであった。

一年後には逢いに行くといっていたのが、二日後の六月一日の日記の中には、

「……私はそれから青山まで葡萄酒を買ひに出た。空には星があつた。あの人もきつと見てゐるだらうと思ふ。歩きながら、決然あしたから創作にかゝる事を考へる。今月中に中央公論のを二百五十枚書き、来月読売を書き——なんでもこの六ケ月の間に仕事をしてそうして年内に米国へ行く、もう何うしてもあの人に逢ひに行く——何うなつてもその先きの事はいゝ。そうしなけれ

ばもう何うしてもいけない。斯うしてゐられない——きつとやる。何も考へず、何も思はずそれだけの事に集中してしまはうときめる。帰つて来て葡萄酒をのんで寝る」

と、ある。

　翌六月二日には、自分の思想は矛盾だらけで統一がないと嘆き、

「私はやつぱり何も語らず何も聞かせず、黙したまゝであなたのところへ行きたいの。それから私は真実の声《こえ》を出して見たいの。斯う云ふ気がするの。でも佐藤俊で何か書いてからでなければ全くあなたのところへは行かれないのね」

と、迷っている。

　世間に取沙汰され、松魚の一方的な報道しか伝わっていない二人の恋の真実を、俊子は佐藤俊子の名前で小説として発表し、世間から受けている不名誉なそしりを文学によって一掃したいと考えたのだろう。

　六月三日になると、

「（略）……悲しい夕方です。寂しい〳〵夕方です。とても我慢の出来ない恋しい感情で胸が破れそうです。でもこれは我慢しなくちゃいけない。私は何うかして十月に行き度い。それ迄に仕事をして。仕事が出来なければどんなにでもして。何うしても十月に行き度い。斯う定めておきます。

　早く手紙がほしい。これから散歩ながら一人でこれを青山まで出しに行きます。

　家は越さない事にしました。（註　前にこの家はあなたの思い出が多すぎるから越そうと思うと書いた）おんなじですから。そうして私もこゝから米国へ立ちたいと思つたのです。みんな（みねや芝やいさ子）もそれがいゝなんて云つてます。誰れも来ません。来ないのが実に嬉しい。誰れにも逢ひ度くないのですから。手紙も来ません。

詩を三つお清書して新潮へ送りました」

と、ある。ここではもうすでに、渡米の予定を十月と限定している。この決定は、実行に移され、本当にこの年の九月に発ち、十月二十五日にはバンクーバーへ着いたのである。

六月二日に船中の悦から「シンゼヨウミワコトナシ」という電報が入って、俊子は狂喜した。この電文は、六月十三日附の手紙の中にも引用されていて、どんなに俊子の心を慰めたかが窺われる。

「(略)……せめて斯うしたあなたの幻を見つめる事によつて、すべてが拭はれてしまふ。そうして、安らかな愛が私の心の上にやさしく残る。『心配してはいけない。しつかりしてゐなくてはいけない』とあなたの云つてくれる。その声を聞いて、私は涙含む。『シンゼヨウミハコトナシ』、あの句が私を引き立て丶くれる。もう海上の人ではないのだけれども、其れでも、あれが別れてから後の一と言だと思ふと、其ればかりがなつかしまれる。信ぜよ――とあなたは云ふ。ほんとに〳〵。私はあなたを信じます。

やさしいあの言葉は、何時になつたら聞かれるのか。どんなに甘えても、やさしかつたあなたの抱擁――私はまるで小娘のやうになつて、あなたを思ひ慕ふ。

涙がこんなにもあふれる。

あなたの健康と幸福と自由とを祈つてゐます。

十三日

あなたの俊」

私の悦様

これらを見ても、悦の渡米は、二人の間では、出発に多くのあいまいな問題をのこしたまま決行されたものであったことが想像される。なぜ、わざわざ「シンゼヨ」という電報を、別れた直後にうたねばならなかったのか。

「（略）……この『シンゼヨ』といふ句の中にあなたの鬱悶を私は想像したの。え、分つてゐる。私は決して何とも思つてゐなかつたの。これはもう出してしまつた手紙にも書いてあるでせう。けれど、あなたはきつといろ〳〵考へたり私の心中を想像して見たりして苦しんだのでせう。ほんとに可哀想でしたね……（略）」（六月二日）

とあるのを見ても、悦の単身の渡米は、二人の愛の絆の上で疑惑をうみやすい危険な賭であったようだ。

「（略）……あなたの夢を見つゞけました。そこは新らしい家で、堀のつゞき見たいなところなの。そこにあなたが一人でゐるんです。私がたづねて行つて、そうして私は頻《しき》りに例のあの事について何か云つて怒つたんですよ。然うするとあなたが『四年同棲したのは本当だ、何うも仕方がない』と云ふやうな事を私に云つたんです」（六月九日）

「（略）……あなたが私が吉右衛門を買つたのだと疑つたあの時の事です。私はあなたの過去を考へて、よくも一人の婦人と肉の関係まで落ちた事だと私はあの時非常におどろいた。其れはどんなに其の人に取つて印象の強いものかしれない。終生忘れる事のないほどのものぢやないかとさへびつくりした。その私の上を、あゝあなたが疑つたと云ふ事が私には何うしても分らない。私はこれほど肉の上についてては容易に許す事の出来ないものぢやないかと思つてゐる。私がこゝへ来たと云ふ事はどんなに大変な事なのかしれない。然しあなたは二度目だし私はこんな事考へて非常に悲しく陰鬱になつたのです。この考へが入つて来てから、私は書く事がいやになり、寝ました。……（略）

然しこんな事は考へなくてもいゝのだ。『罪の寛恕は楽園の門』だと云ふ事はほんとうです。

あなたを愛するなら私はこんな事を考へてもいけない。たとへあなたが一生懸命にあの女を愛し、又愛してるにしても、私に取つてはそんな事は何うでもいゝ。然うだ。私はもつと心をひろく持たなければいけない」(六月十一日)

悦は、俊子との恋がはじまった頃、すでに本妻は郷里に帰して、別な女と同棲していたようである。その女との生活は俊子との恋愛によって破れた。このことは俊子との生活の中ではたびたびけんかの種になっていたのであろう。

もしもこの時、悦の渡米事件がなかったならば、或いは、二人の灼熱の恋も、案外早くさめる日がきて、俊子の後半生はすっかり違った道を歩んでいたのではないだろうか。二人の恋がまだ燃えさかり、その熱情の火がおとろえない最中、生木をさくような突然の別離がおこったから、かえって恋の炎に油をそそぐ形になった。

「……恋愛のさめない途中にあるだけに私たちは一層苦しいのでせう。さめないと云ふのはあの情熱です。燃えてる最中に引きさかれたのですもの。どんなに不自然だつたのかしれません。この不自然がわるい方へと押流れて行かないやうに。私は其ればかり考へます。だから早く、一日も早く、一所になればいゝのです。ねえ然うでせう」(六月十三日)

悦が発ち、四面楚歌のような孤独な隠遁生活の中に、たった一人残されたため、俊子の恋情は、実質以上の幻を描いて、じぶんで焔をかきたてあおっていったようにみられる。

十月の渡米を決心して以来も、朝晩に悦への恋文や、日記を、一日も休まず書きつづっている。その量は、三カ月にした仕事の量より、はるかに厖大なものであった。

女にはその少女時代に、恋に恋する一時期があるのだ。恋文は、必ずしも特定の相手でなくてもいいような、恋文を書く行為自体に恋の心が満足させられ、人を愛しているという甘い錯覚におちる時代だ。いくつになっても「恋なしでは生きていられない」女のタイプがある。これはあくまで「男なしではいられない」という意味とは違うのだ。後者は肉欲だけが対象であるのに対して、前者はあくまで、少女趣味的なロマンチックな情緒派なのである。このタイプの女にとって、恋人は、人ではなく、恋そのものなのだから、現実の相手が何度変っても、彼女じしんは一向に傷つかないし、彼女の魂の無垢さというものは、いささかも穢《けが》されることがないのである。俊子もまた所詮はこの「可愛い女」にすぎなかった。悦への恋文が、気恥かしいくらいに純情可憐なのも、この恋の性質が、肉欲的でなく、少女趣味的だったのによる。

暗示にかかりやすい「可愛い女」の通性を、俊子も充分にそなえていた。じぶんの書く恋のことばに、愛のささやきに、俊子はじぶんから恋の暗示にかかっていってしまったのだ。

「あなたが恋しくて泣きしずむ」

と、書く時、俊子の目には本当に涙がわきだし、

「あなたが恋しくて、何もできない。ごはんも、ほしくない」

と、書く時、俊子の身体はたちまち、半病人の症状におちいり、食欲はなくなり、発熱し、頭は痛みはじめる。

「あなたなしでは生きていられないの」

と、書く時、もう俊子は、悦のもとにかけつけるじぶんの姿しか思い描くことができない。

「(略)……あなたと一所でなければ私は何も出来ない。あんなによく分つてゐた事が(思想上)、今は何もわからなくなつてゐる。そうして又混沌とした中へ落ち込んで行く。あなたの声を聞いてゐなければ到底私は駄目なのでせうか。情けないのね。

でも私は自分をよくし、自分をい丶ものにしなければなりません。あなたの私を。あなたを愛するなら、私はどんなに寂しくつたつて、どんなに悲しくつたつて、それに耐へられないと云ふ事はありません。愛の力で私をしつかりさせなければならない筈ですもの。私は小さく小さく純

潔に、やさしく生きる事を考へるのです。然うだ。私は然う云ふ理想に向つて生きるのです。あなたの可愛がつた私はそこへ行きます」（六月十三日）

三カ月の別離は、悦への恋文を書く作業を俊子に与えた。現実には借金取りの目を逃れ、世間から姿をくらましている状態が、いつのまにか、恋の色に染めかえられてしまった。恋する人以外の人間とは口もききたくない、逢いたくないという純粋な恋の心中だての雰囲気に、俊子の内部ではすりかわっていったのである。華美で賑やかずきで放蕩ずきでお取りまきがほしい俊子が、女中と手伝いの少女二人を相手に、近所の散歩のほかは外出もせず、仕事の連絡以外はハガキも人には書かない生活をしている。たびたび、悦一人の上に思いを集中し、まるで修道尼のような生活をした。そしてそれが苦痛でないことが、彼女を喜ばせた。

手紙の間には、詩を書いたり、短い十枚や十五枚の感想文を書いて『文章世界』や『時事』や『新潮』や『新時代』に送っている。それらは、たいてい採用され、生活費くらいにはなっていた。

「何も書かず、何も云はず、黙つてあなたのところへ行く方がほんとうではないか――こんな事が今日も又私を苦しめます。何処かに矛盾がある。これを何う解決したらいゝのか分らない。

創作をしやう――そうしてお金を拵へる？

けれども私は、『米国へ行き度かつたが為に、あんなに夢中になつて書いてお金を拵へたんだな』、斯う世間に思はせる事はいやです。断じていやです。いいもの一とつを書く――これはやり度い是非やり度い。けれども、あとのお金を作る為に私は書きたくない。いゝものを一とつか二たつ書いておいて、静にあなたのところへ行き度い――それには何うしたらいゝか。これが私には一番理想の行為になるのですけれども。

今月の生活費は、文章世界と、新時代とで何うにかすみます。これだけのものさへ米国行きの費用に算入する事が出来るなら、容易に作れる。私はきつと感想文の二十枚や三十枚は毎月書きますから——でもこれはみんな生活費になつてしまふ。ですから大仕かけに仕事をしなければ中々米国行の費用は得られない。大仕かけに仕事をすれば世間に分つてしまふでせう、私の存意が。ね。

何だかそんな事つまらない事のやうでゐて変に私は気をもむのですよ。……（略）「芸術家は芸術によつてお金を作らなくてはいけない」あなたの斯う云つた事は深く私の胸に刻みつけてある」（六月七日）

こういう俊子のところへ、紙人形の注文は結構あったし、感想文と呼んでいる雑文の注文も来るようであった。

六月八日になると、突然、彼女は、創作をはじめると宣言している。

「（略）……今月中に出来上らしてしまい度い、二百枚では書ききれそうもない。三百枚になるかもしれない。そんなになつたら中央公論では困りはしないかなど空想したり、これが出来て、これが中央公論で発表される事になり（中央公論でいけなければ、単行本ですけれど、これはお金の上で損ですね）、そうしてお金が手に入つたら、私は直ぐに旅行免状を取つておきます。そうして、続いて五つばかりの創作をして、私は直ぐにあなたのところへ行きます。そうして、紙人形を売ります。……（略）

私は何もしないでだまつて米国へ行きたいと云つたのです。けれどもそんな事を話してゐる内に、私はやつぱり書かなくちやならないと定めました。これは私の義務です。この恋愛の持つ義務です。『救ひ』を書かなければ。この一篇によつて私を救ひそうして、あなたを救はなければならないのです」

こういう意気ごみでとりかかったものが『大観』九月号と十月号にのせられた「破壊する前」

と「破壊した後」であった。

『中央公論』にはついにのらなかった。俊子が、創作をしようと決心した日の午後『大観』の記者池田林儀が訪れた。編集主任の五来が、人形を二つほしいという件と、『大観』に何か書いてくれという用件をのべて、去っている。人形はすぐ翌日つくったが、作品は『大観』にのせるとは全然思っていなかったようだ。『大観』ではまた十日にやって来て、小説を枚数制限なしの条件で約束させて帰った。

このころの感想文から、俊子は佐藤姓を名乗りはじめた。九日に、時事の記者太田が訪れ、佐藤姓に変えた理由などを質問している。

「佐藤とおなりになったようですが」

「佐藤は元から佐藤です」

「でも田村俊子さんでしたが――」

「いいえ、元から佐藤俊です。籍が入っていませんから――」

「お書きになるのは、やっぱり田村俊子さんですか」

「いえ佐藤俊です。その方が自然ですから」

こんな会話をしたと、俊子は得意そうに早速悦に報告している。その記者が、

「文壇的復活の長篇を、田村松魚の書いたものに対抗して書いているという噂だが、その話を聞きたい」

ともいっている。

俊子は佐藤姓にひどくこだわり、ジャーナリズムで、俊子が佐藤と署名した上にわざわざ（もと田村）とくっつけたり、無断で田村俊子にして印刷するのをひどくおこっていた。『新時代』が届いてそこにも田村姓に変えられているのを発見した時も、

「折角ひとが『佐藤俊子』と署名して原稿をやつたのに、勝手に田村俊子で出してあるの。私はもうほんとに雑誌や新聞を相手にして仕事をするのはつく〴〵いやになつたの。

私はもう何をするのもいやだわ。早くあなたと二人ぎりで、きれいな美しい優しい愛らしい生活をしたいわ。そうして働きたいわ」（六月二十四日）

と、慨嘆している。実際に松魚との間は入籍してなかったらしい。別れた以上、じぶんは人妻でないのだから、悦との恋に堂々としていいのだと、じぶんに言訳をしていたのだろう。

仕事はなかなか思うようにはかどらなかった。原稿用紙にして数枚から、時には十枚にもなる日記体恋文を書く作業だけでも相当なエネルギーを要する上、俊子の精神状態は、異常で病的なほど悲嘆に沈んでいるのだから、とうてい冷静な思考力など出てくる筈はなかった。

「仕事を始めます。出来ても出来なくてもやります。妄想は忘れて。

でもね、其れはどんなに苦しいか。始終間断なしにあなたの事ばかり考へてゐるのだから、どんなに其れへ心を傾けてしまふのが苦しいか、ほんとにあなたには想像がつかないでせう」（六月十三日）

仕事をしなければというあせりと、悦への思慕の狂熱に悩み疲れて、神経と身体は弱るばかりであった。その気持を静めるためには読書でまぎらすしかなかった。俊子はこの間に、しきりに本を読んでいる。

エマーソンは座右の書であった。悲しいにつけ、淋しいにつけ、エマーソンに慰められた。

「エマーソンには全くまゐつてしまふわ。……ほんとにこの人は、まるで私の生活を披露して、『何うしたものでせう』つて泣いたり愚痴を云つたりした事に対して一々、明示し、指摘し、反駁し、教諭し、慰安し、ゆるしてくれるやうなあんばいに、私一人にだけ対して長々と説法をしてくれるやうです。そして其の内にあなたがちやんと住んでゐる」（六月二十二日）

ウィリアム・ブレークを読み、ダンテの「神曲」やアウグスティヌスの「懺悔録」を読み、トルストイの「わが懺悔」にも感激し、ドストエーフスキイには「トルストイよりわたしにはなつかしい。この人のものをみんな読みたい」と感激している。そうかと思うと、「クオヴァディス」に涙を流したり、聖書を愛読したりもしている。「ジャン・クリストフ」にはこんな健全な小説はみたことがないといっている。

雑誌の小説はほとんど読もうとしていないが、島崎藤村の「新生」は読んで、「島崎さんの小説のくだらない事。（あの人は姪をあんなに傷つけて逃げて行きましたのに、その懺悔の気持なんてものは実にお粗末な自己的なほんとにあれはいけない小説です）」（六月二十一日）

と、おこっている。こうした読書と、日課の手紙を書く作業の中にも俊子は、生活費のための詩や感想文もつづらねばならなかった。

「詩」について俊子は、相当じぶんで自信があったらしく、じぶんを天性の詩人だと思っていたようである。書きさえすればその詩は売れ（一篇一円五十銭位）、反響もあったようだけれど、今読むと、古くさいし、観念的で、小説の魅力の半分もない。

雑草の花

雑草に咲きし花。
花弁は、
赤子の爪を四分せしよりも猶小さく、
蕊はあまりに微にて、

目にもとまらず。

この花は白き色をよそほひ、
匂やかなる唇をもちて、
小さく、小さく、
微に、微に、
青き茎の上に俯向きて咲く。

この小さきものに整のへる美あり。
この小さきものに尽されたる色彩あり。
しかして、
与へられたるいのちは、
静に健かにその呼吸を広き野に吐く。

六月の朝風に、
もろ〳〵の雑草の葉はそよげど、
花は、
齊然と形を乱さず、
一と本の茎に、
可憐に自分を守る。
つゝましき心かな。

日に霑《うるほ》ひ、
雨に打たれつゝ。
この小さき花は、
かくして美しく咲きし瞬間を、
つゝましく全ふするなり。

俊子の詩人的資質や思考法は、その残された詩の中によりも、悦への恋文の中にいちばん純粋に表わされているのではないか。けれどもこの「雑草の花」に盛られた俊子の思想は、俊子の当時の心境や理想をいちばんよく表わしていた。と同時に、この考え方が俊子の恋文の全体を貫いている中心感情であった。

「二人きりで寂しく清く生きる」とか「小さく小さく純粋に生きる」とかいうことばがしきりに使われている。中世の僧たちが理想とした遁世思想が、俊子のうちにも次第に一種の憧れとなって固まってきたようである。

「私は山へでも行きたいと考へてゐるのです。

全く市井を遠ざかつてしまつた山へ行き度いのです」(六月十二日)

「今の私が一とつ詩を書いても、又一とつ感想を書いても、一々人が刺戟されると云ふのは何だか恐しい事で又苦痛な事だと思ふ事なの。

小橋さんにしても自分の週報へ私の事を書いて『霊に目ざめたこの旧友を祝福する』と云ふ様な事が云つてあるけれ共、私はこんなおせつかいは誠に迷惑するの。ほんとに、人間はうるさいわ。よければいゝで、いゝものが又煩はしてくる。私は早く、すべてに煩はされないやうな広々としたものになりたい。(今、一時十五分) ほんとにあなたと二人ぎりで何所かへ隠れ住みたいの。あなたを愛し、愛されて二人ぎりで——あ、、私はその外に何も望みはないのだのに」(六月二十三日)

俊子が幻に描く理想の生活は、人里離れた山深い峠で、小さな休み茶屋をつくり、旅人を慰め、悦と二人で俗塵の巷から離れ、貧しく、清い、美しい生活を営むという形であった。そこで田園の詩人となり、人生の秘奥をさぐる哲学的生活がしたいというのである。浮世の名声のような空しいものは何ひとつ欲しない。永遠に残る思想が欲しいという。それを表わす偉大なる詩を書き残したいという。こんな考えに熱中してくると、俊子はじぶんが渡米するということが突然途方もなく無駄な計画だったような気さえしてくる。悦が外国へ行ったことも無意味だったような気がしてくる。

「真の詩——真の生活——それは外を探し廻つたつて得られはしないもの。自分の内にあるのだもの」(不明——たぶん六月十四、五日のもの)

休み茶屋の外にあなたを守るためなら、どんな肉体労働もいとわないと絶叫している。俊子は本当にじぶんたちの恋愛を天下に唯一の尊厳にみちた誇らかな立派なものだと信じこんでいた。恋しさに泣き沈んでいない時は、こんな夢のような神がかり的精神でいるのだから、とうてい、創作など出来る状態ではなかった。たびたび、構想をねり、筆をとりかけても二日とつづかない。「破壊する前」「破壊した後」は三百枚になるかもしれない構想ではじめられ、題は「第一の梯梯」か「楽園の門」にし、この時『大観』へは、百枚くらいで七月いっぱいか八月中に、「脱獄」というものを書くつもりであった。

「これは囚人が三人脱獄するのを書くのです。これは大層おもしろいものになりそうです。……罪悪の自覚、生活の無自覚、生の欲望、生の否定、いろ〳〵なものが含まれるのです。これを早

く書きたいくらゐです……」（六月十日）

この「脱獄」は、この日かぎりで、後には全然ふれていない。『中央公論』へ出すつもりだった大作の構想だけが、結局最後まで残ったらしい。

書き出したのは、六月二十九日である。その前日、六月二十八日に、文字どおり心身をけずる思いで待ちこがれていた悦からの手紙がはじめて入手出来たのであった。二十七日には懊悩《おうのう》と絶望のあまりもう日記も書かないといっていたところへ、ようやく届いたはじめての手紙であった。じぶんに負けないくらい淋しがっている悦の手紙をみて、はじめて俊子はこの一カ月間の苦悩がむくわれた気になり、書く意欲がわき上ってきた。「あなたの救ひ」を完き形で表現し得る創作の筋が出来上ったと悦につげて喜んでいる。

「私のおなかの中の何かゞ初めて首肯し得たもの。其れが流れて来たの。『愛の懲罰』です。そうして書き初めたの。非常に書きいゝの。そして私は実に泣きたいやうな謙虚な気持で筆が走る……」（六月三十日）

その後、九十三度を超えたという異常な暑熱の中でも、終日机に向かって書きつづけている。いつもは長々とつづく手紙体日記も、一頁くらいの短さになるほど、小説に全力をそそいだ。「（略）……私は今日はずつと書く事に腐心してゐたの。そして書け出しました。今度は出来ます。今、あなたを書いてゐるの。……」（七月一日）

「私は今日は夢中で創作にかゝつてゐたの。ずいぶん苦しい。でも私は必らずこれを仕上げます。心臓が破れたつてい丶。あなたの為に心臓が破れるのと同じです。

悲しい小説。今あなたを書いてゐるのです。私は悲しくなつては筆をとめる。そして何とも云へない憂愁の内にあなたの愛を見つめる。……」（七月二日）

「私は書いてゐました。一日。

書きつゝあなたの愛にたしかに酬ひつゝある事を私は感じる。そしてあなたが私に大きなものを与へた事を感じる。

よろこんでね。とにかく書ける事を。

私は一生懸命です。何が何やら夢中です。出来さへすればいゝ。……」（七月三日）

「今日は書いてゐたのです。まだうまく出られないのよ。初めが。其の代りずつとあとが書いてあるからもうぢき楽になるの。『悲しみの牢獄』にしやうと思ひます。

何事もあなたの為だわ。だから我慢するし。一生懸命になるの。眼がいたいのよ。ほんとにあついんですもの……」（七月四日）

「私は書いてゐます。非常にいゝのです。もう直き完成します。これは必らずいゝ。よろこんで下さい。だから日記も書いてる間がないのです。これが発表された時、あなたはおどろくでせう。……」（七月五日）

こういう調子で書きつづけていたところへ、バンクーバーの悦から、羽太鋭二とのスキャンダルについて、疑惑をもった問いあわせが来た。この悦の愛に対する不信は、俊子をひどく傷つけた。悦を大きく心で許してやろうとしてみても、すぐその後から、こんなことでゆらぐ悦の愛の卑小さに腹を立てる。創作もまったく手がつかないほど、心がかき乱されてしまった。

悦は前の便りの中にも、じぶんを離れた俊子の生活に嫉妬している手紙をよこしていた。けれどもその時は、悦と別れて以来の第一信であった喜びのほうが強く、俊子は悦のいわれのない嫉妬に腹も立てず、おおらかな心情でかえって優しく慰めかえす余裕をもっていた。

「この日記の中には私が再び卑しいものと交るやうな事が書いてありますが、これはいけません。そんな信のない事を云つてはまるであなた自身を欺く事になります。……（略）……私はあなたが想像してゐるよりも、もつときれいな女なのです。私は卑しきものを卑しいものとして嘗て交つた事はありません。卑しいものをも、何所かに美しいものを認めたやうな心で交つてゐたのです。其れは私が愚であつたから――でもあなたがそんな事を云はれると、私は悲しくなります。私の感情はもとから汚れてゐたのではありません。私の感情は濁つてゐたのでもありません。この私が、今になつて、望しいものになつた今になつて、何うして然う云ふ汚ない世界へ引つ返す事が出来ませう。……（略）……

私はもう決して無理な事はしません。不自然はいけません。だからうつかり仕事もしません。娯楽がいけないと云ふ事は私は知つてゐる。この娯楽は清くさへあればいゝのです。人が自然に親しんでいると、何うしても、うつとうしい人工的な娯楽には堪へられなくなる。私はすべてを厭ひます。人の細工で飾つたものはいやです。自然の手で飾られたものでなければ。演劇にしても其れが立派な芸術であれば何も云ふ事はありません。けれどあなたの云はれる通り日本の演劇はもつとも低劣な享楽的情調の底から生れて来たもの故に、少しも取るに足りる分子さへ見出だされない。其れを改造するとか何とか云つてさわいでる人たちは然う云ふ人たちです。今の私には何のかゝはりもない。私はこの恋愛と（もつとも美しい、清い）神さまと、の外にはすべてにかゝはりがない。はつきりと。この二たつの外には」（六月二十八日）

ところが今度の手紙には、そんな心のゆとりは持てなかった。日記や手紙にはしばらく、この事件に対する俊子の悩みの起伏だけが、なまなましく記されている。せっかく油の乗りかけた創作も中止してしまった。この間の俊子の懊悩のし方は、目を掩《おお》うほど悲惨な感じがする。精神的な打撃は肉体的にもこたえたとみえ、下痢するやら発熱するやら、頭痛をおこすやら、ほとんど病人になって、何も手につかず終日泣き暮す有様であった。

俊子は、その官能的な作風と、華美な言動から世間では肉欲的な面の強い女だと信じられていた。また、じぶんから、ゴシップやスキャンダルの種にされるような行動もとってきた。恋愛事件も、夫のある身で、つぎつぎおこしてもいた。けれども、悦と恋仲になって以来の俊子は、驚くほど精神的な女になり、その恋は、世間の想像を裏ぎって、実にプラトニックなピュアな感じのものであった。少なくとも、この三カ月間、毎日書かれたおびただしい日記と手紙によれば、俊子は普通の女以上に、純情可憐で、恋に対して初心であるし、涙ぐましいばかりに純粋である。

朝、悦を勤めに送り出す一日のかりそめの別れさえ、堪えがたくて泣いたというのだから同棲半年後の悦との別離が、俊子にどれほど痛手だったことか。

「世間的の名声や、地位や、金に何の未練があるでせう。そんなものは人生のごみだわ。ただ、あなたと二人だけ。あなたとだけの生活がしたい」

と、くりかえしている俊子には、まるで修道尼のような隠遁生活が少しも苦痛ではなかった。そこにはもう、「作家」俊子はいない。ただ、一人の「恋する女」がいるばかりである。作品の官能的なのに比べ、これらの手記には、およそ官能の匂いは少ない。抱擁とかキスとかいうことばは、ちりばめられていても、それは、あくまで清潔であり、俊子が悦との生活を思い出している場合でも、すべて、精神的な面だけでとらえられていた。

「お湯へ行きましたら、お婆あさんが入りに来ました。それを見たら、私は、どうも一日でも多くあなたの傍にゐなければゐられない気がしたの。あんなになつてしまつてはいくら限りない愛でも無情ですね。やつぱり私たち恋するものには肉の衰へは悲しいわね。あゝ。なんだかいやな気がしたの」(六月二十九日)

こんなほほえましいものから、

「今頃はあなたと私はまだ何でもなかつたのですよ。覚えてゐるの？　八月の五日と云ふ日を。覚えてゐない？　苦しい幸福を持つた最初の日です。(略)

現在の私は少しも然う云ふ情熱を感じない。不思議なくらゐです。恋がいつぱいになると全く醜い感覚は消えて行くのですね。けれども、あなたに逢つた刹那の抱擁を思ふと、身体中がふるへるの」（七月二十三日）

「井上がさつき云つてゐたけれど、人見東明つて人が、随分長くあの人は禁慾生活をしてゐるが（其れは昨年の十一月から数へてるんだそうです）、もう其れでは大丈夫だつて云つたつて。そして、私の詩を賞めてゐましたつて」（八月七日）

という程度で、第三者の目には明らかに病的としか映らないヒステリックな状態も、俊子じしんは決して肉欲と結びつけては考えていない。

一度、二人が全裸でいる夢で、胸に悦の接吻をうけたことをまざまざと見た。俊子はそれを恥じて、すぐには悦につげていない。

「――でも目が覚めてからそんなに恥かしくはなかつたし、大変快い心持に――然うだわ――いやな官能的な連想なしに、其の夢を思つた事が出来たわ。でも書くのは恥かしかつたから止したの。『そんな事ばかり考へてるんぢやないの』なんて云はれるといやだと思つたから――私はちつともそんな事考へた事はない。ほんとにきれいな愛情ばかりが私の全心を洗つてゐるわ……」

（八月十三日）

そして、高村夫妻や、親友の小橋三四子から、顔が変ったといわれたことを無性に喜んでいる。変ったというのは、清潔な純な表情になった意味である。それほど純粋に、悦への恋一筋に燃えている俊子に、悦から、羽太鋭二とのスキャンダルの記事について疑いをかけてこられたことは、致命的な打撃であった。俊子にとって三カ月間の、いちばんショッキングな出来事であり、二人の愛の上にはこの上もない強烈な試練であった。

羽太鋭二は医者で、当時としては珍しい性器解剖図などの入った著書を出し、変態性欲の研究家でもあった。当人じしんも変態性欲者だという評判が聞かれた。いわゆる噂の男である。その羽太のところへ、俊子が何かいってやったというスキャンダルが、どこかの新聞に書かれたのを、悦が読み、そんな秘密があるなら、みんないってきてくれと手紙をよこしたことから悶着がはじまった。

俊子は、羽太には、帝劇の廊下で、徳田秋声に紹介され、一度しか逢ったことがない。顔も覚えていないくらいで、羽太の著書を一冊送ってもらったのも忘れている無関心さであった。そんな男と、思いもかけない疑惑をかけられ、俊子は、そのような不信を抱く悦の愛に、絶望しそうになった。その時の、俊子の悩みの激しさは悲惨であると同時に、その悩みに打ちかった後のより高く清められた俊子の愛の美しさは、三カ月間の手記の中でも、ひときわ清らかな光芒をはなっている。

「……私は少しも恐れません。いくらでも云ひ度い事を云はせます。純潔は何んな目にあつても汚されません。神の子はどんな目にあつても静です……（略）……

愛する人！　静にしてゐらつしやい。あなたの恋人はあなたが想像するよりも、純良な生活にゐたのです。あなたが思ふよりも高い心を持してゐたのです。悲しい事にはあなたとの恋愛が私に後暗いものを持たせました。其れ故に私はその時から自身の上にさへ後めたさを感じました。其の一とつを持つて他を顧みられはしないかと云ふ後めたさです――然《し》かもこの恋愛は私を救つてくれた光りであつたのに。

私は決して心を動かしません。……（略）……

何卒あなたの心の苦しみませんやうに、私は其ればかりを祈ります。ほんとうに祈ります。私はその外には何とも申しません。私を疑ふなとも、又信ぜよとも、愛せよとも――唯あなたの心の苦しまない事だけを祈ります。（略）」（七月十五日）

悦の不信を何とかして許そうと努力するため、俊子の愛はより一層浄化され、その心は謙虚になっていく。

「あなたに自由をお与へする為には私はやつぱり離れてゐる方がい、のではないかと思つたのです」(八月十日)

「あなたは若い。けれども何と云つても私はもう年をとりすぎてゐます。人生の初めにある人間ではなくつて終りにある人間です。斯う云ふ女とあなたは手を取つて完全な生活を得やうとしてゐらつしやるのです。どんなに私があなたを愛すにしても、この生活も恐らく不自然なものではないでせうか」(八月十三日)

悦と俊子の年齢の差はたった二歳であった。これが淫奔とか驕慢とか世間に評されていた人一倍華やかな過去を持つ女の恋のことばであった。俊子はじぶんたちの恋愛を崇高なものにみなそうとするあまり、宗教的なものにまで高めようとしていた。

小橋三四子に紹介してもらって、三四子の妹の行っていた飯倉の聖アンデレ教会へ六月三十日の日曜日から三、四度通っている。旧教のこの教会の雰囲気は、当時の俊子の心情には非常にマッチしたらしく、はじめていった日は、感激のあまり、涙を流して、失神しかけるほど純粋な感動にうたれたと、感激的な筆致で悦へ告げ知らせた。牧師の話なんか聞かなくても謙虚な気持になるだけでもいい。恋の苦しさと別れの悲しさをまぎらすのに神にすがりたいという俊子の願望は一応充たされたわけである。ただし、俊子の「神」という観念は、必ずしもキリスト教的「神」であらねばならぬというのではなかった。旧教でも新教でも俊子には問題でないばかりか、六月十八日が「観音様の日」だからといって五時起きして浅草へ詣り、またの日には「人肌観音」へ日参するというふうで、「お寺へ入つて尼になつて神に近づく」というようなことばが何の矛盾もなく口をついて出てくるのである。要するに、「何かしら崇高な偉大な力」をもつものが、俊子には「神」であつて、特定の何々宗教というものは必要がないのであった。

「神があなたを救ひ守つてくれます」

と、書く時も、人肌観音に「あなたの幸福を祈願した」と書く時も、俊子のうちには同じ一つの「神」の幻影が描かれていたのである。

教会へ行った最初の日に、

「今度私があめりかへ行きましたら、私たちはほんとに神さまの前で結婚したい。(何だかふと羞しい感情が湧きました）私は斯う考へました。何所かの教会で。そして、其の時から二人の生活を結び合はせたい」（六月三十日）

と思いついたのも、旧教の教会内の美しく荘厳な形式にうたれた結果のようにみえる。

俊子はこれほどじぶんたちの恋愛を神聖視していた結果、この恋にこっけいなほど誇りを持っていた。

「私たちが死んだら二人のこの日記を発表して貰ひませうね。恐らくこんな恋愛は日本文壇初まつての事ぢやない？」（七月二十三日）

こんなことばも冗談ではなく、本気でいっていたもののようである。それほど誇りをもっていた愛だけに、いくら、心をなだめてみても、すぐその後から、

「あんな事にさへ信の持てないやうな恋愛の暗い一点を——あんまりなさけない。そうしてあんまり厭はしすぎる——然う思つて——ほんとに私はこの肉体を封じて了ひたい。あんな事にさへこの大切な恋人を疑ぐる人だ。そうして侮辱する人だ——然う思つたら私は全く世の中がいやになりましたから。私は清らかな生活がほしいのです」（七月十八日）

と、悦の不信に、腹が立ってくるのでもあった。くやしさに発熱して床についたりもしている。その後で、悦に、じぶんの過去に交際のあった男の名を冗談半分のように並べてみせている。先

に書いた田村松魚の、彼女の交遊の人名と比べると面白い。

「念の為、私の交際した人の名を列記して見ます。

徳田秋声、正宗白鳥、上司小剣、小山内薫、小宮豊隆、楠山正雄、岩野泡鳴（この人は一度来た事があるぎりだけれ共、一度神楽坂で逢つた時私のあとをくつついて来て離れない事があつた）、長田幹彦（これは行つた事もなし来た事もなし）、吉井勇（同前）、秀雄（これは一度来た事がある）、後藤末雄（これも一度来た）、安成二郎（これは来たばかりだけれ共私に恋をするとか何とか云つたから書いておきます）、阿部次郎、森田草平、赤木桁平（これは一度来た事がある）、鈴木三重吉、水野葉舟、――外にはもうないやうですよ。中村孤月（こんなのは交際の部にも入らないでせう）、然う〳〵武林無想庵――外にはありませんね。斯うして見るとほんとに寥々としてゐる。河野桐谷（この人は一度来たし楠山さんと三人で芝居へ行つた事がある）、田中純（これだつて雑誌の用ばかりですからね）、生田蝶介、木村荘太？ぢやない何とか云ふ画家で私に画を買つてくれと云つては来た人がある。この人の絵を買つて田村が怒つた事がある。何とか云ふ人でしたつけ、人見東明さんの紹介で。外にはないわね。笹本用午がゐた。これは一度も来た事はないけれ共、よく手紙をよこした危険人物の一人ですね。――いま、誰れだか思ひ出したと思つたら消えてしまつた。然う〳〵中野徳太郎、これは一度来たことがあつたと云ふまで。私が女優時代に交際した人と云へば文士劇の連中、岡さん、杉さん、岡本さん、栗島さん――これは行つた事もなし、来た事もなし、簡単なもの――花柳章次郎（これは二度岡田さんが連れて来た）、外に一度ぐらゐで尋ねて来たものや、それから恋手紙のやうな手紙（敬慕と云つたやうな）をよこした未知の人は沢山にあつて、一人も覚えてなんぞはゐない。然う〳〵奥野他見男――これは西川他見男つて云つて田村の友達の弟です。これが私に姉さんになつてくれとか何とか云つてもうるさく押かけて来た事がありました。私が相手にしなかつたし、断つたので来なくなりました。

右の内△印は危険を予想させる人物と云ふ事。外には逢へば挨拶する人は殆んど無数です。あちこちで紹介されてゐますから。羽太なんて人はこの無数の内へ入る人です。顔なんかまるで覚えてゐない。古るい事ですからね。


……（略）……


さつきの人名簿へ載る人の名でまだあつたわ。相馬御風、田中介二、相馬泰三、江馬修、橋田東声。（みんな来た事のある人たちですから）」（七月二十一日）

これでも気がすまず、さらに二十四日には、紹介者、徳田秋声の手紙を同封している。

「……昨夜徳田さんから手紙が来ましたからこの儘入れておきます。この人も大変もうろくしてゐるけれ共、でも、私と羽太と云ふ人の間について確実な証明（後日の）になると思つたので入れておきます。

『いつぞやは失礼しました。

お手紙はこちらで拝見しました。小生も羽太とは久しく逢ひも致さず候が如何なる間違にて左様の事が伝へられるや驚き入る外ありません。今度逢つたらきいてみますが、殊に手紙を出してもをかしいでせうから其は止めました。然し時が創《きず》を癒してくれるでせう。其のうちには潮がまた変ります。それを待つたのが一番いゝだらうと思ひます。

小生は伊香保へ行くつもりで上野まで来たのですが、ふと海気を追ふて此処へ来ました。当分子供を呼寄せて滞在のつもりです。海岸は暑くていけませんが、この沿岸はなかなか好いところがあります。魚が新しくて何よりです。北条から一里足らず手前の処です。来月十日にはここまで汽車が開通します。私のゐるところは素人屋です。明日子供が二人来ます。

佐藤俊子様　徳田秋声』　」

この時秋声のいった海岸は房州の那古であった。

これらの知友の中で、俊子がじぶんを理解してくれていると思っていたのは、徳田秋声、中村武羅夫、滝田樗蔭、田中純などであった。

高村光太郎のことは、心から尊敬し信頼していたし、阿部次郎にも好意を持っていた。渡米の時には、阿部次郎から相当な金を借りていったと伝えられている。

この人名簿には、幸田露伴が入っていないけれど、俊子の最初の師は露伴である。明治三十五年から五年ばかり、露伴の女弟子であった。露伴は、俊子の才気を愛した。俊子は後に湯浅芳子に、露伴がじぶんに、単なる弟子として以上の、好意をよせていてくれたとほのめかしたことがあった。

この事件から受けた試練の果に、俊子の見出した結論は、すべて、二人が不自然な別れの中にあるからで、一日も早く、二人がいっしょに生活する態勢をとることであった。この結論に到達して以来、俊子はまるでものに憑かれたようになって渡米の準備に積極的に狂奔していくのであった。

まず七月二十三日には渡航願に必要な写真の引伸しという事務的なことから着手している。ついで戸籍謄本を取りよせる手筈もした。何より先だったものは金であった。

すでに七月十二日に、俊子は新潮社へ中村武羅夫を訪ね、金策の相談を持ちかけている。渡米の件を出来るだけ世間に秘し、こっそり人目につかず決行するつもりでいたので、誰にも打ちあけていなかった。中村武羅夫にも、鈴木悦と新生活を営む目的だという点は秘し、とにかく一応外国へ出たいという話し方で相談を持ちかけている。

「それがいゝ。是非行つて息をぬいていらつしやい。行くなら、いつそ何も書かずにいらつしやつた方がいゝ。文壇に後戻りしてしまふと、また同じことの繰りかへしがはじまるだけだから、創作などしないで行きなさい」

と、励まされた。新潮ではバンクーバーから、書きおろし長篇を送る約束と、連載している恋歌評釈を絵入りの美しい本にするためもっと書き足すのを条件として、二百円出すという話になった。

これに勇気を得て、俊子は、さらに二、三の社から、まとまったものをひきだそうとした。そのほうが、「つまらないちつぽけな作品をいきみ出すよりもいゝ」と考えるようになった。

その外、

「……頼まれた原稿だけにしたつて、二三日内〔に〕出来るわ。新時代（70）大観（60）中外新論（60）文世（60）ね。そうして中外新論は大層稿料がいゝの、中央公論よりも。社からちやんと云つてよこしたの。いくら？　きまりがわるいわ。そんな事……」（七月二十四日）

片っぱしから書ければいいが、そうはいかない。

七月二十一日の日記の中には、

「……今書いてゐるの。前半をくぎつて、これを二三日内に大観へやります。九月のを何《ど》うしたつて書かなければならないんだから。そしてあとのをもつと書いて、そして中央公論へやるつもり。これの方がいゝのです。（後半の方が）兎に角せつせと書く事にしたの。そうしなければ動きが取れませんから。でもずいぶん苦しいわ。でも、これもあなたの為なんだからいゝ。然う思ふとうれしくつて胸がいつぱいになる……」

と、見えている。

いい仕事をしてバンクーバーへ行こうと考えていたはじめのころの目的が、次第に、仕事をすることは、渡米の費用をつくる唯一の手段にすりかわっていく。是が非でも三カ月の間に旅行の費用をつくらなければならない。高利貸の目をかくれているくらいだから、貯金のある筈がなかった。着物なども、ほとんどめぼしいものは質屋に入っている。金のまったくない時は、本を女中に売りにやり、六十銭になったから、これで十日はうくなどと凄じいやりくりをしている状態なのだ。その上、物価は急激に上昇し、この年には米の値段が、一石十二円から一躍三十八円に高騰し、八月に入って四十六円四十銭の高値をよび、米騒動をひきおこすという社会状勢にあった。非生産的な俊子の隠遁生活にも、その世相の波はおしよせ、こたえてきた。一カ月に二、三十枚の感想文の稿料では、どうしても六十円かかる生活費が、まかないかねるようになってくる。書く片っぱしから生活費に消えていく生活を何カ月も送るより、一日も早く、渡米してしまいたい気持が高まってきた。

「……実に物価が高いの。お米が一升一円になつて、大暴動が起つてゐるわ。豊橋でもよ、京都と大阪と名古屋がひどいの。初めは富山から起つたの。みんな女連の一揆です。東京にはありません。……」（七月十四日）

八月に入ってからは、旅券申請のための手続や、金策の奔走に明け暮れ、落ちついてものを書くことがますます困難な状態になっていった。

八月四日に『大観』の編集長五来が訪れ、『大観』と特別の契約を結んでくれと申し出た。金はいくらでも出すというのに、心は動いているが、すぐ渡米することだからと、断っている。この時、『大観』で、俊子の評論を誰かにやらせたいという申出もあったが、これもきっぱり断っている。

けれども、金をつくるには、作品を書くか、雑誌社と特別の契約を結んで、まとまった金を都合してもらうしかないのだ。俊子は急に、これまで関係のあった雑誌社をまわり、金作りの工作をしようと思いたった。

「……それに創作も然《そ》う黄金のやうない、ものと思つて堅くばかりなつてゐてもいけないから、い、かげんにして三つ四つ書いて、そして行く事にするの……」（八月五日）

渡米の計画に心はあせりきって、次第に創作への意欲は、やっつけ仕事のほうへかたむいていくのであった。

十一月からは、波が高くなる。どうしても十月には渡米したいという気持が日とともに固まってきたようだ。

「いよ〳〵お金が出来なければ殺人をしてもお金を作りたいほどの気持です」

というほど、せっぱつまった感情になった。そうはいうものの、全然書かないで、金だけ集めるのもやりにくい。書きかけの大作も、まだ出来上っていない。とにかく、これを一篇だけでも仕上げ、その金で、信州のお寺へ出かけ、そこで、さらに、『中央公論』のものと、『新潮』の恋歌評釈をしあげようと計画した。

穏田の隠れ家は、玄関も、座敷も、便所の中までも、日光が一日中さしこんでいる家で、俊子は焦熱地獄だと表現している。あまりの暑さに、日中も雨戸をしめずにはいられないほどである。その上、夜は、近所の蓄音機がむやみに浪花節などをがなりたて、神経をいらだたされることおびただしい。何としてもここを逃げ出すことだ。そう決心し、十五日の夜は夢中になった。大作の前半をきりとり、五十枚にまとめる作業にとりかかり、それを一気に仕上げてしまった。

すると、十六日、府庁から、旅券の件で出頭せよという葉書が舞いこんできた。あわててかけつけると、旅券の申請書に、資産の証明が欠けているので、却下されるという注意であった。著作の書名を書き、資産の証明がどうしても出来なければ、出版社の証明でも出さなければ、駄目だという。

俊子は目の前が真暗になる思いで、茫然とした。ちょうど午後一時頃で、歩道は焼けつくような暑さで、日光がぎらぎら輝きわたっている。朝から何も食べていないので、気疲れと、気落ちで、卒倒しそうになってくる。それでも、気を励まして、外務省へ行ってみた。外務大臣に直接交渉しようと考えたのだ。受附で大臣に逢うための面会時間などを調べようとしたが、さっぱりわからない。汗みずくの不断着では、大臣に逢うわけにもいかない。絶望して、そこへ坐りこみたいような気持になり、ようやく家へたどりついた。

帰ってみると、家には昨日から一粒の米もない状態である。お金はほとんどない。進退谷《きわ》まってしまった。女中のみねも、いさちゃんも、泣きそうな顔をして、疲れきった女主人の顔を見つめている。質屋にいくにもいれるものがなかった。

俊子は、まだこの瞬間まで、五十枚の小説を『大観』へやる決心がつきかねていたけれど、ここに至って、ようやく心を決めた。『大観』で小説をかたに、前借する外、道がなくなったのだ。休むひまもなく、その足で『大観』へ出かけていった。もう無我夢中の気持であった。借りられるだけ借り出し、それで質屋から着物をうけだし、明日は是が非でも外相に逢って話をつけるのだ。話がつくまで、毎日でも外務省へ日参する決心であった。

空腹と、心労と、暑さで、今にも倒れそうになりながら、『大観』へたどりついた。頼りにする五来は社にいない。がっかりしたが、出先に電話してもらい、とにかく、金は出すという約束だけ聞いて、家へ帰って来た。

疲れと興奮で、眠ることも出来ないでいると、五来の出先から、追いかけるように金が届けられた。三十円であった。これで、着物をうけだし、明日は自邸へでも官邸へでもおしかけて外相に逢うんだと思うと、どっと、疲れが出て、昏倒しそうになった。新聞に書かれてもどうなってもいいと覚悟をきめた。何のためのこの苦労だろう。発狂しそうなこの苦労……。

「……恋の為です。恋の為です。この愛の為です。あなたを愛する熱情です。私はこんな事の為に自分が疲れて、其れで終つてしまふものなら其れでもいゝ。其れで私の生は満足です。あゝ――」

疲れきった手にペンをにぎり、悦にそう呼びかけながら俊子はじぶんの恋の炎に目もくらみそうな感動を持っていた。

明けて十七日には、予定どおり、早朝から外務省へ出かけていった。

後藤外相は、多忙だからと秘書官が出て用件をきいた。秘書官のいい分では、結局、旅券の事務的手続は府庁の管轄だから、外務省では手のほどこしようがない。資産の証明はどうしても必要で、それのととのった申請書が府庁からまわって来たら、旅券係に便宜をはからせようという程度である。

俊子はがっかりした。出版社の証明をもらうのは、渡米のことが世間にはっきり知れわたることであり、それをしたくないばかりの今までの苦労なのだ。著書の証明などをととのえるには、世間に渡米を発表する形式をとらずには出来るものではない。

家へ帰る気持にもならず、湯浅芳子を訪ね、善後策を相談した。(湯浅芳子は当時、養家の井上姓を名乗っていた。湯浅は実家姓)

田村松魚と生活していた頃、一ファンとして、訪ねて来たこの年少の友人を、俊子は「ほんとに正直な人です」と悦への手紙にも記すほど信頼していた。穏田の隠れ家に出入りさせる僅少な友人の一人であった。芳子にだけは、悦のもとへ行くことをかくさず、はじめから打ちあけていた。

八月三日には、訪ねて来た芳子に、渡米のことを打ちあけ、芳子といっしょに目黒の三峯さんというところへ易を見てもらいに行っている。

「……易は私も見てもらはうと思つて行つたのです。何方にしたつて自分の意志だのに——井上は雑誌を続けてやらうか止そうか、もつと大きなものにしやうかと云ふやうな考へなんでした。易は何方もいゝんです。あの人もいゝが、私のは、これからどし〳〵目的は成功するんですつて。『少し遠くへ行かうかと思つてゐる』と云つたら、『ああ、それはもう来月には行かれる。おそくも十月の初めには行く』と其の易者が云ひました」

旧教の教会へ通いだした気持と、易を見てもらう気持と、俊子の中では何の矛盾もなくとけあっていたらしい。この後からますます積極的な渡米の準備に向ったところをみると、易者の予言は、相当な力で、彼女の決心に影響したものとみられる。

そんなところまでみせあった仲だったから、こういう絶望状態の時に、逢いたくなったのだろう。

「有島（武郎）さんに頼みこんで、旅券が下るまで二千円ばかり貸してもらはうか」

などのような空想を二人で話しあう程度で、一向にいい知恵が浮んで来ない。結局、いちばん俊子が信頼している高村光太郎夫妻に、打ちあけた相談に行くのがいいという結論が出た。

高村夫妻とはいちばん親しくしていて、智恵子も稔田の家へ訪ねて来たり、俊子が高村家で食事を御馳走になるのがいちばん楽しいというような仲であった。けれども最近は、田村松魚も高村家に出入していて、俊子の噂など出る上、逢いたいなどいっているのを聞いて、俊子はなるべく行かないように気を配っていた。光太郎は、その頃松魚のことを、

「もうあの人の悪いといふ悪いところをすつかり見たやうな気がする。あの人は旧からあゝ云ふ人だつたのが今までは押へられてゐたのですね。今になつてそれがみんな出た感じだ。あなたもずゐぶん苦しまれたことだらう」

と俊子にいったりして、同情的だったらしい。その頃松魚はモデルの女といっしょに住んでおり、

俊子の弟子だった女たちとも出入りがあって、乱れた生活をしていた。

芳子のところを出て、俊子はまっすぐ、高村家に出かけた。智恵子は郷里へ帰っていて、光太郎しかいなかった。俊子の決心を聞くと、光太郎は、全面的に渡米に賛成の意を表した。

「万難を排して行きなさい、それはとてもいゝことだ。ましてや鈴木君が、さういふ気持でゐるなら、尚更、行くべきだ。私は無理にもあなたを行かせる。あなたの渡米は、あなたがよくなることはあつても、悪くなりやうがありませんよ。あなたはこのごろ、ずゐぶん変つたけれど、もつと根本的に変つてますよ。世間が知つて何といつても、もう構はないぢやありませんか。どしどしやるだけの事をやつて準備をすゝめなさい。雑誌社に著書の証明をさせて、それでもうまくいかない時は、私の父の名をだし、何とかやつてあげます。父が援助をするといふことにすればいゝ」

光太郎に励まされると、俊子はすっかり勇気がわき、いよいよ、どんなことをしても決行しようと決心が固まった。

光太郎に送ってもらって上野までくると、米騒動の暴徒で道はあふれ、その中を騎馬の兵隊が右往左往していた。暴動はついに東京まで移って来たのだった。

翌十八日には新潮社へ行き、中村武羅夫を訪ね、名刺に証明を書いてもらい、置きみやげに小説を書く話などした。ついで『大観』へ出かけ、ここでも証明をもらった。あとは中央公論社でもらった。

こうして、十九日に旅券の手続は完了した。

二十日に、前借している『大観』の小説をまとめはじめ、二十一日それを『大観』へ送った。あれほど意気ごんでいた大作は、こうして五十枚にきられ、「破壊する前」となって身売りした。

「今日はこれから、新潮へやるのをまとめるか、中外新論へやるのをまとめるかするのです。兎に角どちらも今月中に仕上げてしまひ、恋歌の評釈を来月の十日までにやつてしまふつもりです。そして仕度にか〻ります。どんなにしても私は九月末か十月の初めの船に乗るつもりです。……」（八月二十二日）

この時の『大観』の稿料は一枚一円五十銭、五十三枚でちょうど八十円であった。結局、『新潮』の置きみやげ小説も『中央公論』も書けなかったらしい。「破壊する前」のつづきの「破壊した後」が、『大観』の十月号にのっているほかは、他に注文をうけて書く予定だった小説は、何も書けなかったようである。渡米の費用は、新潮社へ版権を売った金とか、借りられるだけ借り集めてつくったものらしい。

日記は八月二十八日でと絶えている。二十八日以後に書いたと思われる、日附のない最後の手紙には、

「……どんなにしても必らず、九月の二十八日の船か十月の初めの船に乗ります。これは必らずです。そしてこの手紙が着きましたら、百円だけ送つて下さい。これは入用もないと思ふけれど、万一乗船の際に多いほどい〻と云ふ事になるなら、百円でも余計持つてゐたいのです。……二十八日のは大坂商船です。アラビヤ丸です。これに乗つて行きます（でも万一すると、次ぎのになるかもしれません。仕事が出来きらないと）。一等よ。……」

いよいよ金が出来なければ、恥かしくても三等ででも行くと、前には書いてやった俊子である。一等に乗る金の調達のめどがついたのが、よほど嬉しかったのだろう。見栄坊の俊子が、三等旅行をするほどの決心をしたことだけでも、この渡米に対する熱情の、なみなみでなかったのが察せられる。

こうして、俊子は悦のもとに走るのである。

最後の作品になった「破壊する前」「破壊した後」は、田村松魚と鈴木悦との三角関係の経緯

が、克明に描かれているが、素材負けの失敗作という感じが強い。結局、意気ごんではみたものの、衰えた創作力では、思うほどのものを書くことが出来なかったのだ。作家が書かねばならないものを書いたという素材の力強さと、内容の迫力は感じられる。が、そのだらだらした冗長な書き方と、無駄の多い文章は、俊子の作とも思えぬ稚拙さで、芸術的昇華がなく小説以前の感じがする。これがあの、四、五年前の全盛期に「木乃伊《ミイラ》の口紅」「炮烙の刑」などのすぐれた小説を書いた同一人の筆であろうかと、怪しまれる。作家が、書けなくなった時の無惨さ、怖ろしさを慄然と感じさせる作品である。

ただし、この作品は、俊子が田村松魚から離れ、鈴木悦へ結びつくまでの俊子の心理の経緯を知るには、何よりもくわしい資料になる。女主人公の道子はもちろん俊子であり、「彼女の傍にいるF」が田村松魚、彼女の長い友人で、不意に、友人以上の深い意味で、彼女につながってきたRが鈴木悦に当る。

創作上の行きづまりから、自暴自棄になった女流作家道子が、絶望に身をまかせ、荒廃と遊惰の生活に惑溺している時、Rの友情と愛にみちた優しい目が、彼女に救いを与えたのだ。夫のFはそんな彼女の悩みにまったく無理解で、

「然う何時まで芸術の生命がつゞくものではない。盛りが過ぎればお終ひになる。其れで好いさ。構はないさ。他の事をやるさ」

といい、一時咲かした過去の名声を利用して、別の場所で、上手《うま》く世渡りをするように知恵をさずけるか、または、

「もう駄目になつたのかな」

と、彼女の力の尽きたのを嘲笑するだけだった。

そんな時Rだけが、愛情深い同情の目で彼女を見つめ、いつでも彼女の表面の荒《すさ》んだ全体から、

美しいものの一点を光のようにすくいあげ感じとっていた。

「あなたは自分で其の美しさを知らないのだ。あなたの精神の内に宿つてゐる其の貴いものを見出ださないのだ、然うでなければ私の見るあなたが然うも純に美しく見える筈がない。あなたは自分の其の美しいものを知らずに、自分を傷つけ荒《すさ》ましてゐるのです。あなたは其の美しいものによつて生きて行く事を考へなくてはいけない。あなたは其れを持つてゐるのだ。人間の完全はそこにしきや得られない。其の時こそあなたは本当に光りのある芸術を見出だす事が出来るでせう」

Rの瞳はこうささやきかける。道子は、その知的に澄んだ雰囲気や、じぶんを清めてくれ、包みこんでくれる大らかさに、次第にひかれて行く。Rに対する時は小児のように純で無垢な心情になり、Rの手にすがって、じぶんをとりまくたいはいの淵から這い出ようと期待するようになる。

「今まであなたの為て来た仕事の上には霊《たましひ》がなかつた」

「あなたの様な神経と官能の生活は疲れるばかりだ」

「あなたの傍に居たものがあなたを真実に生かそうと為なかつたのだ。其れはあなたの不幸だつた」

Rのことばの一つ一つが、道子の胸に神の予言のように打ちこまれ、道子はじぶんのこれまでの芸術が何の価値もない下らないものとさえ思いこむ。じぶんの芸術が行きづまったのは、まちがった生活と、汚れた思想の上にたっていたからで、新しい純で清い愛の生活に生きなおしたなら、今度こそみずみずしい真の高い芸術作品が生れるのではないか、それをじぶんにさせてくれるのは、Rの愛だけだと道子は次第に思いこむ。

この作品を読むと、なぜこの作品がこうも不出来なものになったかが、判然とするところが皮肉である。俊子も悦も、芸術には悪魔の参加も必要なことに気づいていないようであった。「私たちはこれからなんですもの。まだ〳〵何時までだつて安心してゐられるわ。五十までまだ十五年あるんですもの。五十過ぎなければ、あなただつてほんとにい、芸術は出来ないのよ。うれしいわね、五十ぐらゐになつて二人してい、創作をしたら。ね。其れこそ理想ですね」(七月二十三日)

こうしたことを手放しでいえるこのころの俊子の甘さは、すでに往年の佳作を生んだ「女作者」の自他を焼きつくすような激しい作家魂とは無縁のもののようである。五十をすぎて、俊子も悦も、ついに作品らしいものを残すことが出来なかった悲惨な現実を思う時、一層俊子のこの「置きみやげ作品」の敗北の意味が痛ましく聞えてくる。

濃霧

バンクーバーの秋十月は来る日も来る日も霧が濃く垂れこめていた。

濃霧の奥で、太陽は、とり忘れられたオレンジのように、鈍い黄色で空にひっそりと懸っている。

泣きだしそうに昏いままの空から、夜がしめやかに降りてくると、街の灯が霧に滲んで冷たくまたたき、冬の近づいてきたことをつげる。バンクーバーではじめて迎える冬の足音におびえながら、鈴木悦の心は、日本から俊子を迎える期待でふるえていた。

悦と別れて以来、じぶんの愛の深さに俊子が気づき驚いたと同様に、悦もまた、一人バンクーバーの下宿にいて、俊子との愛がじぶんの生にどれほど深く喰い入っていたかを覚《さと》ったようであった。

　毎日カドヴァ街一三五番にあるコンチネンタル・デイリー・ニューズ社（大陸日報）に出勤しながら、社がひけると、俊子のことばかり思いつづけ、下宿の部屋にも落ちつけなかった。

　俊子を迎えるための部屋を、新聞広告などを頼りに、探し歩くことで、堪えがたい恋情をまぎらわせていた。

　眠る前には黒い表紙の大学ノートをひらき、必ず克明な愛の日記を書きつづった。十月一日からはじめられたその日記は、一日もかかさず、俊子が着く日まで、つづけられている。日記をつけながら、悦は、思いもかけなかった二人の恋の成行に、しばし茫然となって、ペンを止めることがあった。俊子が、じぶんを追って、海外へ渡るなど、誰が想像できたことか。悦には、俊子が日本での肉親の絆も文壇の地位も、社会的名声も一切捨てて、じぶんの懐にとびこんで来るという現実が、まだ時々は夢のような気がしてならなかった。不安と、幸福と、恍惚の入りみだれた複雑な気持に襲われるのだった。

　必ず来るとは信じても、病気とか変心とか、突然に起り得る不幸な予想が孤独な悦の心をさいなみ、もしやの不安にたえまもなく苦しめられた。二人の間に交わされた手紙は、便船の都合で、なかなか予定どおりには着かなかったので、たえまなしに疑惑や嫉妬や心配で悩まされなければならなかった。俊子の毎日書いて送って来ていた手紙も、いよいよ、来るとつげてきた八月十五日以来、ぷっつり絶えていたのが、一層不安を深めてくる。

「エムプレス・オブ・ジャパン入港……（略）

　あの人からの日本で出す最後の便りは此の船がもつてくるに違ひないと思つてゐたのに、何んにも来ない。不安が私を襲ひ、私を寂しく悩している。何うしたわけか、何うしたわけか」（十月二日）

不安を払いのけるのは、俊子の俤に向かってペンを走らせる作業しかない。

「相結ばれたる愛の驚嘆すべき力！

私たちは、此の力を意味あるものにしあげなくてはいけない。真の恋が何う云ふものであるか、その貴さの一切を私達の生活が語らなくてはならない」（十月一日）

「……あの人のことばかり考へる。そして、不図《ふと》あの人の、『破壊する前』の最後の一句が頭に思ひ浮べられる。

『闇が濃く果てなく空に続いて見えた。ふと、今迄に覚えたことのない、骨肉に感じるやうな愛が彼女の悩み疲れた心から彼方のFの上に流れた――』

十年の過去がもたらす偽りなき情愛である。私の目は此の一句を繰返してゐるうちに涙で一杯になつた。

此所にも、あの人の美しさが現れてゐる。かう云ふ愛は、単に弱いとか、センチメンタルだとか云つて了ふことは出来ない。も少し根深い人間性にきざしてゐるものである。あの人は、今やその過去の十ケ年を育んでくれた土地とさへ別れることを思つて、心から愛の涙を注いでゐることであらう。

人生とは、所詮寂しく、そして悲しいものであるか。愛とは、悲しいものであるか」

そんなことを書いては、恋人の写真を出して打ちながめる。まるで、少年の恋のような純情さである。俊子の写真は、悦の目には、清らかでつつましやかで、しめやかな哀愁につつまれているように見えてくる。

悦の恋している俊子は、決して、功なり名をとげた文壇の華やかな女流作家でもなく、世間に絶えまなく浮名をながす、派手な噂の女でもなかった。ピュアで無邪気で、愛そのもののような美しい寝顔で、じぶんの胸の上に眠った可憐な女なのであった。そういう寝顔をじぶん一人しか知らないのだという誇りが悦の孤独を慰めてくれる。田村松魚との生活では、俊子は決して、幸福でなく、このような至純な愛にみたされた清らかな寝顔はしなかったのだと、悦は信じていた。そんな単純さが、悦が小説家志望の文学青年として出発しながら、ついに文学に無縁で終り、社会主義的な革命家の方向へ進んだ資質のあらわれと見ることが出来よう。

あいかわらず、霧が降り、雨が落ち、秋晴れの爽やかな日はほとんどなかった。陰鬱な天候の中で、悦は一向に便りのない俊子に次第に苛立っていった。

「人の気持など、全然考えないところのある人だ」

と、うらんでみたり、いや、来られない事情が出来、苦しんでいるのではないかと悩んだりする。甘美さと苦渋と悲哀を伴って、二人が恋に落ちた去年のこのごろがしきりに思い出されてくる。

思い出に苦渋があるのは、俊子が形式的なものにせよ、松魚という男の妻であることと、悦じしんも、故郷に妻があることのためであった。

田村松魚が、俊子の渡米後発表した「彼女は悪妻であつた」の中で、悦には、妻があり子があり、その他にＩ女史という愛人があり、その人にも子供があったと書いている。Ｉ女史が松魚を訪ね、悦と俊子の仲を語って恨み泣き、悦は、恐ろしい病毒をもっていて、じぶんもうつされ、子供もその毒のため死なせたとつげたと書いている。松魚のこの文章は裏切られたコキュとして怨みにみちた悪意でつづられているので、同じ捨てられた情婦の立場のＩ女史なる人物の言動もヒステリックだし、松魚のその伝え方も誇張があると思われる。が、悦に四年も同棲した愛人があったらしいことは、俊子の手紙の中にもあらわれていたことである。けれども、二人の恋がはじまって以来の悦の言動の中には、俊子への裏切り行為などはみじんもみられない。またこの黒い大学ノートと、残された悦の書翰をとおして、彼の人がらを思いはかる時、松魚のいうような不潔な感じはみじんもうかがえない。

理想家肌で人道主義的な、多感で、少し感傷癖のある秀才タイプが、悦の全貌であった。センチメンタルで涙もろい男ではあるけれど、子供のように単純な面もあり、どっちかというと非社交的で、友人の出来がたい性質であった。生涯をとおして、その手記や手紙の中には淋しいという文字が無数に出てくる。この淋しさは、俊子が傍にいない時に使われる単なる淋しさの意味の時もあるが、同時に、人生そのものの淋しさ、人間の生の淋しさを、くりかえし強調するために使われた文字であった。賑やかな都会の雰囲気とか、文化の進んだ、人口の密集した都会の喧噪をひどく嫌っている。その意味で、山をひかえたバンクーバーの霧につつまれた昏い陰鬱な日々は、悦の神経には、案外しっくりしていたともみえる。

俊子との恋愛を、どれほど至純至高なものにしようと考えていたかは、ノートおよび手紙のあらゆる箇所にあらわれている。

「此の愛に入る迄の過去が全然無意味な、不用意な、荒涼としたものに思はれる。生を――大切な青春を浪費したと云ふ悔で一杯である。其所《そこ》には、罪と穢《けが》れとのみが嵩張《かさば》つてゐる」(十月四日)

「……若し、二人が夫《そ》れ〴〵に独りであつたらば、此の恋は如何に公明正大で、そして清純であり又華やかであつたことだらう。私たちの建設には、破壊が伴つてゐる。破壊は道徳の上では背徳である。私たちの恋は、たゞの土から何んの苦もなく生えた恋ではない。岩を裂いて伸び出た恋である。夫れだけの強さと深さと、そして苦しい試練を経てきた清らかさとがあること云ふ迄もないが、同時に足もとに裂かれた岩が存在してゐる。私たちは、此の恋をもつと〳〵裂いて生長しなくてはならない運命にある。一層の力が常に必要である。

私は、いつも純であつた。私の愛は至純無垢であることを公言し得る。そして此の至純無垢の愛は一切の誤れる生活、虚偽の生活、方便の生活を打破し去るに値するものであることを信じて

ゐる。有らゆる苦渋と悲哀とにも拘《かかわ》らず、私の生き得る道が此所《ここ》にあるのである。私には強力な叫びがある。……」（十月十日）

こういうじぶんのはりつめた心境から見る時、悦には、時々俊子の態度や心がまえが微温的なものに見えて腹立たしくさえなってくる。俊子が誰にでも無差別に愛をそそいでいるような気さえしてくる。じぶんがこれほど悲壮に、激烈に感じているこの恋の革命的意味を、なぜ俊子はじぶんほどに強烈に感じてくれないのかと腹立たしくなってくる。もし、じぶんが彼女の前に姿をあらわさなかったら、とまで悦は考えずにはいられなくなる。

「私は確信する、あの人の生活は私の有無に関せず破壊せらるべきものである、と。何故と云ふに夫れは互ひに他を利用し合ふ最も醜悪な娼婦的関係であり、虚偽であるからである。若し愛が存在したとすれば、夫れは肉の愛である。肉の誘惑である。此の醜悪と虚偽とこそは、真の罪悪であるのだ。真の罪悪に目覚める所に破壊が生まれる、革命が起る。高きものへ、真実への叫びがあげられる。……（略）

此の怖しい、烈しい革命をしてゐる最中に、旧い足あと、而かも誤つた足跡、恥辱と憤りとを醗酵すべき筈の夫れ等の足あとに、弱々しい涙を注いでゐることが何うして出来るのであるか。私には不思議でたまらない」

二、三日前に、俊子の「破壊する前」の最後の章に感激して、俊子の心の女らしい優しさと広い情愛に涙を流したと同じ心で、悦は、俊子の心の過去への生ぬるい訣別のしかたに腹をたてるのである。後をふりかえりふりかえりしているようだと、俊子の未練げな態度を難詰している。

俊子が手紙の中で松魚の噂を書き、

「あの人も明るくなつたんですつて」

といってきたことをあらためて思い出し、いまさら、松魚を「あの人」とは何であるかと、かんかんに腹がたってくるのだ。その感情は、俊子の創作態度への非難までに及ぶ。真剣な、革命的態度に徹底しないかぎり、真に立派な創作は出来る筈がないと、悦は考える。そして、俊子に、理想の創作をさせ得るのは、じぶんの至高至純な愛の力と、二人の愛の生活から生みだされる以外にはないと、気負いたって確信するに至る。まるで二十歳の青年の恋のような純情さと無邪気な気負いが、その文章の行間にあふれている。

この年、悦は俊子より二歳下の三十二歳であった。

「私は、私の愛の常に弛緩することなき清純に光つてゐることを唯一無上の誇りとする。私は決して空しい生の漂流者ではないことを信じる。神は、私に対して決して無慈悲でないばかりか、有ゆる愛を注いでゐることを痛感する。

私は、たゞあの人との愛の生活のみを考へてゐる。それに徹して行くことが、神愛の生活に徹して行くことであると確信してゐる。之れを外にして、何の生もないのである。何物もないのである」(十月十日)

神ということばがあらわれているが、悦はキリスト教的神に信仰をもっていたものとは考えられない。俊子の観念の中の「神」と似たようなものなのだろう。二人の恋への反省としても、そこにはキリスト信者的な、罪の意識も、姦通への怖れも、一切うかがわれない。

悦はその後熱烈に社会主義思想に傾いていき、俊子もその影響で、社会主義にかたむき、自然に二人の間から「神」は遠のいていった気配である。

悦の恋愛に対する観念をみても、その後の社会主義的運動への身の入れ方にしても、彼の精神のバックボーンになっていたものは、素朴な、人道主義的観念であったように考えられる。

この恋を神聖視するあまり、悦も俊子と同様に、肉欲の比重が軽くなっていた。

「今日はセント・フランシスの死んだ日だ。フランシス! 私は彼のことを思ふ。華やかな青年から禁欲の聖僧になる迄の彼を考へる。

禁欲の要求を感じるのは、最も欲情の強い人である。ヴイタリテイの強い人である。寧《むし》ろ羨《うらや》むべき人である。私には、禁欲は大した苦痛ではないらしい。それは此の四ケ月間が証明してくれる。私には禁欲に苦しむほどの強烈なヴイタリテイがないのだ。私には、ヴイタリテイが第一の問題である。此れは悲しい寂しい問題だ」（十月四日）

待ちこがれている手紙は一向に来ない。すでに約二カ月の間の俊子の消息は、まったくわからなくなってしまった。こんな苦しみを与える俊子に段々腹がたってくる。

「『アラビヤに乗るつもりだが、若しかすると次ぎのにする』とだけで何んとも云つてよこさないのも同様に相手の気持ちを考へないやり方である。

『電信柱を二三本行つて左へ折れると其所だ』こんな風な路の教へ方をする人のあるのに出会したことがある。頂度それだ。二本と三本の違ひは、教へられた人には判断を絶した問題である。そして教へられない前よりも、一層明らかにはなつてゐない」（十月六日）

「あの人はイゴイストだ。女はイゴイストだ」と怒っている。宙に吊られたような焦点の置きどころのない苦しさで、悦は待ちこがれ、懊悩した。

もともと孤独な彼は、バンクーバーでの生活でも心から語るに足るような友人を見出すことは出来なかった。かといって日本を思っても懐しいところはない。故郷はあるが、われから捨ててきた煩《わずら》いと不快の田舎である。寂寥と悲哀が心をひたしてくる時、悦はやはり俊子が同じ悲しみに苦しめられているだろうと思いやるゆとりが出来てくる。

「あの人も又さびしからう。過去の破壊は、それが当然でもあり、且つ自然でもあるとは云へ、破壊は夫れ自身悲しいものである。殊に女性は何所迄も女性だ。強さうなことを云つても、夫れはほんの鼻先きのことであり、一時的な感情の激動に過ぎない。徐々に、そして執念く魂をひたしてくるものは、要するに、此の寂寥と悲哀とではなからうか。たゞ一つの愛——これを除いては、あの人も矢張り生きるに耐えぬ思ひにあるに相違ない。吾が恋人をして、有らん限りの涙を其の過去の為めに注がしめよ」（十月十日）

世界的に流行したスパニッシュ・インフルエンザはバンクーバーをも襲い、日本人もばたばたたおれているほど危険がせまってきた。内外ともに暗い不安な日の連続である。もしここへ俊子が旅疲れの身でたどりついたら一たまりもあるまいというような取りこし苦労も悦を襲ってくる。

期待と不安と懊悩で責めさいなまれた二十日余りがすぎ、ようやく二十三日に俊子の乗った船から、到着の日を知らせる電報が入った。悦は狂喜して記している。

「矢張り、あの人は、私の魂は、やつてくるのだ。解りきつてゐる事のやうであるが、愈々《いよいよ》電報を受取つて見ると、奇蹟が現はれつゝある、と云ふ気持ちがしてくる。運命と云ふものが、今更乍らしみ〴〵と考へられる。力と云ふもの、愛と云ふもの、それの強さ真実さが余りに嬉しく、貴く痛感せられる。

たゞ感謝！　さうだ、感謝することより外に私の心は何物をも知らない。いよ〳〵新しい生活がきたのだ。深く湛えられた清水のやうな愛が、私を一杯にしてゐることを感じる。

大きな破壊であつた。大きな建設が始められなくてはならない」（十月二十三日）

俊子の船がビクトリアへ着いたのは十月二十六日であった。九月十一日に横浜を出て以来、実に一カ月以上の長い海の旅であった。

これほどの熱烈な恋情で海を渡った恋は、果して、いつまで、その炎を燃えつづけさせたか。悦のノートには、十月三十一日附に、早くも俊子が、

「こなけりやよかつた」、「私は、もう何所でも行く、——日本に帰へる」

と口走ったことを記している。ちょっとした痴話喧嘩の興奮状態の中で、不用意にもらされたこ

とばであるらしいが、その俊子のことばに悦はひどく傷つけられた。おそらく、俊子が着くまでに、ついに俊子の気に入りそうな家がみつからず、悦のそれまでの下宿に迎えたことや、それに伴うさまざまな不自由や不如意が、俊子の旅疲れの心身を刺戟して、発せられたことばだったのだろう。

俊子を迎えた五日めに、悦を悲しませた小さなトラブルがあったこと、そのトラブルの原因が、おそらく、俊子の期待を裏ぎった現実の「愛の生活」の惨めさであったことは、その後の二人の十五年の共同生活の歴史を早くも暗示しているようである。

悦のノートは、十一月に入って、一日に、「愛」に関する観念的な断片的エッセイのようなものを書きつづり、七日にスパニッシュ・インフルエンザで死んだ知人のことを書き、知人の死をいたんで二人が街を歩いたことを記して終っている。

その後は大正八年一月七日に、松井須磨子の自殺を感激的に記している。

「島村先生の傍にうづめて下さい」

という須磨子の遺言を、愛の完成した理想の形だと、悦は考えた。須磨子のような愛を、俊子の上に描き求めていたのである。

大正九年は、十二月十二日に、悦の生母が郷里の三浦病院で死んだことを記してあるだけである。

「はる〴〵と母の死をきく寒さかな」

大正十年三月十一日から、また日記が克明につけはじめられている。その日から、俊子が渡米後はじめて、二人が別れ、俊子が一人旅でニューヨークに発ったからである。

四月五日、ニューヨークから帰る俊子と、トロントで落ちあう約束をしたところ、俊子の旅先からの最後の手紙が届く。

「あの人から手紙がきた。もう無暗に逢ひ度がつてゐる。逢ひさへすれば好いのだと云つてゐる。私だつて同じである。此れほどにも愛し合ふ心。それのみが私たちを神に近い所まで連れて行くのである」

ここで、黒い大学ノート一冊は終っている。

大正七年から大正十年まで四年間は、少なくとも、二人の愛は燃えつづけていたことが、このノートによって証明される。

残された二人の手紙の中には、なぜか、俊子が日本で受けとった筈の、悦からの六、七、八月のバンクーバー便りは見当らない。けれどもこのノートで見ると、悦の当時の恋に対する熱情は、俊子のそれに比して決して勝るとも劣っていないことが判明する。

たった一冊残された悦の著書「芽生」の、

「絹糸の降るやうに、見渡す限り大気のキラ〳〵光つてゐる、青々しい香気の漲つた野の中へソツと置かれたやうな気持ち——恍惚として、魂の自然に溶けていくのを見守つてゐるやうな、暢びやかな気分が床を出る時から続いてゐた」

といった調子の拙劣でだらだらした作品からは、想像も出来ないような別人の感がある。そこには極度に純化され高揚された魂の緊張と人間の精神の高貴さが、はりつめたゆるみのない調子で、至るところに鳴りひびいている。文章のくどさや文体の旧さや考え方の偏狭さを論外として、読むものに純粋な感動を与えずにはおかない人間の素朴な魂の愛がみなぎっている。

悦は国木田独歩に心酔していた。独歩は純粋でフレキシブルだと繰返したたえ、そうして独歩を男の理想像として描いていた。

この間の二人の生活は、決して経済的には豊かなものではなかった。俊子は、はいばらの千代紙などとりよせ、あいかわらず内職の人形をつくって、生活の扶《たす》けにしていた。

大正十年、悦が主筆となっていた『大陸日報』から招聘されてバンクーバーへ渡り、当時の二人の生活を見知っている有賀千代吉氏（元立教小学校校長）の話によると、俊子は、時々、「鳥の子」のペンネームで、『大陸日報』の婦人欄に原稿を書く程度で、積極的には経済的な働きはしていなかったという。あいかわらず派手好きで、やりっぱなしの点は東京にいたころとあまり変っていなかった。

競馬に熱中し、閑さえあれば出かけていた。悦も、出かけたが、俊子の比ではない。俊子がそのころ洋服の下にノーパンティで、競馬場の高い座席をとり、レースにつれて興奮してさわぐので、客は馬より俊子を見上げたというゴシップがまことしやかにバンクーバーに流れていたという話だけでも、俊子がバンクーバーでどんな印象を与える女だったか想像出来る。俊子の浪費癖は一向にやまず、悦の給料は決して安いほうではなかったのに、タクシー屋や、飲食店の借金で年中首がまわらなかった状態だったらしい。悦の趣味は未明に起きて鱒釣りに行く程度で、派手なことは嫌いだった。また、有賀氏より早く『大陸日報』で悦と仕事をしていた露木海蔵氏（当時ニューカナディアン東京支局長）の話によれば、悦は酒乱で、その点で俊子は悩まされていたともいう。

いずれにしろ、二人の生活は楽ではなかったし、第三者の目には、不幸とも悲惨とも映ることがあったとしても、悦と俊子の理想とした二人の愛の生活は、二人の間では一応納得のいく程度には営まれていたらしいことが、このノートでは推察出来るのである。

渡米の際、俊子は決して文学を断念していったわけではなかったが、その後の創作は一向に出来なかった。改造社などから、しきりに書くようすすめられたらしいが、ものにならなかった。

悦がノートに記しているような思想をふきこんで、それを真にうけて信じていっては、小説など書けるものではない。悦にとっては俊子に創作させることより、じぶんの理想像としての女人俊子の人間性の完成のほうが、大切な仕事であった。悦を愛していた俊子にとっては、悦の希望に報いるよう努力することが、創作よりも大切な仕事であったのだろう。

住いは、大正八年には、コロンビア街一八一八番地に移っている。

ニューヨークへの旅行は悦もいっしょに行くつもりで計画していたが、悦のほうは挫折してしまった。おそらく、経済的事情のためで、会社が悦に休暇と金を貸さなかったことによるらしい。

旅行の目的は単なる見聞をひろめる意味のもので、ニューヨークに来ていた俊子の旧友小橋三四子との再会をかねていた。二カ月くらいの予定で発ったが、一カ月より早くきりあげ帰っている。その間、旅先から悦へ、丹念に便りをよせた。

悦は四年前と同じ情熱をもってその留守中かかさず日記をつけている。

「一人でゐることがかうも生活を空にするものかと今更のやうに驚かれる」(三月十日)

「家から——生活から魂がぬけていつたやうだ。二人でやつと一個になつてゐる生活と云ふものが、まざ〳〵と考へられる」(三月十四日)

別離が、愛についての省察をうながすのか、日記は四年前と同じように、しきりに愛について書かれる。恋愛を中心として考えても、人生は結局は寂しいものであり人間は孤独なものだというのが悦の根底にある思想であった。それだけに、

「魂と魂とで、赤裸の物が云へるやうな社会が到底望めないかもしれないものとすれば、矢張り私たちは二人である。喧嘩も抱擁も何も彼も無私な愛でやれる限り、二人は無上の二人であることを痛切に感じる」

と、俊子との生活に誇りをもつ。ところが俊子がちょっと手紙をよこさないと、また怒りだし、有頂天になって遊びはじめると何もかも忘れる人間だ、じぶんはそんな人間に対して、誠意をつくし、無駄なところへ命を打ちこんでいるような馬鹿げた気になると、やけをおこしたりする。

それらはまったく、四年前の繰返しである。

俊子はニューヨークには魅力を感じなかった。カナダの静けさ、バンクーバーの山をなつかしがっている。この旅の手紙で特筆すべきことは、俊子がしきりに金の心配をしていることだろう。ボストンへは船で行くと安いそうだから船で行くとか、ワシントンは一日にするが、それでも両方でどんなに安く見積っても六千円はかかる。それもホテルなどには泊らずY・W・C・Aに泊ってだとか書き送っている。ニューヨークでも小橋三四子と二人で一週間十五円の下宿に泊り、自炊した。服装なども、じぶんの意にみちたふうに用意出来なかったが、

「小橋さんは着物ばかり拵《こしら》へて沢山持つてゐますからそれを借ります」

と、あいかわらずの調子を出している。借りられるだけ借り、浪費癖のあった往年の俊子を思えば、別人のようなみみっちさで、懐勘定をしているのが面白い変化である。図書館、動物園、博物館、芝居見物など、一応見るべきものは見、エジソンなどにも逢って、俊子はこの旅を終った。

この旅は、四年の共同生活の後、はじめての別離の経験をとおして、いかにじぶんたちが心身ともに結ばれあっているかを、お互いが認識しなおすチャンスになったようである。

このころ、悦は完全に社会主義思想になっている。悦はバンクーバーへ行って、その地の日本人労働者たちの実態を見て、白人との賃銀差に無関心ではいられなくなった。当時、日本人労働者は、白人労働者とは比較にならないほどの低賃銀だった。そのため白人労働者よりも多く雇われているという不平等な状態が、悦には不合理だと思われた。その上日本人労働者の上には日本人のボスがいて、目にあまる搾取をやる。ボス達の非道な横暴さに、労働者はまったく無抵抗であった。悦はそのころ日本でベストセラーになった「出家とその弟子」をもじり「悪魔とその弟子」という題で、明らかにその地の悪徳ボスをモデルにした弾劾小説を新聞に連載して、おおいに正義のために気焔をあげた。同時に、『大陸日報』から出て、労働者たちのための週報を発刊

することになり、「民衆社」をつくった。このころから、悦は労働運動に熱中していった。日本人労働者の労働組合をつくり、なおその上、それを白人たちの労働組合の一部として合一させる運動にもとりかかった。悦のバンクーバーでの十五年の歳月にした業績といえば、この日本人労働者たちのための仕事が何より大きいことであった。少なくともカナダにおける日系労働者たちにとって、鈴木悦は、永久に記憶されるべき指導者であり恩人となった。

俊子の留守中も、アルバータ・ミル・ストライキの援助に積極的に働いていた。

「もう一度世界は、大地震に揺りまくられる必要がある。露国のレーニンではなくて、世界のレーニンが出ることを必要としてゐる」

などとノートに見える。

この月の十九日には、オレンジ・ホールで、労働組合主催の労働演説会を開き、その司会をつとめた。五百人ばかりの聴衆を集め、大成功だったことを喜んでいる。しかし、この時のストライキは、二人の裏切者が出てついに失敗に終った。

悦は、じぶんの内部に、世界の苦悩をよそにして、高踏的態度で一人読書や思索にふける生活をしたい欲求があるのを、逃避的な欲望だといましめている。やはり世界の不合理、人類の不幸に黙っていられない、見すごすことの出来ない気持も、じぶんの中に共存していることを認め、そのほうを強く打ちだすべきだと、くりかえし苦しんでいる。求道的なストイックな性格が、人道主義と相まって、悦の中に、社会革命への夢をつちかっていたものとみられる。

けれども悦の思想は、共産主義者とか社会主義者とかいうはっきりした主義主張のものではなく、前にもふれたように、あくまで人道主義的な正義感にねざしていた。当時の領事河相達夫をやりこめたのも、不正をみのがせない正義感からで、そうした場合は、権力を恐れないで、断乎として闘う勇気はもっていた。

ただし、その場合でも、悦が、会場で、

「領事に良心ありや」

と、絶叫してつめよれば、会場の中からは、

「領事の両親が内地に生きているかどうかなどわかるものか」

と、声があがるという程度の移民者たちの教養なのであった。そういう民衆のために一人闘う悦の孤独も思いやられるものである。

「誰れも私を知らない。誰れも私を理解しない。その中で私は黙つて働いてゐる。もう疲れ果てて了ふのも近いうちだらう。悲しい事だ。弱い自分の精神が何につけても私の意力をはかないものに考へさせる」

と、日記に慨嘆しているのも悲痛である。悦のこのものの考え方や、思想は、俊子にも強く影響していた。

俊子は生れながらに芸術家特有の、あふれるような感受性や、奔放不羈《ほんぽうふき》な情熱や、桁外れの天衣無縫さや、人並外れて貪婪《どんらん》なあらゆる欲望や、放埒《ほうらつ》と紙一重の耽美趣味や、官能享楽への嗜好を存分に持っていた。

それらは俊子の芸術を生む時、詩の源泉に位するもので、決してマイナスになる資質ではなかったのに、悦はこれらの俊子の特性を一切みとめなかった。

俊子の内にある純情さ、清らかさ、一途さ、下町的義理人情の涙もろさ、男の意に従う程度の可愛らしい知的さ、そんなありふれた女の誰にでも探し得られる美点を、悦は俊子の汚れない本質だと錯覚した。そうしたタイプがまた、悦の理想の女の姿でもあったのだ。

あれほどの小説を書いた女作者俊子が、悦のこの錯覚を最後まで見ぬけなかったとは信じがたい。と同時に、悦よりは作家の目のあった俊子は、悦よりは早く、じぶんたちの「理想の生活」

の夢からは覚めていたものと想像される。そのころ、東京の湯浅芳子のもとに、「鈴木も所詮は、エゴイストな男の愛をおしつける日本の普通の男性でした」という意味の手紙をよこしている。

それでも一応の共同生活が無事に十何年も守られていたのは、異国にいるという心細さと淋しさが俊子の心を悦に寄り添わせるしかなかったのではあるまいか。

一九二二年(大正十一年)には、五月半ばから六月はじめまで、悦はサンフランシスコからロスアンゼルス、南米まで旅行している。これは一人旅ではなく、社用の団体旅行であった。シヤトル、サクラメント、サンフランシスコ、ロスアンゼルス、メキシコ、サンチャゴ、モントケから、まめに俊子あて絵葉書をよこしている。

大正十三年になって、俊子はサンフランシスコの新聞社へ勤めることになって、バンクーバーを去った。サンフランシスコの『新世界』という新聞の支配人山県太郎という男に招かれて行ったのである。俊子ははじめあまり積極的でなかったが、悦がすすめて行かせている。その当時、カナダから外国人がアメリカへ移り住むのはむずかしく、その時も、俊子は旅行者の形で非合法的に行ったので、間にたった領事の職責問題までおこし、騒ぎになったという。

そのころ、悦の「民衆社」は資金難で、悦たちの生活も極度に窮乏にひんしていた。

俊子を先に発たせて、悦も後を追って行く心づもりをしていた。バンクーバーを見すててもいい気になっていた。ところが、悦が信頼していたサンフランシスコの山県という男が、俊子と悦の給料あわせて二百五十弗《ドル》しか出せないといったことで、悦はひどく自尊心を傷つけられ、サンフランシスコ行を断念してしまった。当時悦一人の給料が二百五十弗か三百弗もらえると考えていたので、悦の胸算用では、二人あわせて最低五百弗は得られると計画していたのであった。

別居生活の不自然さと不便さから、悦は俊子のサンフランシスコでの生活態度を疑いはじめ、悶々と悩む。昔の放埒な性癖が出ているのではないかと、理由もない嫉妬に苦しんだりする。

七年目の危機が訪れたのである。悦の嫉妬があまり激しいので、俊子は一応帰ってよく話しあい、今度は納得ずくで、もう一度サンフランシスコへ戻っていく。

一応は俊子のいい分にうなずいて発たせたものの、悦は矢張り苦しまねばならなかった。悦が生命のように思っている「民衆社」の仕事を、俊子は悦といっしょに手伝うのはいやだときっぱり断ったからだ。このことは悦をひどく傷つけた。

「私にも私の生活がある」

と、この話しあいの時、俊子は口にした。悦との生活ではじめて俊子が昔の俊子らしく、自我の主張を宣言したのである。

一度、サンフランシスコへ行ってみて、じぶんの才能を買われて充分な給料をもらう生活の快適さを味わった俊子には、もうバンクーバーで「民衆社」のため犠牲になり、どん底の窮乏生活をつづける気がなくなったのだ。

四十歳でもまだ若々しく美しい俊子は、サンフランシスコで大いにもてたらしい。俊子の手紙をみる度、悦は、料理屋へ招待されたという俊子の生活や、男客の絶えないという俊子のアパートに思いをはせ、嫉妬にさいなまれていた。

昔からどこに行っても男にちやほやされると有頂天になる人間だ。あの苦しい船の中でさえそうだったのだからと、悦は俊子の放縦さに怒りをぶちまけている。

給料問題は、俊子のとりなしで、とにかく一応誤解がとけ、かたはついたが、そうした事件のため、悦は、すっかりサンフランシスコへ行く熱意を喪失した。

この間の悦から俊子へ出した二十通余りの手紙は、これまでのものには見られない喧嘩ごしのものが多い。いちばん悦を怒らせたのは、知人が急死して、その香奠を用意しようとしたら、俊子が知らない間に、講習会の公金五百弗を借り出しサンフランシスコに持っていったことが発覚した時である。

「あなたの金の費《つか》いかたは、いくらあってもいいという限度を知らない浪費癖だ」

と、きめつけた。同棲生活七年を経て、俊子も、いつまでも、悦の描く理想像の女のわく内でちぢこまっていることが出来なくなってきたのだ。

「発つ前からフワフワして、ちっとも落つきがなかった。いつになったら、あなたは落つくのか。毎朝、起きたら半時間ずつ坐禅でもなさい」

俊子のほうも負けてはいず、

「いつまでたってもあなたは世間しらずのお坊ちゃんで甘い」

とか、

「民衆の仕事などとおだてられ、一人でワイワイ云ってれば気がすむのだろう」

と、いいかえし、ますます悦を怒らせた。

七年の歳月は、ようやく、甘い恋のヴェールをはぎとり、裸の男女のむきだしの心と心を対決させずにおかなくなった。それでも悦は、ほとんど毎日のように、病気のベッドの中からでも、俊子に手紙を書いている。

「何か話しかける友の一人もいないのが寂しい」

と、訴えているのを見ても、悦は、本当に心を許し語りあえる人間は俊子以外になかったものと思える。悦の、あまりに、道徳的な、きびしい正義感が、人をなじませなかったのだろうか。

いつ、俊子がサンフランシスコを引きあげたか詳《つまびら》かでないが、あまり、長くはいなかった。悦が帰らせたというより、非合法で行っていたことがばれて、帰らざるを得なくなったのである。

アメリカ時代の手紙は、このサンフランシスコあての悦の手紙を前後にして終っている。結局悦が帰国した後までも、俊子は、バンクーバーで厭がっていた「民衆社」の仕事を手伝うことになり、それは、俊子の手にゆだねられてしまった。

一九三二年（昭和七年）三月、悦が一人日本へ帰るまでの数年の記録は何もない。が、おそらく、悦の理想と構想のもとに「民衆社」の仕事は、二人の協力でつづけられていたものであろう。

バンクーバーで二人の生活に接した人々は、異口同音に二人の日頃の喧嘩の華々しさをいう。が、それは二人にとって、一種のレクリエーションのようなもので、他人の目に映るほど深刻なものではなかったらしい。二人は短い東京時代でさえも、しょっちゅう華々しい喧嘩をして周囲の人間を驚かせていたのである。

生活は、最後まで楽ではなかったらしい。改造社版の文学全集が出た時、俊子の印税四千円という予期しない収入がころがりこんだことがあったが、それは、たまたま日本に帰っていた露木氏が受けとって送ると、露木氏がバンクーバーに帰るまでに、もののみごとに競馬ですってしまっていた。

俊子は、最後に悦に置きざりにされたのだという説があったが、それはまちがいである。悦の帰国後、悦の死の十日ほど前の最後の手紙に至るまで、悦と俊子の間はつづいていた。といっても、すでに、五十歳近くなった二人の間にかわされた一九三二年（昭和七年）から翌年にかけての手紙は、二十年前のような甘い恋のムードにつつまれたものとはおよそ縁遠く、事務的なものであった。それにしても、二人の間が決して、切れていたのではないことは、その手紙が証明している。旅費さえあれば、当然、二人揃って帰国する筈であった。

二人は、手紙の中で教会結婚をしようと約束していたが、いっしょに暮すようになって三、四年の後、バウエル街メソジスト教会の赤川美盈牧師によって結婚式をあげ、正式にカナダ政府の許可証をとっている。

豊橋行

その日は朝から曇っていたが、車窓に茶畑のまるいうねりが見えはじめた頃、とうとう雨になった。雨はみるまに激しさをまし、横なぐりにしぶきをあげて、白く車窓に叩きつけてきた。去年の俊子忌も雨だったことを思いだし、私は、三日後にひかえた今年の俊子忌の天候などを、思うともなく思いはかっていた。

午後の二時十二分に東京を発ち、七時に豊橋へ着く筈である。どうにかして豊橋での目的を二日で終り、帰りは、四月十六日の北鎌倉東慶寺における十五回目の田村俊子忌に参列したい。

豊橋は俊子の愛人鈴木悦の終焉の地であったし、バンクーバーから帰国後の俊子が、しばしば訪れてもいるので、私はどうしても行ってみたかったのだ。豊橋は私にとって未知の土地であった。一人の知人もいない。

悦の残された手紙から、彼の生家が「愛知県渥美郡老津《おいつ》村（現・豊橋市）」にあることと、帰国後の彼が、「豊橋市広小路三丁目、三浦福治病院」と「豊橋市関屋町山田末治」方によくいたらしいことだけがわかっていた。

その三つの住所は、一九三二年（昭和七年）三月二十日に悦が十五年ぶりで帰国した時から、翌昭和八年八月三十一日の最後の手紙までの彼の封筒の裏書で知ることができた。その間に、何度か上京し、明治大学と上智大学の講師をつとめたりしていた悦は、はたして、この三つの住所のうち、どこに一番長くいたのだろう。

俊子と親しかった人に聞いても、悦が何病で、何時死亡したか、知ることが出来なかった。俊子がしきりに、悦の墓にいっしょに入れてほしいといっていたという話はあったが、鈴木悦の墓はどこにあるのか。

悦の死後、帰国した俊子が、墓参のため、たびたび豊橋を訪れたが、その時の悦の肉親は、今でも健在なのだろうか。

悦の最初の妻は、どこの人で、どうなったのか。果して悦はその妻と離縁していたものかどうか。それらがすべてわからない。

とにかく、豊橋に行ってみることだ。戦災で焼けた町だけれど、何かの手がかりぐらいはつかめるかもしれない。

「広い座敷の中で、火鉢を終日かかえこんで震えている……」

「座敷の外には、見渡すかぎり麦畠が青々と広がっている……」

季節に応じた悦の手紙のそんなことばから、彼のいた家を思い描こうとすると、渥美半島の小さな村の彼の生家が浮んでくる。三浦病院だけは、悦の妹の嫁ぎ先だとわかっていた。彼の手紙の中に、しばしば出てくる妹は、悦にとって一番親身な同情者らしい。

「金は全くなく困りきっている。親類中が、おやじの気持を汲み、一銭の金も貸そうとしない。妹が唯一の頼りの綱で、度々助けてもらっていたが、ついにその妹もだめになってしまった。とにかく何か正業に就けというのだ……」

と、手紙にあるのを見ても、悦がいちばん心を打ちあけていた人ではないだろうか。当時すでに七十歳を越えていた老津村の老父が生存しているとは考えられないが、せめて三浦家に嫁いだ妹が存命していてくれれば……けれども、もし幸いにして彼女が健在であるとしても、果して、戦災で焼き払われた後の豊橋市に今もいるかどうか……。

考えてみればみるほど、まったく雲をつかむような頼りない捜索方針なのであった。

雨は静岡を過ぎる頃から、ますます激しさを増し、窓ガラスは、雨脚で曇りガラスのように煙り、視界もきかなくなった。時間つぶしに開いていたヴァン・ダインから、私の目はいつのまにか離れ、またしても、ただ、豊橋での今夜からの行動や、俊子と悦のあしかけ十七年にわたる宿命の恋の上に思いがとどまってしまうのだった。

俊子は、最後に悦に捨てられ、悦は俊子を置き去りにして、一人帰国したのだという説があったが、私はそれを信じない。悦が帰国して死亡する一週間前まで、二人の間には文通がつづいていた。その時の悦の手紙を見ても、まだ二人の間は結ばれていた。悦は手紙の中で繰返し、バンクーバーに帰りたい希望をのべている。そのための旅費の工面を、しつこく相談している。ただし、二人の間の往年の恋が、肉親も、夫婦も、世間も、故国さえもふり捨てるほど灼熱のものだったのにくらべると、十五年の歳月が、その恋の焰をすっかり衰えさせてしまい、色もさめはてたものにしているのは、どうしようもない。

カナダ時代の悦のノートや、俊子あての手紙が、三十をすぎた男の手記とは思えないほど、若々しい情熱と恋の情緒に飾られていたのにくらべると、帰国してからの手紙はおよそ事務的だし、無味乾燥なものである。二言めには金を送れとせっついている。宛名も、俊子ひとりあてのものは帰国第一信の外に一通しかない。他はほとんど、「鳥の子、梅月兄、吉川兄」と並べて書かれている。鳥の子というのは、俊子のカナダでのペンネームで、梅月、吉川の二人は、悦が残してきた「民衆社」の仕事を、俊子と共にまかされた社員である。

悦は帰国後も、文通によって、この三人に対し、「民衆社」の仕事についてさまざまな指示を与えている。その点から見ても、悦の帰国は、一時的な内地視察旅行のような目的と、家族に逢うためのものであったと考えられる。でなければ、経営困難な「民衆社」に対して、金を送れと、これほど強引にいえる筈はないだろう。

悦の帰国の旅費さえ、ようやっとの思いで調達したらしい。もちろん旅費さえあれば、俊子と二人で、故国へ錦を飾りたかったところであろう。
その旅費の件でも、中村という人から悦がもらうことになっていた百弗を、俊子が、「鈴木の帰国の旅費は出来たから、鈴木に出したと思って、民衆社へ貸してくれ」と横取りし、使ってしまったのを、悦が難詰したりしている。よほど苦しいやりくりが行われていたらしい。
「一度上京すれば、四五十の金はたちまちいるんだから、とても困つてしまつた。其方から月々十弗でも十五弗でもおくつてくれたらと思つてゐるやうな始末だ。金を送つてくれないかナア……」（昭七、九、十五日）
「……君たちの困るのも分つてゐるが、せめて二十弗づつ四ケ月間おくつてくれないかな。そのくらゐ何とかしてくれよ。でないと俺れは何うにもしやうがないのだ。其の間に此方の型をつけて、其方へ帰る事にする。今の分では家の問題がある上に、僕の問題が加はることになつて、いよいよ動きがとれなくなつたのだ。何とか特別の工面をしてくれたまへ。で、先づ第一回の二十弗は何うしても今月中におくつてくれ。若し工面が出来たら百弗だけ一時に送つてくれ。西村君にも相談してみてくれないか。たのむ……」（昭七、十一、十一日）
これが十五年前、俊子の来るのを一日千秋の思いで待ちのぞみ、一日もかかさず、愛の日記をつけ、ついに彼女を迎えた時、
「あの人を、ああ。ああまで悩ましく思ひつゞけ、恋しつづけてゐた人を船の上に見あげた瞬間、私の瞼は熱い涙で押しあげられるやうであつた。それをじつと怺へて……私は船を見上げつゞけてゐた……」（大七、十二、十六日）
と記した同じ人のペンなのである。

こうしてようやく、バンクーバーから金が届いた。

「吉川兄
梅月兄
お金がついた。両方とも昨日老津へついた。
おやぢが、最近頗《すこぶ》る神経過敏になつてるので、手紙をひらいて中味を読んでしまつたから、大変なことになつた。おやぢは青くなる。婆さんはがたがた慄《ふる》へ出す。結局、どうしても行かなくちやならんのなら、俺れたち二人を一緒につれて行け、と云ふことになつた。僕も全く困りはてたね。

一年たつて又帰へるから、となだめるのだが、一年が三年になるか十年になるか、お前の云ふ事など当てにはならん、と振り向きもしない。二万の同胞も大切だらうが、老父だつて大切でない事もなからうと理屈を云ふ。老人相手に喧嘩したところで、すればするほど此方が不利になるから、もう一度考へてみると云ふことにして別れた。仕方がないから、来月上旬明大へ又講演に行くのを機会に内密で旅券下附の手続きをして(そんなものはいらないと思つてゐたが、いるのらしい)旅券が下つたから、一ケ年間出してくれとやり直してみるつもりだ。承知することになるだらうと思つてゐる。

旅券下附さへおりたら、いつでもいけるが、此奴が必要だとなると、下がるまでに相当タイムと手数がいるものと思つてゐる。日本官憲の反動化、官僚化は昨年僕等が帰国した当時よりも遥かに甚だしく、実際お話にならないのだ。だから、君たちの云ふやうに四月と云ふやうなわけにはいかない。二三ケ月は何《ど》んなにしてもかかるものと思つてくれたまへ。僕も久しぶりで、一日も早く諸兄の顔がみたい。久しぶりに仕事もしてみたい。が、今云つたやうな難関があるのだ。で僕の行くのをまたず、組合員組織、民衆、等、速《すみや》かに陣容をととのへて着手してくれたまへ。

僕が行けば直ちにそれに参加する……」(昭八、二、十一日)

　十五年も外国へ行ききりだった息子を迎えて、七十の老父が異常なほど、息子の再度の出国を心配していた様子が、この手紙によってうかがわれる。悦の実母は、すでに死亡しているのだから、婆さんというのは、後妻であろう。

　豊橋で、どうしても手がかりがつかめなければ、老津村へ行き、彼の生家を探すしか方法はなさそうであった。比較的人の移動の少ない村では、息子がアメリカへ行った鈴木家といえば、生き残りの誰かが覚えているのではあるまいか。そう覚悟をきめてしまい、私はようやく気が楽になった。幸い老津村で、鈴木家の菩提寺でも発見出来れば、この旅は収穫があったというものだ。

　豊橋に着いた時、灯の色はすっかり夜になっていた。

　初めての町の駅へ夜になって降りたった時にいつでも感じる、うそうそしたわびしさが私に襲いかかってくる。雨はようやくやんでいた。人気の少ない、がらんと天井の高い駅の構内で、私はしばらく棒立ちになっていた。駅前の広場はまだ雨に濡れたあとを光らせている。広場のむこうに、どこの駅前にもよく見られるような駅前旅館が、何軒か軒を並べているのが見える。

　構内の一隅に、案内所があり、黒い制服を着た男が、ぼんやり煙草を吸っていた。私は彼に、適当な宿を世話してくれと頼んだ。ホテルがいいといってから、私はすぐ、あわててとり消した。

「昔からあった出来るだけ旧い宿屋にしてください」

　係員は気さくに電話をかけ、話を決めてくれた。わざわざ駅前まで出てタクシーを呼び、宿の名を告げ、

「ちゃんと送ってあげてや」

と、運転手にいった。

　男は電話をきる時も、いった。

「豊橋ははじめての女の人一人や。親切にようしてあげてや」

車が走りだしてみると、町はいかにも焼けた町らしく、がらんとしてすべてが薄手な感じであった。家並が低いので、空まで、他所より低いように感じられる。町の灯も、水っぽく、妙にうらぶれた田舎町の匂いがしていた。

「広小路っていうのは今でもあるんですか」

運転手の背に聞いてみた。

「ありますよ。駅前から真直ぐつづいている賑やかな通りです」

「そこに戦前あった三浦病院ってのは知らないですか」

「さあね、三浦病院ねえ。聞いたことがあるようだがなあ……」

私より若い運転手の返事はおぼつかない。五分も走ったと思うと、車は着いていた。志那乃屋という看板の出た間口のせまい、まるでしもたやのような宿の前であった。旅館と気づかず、通りすぎてしまいそうな小さな旧びた宿だ。五十すぎの小柄な女将が迎えてくれた。

二階の小さな部屋に通された。宿の裏手に、キャバレーでもあるらしく、バンドの音が聞えてくる。何の変てつもない殺風景な部屋だ。流行おくれの、葡萄色《えびいろ》のお召を着た若い娘が、お茶を運んできた。立居に古風な折目正しい作法があり、まるでお茶室に招かれたような茶のすすめ方であった。白粉気のない皮膚が若々しく、清潔で、一刀でくりぬいたような一重の鮮かな目をしている。とてもこの若い娘では知るまいと思いながらも、私は運転手にしたと同じ質問を発した。

「さあ、焼けてしまって、みんな変りましたから……でもちょっと女将《おかみ》さんに聞いてみます」

私が風呂から上ってくると、さっきの娘が、ギャザースカートにブラウスといういきいきした姿に早変りして、動作までのびのびと部屋に入ってきた。

「女将さんの伯父さんが、三浦病院の院長さんとお友達だったといっています」

私は手をうちたいような喜びを感じた。すると急に、旅疲れがどっと全身にあふれてきた。考えてみれば、今度の旅の時間をつくりだすため、私はこの二、三日ほとんど三、四時間しか寝ていないのだ。

「明日の朝までに、伯父さんの方に問いあわせてみるといってます」

「三浦病院はもうないの」

「ええ、焼けてから、どっかに行ってしまったらしいといっていました」

とにかく明日になれば、何か手がかりがつかめそうだ。娘のしいてくれたふとんは木綿で、ごわごわしていた。かけぶとんがむやみに重く、私は胸苦しくて寝つかれない。また雨が降りだしたらしく、しめやかな雨の音が窓の外にしていた。バンドのけだるいジャズの音が、雨にしめって枕元にひびいてくる。

逢ったこともない田村俊子のために、こうして思いがけない土地に来て、旅の宿にひとり寝ていることが、他人事《ひとごと》のような不思議さで思われてきた。私をここまでひっぱってきたものは、俊子の何なのだろう。私のうちの何なのだろう。これからさき何年生きるかわからない私の生涯のうちで、この一夜がどういう意味をもつというのだろう。いつか見たような気のするダリの天国とも地獄ともつかぬ砂漠の上に、ぽつんと立って風にふきさらされているような茫々《ぼうぼう》とした淋しさが、私の胸にあふれてきた。かきむしるようなトランペットの音が、ひときわ高くむせびあげるのを聞きながら、ようやくしのびよってきた睡気の中に、私は深々と沈みこんでいった。

翌朝は、洗いあげたように青空が冴えかえっていた。朝食を終え、私は帳場へおりて、女将に挨拶した。

「三浦病院は戦後どこへいったかわからないんですよ。院長さんはなくなって、たしか奥さんがまだいらっしゃる筈ですが、どこに住んでいられるか、豊橋にいられるかどうかもわからないんですけどねえ」

女将の話では、また心細くなった。

「私の伯父がやっぱり医者をしていましてね、三浦の院長さんと碁友達でよくゆききしていたんです。さっきから伯父に電話してるんですが、かからなくて」

「老津村っていうのは、すぐいけるでしょうか。三浦さんの未亡人は、老津からお嫁にいらした筈なんですが」

「老津は、私の出里ですよ」

私はまた胸がわくわくしてきた。せきこんで、老津に鈴木という家はなかったかと聞いてみた。悦の生家がつくり酒屋だとの噂もあったので、酒屋の鈴木はないかと聞いてみた。女将の年輩から、悦の兄弟を覚えていはしまいかという期待で、私は、表情の少ない女将の顔をみつめた。

「鈴木って、つくり酒屋はありました。そこの娘さんと私は女学校いっしょでしたよ」

その家にアメリカへ行った息子はいなかったかと聞いてみたが、女将はさあと、首をふった。

老津村なら、半日で行ってこられるとわかり、とにかくひと安心した。女将は方々へ電話してくれた後で、思いがけないことを伝えてくれた。

「三浦さんの奥さんは、やっぱり豊橋においでなさるようですよ。それに、ついこの先の薬屋の奥さんと謡の仲間だそうだから、ちょっと聞いてきてあげます」

お世辞の少ない人らしいわりに親切気をみせ、女将は、じぶんで気軽に表へかけだしていった。五分もすると帰って来て、

「まのいいことに、今日のお昼に、三浦の奥さんが、そこへ来ることになってるそうです。住いもわかりましたが、どうしますか、お昼までまちますか」

と、いうのであった。

向山台町に三浦福治氏の未亡人がいるというのである。

私は嘘のようにすばやくたぐりよせた悦の妹の住所に向かってすぐ出発した。タクシーは、豊橋の朝の町をかけぬけていった。やけに広い道路に人影がまばらなので、気味が悪いくらい森閑としている。物音というものが一向に聞えない町であった。町の声というものがまったくないのだ。

車はすぐようやく通りぬけられるような旧い細い町筋に入っていく。その辺りは、焼けのこった町外れらしい。台町というのは郊外になるのだと、運転手が説明した。細い町筋がつきたところに、武蔵野の片隅を思わせる林や森があらわれてきた。川が流れていた。川の向うに一段高い丘があり、新緑の葉がすきとおった緑にきらめいている雑木林が見える。川にかかった土橋の手前で車がとまった。

「あの高台が、台町ですよ」

私は車に待ってもらうようにつげ、土橋を渡った。橋を渡ってすぐの家で訊ねると、三浦家は、そこに見える林の中の家だという。こぢんまりした見るからに閑静らしい家が、林の中に見えていた。手入れのとどいた庭に大きな蝶が舞っていた。小でまりの花がたわわに咲いている。青葉を透してくる陽の光に、皮膚まで染まりそうであった。

ひっそりした玄関に立っておとなうと、すぐ、女の声が答え、五十代に見える理智的な顔の女の人が出て来た。趣味のいい少し粋がかった和服を、きりりと着つけた清潔な感じだった。大がらな感じがした。

私は唐突な訪問を先ずわび、鈴木悦氏のことで伺ったとつげた。

「悦は、私の兄でございます」

その人の第一声だった。私は喜びをかくしきれず、田村俊子の生涯を一年ばかり前からしらべていること、従ってどうしても悦のことが識りたくなり、豊橋まで来たことをつげた。その人は、今から志那乃屋の近所まで出かけようと、支度したところだ、一足ちがいになるところだったといった。

私は車に同乗してくれるよう頼み、そのまま市中へ引きかえした。

三浦まつというその人は、車中から、はきはきした口調で、話しだしてくれた。病院は焼け、院長がなくなってからずっと、昔別荘にしておいた今の家に住みついたこと、令息たちがそれぞれ医者になっているので、一人のんきな隠居生活をしていること、田村俊子は、豊橋へたびたび訪ねて来たから、よく知っていることなど——。

謡の集りにはまだ時間があるというので、志那乃屋の私の部屋に来てもらって、私はまつ女から、三時間ほども話を聞きつづけた。

老津村の鈴木家は、醸造家の鈴木ではなかった。老津には鈴木という家が何軒かあるらしい。悦の父の鈴木浅吉氏は漁業をやっていた人で、非常に長命で九十五歳まで生き、終戦後なくなった。

悦は浅吉の長男で、その下に弟友吉と二人の妹うめ、まつがあった。まつは四人兄弟の末っ子で悦とは十一歳の開きがあったが、容貌はいちばん長兄に酷似していた。悦はまつを非常に可愛がり、まつも、誰よりも兄を敬愛し、なついていた。

悦は幼時から聡明な子で、学校の成績もいつも抜群だった。幼年時代は陽気で快活な性質だった。もの真似がうまく、村に祭の芝居などがかかると、悦が観てきて役者の声色からしぐさまで一人でやりわけ、家族じゅうを笑わせたり泣かせたりして、愉しませた。読書が好きで小学三年位から本を読みあさっていた。

そのころの鈴木家の家計は、豊かというほどではなかったらしい。悦は六年を終えると、町の呉服屋へ奉公にやられている。奉公先で、子守りをさせられた悦は、赤ん坊をのせた乳母車を犬にひかせ、じぶんは木陰で本を読みふけるというつとめぶりだった。

呉服屋の主人から、

「こんなに勉強の好きな子は、進学させた方がいいだろう」

と、ひまをだされてきた。浅吉もこの好学の長男を呉服屋にすることをあきらめ、中学へあげる決心をした。悦は、その後早稲田の英文科に入り、明治四十三年七月五日、そこを卒業している。

在学時代、同郷で幼なじみの彦坂かね子と結婚し、東京で世帯を持った。その当時、まつは何度か上京して兄夫婦の家庭にいったが、娘のまつの目には、恋愛結婚をした兄夫婦の生活は、いかにも平和で幸福にみちているらしく映った。悦は妻に対しても子供に対しても好い夫であり、優しい父であるらしく見えた。後年二人の仲が冷たくなり、俊子との問題でついに離婚までしようとは思いもうけられない様子だった。二人のなかには相ついで四人の子供が生れたが、どういうわけか、つぎつぎに死亡し、一人として育たなかった。一人だけ、利発な子が比較的長く残ったが、その子も小学校に上るか上らないで病死した。

「おとなしいやさしい嫂《あによめ》でしたが、やっぱり子供がああいうふうに次々死んでいったことで、家庭が暗くなり、夫婦仲にもひびが入ったのかもしれませんね」

と、まつ女は、考え考え、兄夫婦の離れていった事情を推測するふうであった。

「兄がアメリカへ発った後、まもなく俊子さんがあとを追ったと新聞でみて、みんなで、びっくりしたような次第でした」

そのころ、悦の妻は、子供をつれて郷里に帰っていた。悦と妻が正式に離婚したのは、悦がバンクーバーへ発ってから数年後だったという。バンクーバーから手紙で妻との離婚を父に要請してきたので、浅吉は、名ばかりの嫁の立場を不憫《ふびん》がり、思いきって離婚の手つづきをした。せまい村の中の出来事だし、両家は旧いつきあいなので、そうなってからも親類づきあいのような形はあらたまらなかった。

かね子は、正式に離婚して後、何年かあとに、縁あって再婚したが、間もなく病死して不幸な生涯を終ったという。

「兄には、家じゅうでいちばん苦労して金をかけながら、父は、小遣一銭兄からもらったことがないと、こぼしていました」

と、いいながら、まつ女は、老父がどの子供よりも不幸な長男を誇りにし、深く愛していたと話した。

悦が帰国したのは、七十になった老父が、一度命のあるうちに顔を見たいという矢のようなさいそくを断りきれなかったからであった。

帰国した悦を、浅吉は就職させようと計ったが、ふたたび海を渡るつもりのあった悦は、言を左右にして応じなかった。親類じゅうで浅吉の心情を汲み、悦にまとまった金を融通しようとしないので、悦は小遣にも困っていた。

上京している外は、ほとんど豊橋に来て、まつの姉うめの嫁ぎさき山田家の別邸にいたらしい。三浦病院に嫁いでいたまつのところへも、たびたび来ていた。まつは、兄が夫と話をしている間に、玄関にぬぎすててあるオーバーのポケットをさぐり、空の財布に、そっと五円や十円の紙幣を何枚かしのびこませるのが常になった。悦はじぶんの口から、金を貸してくれと、ほとんどいったことがなかった。

機嫌のいい時は、まつの夫を相手にして、日米戦争の必至なことを話し、日本の運命が危機に向かって走りつづけていることを、激情的に語ったりしていた。バンクーバーに帰る決心は動かしがたく、密かに旅券の手つづきもしていた。七月に盲腸炎をおこし、ひとまず収ったが、秋風をまって手術をすることに決めた。八月にはスイボウ性角膜炎を右眼におこし、読書も執筆も、まつの夫から禁じられていた。悦の眼疾はバンクーバーに渡ってすぐおこり、その後もしばしばなやまされていた。その眼病は結核性でもあったので、ツベルクリンの注射も三本ばかりうったりした。

昭和八年八月三十一日附の悦の手紙は、それが最後のものとなるのも知らず、日本のファッショ化を憂慮し、カナダにおける労働者の運命を愁い、「民衆社」の仕事の方向に行きとどいた指示を与えている。そして、

「僕はまだ眼病がなおらない。おまけに盲腸炎再発で、いよいよ切除する事になつたが、時候が悪いので涼風のたつのをまつてゐる。腹をきつても、死ぬ恐れはないさうだから、勿論そう遠からずお目にかゝれると思つてゐる。もつとも僕がいかなくてももういゝと云ふふうになれば、さう云つてくれ」

と、書き送っているのも傷ましい。

九月に入って、三浦病院で盲腸炎の手術を行った結果、経過が悪く、ついに死亡した。昭和八年九月十一日、享年四十八歳であった。明治十九年十月老津村に生れて以来、数奇な生涯をこうして終った。法号、禅翁良悦居士。墓所は豊橋市花園町喜見寺に在る。

悦が死亡して二年たって、バンクーバーから帰国した俊子が、豊橋へ訪ねて来た。ちょうどその時、まつは、俊子と入れちがいに上京していた。まつが帰ってみると、俊子がうめの家に泊っていた。初対面の俊子は、まつに十年の知己のような親しさでふるまった。すでにうめとはすっかり親しくなっていて、衣裳道楽のうめの箪笥の引きだしを片っぱしからあけ、その着物を次々鏡の前で肩にかけてみている。

「これ似合うわ。あら、この帯、私のために作ったみたい。ね、これちょうだいね」

俊子自身は、東京で長谷川時雨にもらったという、薄藤色に和歌を染めぬいた錦紗の着物一枚をもってきていた。襦袢《じゆばん》も帯も、腰のものもない。それらはいっさい、まつとうめからもらって、機嫌のいい顔でにこにこした。

その着物を着こみ、老津村の悦の老父とつれだち、親類まわりや、町の見物をしたりした。俊子はまるで実の娘のように、

「お父さん、お父さん」

と、浅吉になつき、浅吉も俊子を呼ぶのに、愛児の嫁らしい優しさをこめていた。俊子一流の人なつこさと厚かましさで、俊子は悦の歿後始めて逢った悦の肉親に、すっかり嫁らしい扱いをさせて帰った。浅吉は、俊子に充分な小遣までもたせて、東京に送った。

俊子はそれ以来、たびたび豊橋を訪れているという。

「本当に気持のいい不思議な魅力のある人でした。物をねだられても、ちっともいやしい感じがしないで、あげて後にいい気持ののこるのは、あの人の人徳でしょうね。上海にいらっしゃるときいて、いつ亡くなられたかもわからず、ときどき気にしていたんですよ。そりゃもう、先の嫂とは、兄は正式に離婚がすんでいるのですから、俊子さんをうちの墓にまつって、ちっとも不都合なことはないのでございます」

私が死んだら、どうしても骨は悦の墓にいっしょにうずめてほしいと、口ぐせにしていた俊子の霊がきいたら、どんなに喜ぶだろうかと思うまつ女のことばであった。

私はまつ女に案内され、老津村から移したという花園町の喜見寺の墓所に詣でた。寺はまだ、ほとんど焼けたままの姿で、仮建築が、がらんとしていた。満足な塀もないので、道路からすぐふみこめる墓所は、四月の風がふきぬけ、空しいような明るさであった。

寺の周囲には色花を売る店さえなく、ようやく、八百屋でしきみと線香を求め、私は花崗岩の

ま新しい鈴木家累代之墓の前で手を合せた。

明後日は俊子忌があることを、私は心のなかで悦の霊につげていた。

白蟻

花曇りのある日、湯浅芳子さんに案内していただいて、谷中の昔の俊子の家のあたりを歩いてみることになった。

青春の日の湯浅さんが、はじめて田村俊子を訪ねていった家のあとを訪い、浅草の本龍寺に、俊子の生家佐藤家の墓をたずねる目的であった。山原先生もごいっしょだった。

紺の渋い手織紬の対《つい》の着物に、角帯をしめ、黒のベレーを銀髪にのせ、マホガニー材に金の握りのついたステッキをついた湯浅さんの姿が、日暮里のどこか田舎くさいプラットフォームでは、ひときわ目立つようであった。フォームの客の目が、ちらちら私達の姿を追っていた。

「あのころは、この半分くらいしかなかったね」

ステッキで、構内を指し、湯浅さんがつぶやいた。

改札口を出て、すぐ、駅に沿った崖のだらだら道を左へたどっていく。崖は石で固められ、路は白く固く、舗装されている。

「あのころはこの道も、山道だったし、この崖も草で掩われていた。いつも俊子さんは駅まで送ってくれ、この道のこのあたりに立って、フォームにいる私を見送ってくれた」

はじめて訪ねていった時、田村松魚が、三畳の部屋にいて、机の上で木の彫刻のようなものをしていた話など聞いているうち、すぐ坂道は上りきり、天王寺の塀の外へ出た。寺塀の前は、細い道をへだてて、こぢんまりした旅館や、しもたやが立ちならんでいた。崖下には駅の向うに日暮里の町が広がり、花曇りの白っぽい空に向かって、無数の工場の煙突がのびていた。

「『勝手にしろ。』

あの人は然《さ》う云ふなり、右へ曲つて早足に行つてしまひました。私は其の後を追ひながら通りへ出ましたが、あの人の姿も足音も聞えないのでした。私はそこに少時《しばらく》立つてゐました。

私の立ちました其所は土堤《どて》をくづした崖になつてゐまして、すぐその向ふは汽車の線路になつてゐるのでした。停車場附近の構内から石炭を燃やしてゐる炎の影が、真つ暗な闇の中を蠟燭の裸火がちらついてゐる様に、紅《くれなゐ》の輪をにじましてぽつと広がつてゐました」(誓言)

と書かれた地点に、私達は立っているのであった。

まわりの家々は、どれもそれほど年月がたっているとは思われず、みな新しい感じがした。二、三軒めの家と家の間に、格子戸のついたせまい路地口があった。その前で湯浅さんは立ちどまり、

「たしか、この路地の奥のあの家あたりが、はじめに住んでいた家だったと思うね。私が訪ねて来たのはここで、間もなく、すぐこの近所のも少し大きな家へ移ったんだ」

路地の奥をのぞきこんでみたけれど、まさか、その時の家が残っているとは思われない。谷中の墓地をすぐ横にひかえた地帯のせいか、真昼間も森閑として、うろうろしている私達を怪しむ人影もなかった。

格子の路地口を通りすぎ、一足で墓地という手前に、また一つ行止まりの路地があった。それは前のより少し広い。

「たしか、次に越した家は、この中だったと思うけど」

湯浅さんは、独り言のようにつぶやき、ぐんぐん路地の奥へ入っていった。袋小路になったそのどんづまりまで来て、湯浅さんの声に驚きがこめられた。

「あの家だよ。たしかに！　ほう、あの家はあのまま残っていたんだね。ほら、昔のままだ。ひどいねえ、傷みようは」

黒いステッキは、小路の左側のいちばん奥の二階家を指していた。まわりの家がみんな新しく建て変った中で、その家だけ、まるで取り忘れられたように、茶色にくすみ、ぼろぼろの壁の肌をみせて、ひょろりと建っていた。昔は相当立派だったろうと想像される、割合大きな板塀づきの二階家だった。

「あの時のままだ。そこが台所、あの二階が六畳で、俊子さんの書斎だった。あの小さな窓は、階段の明り取りだった。二階の向う側にぐるっと縁側がついている筈だ。あの障子の向うに、箪笥がおいてあった」

まるで奇蹟のように、明治四十年代の家が、そっくりそのまま、そこにたった一軒残されていたのだ。

「台東区谷中天王寺町三十四番地」

それが、その家の現在の番地であった。

私達は墓地へ出て、墓地のコンクリートの塀の間から、その家の裏側をのぞいた。二階は、ちょうど塀の上に全容をあらわしていた。裏側から見ると、家の傷みはさらにひどく、屋根も壁もくずれ落ちたままに放置されている。もう、持主は朽ちるにまかせ、手を入れる気持のない家と見うけられる。

あの二階で「女作者」が書かれ「木乃伊《ミイラ》の口紅」が生れ、「炮烙《ほうらく》の刑」が仕上げられたのかと思うと、今にも閉ざされた硝子戸が開き、白粉の濃い田村俊子の艶な笑顔が、のぞきそうな気がするのだった。その界隈どこを探しても、それほど旧い建物はついに見当らなかった。

半月ほどたって、私はもう一度、その家を訪れた。出版社のカメラマンといっしょだった。現在の居住者は、家の持主ではなく、私の不躾な願いをききいれてくれ、庭からなら、いくらでも写すようにと許してくれた。庭には二、三本の樹がひょろひょろ植わっているだけで、目の前にすぐ、墓地の塀がせまっていた。

「あのコンクリの塀は、お寺が去年つくったもので、昔は板塀だったんでしょうね」

と、居住者はいった。

「何しろ、後何年ももたない家ですよ。もう家の半分は白蟻がくいあらして、全然使えないんですからね。ええ、こっち半分だけ使ってるんですよ」

俊子の全盛時代が暮された家は、白蟻にくい荒されながらも、六十年の歳月の風雪に堪えて残り、そこに住んだ俊子と松魚は、すでにない。この前来た時は一分咲きだった墓地の桜が、もう、花を落しつくし、青々と葉をかげらしていた。

明治四十二年（一九〇九）五月、俊子は田村松魚と結婚した。松魚は三十二歳、俊子は二十六歳（共に数え年）であった。二人がはじめて識《し》りあったのは、それより七年前の明治三十五年であった。その四月、小説を書く志望をもって俊子は幸田露伴に入門した。そこで、兄弟子として、じぶんより早く露伴に入門を許されていた田村松魚にめぐりあったのである。

露伴は門弟などおかない人だったが、この二人だけは、特別扱いで、可愛がった。

田村松魚は高知の産であった。右翼の憲法学者として有名な上杉慎吉博士の父にその才を見出され、上杉家の学僕になって、少年時代の慎吉博士のお守役をしたと、今東光氏の「東光金蘭帖」に出ている。「金蘭帖」によれば、

「露伴は門弟など持たない、風格の人だつたが、どういふ量見か田村松魚だけはその門に遊ぶのを許され、しかも大いに注目されたらしいのである。

当時、博文館といふ大書肆があり、世界の英傑十二人を著名な作家に執筆させたことがあつた

が、年齢わづかに二十一歳の田村松魚は露伴の推薦によつて、この十二傑の一部を受持つた。彼の執筆したのは『橋本雅邦』である。

後年、書画骨董の世界に身を托したほどあつて、二十一ぐらゐの少年にして既に橋本雅邦を書けるだけのものを備へてゐたのだ。これを以て考へると、推薦する師も師だが、推薦された弟子もまた出藍《しゆつらん》の誉れがあつたことが理解されるであらう。……（中略）……

田村松魚はその後、志望のごとく小説を書き、文壇に登場した。その才筆は世にも稀なもので、従つて佐藤俊子のごとき才女がその門を叩いて教へを請ふに至つたのである」

と、ある。

これは東光氏の勘ちがいで、俊子は、決して松魚に文学の弟子として入門したのではなく、一人の師を共有する兄弟弟子の関係であったのだ。

「気狂い染みたほど女の好きな松魚は、自分の周囲に現はれる女といふ女は、手当り次第に征服した。可憐な佐藤俊子が入門すると、彼は舌なめづりして喜悦した。彼は白昼、彼女を強姦した」

そのため、明治の女の常として、俊子は肌を許した男と末始終添いとげなければならないと思ったのだろうというのが、東光氏の推察であるが、これはあて推量すぎる。

白昼強姦云々の事実が果してあったかどうかは、当事者以外誰もわからない。東光氏が、松魚から直接聞かれていたとしても、男のそういう話ほど、あてにならないものはない。男は、まして、好色な男は、その場の雰囲気を、単なる虚栄心から創作しだすものであるからだ。

そんな事実の有無はともかくとして、数え年十九歳の世間知らずの文学少女佐藤俊子が、六つ年上の同門の才気走った兄弟子に初恋を感じたのは事実であった。

俊子は、その前年創立したばかりの日本女子大学の国文科に一回生として入学し、一学期で、病気のため中退したものの、(大正二年三月号の『新潮』にのった樋口かつみ子の文によれば、「女子大学に入られましたけれどもあゝ云ふ性格のお方ですから、規則づくめの女学校教育に束縛されることを潔しとしないで、一年ばかりで止して幸田露伴さんの門に出入りするやうになつたのです」とある。)当時としては最高の教育を受けようとしたインテリ少女だった。露伴に入門する時も、露伴の作は一作も読んでいなかった。

その頃、紅葉の「金色夜叉」が宮戸座に上演され、同時に、露伴の「ひげ男」が明治座で上演されたが、紅葉が舞台にいちいち厳格に口だしするのに、露伴は一切無干渉だとの新聞記事を読んで、俊子は露伴の人柄に惹きつけられ、単独で、その門を訪れたのだ。ロマンチックな、熱情的な性格でもあった。

「このRの可愛《いと》しみは、道子が娘の頃に師事した其の人の愛に似てゐた。其の師は道子の娘の頃の愛度気《あどけ》なさを誰れよりも愛し慈しんだ人であつた。そうして生きた人形のやうに彼女を愛で、いぢらしがつた。彼女の魂が人形の顔やうにぽかんと愛らしかつたから。――彼女は愚なほど世上の事は何一とつ知らない娘であつた。彼女の生涯が、其の人形の顔のやうにぽかんとした魂のみで、幸福に美しく送られる事を真実に念じてくれた人は、其の師一人ばかりだつた――」(破壊する前)

こんな無垢なあどけなさもそなえていた。

そういう俊子に、南国生れの世情にたけた才人の松魚は、年よりも老成した頼もしい男にみえたのではあるまいか。すでに女と同棲の経験を持つ情事馴れた松魚にとっては、俊子の心を摑むことなど容易な業であっただろう。初恋の甘やかな情緒は、多感な文学少女の心をとらえ、はげしくゆすぶらずにはいなかった。

「一人で生活をすると云ふ事もこの女作者は疾《と》うから考へてゐた。一人になりたい、一人にならうと云ふ事に始終心を突《つ》つ突《つ》かれてゐる。けれどもこの女作者は一人になり得ないのである。一人の生活に復《かへ》ると云ふ事がこの女作者には到底出来ない事なのであつた。

『そんなら何故結婚をなすつたの。』

その時も、女の友達はこの女作者に斯う云つた。

『あの人は私の初恋なんですもの。』

『ぢや仕方がないわね。』

何か云ひ度い事が残つてゐるやうな気がしながら、この女作者は笑ふよりほか仕方がなかつた。

初恋――それはこの女作者の十九歳の時であつた。初恋と云ふよりはこの女作者の淫奔《いたづら》な感情が、ある一人の若い男を捉へたと云ふに過ぎないものであつたかも知れない。けれども、その時のこの若い男によつてふと弾《はじ》かれた心の蕾の破れが、今も可愛らしくその胸の隅に影を守つてゐるのであつた。この女作者が今の男に対する温《あたゝか》みはその影のなかゝら滲《し》みでゝくる一《ひ》と滴《しづく》の露からであつた。この一《ひ》と滴《しづく》はこの女作者が生を終へるまで絶えず〳〵滲み出るに違ひない。一人にならうとも、別れてしまはうとも、その一《ひ》と滴《しづく》の湿《うるほ》ひは男へ対する思ひ出になつて、然うして又その男にひかれて行く愛着のいとぐちになるに違ひない。――」（女作者）

人一倍細やかな心の襞をもつ俊子の情緒の中で、初恋の占める比重は、実に大きかったのだ。恋を打ちあけあった翌年、松魚はアメリカへ留学することになった。この時二人は、松魚の帰朝を待って結婚するという口約束を交わした。

二人の間に肉体関係があったかどうかは、何の証明するものもない。

それから七年間、松魚がアメリカから帰るまで、俊子はとにかく独身をとおし、松魚の帰朝と同時に、予《かね》ての口約どおり正式に結婚式を挙げたのであった。

明治末年の数え年二十六歳といえば、明らかに婚期の遅れている年頃で、十九歳から二十六歳まで、最も多感な女の時期を松魚との口約一つを守りぬいたことは、この初恋が俊子にとって、かりそめでない運命的な意味をもつ重大なものであったのが察せられるのである。

「T子と私とは正式に結婚したのでした。私達は私達の師であつた某博士の許しを得、その博士が特に指示した某氏の媒酌によつて、型ばかりの式でしたが、三々九度のやうな杯事をして結婚式を終りました。(此の媒酌を某博士と間違へぬやう呉々御願ひします。)で世上によくいふ共同生活といふのとは、も少し意味が強く、在来の日本の習慣通り夫妻の『約束』の下に結婚したのです」(田村松魚「彼女は悪妻であった」)

某博士とは露伴である。

松魚が後にこう記しているように、二人の結婚式は、一応、世間のしきたりどおりの形式をとられたが、どちらの意志であったか、怠慢であったか、なぜか、俊子の入籍は最後まで実施されなかった。

俊子が後に文壇に活躍するようになってからの、創作の題材のほとんどが、松魚との結婚生活における夫妻の愛憎、特に憎悪のすさまじい描写が選ばれているため、二人の結婚生活は、まったく悪因縁の標本のような印象を受けるが、そうばかりとはいえなかったようである。

大正六年五月号の『新潮』にのった岡田八千代氏の「私の見た俊子さん」の中に、

「とし子さんの作物を見て、とし子さんがさも〳〵松魚さんを虐待するやうに思つてる人もあるやうですが、とし子さんは松魚さんに対して決して冷やかな心を持つてる方とは思はれません。松魚さんも亦、とし子さんにはよくなさいます。それが兎角文句のあるやうに見えるのはつまりお金が無いからなのでせう」

と、ある。

「肉体的に松魚と結びついても、その精神では毎に彼によつて処女を奪はれたといふ憤激が彼女

から去らなかつた。彼女の復讐は結婚することによつて開始されたのだ」(東光金蘭帖)

という東光氏の説はまったく首肯しがたい。

惚れっぽく、熱中し易い俊子は、七年越しに初恋を結実させた時、手放しで喜び、新生活に、無邪気な好奇心と期待でいっぱいであった。

「彼女は悪妻であつた」の中に、明治四十二年、五月十三日の俊子の新婚第一日の日記が引用されている。

「(五月十三日雨)

下谷区谷中天王寺町、番地は十七で、天王寺の直ぐ側との事、その家が、妻と呼ばれ夫と侍《かし》づく人と共に初めて世帯といふものを持つて住む家かと思ふと、胸ばかり騒いで早く行つて見たいと思ふ。……(中略)……七年昔人目を避けながら両人手を携へて夏の夕をぶら〳〵した谷中の奥を通る。何となく感が迫つて涙が湧く。……(中略)……下が三間で、二階が四畳半一間(註現在残っている家に移る前のすぐそばの家)二階から眺めると若葉、青葉の梢が目を襲ふばかりに近く迫つてゐて心持が好い。けれども、墓所が家の前に並んでゐるので少し気味が悪いと思つた」

という書き出しの日記は、毎日、原稿用紙にすれば十枚分ほどの分量で、約一カ月はつづいたと松魚が書いている。

俊子は今日から住む新しいじぶんたちの家がもの珍しく、そわそわしながら広くもない家を、二階へ上ったり下へ降りたりうろついた。墓地のそばだろうがどこだろうが、夫となる人が気にいって見つけた家なんだから、いいじゃないのと、俊子の頰には、おさえがたい幸福な微笑が浮んでくる。今日から私は一家の主婦と呼ばれるんだと思うと、肩身の広いような重荷なような、不思議な感情で心がさわぐ。

「荷物がつくまで、そこらを散歩して来よう」

夫のことばに、いそいそして家を出たとたん、俊子は水のことに気がついた。

「水道はひけてない、水はどこにあるの」

あわてて裏のほうへまわったら、十間ばかりの遠くに縄釣瓶の井戸がある。まさかこんなところまで来るわけはないだろうと、近所を一まわりし、一人先に帰って、差配のおかみに聞くと、やっぱり井戸はあの井戸を使うのだという。俊子はがっくりしてしまった。これまで母親と二人暮しで、炊事はもっぱら母の役目だった。米をといだり炊いたりするぐらいはどうにかやれるが、十間余も水汲みにいくなど、とても出来ない。急に情けなくなると涙がこみあげてきた。涙が出てくると、今度は、妻の不自由も考えないでこんな水の不便なお墓のそばの家を一人で決めた夫が憎らしくなった。たった今、夫さえ気に入っているならと思った心は、急に、女権問題へまで飛躍して、むやみに腹がたった。

そこへ一足おくれて帰って来た松魚をみると、口をきくのもいやになり、いきなり、

「井戸はあそこまで行くんですって」

と、どなってしまった。すねて二階へかけあがった。松魚は二階へ上って来て、

「水はおれが汲んでやるよ」

と、こともなげにいう。まさか、新婚の妻が、夫に毎日水汲みをさせられるわけがないではないかと俊子は一層腹がたってくるのだ。すねて泣き顔をしたまま、ものもいわない。松魚がおこりはじめた。

「こんなことで、ぐずぐずいうようなら、さっさと家へ帰ってしまえ。そんな風じゃ一生苦楽が共にしていけるものか。何だ水汲みぐらいが。五体満足でいて、病気でもない人間が、人のみんなすることをなぜ出来ないんだ」

本気で怒ったらしく、どなりつける夫の声が荒々しかった。

俊子は、松魚の前の女が、両手に手桶を提げて平気だったなど、何気なく聞いていた話が、ふと胸をつき、また涙がこみあげてくる。台所仕事を二十六の今まで少しもしなかったじぶんが、主婦にはいかに不向きかと、情けなくくやしく、涙はとまりそうもなかった。しまいには声をあげて泣いた。呆れた松魚は、階下へおり、酒屋の小僧に水汲みを交渉して、わがままな妻にそのことを報告してやった。すると俊子は、まるで子供のようにけろりと機嫌をなおし、今度は、すぐ、松魚の胸に甘えかかっていくのだった。

新婚の家での第一日目に、華々しい夫婦げんかをくりひろげても、それは他愛ないチワげんかの類にすぎなかった。俊子のわがままやヒステリックな泣きぐせや、松魚の気短などなり声……その後十年間の同棲生活に絶えまもなくくりかえされた夫婦げんかの第一回がすでに、これからの二人の生活を予告するように、第一日目に発しているのは暗示的だが、この時は松魚も俊子も、まったく軽くそのいざこざを見すごしていた。

「……手紙を書くといつて良人は二階へ行かれる。昼間のことはもう綺麗サッパリ、樹の上で烏が泣いたのだつたかとも思つてゐない、唯、嬉しくて、そは〳〵して、船から上つた様な心持で、長火鉢の傍へ坐つてゐる。今夜から此の家に寝て自分の姓は××となつて、夫婦といふ婦の字の方を自分が握ることになつて、人にも細君と呼ばれるやうになつて……と思ふと羞しい気がする。生死を共にして縋つて行く人が自分に出来てその人の傍に起臥して、その人を慰めたり、いたはられたり、どんな辛い時があつても、苦しい時があつても、必ず助けられたり、助けたりする人が出来たのかと思ふと、如何にも心が落着いたやうで、今迄のやうな寂寞な思ひがずつと自分を離れて行くやうに思はれる。その人は七年前の自分の恋人、逢瀬の無い一日を悲しんで、果敢《はか》ない思ひに憧れた其人であつたと思ふと、止め度も無く涙が出て、暫《しば》らくは物音もしない二階を仰いでゐた」

こういう結びで、谷中の家での第一日の日記は終っている。

俊子の他愛ないほどの新家庭への期待と興味と、松魚への愛と、人妻になった安心感と喜びが克明につづられたこの頃の日記に、嘘はなかったのだ。

俊子はこの時は、たしかに純粋に松魚を愛し、自分の家庭に夢を描いていた。俊子は新妻らしく丸髷《まるまげ》に結いあげ、若々しい色の手柄をかけていた。下町風に着物の衿には黒い半衿をかけ、前掛をしめていた。炊事に使う指に、指輪は一つもはめていなかった。朝は夫より早く起き、掃除をし、朝御飯の支度をした。うまく炊けると、子供のようにはしゃぎ、まるで大手柄のように夫に報告した。もちろん、失敗のことも多かった。はりきって、唐辛子の葉の佃煮などこしらえてみたりするが、まんまと失敗し、しょげこむことなども愛嬌だった。夫の友人が訪ねてくると、気持よくもてなした。晩餐の小さな食卓の上に、ところせましと、知っているかぎりの手料理の皿をならべたりした。中でもオムレツは自慢だった。

「オムレツはきみの専売特許だね」

など松魚にからかわれると、嬉しそうに、

「まだもっと十八番《おはこ》もあるのよ、この次にね」

など笑う。

夫の友人には愛想よく、

「私たちが結婚して、こうしてうちとけて食事をするなんて、あなただけだわ」

などいうので、客もすっかり愉快な気分にさせられる。酒も煙草も、夫や客にはすすめるけれど、じぶんは手をふれようともしない。ただ話が文学のことになると、ちょいちょい横から、批評めいた意見や、気の利いた感想をさしはさむのだった。

客が帰ると、俊子はさらにまめまめしく、食べちらされた食卓を片づけ、座敷を掃除し、松魚の手をかりず、寝床の支度をととのえる非の打ちどころのない良妻ぶりであった。

その後でまだ彼女には、じぶんの勉強があった。寝床の横で、日課の語学の勉強がはじまるのだ。教師は松魚である。ダヌンチオの英訳「トライアンフ・オブ・デッス」が、教材につかわれる。俊子は辞書にかじりつきながら、松魚から、柔順に、その語義や文脈を習い覚えようとした。

こうした平和でつつましい新婚のあけくれが、緑の深まる谷中の森の中の家で静かにくりかえされていった。新妻俊子は、この平凡な主婦の座に心から満足し、このおだやかな生活を感謝しているように見えた。こうした感激が半年はつづいた。

俊子はこの間、完全に文学を忘れたように見えた。何かの話で、話題が、今、文壇で活躍している女の上に及ぶと、

「……あの女達のやる位のことは、私にだって出来るわ。只、私はもう文芸のことは止めたから、それを行《や》らないと云う丈けのことだわ、私が、あなたの外遊の間にドンナ勉強をしたかということを、あなた知ってて？　その女達の持ってる位の天分なら恐れることないわ」

「天分はあっても、技倆がなくちゃ駄目じゃないか。君にあれだけのことは書けまい」

「書けますよ。書けなくってさ。そう、人を軽蔑するもんじゃ無くってよ。ただ私は今も云う通り書かない丈けさ。私は、今、此の新らしい家庭をよくするより外、何のことも考えてはいない。家庭をよくすることだわ。……もっと、それよりも、愛に生きるのだわ」

と、いった。何事にも夢中になりやすい俊子は特にこと恋愛に関するかぎり、すぐ、生活も、文学も、前後のみさかいもなく、愛だけに没入してしまう純情さがあった。同時に、文学の上では、ある行きづまりを俊子じしんが感じている時だった。

露伴からもらった佐藤露英の名で、俊子は、すでに四年ばかり『文芸倶楽部』『新小説』『女

鑑』『文藝界』などに小説を発表しては来たが、大した評判にならなかった。露伴は決して雑誌を読ませず、古典文学ばかりを熟読させる教育方針であった。文章も樋口一葉ばりの文章体であった。

「庭の桜、盛りなりし頃は病重《おも》りに重りて、此世の最期《なごり》と何事も思ひ諦めは断念《あきらめ》ながら、風強き夕べ、硝子越しの花の美くしさも、別れの一ト目かと悲しく、誘はゞ共にと念ぜしものを、片手落なる春の山風や、我は浮世に残されて、蜘蛛の糸より果敢《はか》なき玉の緒の、何処《いづこ》までもと引き尽したる果、弗《ふつ》と切る、折は計られねど、暫しとばかり繋がれつ、彼は空しき遺骸《むくろ》となりたり、と葉隠れに紅色《くれなゐ》残る桜の梢見上つゝ、お君は其処《そこ》に佇みぬ」（露分衣）

これが処女作の書き出しである。このころの作品は、文章だけでなく内容も一葉の亜流で、ただ小説の体をなすことばかりに気をとられ、後年の俊子の作品にみる個性的な点は少しもあらわれていない。泉鏡花が「露分衣」を読み、

「この人は才能のある人だが、こんなものを書くのは気の毒だ」

と、評したと伝えられているのもうなずける。

明治三十九年（一九〇六）ころから、俊子はじぶんの作風に嫌悪を覚えるようになっていた。それまでわき目もふらずに仰いでいた露伴の、じぶんへの教育方法に疑問を抱き、新しい文学の道へ、一人でふみだしたいと思うようになった。

「その頃のみのるの生命は、あの師匠の世態に研ぎ澄まされたやうな鋭い光りを含んだ小さい眼のうちにすつかりと包まれてゐたのであつた。その師匠の手をはなれてはみのるの心は何方へも向けどころのないものと思ひ込んでゐた。そうして船で毎日の様に向島まで通つたみのるは行くにも帰るにも渡しの桟橋に立つて、滑かな川水の上に一と滴の思ひの血潮を落し〳〵した。

それほどに慕ひ仰いだ師匠の心に背向いて了はねばならない時がみのるの上にも来たのであつ

た。其れはみのるが実際に生きなければならないと云ふほんとうの生活の上に、その眼が知らず〳〵開けて来た時であつた。毎日師匠の書斎にはいつて書物の古い樟脳の匂ひを嗅ぎながら、い丶気になつて遊んでばかりゐられない時が来たからであつた。そうして師匠の慈愛が、自分のほんとうに生きやうとする心の活《はた》らきを一時でも麻痺《しび》らしてゐた事にあさましい呪ひを持つやうな時さへ来た。この師匠の手をはなれなければ自分の前には新らしい途が開けないもの丶様に思つて、みのるはこの慈愛の深い師匠の傍を長い間離れたけれども……」（木乃伊の口紅）

そういう事情で、じぶんから露伴にそむいていったものの、俊子の思い描いたような新しい作品などは、一向に生みだすことが出来なかった。

ある日、私は未知の新田薫という人から手紙を受けとった。それには俊子が西川某氏の二号をしていた時代を知っているという人が知人にあるから、必要なら紹介しようということが書かれていた。俊子がそういう生活をした時があったとは年譜にも作品にもまったくうかがえなかったので、私は早速、新田氏に返事を書き、その人に逢わせてほしいと頼んだ。そうして紹介してもらったのが、俳人島東吉氏であった。島氏は俳句の友人である足立区伊与町の東陽寺の現住職、西垣隆満氏から聞いた話だといって、思いがけない俊子の一時期を物語ってくれた。

それはちょうど、俊子が露伴の弟子であることに悩みを抱きはじめた明治三十九年の前、明治三十八年の春から三十九年早春へかけての時であった。

俊子はその頃母と二人で、曹洞宗東陽寺の離れを借りて住んでいた。

当時の東陽寺は、浅草区高原町十八番地にあった。八百坪の境内には本堂の外に、長屋や、離れが建っていた。黒板塀、瓦ぶきの寺の前には阿部川へつづくどぶ川が流れていた。その頃、東京の寺では、部屋を官員に貸したり、内職に、寺の外で飲食店を経営したりするのが少なくなかった。東陽寺が俊子母子に離れを貸したのもその例の一つであったし、同寺では、さらに、浅草に、大黒が飲食店を出してもいた。

離れは六畳、三畳に台所つきのこぢんまりしたもので、前に「江戸砂子」に出ている「紫の井戸」があり、柿と楓の木が立っていた。俊子はその時二十一歳で、母は四十前。二百三高地や銀杏返しに髪を結い、化粧の濃い俊子は粋でおきゃんな印象を寺の家人や長屋の人たちに与えていた。俊子の母は顔半面、あばたかやけどのあとのような醜いあとがあったが、どこか粋な、垢ぬけた感じを持っていた。昼ひなかから三味線などひくので、まわりのものは、いい噂をしなかった。

母子は内職に人形をつくっていた。舌切雀や浦島太郎などつくっていた。俊子は縁側に面した六畳でランプをつけ、黒衿のついたはんてんを着こみ、面相筆《めんそうふで》で改良半紙に小説を書いていた。住職西垣卍禅の子、現住職隆満は、当時小学校二年生だったが、離れの俊子に馴れ親しんでいた。俊子は隆満を可愛がり、遊びにくると、すぐ絵を描いて機嫌をとってくれた。俊子は絵がうまく、隆満の注文どおり即座に描いてみせたが、隆満を特に喜ばせたのは「おばけ」や「きりぎりす」の絵であった。小村外相の講和談判で交番焼打事件があった時、俊子の背におんぶされ、見物に行ったのを、隆満は覚えている。俊子の母のいない時など、遊びつかれた隆満を、

「さあ、ネンネなさい」

と部屋につれていって、いたずらしたりすることがあった。

幼い隆満にとって、離れの女は、美しいなつかしいそして妖しい魅力を持つお姉さんだったが、何となく人目をひくこの母子の評判はそのあたりでは好くなかった。商売のため寺を留守がちにする大黒の留守に、卍禅と俊子の間に関係が生じたという噂も、近所の金棒ひきたちの口の端に上ったものらしいが、やがて大黒の耳に入り、大騒ぎが持ち上った。幼かった隆満にことの真偽

はわからないが、俊子母子は、その事件のあとで間もなく寺を追われて出て行った。その時、俊子が卍禅から、当時の金としては相当な金額の賠償をまきあげて行ったという話が、近所の口さがない女たちの口に上っていた。

卍禅氏もその夫人もすでにない今、ことの真偽は正しようがないが、現存の隆満氏の記憶に頼る昔話はまったくあり得ない話とも決められない。

松魚と別れていた十九歳から二十六歳の間に、まったく男出入りがなかったとみるほうが不自然かもしれない。俊子の受けとった金が高い処女の代償だったとして、噂に上ったということが真相とすれば、俊子は、卍禅をあざむいたのか、松魚をあやつったのかわからなくなる。

いずれにしろ、露伴の弟子であった間の出来事である。この事件の直後、露伴から離れたくなっているのも、何かこの事件が俊子の心境に作用していたかもしれない。

「実際に生きなければならない本当の生活」（木乃伊の口紅）と俊子にいわせたものは、どのような浮世の辛酸であったのか。

作家の作品や日記や書翰のすべてにわたり一行一字も見のがさぬ注意をもって見ても、一人の作家がそこに生活や思想のすべてを告白しているとは信じがたい。作家はその作品に於てまったく架空の観念の所産を、現実以上のリアリティを持ったものとして真実めかして描くことが出来る。と、同様の技巧や手法を駆使するならば、その同じペンで、いかにも不用意に素顔をのぞかせたような擬態を、真実めかしてみせ、読者に手を拍《う》たせておき、そのかげで、読者の手には素顔の皮だけを残し、ひきはがした血のしたたるじぶんの素顔の肉と骨だけの顔で嗤《わら》うことだって出来るのである。告白しつくせたとじぶんで信じられる罪や恥は生やさしい。告白しつくしたつもりのその下に、作者じしんの目をさえごまかそうとして身をひそめている真実の怕《おそ》ろしさが墓の中からでも、作者の死後うめき声になって呪《のろ》いだすのである。

じぶんの作風に煩悶した末、俊子はついに筆を絶って文学以外に生きようとし、岡本綺堂、岡鬼太郎、杉贋阿弥、栗島狭衣などを中心として組織された毎日文士劇の女優になった。

翌明治四十年、四十一年は、実際に、舞台に立ったり、踊の稽古に励んだりした。文士劇に参加していた時の俊子は、あまりぱっとした存在ではなかった。

明治四十一年も舞台に立ったが、そのうち、女優がじぶんの内的欲求に合致しないと感じはじめ、ふたたび文学への欲求が復帰して、劇界からしりぞいた。

そんな時、松魚が帰国して結婚したのであった。結婚生活のもの珍しさと、松魚への愛に溺《おぼ》れて、文学も演劇も、ふっつり断念したふりを装っていた。じぶんでも一時はそう思いこむような錯覚にもおちたが、俊子の内奥に燃えくすぶる芸術への欲求の焔が、たやすく消え去るわけはなかった。松魚に向かって豪語したように、俊子は、舞台に立っている頃でも新しいものを意欲的に読みあさる習慣は変えなかった。じぶんの文学への夢を人しれず温存しつづけていたのだ。

「いつかは」と、俊子は心ひそかに期していたにちがいなかった。

松魚は、口では俊子の文学的才能をあざけるような悪態をつきながら、俊子の天賦の文才に、誰よりも着目し、期待していた。文学は断念したという俊子を励ましたりすかしたり、時にはなぐったりしながら、ふたたび筆をとるようにすすめた。

俊子は家事にくたくたになった体で、また夜どおし、筆をもちつづける日もあるようになった。

結婚生活の家計は、松魚の売文の収入に頼るほかなかった。「東光金蘭帖」によれば、松魚は相当な文才の人らしく書かれているが、今残された松魚の片々たる文章から察して、松魚はさほど文学的才能のあった人とも思われない。

アメリカから帰って「北米の花」という短篇集を出した程度で、あとは『文章倶楽部』あたりに時々、まったくつまらない通俗小説を書いている。

いずれにしろ、谷中の家をもった頃から、松魚の作品は、世間から不評をうけ、はかばかしく売れることはなかった。松魚の売文一つに頼っている彼らの家計は、たちまち窮乏にひんしてきた。たまに、僅かの稿料が入ると、俊子は喜んだが、それでじぶんの衣類や、装飾品を買おうなど思いもしなかった。かえって松魚のほうが前後の考えもなく妻のためにそうしたものを買いこんできたりした。収入が少ないくせに、贅沢に馴れている二人は、たまに金銭を握ると、すぐ料理屋を食べ歩いたり、興行物を観にいったりして、たちまち金を費《つか》いはたしてしまう。あとは、質屋通いだけが、二人の生活を支える資金であった。

質草でかさばった大ぶろしきを背負った松魚の後から、俊子はついて歩きながら、

「どう見たって、これじゃ道行って図ではないわね。まるで夜逃げね」

と、笑ったりした。

のんきに鼻唄まじりに質屋通いをする日もあったが、そんな明日のない昏《くら》い生活のくりかえしが、二人の家庭や、愛を、蝕《むしば》んでいかない筈がなかった。松魚は次第に、俊子をかかえている生活を重荷に感じはじめ、俊子にも、二人の生活のために稼ぐようにと迫りはじめた。

結婚して一年もたつと、貧乏の毒素は、もう二人の生活の根底にまで沁みついていた。口を開けば、別れよう、働け、今に働く、今すぐ働けと、口汚い争いのことばが二人の間に取りかわされるようになった。

「みのるは黙つて泣いてゐた。不仕合せに芸術の世界に生れ合はせてきた天分のない一人の男と女が、それにも見捨てられて、そうして窮迫した生活の底に疲れた心と心を背中合せに凭《もた》れあつてゐる様な自分たちを思ふと泣かずにはゐられなかつた。

『君は何を泣いてるんだ。』

『だつて悲しくなるぢやありませんか。復讐をするわ。あなたの為に私は世間に復讐するわ。き

つとだから。』

みのるは泣きながら斯《か》う云つた」（木乃伊の口紅）

夫婦げんかの激しさは、近所でも評判になるほどであった。

「私達の闘争は殆んど毎日の仕事でした。何が原因だつたか、喧嘩が絶えませんでした。近所では驚いてゐると云ふ評判でした。さうでせう。私達は取つ組み合ひ、怒鳴り合ひ、泣き、叫びました。彼女は、執念深く夫の腕力に抵抗し、殺せ、殺せ、と身体をこすりつけました。或時は実際に、一と思ひに気息の根を絶つてしまはうかと思ふ程其《その》夫を憤怒させました。彼女はまた、実際殺されても好いのであつたらしく見えました。格闘は戸外にまでも及び、或る深夜に墓地の中を私は夜叉の如く荒れて飛び掛る彼女を遁れ遁れして、一本の椎の古木の空洞にやつと潜んで暁を待つたことがあります。喧嘩の原因が文芸の議論から実際的なことに食ひ込んで行くのが常でしたが、要するに無意味な唯の闘争でした。私は時々、彼女が一種のマゾヒズム（被虐待淫情症）に似た性情をもつてゐるのでは無いかと思つたことがあります」（彼女は悪妻であった）

と、松魚が書いていることを、俊子の側ではくりかえし、小説の中に織りこんでいる。

「こんな日の間にも粘りのない生一本な男の心の調子と、細工に富んだねつちりした女の心の調子とはいつも食ひ違つて、お互同士を突つ突き合ふやうな争ひの絶えた事はなかつた。女の前にだけ負けまいとする男の見得と、男の前にだけ負けまいとする女の意地とは、僅の袖の擦り合ひにも縺《もつ》れだして、お互を打擲《ちやうちやく》し合ふまで罵り交はさなければ止まないやうな日はこの二人の間には珍らしくなかつた。みのるの読んだ書物の上の理解がこの二人に異つた味ひを持たせる時などには、二人は表の通りにまで響ける様な声を出して、それが夜の二時であつても三時であつても構はず云ひ争つた。そうして、終ひに口を閉ぢたみのるが、憫《あは》れむやうな冷嘲《あざ》ける様な光りをその眼に漲らして義男の狭い額をぢろ／＼と見初めると、義男は直ぐにその眼を真っ赤にして、

『生意気云ふない。君なんぞに何が出来るもんか。』

斯う云つて土方人足が相手を悪口する時の様な、人に唾でも吐きかけそうな表情をした。斯うした言葉が時によるとみのるの感情を亢《たか》ぶらせずにはおかない事があつた。智識の上でこの男が自分の前に負けてゐると云ふ事を誰の手によつて証明をして貰ふ事が出来やうかと思ふと、みのるは味方のない自分が唯情けなかつた。そうして、

『もう一度云つてごらんなさい。』

と云つてみのるは直ぐに手を出して義男の肩を突いた。

『幾度でも云ふさ。君なんぞは駄目だつて云ふんだ。君なんぞに何が分る。』

『何故。どうして。』

ここまで来ると、みのるは自分の身体の動けなくなるまで男に打擲されなければ黙らなかつた。

『あなたが悪るいのに何故あやまらない。何故あやまらない。』

みのるは義男の頭に手を上げて、強ひてもその頭を下げさせやうとしては、男の手で酷《ひど》い目に逢はされた。

『君はしまひに不具者《かたは》になつてしまふよ。』

翌《あく》る日になると、義男はみのるの身体に残つた所々の傷を眺めて斯う云つた。女の軟弱な肉を振り捩断《ちぎ》るやうに摑《つか》み占める時の無残さが、後になると義男の心に夢の様に繰り返された」（木乃伊の口紅）

日常茶飯事のように習慣化してしまった夫婦げんかの結末は、結局俊子が、肉体的疲労と、精神的絶望の中から、白けた心になって、冷淡にじぶんの現実をふりかえることになる。どうあせりあがいたところで、今の非力なじぶんは、唯一人の夫の情にすがって生きて行くしかないのだというあきらめに落ちつき、「そんな果敢《はか》ない悲しみ」を、「自分自身が傍から眺めてゐる様な心

の態度で自分の身体を男の前に投げ出して了ふのが結局《おち》だつた」と解決していた。

松魚は、俊子の、夢想がちな、非生産的な態度と、じぶんの思いの中にとじこもって、夫がしている生活の苦労も上の空のような心のあり方が、我慢ならなかった。

俊子は俊子で、女一人も養いきれないような、男の生活能力の貧しさには、我慢が出来ても、じぶんが何よりも愛し憧れている芸術のために、書物一つあてがおうとしないばかりか、女の知識欲に、傍からけちをつけるようなやり方が、我慢ならなかった。「男の生活を愛することを知らない女と、女の芸術を愛することを知らない男」とのとうてい一致することの出来ない相剋だと、俊子はじぶんたち夫婦の関係を、冷淡につきはなしてみることが多かった。

松魚が、俊子にしきりに「何か書かせよう」と強要することを、俊子はじぶんの生活能力の不足を、妻の才能によって物質的に補わせようとしている卑劣な心情だと、夫を軽蔑した。

しかしそれは、そうとばかりは断定出来ないのではないか。少なくとも松魚は、俊子の文学的才能を誰よりも早く、誰よりも高く認めていた唯一人の人間であったことは間違いない。それにまた、妻というものに対する考えが、当時としては進歩的だった。夫婦は、お互いの人格を対等に認めあい、対等の資格で、共同生活をして行くものだという観念を持っていたようであった。当時の男性一般の抱く「妻」という概念を松魚も堅持しているなら、はじめから、俊子のような文学少女とは恋に落ちても結婚を望みはしなかっただろう。良妻賢母、貞淑恭順型のドメスチックな女でないことは、はじめからわかっていた筈である。

大正四年（一九一五）の『中央公論』七月号にのった「彼女の生活」という俊子の小説の中の夫婦の条件は、他の彼女のほとんどの小説同様、彼女の実生活の告白的性格があるとみてよいだろう。女主人公優子が、新田と結婚するに至るまでの心理的経緯が語られているが、それは、松魚と俊子が結婚にふみきる前の心理の経過、そして俊子の結婚観とみてもあやまりでないように思われる。俊子は結婚前、世間の夫婦を観察して、世の妻の生活ぶりに否定的な批判を持っていた。

「そこには優子《まさこ》が憤慨為ずには居られないやうな女の屈辱ばかりが見出された。どの女の腰にも太い鎖が巻き附いてゐた。まるで自分と云ふものを失ひ尽してゐる亡霊のやうな蒼い顔ばかりがあつた。ある女は男に対する愛の嫉妬と自分の生活の倦怠とでヒステリーになつてゐたり、ある女は朝から終日赤児のむつきを洗ふのに追《おは》れて水を一杯汲むのにも、不健全な呼吸をしてゐたり、ある女は又絶対に男の従僕者であつたりした。女自身の心臓は良人や子供のために圧搾されて、そこに最も清新に動くすべての女の生血は、塵埃《ごみ》の支《つか》へた下水の溝のやうに濁らされ渋らされてゐた。女たちは純真な愛など、云ふことを思索的に教義的に考へてゐる暇などはなかつた。犬や猫が自分の産んだ子を可愛がると同じやうな下司《げす》な本能的の愛情で単に子供たちの上にある注意を急がしく向けるといふことの外は何も知らなかつた。……（中略）……

　優子は然う云ふ女の生活を考へる時に戦慄した。自分はどんな事があつても然う云ふ女の生活の道を追ふことは厭だと思つた。自分と云ふものをこの人生に飽くまで自分として生かして置きたい。男の自我心に自分の魂を失はされるやうな結婚生活は求めてはならない。自分は何処《どこ》までも自分の尊い存在の上に一人で生きる。愛と云ふ卑怯な口実を求めて結婚の罠に落ちてはならないと優子は決心してゐた。優子は自身を物質的の生活の上にも安全に維持させられるやうに、職場を求めて働いてゐた」

　こういうヒロインの思想は、当時の『青鞜』の同人たち、いわゆる「新しい女」の公約数的思想であった。

　この小説の書かれた二年前一九一三年一月には、すでに『青鞜』は発刊第三年めを迎えて「新しい女は、最早しひたげられたる旧い女の歩んだ道を、黙々として、はた唯々として歩むに堪へない」「新しい女は、男の便宜のために造られた旧き道徳、法律を破壊しようと願つてゐる」という平塚らいてうのエッセイ「新しい女」をのせている。しかし当時の社会や、男たちは、これらの「新しい女」を、とっぴな、変ったもの、珍奇な動物のように扱い、政府は家庭組織を破壊し、日本在来の女徳を乱すものとして発売禁止にする状態であった。

したがって、この作中の優子のような思想の女に、自ら結婚を申しこむ新田のような男は、当時では稀にみる進歩的な思想の男性であるといわなければならないだろう。

「結婚をしなくてはならないと云ふ愛の義務は持ちたくありません。結婚なぞと云ふことを避けて永久に恋の自由にお互に生きてゆくことは出来ないものでせうか」

という女にむかって、

「あなたは私を普通の世間の男と同じに見てゐるのではないか。私はもう少し女と云ふものに対して新らしい理解を持つてゐる筈だ。私は決してあなたを私より劣つたものだとは思つてゐない。何処までも私と同権者の地位に居るべき人だと思つてゐる。私はあなたの其の独立の意志を尊重してゐる。無論私たちは世間普通の夫婦関係のやうなものを作つてはいけない。どこまでもあなたは私の伴侶であり、私はあなたの友達である。私は今までよりももつとあなたの自由を認め、あなたの進まうとする道を開いて上げる。あなたを自由に生かすことは、自分をも自由に生かすことである。私はあなたを単に家政の女として求めてゐるのではない。あなたを妻とすると同時にあなたを霊魂を持つ女性として尊敬しようとする点に私の結婚の理想があるのである」

と、説得する。

この新田のことばを、そのまま、松魚が結婚前に俊子にした求婚の弁とみなすことは、あまりに単純な推理かもしれないが、二十六の俊子と、三十二にもなって結婚にふみきった松魚の結婚観の中には、俊子自身が認めている以上の、進歩的な、男女観があったのではないかと思う。

「彼女を社会的に有意義なものに仕上げてやらうといふ一種の野心」（彼女は悪妻であった）を持っていたという松魚は、俊子を、そんな女になり得る才能の所有者として、はじめから認めていたのであった。

夫婦げんかの時には、

「君はもう駄目ぢやないか。君こそ僕よりも脈がない」

「僕が陳《ふる》ければ君だつて陳いんだ」（木乃伊の口紅）

など罵倒するけれど、やはりそのことばの中には、書けば書ける才能があるのに、書かない女の怠慢をじれったがり、ののしっているので、心から女の才能に見切りをつけていたわけではなかった。

だからこそ、『大阪朝日新聞』の懸賞小説募集の切りぬきを持って帰り、俊子に応募してみるように奨《すす》めたりしたのだ。

三百枚の長篇小説をいきなり応募させようという松魚の腹の中は、

「もし当れば一息つける」

と、俊子にいったことばの意味だけではない期待が、こめられていたと思う。

俊子には、すでに少しずつ書きためている原稿があったので、松魚はその後を大急ぎでつづければ間に合うと励ました。新聞を見つけた時、すでに締切の日時が迫っていた上、原稿はまだ規定の三分の一の分量にも足りなかったので、俊子は乗気にならなかった。それに俊子は、じぶんの文学を芸術の高度な位置に思い描いていたので、賭博のような懸賞の形で打ちだすなど、もっての外だと思ってもいた。

「そんな事に使ふやうな荒れた筆は持つてゐませんから」（木乃伊の口紅）

「働かないとは云ひませんよ。けれども私が今まで含蓄しておいた筆はこんなところに使はうと思つたんぢやないんですからね。あなたが何でも働けつて云ふなら電話の交換局へでも出ませうよ。けれどもそんな賭け見たいな事に私の筆を使ふのはいやですから」（木乃伊の口紅）

胸を張って、そういいかえした俊子も、結局、松魚にどなりつけられ、すかされして、ついに筆をとることに決心した。

松魚は、筆をとりはじめた俊子を厳重に監視し、怒ったり励ましたりした。俊子がぐずぐずこれまでの分をいじくりまわしていると、いつまで何をしているんだと、じれったがり、先をせかせるのだ。

「こんな事はね。作の好い悪るいには由《よ》らないんだよ。それは唯君の運一つなんだ。作が駄目でも運さへ好ければうまく行くんだからやつて終ひ給へ。ぐづ〳〵してゐると間に合やしないよ」

と、なだめたり、原稿を座敷中になげちらして、

「成程君は駄目な女だ。よし給へ。よし給へ」

と、どなりつけたりする。

「みのるは唯真驀《ましぐら》に物を書いて行つた。自分を鞭打つやうな男の眼が多くの時間みのるの机の前に光つてゐた。みのるはそれを恐れながら無暗《むやみ》と書いて行つた。蚊帳《かや》の中にランプと机とを持ち込んで暫時《しばらく》死んだ様に仰向に倒れてゐてから、急に起き上つて書く事もあつた。朝から夕まで家の中に射し込んでゐる夏の日光を、みのるは彼方此方《あちこち》と逃げ廻りながら隅の壁のところに行つてその頭をさん〳〵打つ突けてから又書き出す事もあつた。

さうして出来上つたのが締切りの最後の日の午後であつた。義男はそれにみのるの名を書き入れてやつて、小包にしてから自分で郵便局へ持つて行つた。みのるはその汗になつた薄藍地の浴衣の袂で顔を拭ひながら、この十余日の間の自分を振返つて見た」（木乃伊の口紅）

こうして出来上った作品に、俊子は自信がなかった。夫の処刑を恐れ、その監視の目のもとに

書いた作品に、じぶんの思い描くような芸術の香気など出る筈はないと絶望していた。と同時に、じぶんの文筆の才能に見切りをつけたような気持にもなった。俊子は心ひそかに、筆をとらない間に貯えていたじぶんの文学上の進歩をもっと大きなものと思い描いていたのだ。出来上った作品は、俊子の理想にはるかに遠かった。

俊子はもちろん、その作品が当選するかもしれないなど夢にも考えていなかった。

七月に原稿を送って、八月の半ばすぎ、俊子は新聞広告に女優募集のあるのを見た。色の褪《さ》めた明石の単衣《ひとえ》に、色の褪めた紫紺の洋傘をさし、俊子は早速、牛込のその劇団事務所へ出かけていった。

それは中村春雨（吉蔵）の主宰する「新社会劇団」であった。この劇団は明治四十三年（一九一〇）のはじめに組織され、第一回公演はその年四月二十九日「東京座」においてなされた。総監督は中村春雨、技芸監督は土肥春曙が当り、主な俳優は、中尾鶯夢、嵐橘玨、武久富士雄、遠山金之助、児玉不二子等であった。賛助員には劇団の名士を悉《ことごと》く動員していた。旗挙げに際しては、

「……（略）……吾々が志す所は社会教育の基点に立ちて、今代の実社会実世態をば忌憚《きたん》なく写実的に描写せる新劇を、最も真摯的に演出し、以て現代の社会的生活の意義と内容とを表明するにあり。約言すれば従来の俳優本位を捨て、専ら脚本本位を取り、最も精透なる観察を以て社会の裡面に徹底せる脚本を選び、之を舞台面に活演せんことを期す。庶幾《こひねがはく》は国家興隆の気運に適応せるに足らんか、此挙や幸に文芸界の泰斗たり、新劇道のオーソリチーたる諸大家の賛襄を得たれば、茲《ここ》に準備を整へ実行の端を啓《ひら》かんとす。希くば大方の諸彦《しよげん》吾々の微意を諒して特殊の眷顧を垂れ、以て劇道革新の大業を助成し給はんことを」

という意の趣意書を発表した。

この時上演した中村春雨作「牧師の家」は、劇評で特にその脚本の新鮮さを認められ、俳優の演技も、未熟ではあるが、その熱心さを買われ、おおむね成功に終った。が、入りは少なく興行的には成功したとはいえなかった。

俊子はこの劇団に女優として参加しようとした。舞台に立つことは経験ずみの俊子は、じぶんの文才に見切りをつけた心の空白を、女優になることによって満たし、じぶんの芸術的欲求を満足させようとした。

これより二年前、明治四十一年（一九〇八）九月、川上音二郎、貞奴夫妻の経営による帝国女優養成所が開かれ、森律子をはじめ十五名が、百余人の受験者から選ばれて、わが国ではじめて女優という名で演技教育を受けていた。この養成所は翌四十二年、帝国劇場内に移され、同劇場附属の技芸学校になった。けれども世間では、まだ女役者といって卑《いや》しまれていた階級が名をあらためたもの程度に考え、女優に対する態度は冷たく、良家の子女のなるものではないと考えられていた。女優養成所そのものに対しての世間の風当りも強く、新聞雑誌には大々的な中傷記事が出るほどであった。女優養成所の筆頭だった森律子などは、母校の跡見女学校から除名されたり、非難同盟をつくられたりした。彼女の弟が一高祭に姉を招いたら、女優風情を神聖な校庭に誘うとは何事だと、学友から迫害を受け、鉄道自殺を遂げたほど、女優は卑まれていた。

俊子の場合も、樋口かつみ子の俊子に関する「半生の経歴と其の性格」の中に、俊子に友人の少なかった理由として、

「舞台に上られたことだとか、物をお書きになることなどが或ひはお友達の離れた原因ではないかと存じます。……（略）……殊に女として舞台に上るなどと云ふことは、普通の女の方での心持にしますと、意外のことなのでせう。そのことのありました時は、同窓の方々（註　府立第一高女）が一緒になつて御注告するなどと云ふやうな相談もありましたぐらゐです」

と、あげられているくらい女優の地位は低かった。

坪内逍遥は『二六新報』に女優となるには十難が待っていると所見を発表して、女優の苦難の道を説いた。いわゆる十難とは、㈠資格難、㈡無師表難、㈢学課無系統難、㈣失費難、㈤自堕落難、㈥立身難、㈦誘惑難、㈧嫉妬難、㈨末社難、㈩生活難というものであった。

新劇勃興の気運に乗じて、女優の必要性が次第に認められてきたとはいっても、まだそういう旧い女優蔑視観が残っている時代だから、知的なインテリ女優などはなかなか得られなかったのだ。

三宅雄次郎は、その当時わが国に女優のあらわれないのは、見物が、女形の不自然さに気づかぬためと、もう一つには、貴族金持が、美貌の女は買い占めてしまうから、女優になりてがないとあげている。

新しい演劇運動をめざしていた「新社会劇団」では、こんな時、とびこんで来た田村俊子が、演劇に対する理解も深く、教養もあり、芸術的熱情もなみなみでないのをみてとって、大歓迎した。折も折、再度の興行の時に公演するつもりでいた中村吉蔵作の「波」(一幕)の女主人公のイメージに、俊子はぴったりあてはまったのである。

「波」は花井豊子という三十九歳のオールドミスの女流音楽家の、芸術と恋の悩みを描いたものだった。豊子は功なり名とげた女流ピアニストだけれども、じぶんの生活が人間として、愛情に恵まれず空虚なものだということを内心淋しく思いはじめていた。そんな時、松平伯爵という、じぶんの芸術の理解者に恋を打ちあけられ、伯爵と結婚し、温かい家庭をつくろうと決心をする。そこへ少女時代からのライバル伯爵夫人百合子があらわれ、嫉妬半分の家庭観を聞かされ、また淋しくもとの芸術の世界に帰るが、もう芸術の奴隷にはならない。家庭のような束縛も受けないと独白するという筋である。

俊子にはすぐ、入団許可が来た。

女優になり舞台に立ちたいと打ちあけられた時、松魚はびっくりした。「木乃伊の口紅」では、俊子の俳優としての素質に疑問を持っている松魚が、執拗に反対をとなえるのに対し、

「それならよござんす。私は私でやりますから。あなたの為の芸術でもなければあなたの為の仕事でもないんですから。……然う云ふ事であなたが私を支へる権利がどこにあります。あなたがいけないと云つたつて私はやるばかりですから」

と、たんかをきって、ふみきることになっている。

それが松魚の書いた「彼女は悪妻であつた」の中では、松魚も、妻の大胆な試みに、ある期待を抱き、出発させたようになっている。

「『ぢや、やつて見たまへ。だが君のその容色で人気が湧くかね。女優は人気が生命だからね。そして人気の根はといふと容色だから……』

『容貌はそれは大切だわ。でも致命的なものではないわ。真実の意味の技倆だわ。芸術の力が生命だわ。私はその力を自分に感じてゐる。容貌なんか、どうでもなる。』

『では行《や》るさ。僕も其気で君を扶《たす》けよう。やるなら確《しつか》りやりたまへ。』

私は彼女の計画を無謀とは思ひませんでした。我々の家庭が其の為何うなるとも、私の主婦がその為に何うなるとも、それは私の勘定には計算されませんでした」

松魚は本当に、じぶんの妻の容貌を醜いほうだと思っていたらしい。鈴木悦がくりかえし、その手記や手紙の中で彼女の美しさを述べているのと、対蹠的である。当時の養成所の女優たちがみんな二十歳前なのにくらべ、俊子はこの時すでに二十七歳（数え年）なのだ。しかし今残っている俊子の写真では、彼女は充分美しい。彼女の生前に交際した人々の話を綜合しても、彼女は肌が白く、目の特に美しい、充分魅力的な女だったという。が、明治年代の「美人」の標準には、

あてはまらない容貌だったのかもしれない。とにかく、俊子は、松魚の指摘するじぶんの容貌のひけ目を、半分くらいは肯定していたようであった。

俊子は、ある日、不揃いな歯並を一日の荒療治で、すっかり治して来るような、大胆なことまでして、容貌のひけ目を補おうと努めた。

「新社会劇団」特有の激しい熱心な稽古が二カ月あまりつづけられ、十月「東京座」でいよいよ第二回公演が行われた。稽古の途中、俊子は、実際の劇団の俳優たちの愚劣さに我慢ならなくなり、脱退するなどいい出し、劇団側をあわてさせたりした。結局は、幹部たちになだめられ、予定どおり「波」のヒロインの役をつとめた。しかもそれは相当な成果をあげた。

技芸指導は土肥春曙、俊子の芸名は花房露子であった。伯爵を東辰夫、伯爵夫人を岩井琴女、姪俊子を木村芳子、書生早田を巌居流江がつとめた。「木乃伊の口紅」の中で、俊子は東や岩井を軽蔑している。

その頃すでに万朝報社につとめだしていた松魚は、妻の舞台を気にして、毎晩、劇場へ通った。俊子が以前、何度か舞台に上った時に、松魚はアメリカ留学中だったので、俊子の舞台姿を見るのははじめての経験だった。松魚の友人たちも大勢みていた。松魚は、妻に対するどんな小さな批評も一々気にして、一喜一憂した。

松魚ははじめて見る妻の舞台に少なからず驚かされた。俊子の演技力は松魚の想像をはるかに上まわって立派なものであった。それと同時に、はたして見ばえのしない妻の容貌を衆人の目にさらすことに、肩身のせまい思いもした。この時、見物にいった徳田秋声は、はじめて松魚に妻だといって俊子を楽屋で紹介された。頰骨の出た目だたない女だったと印象をのべている。けれども性格がヘッダに非常に似たところが多いから、ヘッダをやれば山川浦路以上であるのはもちろん、ヘッダなら松井須磨子をも凌《しの》ぎうるだろうといっている。

「波」の批評は、俊子にはおおむね好評だった。島村抱月は、

「……（略）……中村君の『波』に就いては、脚本で読んだ時よりは舞台で見た方がよかつた。即ち中程で女主人公《ヒロイン》が心機一転して『私はこれから強くならう』と云ふ処などは、原作を読むと余り弱々しすぎるが、上場されたのを見ると相当に力が出て来て居た。……（略）……役者としては中心人物の音楽家に扮した女優が第一等の出来だ。兎も角もアレだけの理窟つぽい白《せりふ》を心持を失はないでやつてのけたのは頼もしい」

といい、伊原青々園は、

「……（略）……此の若き男女がハムモックで戯れて居る所へ、花房露子の音楽家が出て来る。紫の裾模様にオリーブの被布《ひふ》をはおつた物々しい拵《こしら》へからが、此の人らしく、二人がふざけて居るのを見て、機嫌を損ねて当り散らす物いひがハキハキして調子の甲走つたのもよい。其《それ》から芸術家として成功した心の底には始終淋しみを持つて居る白《せりふ》、腰をかけ、『私も何だか若返つた心になつて』とウツトリする処、伯爵夫人との詰開き、後に夫人が哀願するのを斥《しりぞ》ける処、夫人の自白を聞いて、心機一転し伯爵の求婚を斥け、夫人と握手する所、姪と書生とを逐《お》ひやつて独り白となり、上手の框障子《かまちしやうじ》の内へ入つてタンホイゼルを奏する幕切になるまで、曾《かつ》て文士劇では余り存在さへ認められなかつた露英女史が斯《か》ほどの大役を斯ほどに演じてのけたのは驚嘆すべきである。今度の新社会劇中で第一の成功は此の女優だと思ふ。其れは作の力が与《あづか》つて居るとは云ふものの此の人が其の作を能《よ》く呑みこんで演出した功労は争はれぬ」

作者の中村吉蔵も、後、大正二年三月号の『新潮』に、俊子の「女優としての技量」という一文を求められた時、

「松井須磨子はツリーシユ型の女優であると云へるし、それに対照して田村とし子女史は、エリザ・レーマン型の女優」

であるといい、

「『波』の女主人公に扮したとし子女史は、外から見ると極く淋しくて、而《しか》も其の心の中に何か燃えたものを持つて居る——充り、心の中の火が、外界の気焔に触れてパチ〳〵と火花のやうな閃きを出す——さう云ふやうなところを技芸の上に巧みに演じ出して居られた。

殊に其中で一番好いと思つたのは、初め音楽会へ行つて帰つて来てむしやくしやして居るところへ、伯爵が訪ねて来て二人の間の淋しい恋を語り合ふ。そしてだん〳〵お互ひの心がとろけ合つて行くと云ふあのシーン。それから今一つは自分の姪と二人ぎりになつて、自分の身体を今迄で縛つて居た冷たい縄のやうな芸術を振切つて、そして明るい華かな人生の中へ出て行かうと云ふことを語つて行くあの一つのシーンは、確かに能く仕活かされたと考て居る」

と称《ほ》め、シテよりワキの女優だと評している。

批評の中には、ヒロインの態度が下品で矢場女《やばおんな》のようだと非難したのもあったが、大体において、俊子の演技は認められ、大成功を収めたといってよかった。けれども劇団としてはやはり興行的には成功せず、これっきりこの劇団は解散し、俊子の女優志願も、自然消滅の形になって終った。

ところが、この公演で、まだ後にのこる大事件が俊子を待っていた。じぶんの演技力に自信をつけた筈の公演であったけれど、それ以上に、彼女は、自尊心に手ひどい打撃を蒙《こうむ》らなければならなかった。

事前に松魚が憂慮したことが、残念ながら当ってしまったのだ。批評の中でいちばん、彼女に打撃を与えたのは、容貌に対する致命的な酷評であった。美貌で有名な帝劇の一女優が、

「あの方の側面になった時の顔を見ていると、本当にお気の毒に思いました」

といった記事が新聞に載った。

俊子はくやしさではりさけそうな大きな目を見開き、その記事をにらみつけていた。

「あの人のいいそうなことだわ」

と、まるで無視したようなふうにいっていたが、決して、それは心を素どおりする批評ではなかった。

「まったく君は演劇のほうでは技倆を持っているね。僕も今度は本当に感心した。けれども顔の悪いのは何割もの損だね。君は容貌のために大変な損をするよ」

としみじみいった松魚のことばも、俊子の神経には慰めを与えるより鋭い痛みとなって突きささった。

「或日、私は彼女の上に或る恐しいものを見ました。彼女が外から帰つて来た顔は蒼白でした。彼女の顔面に恐怖すべき変化が与へられてゐました。私は彼女を正視することが出来ませんでした。やつと彼女を安眠《ねむ》らせるべく臥床を敷く手も震へるやうに思ひました。彼女の思ひ切つた決断力の雄々しさは、その以前、彼女がその不揃ひの歯並みを気にして唯《た》つた一日の荒療治で直してしまつた大胆さ以上のことでした。私の心は彼女を劬《いたは》り慰めることよりも、斯《か》うまでして自己の志望を貫かうとする女性の執着の強さに私は心を寒くしました。彼女の引釣つた眼は血走つて悲痛な昂奮が涙を滲ませてゐました」（彼女は悪妻であった）

今でこそ整形美容術は普及して、目も鼻も口も乳房も思いのままつくりかえることが一種の流行とさえなっているけれど、明治年代、隆鼻術をほどこすことは、まったく珍しい思いきった行動といわなければならない。それほど、容貌の欠点をあげつらわれたことが、俊子の自尊心を深く傷つけたのであろう。

大騒ぎした公演は、こういう思いがけない記念を俊子の身体に刻みつけてとおりすぎていった。後にはまた、単調で、退屈で、前途に光のない暗い毎日のくりかえしが果しもなく待っていた。

松魚が勤めるようになったので、どうにか人並の給料はとってくる筈なのに、俊子の放縦な経済観念のもとでやりくる家計は、いつでも不如意で、底をついていた。

俊子はこうなっても、まだ何か、じぶんの中に眠っている才能にあきらめをつけることが出来ず、一人苦しんでいた。

「十何年の間、みのるは唯ある一とつを求める為めに殆んど憧れ尽した。何か知らず自分の眼の前から遠い空との間に一とつの光るものがあつて、その光りがいつもみのるの心を手繰り寄せやうとしては希望の色を棚引かして見せた。けれどもその光りは、なか〳〵みのるの上に火の輝きとなつて落ちてこなかつた」（木乃伊の口紅）

現実の生活には上の空で、本ばかり読みふけったり、冬に向かって寒さをふせぐものの用意も出来ないのに、高い西洋花など、ふんだんに買いこんで来たりする俊子をみて、松魚は次第に、口ぎたなくののしりだした。

「何も彼も思ひ切つてしまひたまへ。君には運がないんだから。そうして君はあんまり意気地がなさ過ぎる。君は平凡な生活に甘んじて行かなけりやならない様に生れ付いてるんだ」

俊子が「書ける才能」を持っているのに、それを徹底させようと努力しないことが、松魚には、はがゆくてならないのだ。

俊子は何とののしられても、じぶんの憧れる一縷の光、芸術の光輝に、手のとどく日を夢に描き、それに向かってだけ生きて行きたいと思いつづけていた。

何度も二人の間にむしかえされた別れ話が、酉の市の晩、喧嘩をともなわずに静かに語られあった。ヒステリックな激情の上での話でないだけに、今度の別れ話は深刻で、俊子もついにたった一人の母親のところに一時、帰る決心をつけた。

「第一君にも気の毒だ。僕の働きなんてものは、普通《なみ》の男の以下なんだから。僕はたしかに君一人養ふ力もないんだから一時別になつてくれたまへ。其の代り君を贅沢に過ごさせる事が出来る様になつたら又一所になつてもい丶」

それが松魚のいい分であった。あとはもう、この谷中の家を整理して出るばかりになった十一月半ばのある日、思いもうけない幸運が二人の上に舞い落ちて来た。

あの懸賞小説が、当選したのである。一等当選がなかったので首位の名誉と千円の賞金が、俊子の手中にころがりこんできたのだ。別れ話はふきとんでしまった。二人の生活の癌だった貧乏とも縁が切れた。

「誰の為《し》た事でもない。僕のお蔭だよ。僕があの時どんなに怒つたか覚えてゐるだらう。君がとう〳〵いふ事を聞かなけりやこんな幸福は来やしないんだ」

と、いばる松魚に対しても、この時ばかりは、俊子も素直に、

「全くあなたのお蔭だわ」

と、感謝した。

この懸賞は、明治四十三年一月三日、『大阪朝日新聞』で一万号に達した記念事業として、賞金一万円をかけて、史伝、小説など十五種の文芸作品を公募したものである。

小説は幸田露伴、夏目漱石、島村抱月が選者になっていた。

小説当選作は一等はなく、二等、田村俊子「あきらめ」、あとに尾島菊子（後の小寺菊子）「兄の罪」、平野浪平「港」がつづいた。

「あきらめ」は翌四十四年一月から紙上に連載、七月金尾文淵堂から出版された。「あきらめ」は、菊判二百五十八頁。定価九十銭。表紙は白地に桔梗と女郎花をあしらったいかにも女の著書らしい優美な装幀である。序文として、島村抱月と森田草平の文が載っている。

去年大阪朝日新聞の依頼で此の小説を読んだ時の記憶を辿つてみると、此の作には、第一に若い女の心のひらめきで、到底男の思ひ及ばない微妙なシエーヅが所々に捉《と》らへてある、どうしても作者は女性だらうと思つた。自分には是《こ》れが先づ面白かつた。

次に一方単純な女学生式の生活に対して、複雑な下町式、または料理屋、女優、踊の師匠といつた風の空気が、場所にも人間にも可なり鮮かに点出せられてゐる。此の二の違つた現代女性の世界を一つに綯《な》ひまぜた所が、作者の強味である、ありふれた若い人々の作に比べて異彩だと思つた。

それから如何にも女の眼から見た、だらしない男性といふやうなものが、ちら〳〵書いてある。それから女と女との心の秘密も、男の経験し得ない或機微に触れてゐる。其の外、細かい事を恐ろしく細かく描く人だと思つた。併しこの細かさは、驚くに足らん。細かい注意と知識上の細工とでも書ける、必ずしも皆自然に活きてゐるとは限らない。時としては余りに巧みすぎて、興を妨げる所すらある。それが繰り返されて更に病を重ねる。また文章にも知識的になり過ぎて腰の折れる箇所がところどころある。要するに此の作者には知の要素が勝つてゐるかと思はれる。

全篇の味は、平淡で真実で優しい所にある。平淡はだれると云つて嫌ふ人もある、優しいのは女性の筆だからとも見られる。たゞ其の真実はこの種の作風の生命である、作者の動かし難い内的真実に接近してゐると察せられるだけ、それだけ其の箇所が生きてゐる。深さと浅さは、はつきり是れによつて区分せられる。

此の作は、作者の全部が是れで展開し了つたものとしても、今の作界の水平線上に一地歩を占めるに足りるのは論を俟たぬ。若し此の上に伸びるとすれば、寧《むし》ろ大きく伸び得る風格である。同時に、一歩を誤れば、全く常知の表面に流れ去つてしまふかも知れない。

結局真に感じ、広く観、細かく描く基礎は既に此の作で築かれて居る。最大事はそれを一層深く観、深く感ずる工夫である。茲《ここ》に此の作者の前途が横はるのであらう。

明治四十四年五月　　　　　　　　　　　島村抱月批

拝復

小説『あきらめ』の序文、あの時何の気もなく御引受けして、今では飛んだことを引受けたものだと後悔いたし居候折柄、御催促の御状に接して、頓《にはか》にも御返事も成り兼ねたる始末に候。今更御詫びしてお断りするのも忌々《いまいま》しく、思ひ切つて禿《ち》びたる筆を取上げ候。

かく筆は持ちたれど、何から書き始めてよいやら、余儀なく始めて『あきらめ』を読みたる折の感想でも申述ぶべく候。『あきらめ』を手に取りたる刹那、まづ紫色のインキにて書きたる肉細の女文字が眼に映り申候。段々読みもて行くに、女ならではと思はるゝやうな、美しき感能のにほひも有れば、こまやかな神経の反応も有りて作中の人物の名前はいかにも白粉臭けれど、皮肉な観察、穿《うが》ちたる心理解剖にも豊かに、而《しか》も其中から物に取縋《とりすが》らんとする様なる寂しさもありて、斯程《かほど》の技倆を持ちたる作者が未聞の人の間に隠れ居たることの床しく、或事情からおのれが早くそれを知りたるをうれしく覚え候。其後さる折に、不図、これは誰か世に聞えたる女流作家の仮面を被りたるにあらずやと思ひ浮べて、あれかこれかと打案じながら、さる事なかれかしと念じたるも可笑《をか》しく候。

偖《さ》ていよ〳〵誰人の作かと云ふことも分りて、其作者は筆を執《と》りてこそ聞えざれ、それよりは一層華々しい舞台に立つて、長い袂を翳《かざ》したこともある人よと聞いた時の心持は只御推察に任せ候。但《ただ》し此処に一ツ云ひたいのは、私は偶然にも舞台に立つた『あきらめ』の作者を見ぬ為でもあらうが、如何《どう》しても舞台の人としての此作者と、『あきらめ』の作者とを一つにすることが出来ないと云ふことに候。云ひ換ふれば、『あきらめ』の作者が嘗《かつ》て舞台に立つた人だとは如何しても信ぜられないのに候。これなぞも即《かへつ》てまた此作者の未来が長いしるしかと存候。
これでは御間に合ふまじきか。御気に召さずば破り棄てられてもよろしく候。以上。

森田草平

五月三日

田村とし子様

森田草平は、この懸賞の選者であった夏目漱石が伊豆修善寺で大患を養っていた代りとなって、選を受けもった。同じ選者であった幸田露伴は、この作品に辛い点をつけたので、「あきらめ」は、危く落選するところであったが、森田草平が、他の作品と「あきらめ」を二、三十点もひらかせておいたので二等当選になった。この間のことは「木乃伊の口紅」に、くわしく書かれている。小説の中で、向島の師匠とあるのが露伴、「現代の小説の大家」というのが漱石、「早稲田大学の講師で現代の文壇に権威をもった評論家」が島村抱月、「代選をした新しい作家で文学士の蓑村」が森田草平にあたる。

この入選作が『大阪朝日新聞』に連載されたのが明治四十四年一月からであった。俊子が「本郷座」で、「波」の主役を演じ喝采を博したのが前年十月だから、森田草平が女優として世評の高かった俊子の真新しい噂を聞き、驚いたものと考えられる。

「筆を執りてこそ聞えざれ」とは十九歳の時から文学に志して、とにかく、すでに十五あまりも作品を発表している俊子には皮肉なことばである。

島村抱月はすでに、「波」で俊子の女優としての才能は認めている。

俊子は松魚にすすめられ、二度もじぶんの才能を公けに認めてくれた抱月のもとへ挨拶にいった。その時松魚は、ぬけ目なく、俊子の手持ちの短篇を持参させ、抱月の手から発表してもらうように頼むことを指図した。そうしたいわゆる文壇の処世術のようなものは、俊子より松魚のほうがずっと苦労人らしくこまごま気のつく男であったのだろう。根が鷹揚で気位の高い俊子には、そんなことは一人では思いもつかなかった。

抱月はこの時、「あきらめ」は芸術作品になっているといった上で「女の作は枝葉が多くていけない。根を掘ることをしらない」と一般論のようにして「あきらめ」の欠点も指摘したとみえる。俊子はこの時の抱月のことばが、心にこたえたらしく、その後の作品の傾向に、抱月の注意をいかすよう、いじらしいほど素直に心がけているのがうかがわれる。

「あきらめ」はおおかたの作家が、処女作に見せる、その作家の本質的な文学的特質と、無意識のうちに内蔵している作家の才能の可能性の方向の芽を示している。

「あきらめ」の主人公は女子大生荻生野《おぎうの》富枝である。卒業の前の年、懸賞に戯曲が入選して、一躍新聞に名前が報じられ有名になる。そのことが虚名を卑《いや》しむ校風にそむくというので学監から注意をうけ、中退してしまう。

富枝は親のない三人姉妹の次女だけれど、小説家に嫁いだ姉に代り、岐阜にいる老祖母と継母を養う義務を感じていた。妹は新橋の料理屋へ養女にいっている。富枝の目をとおして、寄寓先の姉都満子《つまこ》の文士の家庭と、妹貴枝《きえ》の養家を中心にした下町の色町の情緒や生活様式、女子大の下級生で同性愛的愛情で結ばれている染子との関係や、染子の家庭の山の手式雰囲気などが、うるさいほどの緻密な筆致で書きすすめられていく。

「あきらめ」の主題は——

ヒロインの富枝は「自分の力で一家を養つてゆかねばならぬ。夫《そ》れには何日何時《いつなんどき》にも自活の途の取れる地位、確固《しつかり》した根拠を作つて置かなければならない」と考え、「自分だけの人生に対する道を尽さう」と覚悟している「目覚めた女性」であった。それにもかかわらず、文学の才能が芽を出したばかりの時期に、周囲の凡俗な雰囲気に負け、じぶんの志をじぶんで絶つようにして、孤独な年老いた祖母を看病する目的で、義理ある継母に伴われ、東京から岐阜へ落ちていく。「現在の境遇に於ける慾望や自由は皆あきらめの蔭に隠れてゐると云ふ様なのが今の富枝の心の形であつた。云ひ度いやうな不足もなかつた」

自己の才能の可能性を、人生の門口で試そうと志しているほどの目覚めた個性が、学校の規則や生活からは、敢然とはみ出しながら、「家」と「義理」には、あっけなく屈従してしまうのである。

作中で富枝は、夫のために化粧し、夫に嫉妬し、ただ夫のために泣いたり怒ったりしているような姉の無知な女くささを軽蔑し、また一方、盲目的に男の官能の玩具になりそうな素質と淫蕩な血を、生れながらに持っている妹の前途を危ぶんでいるのに――せっかく開花しかけた才能や自立への足がかりをあっけないほどあっさりふりすて、都を捨てるじぶんの行動に示された、古風な人情と道徳観に気づいていない。

読者のほうでは、突然の岐阜行を決心するヒロインの気持に、呆然とさせられ、作中の都満子が、

「富枝が岐阜へ行けば祖母さんの寿命でも延びるんですか」

と、毒づく口惜しさのほうが納得出来るのだ。

「あきらめ」というセンチメンタルな甘い題がつけられたのも、作者じしんが、このヒロインの心の動きに、知的な確信ある掘りさげが出来なかったからではないかと思われる。作者は、ヒロインが、目前に展げられた社会的成功の栄光に恬淡《てんたん》として都落ちすることに、何か前進的な意味あり気な筆つきを示しているが、その必然性がまったく感じられない。結局、途中で挫折してしまった自我の敗北の姿しか印象にはのこらなかった。

富枝が、じぶんの社会的成功を未練気もなくふりすてるところは、はからずも後年、俊子じし

んが、せっかく築きあげた文学的名声と地位をふりすてて恋のため国外に走ったことと、運命を共通にしているのも暗示的である。俊子の中には、現世的な成功に憧れる虚栄心は人一倍ありながら、同時に、日本の中世文学にみられる出家遁世の思想に憧憬するものがひそんでいたようである。

そうした意味ありげな主題よりも、この作品の魅力は、ねっとりと、からみつくような筆つきで、執拗に描写された官能の世界と耽美的な享楽的雰囲気のほうが、詩的にいきいきと描きだされている点である。特に染子と富枝の間のレスビアンラブの描写は、思いきって大胆であり、わが国の文学に、女の同性愛がこれほど真正面からとりあげられたのは、はじめてであった。

富枝が同性愛の相手の染子といっしょに寝た翌朝の描写は、有名な花袋の「蒲団」の一節などより、はるかになまなましい官能の匂いをこめている。

「お姉様がお好きだからと云つて、染子はおはまの止めるのも聞かずに、昨夜江戸紫の二枚袷を着て寝た。長い裾を足に絡まして、白い敷布《シーツ》の上に下白《したじろ》を乱して寝てゐた姿を夜中にふと眼を覚まして眺めた時の感じを、今富枝は縁に立つて奇異《ふしぎ》な夢のやうに繰返した。……（中略）……

富枝は振向くと縁の柱に立つてゐた染子の傍へ行つて其の手を取りながら、

『何《ど》うして。』

と其の赤い耳髱《みゝたぶ》に口をよせた。

『何故傍へ来ないの。』

斯う聞いた富枝も、自分の胸が騒いでるのを知つてゐた。

富枝は牛乳の滴つてゐるやうな染子の頰を吸つてやり度いと思つた。さうして、染子の羞恥を含んだ風情《ふう》を見度いと思つた。

『ね。』

と何がなし自分の望んでゐる事を求める様に、其の肩を揺ぶつたが、染子は黙つて下を向いてゐた。

『何か仰有《おつしや》い。』

と富枝は再び其の肩を押すと染子の下げた髪が背と柱の間から外れて富枝の胸へばらりとかゝつた。

　眼の瞼《ふち》に残つた薄い白粉もしほらしかつた。息が機《はず》んでゐるのか赤い唇を半開《なかば》けてゐた。染子の眼は、もう恋を知つた眼の様に、情の動く儘に閃いてゐた。富枝は其れを凝乎《ぢつ》と視てゐるうちに、何となく秋成の物語りを思ひ出してゐた。

　可愛がり切つてゐた美しい小姓が死んでから、その坊さんは狂乱《きちがひ》になつて小姓の死骸が腐るまでも、その骨を舐《な》めたり肉を食べたりして執着してゐた凄い話を思ひ出した。荒寺の内に夜も眠らず骨と皮ばかりに痩せ衰へた坊さんが、着物を剝《は》いで其の腐爛した肉を食べる図がありありと見える。富枝は何がなし慄然《ぞつ》としながら、染子を離して、染子を見た。そして染子は自分を恋し、その恋が遂げられた様な感じで今朝を過ごしてゐるのだらうかと富枝は再び昨夜の不思議なことをしみ〴〵と考へてゐた」

　俊子の作品には男女の恋以上になまめいたこのような同性愛をよくとりあげているし、「灰色の午後」にもあったように、俊子じしん同性愛の傾向も持っていたようである。木場の材木商の美しい娘を、ある時期、俊子は困っていたなどという話も伝えられている。円地文子さんが俊子と芝居を観た時、いきなり手を握りしめられてびっくりしたということもある。

　けれども、俊子は本質的な同性愛の性倒錯でなかったことは、松魚や悦との結婚生活において証明される。大正元年のはじめ『中央公論』に「同性の恋」という題で意見を求められて返事をしているのが、実に常識的な回答なのを見ても、俊子の同性愛に対する考え方がうかがえよう。

「同性の恋
　生理上の変化の起つてきた娘たちにはやつぱりその愛慕欲を満足させるだけの玩具をあてがつておいた方がいゝのです。同性愛に感じる一種の友情もこの娘たちの感情のおもちやと云つていゝのです。肉的な誘惑のない危険のない結構なおもちやだと思ふのです」

「あきらめ」の中に登場してくる数多い人物の中では、ヒロインの富枝、富枝の憧れている三輪という女よりも、この山の手のブルジョアの娘染子と、下町の料亭の養女になった貴枝とが対照的に、いちばん活写されている。

　俊子じしんに、一人の美しい妹があり、妹は早くから料亭へ養女に行き、夭折した。俊子は夭折した美貌の妹を非常に愛していて、親しい人には、始終、思い出話を語っていた。貴枝の中にはその夭折した妹の俤《おもかげ》が投影されているようだ。

「あきらめ」の特徴としてあげられる次のような諸点、すなわち自我の意識を持ち自立を志す女。その意志を満たされぬ現実の相剋。江戸時代の名残りをとどめた東京下町の浮世絵的風俗と情緒。その頃生れた女優という新しい女の職業とその背景をなす劇界。レスビアンラブ。行間からエロチシズムの匂い立つような官能的な筆致。それらは後の俊子の作品にも、くりかえし、題材とされ、追求されている。その意味で、「あきらめ」には、欲ばった盛沢山な材料を、完全に操作しきれていないたどたどしさと、骨組のもろさが感じられるが、俊子の文学の成長をみる上では、欠かすことの出来ない、文学的起点に位置する重要な意味を持っている。

　この作品が、非常にあわてて短期間に書かれたと「木乃伊の口紅」の中に描写されているが、その証拠のような誤りが、選者にも見落され、本になった時もそのままで伝わっている。それは富枝が重ね草履をはいていると描写してあるその日、いつのまにか、靴とすりかわっている点だ。

　重ね草履がぬかるほどの道を飛び飛びに歩いて帰った富枝がその足から靴をぬぐというのであ

る。こんな誤りが、選者にも読者にもまた作者じしんにも見すごされて来たとは、やはり明治はのどかな時代でありけりというべきか。

じぶんの作品が懸賞に当選し、突然、ジャーナリズムの脚光を浴びるという自作のヒロインと偶然にも同じ境遇に立った俊子は、この成功を有頂天に喜ぶ松魚といっしょになって誇らしくも晴れがましくも感じた。けれど、それはすぐ、

「あの仕事にはちっとも権威がない」

と、反省にかたむいていった。

新聞小説はあくまで新聞小説で、文学の主流からいえば、権威がないのは当然であった。俊子が十年来心に描き、憧れていた一つの光は、もっと「高い文学」の筈だ。

「その後みのるは神経的に勉強を初めた。今まで兎もすると眠りかけさうになつたその目がはつきりと開いてきた。それと同時に義男といふものは自分の心からまるで遠くなつていつた。義男を相手にしない時が多くなつた。義男が何を云つても自分は自分で彼方《あつち》を向いてる時が多くなつた。みのるを支配するものは義男ではなくなつた。みのるを支配するものは初めてみのる自身の力によつてきた。よく義男の憎んだみのるの高慢は、この頃になつて義男からは見えないところに隠されてしまつた。さうしてその隠された場所でみのるの高慢は一層強く働いてゐた。

『僕のお蔭と云つてもいゝんだ。僕が無理にも勧めなければ。』

かういふ義男の言葉を、みのるはこの頃になつて意地の悪るい微笑で受けるやうになつた。義男の鞭打つた女の仕事は義男の望む金といふものになつて報ゐられた。そこから受ける男の恩義はない筈だつた。又新しく自分は自分で途を開かねばならないといふみのるの新しい努力に就いては、男はもう何も与へるものも持つてゐなかつた」（木乃伊の口紅）

「あきらめ」が入選して二年後に書かれた「木乃伊の口紅」には、当時のことが、すっかり整理

され、書かれているけれど、現実の生活では、それほど、俊子の気持も、松魚の態度も、急激に変り得たとは信じられない。

この事件で、俊子に一種の自信がついたことは確かだが、まだこの年には、松魚のほうも、それほど、俊子にとりのこされた感じは持っていない。

七月に、「あきらめ」が発行され、九月からは松魚が『万朝報』に「乱調子」という小説を連載しはじめている。八月には、鈴木悦の小説「家なき人」が『早稲田文學』に載っている。はからずもこの年明治四十四年は、宿命的なこの三人が、一様に文学活動をしているのだ。もちろんこの時はまだ、悦と俊子は何の関係もなかった。この年くらい、松魚と俊子の夫婦にとって、幸福だった年はないだろう。すでにその共同生活の根を、執拗な白蟻が、蝕みはじめてはいても、幸福に酔った俊子も松魚も、それに気づいているわけはなかった。

二月に、「静岡の友」を『新小説』に、五月、「美佐枝」を『早稲田文學』に載せている。

美佐枝は、「あきらめ」の貴枝の分身のような少女だ。少女期と女の境めにある心身の不安定な、ふわふわした娘の状態を、女役者の世界を舞台にとり、ヴィヴィッドに描写している。貴枝もそうだったが、美佐枝の場合も、俊子は、じぶんでは気づかず、淫蕩な血を秘めて生れた無邪気な少女が親子ほども年の違う好色な男や老人の手で「女づくらない身体を揉むやうにされ、身体のどこかに潜んでゐる淫奔な血をあふれさゝれる」経緯に、興味と哀憐を感じているようである。

おそらくそれは、妹の俤をしのぶと同時に、下町育ちの俊子じしんの娘時代の思い出がからみついているのであろう。俊子は、「自我に目覚めた新しい女」と同じくらいの熱をこめて、「本能のままに流されていく無知な女」の本性と滅びを予感させる運命を、愛情をこめてこの後もたびたび書いている。

まるで両極端のような二つの女が俊子の中には同居し、その相剋とあつれきが、彼女の人一倍繊細な神経をさいなみつづけていたのだと考えられる。

この明治四十四年は、わが国女性史から見ても特筆すべき年であった。九月、「青鞜社」が結成され、女ばかりでつくった雑誌『青鞜』が発行された。

青鞜とは、もと十八世紀にロンドン社交界のモンターギュ夫人のサロンに集まる人達が青い靴下をはいたことからBlue stockingの名が出、文芸趣味や学問趣味をてらう女性たちを嘲笑の意味をふくめて呼称する普通名詞になった。のちには自然主義、個人主義の社会運動にまで発展したので、婦人解放を主張する知識階級の女性たちをも意味した。

それをそのまま日本でも模倣して名づけたのである。中心人物は、当時俊子より二歳下の二十六歳だった平塚らいてうで、らいてうの外、保持研子《やすもちよしこ》、中野初子、木内錠、物集和子《もずめ》の五人を発起人とし、社員には野上彌生子、水野仙子、岩野清子、加藤みどり、神崎恒子、茅野雅子、長沼智恵子（後に高村）、上代たの、荒木郁子が参加し、賛助員には、長谷川時雨、岡田八千代、与謝野晶子、尾島菊子、小金井喜美子、田村俊子、瀬沼夏葉、国木田治子、小栗籌子、森しげ女、などが名をつらねた。のち有力な同人となった人びとに小林哥津子、西崎花世（後に生田）、尾竹紅吉（後に富本一枝）、伊藤野枝、神近市子らがいた。

その規約には、

「本社は女流文学の発達を計り、各自天賦の特性を発揮せしめ、他日女流の天才を生まむ事を目的とす」

と、書かれていた。そのことばのとおり、はじめは自我に目ざめた若い女たちの文学運動として出発したが、要するに女の自我の覚醒と解放を求めた運動であった。創刊号は、長沼智恵子の筆による女の立像が、クリーム色の地の上にチョコレート色で刷られた。

巻頭には与謝野晶子の、

山の動く日来る
かくいへども、人われを信ぜじ
山は姑《しば》らく眠りしのみ
その昔に於て
山は皆火に燃えて動きしものを
されど、それ信ぜずともよし
人よ、ああ、唯これを信ぜよ
すべて眠りし女、今ぞ目覚めて動くなる

という詩をかかげている。発刊の辞にかえて、らいてうは、

「元始、女性は太陽であつた。真正の人であつた。今、女性は月である、他に依つて生き、他の光によつて輝く、病人のやうな蒼白い顔の月である。

私共は隠されたる我が太陽を今取戻さねばならぬ」

という有名な文章の外、二つの翻訳「ヘツダガブラー論」（メレジュコフスキイ）と散文詩「影」（ポオ）を載せている。

他に、森しげ女（鷗外夫人）の小説「死の家」、田村俊子の小説「生血《いきち》」、保持白雨の俳句「百日紅」、国木田治子の小品「猫の蚤」等が載せられていた。ちなみに『青鞜』の定価は二十五銭であった。

その当時の日本の社会の息吹を、らいてうは次のように伝えている。

「青鞜が、社会への第一歩を踏み出した、その明治四十四年前後の日本はどんな状態にゐたか誰れも知るやうに、それは日露戦争、日韓併合後の旭日沖天の時代でありました」「思想界、文芸界は戦後の国粋的保守主義の根深いものもなほ厳然として力をもちながら、一方熾《さかん》に欧州の近代思想が輸入され、さながら模倣時代翻訳時代の観を呈し、輸入思想、輸入文芸の百花絢爛裡に、若人の情熱は燃え上り、煽り立てられてゐました」「女性は一般に保守的であると見做《みな》されてゐますけれど、少くとも若いだけに、やはり時代に鋭敏なアンテナの持主です。日露戦争を画して婦人の知識慾は、とみに驚くべく燃え上つて来ました」「とにかく若い婦人たちには何かしらはつきり摑めないが、今までの女の生活では満足できない、現状を破りたいといふ或るものを内に感じ、何かしら望み、求め、さうして焦慮してゐたのです」（らいてう「黎明を行く」――『婦人之友』一九三六年）

こういう時代的背景の中に、突如として、文壇へおどり出すチャンスを恵まれた俊子のスタートは、一層、華々しいものであっただろう。

さらにこの年には特筆すべき事件があった。九月二十二日、二十三日に開催された坪内逍遥の文芸協会試演場の舞台開きに、協会所属の人々によって、イプセン作、島村抱月訳の「人形の家」が初演され、「人形の家」のノラに扮した無名の女優松井須磨子が、未曾有の大成功をおさめたことだ。

須磨子のノラの成功は、今まで待望されながら、出現をみなかった女優の存在価値を充分に世間に認識させ、劇界に刺戟を与えた。と同時に、偶然、同じ月に出発した青鞜派の女性解放思想にも刺戟を与え、ノライズムが一世を風靡するさきがけをつくった。

こうして、田村俊子にとっても、当時の日本の若い女性たち一般にとっても、記念すべき明治四十四年は、女の才能の絢爛たる花ざかりを匂わせたまま、暮れていった。

俊子は作品としては「幸子の夫」を『婦女界』（十一月号）に、「匂ひ」を『新日本』（十二月号）に発表しただけで、大した反響もなかった。

俊子は『青鞜』の賛助員になっているし、作品も何度か載せているが、『青鞜』のいわば主流派の人々とは、少し違った立場や見解を持っていた。個人的には、らいてうとも親交があったし、二人で堀切の菖蒲を観にいったり、らいてうはたびたび『青鞜』の同人をつれて、谷中の俊子の家を訪れたりもしている。けれども、お互いに心の中では、その思想や行動を批判しあっていた。俊子は感情や感覚の上では、らいてうに好意以上のものを持っていたらしいが、理性的に『青鞜』の主義主張に異議があったのだろう。

らいてうのほうは、もっとはっきり、俊子の社会的名声や地位は『青鞜』に利用しながら、人間やその思想には、厳しい批判を持っていた。

明治四十五年（大正元年）九月号の『青鞜』に、俊子は「お使ひの帰つた後」を載せている。その内容は、『青鞜』の同人小林哥津子が原稿を取りに来た話である。その時の哥津子の、銀杏返しに素足、白飛白《しろがすり》の帷子《かたびら》に勝色繻子《かちいろしゆす》と黄色っぽい模様の腹合せ帯を小さな貝の口に結んでいるというみなりや、江戸芸者の俤を見るようなすっきりした顔だちを見て、俊子はその下町風な雰囲気がすっかり気に入った。下町で生れ、下町で育った俊子は、

「清元の紋の出てゐるけいしを抱へて、摘みの簪《かんざし》をさして、鬼灯《ほほづき》をならしながら浅草の裏町を歩いて行く娘に、どうかすると、かう云ふ様子の娘がある」

と思い、

「私は小林さんとあねさまを飾つて遊んで見たくなつた。青鞜社の社員で、編輯の手伝ひをして、あの美しい容貌の顔へ汗をかいて原稿を取りに歩かせたくないものだ。鬼灯をならして、夕方になると真つ白に白粉をつけて、衿を抜いて、忘れた合の手を友達のところへ浚《さら》ひに行く町娘にし

ておきたいものだ。さうして芸者になつて、男ぎらひで売り出したと云ふ様な女にしたいものだ」
と書いている。ここに書かれてあるのは、およそ『青鞜』の精神とはうらはらな感覚である。これが『青鞜』一周年記念号に堂々と載っているのだから面白い。
また次号十月号には尾竹紅吉の筆で、らいてうと紅吉と上野という同人の三人で、谷中の俊子の家を訪れた記事が載っていて、それから二日めに、俊子から紅吉あてに次のような詩が送られてきたとある。

逢つたあと
紅吉、
おまいはあかんぼ——だよ。
この——の長さは
おまいの丈の高さと
おんなじ長さ、さ。

紅吉、
おまいの顔色はわるいね
まるですがれた蓮の葉のやうだ
Rのために腕を切つたとき、
それでもまつかな
赤い血がでたの、紅吉

紅吉、
おまいのからだは大きいね、
Rと二人逢つたとき、
どつちがどつちを抱き締めるの。
Rがおまいを抱き締めるにしては、
おまいのからだは、
あんまり、かさばり過ぎてゐる。

紅吉、
おまいの声はとんきよだね
けれど、金属の摺れるやうな声だ
おまいの、のつけに出す声は、
火事の半鐘を、
ふと、聞きつけた時のやうに人をおどろかせる。

紅吉、
でも、おまいは可愛い。
おまいの態のうちに
うぶな、かわいいところがあるのだよ。
重ねた両手をあめのやうにねぢつて、

大きな顔をうつむけて、
はにかみ笑ひをした時さ

こんなのんきな詩をそっくり載せているのをみれば、九月号に書いた俊子の「お使ひの帰つた後」に対して、べつに同人から異議も抗議も出なかったのだろう。俊子は、この外には、他の雑誌で「新しい女」の態度や主張を、世間といっしょになって批判しているような文章も載せている。

また、ある時、岩野泡鳴が俊子にむかって、
「あなたはその場の都合上で、乃《すなわ》ち、その場の利害上から、新しいとも誇り、旧いとも媚《こ》び、若《も》しくはどっちでもいいじゃありませんかなどと、愛嬌ずくで過ぎてしまいはしませんか」
ときいたのに対し、
「私は新しい女を売り物にしたことはありません」
と、答えている。

俊子は、彼女たちの行動や言動を大人気ないという見方をしていて、じぶんは彼女たちとは違うんだという一歩先んじているつもりの意識があったようである。

この年、俊子は同じく『青鞜』一月号に「その日」を、『女子文壇』に「紫いろの唇」を載せている外、最初の短篇集「紅」が桑木弓堂から発行された。四六判二百三十頁、定価五十五銭であった。

「女流作家中最も多くの望みを嘱されて居る田村とし子氏の短篇集である。此作者の特色とも見るべき豊艶なデリケートな筆致は、此篇中の何の作にも流れて居て思はず読者を引附ける力がある。先に長篇『あきらめ』に見えたクドイと思はせるやうな精写の筆も徐々に省かれて緊縮した

描写の中に女らしい巧みさの一面に行き渉つてゐるのも嬉しかつた」

というような広告文が見えている。

二月『早稲田文學』に載せた「魔」が、あらためて認められ、作家としての地位が固められてきた。

「魔」は鴇子《ときこ》という作者らしき女流作家が主人公である。鴇子には夫の類三がいる。にもかかわらず、このごろ、しきりに恋文めいたファンレターをよこす未知の狭山春作という青年の熱情に、浮気心がそぞろにかきたてられる気持だ。鴇子は退屈な感情の時、遊びのように、春作あてに、相手の心をさらにそそる返事を送ったりしている。

「あなたは一体どんなかたなんでせう、まだお若い方なんでせうね、私はおばあさんです、もうおばあーさんなんです、あなたは可愛らしい坊ちやんでせう——、坊ちやんへのお愛想が上手にできるやうになつては女もつまらないものですねえ——」

そんな、からかうようなひきつけじらすような手紙を、何通も面白半分にやりとりしているうち、男のほうの手紙は次第に情熱的になってくる。愛だの恋だのいう字で息苦しいようなものが、行間からふきあげてくるほどになった。

鴇子は、夫に秘密なそんな心の遊びで、次第に心が重荷になり、ある日、郊外の女友達のところへ遊びに行く。そのうちの一人は三十になろうとしているオールドミスで、肥った醜い体つきをして、鴇子の身体に執拗にその身体をすりつけてくる。圧迫された官能の血が、その肥満した身体の内にいっぱいどろどろにつまっているような人を見て、鴇子は、一層気分が重くなり帰ってくる。

鴇子は出先のことは何でも、夫に細大もらさず話すくせがついていた。その日の女友達の、うっとうしい雰囲気なども話しているうちふっと、夫にかくしていた春作の手紙の束をとりだし、一時に夫の目の前にひろげてしまった。

手紙を見せられた類三は、

「女の胸にはひいき役者が舞台の上から真っ直ぐに視線を注いでくれた時と同じような蓮葉な浮《うわ》ついた心持を、その男の手紙によって受取っているに違いない。

類三は然う思うと、『へっ』と云って苦い一瞥を鴇子の面前に投げつけてやり度いような反感がおこっていた」

「お前の平生《ふだん》やっている手紙の書きかたが悪るいんだ。お前はいつも小説でも書く気になって手紙を拵《こしら》えるんだから」

と、不機嫌になって叱りつけ、

「じきに動揺する女だ」

と、女の浮気っぽい淫奔な本性を指摘する。それに対し鴇子のほうもふてくされ、

「ええ、私は誰とでも何時でも心中の出来る女なんですもの。あなたになんか、いつ左様ならを云うか分りませんよ」

とやりかえす。

「もう好い加減色の薄くなった愛の影の上をいろいろな絵の具で上塗りしよう上塗りしようとあせっているような二人の間の毎日」を、鴇子はあらためて見つめているという筋である。

すえたような官能の匂いだけが、色濃く浮びあがった感覚的な筆づかいの作品である。この作品は、後の「女作者」「木乃伊の口紅」「炮烙の刑」などの代表作に描かれる、松魚とのあつれきを主題にした一連の作品の芽が見えている点で、意義がある。

これがきっかけになり、俊子にはその後本格的作家生活が展《ひら》かれてくるのであった。

その年、明治四十五年の五月号には、『中央公論』に「離魂」と、『新潮』に「誓言」を同時に発表した。

当時、『中央公論』の編集長は、名編集長として有名な滝田樗蔭であった。滝田樗蔭に原稿依頼をうけた俊子は、はじめて、かねがね心に望みつづけてきた「権威ある芸術作品を創造する文学者」としての自覚と自負に心が躍ったにちがいない。これをきっかけにして、その後数年の文学活動の大方は、『中央公論』を中心にして行われた。ほとんど毎月、ある月には、俊子の名が一冊の『中央公論』に二つも見えるほどの活躍ぶりだった。必ずしも小説ではないが、感想文などを、他の多くの男の大作家の中に紅一点の華やかさで、名を列《つら》ねていた。滝田樗蔭がどれほど、俊子の才能と女作者としてのネームバリューを認めていたかが想像される。

『新潮』の編集長は中村武羅夫であった。俊子は樗蔭よりも武羅夫の方に、人間的には親しみを感じたらしい。後年、書けなくなったころも、武羅夫を頼りにしている。

この時の二つの作品では「離魂」より「誓言」が、出来がよかった。

「離魂」は、森鷗外、水野葉舟、小山内薫などの作品と共に載った。

日本橋の古風な大店《おおだな》の娘が、初潮をみる頃の、不たしかな心の動きを、特有の官能的な筆致で書いたものだ。娘が熱病から、気がふれるまでにいたっているので、この題がつけられたらしい。けれども、娘の狂気は、作品の上では必然性がなく、作品の面白さは、下町の情緒的な風俗描写や、恋とは呼べないほど稚《おさな》い、踊りの相弟子の少年との淡い恋慕の情のいじらしさにあった。

「何となく蒲団の中のぬくもりの甘つたるい匂ひが、まだ自分の身体のまわりに沁みついてゐて、時々それが肌の匂ひと絡みあつてなつかしく仄《ほん》のりとお久の俯向いた胸の内から通つてゐた。お久はその匂ひを嗅ぐと、丁度、たんば鬼灯の坊さんを指の先きで揉んでる時のやうな他愛のない気になつて、誰にでも甘へつきたい心持になるのだつた。

この頃のお久にはよくこんな事があつた。自分の、色の白い先きの丸い手の指をしみ〴〵と眺めて、自分ながらそれが何とも云へず可愛らしくなつたり、滑つこい柔らかな自分の腕の皮膚などをぢつと何時までも口の中に含んでゐて、その温い舌の先きの唾《つば》に蒸されて発散してくる肌の匂ひを、お久は自分でなつかしいものに感じたりする事があるのだつた」

こういう官能的な女らしい描写は、俊子のその後の作品においても顕著な特色となっている。俊子の下町的なものへの愛着は、その生れと育ちによる本質的なもので、「好み」というよりは、むしろ俊子の「地」であった。

お久のように、俊子も幼時から花川戸の師匠について踊りを習っていた。俊子の蔵前の家では、母や祖父の妾などが昼日なか、金蒔絵の簪《かんざし》箱をとりだし、五分玉とか七分玉とか三分玉とかの金足の珊瑚《さんご》の簪や、鼈甲《べっこう》細工の櫛笄《こうがい》類の手入れをしていたり、三味線の音をたてたり、花札をひいたりする雰囲気であった。

俊子の通った浅草の馬道小学校では、引手茶屋の娘、仲店の娘、銀花堂の娘、鶴本楼の娘、生人形をこしらえる職人の娘、貸ぶとん屋の娘、質屋の娘などが同級生で、娘たちはみんな黒い衿のかかった着物を着て、友禅の前垂をしめていた。喧嘩をするとその前垂で涙をふいたものだ。休み時間にはあねさまを切りぬき、色硝子の切れっぱしを飾っておばさんごっこをして遊ぶ。学校の帰りには、きっと弁天山へ行って遊ぶ。そして運動会にはお揃いの簪と根掛《ねがけ》をするのが楽しみであった。

学校の授業中、

「お師匠さんが来ましたから」

といって家から迎えがくると、さっさと帰ってしまう生徒も珍しくはなかった。

　俊子の幼時の思い出の中には、そんな江戸情緒のしみこんだ下町の庶民の生活の匂いが、華やかにもあわれにいつまでもしみついていたらしい。

「誓言」は「離魂」に比べて、もっとずっと、俊子文学の精髄に近いものをすでに匂わせていた。

　夫の家を出て来た女の語り口で書かれているが、せい子というその女の、夫に対する感情の動きや、夫婦げんかの様相は、全く作者的で、後の代表作に見られる男女の宿命的な対立や、相剋が、ここに、はっきりと提示されているのだ。

「もういゝ加減色の薄くなつた愛の影」は、俊子と松魚の夫婦の間では、更にいっそう、白けた冷たい影をもってきていたのだろう。作品の上にも度々あらわれ、実生活の上でも、松魚と悦という二人の男との共同生活を通じて、それだけは共通していた激烈な夫婦げんかの実況が、なまなましく活写されている。

「『何だつて私を打《ぶ》つんです。どんな咎《とが》があつてあなたにそんな目に逢はされるんです。』私は自分ながら自分の眼の逆釣《さかづ》るのが知れたのでした。さうして私の混乱してゐるさま〲の感情を、ただ一と声の叫びによつてすべて晴らし尽くして了はうとする様に、

『あなたは何なのです。』

と声をからして泣いたのでした。

　あの人は私の鏡台を足で蹴つて鏡のおもてを割つてしまひました。電燈の球《たま》へ丁度私の投げつけた雑誌があたつて硝子をこはしてしまひました。その破片の散らばつてる畳の上で、私はあの人の髪の毛を挘《むし》り取るやうに摑んでは引きずり廻さうとしました。私は自分の掌の骨ぶしが滅茶

々に叩き折れるほど、あの人の身体を打ち据ゑました。あの人を打ち据ゑる度に、私の身体は却《かへ》つてあの人の頑畳な掌でさん〴〵に叩きのめされるのでした。

『あやまれ。あやまれ。』

斯《か》う云つてあの人は私の瘦せこけた肩を小突くのです。尖つた腮《あご》を突きだして、卑《いや》しい表情をもつた眼で私を睨みながら、顔で拍子をとる様にしてかう云ふのです。ほんたうに私の眼からは血の滴つてくるやうな熱い、さうして痛い涙が流れました。

『何をあやまるんだい。あやまる様な口を持つちや生れてこないんだ。』

私は唾でも吐きかけてやり度《た》いほどの、突つかけた心持がしながらこんな悪態を吐きました。私の左の袖付《そでつけ》は引きちぎれて袖がぶら下がつてゐました。丁度夕方髪を洗つてその儘下げてゐたものですから、その毛が引き釣れたり、あの人の手で引きぬかれたり、私の耳や目に蜘蛛の足のやうに引つか丶つたりするのです。私はその毛がもや〳〵もや〳〵と、いきれた熱を含んで顔や頸《えり》に纏ひつくので猶更《なほさら》心が逆上してゆくのでした。私は手あたり次第に何もかも拋《はふ》りつけました。私の背中の貝殻骨《かひがらぼね》のところを、私の身体が微塵になるほどあの人は足で蹴りました。

『私はあなたを殺すか。あなたに殺されるかどつちかにしなければ厭だ。』

私は然《さ》う云つて叫んでゐました。よく切れる刃物が手近にあつたら、その刃先きでぷつりとあの人の身体《からだ》を突いたに違ひないのです。私の絶頂の癇癪と、私を打擲《ちやうちやく》したり、あやまれと云つて責めたりするその男の態度に対する屈辱と憎悪とが、唯何がなし鋭い刃のやうなものをその憎い男の肉体に一と突き突つ込んでやりさへすれば、それで私の感情も平《たひらか》になるのだと思はれたのでした。さもなければ、私は殺されたかつたのです……」（誓言）

後の作品にも現われた同じような夫婦げんかの凄じい描写をみると、俊子のヒステリックな行動は、病的な被虐性《マゾヒズム》のようにさえ受けとれる。こうした情況は決して、筆の誇張ばかりではなかった。実際、松魚や悦との実生活の場でも、髪をひきずりまわし、血を流すような凄じいけんかは、常習だったと、目撃者たちが語りつたえている。

　俊子は後年悦の死後、酔にまかせて、悦が変態性であったと、カナダの知人にもらしているが、果して悦にどの程度の変態性があったか問うことが出来ない。もし俊子の言葉を信じるとしても、それは俊子自身の中にあったマゾ的要求が、悦のうちにあったサディズムを覚醒させ、助長させたと見なしてもいいのではないだろうか。松魚にさえ、

「しまひにお前は俺に殺されてしまふ」

とまで云わせるほどの、サディズムに、俊子が耐えるというより、むしろ、そんな仕打に出るよう相手をそそのかす態度が俊子にあった。それは、無意識に書かれた文中からも充分うかがえるのである。極端から極端へつっぱしりたがる俊子の激情的な性格は、男を愛すれば愛するほど、無際限な寛容を要求するか、徹底的憎悪を受けるか、二つの極でしか交わることが出来なかった。

　この作品ではまた、はじめて俊子は自我を主張する女の意志をはっきりうちだしている。

「その時私はふと斯う云ふ事を感じたのです。この男が私の性格の上に気に食はないことがあるからと云つて、私はそれを強ひても撓《た》め直さなければならない務めと云ふものを考へなければならないのだらうか。私の態度によつて反感を起されると云はれて、私はこの男の前にはいつも縮こまつてその気に触れないやうな遠慮を考へなければならないのだらうか――

　私の態度が誰れにも彼れにも反感を持たせやうとも、私の態度は自分のものなのです。私の性格が多くの人に爪はぢきされやうとも嫌はれようとも、私の性格は自分のものなのです」(誓言)

　同じ月に、『中央公論』と『新潮』の二つの権威ある雑誌に作品がのったことは、俊子の文壇での地位が確固として立証されたものといえる。この後の俊子は、鰻上りの人気に支えられ、押しも押されもしない、女流作家の第一人者となった。

これから約三年間、大正三年から四年のはじめにかけてまでが、俊子の文学上での最盛期であった。この期間に、質量ともに、俊子は最良のものを残した。代表作として、今なお伝えられているものは、すべて大正二年と三年の間に書かれているのである。

谷中の森、墓地の隣にある俊子のひっそりした家には、来客の華やかな声が聞えるようになった。女中のほか年若い女の食客さえ居るようになった。俊子の愛犬を加えて四人と一匹の生活が、その家で営まれていた。俊子には仕事がいくらでも追っかけてきた。

俊子は、二階の四畳半を仕事部屋にしていた。窓の外はすぐ墓地がせまっている。春は森の桜並木が薄桃色に霞み、夏は緑の木々に蟬しぐれの声がふるようだった。秋の紅葉、冬の木枯し、季節季節の森の表情は、俊子の書斎から居ながらにしてとらえられ、俊子の詩情をそそり、創作意欲を刺戟した。仕事がふえるにつれ、俊子の収入は増加した。収入の増加につれ、支出も加速度的に多くなっていった。元来、みみっちいことのきらいな夫婦だったが、俊子のそれは、むしろ浪費家と呼ぶにふさわしかった。通いなれた質屋からは、質草が出されたかわりに、季節季節の流行の着物や、目新しい装身具を、手当り次第買いこむため、新しい借金は、どんどん殖えていった。

俊子は家にいても、朝から濃化粧の白粉臭い顔をし、まるで外出着のような派手な、上等の着物をぞろりと着ながして机に向かっていることが多かった。ペンをとる指には指輪さえ光っていた。

貧乏故に、それまで押えていたあらゆる欲望が、一時に芽をふいた勢いで、俊子を押し流す。創作に打ちこんでいる以外の時間を、俊子は着かざって都心に人力車をとばし、観劇や展覧会にまめに通った。

松魚はいつのまにか職を失い、俊子の働きに依存するようになっていた。作家としての松魚は、もう時代の波から外され、誰からも相手にされなかった。二人の間で始終くりかえされていた別れ話は、いつのまにかひっこんでしまった。あれほど松魚が重荷に感じていた女の働きで、松魚は完全に養われる男になった。同時に、家庭の主導権は、自然ななりゆきで、俊子に移り、俊子中心主義の生活が生れていた。

俊子は、自分の不断着には贅《ぜい》をこらすのに、松魚には、ぼろになりほころびた着物を着せたままでいたりした。

「この家は私一人の働きで支えているんだ。誰一人生産的な仕事をする人間がいやしない」という気負った自負が、俊子自身気づかぬうちに、松魚に向かっても、高圧的な無視した態度に出るような癖をつけていた。

たまりかねた松魚が、着物のほころびをつくろってくれとさしだすと、俊子はいらいらしながら針をとる。物を書く女に珍しく、俊子は本来針仕事が嫌いでなかったし、得意でもあった。浴衣や長襦袢は一晩で仕上げる腕を持っていた。本職の裁縫師から、その腕をほめられたこともあった。

「何から何まで私一人で負担して働けばいいんです。家中が干乾しにならないように、朝から晩まで仕事を仕つづける。その間には主人は襤褸を着せられないように針仕事もする、台所の煮物の世話も焼くんです。あなたは御主人ですからね」(奴隷)

そんな嫌味なあてつけを云いながら、器用な手つきで松魚の新しい着物を裁ち、縫いあげていく。そのうち、もともと好きな針仕事なので、たちまち没頭してしまう。

「ねえ、世間じゃ小説を書くような女は、針も持てないと思ってるけど、そんな人に見せてやりたいわね。そんな事云う人間にかぎってろくすっぽ裁縫も出来やしないのよ。もし、私が死んだら、あなたこの事だけは書いて下さいね。こんなあたしの面はあなたで無くちゃ知らないことなんだもの——」

と機嫌よく松魚をかえりみたりするのだった。

裁縫のうまい俊子の指先は、千代紙人形もこまめにつくりあげた。仕事に疲れた時とか、気のりのしない時に、人形はつくりだされた。千代紙で着物をつくり、半紙半枚で、色んな髪の型に結ったあねさまの顔が出来あがる。人形つくりは、江戸時代から下町に伝わっていた方法を、母に習ってうけついでいたらしい。その日の気分で、踊りや芝居から主題がとられ、「汐汲み」や「藤娘」であったり、「五人女」であったり、あでやかな遊女であったりした。人形はいつのまにか三十もたまった。

明治四十五年六月二十五日から二十九日まで、琅玕洞で展覧会を開いて展示した。その時は、長沼智恵子が、うちわ絵を七十本ちかくかき、いっしょに出品した。

俊子のあねさま人形は、白く塗った台にのせ、台には朱色で俊子の名前をあざやかに捺《お》してあった。値段は五十銭から一円までつけられた。『青鞜』一冊二十五銭の時だから、紙人形の代金としては高いものである。それでも、人形にはたちまち赤札が下り、赤札には、吉井勇や小山内薫の名がついている有様だった。

俊子の人形つくりは、この時だけでなく、結婚前、母と二人暮しの時も、後に青山にかくれ住んだ時も、バンクーバーでさえも、俊子の生計のたしにされ、趣味の範囲をこえていた。

「これもあたしの創作だわ」

など松魚に自慢してみせたりした。

終生、ぬけなかった、どこか稚《おさな》っぽい少女趣味が、人形つくりなどという趣味にもあらわれるのだろう。少女趣味は、彼女の玩具箱の中にもあった。子供のように、目についた玩具を買いたがり、時々、幼女がするように玩具箱をひっくりかえして、集めた玩具をならべてひとりで遊んでいる。

そんな、のどかな時間は、いつのまにかまれになって、この二、三年の俊子は苦渋にみちた顔附で、机に身体をしばりつけている時間の方が、ずっと多かった。

書斎には、ミケランジェロ模作の死の女神の石膏の顔が、柱に高くかかっている。夫婦げんかの名残りをとどめた硝子のこわれたままの本箱の上には、シーザーのブロンズの胸像や、仏像の骨董が載っている。骨董は松魚の趣味で、どこかの古道具屋から見つけてきたものだ。部屋の中央には十燭のタングステンの電燈が、割合煌々と輝いていた。

創作する時の俊子は、はた目も痛々しいほど、物苦しげに苦悩する。決して、豊かな泉があふれるふうに、小説がわきだす性ではなかったのだ。

筆をおろす前の醱酵期が、人一倍長くかかった。四十枚のものを書くのに、一週間も十日も、その題材を考えつづけ、しまいには半病人か半狂人のようなヒステリックな状態になった。いよいよ筆をおろしてからも、一行書いては行きづまり、二行書いては二行消すという状態で、遅々としてはかどらない。肩凝りで頭痛病みの持病は、必ず創作の度、俊子を悩ませ、神経をいやが上にも昂奮させる。日頃、家では無口な方なのが、ますます無口になり、ほとんど一日中口もきかないで目ばかり光らせている。

まれには、二十枚くらいのものを、朝からかかって午前中に仕上げるという例外もあった。が、それは、ほとんど数えるほどしかない。それでいて、そんなものの方が案外な好評を蒙るという皮肉なことも多かった。

文士に通有の、夜ふかし徹夜は、俊子には出来なかった。子供の睡眠時間ほども眠りをとらなければ、快適な状態にならない体質であった。俊子もそうと思いこんで、睡眠に対しては異常なほどの貪欲さを示していた。

「よく眠らないじゃあたしは何にも出来ない」

「明るくなったら寝ていられない」

とは、俊子の口ぐせで、それだけに寝つきは子供のように早かった。

当然、俊子は宵寝早起の方で、仕事は夏なら四時から正午までが一番はかどった。

男の作家たちが、仕事しながら煙草を吸うように、俊子は、仕事机の横に、菓子をもりあげた皿や小鉢を並べ、それをつまみながらペンをはしらせた。酒も煙草も、この時代には体質に合わず、ほとんど口にしなかった。その代り、食事の量よりもはるかに多量に、甘い菓子と果物を摂った。その費用が生活費の中で馬鹿にならない比重を占めていた。

仕事の間には、必ず、肩から背中へかけ、鉄板を張ったように凝り固まる。松魚の指などではとうていほぐすことが出来ない。本職のあんまでも、一日に二回も呼んで、ようやく人心地つくのが度々であった。

食事は不規則だが、家でのお菜など女中まかせで、文句をいわなかった。外では美食家なのに、家で出されるものはだまってたべた。俊子は、家の中で荒々しいことばが聞えるのを、何よりも厭がった。そのため、夫婦げんか以外は、大ていの不満はがまんしてしまい、女中に叱言をいうことなど絶対なかった。松魚が荒々しいかんしゃく声で女中をどなるのさえ、非常にいやがった。

創作をするのは、俊子にとっては苦業であった。しかも、気がすすまなくても、身体の調子が悪くても、それによって一家の生計を支えねばならない以上、一日としてペンを休ませるわけにはいかなかった。俊子は外へ出て芝居を観ていても、女友達と着物を選んでいても、突然追いたてられたような顔になり、

「こんなことしていられない。家へ帰って早く仕事しなくちゃ」

とか、

「仕事がたまっているの、仕事のことを考えると頭がいっぱいになる」とかいうことをしきりに云った。遊び好きでなまけ者に見えながら、俊子の心の底では一瞬も仕事から解放される時はなかった。

俊子はそのころ、左団次の妻から贈られた、ひどく大きな鰐皮の蟇口《がまぐち》を愛用していた。その中には、芝居の切符や展覧会の切符や、人の名刺などがごちゃごちゃ雑居していた。有金がそっくり投げこまれている。硯箱やインキ壺や辞書や原稿紙が乱雑に散らかっている仕事机の上で、蟇口の口を開き、有金を机になげだして、首をひねることが多かった。

小さな手帳や原稿紙の切端などに、小さな克明な数字を書きつけ、小学生の算術のような加減乗除が、そこでひねりまわされるのだ。いくら稼いでも稼いでも経済は楽にならず、赤字はいつまでたっても消えなかった。白い腕を机に肘づきして、掌に顎をのせ、細い眉をよせ、俊子は首をひねったり、ひとりごとをいう。

「勘定合って銭足らずか」

数字のびっしり並んだ紙切れを指先でひきさいたり、手帳の計算の上をペン先でくやしそうに突き通したりして、

「ああ、ああ」

と声に出してため息をはく。

家族の経済が一身にかかっている感じは、俊子にいつでも重い圧迫感を与えていた。作品を発表する度、目にみえて上っていく人気も、文壇の地位も、彼女の虚栄心をみたしはするけれど、それをあがなうための労力の重さが、俊子にはやりきれない苦痛になることがあった。喘《あえ》ぎ喘ぎ働きつづけて、いつまでも楽にならない生活の中で、しかも理性ではおさえられない自分の浪費癖までみたしていくことは、もともと頑健でない俊子の精力の限界を越えるものであった。

「もうどんなに苦しいかしれやしない、自分ながら、よくこれだけの精力が私の身体にあることだと思う程、私は力いっぱいに毎日毎日働きつづけているんです。苦しいのを我慢して働いてるんです」

そう云ってみても、一日として仕事を投げだすわけにはいかないのだ。今でいう流行作家として文壇にみとめられて以来、一年たたぬ間に、俊子は作家生活の苦しさに音をあげている。

「この女作者の頭脳《あたま》のなかは、今までに乏しい力をさんざ絞りだし絞りだし為《し》てきた残りの滓《かす》でいつぱいになつてゐて、もう何《ど》うこの袋を揉み絞つても、肉の付いた一と言も出てこなければ血の匂ひのする半句も食《は》みでてこない。暮れに押詰まつてからの頼まれものを弄《いぢ》くりまはし持ち扱ひきつて、さうして毎日机の前に坐つては、原稿紙の桝のなかに麻の葉を拵へたり、立枠《たてわく》を描いたりしていたづら書きばかりしてゐる」（女作者）

明治四十五年（大正元年）の暮に、すでにこんな弱音をはいている。

こういう書きだしで始まる、やけっぱちのような調子の「女作者」が『新潮』にのって好評を受け、今も俊子の代表作の一つとして「木乃伊の口紅」と並んで指折られるのは皮肉である。大正二年正月号の『新潮』にこれが載った時の題は「遊女」であった。後、短篇集「誓言」の中に組みこまれた時「女作者」と改題したものらしい。

締切に間にあいそうもないといって、俊子は、居ても立ってもいられない悶え方を屢々した。

「たゞ逆上してゐて眼が充血の為に金壺《かなつぼ》まなこの様に小さくなつて、頬が飴細工の狸のやうにふくらまつてくるばかりである。さうして何所にも正体がない。たゞ書く事がない、書けない、と云ふ事ばかりに心が詰まつてしまつて、耳から頸筋のまはりに蜘蛛の手のやうな細長い爪を持つたやは〳〵した手が、幾本も幾本も取りついてる様なぞつとした取り詰めた思ひに息も絶えさうになつてゐる」（女作者）

そんな時、俊子は松魚にむかって泣きだしてしまう。

「こんなに困つた事はありやしない。私何所かへ逃げて行きますよ。後であなたが好い様に云つておいてくれるでせう。私にはもう何うしたつて一枚だつて書けないんだから」

日ごろ、女房に養われ、何かにつけて卑下し、意識するとしないにかかわらず、妻から圧迫を受けつづけている落伍文士の夫は、こんな時、必ずしも、同情的に妻の悩みの分担者になってくれなかった。

「おれは知らないよ」

むしろ、日ごろ圧えつけられているうっぷんを、一時に仕返すように冷たく突離す。

「何だい。どれほどの物を今年になつて書いたんだ。今年一年の間に何百枚のものを書いたんだ。もう書くことがないなんて君は到底駄目だよ。俺に書かせりや今日一日で四五十枚も書いて見せらあ。何だつて書くことがあるぢやないか。そこいら中《ちゆう》に書く事は転《ころ》がつてゐらあ。生活の一角さへ書けばいゝんぢやないか。例へば隣りの家で兄弟喧嘩をして弟が家《うち》を横領《わうりやう》して兄貴を入れないなんて事だつて直ぐ書ける。女は駄目だよ。十枚か二十枚のものに何百枚と云ふ消しをしてさ。さうしてそれ程の事に十日も十五日もかゝつてゐやがる。君は偉い女に違ひない」（女作者）

松魚のそうした意地悪い報復手段は、当然、俊子を逆上させる。同時にまたより一層、女々しい松魚の心底に対して反撥心がかきたてられ、思わず筆が進む結果を招くのであった。老獪な松魚は、あるいはそこまで計算しつくしての嘲弄のことばを吐くのかもしれなかった。

「成る程さうですか。それでもあなたは物を書く人だつたんだから実に恐れ入りますよ」

負けずに憎まれ口をかえし、俊子は意地になって机にしがみつく。

そうして「嘲弄」が生れ「女作者」が書かれ、「木乃伊の口紅」がうみだされていった。

俊子の作品は必ずしも私小説ばかりではなかったが、自身の生活に題材をとった私小説風のものが、結果的に迫力があり、すぐれた出来栄になっている。

全盛期の三年間の作品をみても、その量は、他の現役の男の作家たちに比べて、決して多くなかった。けれども、当時、俊子の外に、どんな女流作家が、他の男の作家と対等の地位で活躍していたか。全く寥々《りょうりょう》たるものだ。

長谷川時雨は、明治四十一年帝国義勇艦隊募集の脚本に応募、「覇王丸」が当選し、劇作家として名を成していた。与謝野晶子は、明星派の歌人としてすでに当代比類のない女流と称せられていた。けれども小説家としては、俊子以外に見るべき者もいなかった。

当時、『中央公論』には、春秋二回に特別附録号として、一流作家の小説数篇をずらりと並べる企画があった。その号に小説の注文を受けることは、作家にとって最高の名誉になっていた。俊子はその名誉をになった唯一人の女流作家である。

特に「木乃伊の口紅」は大正二年四月の『中央公論』春期大附録号に、

「袈裟御前」　森田草平
「電報」　正宗白鳥
「京極」　長田幹彦
「楽園」　田山花袋
「佐橋甚五郎」　森　鷗外
「足袋の裏」　徳田秋声

の錚々たる作品群と並び堂々その巻頭を飾ったのだ。俊子の作家的地位がどれほど、重くあつかわれていたか、この一事でもうかがいしることが出来る。

小説家としては、往年の樋口一葉の名声についで、はじめて傑出した女流であった。

俊子は芸術家の誰もがそうであるように、自分の才能に対して、相当な自信家だった。おそらく、当代一流の女流作家としては、他の誰でもなく、自分一人を自任していたと思われるが同時に、誰よりも早く、自分の才能の限界に気づき、自分の作品に対しては懐疑的な批判をも自ら下していた。

その性格に、享楽的で楽天的な面が強い反面、人一倍内省的で反省癖があった。自分の作品への評価にも、それが強くあらわれていた。外部的には、最も、華やかに文筆活動をしている大正二年七月、すでに小説「日記」の中で、自作に対する懐疑的な意見をあらわしている。

「△月△日

この頃頻《しき》りに惨死と云ふ事を考へる。がらくたな魂を保全してるこの身体を、粉微塵に叩きつけて了ふやうな死を考へる。Eへ一寸手紙を書く。

今朝は飛行機が飛びましたね。あなたは何処かの原で御覧でしたか。私は宅の二階で見たのですが、あれを見てゐるうちに泣きたくなりましたよ。私はあれこそ芸術だと思ひましたよ。あの瞬間の感情こそ芸術だと思ひましたよ。死滅を眼前におきながら——何千呎の高さから真つ逆様に墜落してゆく自分の姿を眼前に予想しながら、あらゆる生の緊張をあの瞬間に味ひながら、血を張らして天空を駆けてゆくあの瞬間の感情こそ、もつとも優れた芸術だと思ひましたよ。死滅を眼前におくと云ふ様な生活を、あゝ一瞬でもいゝから味ひたい。『恋を対象にした芸術はもう過ぎてしまつて、いくら何うしたつてこの美しい芸術はもう私の手には復《かへ》つてこない。あれこそ私の芸術だ』。私はこんなことを思つてゐると無暗と泣きたくなつたのです。——

私はいつたい何うすればいゝとお思ひです。私は今更、自分の生活を変へるとか新たにするとか云ふ様な事などは考へてはゐないのです。何でもいゝからもう一度自分のこゝろを赤裸にしてさうして自身の手で其のこゝろを投げだして見たいのです。さうして赤裸になつた自分と云ふものを、もう一度自分の眼で見直さなければならないと思ふのです。

私はもう何も書きたくない。書くことが厭になりました。かうして毎日文字を読んでゐれば、文字だけの小説は私の筆でも書き上げられる。私の書くものは簪の摘み細工と同じもので、唯小器用な細工品に過ぎない。何て生命のない仕事でせう。私はいやで〳〵仕方がないのです、こんな事を為てゐるのが。

小器用な細工品を机の上で拵へてるよりも、もちつと生命を中心にした生きかたがありさうなものぢやありませんか。私は何もかも捨てちまつて遠いところへ行き度い。この頃は唯それぱかりを考へます。（略）筆をとつて小説を作るばかりが私の芸術の全生命ぢやないでせう」

これが、ほとんど毎月、『中央公論』をはじめ『新潮』その他の文芸誌に、名前の出ないことのない人気絶頂の女作者の自己批判のことばであった。

俊子が自分の文学に疑問をいだき、ひそかに悩みはじめていたのにかかわりなく、世間的な田村俊子の名声はますます上る一方であった。家の中では、書けない書けないと、松魚にあたりちらしながら、対文壇的には結構精力的な活動をみせていた。月々の創作の外、片々たる雑文の注文が新聞や雑誌からいくらでもきた。博覧会見物のアンケートに応じ、夏の女について論じ、同性愛について語り、人物論、女性論、観劇評、あらゆる事物にわたって、求められるまま応じないことはなかった。俊子はこれらの雑文を、感想文と呼び、苦しい創作活動とは別にして、楽しんで書いていたようである。

当時の女としては、進歩的な思想をもち、自我と自覚を確立して、意見をはくので、ずばりと思いきった表現が多く、俊子のこうした感想文は、いきいきして魅力があった。青鞜派の女たちのように、ナマのこなれない表現でなく、ふくみの多い、艶っぽい文章でふんわり包んでいるため、女らしい色気やウイットに富み、しゃれた味もあった。

「夏の姿はなるたけ自然的に作つてゐたいと思ふ。いつたいに、着物を素で着てゐたい。浴衣は無論の事、お召でも素で着たい方だが、外出の時は仕方なしに襦袢を着る。私は汗をかかない方だから、いつも縮緬の長襦袢を下襦袢なしに素で着てゐる。肌ざわりがさらりとして非常に気持がいい。さもなければ晒し木綿にかぎる。羽二重や縮緬は、時によるとべたりとして気色がわるい。メリンスも厚ぼつたくていけない。外へ出る時は、下帯も縮緬を素で一枚締めたきりでゐる。嗜《たしな》みさへよければ、用心深く何枚も下帯などするよりは、大胆だが気持がいゝ。さらりとして腰から裾の捌《さば》きに何とも云はれない快感がある。——」(夏の女)

当時の女はパンティのかわりに、晒し木綿を横に二幅はいだ下帯を、一番下の肌にまくのが普通だった。この文章は、当時として思いきって放胆な、ノーパンティ論である。

この調子で、はじめての角力《すもう》見物の感想文に、秋津洲と云う幕下の美しい角力が負けた時、非常に哀愁を感じ、肉感的だったと書いた。これは一緒に見物にいった正宗白鳥に、一番気の利いた感想文だとほめられた、と俊子自身が記している。

こういうことから、「男の肉体美について」書く約束で、滝田樗蔭に角力見物に誘われている。この時は、両国をひいきにした。両国は色白の美貌の力士だった。

両国に紫の羽織着せて見ん
両国と云ふ角力を恋ひて梅の花
両国が負けた夜から病みにけり

と云う句を発表したりした。

俊子が全く軽い気持で表現するそうした文章や言動は、たちまち鵜の目鷹の目のジャーナリズムのゴシップ欄に利用された。官能的な創作と相俟《ま》って、俊子を、実質以上に放縦で大胆な好色な女のような印象を、世間に流す結果を招いた。

全盛期の俊子は、そんな世間の俊子観を、別に厭がっていたとは考えられない。むしろ、世間の考えに一層輪をかけるような、思いきった随想を書くふうであった。粋でしゃれたことを尊み、野暮を何より軽蔑する江戸下町の気風が、深く俊子の中にしみついていて、感想文を書く態度には特にそれがあらわれていた。小説がどちらかといえば、あくどいほどくどく、厚塗化粧の野暮ったさがつきまとうのにくらべ、随想の軽快さは素顔に洗い髪的な粋なシックさのあるのが面白い。

大正二年三月号の『中央公論』に「斯《か》くあるべき男」という題で、俊子は男性観と女性観をユーモラスに披露している。

○寡婦に対する男
近附かない方がいゝ。
○無知な女に対する男
男は自分の玩弄品をどこまでも大切に保護しなければいけない。
○社会的卓越の技能を持てる女に対する男
あくまで純で真面目でなければいけない。いつも何かしら感激の涙を催してゐる様な男がいゝ。

お坊ちゃん的に美しくなければいけない。
○老嬢に対する男
いつも謹厳で親和にみちた忠実な友人。
○自分と婚姻的関係のある女に対する男
夫は決して小言をいってはいけない。

泣かせてはいけない。妻のため夫が泣くやうな場合も感情を妻の前にあらはしてはいけない。

どなつてはいけない。

器りやうばんたんを出来るだけ世間に吹聴すること。

物質的に満足させるべきである。共稼ぎを宣言するやうな者は男としての価値の零な事を示してゐる。
○放縦な女に対する男
放縦な女には芸術味がある。男の肉体をとろかし尽すだけの熱気を含んでゐる。浮気である。遊戯的である。男はこれをバカにしてはいけない。もつとも恋情的の色彩のある興味を女と共に持つ為に、情趣的な遊びを女と共にする為に、男は放縦な女を華やかな明るい芳烈の香りの充ちた歓楽の底に大切に囲つておかなければいけない。さうすれば放縦な女の身体からは絶えず耽溺の滴汁が蒸発してきます。男の為にはその滴汁は人生のオアシスかもしれません。
○人の妻に対する男
人の妻に対した時は、その妻の良人たる人よりも阿呆げな様子をしてゐる事をもつて最善といたします。
○芸妓に対する男
襯衣《シャツ》を着ないことをもつて最上といたします。

これでも感じさせるように、俊子は放縦な女に特別の感情をよせていた。自分自身を放縦な女とみなしていたのは、小説によってもうかがわれる。と同時に、自分の血の中の放縦さに自分で愛着を感じてもいた。自分の性情を惚れっぽく浮気だとみとめていたけれど、淫蕩《いんとう》で不誠実だとは考えていなかった。俊子においては、恋と肉欲は全然別個のものだった。

全盛時代、丁度俊子の三十歳前後に、遊戯的恋愛事件が頻出して松魚を悩ました。顔もしらないファンの若い男に、その日の気まぐれから、そそるような甘い手紙をやったりする。俊子は、そういう連中と、外で逢ってみたりして、松魚に絶えまなく嫉妬させた。

歌舞伎に熱中して、役者を買ったというゴシップを流されたのもこのころであった。角力の両国との間もゴシップで扱われた。

松魚との派手な夫婦喧嘩の原因も、文学上の意見のくいちがいとか、経済的問題などから離れ、俊子の恋愛事件が原因になっていった。ところがこの間にも、俊子の松魚への愛情が消えていたわけではなかった。職を失い、完全に妻の経済力に養われる無気力な夫になり下った松魚に対し、俊子はまだ充分愛も未練も持ちつづけていた。したがって、喧嘩の原因が五回に一回は、松魚への俊子の嫉妬が因になった。訪ねて来た俊子の女友達に、松魚が必要以上に親切だったといって、怒りだす。もののはずみで、松魚が芸者にネクタイピンをプレゼントしたのが癇にさわり、飛びかかり打ちかかる。喧嘩の口火が俊子の方からきられることもあったのだ。

俊子は、松魚のこの種の事件に対して、松魚が肉欲を対象にしているといって厳しくせめたてた。それならと松魚が俊子の恋について非難すると、

「あなたとは愛欲の階級がちがいます」

と、昂然と反撥した。

「私はあなたのやうに、本能的なパツシヨンは感じなかつたんですからね。どんな場合にも私は唯恋のシーンを楽しんだだけです。私の為たことは精神的です。あなたのやうに、女を見るといきなりパツシヨンを感じるのとは違ひます。私はどんな場合にも、男を美しい人形だと思つて見てゐたんですからね。肉を想像したなんてことは唯の一度もなかつたんですからね。私はいつも詩を作つてゐたんです。古い云ひ草ですが恋を恋してゐたんです」（奴隷）

「女を見ると、いきなりパッシヨンを感じるやうなあなたには、そんな恋愛の心持はおわかりにならないでせう。然う云ふ高尚な感情は理解することができないでせう。あなたと私の、平生の生活から云つてもわかることです。あなたは徹頭徹尾肉に生きてるぢやありませんか。あなたは生活力を失つてくると反比例に、ますます慾がさかんになつて行つてるぢやありませんか。私のことを考へてごらんなさい。私はあなたと反対な状態になつてゐるんです」（奴隷）

男を美しい人形と見なす俊子の恋の対象には、いつでも、美貌の年下の青年が選ばれた。最初は、俊子の方から恋なれた年上の女としての余裕をみせた手くだや口説で、誘惑の網をかけていく。初心《うぶ》で無骨な男の心を、様々な甘いことばであやし、そそのかす。男がじぶんの愛着に心を巻きこまれ、うろうろしはじめる恋の経過が、俊子には面白い遊びなのであった。

男がいつまでも、綺麗なお木偶《でく》さんのままであったり、床柱みたいで、稀には寄りかかって好い心持のすることがあっても、抱くにも纏《もつ》れるにも何の感情もおこらないほど恋の技巧にぶきっちょだったりすると、我がままな年上の女は、すぐこの恋の遊びに退屈してしまう。そして一方的に恋の遊びを中断するのだ。

俊子はこんな恋のたわむれを、松魚に対して別に恥じてもいなければ、大して悪いことだと思ってもいない。その最中でも、松魚は俊子の心の中で最高の地位を占め、最愛の男なのだ。俊子は少しも矛盾を感じていなかった。軽い遊びのうちは、松魚も浅薄だとののしりながら、大目にみすごしていられた。そのうち、二人の仲を決定的に引きさきそうな大事件が、はじめて持ち上った。

その時の相手もIという年下の男であった。Iは帝大文科の学生で、俊子好みのエキゾチックな風貌の美青年だった。背がとても高く、やせて才気にみちた様子をしていた。英文学を専攻する文学青年は、俊子の例によっての手紙に、打てばひびくような情緒的な返事を書くことも出来た。二人はほとんど毎日のように手紙を往復しながら、閑をこしらえては外で逢っていた。

松魚は俊子の気配で、今度の恋が、今までになく俊子の方でのぼせている感じを察した。松魚の目にもＩは才貌共にすぐれた好青年に見えた。松魚はそれらに刺戟され、心中おだやかでなくなった。何とかして二人の間の文通の内容を知りたい。手紙は俊子の机の上にも、座ぶとんのまわりにも、いくらでも放りだしてあったが、それらは誰がみても別に問題になる内容ではない。俊子の手に入る前に見たいと思っても、手紙は必ず早朝つくよう投函されるらしく、朝の遅い松魚の手には決して入らなかった。松魚が目を覚した時は、すでに俊子の手中に渡り、俊子とＩのその日の行動がもうプラン通りにすすんでいるのである。

そんなある日、松魚は俊子の留守に、彼女の部屋の鴨居へ額を掛けようと釘をうちにかかった。手もとが狂い、釘が落ちた。探したが見つからない。何気なく、簞笥の下の隙間へころがっているかもしれないと手をさしいれると、意外な手ざわりで固いものがふれてきた。封書だと、とっさに胸にひびいた松魚は、すぐ指先でそれをひきずりだした。この偶然から発見されたのは、三通のＩの手紙だった。それには俊子が松魚に見られたくない秘密がいっぱい書きつらねてあった。これまで松魚がひそかにみていたＩの手紙とはちがい、まごうかたない熱烈な恋文であり、ただならぬ証拠が匂う文章であった。

一時は逆上したが、松魚は何くわぬ顔でそれをかくして、数日、二人の間を観察していた。

秘密の手紙が松魚の手におちているとは夢にも知らぬ二人は、相変らず松魚の前で大ぴらに面会した。Ｉは松魚の書斎へも平気をよそおって訪れたりした。二人で気をあわせ、松魚の前では完全にしらをきっている。松魚は内心おかしくもくやしくもあり、二人が自分を腹の中で笑っているのかと思うと、馬鹿馬鹿しさと憤ろしさがこみあげてきた。

その晩、Ｉの帰った後、松魚は三通の手紙を俊子につきつけて怒りをぶちまけた。大げんかに

なるより、お互いばつの悪い気まずい雰囲気で、俊子はあっさり白状した。それでも、謝れという松魚に向かっては、

「何を謝るんです。私はいつだってあなたを愛しているんです。あなたへの愛とは別の愛しかたで、あの人を愛したんです。自然に愛を感じるのは仕方がないじゃありませんか。私は罪悪をおかしたんじゃないんです。私のしたことに責任をもてばいいので、何もあなたにあやまることなんかありはしない。二人を同時に愛するのは私の自由です」

と、抗弁した。

　俊子はＩと肉体関係がないと誓言し、接吻したことだけを認めた。接吻したのは肉体関係をもったも同様だと、松魚はいきりたった。云い争いつかれて、俊子は眠ったが、松魚は一睡も出来ない。早暁、家をぬけだし、Ｉの家をおそい、不意をついて、俊子の手紙をみんな取りあげてしまった。それを途中で読んだ松魚は、Ｉの手紙以上に、甘い愛のことばや誓いのことばのみちた妻の恋文に激怒した。

　家に帰ってみると、Ｉが先まわりして、目を泣きはらし、俊子はまっ青な顔で松魚を迎えた。松魚は二人をひきすえ、何時間かどなりつけ、罵倒した。あげくに、

「よし、もうすべては終った。Ｉ君、君はこの女を伴れてサッサと出て行きたまえ。君にのしをつけて呉れてやる」

と叫んだ。Ｉは覚悟していた声ですぐ応じた。

「そうですか。ではいただきます」

　この時、俊子がいきなりがなりたてた。

「何をあなたは云うのっ、私を伴《つ》れて行くんですって、私はあなたと一緒に何処へ行くんです。馬鹿を云っちゃいけない。私はあなたを愛してやったんだ。唯それだけだ。でももうあなたなん

か厭になった。これっきり、もうあなたとは交際《あ》わない。帰ってちょうだい」

　これらの言葉は、興奮しきって、支離滅裂に俊子の口から飛びだした。あまりの俊子の態度の急変に驚愕して口もきけないＩに向かって、俊子は尚もとどめを刺すように、私は本当は松魚を一番愛しているんだと叫んだ。

　Ｉが悄然と帰っていった後、俊子は松魚にとりすがり、畳に頭をこすりつけ、泣いて謝罪した。松魚は二人の間に肉体関係だけは絶対なかったという慰め事を信じ、かろうじて自分の誇りを保って許すことになった。一たんは許したものの、やはり、この事件で松魚がうけた打撃は大きかった。興奮と疲労でぐっすり寝ている俊子の横で、まんじりともしないで夜を明かした松魚は、俊子の涙に負けて簡単に許したのを後悔した。一度破って焼きかけた手紙の断片を一つ一つつぎ合せ、それを懐にし、夜があけるのを待った。松魚は置手紙を残してひとり旅に出てしまった。

　目が覚めて松魚の失踪を知った俊子は、狼狽し、夢中になって、松魚の旅先を追った。東北の町に松魚をみつけて、無理に東京へつれもどした。この間の事情は松魚の「彼女は悪妻であった」の中に事細かに描出されている。

　この事件を俊子も早速「炮烙の刑」で、小説に仕立てた。小説の中では例によって、事件の発端は、事実の露顕から凄じい夫婦喧嘩が展開し、殺す、殺せの騒ぎになる。

「『私は何をした？　どんな事をした？』

　あの青年を愛すのも、慶次を愛すのも、それは私の意志ではないか。私は決して悪るいことをしてはゐない。私は深く慶次を愛してゐた。私の為たことが慶次の思ふやうに憎むべき罪悪だとしても、その罪悪の中にたつた一とつの真実があるではないか。自分がどんな事をしてゐる時でも、誰れよりも慶次を愛してゐたと云ふことは、たゞ一とつの私の真実であつた。

『あなたを愛してゐる。』

この言葉は自分の心にいつも真実に生きてゐた。けれども慶次はそれも淫婦の戯言《たはごと》だと云つて罵つた」

小説の中でも、夫は寝ている妻に置手紙を残して家出する。女はそれを追いかけ、偶然上野駅の人ごみで夫を発見し、夫の行く東北の町まで同じ列車に乗りこみ、ひそかに尾《つ》けていく。雪の降る東北の町の宿で、二人は一応和解の夜を迎える。そこからが、松魚の書いたものとはちがっていて、女は男を一人残して東京に帰る。女はあくまで自分のしたことについては、夫にわびない。あやまる屈辱にたえるよりいっそ、炮烙の刑の復讐をいさぎよく受けようという気負った心境にしぼっている。小説の中では、若い男と対決する場面はない。東北から帰った女を訪ねて来た若い恋人をみて、女は恋人への愛がすっかり醒めはてているのに気づく。女の冷たい態度が解せなく、おろおろする若い男を見送って、女は停車場の方へ出かける。

「『到底二たつの道を同時にいらつしやる訳には行かない。どつちかを取らなければ――』」

宏三は云ひながら下を見て立つてゐた。竜子は停車場を出て行つて柵のところから方々を眺めてゐた。宏三に対する嫌悪の念が募つて来て、彼女はたまらなくなつたからであつた。何故そんなに宏三が煩《うる》さく厭はしくなつたのか彼女自身にもわからなかつた。

竜子は遠い空に眼も心も放つてゐた。此処からこの儘に何処かへ行つてしまひたかつた。自分の仕出来《しでか》した事のなかからすつと逃れて行きたかつた。それは卑怯でもなんでも、逃れてゆくより他に道のないやうな気がした。男の執念深いあの思情《こゝろ》も、誰れが燃やさせたのでもなかつた。それをひきだしたものは竜子であつた。竜子が男の心に絡んでいたづらにひきだしたその恋は、今は何うすることも叶はないやうに燃え立つてきた。竜子はそれをはつきりと、男の心から抉《えぐ》りだしてきたやうに現在の目の前で見た。

然し、『私は悪るいことをした。』斯う自から省みることさへも、もう彼女には煩さくてたまらなかつた。

『煩い。煩い。』

彼女は自分の髪を掻きむしりたいやうに思ひながら柵にしつかりと捉《つかま》つてゐた」（炮烙の刑）

未練気な男に、離れきった心で向かっている女。けれども他人の目には別れを惜しんでいる相愛の二人のようにも見える。そこへ思いがけなく、東北の旅から帰った夫が駅を出て通りかかり、二人の姿を目撃してしまった。あわてて若い男を帰し、女は夫の後を追う。

「思ひがけなく、慶次が道の角に立つてゐた。竜子はそれへ近付いた。殺気を含んだその眼に打《ぶ》つ衝《つ》かつた時、竜子はそれをぢつと見返しながら、黙つて行き過ぎやうとした。

『何をしてゐたんだ。』

慶次が後から声をかけたが竜子は返事をしなかつた。

『どこへ行くんだ。』

慶次が追ひすがつて竜子の腕を押へた。

『家へ帰るんです。』

竜子は顔を近々とよせて、その慶次の顔をぢつと見た。胸がずん〳〵と弾んで、血が荒く潮のやうに身内に動揺するほどその顔を見てゐることが恐しかつた。それをぢつと我慢して、竜子は慶次の顔を睨みつめた。

『お放しなさい。何をするんです。』

竜子はその手から腕を抜かうとしてもがいたが、慶次ははなさなかつた。二人はその儘ずん〳〵歩いて行つた。

『汝《おまへ》が云つた通りに焼き殺してやる。』

慶次はうめくやうに低く云つた。その息が大きく弾んでゐた。竜子は黙つて引きずられて行つた。恐怖が全身を襲つたけれども、竜子は非常な力でそれを押へつけた。

『どんな目にでも逢ひます。逢はしてごらんなさい。』

自分の人生にも斯ういふ奇蹟がおこるのだ。——竜子は冷嘲的に然う思ひながら空を見た。青い空は幸福に輝いてゐた」（炮烙の刑）

松魚の記述が事実通りとすれば、俊子は、事実を何とうまく小説に組み変えていることだろう。事実と違う場面、或いは事実になかった場面の一つ一つが現実におこった以上により定着したリアリティをもって、いきいきと息づいている。やはり、俊子の小説家としての非凡さがここにもうかがわれるのである。

「その晩みのるは不思議な夢を見た。それは木乃伊の夢であつた。

男の木乃伊と女の木乃伊が、お精霊《しやうらい》様の茄子の馬の様な格好をして、上と下とに重なり合つてゐた。その色が鼠色だつた。さうして木偶《でく》見たいな、眼ばかりの女の顔が上に向いてゐた。その唇がまざ〳〵と真つ赤な色をしてゐた。それが大きな硝子箱の中に入つてゐるのを傍に立つてみのるが眺めてゐた夢であつた。自分はそれが何なのか知らなかつたのだが、誰だか木乃伊だと教へた様な気がした。

朝起きるとみのるはおもしろい夢だと思つた。自分が画を描く人ならあの色をすつかり描き現して見るのだがと思つた。さうしてあれは木乃伊だと云ふ意識がはつきりと残つてゐたのが不思議であつた。

『私はこんな夢を見た。』

みのるは義男の傍に行つて話をした。さうして『これは何かの暗示にちがひない。』と云ひながら、その形だけを描かうとして机の前へ行つた。

『夢の話は大嫌ひだ。』

然う云つた義男は寒い日向《ひなた》で瘦せた犬の身体を櫛で掻いてゐた」（木乃伊の口紅）

理性や愛情の埒外で、日常生活の狎れやどろどろの愛欲の絆で、どうしようもなく結びあわされている夫婦という名の男と女の、ぬきがたい業を、人間の愛《かな》しさとして俊子は認めていた。しかもそれを硝子の箱の外から見つめる冷たい眼を併せ持つ芸術家の苦しさをも、俊子は宿命として身につけていなければならなかった。

灰色の木乃伊になっても愛欲の型にからみあい、その執着のなまなましさを、木乃伊の口紅の毒々しい真紅の色の幻影として俊子は描かずにいられなかった。その俊子の作家としての眼が、松魚との生活の中における自分の、女として、あるいは人間としての矛盾だらけの浅ましさを、冷酷な非情の筆であばきたてたのが、「炮烙の刑」となったのである。

結局こんないざこざはあったが、いざとなると、俊子の方に充分未練があり、働きのない松魚を、時には心で軽蔑しながらも、別れるところまではいかなかった。

この事件があって以来、俊子は当分、表立つ浮気の虫をおさえているように見えた。

俊子の文学活動のピークとみなされる大正二年三年に、二度、「田村俊子論」の特集が行われた。

一つは大正二年三月号『新潮』にのったもので、もう一つは翌大正三年八月号『中央公論』の人物評論に特集されたものである。

「とし子女史は新しき時代の生みたる新しき女性の一人也。彼の女の芸術は今や円熟渾成の堂に入つて、其の近作数種の如きは、実に女流作家として独歩の観あり。今、女史に親近なる諸大家の高見を叩いて、人として芸術家として女史を評価し品隲《ひんしつ》す。是れ、最近囂々《がうがう》の世評ある新しき女を研究せんとする、我徒の企ての第一歩也。」

という趣旨が、『新潮』の「田村とし子論」の冒頭にかかげられているのを見ても、当時の世間が俊子にかけていた期待の程がうかがわれるのである。

その時の執筆者は、

森田草平　「新しき女としての女史」
相馬御風　「芸術家としての才分と素質」
中村吉蔵　「女優としての技量」
樋口かつみ子　「半生の経歴と其の性格」
無名氏　「家庭の人としての女史」
徳田秋声　「人として又芸術家として」

というメムバーであった。

森田草平は、この中で作家としての俊子の才能を高く認めると同時に、教養ある男が譲歩して話をする必要のない知的な女性だと、文学以外の俊子の教養や知識を認めている。態度物腰がいつでも一種独特の技巧にみちているし、人中に出る場合の服装は、満艦飾のごてごてしたものであるけれど、一度、草平が風邪で寝ている時の俊子を家に見舞った時、衿つきの大島にお召の前垂などして、洗い髪をぐるぐる巻にして、白粉気のない素肌の俊子を見たが、その時の印象が実に打ちとけてさっぱりしてよかったといっている。その日俊子は打ちとけた態度で、

「私は江戸っ子だから、其の場の行掛り上、後先の考えもなく、何か頼まれるとついふらふらと調子よく軽く引受けてしまって、後で自分でも困ったり、他人にも迷惑をかけるようなことがあって困ってしまう」

などと話したりした。これは草平の訳したイプセンの「鴨」の女主人公ギイナになって出演するという話を、一たん俊子が引受けておきながら、その場になってことわって困ったという事情があったことの云いわけでもあった。

草平は、俊子の「人に持てたがる」気質を、江戸っ子通有のものだとして、俊子は世の中を軽くみているので、世間は自分の心のままに塩梅されるものだというような一種の子供らしい我儘があるとみなして、

「其所があの人の美しい点でもあらうと思ふ。此所を買つて上げなければ、女史の、作品にしても、又人物にしても大部分のチヤームは失はれるであらう。そして又此所にあの人の新しい女として特殊な立場があるのであらう」

と理解を示している。

相馬御風は、なかなかきびしい見方で、一見、その性質や作品は、これまでの女と比べて、新しい感じを受けるが、俊子の本質は、それほど積極的に新しい生活を翹望《ぎようぼう》し追求し、乃至創造するほどのものだとは思われない。むしろ、消極で無自覚だと断定している。

中村吉蔵は、前にも引用したように、俊子の女優としての演技をエリザ・レーマン型の女優とし、渋いワキ役としての素質があると認めている。

徳田秋声は、俊子を感覚の人という世間一般の評価に対し、むしろ俊子は意志の人といった方がふさわしいのではないかという反論をあげている。

この特集の中で最も印象深く興味深いのは、樋口かつみ子と、無名氏の文章であろう。

樋口かつみ子は、俊子の府立第一高女時代からの友人で、かつみ子が結婚して後も、俊子がひきつづき交際を求めていた数少ない親友の一人である。その文章からみてもうかがえる、かつみ子の優しい柔和な素直な性質を、俊子がなつかしく思い親愛の情をよせていたものと想像出来る。かつみ子のこの一文は、当時の俊子の家庭の状態を窺《うかが》う唯一の資料となっている。

女学校時代はまだ一人の妹が俊子にはいたこと。父はすでにその頃からいなかったこと。また父の職業は軍医だと聞かされていたことなどが書かれている。俊子は少女時代から人なつこいが

好き嫌いが激しく、学友からも、誰にでも好かれるというタイプではなかったらしい。

「無名氏」という署名のあるのは、明らかに松魚の筆であろう。他の松魚の文章と、文体や調子が全く一致しているばかりでなく、「家庭の人としての女史」という題で書ける人物は、当人をのぞけば、夫の松魚以外にない筈である。

俊子が人と会う時は、いつもからだをくねくねさせて、意識した柔らかなポーズをつくり、言葉も甘ったるく絡みつくような調子にしゃべり、男の心をそそるような自然な技巧を持っていたと書いてあるのも、夫の目を通してみた妻の態度とみればおもしろい。

俊子が時々人の意表をつくような思いきった事もする女だったというエピソードの一つに、ある時、有楽座の廊下で楠山正雄が俊子に逢って、何か俊子をからかったようなことを云うと、俊子はいきなり、大勢の人のみている真中で、楠山正雄の高く尖った鼻の頭をつまみ、キュッとひねりあげるようなことをした。楠山はさすがにあわてて、真赤になって逃げだしてしまったということなど書いてある。

家庭の中の俊子は派手な夫婦喧嘩をする外は、物静かなしごくおとなしい女だという。

ただし、

「思想や情緒の上では家庭の人としては随分危険な女性であるとしても、実行の上では稍々《やや》分別あり、思慮ある健全な婦人である。『人形の家』のノラのやうに、自己の思想なり考へなりを徹底させる為に、夫を捨て、子を捨て、家を捨て、逃げだすやうなことはない。とし子君は自覚してからのノラが、自覚は単に自覚として、矢張りそれ以前のノラのやうに、夫の世話をしたり、家の面倒を見たりして居るやうな人だ。とし子君は子供を産まない」

とある。夫の目から見た俊子は、常に、

「夫婦関係や家庭生活などは些《ち》つとも意味を認めて居ない」

と広言している危険思想を持った妻だけれど、決して、その思想通り、現実の生活では破壊的な挙動に出ることはないという安心感もいだかせる妻であった。これから五年とたたぬ時期に、思想と行動を一致させ、夫も家も捨てるノラになる俊子だとは、まだ松魚も、俊子自身さえも夢にも考えていなかったのであろう。

特に「子供を産まない」と明記してあるのは、俊子が意識して産まない決心と用意をしているという意味にもとれる。後に書いた松魚の文章の中にも、俊子がもし子供を産んでいたらかわったろうにとあるのをみても、松魚は俊子の子供をほしかったのに、俊子の意志でつくらなかったのではないかとも思われる。

翌大正三年八月号の『中央公論』の特集の執筆者メムバーは、

田村松魚　「日常生活の交遊」
正宗白鳥　「俊子論」
岩野泡鳴　「まだ野暮臭い田村女史」
上司小剣　「蜜豆の好きな人」
徳田秋声　「俊子女史の印象」
野上彌生子　「田村氏に就いて描く私の幻影」
岩野　清　「私の考へてゐる田村俊子氏」
平塚らいてう　「田村俊子さん」

となっている。

松魚はここでは明らかな署名入りで巻頭に、五十枚ほど書いている。

「此所へ私を引張り出したのは滝田氏の皮肉ないたづらなのです。

『俊子さんは毎度あなたを材料に使つたやうだから、今度はあなたがあべこべに俊子さんのことを書いて下さい。日常生活の方面を主にして……成る可く長く書いて下さい』と氏は用務を述べられた。その時が初対面であつたのと、氏の東北弁の高い調子に巻きこまれてしまつて『では、何か書きます』とお答をした。後で考へて見ると、何だか、私の出る幕ではないやうで、実は少し気迷つたのですが、何もさう初心がる程の自分でもなし、一度お受けをしたものだから清く役目を果すことにしました」

と前書がついている。

俊子より早く文学に志し、かつては自分の才能に自負も自信もあった松魚だ。俊子との生活で、俊子の才能に完全に食いつくされ、俊子の才能の開華の蔭になって、今では完全に文学から脱落している境遇だった。妻の名声のたいこもちをするため、『中央公論』という檜舞台へ初めて出ていくのは、皮肉というより悲惨であった。原稿を書いている間中、この屈辱感は、松魚につきまとったらしく、筆つきは故意に自分をおとしめ、二人の夫婦関係を戯画化して見せたところがたぶんにある。

「俊子氏（私も此所では氏の字を附けて置く）の日常生活特に彼女のインナーライフをより多く知つてゐるものは私かもしれない。それは夫婦関係があるといふ一点である。併し『知らぬは亭主ばかりなり、あの男も気の毒だ』と私も何かの雑誌で同情された覚えもある身だから、夫婦関係必ずしも知るにちかしとは言へない。……（中略）……然るに俊子氏の配偶はどうであるか。その男と来ては実にお粗末極まる野郎である。彼はとくに文壇の落伍者である（今では落伍者の数に入る資格さへも無い）どうやら有りついた職業もその主権者から放逐され、それ以来行く処もなく、彼は自ら衣食することもできず、女房の脛をかぢりながら、宿六然と構へてゐる。手のつけやうのないなまけもので正しく一個の無頼漢だ。

俊子氏がその無頼漢のやうな男を離別せぬといつて、文壇の七不思議の一つだと不思議がつた雑誌もあつたが、それは実に無理もない事である。

俊子氏が同性の女流に対し肩身の狭い痛恨事も、天の配剤か、其所に不思議な妙義を伝へてゐる。といふのは俊子氏自身の芸術である。彼女の芸術に絶対保護の自由境があつて、一種特有の毛色を示してゐるのは、氏自身の天稟の然らしむる処ではあらうが、併しまたその所夫の下らない野郎であることに発憤したのではあるまいか」

この松魚の遁辞の中には、俊子の文学における松魚の切り離すことの出来ない立場を、自認している者の自信がかくされているのを見逃せない。俊子の実生活の場では、あらゆるマイナスに見える自分が、俊子の創作の上で欠くことの出来ない原動力になっているのを、松魚は誰よりも、おそらく俊子自身よりわきまえていた。だからこそ、世間体の悪さや、屈辱に堪えて、ヒモ的存在の無能な夫の座に、あぐらをかいて坐っていられたのではないだろうか。松魚と別れて以来、俊子の創作が、目に見えて色あせ、ついには全くひからびて急速に没落していったのは、人間の理性の外にある芸術の不思議さと秘密を伝えているのである。

正宗白鳥の文章は、この特集の中で、一番簡潔的確に、俊子の文学の精髄を指摘して余すところがない。と、同時に、ジャーナリズム対女流作家の関係が、当時も、それから六十年もたつ現在も大して違いないことが明らかにされていて興味がある。

「感覚的といふことが、近代文学の特徴のやうにいはれてゐるが、今の日本批評家の用ひるやうなこの語の意味からいへば、女の方が男よりも一層感覚的であるべき筈だ。田村女史の作物など最も感覚的筆致に満ちてゐる。またそれをつとめてゐるやうに見える。男では分らない女の気持が時々出てゐる点で、私はこの人の作物に興味を持つてゐる。明治の一葉は或は時代が時代だから、態度も旧日本的で、文章も旧風に泥《なづ》んでゐたが、田村氏は今様に自己を憚《はばか》る所なく出さうとしてゐる。しかし出さうとしてゐるだけで、まだ充分にそれが出てゐるのではなからうと思はれる。男としても専門に芸術に従事するには悩みが多いが、まして女の身で月々の毀誉褒貶の間に浮沈するのは、さぞ神経の悩みが激しいことだらう。文芸上の批評ばかりではない。女流作家に対しては私行上の虚実の噂が激しい。尤も田村氏はそれ等に耐忍ぶ力を持つてゐるのかもしれないから傍から気の毒に想ふのは僕の杞憂かもしれない。兎に角僕は好き嫌ひの私情を去つて見れば、現今の女芸術家で、柴田環（三浦）、松井須磨子、田村俊子の三人を推賞するに躊躇しない。しかし日本の社会がそれらの才女を充分発展させるだらうとは思はれない」

上司小剣は俊子の字が人並すぐれて美しいことをあげている。

「昔の清少納言といふ人はこんな字を書いた人ではあるまいか」

といった感心のしかたである。そしてはじめて逢った時、俊子からその字とそっくりの印象を受けた。手ぎわよく技巧をこらされた筆跡と同じ感じの本人の姿を見たのである。

ある時、読売新聞社で、上司小剣の病気全快祝の案内状を書いていた。ちょうどそこへ行きあわせた俊子も、それを手伝うことになり、美しい文字で何通か書いていってくれた。ところが俊子の書いた案内状には、会の日附が落ちていたというエピソードを伝えている。いかにものんきなぬけた一面のあった俊子の面目がうかがわれる。尚俊子がサイダーとか蜜豆とか氷水とか、いかにも下町的な庶民的なたべものを好きだったとも書いてある。

上司小剣には、手ぎわのいい技巧と映った俊子のおしゃれも、岩野泡鳴の筆にかかると散々であった。

「僕の或方面の交際範囲で――それはすべて男どもだが――田村俊子はいやな女だ、話しかけられるのもぞつとするといふやうな噂を聴いたことがある。その時は、僕はまだ彼女を直接しらなかつた」

という辛辣な筆である。

泡鳴が俊子にはじめて逢ったのは、有楽座の幕間《まくあい》であった。泡鳴はこの時、俊子はかつて女優にもなった経験があるくらいだから、さぞかし化粧でも着つけでもすっきりしているだろうと思っていた。ところが逢った俊子は、ただべったりの白塗りだったので、もっと気が利いて出来そうなものだのにという印象を受けた。別に話しかけられてもぞっとするほどの悪感情は、受けなかったらしい。俊子は普段から濃化粧の時が多く、着物の趣味も決していい方ではなく、どっちかといえばけばけばしたものだった。実証がたくさん残っているから、泡鳴のこの時の印象もうなずける。

それから後、帝劇で泡鳴はふたたび俊子に出逢った。泡鳴は声をかけたが、俊子は誰だかわからなかったらしく、傍にいた岡田八千代が教えた。その夜の帰り、泡鳴はまた日比谷の電車乗り場で、俊子がたったひとりでしょんぼり傘をさして立っているのにであった。

「西洋なら、これくらい名声のある女のそばには、夫やお取りまきの男がぞろぞろついていそうなものだ。俊子ほどの女が、こんなにひとりぼっちでいるのか」

泡鳴はそんなことを思いながら、また声をかけたが、俊子は泡鳴がやはりわからず、つんとそっぽをむいた。そこへ泡鳴の妻の清が来たのでようやく挨拶が通じ、三人は一緒に電車を待って帰ったという様な事があった。

泡鳴は俊子の文学は相当高く買っていた。文芸時評でも、

「かの女は平凡な婦人作家連中からずつとかけ離れた高位に立つてゐるばかりで無く、男の作家連中に這入つても、あれだけ内容に飛びこんだ書き方を為し得るものは、恐らくあつても少なからう」

といって、谷崎潤一郎や長田幹彦、永井荷風や森田草平、田山花袋や正宗白鳥などをひきあいにだし、俊子の方をほめちぎった。俊子は泡鳴のこの批評にはよほど感激したらしく、

「これまでかう云ふ風に根底から批判してくれた人は無かつた」

といって感謝をよせた。泡鳴はまた、俊子の文学に筋が通っているのは、彼女が物質的生活を自分の働きで支えているところにあると見て、平塚らいてうや長谷川時雨なども自営はしていても俊子ほど生活に迫らないから、俊子一人だけが、文学に真剣味が出てきたと、うがった評をしている。

徳田秋声は、再び俊子を論じているが、前年よりも、俊子の本質は感覚的だと、一般の見方に近づいている。下町的だがセンチメンタルで、ヒステリカルに感覚は鋭敏だと観察を下している。それが作品の基調になっているが、感覚だけであきたらず、思想的にしようとすると、成功していないと批判している。

おおむね、ここに筆をとった男性たちが、俊子に点が甘いのに対し、女性群の筆勢は、一様に辛辣で、苛酷なのが対照的だ。

岩野泡鳴の妻清は、俊子に逢う前は、どんなに高慢な、誇りやかな女だろうと想像していたが、逢った感じは、柔らかな優しい感じをうけとった。初対面の時は、俊子が清のことを泡鳴の妻だと人に紹介され、いきなり、

「いい奥さんね」

といったのを、清は小馬鹿にされたような気がして憤慨したが、つきあっていくうちに、俊子の人柄に次第に魅せられていった。まるみのあることばで話す俊子の声や、愛人に向かっている時のようなしなやかなまきつくような身のこなし、殊更めかしく卑下もせず、かといって虚勢をはるのでもない態度などに清は、好感を持っていったが、俊子の人生の見方は、因習道徳から一歩もぬけだしていないし、世間を気にしすぎると手きびしい。

野上彌生子は、

「インテレクチユワルな面がない。文章も豊麗だが心にひびかない。内容も、男女関係をはじめ生活や性格描写にも特別な哲学もなければ自覚もない」と、全面的に否定し、当時『読売新聞』に連載中の俊子の小説も「つまらない」ときめつけている。

親しい交際のあった平塚らいてうでさえ、「根本的において特殊な女ではない。人間としてほんとの生活をしようといふ要求や、努力に生きる新しい婦人でもなく、東京の下町のダラク化した平面化した過去の文化が生んだ、利巧な、器用な古い日本婦人ではないでせうか」と突っぱなしている。そして前月、大正三年七月号『文章世界』に載った水野盈太郎の「田村俊子女史に送る書（公開状）」に、同意見だといっている。

水野盈太郎の公開状の趣旨は、俊子は自分を「女」の盲目の中に置いている。俊子の作品の中に微細に働いていると見える、その才気と、感触は、表皮の上に起った、刺戟に対する反応としか見えない。俊子の中身は、安易な、懶惰な今の多くの女の持っているものと、少しも違わない。彼女たちの通俗的な常識によって、俊子も動いている。薄弱な感傷、技巧のための技巧、真実に対する不敬虔、感情の不純な狭隘、肉体に対する無自覚、それらによって生活し、少しも苦悩していると見えない。俊子の作品の生命といわれている感覚も、ただ盲目の肉体の中に働いている触覚の感応にすぎない。しかもその感覚は因襲的で、類型的である。同時に俊子自身もまた東京人としての類型から一歩も出ていない。俊子を怜悧な人という世間の評を自分は信じない。俊子の才気と思われるものは、意外に卑俗な、遊戯的な、不敬虔なもので、俊子が宝玉のように抱き守っている自己に対してさえそうである。自己が理由なく、自己を弄んでいるのを知らない。それほどその心は欺瞞に充ちている、というのである。

これが、俊子全盛期の、世評を代表した二様の意見であったことにまちがいはない。

大正三年という俊子の全盛期につづいて、翌四年も、まだ俊子の文壇での地位は華やかに輝いてみえた。

ほとんど毎月、『中央公論』や『新潮』に、俊子の名前の見えないことはなかった。

単行本も、大正三年の「恋むすめ」(牧民社)、「木乃伊の口紅」(牧民社)にひきつづき、四年には、三月に「春の晩」が「現代名作集」(東京堂)の中に入ったのをはじめ、四月には「小さん金五郎」(新潮社)、九月に「あきらめ」(植竹書院)、十月に「恋のいのち」(実業之世界社)が、それぞれ出版されている。

「小さん金五郎」は、新潮社がはじめた「情話新集」の中の一巻である。いわゆる「やわらかもの」で、当時徳田秋江を名乗っていた近松秋江が、新潮社の佐藤義亮社長にすすめて刊行した。

近松秋江「舞鶴心中」、長田幹彦「舞妓姿」「小夜ちどり」、田村俊子「小さん金五郎」、田山花袋「恋ごゝろ」、谷崎潤一郎「お才と巳之介」、大正五年に岡本綺堂「箕輪心中」、田村俊子「お七吉三」、近松秋江「葛城太夫」、小栗風葉「みだれ髪」、小山内薫「江島生島」、六年には、長田幹彦「桑名心中」が出ている。

文壇でも、情話文学ということばが使われだしたのもこのころである。エロチックな雰囲気をもつこの新集は、当時最高の人気のあった竹久夢二の、表紙、装幀で、極彩色の手刷木版の小型版であった。夢二の人気と相まって、情話新集の売行はよく、定価四十銭のこの本は、書店に氾濫した。同時に、文壇、出版界での情話新集に対する風当りは強く、大正五年には、赤木桁平の「遊蕩文学の撲滅」という論が出て、文壇でも度々「遊蕩文学論」が取りあげられ、是非が論じられるほどであった。小山内薫も、最初は「江島生島」を断ったが、後、売行の好いのをみて、金の必要になった時、改めて、新潮社へ「江島生島」を売りこんだという。(中根駒十郎「駒十郎随聞」)

俊子は女流として、この出版に唯一人加わり、二冊も出しているが、こうしたやわらかものを美しく書ける才において、当代では唯一の女だった。ただし、この情話新集を書きだした前後から、俊子の文学に、堕落と、衰退の匂いが立ちはじめたことは見のがすことは出来ない。

　この年からの作品には、それまでの俊子のものにみなぎっていたきらきらした自我のむきだしな悩みの声も、理想と現実の矛盾にもだえる心の厳しいきしみも、ひびいて来なくなっている。大正四年三月号の『中央公論』に「圧迫」が載った。

　お照という女が、生家の貧しさのため、はやくから身を売り、田舎芸者におちぶれていく。水戸で馴染んだ信三郎が、お照との情事で養子先をしくじり、前途も危くなる時、お照への未練で、東京の実家に帰っているお照に逢いに来る。お照は、その翌日、家のため、更に北海道まで身売りしていく約束になっていた。小金をため、逢いびき宿を秘密にしている叔母の家の二階で、お照は落ちぶれた信三郎と秘かに別れを惜しむ。その夜の二人は、情熱のかぎりをつくし、物も食べず、互いの愛をむさぼりあった。

「二人は今朝夜が明けるまでも眠らなかつた。お照は夜徹《よどほ》し、自分の浴びるやうな涙と、男の滑らかな脣を其頰に感じながら、譫言《うはこと》のやうに情熱の言葉を云ひつゞけてゐた。北海道へ行くやうになつたことも、その時初て信三郎に話した。お照はしみ〴〵とその話に悲しんだり、男にも悲しまれたりしながら、僅《ほん》の一寸した男の愛着の言葉にもお照は身体を戦はして、情熱の狂乱のやうな夜を明かした。男も女も、今起きて見ると病人のやうに身体が気倦《けだる》く気重かつた。

　お照は両方の二の腕ががつかりと痛み疲れてゐた。口の中が荒れてひきつれてゐた。お照は火鉢に火をおこしながら、自分の身体まで鬱陶しく思ふやうな病み疲れた心持で、昨夜《ゆふべ》の夢を繰り返してゐた」

　こういう饐臭《すえくさ》いどろどろの情火をエロチックな筆で描きあげたこの一篇は、全体に無気力な頽廃の気がただよっている。メタンガスがぶくぶく浮く真黒な堀川の水に、漂い流されていく古下駄のようなみじめな女の生活が、突っ放して書かれているのに、女の生活の悲惨よりも、女の情欲の救いのない熱っぽさの方が、行間から滲み出してくる。

お照は、信三郎と別れた翌日、偶然、町でめぐりあった昔の馴染み客と、ふらふら食事をし、向島でその場かぎりの情を交わしてしまう。そして朝帰りをしたお照を、家では、すでにお照を「売ってしまっている」口入屋と、無気力な家族が、飛びかかるように迎えるのだ。

処女作「あきらめ」の中に萌芽し、「木乃伊の口紅」などの私小説的素材の一連の作品に見事に開華した、近代的な女の自我と、知的な自己観照の冴えた目は、すでにここには見られなくなっている。それに代って、「あきらめ」の底に、暗さと、華やかさをおりまぜた不思議なトーンで旋律をかなでていた官能的情緒と頽廃美が、強く浮き出してきた。情話新集の作者として、ジャーナリズムに目をつけられたのも、俊子の文学の中の、この、一面においてであった。

「樋口一葉が、新と旧とのさかひめに立つて庶民の生活におもひをひそめてゐたとき、その作品にリアルな世界を打ち出したのに対して、俊子は、自我の主張において、自分自身のうちに伝統ともなつた感情と感覚の放恣な描出をなすにつれて、それは次第に白粉の色を濃くしていつたのである。いはば田村俊子は、自己を主張しつゝ、その誇りのために、誇りそのものによつて自身の古きものに流されていつた……（中略）……経済力を持つといふことが、女の独立の基礎になることは、俊子の作品に描かれながら、それは社会全体の中にとらへられず、自分ひとりの中に自負されたとき、男の生活を女もする、といふ限界にとゞまつて、俊子の作品は、官能の世界に自分を流すものになつた」

と、佐多稲子は、岩波文庫の俊子の作品集の後に、的確な解説をしている。

「圧迫」につづいて書いた「夜着」（『中央公論』四月）、「人形の踊り」（同六月）は、題材を再び自分の身辺にとっているけれど、そこには、もはや、以前の作品に見られたような、激しい、ほとばしるような自己主張の声も、情熱も、聞きとることが出来ない。

「夜着」は、作者と夫らしい夫婦が、結婚当初から用いてきた夜具についての回想を語りながら結婚七年にわたる夫婦の愛情の変遷を抒情的に綴った短篇だ。低いハミングの調子で、しみじみと語られている文章には、以前のしゃにむに相手を納得させようという調子がない。それが、かえって読む者に、作者の低いつぶやきの底に流れる哀切な心情を、聴きわけたくなる不思議な魅力をもっている。この年の俊子の作品中では唯一の好短篇だった。

「二人は、夜着《よぎ》まで新調して結婚すると云ふやうな、結構な人間並みな結婚をしたのではなかった。

　その時まで下宿住ひをしてゐた男の方には、夜具などは一枚もなかつた。女が自分の幼少《をさな》い時からの一人寝の一と組の夜着を持つてゐただけであつた。それには赤の交じつた友禅の模様のついた掛け蒲団などもあつた。二人は家を持つと、その狭い夜着の一と組に不足も云はずに夜は一緒にその中に寝た。ある夜は端《はじ》と端とを引つ張りつこをして笑ひ合ひながら眠ることもあつた」

（夜着）

　そんな仲のよい夫婦の間でも、二年めには、夫が蒲団がせますぎると云いだした。妻の方はまだ夫と二人で一つ寝する習慣に飽きていなかったので、夫の言葉に一種のうらみがましさを感じながら、それでも、幅の広い敷蒲団や四布の掛蒲団を古浴衣で作ったりした。夜具がもう一組ふえて間もなく、女中を置くようになり、二人はまた一つ蒲団に寝るはめになってしまった。

　その頃では習慣になってしまった激しい夫婦げんかのあとでは、一人ずつ起きて夜を明かしたりする。

　七年め、男がはじめて風邪をひいて寝込んだ。熱にうなされている男は、夜、女が傍に身を入れてくることを厭がり、女のために肩のすきまから風が入ることに不満をのべた。物を書く仕事を持つ女は、普通の妻のように夫の病気に心のゆきとどいた看病をしてやる想いやりがなかった。仕事をして疲れ切った身体を病気の男の横に入れると、正体もなく泥のようにいぎたなく寝こけてしまう。男はそんな女の寝姿に浅ましさを感じ、文句を云った。自分の病気に思いやりのない女の心の荒さをもののしった。

「あなたの身体より自分の身体の方が大切だわ。極まつてるぢやありませんか。私は唯眠れば宜いんですから、うるさくしないで下さい」

女は病気の男に昂然と云い放った。自分が一種の特異体質で、赤ん坊の睡眠時間ほども眠りを必要とする体質だということを、公然の権利のように主張して、女は病夫にもゆずろうとはしない。一家の経済を女の腕で支えている以上、養われる夫は、養う妻にそれ位の権利は認めるのが当然だという気持があった。他人より自分が大切、たとえ相手が夫であっても、夫のために自分を犠牲にするような過去の婦徳は自分には無縁だという心の誇りがあった。

男の病気が全快しない間に、女に染まってしまい女が寝こんだ。仕方なく男は熱の残った身体のまま起きだし、看病役にまわった。自分がろくな看病もしなかったくせに、病気で我儘になった女はさんざん夫を手こずらせ、寝ずの看病を要求する。

発熱してみると、蒲団が足りなく、家中のオーバーや、上衣を、蒲団の上にかけ、女は暖をとらねばならなかった。男が床に入ってくると、暖かさが男に奪われるような気がして、女は男を床から追いだした。男はオーバーをかけたまま、机にひじをついて居眠りの姿勢で明かす夜がつづくのであった。

「病気の治つた今、またこの夫婦は、一枚の蒲団をひつぱりあつて、一つ床にいつしよに寝てゐる。夜具の足りなさを今度の経験で痛感した女は、しみ〴〵と反省した」(夜着)

「心がければ夜着の一枚や二枚が作れないほどのことはなかつた。女は相当に多少の収入をその仕事から得てゐた。唯、彼女の道楽気が無駄な金銭を費消しなくては済まされない場合を沢山に作るのであつた。夜着などには手も廻らぬほどに、いつも彼女の低級な芸術家気質が、僅な収得の彼女の金銭を忙しく追つてゐた。演劇だの、音楽だの、味食だの、さうして玩具だの——それは随分馬鹿気たことだつたと女は思つた」（夜着）

夜具一組作る余裕も残さないほどの無計算な浪費生活が、すでにこの頃の俊子の日常になっていた。小説の中に誇張があると見ても、並外れた俊子の派手な浪費生活は、表面にあらわれる栄華の華やかさにくらべ、じりじりと、俊子の家庭の経済生活の礎石をゆるがしはじめていたのである。

作中の女は、寝床の中で、生家がまだ零落しない頃、祖父が山賊の夜具のような厚天鵞絨《びろうど》の薄蒲団を常用していたことや、自分の夜具が、踊りの会に着た近江のお兼の衣裳の直しであったことなどを思いだす。今度作るつもりの蒲団の華やかな色彩を男に語ったりする。

作中の女も、男も、読者も、その華やかな夜具がおそらく女の夢の中だけで描かれ、決してこの夫婦の現実の夜を彩ることはないであろうと感じている。一つ夜具の中に今もいっしょに眠る夫婦の昏《くら》い未来を暗示するように、ある朝、男は、庭に飼っていた鳩を、いきなり締め殺した。そこでこの小説は終っている。

その次に書かれた「人形の踊り」（『中央公論』六月号）もまた、私小説的な題材がとられている。ここでは、作者らしいSという女が病気で寝ている隣の部屋で、その夫がこつこつと木彫を彫りつづけている。床の中のSが、退屈しのぎに、ゴム玉をおせばゴム管の先の人形がくるくる踊る玩具をいじりながら、夫の木彫によせる感慨をのべるという設定である。

松魚は、実際にこの頃、木彫に凝《こ》りはじめていた。

湯浅芳子ははじめて俊子を訪れた時、松魚が、俊子の書斎の隣の三畳で、木彫に余念がなかった姿を目撃したといっている。松魚には早くから骨董趣味があり、そのせいで、すでにこの頃から、小仏像に格別の興味を寄せていたのではないだろうか。後に松魚が骨董屋を本職とした時も、小仏像の蒐集には殊に情熱をそそいでいた。昭和十七年に、「小仏像」という、小仏像蒐集家の入門手引になる小型本を出版しているくらいだ（十一組出版部）。松魚は木彫術を習得して、いつかは理想の小仏像を彫りたい念願があったのであろう。

七年をこす俊子との結婚生活は、俊子の個性と才能に圧迫され、松魚の文学上の才能も生活それ自体さえも、いつのまにか、じりじりと、俊子に食いつくされていた。俊子の才能の開華の蔭に、松魚のどれほどの貢献と犠牲があったとしても、世間はそれを全く顧みようとはしなかった。俊子自身さえも、経済的主権を握ってからは、ことごとに、松魚の存在を重荷にし、心の中では、夫の文学的才能に、誰よりも早く決定的な見切りをつけているのだ。それもこれも、松魚に感じない筈はない。対社会的にはわざと、女房の才に敷かれた無能な夫の立場を道化として戯画化し、自分の惨めさを誇張してみせているけれど、松魚が心の底からその立場に甘んじきれる筈はなかった。二人の結婚生活は一組の男と女の闘いではなく、二人の芸術家の個性と才能の、食うか食われるかの凄惨な闘いであった。俊子はそれをさらけだすことによって、彼女の文学的立場を確立した。そして松魚はこの勝負に完全に負けたのだ。誰よりも、松魚自身がそれを識っていた。松魚は、生きる活路をもはや文学以外の道に求めなければならないのを痛感した。松魚は木彫の世界に、自分の可能性を発見したと思った。ところが、新しい可能性に自分の未来を賭けようとしても、やはり、実際の生活の面ではより一層の負担を俊子の経済力に頼らないわけにはいかなかった。

「五年の間だ。その間だけ面倒を見てくれ」

松魚は自分の木彫の完成の未来を五年と区ぎり、俊子に頭を下げて頼んだ。俊子は勿論承諾した。自分の幸運と反比例して、松魚が文壇から落伍し、絶望した悶々の日を送っているのを、一つ家で肌に感じて暮すことは、俊子にとっても松魚以上の辛さと苦痛であった。

刀を執《と》りはじめた松魚の純粋さと、熱中度に、俊子は一驚した。松魚の生れ変ったような潑剌とした気分に、俊子はかえって圧倒されるような時さえあった。

「Sの芸術は兎に角幸福に輝いてゐるのに、連合《つれあひ》の芸術は段々と不幸な底に沈淪してゆくばかりであつた。

けれども連合はたう〳〵その不幸から漸《やう》く抜けだすことが出来た。彼はもう一度、生れた最初に引つ返して行つて、そこで新たな努力と希望とを摑んだ。連合はもつとも初心になつてその新しい仕事を大切に築き初めた。あらゆる欲が連合の長い失望に萎えてゐた魂に勢ひよく火をつけた……（中略）……連合はまるで傍目もふらなかつた。それと同時に、Sの生活の上に拘泥しなくなつた。彼はすつかりSから離れてしまふことが出来た。嫉妬と羨望もSの仕事に対する邪悪な呪ひもみんな綺麗に消えてしまつた」（人形の踊り）

「人形の踊り」では、寝床で人形を踊らせながら、俊子が松魚の新生活への情熱を嫉《ねた》ましくさえ感じることがつづられている。

松魚の新しい生活がうかがえるだけで、この作品は、作品としての張りもなく、構成も安易で、小説と呼べるほどのものではない。「夜着」の、たくまずして滲みだすユーモアもなければ、俊子特有の耽美的な情緒もない。文章もだらけ、緊張度がまったくうかがえない。

俊子の才能の凋落《ちょうらく》は既に始まっていたのである。松魚が必死に自分の活路を見つけだし、新しい未来にむかって立ち上ろうとした時、もはや、俊子は松魚に頼りにされるだけの生活力を失いかけていた。松魚も俊子もまだその現実を冷静に見つめることは出来ていなかった。

松魚が望み、俊子も承諾したように、この先五年間、俊子の文学活動の時期が持ちこたえられ、松魚の生活をひきうけ得たとしたら、あるいは、二人の前途は思わぬ方向に変っていたかもしれない。が、現実には、俊子は既に筆力が衰え、これからは急速に才能が色あせ、見るべき作品を産むことが出来なかった。

六月号にひきつづき、七月号の『中央公論』に「彼女の生活」という大作を書いている。

これは後に単行本として出版された時、

「女流作家の第一人者たる田村俊子氏の芸術は、最近に於て一転回した。官能派として、唯美派として、その艶麗の色彩を恣《ほしいまま》にするを以て満足せず、思想的に現代生活の中核に触れてゆかうとしつゝある。夢と空想とに生きた彼女は、今や面に実人生と相接して、その苦悩と、争闘との生々しき実感を語つてゐる……」

と、広告文が出ているが、作品そのものは主張と説明ばかり多く、冗漫で、作品としての出来は俊子の作とも思えない。

一人の、自我をもった新時代の新しい女が結婚し、結婚生活と、自分の文筆の仕事との間で悩むことを哲学的に考察しようとした作品である。この作風は、後に渡米前、俊子がスランプと戦いながら必死に書き残していった「破壊する前」、「破壊した後」にそのまま受けつがれている。

この年は、以後、目ぼしい作品がなかった。

この頃から、俊子は、次第に創作上の苦悩や、家庭生活の重苦しさをまぎらせるため、俊子のことばによる「放縦の生活」に堕《お》ちていった。享楽好きで浪費家の遊び友達と、節度のない交際をする。連日のように観劇に出かけ、その度、驕《おご》りきった美食をし、衣裳や、装身具や、玩具などに、はてしもない無駄費いをする。外出の度の莫大な車代も馬鹿にはならなかった。才能の行きづまりに対する焦躁、経済生活の破綻への不安をまぎらわすため、羽に火のついた鳥のように、まっしぐらに遊びの淵へ飛びこんでいった。放縦に美があり、浮華に美があると信じこもうとした。その美の幻想に魅惑され、溺れこみ、われとわが目の光をさえぎるようにつとめた。けれども俊子はやはり真正の芸術家であった。そうした懶惰な生活の中でも、決して盲目になりきることは出来なかった。もう一人の俊子の目は、悪あがきする俊子の不様《ぶざま》な姿を、いつも冷酷に見つめていた。

大正五年『文章世界』一月号に書いた「栄華」は、消えかける蠟燭の炎が、一瞬華やいで燃え上るような妖《あや》しい輝きを放つ名品となった。

小松という女主人公は、一生食べてありあまるほど財産を持つ未亡人だが、それをわずか一、二年の間に、女一人で蕩尽《とうじん》しつくす。役者に迷い、入れ上げてしまったのである。長年かしずいている老いた女中にさえ見限られ、幼い娘一人かかえて、明日の生活費もなくなるほど零落するが、小松の目は、昨日の栄華の夢を追い、薄情な情人との情事の惑溺を空しく追い求めようとする。

所持品の一切を売りつくし、待合で男に逢う金の工面も全くなくなった時も、小松は自分の悲惨な現実を直視する能力がない。

「大きな海嘯《つなみ》の中に浚《さら》はれつゝ、行くやうな生活——小松は気が附いたやうに其の恐しい生活の行方《ゆくて》を見た。栄華に耀いた小松の奢つた姿はその中に没してしまつて、女の子供を抱へながら二人の口を糊するのに途方に暮れてゐる哀れな小松の姿が其の行方に現はれて見えた。

『なに。そんな事はない。』

と小松は思はず一人で呟いた。多くの男や女に取り巻かれて全盛を見せた艶《あで》やかな貴婦人の姿は、つい昨日の自分の姿であつた。小松は昨日のその姿に執着して、窮迫した自分の現在を忘れて了はうとした。驕《おご》つた昨日の自分の姿に絶えず附き纏繞《まつは》つてゐた当世の人気役者の鯉三郎の姿を、小松は惹き附けるやうに思ひ描いた。鯉三郎とはまだ何時でも逢へる仲であつた。唯一人、

自分に背向かない鯉三郎の姿を思ふと、小松はまだ〳〵栄華が自分の手にあるやうな誇りを覚えて、心が昂《たかぶ》つた」（栄華）

唯一人、自分に背向かないと思っていた鯉三郎は、落ちぶれた女から既に心は離れ、「何時でも逢へる仲」の男ではなくなっていた。小松は自分の悲惨を習慣の栄華の中でまぎらわそうとして、なじみの待合の千巻《ちまき》にかけつける。けれども男はついに来なかった。

「銀地の裾に市松を墨で描いた唐草に、電気の灯が白玉のやうに照り返してゐた。小松は床柱に背中を凭《もた》せて冷えた爪先を炬燵の中で温めながら、たつた一人で其の小座敷に稍々《やや》長く電話の返事を待つてゐたけれども女将のおなほも女中のお勝もそれぎりで顔を出さなかつた。小松は其れ等の人たちを急き立てるほどの夢のやうな我が儘気も失せた悄然《しよんぼり》とした風で、身動きもせず黙然《もくねん》と俯向いて自分の膝の上を見詰めてゐた。長い睫毛が頰に蔭を落して、苛《いらだ》つたせゝこましい表情が、その顔に現はれてゐた。ふと、衣桁《いかう》に引ッかけてあつた紺紫地のコートがするりと落ちた時に、小松はその物の影に驚いて衣桁の方に綺麗な目を上げたが、そこに落ちたコートを見ると、又悄然と肩を埋めて深い息を漏らしながら俯向いた。

ふんだんに有る金を撒きちらして居た頃とは違つて、千巻へ来ても小松は自分から気が退《ひ》けるやうな思ひがした。昔は自然の贅《ぜい》の輝いてゐた服装《なり》や持ちものが、やがては皆への遣り繰りからの見得の贅をするやうに手許が詰り、今では其れさへも、思ふやうには成らなくなつて、斯うした乏しい服装で通ふやうになつたのを、女将や女中たちに見透かされるのも心苦しかつた。だが其れも、今日一日だけだと思ふと小松は残り惜しいやうな、其れでさつぱりと未練の取れて終《しま》ふやうな不思議な思ひがした。鯉三郎がもし来なければ其れでも仕方がないと、小松は思ひあきらめながら、斯うした瞬間にも『おちぶれた自分』の姿が、自分の心の上にまざ〳〵と現はれてくる事が小松は忌《いま》はしかつた。せめて千巻にゐる間だけでも、昔のやうな寛闊《くわんくわつ》な心持で過したく、小松はこの家での長い間の馴染んだ遊びなどを繰り返して考へやうとしたけれども、何となく地獄の底のやうな暗い冷めたさが心の内に忍んできた。百金千金をぱつぱつと投げて、自分の贔屓の男や女たちの世辞追従《せじついしよう》の前に、わざと寛闊に驕《おご》つてゐた自分の綺羅の世界は、いつの間にか厚い帳《とばり》が自分との間を隔てて其れは遠い彼方《あなた》へ退《うざ》つて行つてしまつたやうな侘びしさが小松の胸を腐らしてゐた。自分を隔てた花の帳の蔭には、他人の栄華が充ちてゐた。さうして自分のたつた一人の鯉三郎をその栄華が犇々《ひしひし》と取り巻いてゐた。嘗《かつ》ては自分の栄華の両袖を翼のやうにして、その蔭に可愛らしく竦《すく》んでゐた美しい鯉三郎が、他の栄華の一人の手に、自分に見せたやうな媚態のかず〳〵を尽してゐる姿もその帳の内に見えた。斯うして自分とは何時の間にかすつかり離れてしまつた栄華の帳の内に、自分のやめられない深い恋がその儘に消えもやらず残つてゐる果敢なさが、小松のこゝろにしみ〴〵とした」（栄華）

ここに描かれた小松は、作者の写しではないにしても、栄華の果の惨めさや、心のうちの「地獄の底のやうな暗い冷めたさ」は、俊子の凋落の苦悩の相とみていいだろう。

「栄華」の主人公は、むしろ、俊子の母の若い日を伝えているのではないだろうか。

俊子の母きぬは、生前の姿に接した人の伝えによると、顔一面がひどいあばた（火傷という説もある）のあとで掩われ、髪もかつらだったという。いつごろからそんな顔になったのかわからないが、年をとっても子供のように若い年下の役者を情夫にしていたような女だった。

俊子の作品の中に、母の俤を伝えたらしい人物が、一つの女のタイプとしてあちこちにあらわれている。

「阿母さんと云ふ人は、昔あれほど零落してゐる時でも指輪がなくてはゐられない人であつた。二十五銭の真鍮の色のやうな鍍金《めつき》の指輪なぞを嵌めてる時があつた」（海坊主）

この母親は、三度の食事に食パンに赤砂糖だけのような日が続く中でも、花札をひいていた。

富裕な家に生れ、一人娘で栄耀に育ったこの女は、長唄、常磐津、清元や、義太夫まで、芸事を身につけていた。年ごろになると養子を嫌い、継母といっしょになって役者狂いをして、有る財産のすべてを蕩尽してしまった。零落してからは、趣味で身につけた芸事を人に教えて生計のたしにした。娘には学問をすすめ、女も独立しなければならないというのも、自分の境遇から得た知慧だったのかもしれない。若い男をつくり、その男と台湾へ渡り芸者屋で芸事を教えたりする。六年の台湾暮しの果に、相かわらず零落したままの相で、けろりと東京へ舞いもどってくるのであった。こんな「海坊主」の中の母は、後年「蛇」の中の母にそのまま俤を伝えている。

「……これが自分の真実の母親かと思ふ程若々しい血色をして、廻りを出した櫛巻の毛が、娘よりはずつと豊満《たつぷり》してゐた。お洒落で、見得坊で、直きに、

『私だつてお召のコートぐらゐ着なくちや一寸外へも出られないからね。』

と云ふ風であつた。他人の洗《そ》ぎ洗濯や、お針などをやつて五十銭一円の稼ぎをするなら、この世間には生きてゐないと云つてゐる。其れで始終花札をひいたり、詰らない賭け事などをやつて無性に暮らしてゐる。取つたものはみんな贅沢に飲食して了ふので、結局は二人の生活費はみんな愛子の手から出さなくちやならない」(蛇)

実際のきぬが、あばたでかつらだったことを思いあわせれば、別人のようだが、実在のきぬの雰囲気の中には、俊子の作品の中の栄華の果の零落の女の俤があったのではないだろうか。

俊子は、年譜の中に、浅草区蔵前町に生る。俊子と命名（旧姓佐藤）とだけ書いて、父母の名も記してない。親しい人々には、自分は蔵前の札差しの家に生れたのだと語っていたが、その証拠はない。けれども母の身につけていた遊芸や、府立第一高女、日本女子大学という当時としては最高の勉学コースをたどった俊子の履歴からみても、俊子の娘時代までは、相当の家をかまえている有産階級だったものと想像される。生前のきぬに、俊子の渡米後も親しく逢っていた唯一

の人湯浅芳子が筑摩版「現代日本文学全集」月報に、俊子の両親について書いているが、これだけが、現在俊子の実家並びに両親に関する唯一の確実な資料である。

　それによれば、きぬは佐藤家の一人娘で、十六歳のときに俊子を産んでいるから、明治二年の生れということになる。湯浅芳子が俊子と交際しはじめた大正五年ごろから俊子の渡米のころまで、きぬは元歌舞伎の役者だった若い男と芝烏森の陋巷《ろうこう》で同棲していた。踊、長唄、常磐津、清元、義太夫まで、いわゆるごもくの師匠をしながら細々と暮していた。喜好という号で当時の『都新聞』に都都逸《どどいつ》など投書してよく選に入っていた。

「婿養子であった俊子の父なる人と台湾へ渡って海水浴場など開いたというのはいつだったのか、それが佐藤家の完全な没落の時と思えるが、夫婦仲はわるく、日本へ戻ってのちは別居だった。或る日谷中の家の茶の間に六十にはまだ少し間のある田舎くさい男がおり、『わたしのファーザーだよ』と言われたのを憶えている。その人はしばらく谷中の家に暮していた。松魚は墓地を距てた処に骨董店をひらいてすでに別居していたときだ。俊子はこうした父や母をひとに知られるのを嫌がった」（人間俊子）

とあるが、樋口かつみ子の記憶による、父は軍医だったという話が本当とすれば、湯浅芳子の逢った人物と同一人物とは思えない。また俊子の女学校時代、すでに父なる人はその家に居なかったというし、東陽寺時代も、俊子は母と二人暮しだったから、もし、父が当時生存していたとしても、きぬとは離別同然の状態にあったものであろう。俊子の小説の中に、仕事に失敗ばかりして、度々台湾へ渡り、御大典記念の写真を売ったりして、食いつめては娘に金をもらう男の話が出てくるが、その男は、生活能力はないけれど、人の好い憎めない小心な男に書かれている。その印象と、ファーザーだといって芳子に紹介した男の感じがよく似ている。何れにせよ、俊子の父はついにその名前も生死の年代もわからない。

母きぬは、俊子がカナダから帰国した時は、尾久のあたりに住んでいた。烏森時代からの男とは最後まで連れ添って、昭和十二年夏まで生存した。きぬが病死した時、俊子は本町アパートに住んでいたが、誰にも告げず旅行中で行方の探しようもなく、ついに死目にあえなかった。佐藤家の墓は浅草の本龍寺にあったが、戦災後の墓地整理で、無縁塚になったのか、今は見当らない。

大正六年に入ると、俊子の創作力は全く衰え、実生活の上でも「栄華」の女主人公にも劣らない経済的破滅におちいるのであるが、まだこの年の『新潮』五月号には「田村俊子氏の印象」という特集記事が、三度、華々しく企画された。

同じく三月に新潮社から「彼女の生活」が単行本として出版されているのをみると、ジャーナリズムでは、「彼女の生活」において一変した俊子の作風の中に、作家としての俊子が新境地をきり開いて更に飛躍を示すかもしれないと、かいかぶっていたのではないだろうか。この時以後、全く作品らしいものの書けなくなった俊子をみれば、この特集は、皮肉にも俊子の華やかな過去の業績に対する弔辞のようになってしまった。この時の執筆メムバーは、

徳田秋声　「女優であつた時から」
森田草平　「技巧と性質と並び到る」
岡田八千代　「私の見た俊子さん」
近松秋江　「人見知りをする女《ひと》」
鈴木　悦　「軟《なめ》らかで艶つぽい」
長田幹彦　「鞘皮《しがは》のやうな感じ」

である。

このころから、俊子は家に閉じこもりがちで、世間とは交渉を絶つようになっていたことが、

秋声の文章によってわかる。

「氏の芸術や生活は、近頃になつて、その肉体の不健康と共にや、頽廃の兆を示してゐるかには見えるが、これは氏が或程度までの力を出してしまつたあとの、労作の濫費から来る疲労と、氏の性格と境遇に特殊な物質的生活の過剰な負担から来る気分の焦燥と、自暴とが因を成してゐる」

と、俊子の状態に深い理解を示している。秋声は最後まで俊子の良友であったが、秋声が特に俊子と親しくなったきっかけは、秋声が読売新聞へ入って、俊子を当時の主筆北鷗に推薦して、俊子が読売の客員となって以来であるという。

　森田草平は、最初序文を書いた因縁からか、こういう企画の時は必ず引っぱりだされているが、俊子との交渉は、年月と共に深まるといったものではなく、次第に、冷淡な書き方になっているのが面白い。ここでは俊子が技巧一点張のように書いてある。江戸っ児にしてはずいぶんねちねちした江戸っ児だと書いてある。

　俊子と非常に親しくし、誰よりも長い交際期間をもった岡田八千代がはじめてこういう場所に登場してくるが、女らしい観点から俊子をみている。

　自分で遊びに来いといっておきながら、行くと、何しに来たというような顔や態度をとることが多い。そのくせ、すぐ、いっしょになって遊びだし、子供のように無邪気にはしゃぎだすという。また俊子は世間で大変厚化粧のように言われているが、八千代の観察によれば、決して厚化粧ではなく、りすりんをつけて、一寸白粉をつけるだけであんなに綺麗になってしまって、それが少しもはげないのだから不思議なのだという。

「そして紅をさゝないでも頬が少し赤くて、眉がぽつとして御存じの魅力のある顔になるのです」

といっている。髪も、自分では一番欠点のようにいっていたが、八千代に言わせると、あんまり長くはないのに、いつでも美しく結い上る髪で、ほんとに緑の黒髪という形容がぴったりだといっている。

近松秋江も、初対面は厭な印象を受けたが、つきあう程に俊子の魅力にひかれていった。一年に一度か二度くらいしかあわないが、俊子は樋口一葉以来の第一人者であると、その文学を絶讃している。

ここにはじめて鈴木悦の文章が登場してくるが、このことは前に引用してあるのではぶく。すでにこのころ、悦との恋愛関係は生じていたのである。

ちょうどこの当時の俊子自身の心境のうかがえる文章が、大正六年三月号『中央公論』に載っている。これは「半生を顧みて妾の一番楽しかつた事悲しかつた事」というアンケートに対する回答文なのである。この中で他の回答者は軽く答えているのに、俊子一人が、むきになって、自分には悲しい想い出ばかりで楽しいことなど少しもないと答えているのが異様に目をひくのである。

「私の娘時代は、私の魂は低級な詩の中で育つてゐたから、楽しみたがらずに悲しみたがつてばかりゐた。年が経つて、人生の味を知つて来てからは、私の生活は又悲しみの内にばかりあつた。すべてに対する不足の悲しみ、生活の当途のない暗い悲しみ、自分の愚昧さに対する憫《あは》れな悲しみ――殊にこの頃においては、私のある一時期の間違つた思想の為にその存在を虐げられたものが苛虐の手の痕をとゞめながら私の眼前に纏つてゐるのを絶えず見続けてゐなければならない大きな悲しみ――斯う云ふ悲しみから私は瞬時もはなれることが出来ないでゐる。……（中略）……私は近くある動機からすべての点において自分の過去を恐しく慚愧した。その慚愧から来る気鬱の為に、人と人との交渉を避け一人ぼつちの生活に閉ぢ籠り初めた。……（中略）……私はまだ無知の悲しみの中に閉ざされてゐる。恐らく、愚な私は生涯恥ぢと悔に苦しみながら、つひに正しい信仰を得られずに悲しみの地獄の底に沈んでゐることだらう」

これが栄華の夢のさめはてた後の俊子に残された、落莫たる心境のすべてであったといって過言ではあるまい。

流離

ある日、森田たまさんから俊子に関する美しいお手紙をいただいた。
「私があの方にはじめてお会ひしたのは大正三四年ごろかとおもひます　女子大の卒業生に長沼せきさんといふ人がゐました　高村光太郎夫人智恵子さんの妹さんです　長沼さんは吉右衛門の大フアンでそのため私に小宮先生を紹介させたりそのお礼のつもりか私に着物を買つてくれたり高村さんの家へ連れて行つてくれたりしました　俊子さんと智恵子さんは大へん仲よしでいつも智恵子さんのところへ行つてゐたやうです
俊子さんは初対面の私に『あなたは深川の生れね』といひ　おどろいて『北海道です』と正直にいひますと『かくしたつて駄目よあなたの言葉づかひは深川だわ』と私のいふ事を肯定しませんでした　田舎者の私は何とかして江戸つ子らしく見られようと苦心をかさねてゐる時でしたから俊子さんに深川生れと云はれたのは一生忘れられないうれしさでした　そのつぎは長沼せきさんがアメリカへたつ事になり横浜のはと場まで送りに行つた時です　俊子さんはお化粧が濃くて派手でしたが智恵子夫人はもつと濃くお白粉をぬつてそれがところどころはげてゐて　着物も荒い格子のお召をひきずるやうに着てゐたので　はと場人足が智恵子夫人を見て『見や　化けものが通る』といひました　船が出てから三人で駅の食堂のやうなところへあがつて何かたべました

給仕の人がじろじろ見るので私は恥しくて何をたべたのか思ひ出せません　俊子さんと智恵子さんはトマトを注文して白い洋皿にいつぱい盛つた輪切りのトマトをむしやむしやたべました　ハイカラなものをたべるんだなあと思つたことです　私はトマトは七八つの頃から知つてゐてしかしたべずぎらひだつたのです
三度目はアメリカからかへつてらしてからでどこかで女の人ばかりの会があつたのですが終りになつてみんながコムパクトを取り出したので私はめつたに人前でコムパクトをつかふ事はなかつたのですがその時はつい誘はれた形でコムパクトを出しました　とたんに俊子さんがあらあなたもコムパクトをつかふのと咎めるやうにいふので　だつてと私は現在眼の前にコムパクトを使つてゐる俊子さんに抗議するやうに申しますとあなただけは使つてもらひたくないのよと御自分では顔をなほしながらいふのです　私は廿数年前にはじめて会つた時とおなじやうに俊子さんから甘やかされてゐる事を感じました
この時が俊子さんに会つた最後です　俊子さんは三べんとも遊びにいらつしやいねと云つて下すつたのですがあの方があんまり派手な存在なので気おくれしたのか到頭一度も行かずじまひでした
昭和十四年の十一月　中シナの揚州へ行きましたらしばらく前までそこの部隊に俊子さんが滞在されてゐたさうで　旭川の学校の先生をしてゐたといふ　東大出身の一等兵が大へん腹をたてゝゐました　部隊長の威をかりて兵隊を手足のごとくこきつかつたといふのです　『女のくせにコール持つてこいと怒鳴るのですからね　兵隊は人間ぢやないと思つてゐたらしい　田舎出でコールのわからないのがゐると　それくらゐのことがわからないのかと威張るのですが日本人には日本語があるのだから石炭といへばいゝぢやありませんか』その話をきいた時相変らず美しくお化粧をして女王が奴隷をつかふやうに兵隊をこきつかつた俊子さんの姿が浮んできてなつかしい

やうな悲しいやうな妙な気持になりました 私は何の被害もかうむらず甘やかされただけですから いつまでもなつかしい人といふ思ひ出が残つてゐます」

これによれば北京滞在中、俊子は北京だけに止まっていたわけではなく、小旅行は度々試みていたようである。部隊長云々のことがあるが、北京で俊子は軍部と相当密接につきあっていたといわれている。俊子がカナダから身につけて来た進歩的思想から云えば、矛盾した態度だけれど、俊子のやり方では、おそらく軍部そのものに同調するとか協力するとかいうのではなくて、軍部の中の特定の人物に親愛を感じ、その職業にとらわれず、近づいてしまったという形なのではないかと想像される。何れにしろ占領下の北京においては、軍部の要人と親密になることは、何かにつけ便利だったにちがいない。

北京を中心とした小旅行なども、そういう手づるから行われたものだろう。俊子が、本気でこの時軍部と結託する気になれば、俊子ほどの経歴と過去の業績のある女に、何か重要なポストが与えられない筈はなかった。けれども俊子は、この手紙のなかにもあるように、時には部隊長の威を借り威張りちらすといったふうな子供っぽい驕慢な態度をとっても、そのまま軍部の権力のかげに身の安泰を計ろうとはしなかった。

一九四二年(昭和十七年)の早春になった。

湖にはりつめていた氷がゆるみ、楊柳の芽がふくらみはじめる頃、俊子は突然、単身中シナへ赴いた。ほんのかりそめの短い旅のつもりで、内地から逃れてきた北京で、すでに四年近い歳月を過していた。田村ふさとか、丸岡秀子とかなど、俊子に好意をよせてくれる年下の女友だちの友情に甘えっぱなしで、相変らず独特の借金ふみ倒し形式で暮してはきたものの、二年の間に、これといって仕事らしい仕事をしたこともなかった。旧い友人や仕事関係の知友の多い東京での生活とはちがい、北京ではさすがの俊子も、これ以上無収入で人の懐めあての暮しをつづける見通しがつかなくなった。

北京で書く筈の大作もついに書きだしの一行さえ出来なかった。何に駆りたてられたのか。おそらくカナダに渡った頃から、身に沁みついてしまった放浪癖に、そそのかされたのだろう。人の目には、食いつめて逃げだしたという印象を残した俊子のわびしい出発であった。

そのころ、南京には詩人の草野心平が南京国民政府の顧問として滞在していた。北京の平等俊成の紹介状を携えて、俊子は初めて草野心平の前にあらわれた。俊子はそこで、もう北京に帰る意志のないこと、出来れば上海で何か仕事をはじめたいという抱負を訴えた。

俊子は草野心平から上海居住の実業家名取洋之助を紹介され、南京日本大使館報道部の松平忠久に引きあわされた。俊子は天性の社交性を発揮して、名取洋之助との間に、中国女性を読者対象とした華字婦人雑誌を発刊する計画をまとめあげた。名取洋之助は当時上海で太平出版印刷公司と太平書局を経営していた。松平忠久からは、その新雑誌への紙の割当の保証を受けたり、上海日本大使館嘱託の資格をもらったりした。

その足で上海へ行き、はじめはピアス・アパートに、後北京路一五七五の北京大楼の四階十七号室に移り住んだ。そこがついに、俊子の長い漂泊の生涯の最後の棲《すみか》になろうとは、彼女自身予測もしないことだっただろう。

俊子の雑誌は『女聲』と名づけられ、女聲社は、太平書局の編集室の中に同居した。

それ以後『女聲』の仕事に俊子は倒れるその日まで没頭していた。

一九四二年（昭和十七年）十月、『女聲』は創刊された。俊子は左俊芝の中国名を使って毎号巻頭言を書いた外、相変らず好きな演劇について批評文をのせたりした。編集、取材、資材の確保、売りさばき、資金集め、あらゆる雑務は一切俊子の肩におそいかかってきた。関露という若い中国人の女流作家をはじめ二、三人の中国の若い女を使っていたが、責任の一切はもちろん俊子が負わなければならなかった。最高部数せいぜい、四、五千部のそんな雑誌が営利事業になる筈もなかった。相変らず貧窮と不如意は俊子の影のようにつきまとって離れようとはしない。

人魚でも食べたような不思議な若さは、まだ俊子の外貌を華やかに飾ってはいたけれど、この年もはや俊子は数え年五十九歳になっていた。俊子は自身の肉体に不滅の若さを信じているように見えた。と同時に、自分の精神に永遠の青春を仮想していたらしい。肉体の若さが精神の若さを支えるのか、精神の若さが肉体を不老にするのか。誰の目にも解き難かった。

中国に渡って以来、服装は四季を通じて派手な中国服を着ていた。夏など腕がつけ根からまるだしになる中国服を着ても、衰えを見せぬふくよかな色の白い腕は、いっそなまめかしくさえあった。

南京政府から補助を得ている以上、『女聲』は南京政府の宣伝機関としての責務を負っていた筈だけれど、俊子のつくる『女聲』にはおよそ宣伝臭はなく、純粋に文化的にしようという編集意図があふれていた。それを俊子の、時の政府や軍部や強権に対する意識的なレジスタンスとみるのは買いかぶりかもしれない。俊子は、それほどの政治的意識などなく、ただ自分の力の範囲におかれた雑誌に、力のかぎり情熱をそそいで、自らの「好み」に少しでもあった雑誌を創造しようとしたのではないだろうか。カナダ時代の「民衆」の仕事の経験からみても、俊子はおよそ、事務的能力は乏しい筈であった。おそらく、編集や発行のすべての事務は、他の中国人の社員たちが分担し、俊子はしだいに、専ら資金ぐりや、企画や原稿書きに追われていたのだろう。会話は最後まで中国語を覚えようとせず、中国人との重要な話は、すべて英語に拠っていた。

何れにしても、ささやかな、取るにたらないこんな雑誌に、俊子が晩年の貴重な時間と情熱と心血をなぜこれほどまでにそそいだのだろうか。私はそこに故里を見失った異邦人としての俊子の流離の孤愁を見出さずにはいられない。

ここでも俊子は余計者の悲哀を味わった。北京を舞台に展開する筈であった俊子の夢の中の壮大なロマンは、象《かたち》にはならず、俊子の想いの中だけであふれる海であった。静かすぎる古都から、もう一度逃れ出て、ようやくたどりついた無国籍の匂いのする上海の雑閙《ざっとう》で、はじめて俊子は放浪者としてとけこめる空気を見出した。

「こんなことしていられない。しごとがあるわ。しごとをしなければ」

昔、全盛の日の俊子が口ぐせにいったことばが、おそらく中国服の肩をいからせ、足早にかけまわる俊子の胸の中にあふれていたことだろう。かつては、「しごと」はただちに創作を意味していた。今は「しごと」は女聲社の社員としてのビジネスのすべてをさした。何でもよかったのだ。俊子は自分の中の孤独と顔をつきあわせ、素顔と語りあわねばならぬあの恐ろしい寒々しい地獄から救ってくれるものならば、どんな「しごと」にでもすがりついていたかったのだ。

十八年にわたる異国の生活の末、故国の土をふんだ俊子は、異郷の空で日夜描きつづけていた故郷とはあまりにもかけはなれた東京の町に、帰国者としてよりも、むしろ旅のつづきのようなエトランゼの旅愁を感じつづけていたのではないだろうか。俊子がこよなく愛した下町も、震災のあとに建ったもので、昔の俊子の追憶の中につながる姿ではなかった。

銀座も、浅草も、上野も、俊子には見覚えのない新しい町に変っていた。親しい人も死んでいたし、老いていた。何よりも俊子にとっては心の故郷と呼ぶべき文壇が、俊子には何所より居心地の悪いものになっていた。帰朝直後の歓迎さわぎのおさまった後に来た、空しさ。その上、またしても不手際な情事の惨めな結末。カナダへは逃れた俊子が、今度の中国への旅は、追われて来たということばがふさわしかった。杜《もり》と石と悠久の歴史でつくられた北京の典雅な風物は、俊子の傷心を包みこむ前に居たたまれない場ちがいな焦躁を与えたようだ。

一九四三年（昭和十八年）に入ると、太平洋戦争の影響を受けて、各種資材が逼迫し、『女聲』

の発行の上にも思わぬ支障を来してきた。俊子は相変らず、派手な中国服や毛皮に身をつつみ、『女聲』を続刊するため、資材の確保や資金の調達の目的で上海の巷をかけめぐっていた。その間にも、好きな観劇はかかしたことはなく、英語のイヤホーンを耳におしあてて、熱心に舞台に見入る俊子の、作家というより往年の大女優とでもいった誇りたかい風格のある姿が、あらゆる旧劇や話劇の劇場の一隅に見受けられていた。

中国文化協会の武田泰淳や堀田善衞をはじめ、当時上海に渡っていた阿部知二、石上玄一郎などの人々と交際はあったが、これらの人々は俊子の往年の名声や業績を伝え聞いてはいても、実感として記憶している世代ではなかった。

「あんたの小説読んだわよ。人間が全然書けてないじゃないの。まだだめだね」

いきなり、若い作家に向かってこんなきめつけ方をする時、俊子は文学の先輩としての毅然とした誇りに支えられていた。が聞いている若者の方では、忘れ去られた過去の作家として同情と哀憐の想いでそっといたわってきたつもりの失意の人から、いきなり刃物をつきつけられたようなショックを受けずにはいられない。そのことばが甲高いはりのある声で支えられ、これだけは譲らぬという強い自信と気魄に裏うちされていればいるほど、前よりもいっそう目の前の年齢不明の華やかな老女が、哀れに見えてくるのであった。

同じ社屋で仕事をしている太平書局の編集者たちにいたっては、表面俊子の面子《メンツ》を立ててやっていても、口うるさい、驕慢なヒステリ婆ぐらいの陰口しかついてはいなかった。俊子のかつての栄華の名残りは、貧しいアパートの目ざめがちな俊子の夢の中に、きれぎれに浮んでくるだけであった。

そんな俊子の上にもまだ、思いがけない幸福が、冬の陽ざしのようななごやかさと短さで訪れてきた。この年になって、急に、中日文化交流という名目のもとに、内地の文化人が続々と大陸に招待されてきたのである。

大東亜文学者会が南京で行われた時、俊子は、内地から訪れる懐しい文学者たちに逢うためいそいそと出むいていった。

その一日、すでに冬めいた風が冷たく吹く玄武湖の上で小舟に分乗し、一行は舟遊びを試みた。俊子の乗った舟には、北京から同道した阿部知二の外、土屋文明や奥野信太郎が同乗していた。その日の俊子の面上にほのかにさした幸福の余光を同乗した二人の文学者の筆は次のように追憶している。

「一日、もはや冷い風の吹く玄武湖上に、枯蓮を分けながら舟あそびしたことがあつた。一行は二隻の舟にわかれて乗つたが、彼女とぼくの舟には、たしか温厚の仏文学者T氏、中国文学者O氏、劇作家H氏などが乗つていたかと記憶する。灰色の空の下に鈍く灰色に光る湖の上だつたが、彼女が、古い東京の名菓の話などを皆と交して、いつに見ぬほど幸福そうに顔をかがやかせていたことを、今もはつきりと思い出すことが出来る」（阿部知二「花影」）

「……（略）……その次に会つたのは昭和十八年の秋南京においてであつた。玄武湖に小舟をうかべて、俊子さんと土屋文明さんとぼくの三人で、湖上の秋色を心ゆくばかり楽しんだ。その話つぷりがきびきびしていて、いかにも気持ちがよかつた。ぼくは土屋さんにそつと耳うちして『こうしていると、なんだか気のきいた老妓を相手にして遊んでいるような楽しさがしてなりません』というと、土屋さんはいかにもわが意を得たりとばかりに、これも小声で『そうなんだよ、まつたくそうなんだよ』と合づちをうつてくれた」（奥野信太郎「忘れがたい人」）

年の暮にはもっと思いがけない喜びが俊子の上に舞いおちてきた。

久保田万太郎が、上海へ来たのである。そのころまで旅行ぎらいで通っていた久保田万太郎が十二月二十二日の朝、羽田を飛行機で発ち、その日の夕方、大場鎮に着いたのであった。

この時、虹口《ホンキュウ》の中華航空の営業所まで出迎え、その後万太郎滞在中の三十六日間毎日つききりのように案内役をしたのが、太平書局の記者で、俊子と同室で仕事をしていた川鍋東策だった。久保田万太郎はその足で東洋一といわれ、世界的にも格式の高い英国系のキャセイホテルの六階へ投宿した。ところがすでにその頃、上海でも石炭事情が非常に悪くなっていて、それだけのホテルでさえ、ストーヴも焚けず、スチームもエレベーターもとまっているという状態であった。それでもキャセイホテルはさすが東洋一の面子だけは保ち、寒さを除けば頗《すこぶ》る快適であった。万太郎の訪中を上海在住の邦人の中で、俊子ほどの喜びをもって迎えた人はいなかった。

「劇作家K氏が飄然と上海を訪れてきたこともあつた。K氏は東京の下町育ち、しかも彼女の小学校の二級だか下、ということだつた。K氏のみじかい滞在中の、彼女の喜びようは、『いじらしい』といつてよいほどのものだつた。彼女の胸には、幼年、少女期、青春期の思い出が一時に鳴りそめたことだつたのにちがいない。『Mちゃん。Mちゃん』とK氏に呼びかけていた声音――それは親愛の表示でありながら悲痛であり、そのことを裏書していた」(阿部知二「花影」)

二人が通った小学校は、浅草馬道小学校で、二人とも浅草生れの浅草育ちであった。俊子より万太郎は五歳の年少だから、二級下ではなく、五級の差があった筈である。何れにしても、他の旅行者よりも、俊子にとっては懐しい人物に相違なかった。

「万ちゃん、万ちゃん」

と子供時代の呼び名をそのままに、少しでも長くその傍に居ようとした。けれども短い限られた旅程にぎっしりスケジュールのつまった万太郎の方では、この幼なじみの旧友のために、俊子が望むほどの時間をさいてやることが出来なかった。

俊子はあるだけの懐しさと歓迎の気持をこめ、クリスマスにはキャセイホテルの万太郎の部屋へ燃えるようなポインセチヤの鉢を、更に暮の二十九日には水仙の切花をとどけた。

「水仙やホテル住ひに隣なく

キャセイホテルの六階の六一七―一八。……わたくしの上海に於ける日々をゆだねた部屋である。その部屋の一隅に置かれたテーブルのまへで出来た句である。……（中略）……『水仙』は、これは、日本の年末をおもひだすやうにと佐藤とし子女史がとゞけてくれたのである。ボーイにあづけたら適当な入れものに挿してもつて来た。それを棚の上に載せたのである。

佐藤とし子女史、往年の田村とし子女史で、いま上海で『女聲』といふ華文の婦人雑誌を主宰してゐるのである。パンツをはき、毛皮の外套の肩をいからして、南京路の人込の中でも男のやうに元気にあるいて行く恰好はとても六十を越した人とはみえない。が、話をすれば、矢つ張、むかしのまんまの『あきらめ』の作家で、三十年まへとちつともかはらない人情脆《もろ》さをもつてゐるのにむしろわたくしは驚いた。アメリカに二十年ゐても、支那に十年ゐても、その土地の水にしみないとなつたら強情にしみないものらしい……」（久保田万太郎「だれにいふともなく」）

俊子はずっと中国服でおしとおしていたが、この少し前、列車の中で、軍の将校に、

「何だお前、この非常時に、派手な中国服なんぞぞろぞろ着やがって、それでもお前は日本人か」

と面罵されたことがあった。その時持ち前の負けん気を出して、ひっこまず、同じ程度の罵言をかえしてたちうちしたが、その不快な事件にこりたのか、平時の仕事着としてはスラックスを用いるようになっていたのである。

その日その日の生活苦や『女聲』の経営難に追われて、俊子の心の底におしこめられていた望郷の想いは、これら内地の人とのめぐりあいによって、一時に激しく切なくたぎりたってきた。

万太郎とかわす昔がたりの中に浮ぶ故国や古里東京は、アメリカから帰って以来のあの住み難く、苦しい想い出ばかりのこっている変りはてた東京ではなかった。黒衿かけた黄八丈に、友禅

の前かけをつけ、髪に花簪をゆらめかせ、縁日の夜店のアセチリンのかげで、海ほおずきをえらんでいるような娘の背景となる下町情緒の濃い東京の姿でなければならなかった。今はもうこの世から永遠に消えてしまった失われた古里の町かどや家並や、川の匂いが、俊子のうちにはいきいきとよみがえってくる。そしてもう誰からも忘れられてしまったあの華やかできらびやかな名声と喝采のどよめき――。

そんな夜にかぎって、懐しい人と別れ、ひとりになったとたん、俊子は云いようもない孤独地獄にひきずりこまれていった。

北京路のアパートにたどりつき、森閑とした冷たい暗い階段を一歩一歩四階まで上っていく時、俊子はふいにつきあげあふれでてくる涙を止めようもなかった。何度も立ちどまっては、汚れた壁に頭をおしあてすすり泣かずにはいられなかった。人なかで見せていた虚勢もポーズも気のはりも、一挙にずるずると俊子の背をすべり落ちていく。滂沱《ぼうだ》と流れる涙で化粧のはげ落ちた素顔は、面をひきむしったように老いと疲れの無惨に滲みでた六十の老婆のものであった。

火の気もないアパートの部屋は、いっそう孤愁を骨身にしみとおらせてくる。そんな夜は、隣室に住む金髪のユダヤ娘の部屋のどんなひくい話し声にも神経がいらだった。

気の弱いおとなしいその娘は、娼婦と呼ぶのが痛々しいような女だった。故国のない娘の宿命に、日ごろは充分同情もし、娘の淪落《りんらく》の生計に、心から哀れみも感じているくせに、そんな夜の俊子は、自身の寂しさにたえきれず、隣の壁に手あたり次第に物をなげつけたり、ヒステリックに廊下にとびだして娘のドアを叩きつけたりしながら、

「やかましい」

「淫売」

「うるさい、眠れないじゃないか」

など、浮ぶかぎりの罵声をあびせかけるのだった。髪をふりみだし、地だんだふみ、目を吊りあげて泣きわめく俊子の姿は、暗い廊下の灯かげにもはや幽鬼のように見えた。

人の気配が……人の話し声が……なつかしみよりもねたみを呼びおこすほど、俊子の心は孤独にすさみ愛に飢え渇いていた。

それでも俊子はその年の大晦日にはまだ、暖かな夢を描かずにはいられなかった。

とりこめの簪《かんざし》のならぶ浅草の大晦日の雑沓には遠くても、共に東京の大晦日の習慣を語りあえる友だちがいるということは、俊子の心を例年になく和ませてくれる。あれこれのグループから、年越のパーティの招待も受けるだろう。

「でも誰にまねかれても万ちゃんの淋しい大晦日を第一に慰めてやらなければ」

ところが、大晦日の午後になって、万太郎から女聲社に電話がかかってきた。

「どうです。佐藤さん、明日の朝、ホテルへお雑煮をたべに来ませんか」

キャセイホテルでは年末、客たちに、

「謹賀新年、昭和十九年元旦

元日ヨリ三日朝マデ、八階食堂ニ於テ朝食時間中、御屠蘇、御雑煮、御用意申上ゲテ居リマス」

と印刷した赤いカードを届けたというのである。

一人で元旦の御屠蘇を祝うより、俊子もいっしょにと誘われ、もちろん俊子は喜んで招待をうけた。それにしても、今夜の年越の夜はどうするのかと聞くと、今夜は旧友と、晩餐をいっしょにする約束があるのだという。一人で家族もいない旅の大晦日の寂しさを慰めてやろうと思っていた俊子の計画は、まずここで第一に外れた。元旦に逢うのだからいいじゃないかといわれれば、しかたがなかった。

万太郎の午後の電話を芯にして、その夜の俊子の悲惨な孤独が雪だるまのようにふくれあがっていこうとは、まだ俊子は気づいてはいなかった。

その日、夕方まで女聲社で待ってみたが、どこからも俊子を年越パーティに呼ぼうという招待は来なかった。どのグループでもどの家庭でも、日頃華やかな俊子には、まわりきれないほどの大晦日の夜のスケジュールがつまっていると想像し、遠慮したのだろうか。それとも日頃の俊子の鼻っぱしらの強さや驕慢さにひそかに反感をいだいて、故意に集りから敬遠したのか、あるいは、そんな俊子の外面に、俊子の心のなかにあふれている孤独と寂寥と人恋しさに、誰一人気づこうとしなかったのか。

その夜の七時すぎ、川鍋東策は忘年会の集りに遅れたことを気にしながら、会場へいそいでいた。太平印刷と太平書局の社員や、その知りあいの何人かのジャーナリストたちが、印刷会社にあつまって、忘年会をやっていた。川鍋東策だけが、まだ仕事の連絡で出かけていたので開会の時間におくれたのだ。

急ぎ足で町角をまわったところでいきなり呼びとめられた。

「川鍋さん、あら、いいところであったわ」

声の主は俊子だった。今日はいつものスラックス姿ではなく、晴着の青絹の中国服に毛皮《シューバ》をはおっていた。連れもなくひとりだった。

「ちょっとまだ仕事の片づけがありましてね」

東策は思わず口ごもってことばを濁した。今日の会の出席者は、ほとんどみんな俊子にとっても顔みしりや友人たちばかりであった。もちろん、同じ建物の同じ部屋に机を並べている連中だって多い。俊子に一言声をかけてみるのが当然の礼儀だった。けれども、誰一人、俊子をその会に呼ぼうと云いだすものはなかった。ゼネレーションがちがうこと、男ばかりの酒をのむのが目

的の会であること、云いわけはいくらでもあった。それでも暗黙のうちに、

「あのうるさい婆はね」

と敬遠したことは、みんなが黙認してもいた。ここでつい口をすべらせたら、当然俊子を伴って行くはめになる。それなら、はじめからあっさり誘ってやった方がよかったのだ。せっぱつまって、東策は、この件は最後までしらをきろうととっさに心に決めた。

「ね、ちょうどいいわ。あんたいっしょに阿部ちゃんのとこへ行こうよ」

「さあ」

東策が逡巡しているのに、おっかぶせるように、

「いいじゃないの、いってやろうよ。きっとどこへも行き場がなくて淋しがってるよ。喜ばせてやろうよ」

いるかどうかと思ったが、もうしかたがなかった。後でちょっと行くところがあるんだけれどと、口の中でぶつぶついいながら、結局強引な俊子に誘われ、東策も黄包車に乗って旧仏蘭西租界まで行くはめになってしまった。

阿部知二はそのころ、カセイ・マンションに滞在中だった。

東策は腹の中で、とにかく阿部知二に俊子を引き渡しさえすれば、大急ぎで自分ひとり仲間の会にかけつければいいと思いめぐらせていた。

三十分ちかくも冷たい風の中を走って、ようやく、カセイ・マンションに着いた。俊子はいそいそと、阿部知二の部屋をノックした。異郷で迎えるはじめての大晦日を、招かれる場所もなく、ぽつんとひとりでホテルの部屋にとりのこされているだろうと、俊子が想像していた阿部知二が、ドアをあけるなり、すでに酔のいくらかまわった上機嫌の顔で、

「やあ、これは……いらっしゃい、さあどうぞ」

と、愛想よく不意の客を出迎えた。いくぶんはしゃいだ声の中に、驚きがあらわれていた。驚いたのは俊子の方だった。

一瞬入口で棒立ちになっていた。部屋の中は寒々しいどころか、ストーヴであたためられ、明るい灯がともり、あたたかそうな酒の匂いや料理の匂いにまじって、甘やかな香水の匂いさえみちみちていた。

テーブルには二人ぶんの晩餐の皿が所せましとばかり並んでいる。先客があったのだ。しかも若い派手な美貌の女性だった。ソファーに純白の女の毛皮《シューバ》がなげだされていた。目の大きい表情のいきいきした女は誰の目にも三十にはなっていないと見えた。東策は俊子の顔色をみて、しまったと思った。俊子の全身がびりびり神経的にこまかく震えているのがわかった。白い頬からますます血の気がひき、目がけわしく光りだした。唇がふるえ、すぐには言葉も出ない。

阿部知二はいんぎんな態度で二人の客を招じいれ、

「最近、上海にいらっしゃった三橋敏子さんです。映画の脚本の仕事をしていらっしゃる方です。二人とも除夜に行き場もなくってこうして集まったわけですよ」

と、この場の状態をさりげなく説明した。

それはまったくその通りの事情であり、男女二人の晩餐のテーブルに酒がついていたとしても、常ならぬ除夜とあっては当然すぎる雰囲気でもあった。ところがこの時になって、ようやく阿部知二の方でも俊子の異常な不機嫌に気づいてきた。おさえようもないという憎々しい表情で、俊子は内心の不快をかくそうともせず、紹介された先客に対し、全く無視しきった態度を見せた。大人気ないほどあらわな怒りの表情であった。温厚なフェミニストである阿部知二は、この俊子の剣幕に全く驚いてしまった。

酒の好きな川鍋東策は、事ここに至ってはもうどうしようもないと、ふてくされる気持で、やけ気味にすすめられる盃をあける。いわれのない無言の侮辱を、突然、後から前ぶれもなく来た客にうけねばならない理由ののみこめぬ三橋敏子も、いい顔の出来る筈がなかった。

話はひとつひとつ、無気味な余韻をのこして、宙ぶらりんでとぎれていく。何とも救いようのない重苦しい奇妙な空気が部屋に充満してきた。酒の勢力をかり、たまりかねた川鍋東策がついに口をきった。

「実はね、今夜うちの連中が忘年会やってるんですよ。ぼくは仕事の都合で行かれない筈だったんだけど——どうです、これから、みんなでのぞいてやりませんか」

俊子がじろっと東策の方をにらんだ。今になって、そんなことを打ちあける東策たちのやり方に、今気がついたのだ。それも仕方がないと、もう破れかぶれで東策は、そこへ合流しようといいつのった。阿部知二にしたって、一刻も早くこの部屋を出る以外に、この奇態な重苦しい空気を破りようはないと思って、すぐその誘いに応じることにした。二人の女は、二人の男のわざと調子づいて誘う勢いにまきこまれたふうをして、ようやく腰をあげた。

二時間近くもおくれて入っていった忘年会の席は、もう完全に酒がまわっていた。思ったより多くの人たちがその会に合流し、にぎやかな活気のある除夜の空気がみちあふれていた。

硬ばった表情の四人が、入っていっても、誰も気にもとめなかった。四人は当然の客のように暖かく迎えられた。俊子をはじめから敬遠してこの場に誘わなかった連中も、気のいい川鍋東策が結局彼女にうそをつききれず同道したのだろうと察し、内心おかしがりながら、そしらぬ顔をしていた。こうしてやってきてみれば、やっぱり日ごろの仕事仲間だし、風格もあるし、まだまだ美しいし、俊子はこういう席上に光をましこそすれ、決していやな存在でないこともすなおに認められるのであった。

盃がまわり、話が飛び、会はますます活気を呈してきた。川鍋東策は、さっきからの焦躁やうしろめたさや、ここへ来てからの安堵感がいっしょになり、一時に酔がまわってきた。

その時だった。もうすっかり存在を忘れかけていた俊子の声が、甲高く近所のテーブルからとんできた。

「大体、お前が悪いんだ。何だってはじめっから云わないんだ。あたしをだますつもりだったんじゃないか」

どこで俊子の怒りに火がついたのかわからない。とにかく真向から叩きつけられたヒステリックな罵声に、酔った東策は、かっと逆上した。この女のために、無駄にうろうろした時間が急に惜しまれてきた。日ごろの思い上った態度も、若年だからといって何でも人におしつけてくる仕事のやり方も、何もかもが癪にさわってきた。

へん、たかが、忘れられた作家くずれじゃないか。東策は、腹だちまぎれに、まだ何かわめいている俊子の方にむかってどなりつけた。

「うるせえ、このくそ婆」

「何、何だって、もう一ぺんいってみろ」

「何いばってやがんだ。ろくなものも書きもしないくせに」

「何を、このバカヤロー、何をお前は読んだんだ。あたしの何を読んでそんな口きける」

終りはもう号泣に近い絶叫であった。俊子は手もとのビールびんをつかんで東策めがけて投げつけてきた。東策も俊子に飛びかかっていこうとした。

「このくそ婆」

「青二才、お前なんかにとやかくいわれるような情ない仕事はしてないんだ。あたしの仕事を、あたしの仕事を」

俊子は涙に声をつまらせてまだ絶叫しつづけた。一座は騒然として、もう酒宴どころではなかった。猛りたった二人をとりおさえ引きはなすのに、大の男が何人もかかった。

俊子の怒りは、茫然としている三橋敏子の上にも、飛びうつってきた。

「何だ、お前なんか。お前なんかにそんな目つきで見られるようなあたしじゃないんだ。いい気になりやがって、生意気な」

全く支離滅裂の怒号だった。

阿部知二にも手の出しようがなかった。座は白けきってしまった。ようやくあばれ疲れた俊子をだれかがなだめ、場外につれだした。あとは景気直しに、もっといそがしく盃がとびはじめた。

その夜の俊子の悲惨は、誰を傷つけるよりも、俊子自身をずたずたに斬りさいたにちがいなかった。

酔った川鍋東策の失言などは、本当の意味で俊子を傷つけてはいなかった筈だ。陽気で気さくで、小まめに立働く快活な文学青年の東策に、むしろ俊子は好意的に親しんでいたし、ずいぶん甘えた勝手な頼み事もしてもらっている仲だった。若い東策が、俊子の過去のある華やかな時代の作品を何一つ読んでいなかったとしても当然だと思うゆとりは、日ごろの俊子ならもっていた。一人だと思った阿部知二が結構若い女性と楽しく除夜を迎えていたとか、仲間が、忘年会に自分を故意か偶然にか、まねかなかったとか、そんな一つ一つの現象が原因ではなかった。

寒々しいアパートの部屋でひとりになった俊子の胸の中には、ささくれだった心の襞に粗塩をすりこむような今日一日の神経の痛みが燃えあがってきた。誰にも理解されていないという口惜しさと屈辱に、怒りよりも絶望がわく。そんな俊子の耳の奥に過去のどの年の除夜よりも陰鬱な響をこめた幻の鐘の音が、いんいんと鳴りひびいてくる。

明けて一九四四年（昭和十九年）の元旦の朝。

キャセイホテルで元旦の朝を迎えた久保田万太郎は、八時ごろベッドを出た。

カーテンをあけると、建物の谷間にのぞく空がどんよりと鈍色にくすんでいた。昨夜はそこに濃藍色の晴れた夜空があり、大陸らしく冴えた星座がきらめいていたものだったのに。

万太郎はすぐ着換えをはじめた。昨夜、知人の奥さんが、きちんとアイロンをあて畳み直しておいてくれた和服を、大丸の畳紙《たとうがみ》からひきだして着た。紋附の羽織に袴をしゃきっとつけると、元旦らしい気分になった。

身支度の終った時、ドアにノックが聞えた。ちょうど九時だった。

「おめでとう」

晴れやかな声といっしょに田村俊子が入ってきた。濃藍色のシナ繻子の中国服が、なまめかしく彼女のほっそりとした姿をつつんでいた。白いきめのこまかい顔に、服の青が美しく映えていた。

俊子は昨夜、ほとんど眠っていなかった。悲惨な事件は忘れようとすればするほど、疲れた神経につきささり、眠りをさまたげた。若い時から人一倍眠りを必要とする体質なのに、さすがにこのごろは、昼間何かのショックをうけると眠りそびれるくせがついていた。争い難い老いが、俊子の不死鳥のような肉体にも爪をのばしはじめていたのだ。

万太郎は、念入りに化粧で昨夜の悲痛をぬりこめた元旦の朝の俊子の顔に、ただ晴れやかなものだけをみた。

二人はホテルの八階の食堂へ揃って出かけた。黄浦江を一と目に見下す窓際の卓を選んだ。曇天の下に黄色い河が流れていた。無数のジャンクが浮んでいる。はるかな東京をしのびながら、共通のふるさとの浅草を思いながら、黄色い大陸の川の流れに、大川端の水の匂いを思いうかべていた。だまって向かいあっているだけで、無数の会話が二人の間にかわされたような、わかりあえる血と血のうなずきかたがあった。明治、大正、昭和と三代をこえてきた長い歳月の杳《はる》かさが、今更のようにはるばるとふりかえられた。

会話はどうしても懐旧の情をこめてくる。

「――いつそ左俊英とすればよかつたぢやアありませんか？

と、わたくしは、その支那服をほめたあと、その『左俊芝』といふ支那名について一言加へた。

――どうして？

佐藤さんは六十を越したとはとても思へない、健康な、つやつやした顔をわたくしに向けた。

――露英の英ですよ。……わたくしはあなたの佐藤露英時分のことでも知つてるんですからね。

――へえ、そんな時分のことを？……

――後年の花房露子といふ名まへもそこからでたんぢやアないんですか？

――花房露子？……

佐藤さんは眉をひそめるやうにしたが、

――さうだつたわね。そんな名まへをつけたこともあつたわね。

と、たちまち、声をだして人事のやうにわらつた。いかにも、その工合に、うそもかくしもなかつた。……それにつけても、田村とし子以前、すでに佐藤露英で小説を書き、花房露子で舞台に立つたこの人。……そのあと三十余年、売込んだ田村とし子を未練なくふり捨てゝアメリカの田舎へ行つたり、北京に住んだりして、揚句つひに上海に来、いまの華文雑誌『女聲』の主幹の左俊芝に立ちいたつたまでの幾山河。……それを思ふと、おなじ浅草に生ひ育つても、わたくしはこの人の半分も人生をふみ煩つてゐない……

やがてボーイがうや〳〵しく三つ組の盃をさゝげて来た。佐藤さんも、わたくしも、その盃を一つづつ取り、もう一人のボーイのついでくれる屠蘇を一ぱいづつのんだ。つゞいて黒塗の椀で雑煮が運ばれた。それにはちやんと太箸が添へてあつた……ばかりでなく、わたくしの分には、何と、その箸袋にわたくしの名まへさへ書いてあつたではないか……

——草枕、旅にしあればともいへませんねえ、これぢやア……

と、わたくしは、佐藤さんにそれをみせていつた。

——い丶わ。……このホテル、気がきいてるわ。

と、勿論、佐藤さんは同感した。

が、ホテルのその行届いた仕方に感謝すると丶もにわたくしのこ丶ろは曇つた。あらたなる旅愁のかげがさしたのである。……わたくしは、たま〳〵雨気をふくんで光る黄浦江に目を転じ、ひそかに羽織の袖をかいつくろつた」（久保田万太郎「だれにいふともなく」）

雑煮のあとには、いつもの朝食が出た。グレープジュースとホットケーキをたべ終り、二人はふたたび、万太郎の部屋へ帰ってきた。ボーイに中国茶を運ばせて、二人はまたひっそりとむかいあった。暮に俊子の持って来た水仙が、いきおいよく水をあげ可憐に咲き匂っていた。

お互いの心のうちにある旅愁や望郷の想いが、だまっているだけで痛いほど通じあう。それだけに、沈黙がおそろしくさえあった。

「岡さんも徳田さんも亡くなったのねえ……」

俊子がふっと、おもいだしたようにつぶやいた。

食堂での万太郎の会話から、俊子の胸にはずっと、食事の間にも、昔の若さと栄光にかがやいていた日々のことが思いだされていた。それは昨夜の孤独のあとの今朝であるだけに、しみじみと錦絵でもみるようななつかしさであった。そのころ親しくした人々ももう何人生きのこっているることだろう。徳田秋声も、岡鬼太郎もつい二カ月前、昭和十八年の十一月に病歿していた。

「それと島崎さん」

万太郎がつけくわえた。島崎藤村も去年の物故者の一人であった。

「島崎さんにはあんまりおなじみがなかったけれど、岡さんと徳田さんには……」

俊子の声はしみじみとやさしかった。

「秋声さんの田村とし子支持は有名だったが、岡さんとは、あなた……」

「文士劇のおつきあいよ」

毎日新聞の文士劇に佐藤露英の名で九米八と出ていたころのことであった。

「今度東京へ行っても知ってる人はもうみんないないのね」

昭和十七年には与謝野晶子が死んでいる。昭和十六年には、伊原青々園、長谷川時雨、中村吉蔵が逝っている。昭和十四年には岡本かの子、泉鏡花が他界した。俊子が日本を再び離れてから、逝去した人たち、その葬列にもつらなれなかった人たちの死が、はじめて、なまなましい実感としてせまってきた。滅びなければならぬ肉体と、残される彼等の仕事の宿命が、厳粛に考えられてくる。

わたしも急がねばならぬ。俊子はまだ、二、三枚しか書いていない、未完の大作のことを考えずにはいられなかった。構想だけが頭の中でみるみる巨大にふくれあがっていく。もし、かりに、その仕事を書きあげる命が、残されているとしても、出来上ったその仕事をみて心から喜んでくれる昔なじみが、もうあと何人生きのこってくれることか。

俊子の感傷をうちけすように、万太郎が声を高くした。

「大丈夫ですよ、まだ……」

「どうして」

「幸田先生がおいでだ」

「ああ、ほんとに……」

俊子の頬になごんだ微笑の影がさした。

「七十……幾つにおなりだろう……」

ふちなしめがねの奥の美しい俊子の瞳に、向島の露伴のもとに通っていたころの隅田川の水の色がひえびえと遠くなつかしくうかんでいた。

この元旦の朝の静謐にみちたキャセイホテルの一ときこそは、俊子の流離の晩年に贈られた最後のつつましい浄福であった。

三十六日間の滞在の後、万太郎は日本へ帰っていった。

故国から来たなつかしい人に逢えば逢うほど、その別離のあとの孤独の悲惨に、俊子はさいなまれなければならなかった。幼なじみの与えてくれた幸福が大きかっただけに、その別れは、これまでの誰を見送った時よりも、俊子にはこたえた。

一月二十六日未明、突然帰国の飛行便があった。俊子は川鍋東策と二人で万太郎を大場鎮の飛行場まで見送った。暗い未明の空にむかってみるみる視界から消えていく飛行機にむかい、俊子はいつまでもいつまでも手をふっていた。川鍋東策は俊子の白い頬に涙があふれているのを見て帰りをうながす声をつとのみこんでいた。

帰りは二人で黄包車に乗って帰った。あの大荒れの大晦日以来、二人きりで行動を共にするのははじめてであった。あの事件は東策があとであっさりあやまっておいたから、一応けりはついてはいたけれど、二人きりになると、お互い照れくさいものがのこった。

「まったく、あんたって人とは腐れ縁ね。まさか、あんなけんかしたあんたと二人で、万ちゃんを見送ろうとは思わなかったわ」

「こっちだって、いいかげん迷惑ですよ」

口を開けばまた遠慮のない憎まれ口が、負けずぎらいの二人を対立させる。それでもこの朝の俊子は、さすがにしょんぼりとしずんでいて、口とは反対に、川鍋東策がそばにいてくれることに全身で頼っている風にみえた。

上海の町に入ると、ようやく空がうすあからんできた。俊子の提案で二人はキャセイホテルの食堂へ上った。

元日の朝、万太郎と坐った窓際の席に、俊子は東策を案内した。おりから真紅の太陽が上りはじめ、黄浦江の黄色い水を、炎の色に染めあげていった。

「今日の夕方には、もう万ちゃんは東京なのね」

ひとりごとのように俊子がいった。

「もうだめね、この戦争、日本はだめよ」

俊子は確信のこもった声でひくくはっきりいった。東策はだまって俊子の声を聞いていた。今、朝日に見いりながら、うわごとのように何かいっている目の前の俊子が、誰の返事も期待していないのが、なぜだかはっきりわかった。刻々に朝日にてらしだされ、むきだしにされていく俊子の顔には、疲労のかげが濃く滲みでていた。肩をおとした不用意な姿勢に、思いがけない真実の年齢が顔をのぞかせていた。

「淋しいわね。みんな帰っていく……」

すなおな声音だった。もう一度答えるチャンスを見失い、東策は俊子の顔から視線をそらし、めくるめくような大きな太陽の方へ目をそそいだ。

それから一カ月の後、川鍋東策までが、急に内地へ引揚げる運命になるとはこの時は二人とも夢にも想像していなかった。

これほどの名残り惜しさで見送った万太郎が、内地へ帰ってすぐ書いた随筆ののった雑誌が、ある朝、俊子の出社を待っていた。机の上に誰かの手でおかれてあった雑誌の目次をみるなり、

「あら万ちゃんが書いてるのね」

声まではずんで、俊子は立ったまま、いそいで頁をめくった。

それを見ていた太平書局の若い社員たちは、目を見あわせて、そっと首をすくめた。案の定、みるみる顔色を変えた俊子が、眉をつりあげるとわなわなふるえ出し、いきなり、ぱっと、雑誌を床に叩きつけた。

「バカ万、バカバカバカ」

もうヒステリーの声音だった。

「誰なのよっ、これをここへおいたやつは」

もちろん誰も答えない。俊子は怒りの形相のまま、ぷっと、来たばかりの入口から飛びだしていった。

「薬がききすぎたよ」

誰かが小さな声でいった。

「だって、いいじゃないか。本当のことだもの」

ほんの軽い座興のつもりだったことが、予想以上の結果になって俊子を傷つけたらしいので、何となくみんな工合の悪い表情だった。

万太郎の随筆は、俊子の今も不思議な若さをたたえ、たしか本当は、すでに六十歳をこえている筈だけれどと書いてあるものだった。絶対、自分の年齢を口外しない俊子は、十八年のカナダ生活で、女の年についてのあちら流のエチケットを身につけていたらしい。いくら親しい間がらでも、公の雑誌に女の年をバクロされた怒りが、こんなヒステリーをおこさせたのだろう。俊子を理解しない、無邪気な若い世代の無神経さに、またしても俊子は、抱きしめていた最後の浄福の想い出を汚されてしまった。

「サトウトシコサンキトクスグコイ」

南京の草野心平が電報を受けとったのは、一九四五年（昭和二十年）の四月十七日の昼すぎであった。

電報は日本大使館を通じて来ていた。

その日南京では雨がじめじめ降りしきっていた。

その夜すぐ草野心平は南京駅にかけつけ、翌朝早く上海についた。

「先づ大使館に行つてみたが早朝なので誰もゐず、何《いづ》れは入院してゐるのだらうが、その病院もわからないので報業経理処を訪ねると、そこに詩人である中国人D君がをり、既に佐藤さんは亡くなつたこと、葬儀は今日執行されることをきかされた。

私は勧められるままに、洗面所へ行つて顔を洗ひ、また勧められるままに朝飯をとつたが、私はぼんやりしてしまつてゐた。

昭和二十年四月十八日のことである。

亡くなつたのはその二日前の十六日午前九時、発病は更にその三日前の十三日の夜の九時頃。

佐藤さんはその夜、彼女の友でありまた私にも共通の友である作家T君の自宅の晩餐に招ばれ八時頃デキシー路のその宅を辞して北四川路を黄包車で帰つたのださうであるが、崑山路との交錯するあたりで、突然車上から昏倒し、止むなく群つた人々の手助けによつて附近の病院にかつぎこまれ、その夜は昏睡をつづけ、そして昏睡のまま十六日の午前九時に永眠した。

臨終の場にゐたものは村尾絢子君とそのお母さんに大使館の女事務員の阿媽《アマ》とであつたさうである。脳溢血であつた」（草野心平「佐藤俊子さんの死」）

Tさんとは陶晶孫のことである。俊子は陶一家に非常に親愛感をいだいていて、始終その家に出入りしていた。ちなみに、あの大晦日の夜、俊子のヒステリーのとばっちりを受けた三橋敏子は、このころ陶晶孫の秘書になっていた。

村尾絢子は俊子の晩年の最も親しい日本人だった。また臨終に居あわせてくれた彼女の母の優しさも、俊子の疲れた心や傷ついた神経をいやしてくれる何よりの薬だった。初めて村尾絢子が母親に伴われ、俊子のアパートを訪れた時、その貧しさにおどろいたこの育ちのいいおだやかな婦人は、

「女が芸術をこころざしたら、あんなにみじめにならなければならないのかしら。あなたもあんなふうになるのではねえ」

と、ためいきをついて涙ぐんだ。絢子はすでに画家として立つ決心だったから。この親切なやさしい人たちに、俊子の孤独はどれほど慰められていたかわからなかった。

遺骸は一まず、北京路のアパートの部屋へ運んだ。会田綱雄がこの任に当った。通夜には村尾親子他俊子の仕事関係のごく少数の男の友人が集まっただけのわびしさであった。上海へ来て以来、俊子は遊びの帰り、夜更けて男たちにアパートの入口まで送らせることはあっても、

「ここはあたしのお城だから」

と艶然と笑い、アパートの入口で握手して、誰一人自分の部屋に招じ入れようとはしなかった。それだけに初めて通夜の客として彼女のお城の内部に足をふみいれた人々は、その想像にまさる侘しさに驚き、胸をつかれた。煉瓦づくりのその古びた建物は、一応外見は堂々としていたけれど、私娼のいるようなアパートなのだから、決して格のいいものではなかった。リフトもなく、せまいコンクリートの階段は、冷え冷えと薄暗かった。いつ掃いたきりなのか、壁や手すりには蜘蛛の巣がかかり、階段にははき捨てられたつばや痰のあとが、埃だらけの紙屑といっしょに、はりついていた。四階までの長いステップをたどりながら、ここを朝に夕に、六十近い俊子が上り下りし、自炊していたのかと、通夜の客たちの胸は暗然とした。

部屋の中は、がらんとし、俊子が三日前に出ていったままの空気が冷たくよどんでいた。あの若々しい微笑をたたえ、甲高いはりのある声で「いらっしゃい」と遠くから握手の手をさしだしてくる俊子の姿はなかった。いまにも、部屋のどこかの物かげから、俊子のあの華やいだ笑い声がひびいて来そうで、はじめて客たちは、熱い涙がこみあげてくるのを覚えた。

女一人の暮しに必要な最小限度の家具が、うっすらと三日間の埃をためていた。

壁に、「最後の恋人」と冗談のようにいっていた林柏生の新聞写真の切りぬきが、黄色くなったままでピンでとめられているのもわびしすぎた。それでも鏡台の上だけは、普通の女のそれよりはおびただしい化粧品のさまざまな意匠のびんが並び立ち、使いのこしの緑色やラベンダー色の透明な液体が、ひっそりとびんの底に光をあつめているのがいじらしかった。

だれかが、まだ封の切ってないコティの香水の口をきり、あるだけの香水を死化粧のほどこされている俊子の遺体におしみなくふりかけてやった。

その晩、思いがけない客がドアを叩いた。遠慮がちなノックの音に、戸口に近く坐った者が出てみると、暗い廊下の灯かげを背にして、黒い喪服をつけた可憐な金髪の若い女がひっそりと佇んでいた。青い瞳の中にいっぱいの涙をため、女はだまって、手にした花束をさしだした。あっけにとられているまに、女はすばやく身をかわして隣室のドアの中へ消えていった。

俊子が何かにつけ、ヒステリーの対象にして、怒鳴りつけたり辱《はずかし》めたりしていた隣のユダヤ人の娼婦だった。

葬儀は四月十八日午後二時から、虹口の東本願寺で行われた。この日も朝から雨が降りつづいていた。

この葬儀の世話をした俊子の日華両国の友人たちは、雨の中を続々と集まってくる白い花輪の列のおびただしさにおどろかされた。さらにまた、文字通り花に埋もれた会場に、後から後から雨に濡れながらつめかけてくる参会者の数に目をみはらされた。

それは思いもかけず華やかな、盛大な葬儀になっていた。かつての俊子の全盛の、栄華の日々にこそふさわしい豪華さであった。今や俊子は孤独ではなかった。

すでに帰国の道を断たれ、敗戦の予感が誰の胸にも犇々《ひしひし》と迫っている時であった。明日しれない自分たちの運命への不安と望郷にうずいている参列者の目には、花々に埋もれておおらかに永遠の微笑を浮べている俊子の遺影に、一種の羨しい憧れさえ感じた。

喪主の内山完造が、隣に立っていた草野心平の肩を叩いてささやいた。

「大した葬式になったねえ。とても僕たちが死んだってこんなに盛大にはやってもらえないね。いい時に死んだよ。お俊さんは」

遺品の整理には草野心平と会田綱雄と村尾絢子の三人がこれに当った。

押入れの中に、使いふるしたハンドバッグが三十幾つもそのまま保存されていて、男たちを驚かせた。ハンドバッグの数にくらべ、高価な靴は数少ないのも痛ましかった。スラックスの時もはいていた俊子のハイヒールは、俊子の身長からは想像も出来ないほど小さかった。九文三分にもたりない小さい足だったことがわかった。

机の中には、宇野千代や佐多稲子のもう古くなった日附の手紙が、いかにも大切なもののように保存されていた。別のひきだしには、東京の本町アパートの代理弁護士から、未納部屋代請求のための差押え通告の内容証明などが出てきた。それはまたおどろくほど最近の日附になっていた。

その日の印象を草野心平は書いている。

「佐藤さんの晩年は実に見事な戦闘だつた。六十二だつたか三であつたか兎も角六十歳を越えた女性であんなに元気で生一本に自分の仕事に没入してゐた人を私は知らない。通行証には多分四十三歳と書いてあつたやうに記憶してゐる。斎藤実盛の故事が想ひ出されてならなかつた。私にはなんの縁故もないものだが形見の品を分けたとき、たつた一つタンヂーのお白粉をもらつたのも、何かそこに佐藤さんのいぢらしいとも云ひたい愛とはげしい精神がこもつてゐるやうに思へたからなのであつた。

ベランダには細紐で洗濯ものが干してありキヤベヂと葉つぱの黄色くなつたかぶらとがあつた。写真類には親戚らしい人のは一つもなく、それでも姪か甥かがゐたのではなかつたかと相談の上、内山、僕の連名で親しかつたと思はれる神近市子、岡田八千代さんなどに電報で問ひあはせたのであつたが、そしてまたこのあひだ銀座でお会ひした佐多稲子さんが会ふなりいきなり佐藤さんのことをきかれるので、その話にもなつたのだが、未だに親戚の人に就いてははつきりしたことは分らない。

原稿は殆んどなく或る時期の日記が実にたんねんにつけてあつた。未完の中篇が一つあつたが、それは私が南京に持つてかへつたことから、いまは私の外の原稿といつしよに黄瀛が持つてゐてくれてる筈である」（草野心平「佐藤俊子さんの死」）

未完の原稿の書きだしは、指についての繊細な描写が何枚もつづいていた。それはやはり俊子らしくどこか官能的でありながら、往年の、ぎらぎらしたきらめきはいぶしをかけたように底に沈められ、しっとりと落ちついた味わいをもっていた。

指の描写ではじまるこの小説に俊子は何を訴えたかったのか。

そして大陸で書きあげる筈の胸の中に秘められていた壮大なロマンの構想は、どんな華麗な夢を展開してみせてくれる筈であったのか。――

それらはついに俊子の肉体の滅びとともに永遠にわれわれの目から閉ざされてしまったのであった。

田村俊子補遺

紫の封筒

東慶寺の石段を上りつめ、つつましい門をくぐると、すぐ左手に鐘楼がある。門から鐘楼までの間に、三、四歳の子供の背丈ぐらいの小さな青石がぽつんと建っている。見落す人々も多いかもしれない。それほど、その石の存在はつつましく、さりげなく、そこにひっそりと影を落しているのである。

昭和三十五年、俊子の十五回めの俊子忌が、東慶寺で営まれた時には、まだその石はそこになかった。

ちょっと手をのばし石の肌に触れてみたくなるような、なめらかで、あたたかそうな感じのその青石は、天然の風雪になごめられたおだやかな丸みを全体に持っている。石の表に何やら細い小さな文字の跡がみえる。もう、いちいち、指でなぞらなければ判読し難いような彫あとをたどると、

この女作者はいつも
おしろいをつけてゐる
この女の書くものは
大がいおしろひの中から
うまれてくるのである

と読める。田村俊子の小説「女作者」の中の一節である。

石の背面には銅板が型通りはめこまれていて、それには田村俊子の生涯がこういうものには珍しい風雅な香高い文字で彫り刻まれている。人々はようやくそれが田村俊子の文学碑であること

がわかる。

このささやかな文学碑は、いかにも女作者の碑らしく可愛らしく、つつましやかだ。

この碑は昭和三十六年四月十六日の十六回めの俊子忌の日に建てられた。

前々から湯浅芳子氏が考えられていたもので、湯浅氏の意向を伝え聞いたバンクーバー在住の邦人で、生前の俊子や鈴木悦の思い出を持つ人々が、醵金《きょきん》して、それに、俊子会の募金でおぎない建立の運びになった。

石は生前、俊子が好んで歩いた墨田川堤の近くの植木屋さん永井平三郎氏の所蔵の庭石の中から需《もと》め、銅板の文章は湯浅氏の撰、詩人草野心平氏が筆をとった。碑の表の文字は、俊子の原稿の反古が、山原鶴《たつ》氏の許にたくさん残されていた中から、私が一字一字拾字してまとめた。幸い俊子のペン字は、書きなぐったようなものでも、写真で引のばすと、ちゃんと勢のいいりっぱな文字になっているので、こういうことも出来たのである。

文学碑ばやりの当今、何百万という文学碑も少なくないけれど、俊子の碑はおそらく、つつましいものの最たるものかもしれない。

それでも昭和三十六年四月十六日の除幕式は朝から快晴に恵まれ、東慶寺の庭は例年のように、花々が競い咲き、青葉は陽にきらめいて空気まで薄緑に匂いたつようであった。例年の物静かな俊子忌にくらべ、この日は花々より華やかな和服の若い美しい人たちが、あまり広くない庭にあふれるように往き来していた。

これも新しく移されたばかりの東慶寺の庭の茶室で、この日、山原鶴氏の社中の春の茶会が持たれていたからである。

この日はまた私が第一回の田村俊子賞をいただく授賞式の日でもあった。

俊子賞は、この年はじめて俊子会において設定され、過去一年間の女流の文学作品の中で、授賞にふさわしいと認めたものに、俊子の印税をつみたてた金の中から賞金を出すという決りになった。選者は、阿部知二、草野心平、立野信之、武田泰淳、湯浅芳子、佐多稲子、山原鶴、小林哥津子の諸氏が当った。賞金は五万円と定められ、俊子の印税の金が尽きるまでつづけられるという計画であった。その第一回に私の「田村俊子」が選ばれた。この作品は、最初、書き出しの「東慶寺」を、小田仁二郎、田木敏智、鈴木晴夫に私の四人の仲間でやっていた同人雑誌『無名誌』にのせ、その後、昭和三十五年一月号から『文学者』に一年間連載させてもらい、更に書きたして、昭和三十六年春、文藝春秋から単行本として出版されたものである。

この本の発行日は三十六年四月二十日になっていて、この授賞式の日には、ようやく見本刷の何冊かが間にあった。

俊子の霊前にその出来たばかりの本を供え、第一回の受賞の栄誉を受けたことは私にとっては忘れられない感激であった。

授賞式は俊子碑の除幕式にひきつづき、そのまま、碑の前の戸外で行われた。白扇に、「第一回田村俊子賞をあなたの小説田村俊子にさしあげます」と書かれたことばを、草野心平氏が朗々と読みあげてから下さった。

花々の下で薫風に吹かれて受賞するというのも、またとない想い出となった。

私はこの日の記念のため、庭のすみに、うこんと八重の二本の桜を植えさせてもらった。

豊橋からわざわざ三浦まつさんが法要にも授賞式にも出席して下さったことはとりわけ有難かった。

翌三十七年の第二回俊子賞は森茉莉さんの「恋人たちの森」に贈られ、三十八年の第三回俊子賞は倉橋由美子さんの作家活動に贈られ、田村俊子賞は、もはや文壇でも、ユニークな一つの性格を持つ、栄ある賞としての存在を確固として確立してきた。

今年、倉橋さんの授賞式から、賞金五万円の外に記念品としてパーカーの万年筆がつき、それはさかのぼって、森さんにも私にも授与された。小人数のなごやかな授賞式は全く形式ばらず、今年など、うっかり倉橋さんの受賞の挨拶はとばしてしまうところだった。

今年の授賞式にはもう一つ、行事が添えられた。倉橋さんのあとで、吉屋信子さんに、湯浅さんからうやうやしくのし紙につつんだものが贈られたのである。

「生前俊子さんが御迷惑をおかけしたおわびに、これをさしあげます」

列席者がみんなどっと笑った。吉屋さんは、

「あらあら、嬉しいわ、何をくださるの」

と、子供のように顔をかがやかせ持前の、あどけない口調でいい、胸に封書を抱きかかえるようにした。

「あけて下さい。夏目漱石の手紙ですよ」

湯浅さんのことばに、吉屋さんは、

「まあ、いいものを、それじゃもっと貸しておくんだった」

再び、前より高い笑い声がわきおこった。その笑い声には、理由があった。

私が「田村俊子」を『文学者』に連載した時、俊子が吉屋さんから借金した額を五十円と書いた。その話を俊子から聞いた山原先生も湯浅さんもそれくらいの額だと思っていられたのである。

ところがそれが、一桁ちがいの五百円であった。勿論、当時の五百円というものは今の何十万円位の値打はあった筈である。それだけでなく、私が聞き書きした俊子と吉屋さんの関係は一方的な見方で、吉屋さんはそれを読まれ、不快に感じられるところがあった。吉屋さんの側からいえば当然のことで、私が当然書く時、吉屋さんをも訪ね、そちらの側からも話を聞くべきであったと後悔した。

幸い吉屋さんは、昭和三十六年春季号の『小説中央公論』に「上海から帰らぬ人」という題で、田村俊子との交際をつぶさに書かれ、この問題を明らかにされ、私の聞きちがいを訂正された。

私は吉屋さんに対して大へんな失礼をしたと慚愧《ざんき》に堪えないと同時に、吉屋さんのその一文が、田村俊子の「人間」と、人と人との「出逢い」の神秘を、描き得て実に見事なので、私の「田村俊子」が、あるいは私の誤りが、吉屋さんにこの見事な一文を書かせる動機になったのなら、私の無礼と落度を許していただけるだろうかと、ずいぶん手前勝手な慰めをしたものである。その後も、何度か吉屋さんとお逢いしながら、いつでも私に対しては寛容なこだわらぬ態度をとられるので、私は心にかかりながら、吉屋さんの寛容さに圧倒され、いつの場合も正式なおわびをしていない。

ここに、私の誤りを正し、吉屋さんの立場をはっきり明記して、後世の研究家に誤解を残さないようにしようと思う。

吉屋さんの一文は、四、五十枚のものなので、全文引用は不可能であるが、この一文は、後、昭和三十七年十月、中央公論社発行の「自伝的女流文壇史」の巻頭に収められているので研究家はぜひ参照されたい。

それによれば、俊子の文学的全盛期を地方の一女学生だった吉屋信子は、はるかに仰ぎ見ていたけれど、その作品からは何等の共鳴や感銘は受けていなかった。吉屋信子の文学的資質はこの時すでに、田村俊子の華やかさより、野上彌生子の誠実さを選びとって、後年その門を度々訪れるようになったのである。

それでも、上京して、Y・W・C・Aの寄宿舎の食堂の椅子で、大正七年のある朝、俊子渡米の写真入りのニュースを発見した時、はやくも文学的に書きつくして「書けない日」を迎えた女作者の国外逃亡の旅立ちを読みとって、一種のショックをうけずにはいられなかった。

「当時のわたくしはそれを悲壮な美しい旅立だと感動してしまった。現在だってもしそういうひとが現れたら、やはりわたくしは感動させられると思う。

それはともかく、その時のわたくしは少女小説はすでに書いていたが、早く大人の読む小説というものをどんどん書いて活字で発表出来るひとになりたくてたまらない文学志願者だったから、こうして書くだけさっさと書いてやがて行き詰ると未練気もなく国外に去るこの女流大家が勇ましくも堂々たる人物に思えた。……（略）……

こうしてついにいちども会いもせず訪れもしなかったその田村俊子にひどく感動したのが、彼女が文筆をいちおう離れて横浜港から船出のニュースを知った時であり、その出来事がわたくしの感傷癖にちょうどうまくマッチしたせいらしい……」（上海から帰らぬ人）

それから十八年後、俊子がアメリカから帰った時、中央公論社先代嶋中社長が女流作家を招待した席ではじめて吉屋信子は田村俊子を紹介された。

その初対面の印象は、

「――その初対面の日もきものだった。別にどうというきものでもなく、山の手の奥様風の身なりで髪形も然り、ふちなし眼鏡の豊頰は濃い白粉のせいよりも肌のきめの天性のこまやかさか、さながらゆでたまごをつるりとむいたように生々《なまなま》と白かった。その雰囲気のどこからも在米十八年が影響しているところは見出されず、日本を東京をいちども離れたことのない中年の御婦人のごとくそこに坐っていられた。

このひとが東京蔵前に生るという履歴、蔵前など徳川時代の札差の町、ずいぶん粋なところに生れたのは、長谷川時雨さんの日本橋生れと似ているのに、その時雨さんのいかにも下町生れらしいキビキビしたところは俊子女史にはまったく見出されず、きものだけは山の手風でも身体に堅気なところはなく……と言って下町風のキリッと小股の切れ上ったというところもないという感じをわたくしは受けた。（これはけっして悪意的に眺めた結果でなく、その時の最初の印象として素直に、すらっとわたくしが感じたものだった）」（同）

とある。

なるほどこの日の俊子のきものは、山原鶴のものなのだから、吉屋信子の目に、山の手風と映ったのは当然だった。要するにこの一文にあらわれているように、吉屋信子はこの往年の女作者の風貌に、あまり好意も親愛感も抱かなかったのである。むしろ、若い日、受けたあのロマンチックなショックの夢が破られ、「今ごろ」のこのこ目の前に「現実の人」としてあらわれたことが裏切られたような歯がゆさを伴っただろうと察せられる。

（ああ、このひとにも帰る日があったのか！）

という感懐は、

「おめおめとそのひとがいったん棄てた文壇と故国へ帰ってしまったのが惜しまれた」

という文章にならずにはおかないものだった。そういう潜在意識が信子の方にあったのを、直感力の鋭い俊子はおそらく、何となく見抜いたのではないだろうか。

それでもその年の夏、軽井沢の雲場の池を散歩していて偶然逢った二人は親しく言葉をかわし、吉屋信子は一夕この落魄の先輩を招いて、充分な歓待にこれつとめた。

「わたくしは大先輩をうやまい、出来るだけ心からおもてなしをしたつもりだった。俊子女史もこころよく後輩の一夕の招きに応じて帰られたと思っていた」（上海から帰らぬ人）

と書いた信子は、まさか俊子がじぶんにむしろ、嫉妬と軽蔑のまざった複雑な感情を持っていたとは夢にもしらなかった。まして、その夏もすぎ晩秋の頃、突然訪れた俊子から茶の間に腰かけゆっくり茶菓を口にしたあとで俊子特有のねばりのあるゆっくりした口調で、

「五百円貸して頂戴」

と、平然といわれようとは夢にも思わなかったのである。俊子はまるで五十円か八十円くらい借りるような調子でいい、アメリカから持ってきた金も使いはたし、近く長篇を書くから、それで返済するなどといった。

吉屋信子は、当時なら大作家の百枚の原稿料に相当する五百円の金額をとにかく工面して、俊子に献上した。この時すでに、信子の方ではとうていこの金の返ってなぞこないことを直観していた。

吉屋信子は返済されるのを当てになぞ、するものでないと知っていた。この眼前の客にはただ贈呈の覚悟あるのみである。もちろん、そんな無心をされるいわれもつきあいもないのだから、気持のよかろう筈はない。それでも断りかねたのは、吉屋信子の気の弱さと、同時に、俊子のドラマティックな過去に感傷的な同情を覚えていたからである。

もちろん、軽井沢で逢った俊子が、じぶんに友好的な気分を持っていると思わなければ、そんな大金をいくら何でも貸す筈はなかったのである。その五百円は信子の予想通り、一向に返してくれる気配もなく、翌年四月三度めの吉屋邸訪問を俊子はした。そしていきなりいったことは、

「菊池さんにお金借りたいから頼んで頂戴」

ということだった。五百円の借金の件など忘れたような顔だった。びっくりした信子は、

「ごじぶんでいらっしってお話しになったら。女の作家に親切にして下さる方ですから」

「わたしいちども会ったことがないからね、あなたよく知ってるんでしょ、頼んでみて下さいよ」

ここでも信子は俊子の押しに圧倒され、いやいやそれを断りかねた。ただし、後に菊池寛のところへ出かけ、その話をきりだすや否や、

「ぼくはあのひと嫌いなんだ、いつか手紙よこしたが返事もしないで放ってあるんだよ」

という。そして、

「君ィそんな使いさせられるなんて意味ないよ、もうよしなさい」

とたしなめられてしまった。信子がこの不首尾をどういって俊子の心を傷つけぬよう告げるべきかと、おそるおそる本町アパートを訪問した。後にも先にもこの時が信子が俊子を訪ねた最初で最後である。

俊子は、菊池寛の答を聞いてもそれほどおどろかず、

「そう」

と平然とつぶやいたまま、鮪のトロをさも美味しそうにつまんでいた。

それ以来、もう俊子は、この年下の人気作家のところへ金の無心に来るようなことはしなくなった。

昭和十三年十二月のうす曇りの日、風邪で臥っていた信子の枕元に、一つのうすい菫色の封筒が届いた。思いがけなく俊子からのもので、文面は近日シナに渡る、あなたへ不義理をしたまま立って行くのを許してほしいとあった。

俊子は五百円の借金を、さすがに全然、忘れはてていたわけではなかったし、出発のどさくさにも一応走り書きのいいわけをする神経だけは残していたのかと、信子はその手紙をうち眺めた。

こんな人知れぬ交渉のあった俊子から、私の書いたように思われていたかと知った時の吉屋さんの憤りと嘆きは察するにあまりある。

今、俊子の本心が果してどの程度この年少の女流作家に感謝と親愛を抱いていたか、聞きただすすべもない。少なくとも、生前最も親しかった山原鶴女や湯浅芳子氏にもらしていたものがその本音に近いとするならば、やはり吉屋さんは、利用されただけの、利用され損ということになるだろう。

吉屋さんのこの文章ではじめて当時の事情を知った湯浅女史は、すっかりこの被害者に同情して、第三回俊子賞の授賞式にせめてその何分の一かでもおわびをして、俊子の生前の罪ほろぼしをしようとくわだてられたのである。もちろん、当時の五百円を今のお金に換算してかえせば、たちまち、俊子賞の賞金などなくなってしまう。また当時の五百円など今の吉屋さんに何の値打もない。そこで俊子あての夏目漱石の手紙を一通、贈呈するという案に落ちついたのであった。

前述のように、当日は和やかな笑い声の中にそのおわびの式が行われ、吉屋さんはみんなの前で、のし紙から中身をだし、漱石の手紙を披露された。長い日本封筒の上は乱暴に斜めに指でひきさいてあった。

「俊子さんはいつでもこういう封のあけ方をするのよ」

山原鶴女が残念そうにつぶやいた。

中身は例の達筆で、俊子の原稿を朝日新聞でなくしたおわびの文句がつづられていた。名作「上海から帰らぬ人」は、五百円の借金をめぐる事情がこうしてくわしく書かれてある。最後に次のような文章で見事に締めくくられている。名作の所以である。

「その後まもなく敗戦後のインフレのもの凄さは、かつて田村俊子に献げた五百円なぞお菓子を少し買えば吹き飛ぶ価値となってしまった。その時わたくしは天の一角に俊子女史の声を幻聴に聞いた。

『だからもっとたくさん貸してくれればよかったわよ、ねえ！』

――戦後の出版の文学全集のなかに田村俊子の作品は収録された。その印税は遺族が彼女に無いのがむしろ幸いして田村俊子賞となった。生前金銭を浪費して借り歩いたその人が死後に後輩に贈る文学賞に名を冠するとは、明治の一葉も昭和の林芙美子も持たない文名的幸運とも言うべきかも知れぬ。けれども田村俊子そのひとは、おそらくじぶんの亡き後に後輩のために献げる志など考えもしない、じぶんのことでいっぱいのひとではなかったろうか。もし仮に人間死後の霊魂がなお別の次元の世界に存在するとしたら、彼女は田村俊子賞第一回の受賞者の瀬戸内さんに向って、『あらいいこと、半分貸して下さらない』とゆったりした粘り気を含むあの口調で言うかも知れない。否そんなことはない。もう霊魂の世界に生活費は無用であろう、そして田村俊子は借りてまで浪費する愉しみもないそんな退屈な境地に、めめしく霊魂とかになってふわふわ存在するなんて真平であろう。

けれども彼女の生前さまざま迷惑をかけられたらしい人たちの友情は、鎌倉東慶寺に田村俊子の墓を建立した。

生前あんなにだらしのない生活をして、嘘も言い友も利用し、金銭も借り倒し、はては親友の良人まで盗んだ彼女。行き当りばったりに思い立つとどこへでもさっさと飛び出したあのひとが、不思議にも彼女に情感を豊かにいまも寄せる理解ある友情を持つ仕合せ！　これをなんと解釈すべきであろう、きちんとした誰にも迷惑をかけぬ人かならずしも善き友を得るかどうかわからない。

ただわたくしはさびしい……彼女と心通う親愛なる交際もなく、単に金銭上の便宜の交渉のみに終り、しかもそのひとが取るにも足らぬ後輩のわたくしに嫉妬に似たものを感じていられたということを後年知らされて……。

わたくしは先輩の野上彌生子夫人を初めとして同じ頃の女流作家の誰彼に、またあとから続出の若い女流新人からも必ず何かよいもの、じぶんにないものを受け感じて自身にプラスさせているると感謝している。だのに、この田村俊子氏とは……まことに心さびしき儚《はかな》い結果だったと思う」

もう一人の女

私の「田村俊子」が出版されてから、様々な未知の方々から、お手紙をいただき、俊子に関する新しい知識を教えられることがあったが、補遺に書き入れるほど正確なものはやはり少なかった。

中で豊橋の『不二タイムス』を発行していられる杉田有窓子という方から送っていただいた新聞のきりぬきは大いに参考になった。

「郷土の英雄鈴木悦」という題で書かれたもので、私のどうしてもさぐり得なかった新事実がそこには書かれていた。悦の一面がうかがえるし、アメリカから悦の帰った当時の真相が、私のしらべたのよりもっと深くわかったので、ここに補遺の中に入れさせていただくことにする。

先ず杉田氏は、悦の妹うめが嫁いでいた山田末治の関係で悦を識った。山田末治は豊橋関屋町の河岸に杉八商店石炭部というのがあり、そこの主人で、商工会議所の商業部長を長くつとめたような人であった。この山田末治が、杉田氏の実家を長く勤めあげた人だったという。

悦は昭和七年帰国すると、山田末治の別屋に住んだ。悦は呉服町の渡辺家具店でソファーベッドを三十五円でつくらせ、それを愛用した。その頃、杉田氏は悦と交際をはじめ、この新帰朝者を自宅に招き、度々夕飯を共にしながら、悦の話を聞くのを楽しみにした。

「悦は酒はいくらでものんだ。のませれば、徹夜でも平気であろう。話は談論風発である。立板に水というほど軽快ではなく、相手をぐっとつかんでひきこみながら、いくらでも話して尽きることがない。すべてみな面白いのである。親身であり、こちらのペースものみこんでの話しであって、決して単に一方的にしゃべりまくるのではない」

と杉田氏は、悦の話術の妙を説いている。

ところで悦はこの山田家の別邸で帰国以来、死までの一年半あまりを、東京に行っている間以外は暮したが、ここで、一人で棲んでいたのではなかったことが杉田氏の文で判明した。

悦はもともと、俊子との結びつき以前も、結婚以外に女性関係は多い方だったらしいが、バンクーバー時代は、専ら、俊子の方ばかり事をおこしがちで、悦の方にはそういう気配はなかったようだ。

けれども、悦が帰国して間もなく一人の女性が豊橋へあらわれ、悦と一緒に棲むようになった。美しくおとなしい女で、悦に頼りきって、ひっそりと暮していた。杉田氏が悦から聞いた話によると、女は広島が郷里で写真だけで見合して、北米へ渡り結婚した。行って見ると、山の中の一軒家で、夫は、写真の顔にはちがいないけれど、体は不完全なところだらけの労働者で、女はすぐにも逃げ帰りたいくらいだった。それでも帰国することも出来ず、泣く泣く十三年も暮すうち男の子供を三人まで産んでしまった。夫が嫌いで年中夫の顔を見まいとしてうつむいてばかりいたのが癖になって、日本に帰ってからも、始終、人の顔を見ずうつむいてばかりいるかなしい癖がついていた。

悦は渡米後、全身をかけて日本人の労働組合の運動につくした。カナダに着いた悦は、もともと、俊子との事件でせいぜい三年ほどほとぼりをさますつもりだったが、たちまち、カナダにおけるはげしい排日問題に気づいた。在留邦人は誰もただ人種的偏見として片づけあきらめているその問題を、悦は追求して、まもなく排日の真の原因は日本人労働者の罷業破りにあることを洞察した。すなわち、白人労働者がストライキをする場合、労働組合の何たるかも知らぬ日本人労働者が、低賃銀で罷業破りをして、資本家のため働くので、白人労働者が日本人を徹底的に憎み排斥しているのだという事実である。

悦の考えでは、日本人労働者が労働組合をつくり、白人労働組合に加盟すれば、根深い排日運動もなくなるだろうという予測であった。悦のこの見解は、『大陸日報』に発表されると同時に猛烈な反対と嘲笑をあびた。即ち、日本人労働者の上にはそれらを自由に動かすボスたちがおり、彼等のピンはねで腹を肥やしているこれら資本家たちは、悦を国賊呼ばわりして、命まで危険にさらされてきた。悦は、それらの迫害にあうとかえって自説の信念をまげず、次第に労働運動の中にひきずりこまれていった。単身、どんな山奥にまでも出かけ、一人でも労働者がいれば、労働組合の意義と必要を説いてまわった。

悦のそういう仕事をしていた時代、山の中の一軒家で、この不幸な女性にめぐりあったとみるべきであろう。

いつの頃から俊子の目をかすめ、その女性と通じていたかは知るよしもないが、おそらく、俊子が悦と別居し、サンフランシスコあたりでもてていた頃、悦は俊子とは全く正反対のようなおとなしい不幸なこの女性の俤にひかれていったのではないだろうか。

いずれにしろ、二人で帰る費用がないからといって俊子を残した悦が、ひそかにこの女性を船中にひそませてあったのは、俊子は知らなかったのではないだろうか。

帰国後の悦と俊子の文通の文面から見ても、まさか俊子が知っていたとは思われない節ばかりである。

豊橋ではその女と全く夫婦のように暮したし、悦が東京へ出ている時も、女は同道して片時も離れず暮していた。カナダに夫と子供を捨てて来た女は、悦だけが頼りだったのである。

悦は豊橋では定職がなく、妹たちの世話になったり、前述してあるように、カナダの俊子のところへしきりに金オクレと申しやったりしていたが、女との生活のことはカナダへの手紙にはみじんも出していない。また、豊橋での生活を安定させるため、山田末治に頼み商工会議所の専務理事に就任したがり、末治にことわられたという事実もあった。そのうち、東京で明治大学と上智大学の新聞科が出来ており、その双方の主任が悦の友人の小野秀雄だったので、小野の世話で、ようやく両大学の新聞科の講師の職を得た。

昭和八年四月から上京し、四谷左門町に一軒をかまえ、女と二人でやや落着いた生活を始めた。

この間もバンクーバーへは、いかにも帰るような手紙をやっているのをみると、悦自身、どうすればいいか、はっきり心が定まっていなかったとみられる。

夏休みで帰省した時、元来盲腸の気のあった悦の身を案じた老父が手術をすすめ、軽い気持で妹の夫の三浦病院で切開、その経過が予想外に悪く、数日後、駅前の谷野博士執刀のもとに、やり直し手術をやり、終ったとたん息をひきとったのが最後だったという。

この時、たまたま、かの女性は、広島へ帰っていて、その留守中の出来事であった。あれほどにして悦について帰ったのに、死目にあえなかったというのもあわれであった。

杉田氏はたまたま、この女性が広島から三浦病院へかけつけた時、悦の死を告げる最初の人にあたったが、その時の女の愕然とした表情は忘れられないと書き記している。

現在の豊橋の悦の墓は後に移したもので、悦の葬儀は老津村の桂昌寺において行われ、村の人々も参列して盛大なものとなった。墓もはじめは桂昌寺の墓地にあった。

悦の死の翌々年、俊子が帰朝し、豊橋を訪れた時、老津の桂昌寺の墓へ案内したのもたまたま、杉田氏と、悦の義母であった。

その時は夕方にちかかった。俊子はいつまでも、そこを立去ろうとはしなかった。

「私は船の上で、何度も飛びこんでしまおうかと思ったのよ。もうひとりで生きていく意味もなくなりましたわ。私が死んだら、どうか必ずこのお隣に埋めて下さいねえ」

というのを二人は聞いた。

杉田氏は、その後、東京で偶然俊子にめぐりあった。場所は築地の小劇場で、細川ちか子の主演するアンナ・カレーニナを杉田氏が観にいった時、学生たちと来ていた俊子を見かけ、再会したのである。それがきっかけになり、杉田氏は本町アパートへ案内され、時々訪れるようになり、アパートの部屋代が当時六十円で、大そう高かったということも知った。

俊子はこんな杉田氏も利用することを忘れなかった。築地で逢って間もなく突然、三鷹にすむ杉田氏の家を訪ねた。新宿からハイヤーをとばして来た俊子は、高価な土産物を持参し、さがしさがし訪ねて来たといい、要件はいきなり金を借してくれということだった。もちろん、杉田氏はその時、俊子に金を用だてたからこそ、その後も本町アパートへ出入りを許され、岡田八千代や金子しげり等といっしょになって、俊子の好物のすしを御馳走されたのだろう。

杉田氏は昭和十三年の春、東京を引あげ豊橋に帰ったが、俊子は十三年に来豊し、杉田氏の家にも泊ったことがある。北京へ渡る前のことで、それとなく、悦の墓に別れをつげにいったのだろう。

杉田氏は当時すでに五十歳をこえた俊子を、

「非常に若々しく、情熱をたたえて美しかった」

と回想していられる。吉屋信子氏の、帰朝後の俊子との初対面の印象とはおのずからちがうところがおもしろい。俊子は女より男の目に魅力的に見えると共に、ある種の同性には、情熱的に好かれる不思議な魅力の持主でもあったらしい。

俊子が果して最後まで悦の晩年の裏切りを知らなかったかどうか。幸い豊橋の悦の周囲の人々がみんな俊子に好意的であったため、暗黙のうちに俊子をいたわり、秘密が守られていたと見られるようである。

わびしいことの多すぎた帰朝後の俊子に、せめて、その事実が知らされなかっただけでもよかったと思うのは、ひとり私の感傷であろうか。

父母

どうしてもわからずじまいに終った俊子の父方の系図が、「田村俊子」を出版して後、わかる機会に恵まれた。

「田村俊子」を読まれた俊子の従兄弟に当る真穂三七郎氏が訪ねて見えられ、真穂家の系譜を教えて下さったのである。

真穂三七郎は、俊子帰朝後、本町アパートへ訪ねていったことがあったが、肉親に対して、冷淡な俊子は、失礼な態度をとったらしく、それが原因で疎縁のまま、ついに逢う機会もなかった。

俊子の父了賢は、茨城県北相馬郡藤代町（元大郷村）大字清水丙五〇八番地に生れ、下総国相馬郡小泉村三七番地、真宗東本願寺末、来応寺第十二世真穂皓全を父とした。母はみちといい、二人の間の第五男として生れている。了全、智聞、然敬、政次郎の四人の兄がある。文久二年癸三月二十八日生れ、明治十年十月八日、東京本郷本町一丁目七番地金子民蔵方へ送籍されている。

金子方から、佐藤家へ婿養子に入り、きぬとの間に俊子が生れたのである。

明治九年、了賢の兄政次郎も神田へ養子に出されているのでその縁故か何かで了賢も東京へ出たのであろう。金子家からどういういきさつで佐藤家へいったかは判然としない。

真穂三七郎氏の話では、了賢は、事業好きで、浅草の十二階を建てたという話も伝わっている。経営が下手で了賢が手放してから十二階は繁昌したという。何れにしろ、次々事業に手を出しては失敗し、尻ぬぐいの出来ない気の弱い人物であったらしい。

俊子の母きぬは、子供のような若い役者といっしょになり、最後までその男と暮したが、晩年には、男に若い嫁を持たせ、自分から身をひいた形で、みじめな死に方をしたという。男は尾久でドラム罐の工場をつくりそれが成功して、一時は派手な暮しも出来、きぬにすすめられ、妻をもらい子供も出来たものの、別居しているきぬを最後まで見舞いつづけ、男の実はみせたらしい。きぬの死後、事業に失敗し、若い妻に裏切られ、みじめな最期をとげた。

いかにも俊子の母とその情人らしいあわれな末路であった。

田村俊子年譜

年号	生涯	関係事項
一八八四年 明治十七年 零歳	四月二十五日、東京都浅草区蔵前町に生れた。当時生家佐藤家は米穀商だった。維新前は代々札差業だったとの説もあるが、確とした証拠はない。と志、と命名。父の名は了賢。文久二年生れ。母の名はきぬ。母は佐藤家の一人娘で明治二年生れ、了賢を養子として迎え、十五歳でとしを生んだ。としの他に妹茂子が生れたが、夭逝。原籍、東京都足立区中居町四三番地。	
一八八六年 明治十九年 二歳		十月、鈴木悦生れる。
一八九〇年 明治二十三年 六歳	四月、浅草馬道小学校に入学、中途で下谷根岸小学校に転校、後また馬道小学校に復校した。通学の傍ら花川戸の踊の師匠について稽古をしていた。当時黒岩涙香の翻訳探偵小説を愛読した。	
一八九四年 明治二十七年		樋口一葉「やみ夜」「大つごもり」を発表。

十歳

一八九五年 明治二十八年 十一歳
樋口一葉「たけくらべ」「ゆく雲」「にごりえ」「十三夜」を発表。

一八九六年 明治二十九年 十二歳
四月、お茶の水の女子高等師範付属女学校に入学、一学期で退学し、当時神田一ツ橋にあった東京府高等女学校（のちの府立第一高等女学校）に転学。
樋口一葉「わかれ道」「われから」を発表。樋口一葉、若松賤子歿。

一八九七年 明治三十年 十三歳
一級飛んで三年級に入る。そこで樋口竜峡夫人かつみ子、小橋三四子などと同級になった。尾崎紅葉の作品を愛読、文学に興味を持ち始め、同好の友人と少女小説のようなものを書き始めた。藤川という教師を好きになり、羽織の紐から鼻緒まで藤色を使うようになった。この色の嗜好は晩年までつづいていた。浅草三筋町に母と妹と三人で住んでいた。

一八九八年 明治三十一年 十四歳
田村松魚「磯馴松」を『新小説』に発表。

一八九九年 明治三十二年 十五歳
田村松魚「相思鳥」を『文芸倶楽部』に発表。

一九〇〇年
明治三十三年
十六歳

三月、府立第一高等女学校を卒業。この時、卒業生一一五名のうち、席次は二一番。学科点数は、修身八〇、国語八三、英語七九、歴史八三、地理六九、数学七三、理科七〇、家事八七、裁縫七三、習字八四、図画九二、音楽八五、体操七五、漢文八二、通約点八七点という好成績であった。

田村松魚「地蔵菩薩」を『新小説』に、「深山がくれ」を『文芸倶楽部』に発表。

一九〇一年
明治三十四年
十七歳

日本女子大学が創立せられ、国文科に入学する。学科に対しては興味を感じなかったが、ミス・グリーンという英語教師に逢うのが楽しみで登校した。「青葉日記」と題して、その教師への思慕の情を書きつづったりした。病気のため一学期で中退。（一説には二年通って中退との説もある。）下谷七軒町から目白まで毎日徒歩通学の結果、心臓病に罹った。

田村松魚「雨夜」を『新小説』に発表。与謝野晶子『みだれ髪』を出版。

一九〇二年
明治三十五年
十八歳

四月、幸田露伴のもとに入門する。露英の名を与えられた。そこで、同じように露伴の弟子として扱われていた田村松魚とはじめてしりあった。

一九〇三年
明治三十六年
十九歳

二月、処女作「露分衣」を『文芸倶楽部』に発表。一葉ばりの文章体で、これから二、三年、この文体で書いた。
九月、「花日記」を『女鑑』に発表。
この年、田村松魚との間に恋愛が生じ、松魚はアメリカへ外遊したが、帰国後結婚の約束を二人でとりかわした。

一九〇四年
明治三十七年

二月、「夕霜」を『新小説』に、「夢の名残」を『文藝界』に発表。
三月、「白すみれ」を『女鑑』に発表。

日露戦争始まる。佐多稲子、幸田文生れる。

二十歳

一九〇五年
明治三十八年
二十一歳
四月、「若紫」を『女鑑』に、「少女日記」を『女学世界』に、「行く春」を『日本新聞』に発表。
七月、「春のわかれ」を『文藝界』に発表。
十一月、「露」を『新小説』に発表。
この年春から母と共に浅草区高原町一八番地にあった曹洞宗東陽寺の離れに住んでいた。このころ、すでに妹はいなかった。
日露戦争終る。

一九〇六年
明治三十九年
二十二歳
二月、「濁酒」を『文藝界』に発表。
二月ごろ、東陽寺の住職西垣卍禅との仲を大黒に疑われ、寺を追われる。
このころから自分の作風と文学修行の方法に嫌悪と疑惑を覚え苦しんだ。文学以外に自己表現の道を見出そうとし、岡本綺堂、岡鬼太郎、杉贋阿弥、栗島狭衣などを中心にした毎日派文士劇の女優となる。舞台名も佐藤露英。露伴のもとから遠ざかる。
文芸協会第一回公演。
自然主義の声起る。

一九〇七年
明治四十年
二十三歳
横浜羽衣座で上演した梅田源二郎劇に娘役として出演し、初舞台をふむ。そのあと東京座での「戸津川合戦」に田舎娘に扮して好評を得た。その後もたびたび舞台に立つ傍ら市川九米八の許に通って踊の稽古をする。九米八と共に名古屋へ巡業に行き末廣座での「重の井」に侍女若菜に扮したこともある。市川華紅を名乗っていた。名古屋から帰京し、川上貞奴の許に出入りした。貞奴が新しい演劇を起す計画があると聞き、期待したためであった。このころも読書を怠らなかった。
自然主義論一世を風靡す。
田山花袋「蒲団」を発表。

一九〇八年
明治四十一年
二十四歳

春、東京座で文士劇「其の夜の石田」に狂女の役で出演する。舞台に立つことが自分の内的要求を充たさないことに気づき再び創作への欲求が起って、一時演劇界から退いた。

川上音二郎・貞奴夫妻経営の帝国女優養成所が開かれた。

一九〇九年
明治四十二年
二十五歳

四月、「老」を『文芸倶楽部』に発表。

五月、松魚が帰国し、結婚して下谷区谷中天王寺町一七番地に住む。松魚の売文で生活を支えながら読書に励み、英語の勉強も始める。


九月、田村松魚「北米の花」を出版。

一九一〇年
明治四十三年
二十六歳

生活の逼迫から夫婦の間に喧嘩の絶間がなくなった。夏のはじめ、松魚に強制され、『大阪朝日新聞』の懸賞小説「あきらめ」を書き上げ町田とし子の名で、七月、発送する。八月半ばすぎ、中村春雨主宰の新社会劇団に参加する。

十月、本郷座に於て同劇団上演の「波」の女主人公を演じ好評を博した。舞台名は花房露子。劇団解散のため、女優として立つのはそれっきりになった。このあと隆鼻術の手術をうけた。

十一月、喜劇「やきもち」を『文芸倶楽部』に発表。


四月末、露伴の妻歿。

一九一一年
明治四十四年
二十七歳

一月、『大阪朝日新聞』の懸賞小説が二等当選して賞金一千円を得た。この作品は一月から三月まで同紙に連載された。

二月、「静岡の友」を『新小説』に発表。

五月、「美佐枝」を『早稲田文學』に発表。

七月、当選作「あきらめ」を金尾文淵堂から出版。

九月、「青鞜社」の創立に当り賛助員に加わる。

「生血」を『青鞜』創刊号に発表。


鈴木悦「家なき人」を『早稲田文學』に発表。田村松魚「乱調子」を『万朝報』に連載。

青鞜社創立。『青鞜』創刊。

松井須磨子「人形の家」に出演、ノラで大成功を収め

十一月、「幸子の夫」を『婦女界』に発表。

十二月、「匂ひ」を『新日本』に発表。

一九一二年
明治四十五年
大正元年
二十八歳

一月、「その日」を『青鞜』に、「紫いろの唇」を『女子文壇』に発表。

短篇集「紅」を桑木弓堂から出版。

二月、「魔」を『早稲田文學』に発表。この作品が新たに識者に認められた。

五月、「離魂」を『中央公論』に、「誓言」を『新潮』に発表。

六月、二十五日から二十九日まで琅玕洞で長沼智恵子のうちわ絵といっしょに、あねさま人形の展覧会を開いた。

七月、「わからない手紙」を『趣味』に発表。

三度、女優として立ちたく、坪内逍遥の文芸協会に加わったが二日通ってやめる。

九月、「お使ひの帰つた後」を『青鞜』に発表。

十一月、「嘲弄」を『中央公論』に発表。

このころから文名日に揚り、生涯の全盛期に入る。松魚は全く無収入になり、妻に寄生していた。この年は「田村とし子」と「田村俊」の筆名を使っている。

一九一三年
大正二年
二十九歳

一月、「遊女」（後改題して「女作者」）を『新潮』に、「おしの」を『婦人評論』に発表。

四月、「木乃伊《ミイラ》の口紅」を『中央公論』に発表。これより「田村俊子」の筆名を使う。

五月、短篇集「誓言」を新潮社から出版。


る。「新しき女性」「ノライズム」等の言葉流行する。

三月、『新潮』に「田村とし子論」の特集があった。筆者は、森田草平、相馬御風、中村吉蔵、樋口かつみ子、無名氏、徳田秋声。

六月、「揺籃」を『新潮』に、「山吹の花」を『新日本』に発表。

七月、「日記」を『中央公論』臨時増刊婦人問題号に発表。

十月、「海坊主」を『新潮』に、「憂鬱な匂ひ」を『中央公論』に発表。

一九一四年
大正三年
三十歳

一月、「白昼の思ひ」を『中央公論』に、「ぬるい涙」を『早稲田文學』に発表。

四月、「炮烙の刑」を『中央公論』に発表。長篇「暗い空」を『読売新聞』に連載（四月九日〜八月二十九日）。短篇集「恋むすめ」を牧民社から出版。

六月、「春の晩」を『新潮』に発表。「木乃伊の口紅」を牧民社から出版。

七月、戯曲「奴隷」を『中央公論』に発表。

十月、「妙齢」を『中央公論』に発表。

創作の外にも雑文多く書く。女流文学者の第一人者として文壇に全盛を誇る。収入は増大したが天性の浪費癖が出て生活は相変らず楽ではなかった。


『文章世界』七月号に水野盈太郎の「田村俊子女史に送る書（公開状）」が載った。『中央公論』八月号に「田村俊子論」の特集があった。筆者は、田村松魚、正宗白鳥、岩野泡鳴、上司小剣、徳田秋声、野上彌生子、岩野清、平塚らいてう。

春から一年、鈴木悦「芽生」を『福岡日日新聞』に連載。

一九一五年
大正四年
三十一歳

一月、「二人の世界」を『婦人画報』に、「灯の影」を『女学世界』に発表。

三月、「圧迫」を『中央公論』に発表。「春の晩」を「現代名作集」の一篇として東京堂から出版。

四月、「夜着」を『中央公論』に発表。「小さん金五郎」を「情話新集」中の一篇として新潮社から出版。

五月、「命」を『婦人画報』に発表。

六月、「人形の踊り」を『中央公論』に発表。


四月、鈴木悦「芽生」を水野書店から出版。

情話文学流行。

七月、「彼女の生活」を『中央公論』に発表。

九月、「あきらめ」を植竹書院から出版。

十月、短篇集「恋のいのち」を実業之世界社から出版。このころから作家としての行き詰りを感じ始める。


『婦人公論』創刊。

『青鞜』廃刊。

中條百合子（宮本）「貧しき人々の群」を出版。

一九一六年　大正五年　三十二歳

一月、「小藤」を『中央公論』に、「栄華」を『文章世界』に、「放浪」を『新潮』に、「誘惑」を『婦人画報』に発表。

四月、「お松彦三」を『中央公論』に発表。

五月、京阪地方に旅行して京都の葵祭など見る。

六月、「緑色」を『新潮』に発表。「お七吉三」を「情話新集」の一冊として新潮社から出版。

九月、「薄光」を『新家庭』に発表。

十二月、「蛇」を『中央公論』に、「霜月」を『新潮』に発表。

この年、松魚は二町ばかり離れた谷中の墓地を距てたところに骨董店をひらいて、夫婦は別居した。

一九一七年　大正六年　三十三歳

三月、「彼女の生活」を新潮社から出版。

創作力が衰えて書けなくなり、一方鈴木悦との恋愛関係が生じて、内外ともに危機におちいる。八月五日、鈴木悦と肉体的にも結ばれ、新しい恋愛によって、行き詰った文学の上にも精神的なものを求めようともがいた。経済的には高利貸に借金などして、破産状態になる。秋、熱海の宿にこもり『中央公論』のため執筆したが出来栄悪く載らなかった。

十月、「平凡事」を『新時代』に発表。

十一月、「女作者」を「代表的名作選集」の二十八篇として新潮社から

『新潮』五月号に「田村俊子氏の印象」という特集が載る。筆者は、徳田秋声、森田草平、岡田八千代、近松秋江、鈴木悦、長田幹彦。

鈴木悦「白痴の子」を『早稲田文學』八月号に発表。

出版。

十二月、熱海の宿から谷中へ帰らず、そのままひそかに家出して最初は高輪に、後、三田の功運町に鈴木悦と同棲して隠れ住んだ。

島村抱月、素木しづ子歿。

一九一八年　大正七年　三十四歳

田村松魚と別れ、青山穏田に鈴木悦と移り住んだ。文壇との交渉を自分から絶つようにして、ほとんど公けの場所に出ず、居所もごく親しい友人二、三人にしか知らせてなかった。千代紙人形をつくり生活の資にしていた。

五月三十日、鈴木悦がカナダへ発ち、俊子は青山の家に女中と残った。それから秋まで、俊子は悦の後を追ってカナダへ渡る計画に没頭して暮した。この間、悦に連日手紙を書きつづけた。この間にも雑文の仕事は引受けていた。

九月、「破壊する前」を『大観』に発表。筆名を佐藤俊子に変えた。

十月、「破壊した後」を『大観』に発表。「闇の中に」を『三田文學』に発表の予定だったが完成せず。

十月十一日、メキシコ丸で鈴木悦を追って渡米。

十月二十六日、ビクトリア着、鈴木悦に迎えられバンクーバー東カドヴァ街一一三五番地の家に落着く。

一九一九年　大正八年　三十五歳

悦の勤務していた『大陸日報』婦人欄に「鳥の子」のペンネームで随筆を書いたりしていた。日本からほとんど便りなく、そのうち大作を書こうと考えていた。コロンビア街一八一八番地に移る。

松井須磨子自殺。水野仙子歿。

一九二〇年

日本から河上肇の「社会問題研究」をとりよせたりして、社会主義問題

十二月、悦の母歿。

大正九年
三十六歳　を勉強しはじめた。悦の影響によるものである。
前年か、この年、悦は正式に郷里の妻を離婚し、俊子と悦は、メソジスト教会赤川牧師によって結婚式をあげた。

一九二一年
大正十年
三十七歳　三月十一日より四月上旬までニューヨークへ行く。ニューヨークの小橋三四子に誘われていたが、旅費が出来なくて、これまで行けなかった。単なる見学旅行の目的であった。

一九二二年
大正十一年
三十八歳　悦、五月から六月まで南米へ旅行する。

一九二三年
大正十二年
三十九歳　三月、俊子はシヤトルへ旅行する。

一九二四年
大正十三年
四十歳　五月から六月まで俊子はサンフランシスコの『新世界』という新聞社へつとめることになったが、正式の入国でなかったので、すぐ帰らねばならなくなった。このころ、悦は『民衆』という労働組合の週刊紙を出し、経済的に逼迫して来ていた。

一九三一年
昭和六年
四十七歳　三月、改造社版「現代日本文学全集56」に「あきらめ」「誓言」「女作者」をはじめ八篇の作品が収録された。

一九三二年
昭和七年
四十八歳
三月、悦、一人帰国する。
悦、帰国後の『民衆』の仕事をうけついで悦の留守を守る。旅費が二人分都合つかないので残った。

一九三三年
昭和八年
四十九歳
九月十一日、悦、郷里豊橋の三浦病院で盲腸炎のため急逝。

一九三六年
昭和十一年
五十二歳
三月三十一日帰国。はじめ日本橋ヤシマ・ホテルに宿泊する。

五月、日本橋本町三ノ三、本町アパートに移り、再び日本を離れるまでここに住む。

六月、随筆「千歳村の一日」を『改造』に、「昔がたり」を『文學界』に発表。

七月末から八月中旬まで軽井沢ニューグランドホテルに投宿、『改造』に頼まれた原稿を書こうとして書けない。

九月はじめ、改造社社長山本実彦の鎌倉の別荘にこもり原稿を書く。

十月、「小さき歩み」を『改造』に発表。

十二月、「小さき歩み」続篇「薄光の影に寄る」を『改造』に発表。

その他、『中央公論』『新女苑』などに小品や、随筆を発表。佐藤俊子の名で文壇へ復帰した。昔の友人、岡田八千代や長谷川時雨とも親交をとりもどしたが、左翼文学に関心を寄せ、宮本百合子や窪川稲子、鶴次郎等との交際を求めていった。

一九三七年
昭和十二年
五十三歳

三月、「愛は導く」を『改造』に発表。

三月下旬、湯河原ホテルに遊ぶ。

八月、「白の似合ふ男」を「ホームライフ」に発表。

九月、「残されたるもの」を『中央公論』に発表。

生活には相変らず困り、帰国以来、山原鶴に度々五十円ずつ無心して暮していた。吉屋信子からも五百円を借りた。


母きぬ歿。

一九三八年
昭和十三年
五十四歳

一月、随筆「男を殺す女たち」を『中央公論』に発表。

四月、「学生に贈る書」を『中央公論』に発表。

五月、「女学生に贈る書」を『中央公論』に発表。

五月末日、山梨県北都留郡巌村の依水荘に投宿。

七月、「カリホルニア物語」を『中央公論』に発表。

八月、豊橋へ行き旧盆の悦の墓参をする。

九月、「愛の誓」を『中央公論』に発表。

九月末、伊豆畑毛新温泉栄家旅館に一週間ばかり投宿して創作しようとしたが出来なかった。

十一月、「山道」を『中央公論』に発表。

十二月六日、東京を出発、九月、福岡から飛行機で中国へ発つ。中央公論社から特派員として、一、二カ月の予定で中国を廻るつもりであった。

十二月十八日、上海から南京へ行った。軍用列車で行き、領事館の領事の官邸に住み、中国人のボーイを顎で使いおさまっていた。南京で越年。


戦争文学生れる。

文学者の従軍盛んとなる。

一九三九年
昭和十四年

一月二十日すぎ南京から一度上海へ帰り、月末、北京へ発つ。この間、蕪湖、揚州、鎮江、蘇州、杭州に遊び、北京へ行く途中、青島、天津を

岡本かの子、泉鏡花歿。

五十五歳

廻って行った。このころはまだ、二月末には日本へ帰るつもりにしていた。北京では最初東交民巷の六国飯店に滞在していた。ここから蒙疆方面への旅行などもした。三月末には帰るつもりで、日本へ帰る時に着る着物を送れなどと手紙を出していた。

旅行中、軍部の最高首脳部の人にばかり世話になってきたので大名旅行が出来、どこでも歓待されるので居心地がよくなり次第に滞在が長びいていた。

そのうち北京哈達門大街の韓記飯店へ移り、後、西城闢才胡同六条六号の平等俊成家に寄寓した。秋のうちに大作を書き暮には帰国するつもりでいた。

一九四一年
昭和十六年
五十七歳

太平洋戦争起る。

進歩的知識人多数検挙される。

伊原青々園、長谷川時雨、中村吉蔵歿。

一九四二年
昭和十七年
五十八歳

二月、北京から単身南京へ赴く。平等俊成の紹介状を持って草野心平に逢い、草野氏の斡旋で南京日本大使館報道部から中シにおける生活の保障を受けたほか、名取洋之助を紹介され、華字婦人雑誌発刊の相談がまとまり、上海へ赴く。はじめピアス・アパートに、ついで北京路の北京大楼四階十七号室に転住した。上海日本大使館嘱託となるとともに、『女聲』の発刊準備に傾注する。

十月、『女聲』創刊される。編集、取材、資材の確保に奔走する傍ら毎

与謝野晶子歿。

号自ら巻頭言を書き、中国の新旧演劇についての批評などの筆をとった。
左俊芝のペンネームを使用した。

一九四三年
昭和十八年
五十九歳

太平洋戦争の危局と共に雑誌発行の資材の入手も困難になり、生活苦は相変らずついてまわった。たまたま、このころ日本から文人の往来が多く離愁を慰められると共に望郷の念も一しおであった。

島崎藤村、徳田秋声、岡鬼太郎歿。

一九四五年
昭和二十年
六十一歳

一年ほどの間に急激に体力に衰えを見せてきたが、相変らず『女聲』発刊のため上海中をかけずりまわり、奔走をつづけていた。
四月十三日の夜、陶晶孫の家に晩餐に招かれての帰途、八時頃北四川路と崑山路の交叉するあたりで、突然、黄包車の車上から昏倒した。そのまま昏睡状態をつづけ、十六日の午前九時に永眠した。病名は脳溢血。
四月十八日、虹口の東本願寺上海別院において、日本大使館および南京中央政府中央書報発行所、太平出版印刷公司の合同葬によって遺骸を荼毘に附した。
喪主、内山完造。法号は釈尼文俊。
葬儀は雨の中を多数の参列者を迎え、盛大に華々しく行われた。

八月、ポツダム宣言受諾、無条件降伏。

一九四七年
昭和二十二年
歿後二年

草野心平「佐藤俊子さんの死」を『文藝春秋』十月号に書く。幸田露伴、上司小剣、水野葉舟歿。

一九四八年

田村松魚歿。

昭和二十三年
殁後三年

一九四九年
昭和二十四年
殁後四年

四月二十六日、岡田八千代を中心に有志二十数名が集まり、東京都目黒区中目黒の長泉寺で、初めての追悼法要が催された。

嶋中雄作、中村武羅夫、森田草平歿。
阿部知二、俊子をモデルにした「花影」を『文學界』六月号に書く。

一九五一年
昭和二十六年
殁後六年

四月十六日、七回忌にあたり、遺族のない故人のために生前の友人たちからなる「俊子会」の肝煎で、北鎌倉東慶寺内に築かれた墓の建碑式があり、知友二十七名が参集して故人を偲んだ。この日の世話人は岡田八千代、湯浅芳子、佐多稲子、山原鶴、草野心平、川鍋東策。墓碑の表は、「田村俊子の墓」岡田八千代の筆になった。

宮本百合子、林芙美子歿。

一九五二年
昭和二十七年
殁後七年

岩波文庫版「あきらめ　木乃伊の口紅」に標題作品の他、「誓言」「女作者」「春の晩」「栄華」が収録された。
河出書房版「現代日本小説大系17」五巻に「木乃伊の口紅」が収録された。

一九五四年
昭和二十九年
殁後九年

中国より遺骨の返還があった。

一九五五年　昭和三十年　歿後十年

歿後十年を記念して四月十六日遺骨埋葬式を行い、先に形見の品と遺稿を埋めておいた前記墓地に遺骨を納めた。

一九五六年　昭和三十一年　歿後十一年

高村光太郎歿。

一九五七年　昭和三十二年　歿後十二年

二月、筑摩書房版「現代日本文学全集70」に「あきらめ」「女作者」「木乃伊の口紅」が収録された。

一九六一年　昭和三十六年　歿後十六年

四月、北鎌倉東慶寺境内に田村俊子文学碑建立、四月十六日、除幕式が催された。

同月、田村俊子賞を設定、第一回受賞作品は、瀬戸内晴美著「田村俊子」と決定、四月十六日、東慶寺に於て授賞式が行われた。

四月、瀬戸内晴美、「田村俊子」が文藝春秋から出版。

吉屋信子、「上海から帰らぬ人」『小説中央公論』春季号。

丸岡秀子、「むらさき抄」『新気流』十月、十一月号。

一九六二年　昭和三十七年　歿後十七年

十二月、新潮社版「日本文学全集69」に「木乃伊の口紅」が収録された。

一九六五年　十二月、筑摩書房版「明治文学全集82」に「露分衣」「あきらめ」「誓
昭和四十年　言」「炮烙の刑」が収録された。
殁後二十年

一九六六年　十二月、講談社版「日本現代文学全集42」に「あきらめ」「誓言」「木乃
昭和四十一年　伊の口紅」「女作者」「炮烙の刑」が収録された。
殁後二十一年

一九七〇年　八月、中央公論社版「日本の文学78」に「木乃伊の口紅」が収録された。
昭和四十五年
殁後二十五年

一九七三年　一月、筑摩書房版「現代日本文学大系32」に「あきらめ」「女作者」「木
昭和四十八年　乃伊の口紅」が収録された。
殁後二十八年

一九八五年　四月、愛知県豊橋市に俊子・鈴木悦の比翼の文学碑が建てられた。碑面
昭和六十年　の文章は瀬戸内寂聴撰。俊子・悦のレリーフは菅沼五郎作。
殁後四十年

一九八七年　十二月、オリジン出版センター版「田村俊子作品集」（全三巻）第一巻
昭和六十二年　を刊行。（一九八八年五月、完結）
殁後四十二年

本年譜は、大正五年五月号の『新潮』に載った「文壇諸家年譜」のうちの「田村俊子年譜」及び、昭和六年三月発行の改造社版「現代日本文学全集56」に収められた「年譜」、昭和三十二年二月発行の筑摩書房版「現代日本文学全集70」の「田村俊子年譜」を参照し、新たに、俊子及び悦の手紙、日記、ノートによりこれまで空白とされていたバンクーバー時代を加え、従来の年譜の中の明らかな誤りを訂正したものである。また本全集収録に際して、昭和六十三年五月発行のオリジン出版センター版「田村俊子作品集」第三巻の年譜も参照し、さらに加筆訂正を行った。

かの子撩乱

曾て、このやうな苦悩が私にあつたらうか――心は表現を許さない厳粛な苦悩を口含みつつ、酷しく私の上に君臨してゐる。私は奴隷のやうにすすり泣きつつ、こまごまそこらを取りかたづける――取りかたづけることは小説を書くことであつた。

日記より　かの子

序章　堕天女

《あふれるほど豊かな想像力にめぐまれて、現実世界のほかにいま一つ完全な世界を打ちたてることができた、バルザックのような天才の場合、私生活の末の末に至るまで詰らぬ事実に拘泥するなどということは、まずあり得ないだろう。そういう天才は、現実をなんの容赦もなく変えてしまう、その意志の専横ぶりに、一切を従わせようとする》（水野亮訳）

岡本かの子の火のような生涯と、絢爛豪華な文学の遺産について想う時、私にはなぜか、ツヴァイクの「バルザック」の書き出しのこの文章が浮んでくる。

バルザックは、氏もない百姓を先祖に持つ自分の出生の事実を否定し、彼自身の願望である貴族の裔《すえ》だという夢想を強引に主張した。オノレ・バルザックという戸籍名を無視して、貴族の称号の「de」をつけ、三十歳頃からは、常にオノレ・ド・バルザックと、あらゆる文書に署名したばかりでなく、自家用の馬車に、自分の祖先だと称して由緒ある貴族のダントレーグ家の紋章さえ描きこんだ。

このお手盛の、むしろ無邪気な似非《えせ》貴族ぶりに対して彼の生前、世間はあらゆる嘲罵を浴せたし、後世の史家は根気よく訂正した。けれどもバルザックの強烈な意志と彼の偉大な文学の業績は、ついに世評や常識を征服し、沈黙させてしまった。今ではもう、世界中の誰一人、この世界的文豪を呼ぶのに、彼の願望通り、オノレ・ド・バルザックと呼ばないものはない。

ツヴァイクはいっている。

《あらゆる後世の訂正にかかわらず文学は常に歴史に勝つのである》

昭和八年のことだった。

四年間の外遊から帰って間もない岡本かの子は、街で逢った森田たまに、いきなり興奮した口調で訴えた。

「あたし、つくづく厭になったわ。日本人って、何て不作法で不愉快なんでしょう。あたしが今、銀座を歩いて来たら、みんなこっちをじろじろ見てふりかえったりするのよ。本当に不作法で厭だわ。外国じゃこんなことは絶対になくってよ」

森田たまは返答にこまり、つくづくかの子を見た。その日のかの子の服装は真紅のイヴニングドレスだった。背がひくく、ころころ肥ったかの子が、滞欧中断髪にしたおかっぱ頭で、白粉を白壁のように厚塗りし、真赤なイヴニングドレスを着て、白昼の銀座を歩いていたのである。この時、かの子は満四十四歳になっていた。

ユニークな作家ほど、そのまわりに謎めいた伝説や意味ありげな逸話はつきものだ。岡本かの子も生前から奇怪な無数の伝説にとりかこまれていた。

才能豊かな歌人であり、女流仏教研究家の第一人者として、すでに世評に高かった岡本かの子が、突然、休火山が爆発したような旺盛な勢で、小説家として目ざましい作家活動を始めたのは、昭和十一年だった。かの子の死は、それから僅か三年めの昭和十四年二月十八日に訪れている。

かの子文学の研究家岩崎呉夫の年譜によれば、死亡の年二月の項に、

《同二十四日、夕刊各紙を通じて、その永眠を発表。通夜告別式を行なったが、この間一週間ほど喪を秘していたため、さまざまの臆測流説が乱れとんだが、これはいずれも真実ではない》

とある。年譜にまで明記された臆測流説は、否定の言葉にもかかわらず、かえって異様に映り、

死後二十余年を経た現在も、一向に立ち消えてはいない。伝説は伝説を呼び、自殺説や心中説など、ひそひそと語りつがれ、ますますかの子を深い謎の奥につつんでいく傾向がある。

かの子は漫画家として天才を謳《うた》われた岡本一平の妻だったが、二人の間に肉体関係はなかったという噂だけでも、かの子は生涯処女妻だったという説もあれば、結婚当初の、一平の放蕩時代への復讐に、かの子が生涯許さなかったという説もある。

「いいえ、ちがいます。私が聞いたのは、一平さんの放蕩時代、かの子さんが淋しさの余り一度だけ、若い人と過ちをおかしたのを、一平さんが死ぬまで許さなかったというんです。それが本当なら、一平さんは何て心の冷たい人でしょう」

そんな異論も入ってくる。かの子の死の当時、地方の女学生だった私など、かの子が若い評論家と、別々の場所で決めた時間に毒をあおり、かの子だけが死んだというロマンティックな噂を、相当長い間信じこんでいたものであった。

かの子に若い燕がいたという噂。一子太郎の出生に関する臆測。かの子の小説は夫一平の作だという噂。

ある日、長谷川時雨が、かの子とエレベーターに乗ったら、丁度先に一平が乗っていて、ぱったり顔を合せた。すると二人は、お辞儀して真面目な顔でお久しぶりと挨拶したという。そんな出来すぎたゴシップめいたものから、かの子が日頃内心ライバル視している女流歌人の歌集出版をつげられ、電話口で最大級の祝辞をのべた後、その深夜から、相手の人形《ひとがた》をつくり、庭で丑刻《うしのこく》詣《まい》りをはじめ呪ったという不気味なものまで出てくる。

奇妙なことには、まことしやかに語りつがれているこれら根拠もない臆測や噂話の中には、かの子自身の口から出たとしか考えられないものもある。例えば、

「うちでは、一平と私はずっと兄妹の間がらなの、だから私は何をしてもいいって一平に許可さ

れてるのよ」

という同じことばを、何人かの異性に話している。

これらの伝説はほとんどが、かの子の常人には想像出来ないアブノーマルな、奇想天外な言行を伝えていた。

こうした単なる根拠のない噂話の外に、円地文子が、かの子の文学にも人柄にも、否定的な立場をとることを表明した上で書いた「かの子変相」という短篇がある。

《実際、自分の愛し、或ひは愛したことのある作品や人については、どんなに毒づいても妙に安心してゐられるが、愛したことのない、従つて溺れたことのない人について酷薄であることは骨まで凍るやうに寒いのである。しかしさうだからといつて、い、加減のお座なりをいふ生《なま》ぬるつこさには、私は一層居たくない》（かの子変相）

こんなぎりぎりの心境で書かれているだけに、「かの子変相」の中の、かの子像は、円地文子の目に映ったかの子のいやらしさ、醜さ、奇矯《ききよう》さを一種の冷たい情熱をこめて辛辣に書きつけている。この中で語られるかの子の言動は、根拠のない噂話や伝説ではなく、ある日、ある時の、実在のかの子の言動にはちがいないという意味で見逃せない。

《「母子叙情」が出た時には平林さんも私も一様に嘆声を上げた。

「実に奇妙な小説だわ。化かされるにしても化かされ甲斐のある小説だ……」

「小説の形みたいなものを無視してゐる……といふよりまるで知らないで、書きたいやうに書いてゐる魅力ね」

「岡本さんはあの中に、自分の断髪を童女のやうだつて書いてゐるわね」

「素晴らしい美人でもあるのよ」

「そりや小説だから……」

「小説でもちやんと自分と解るやうに書いてあるわ。そこが謎なのよ」

「ほんたうに岡本さんは自分を美しいと思つてゐるのかしら……」

平林さんはうむと口を結んで、思案する時の癖で眼をきつと据ゑ頤を曲げた。

かの子女史を美しいとは私は一度も思つたことがない。眼だけは強い感情が溢れてゐてともかく異常に輝いてゐるが、皮膚や体つきが粗野で、着物の嗜《この》みにも着方にも知的なデリカシーがまるで感じられない。幾色も俗悪な色の重なつた派手な衣裳にまとはれて、恬然としてゐる様子はグロテスクだといふのが嘘のない表現である。

ところがそれから少し経つたある夜、ある会合の帰り私はかの子女史と同じ自動車に乗つた。車はかの子女史の青山の家へよつて、私の家へまはる順序だつた。

私たちはその時も何か小説の話をしてゐたが、ふとかの子女史はルームライトのくらい中で私の方へ顔をさしよせ、他聞を憚るやうに小声で私語《ささや》いた。

「ねえ円地さん、小説を書いてゐると、器量《きりやう》が悪くなりはしないでせうかねえ」

その声は心配さうにひそまつて、吐息のやうだつた》（かの子変相）

「かの子変相」の中には次のような話も載っている。

ある日、長谷川時雨、平林たい子、森田たま、板垣直子、等々の女流作家の集まりの中に円地文子もかの子も加わっていた。その時、かの子は、一平が自分をいかに敬愛しているかという話をしだした。

《「私がね、少し帰りに晩かつたりすると、顔をみると拝むのよ。ほんたうに拝むの。有難いんですつて……それはねえ、私が器量がいゝとか、才能があるとかいふためではないのよ」

そのあとをかの子女史がどう説明したかは忘れてゐる。たゞその「拝むのよ」といふ言葉が臆《お》めずにゆる〳〵と語られた雰囲気だけが記憶にこびりついてゐる。

その時にもう一つ、異様に見えることを言つた。かの子女史がらん〳〵とした眼でゆつくり一座を見まはして、

「私、この中に好きな人がたつた一人ゐるのよ」

と言つたのだ。かの子女史に愛され度いと思つてゐる人は恐らく一人もゐなかつたが、何だか籤《くぢ》を引かされたやうな気分にさせられたことは事実である》

その後数日して、円地文子が森田たまにあうと、

「岡本さんて気味がわるいわ。あの日の帰り道にそっと私の傍によって来て、さっきこの中に好きな人が一人いるといったの、あなたのことよって凝《じ》っと私の顔をみるの」

といった。それからまた何日かして円地文子は平林たい子に逢ったので何気なくその話をすると、平林たい子は、怒ったような顔で聞き終り、ふうむと深い息をついて、

「そうですか……実は、私もあの帰りに岡本さんに同じことを言われたのですよ」

といった。二人は大きな声で笑いだしてしまった。四十も半ばを過ぎたかの子の、白痴的ともいえる幼稚な言動と、あの妖麗博識の豊かな作品群とどこで結びつくのか。

一平の記録によれば、かの子は人並より早く生理の訪れがあり、死の病床までそれがつづいていたという。

それほど旺盛な体質を持ちながら性格の一部には、童女のまま育ち止まった面があったようだ。人を信じ易い天真爛漫な性格のエピソードとして、村松梢風の「近代作家伝」に伝わっているのは、ある時、岡本家へ出入りの青年が、たまたまかの子の手作りの卵焼のご馳走になったので、一応儀礼的に美味《おい》しいとお世辞をいったら、かの子は無条件にその言葉を信じて大喜びで、

「あら、そうお、じゃ、もう一つ変ったものを作ってあげましょう」

といって、すぐ次のご馳走をつくってくれた。青年はこれもほめざるを得なくなり、また美味し

いといった。

「あら、そう、じゃもう一つ」

かの子はますます上機嫌で、またいそいそ次の料理をつくった。あとからあとから、ほめる度、際限もなく料理をつくって、とうとう夜半の三時までご馳走ぜめにあったという。多分に誇張のある話としても、かの子の純情な、お人好しさかげんと、何事に対しても体当りでひたむきな熱情を、限度もなくかたむけつくさずにはおれない一面がうかがえる。

要するに、かの子の感情も行動も、物事の両端をゆれ動き、その振幅度の広さは常軌を逸した感を世人に与えるらしかった。中庸を欠く平衡感覚の欠如、強烈なエゴの顕示欲、王者のような征服欲、魔神のような生命力、コンプレックスと紙一重の異常なナルシシズム……そんなものがかの子の体の中には雑居し、ひしめきあい、その結果、外にあらわれる言動が世間の常識と波長が合わなくなるのである。

奇矯と見られ、きざとさげすまれ、批難と誤解にあう度、かの子は世間との違和感に打ちのめされ、終生、苦しみつづけなければならなかった。

幸いかの子は全世界を敵に廻しても恐れなくていいほどの、強力な理解者に恵まれていた。夫一平と、一子太郎である。

《だが母親のこの到底尋常では考えられない激しさ、重厚さを、さすが初めはかなりヘコタレていたらしいがたった一人岡本一平が正面から引き受けたのである。母親の中にある非凡な純粋こそ本当に守らなければならない資質だと見抜き、それに殉じたのである。実際に岡本一平なしにはかの子は決して大成しなかったであろうし、余りにも彼女からかけ離れた大正、昭和を通じての雰囲気の中に生きつづける事は出来なかったに違いない》(思い出すこと)

太郎のこの洞察以上に、これまでかの子を理解したものはあらわれていない。一平にとっては、他人が奇矯と観じ、為にするわざとらしさと見、人気取りの技巧と受取るかの子の言動のすべてが、かの子のたぐい稀な、純情から生れる天衣無縫と映るのであった。童女がそのまま大人になったような稚純さが痛々しく、どうにもいじらしくてならないのである。

《女史の他から帰つたときのだらしなさ、玄関の硝子戸を破れよとばかり叩く、それは追剝《おひはぎ》から逃れ来るものの如く、百年流浪の故家に帰るものの如くである。そして「パパ様――」と続けて叫ぶ。毎回新である。隣、近所などはあれども無きが如くである。戸を開けてやると、私の胸に飛び付くことが往々ある。そして「帰つて来たのよ来たのよ」といふ。おお、それが僅か丸の内辺の集会から帰つて来ての仕打である。だが私とてもかの女を何処へでも、出して遣つた間はとても不安だ。それをいま確と胸に受け戻した。私の胸は男としてさう強い胸ではない。それをしも心が許せる塒《ねぐら》として飛込んで呉れる。私は嬉しくて涙ぐむ。そしてこの大きな童女の肩肉を揉みほぐすやうに撫でてやり乍ら「よく、帰つて来たなあ」といつてほつと安心の息を吐く。二十有八年間これも毎回新である。

　女史を外に出してやつた間の、私の不安といふものは実に単純素朴なものだ。車に轢《ひ》かれやしないか、迷子になりはしないか、へまをやりはしないか、よその子に苛められやしないか、誘拐されやしないか、物を落して不自由してやしないか。その心配がをさな子に対するもののやうに、単純素朴であるだけにまた端的である。そして女史なるものにも、私をしてかう心配させる閲歴が無いことはない。物はよく落すし、行動は遅々として、小取廻しは利かないし、人を正直に信じて逆手や皮肉には弱いし、こまかい利便の途を知らない》（解脱）

　一平にとっては、何時までたってもかの子は、内っ子の子供であった。かの子の喜怒哀楽の表現も徹底していて尋常一様でなく、泣く時は、童女のように、髪も着物もふり乱して一平の胸にしがみつき、

「パパア、パパア」

と慟哭する。当時岡本家の近所に住んでいた村松梢風は、よく御用聞から、

「今、岡本さんでは、かの子先生がワアワア泣いていらっしゃいます」

という報告を聞いたと「近代作家伝」に伝えてある。かの子の喜ぶ時は手放しで、その天真爛漫さもまた、人界のものとも思えない。怒る時は、女夜叉のようになって手のつけようもないほど荒れ狂う。人から贈られた高価な反物でも、ずたずたに切りきざんでしまったりする。


これらのすべての場合のかの子が、一平には哀憐の対象となった。が何よりも心を締め上げられるほどのいじらしさを感じるのは、かの子が持って生れたとも見える無限の憂愁の翳であった。その翳は、人間が生れながらに背負わされて来た久遠以来の諸行無常の業、つまり人生のあらゆる矛盾相剋、不如意の運命について思いを凝らすことから来る憂愁の翳であった。

「どうしたらいいだろうなあ」


声に出して歎き、涙をながす。その時だけは一平にも手をかしてやりようがない。かの子ひとりの歎きであった。一平は苦しんで悶えるかの子を見守り、いっしょに泣いてやるしかない。

するとかの子は、

「パパも泣いてくれるの」

といっていっそう激しく泣くか、

「パパも泣いてくれるなら、もういいや」

と、けろりとするかである。そんなかの子が、一平の目には次第にこの世のものとも見えなくなってきた。

《私は昭和七、八年の頃、かの女を見て、どうあつてもこの女は、普通の人間らしくないとい
ふ感じに撃たれました。あまりに無垢でぽつとしてゐる顔や手から、私はふと博物館にある、

浄瑠璃寺吉祥天の写しが思ひ出されました。早速、その像の写真を取寄せて見較べると、瓜二つなので感興が湧き、油絵で「吉祥天に象《かたど》れるかの子の像」を描いて、春陽会へ出品しました。……中略……私はこれを描いてるとき、つくづく思ひました。この女は私のやうな下品《げぼん》の人間や、貧弱な生活の家へ、来る女ではない。誤つて、私のもののやうなところへ来たので、ひどい苦労をさせた。堕天女《だてんにょ》といふ言葉があるが、確に堕天女だ。……中略……実際この時代のかの子は、天部の面影がありました》(かの子と観世音)

常我浄、華果充満の天国にこそ住むにふさわしい無垢の心身を持って、どうしてこの娑婆に堕ちたのだろう。一平の目には、かの子の孤独感が、堕天女の天涯の孤児の孤独と見えてくるのである。

丸い顔である。コンパスで描いたように丸く、月のように白い。豊かな頰でぷっつりと切りそろえた童形の断髪は漆黒の艶を放ち、両頰にかぶさっている。富士型にあらわれた額が清らかだ。顔からはみだしそうな感じの黒々の瞳が凝らされている。どこを見ているともわからない凝視、現実感を越え、永遠の虚空に向かって見開かれた瞳は、古代エジプトの女王の、あの無心の気魄のこもった目とも見え、飛鳥時代の無名の彫師の祈りがこめられた天女像の縹渺《ひょうびょう》としたまなざしとも見える。

見ているうちに、写真であることを忘れさすほど、生気がみなぎってくる切実な哀感をたたえた二つの目であった。その目がひどく離れてついている上、やや目尻が下っているので、細くなよやかに描いた眉と共に、瞳にこめられた悲痛なかげを和らげていた。鼻がつまんだように可愛らしい。唇は肉感的にややもり上っている。顔だけ見ていると、十四、五歳の少女といっても通るかもしれない。四十五歳以上の時の写真である。

首がなく、顔の下にすぐ御所人形のように盛り上った肉づきの肩が流れている。女魔術師の舞台衣裳を思い出させるヴォイルの妖《あや》しいアフターヌーンを着こんでいる。袖とスカートに金モールの飾りが二筋ずつついている上、胸にはこってりと造花の花がもり上る。下着のすける服の色目はわからないが、いずれ、黒か赤だろう。透ける布地の袖の中の腕はむっちりと官能的なのに、手首から先はまるで幼児のように小さく可愛らしい。信じられない若さだ。決して醜い顔ではない。そこには、

われもまた女なりけり写真機によく撮れよとぞ心ねがひつ

と、素直に歌った一人の女の、いじらしいお澄ましの顔があるだけだ。

生前のかの子に私は一度も逢ったことがないから、かの子の俤《おもかげ》を想像するのに、写真に頼るしかない。写真でみるかぎり、私はかの子を所謂《いわゆる》美人とは思わないけれどいい顔の一つだと思う。

生前のかの子に面識のある人々、殊に女性の間では、かの子は徹底的に醜いと表現されているようだ。

《かの子女史は外遊中に断髪したらしく、短い髪の毛が太つた顔を一層丸く見せ、縮緬で縫つた鞠のやうに肩も胸も盛り上りく丶れて見えた。きめの荒い艶のない皮膚に濃く白粉を塗り、異様に大きくみひらいた眼が未開な情熱を湛へて驚きつゞけてゐるやうにまじろがない》（かの子変相）

「かの子さんのあの着物や化粧の無感覚なこと、あんな感覚から小説が生れる筈がないわ」

という宮本百合子の手厳しいことばも、「かの子変相」の中には伝えられている。

私はまた、二子玉川のかの子の生家大貫家で、

「あの美男子の一平さんが、どうしてかの子のような不器量な女をお嫁にしてくれたんだろうって、その当時からうちで不思議がったものですよ」

という話も聞いた。

お化けのような白塗の厚化粧、極彩色の趣味の悪い満艦飾、十本の指の八本まで指輪をはめる無神経、醜悪なまでふくれ上った贅肉《ぜいにく》の塊、滑稽さを伴うグロテスク……およそそういう評価がかの子の容姿について否定的に語られるものであった。

不思議なことに、それらと同時に一方では、かの子の容貌に対して全く反対の意見も聞くことであった。

かの子の死の前年頃、女流作家の写真を撮影して歩いた新聞記者の一人が語ってくれた。

「一番印象に残ったのは岡本かの子だったよ。女流作家ってものは案外うるさくて、誰といっしょだと厭だとか誰より先でなければ厭だとかいうし、いざいくと、簞笥中ひっくりかえして、どれを着ましょうなんて始めるのがいる。そんな中で、かの子は悠然として立派だった。一種異様な風体だったけれど気魄というか、びいんとこっちをしびれさすような磁力があった。やっぱり、魅力のある女だな。私はああいう人達とは全然ちがいますとくりかえしいって、他の女流作家を問題にしていないということを強調していた」

川端康成に、かの子の泣き顔を叙した文章がある。

《岡本さんは厚化粧のために、かなり損をしたが、よく見るとあどけなくきれいで、豊かな顔をしてゐた。それが泣き出すと、一層童女型の観音顔になつて、清浄で甘美なものを漂はす時もあつた。岡本さんの美女達の幻と共に浮かぶのは、この岡本さんの大きい泣顔である。涙を浮かべながら、苦もなく微笑んでゐる——》(岡本かの子序説)

村松梢風の「近代作家伝」の中には、

《夫妻が二年間の欧羅巴《ヨーロッパ》の旅から帰つてまだ何程も経たぬ頃だつたらう。夏のことで、かの子女史は花模様の派手なワンピースを着て断髪無帽だつた。丈が低く、丸々太つてゐて、むやみに白粉を塗つた顔が明るい夕陽に曝《さら》されて一寸滑稽な位な印象を与へた。……中略……其の後かの子女史とは劇場の廊下やなんぞでお目に掛つたことがある。さういふ時女史は非常に人懐つこく、ころころして、側へ寄つて物を言つた。劇場や東京会館あたりで会ふと、此の女性は美しくて異常な魅力があつた》

とある。かの子の文学の最大の理解者として、かの子から絶大な感謝と信頼をよせられていた亀井勝一郎は、かの子に逢った印象をこう語っている。

《かの子と対座してゐると、私はいつも一種の鬼気を感じないわけにはゆかなかつた。たとへば十年の甲羅を経た大きな金魚のやうに見える。断髪が両側から額にかぶさつて、そこに輝く苦しげな瞳をみてゐると、古代の魔術師のやうにも見える。あきらかに宗祖の姿だ。菩提樹の下に座りつづけてゐる老獪で惨忍な神々のひとりである。男でもなければ女でもない。この無気味な雰囲気を氏は決して意識してゐたわけではなからう。それを告げると非常に嫌な顔をされた。……中略……突然氏の口から軽い冗談や笑ひが洩れはじめると、今度は可憐な童女の姿が現出するのであつた。……中略……真実美しい童女である》（追悼記）

女流作家にとっては、自己の容貌に関するコンプレックスとナルシシズムの割合が、エゴに反映し、作品の性向を決定づけることさえままある。特にかの子のように耽美的傾向の作家にとっては、このことが重大な意味を持つ筈である。一平は他の誰にもましてかの子の美を礼讃した。

それはもう、夫が妻の美を認めるというような生やさしいものではなく、殉教者が守護神を渇仰するような、宗教的な礼讃ぶりである。口の悪い連中が、漫画家として一世を風靡した一平が漫画そのもののようなグロテスクなかの子を伴って銀座を歩くのを見て、これこそ諷刺の極致だと、

「かの子をつれて銀座を歩ける一平は偉いよ」

と皮肉ったというゴシップが伝わっているが、一平はかつて一度もかの子をみっともない女だとは見たことがないようである。

新聞が名士に「自分の好む女性」というアンケートを求めた時、かの子たちの媒酌人である和田英作は、かの子を推薦し、かの子の性質の純粋さがそのまま顔にあらわれたようだといい、服装のつくりも妥当賢明であるとのべた。

《「うちには娘がゐないので、パパは私に娘のやうな服装をさせたがるのよ」かの子はさう誰にもいつて、私の好みに応ずる服装をして外出し、人にも憚《はばか》らず示すと私は人から聞き、どんなに心が賑かにされたか》（きれいな人）

と書いた一平は、

《ふだんはぽつとして生れ立ての蛾のやうに無心で新鮮な顔をしてゐる。苦悩の影が射すとき永劫拭ひ去らざるかの斑蝕を示す。泣くときは川端康成氏も指摘されたやうに、量感のある丹花が暁露を啜《すす》るが如く、美しい娯しい感じを見るものへ与へる。……中略……女史の生命力といふものは現実よりも浮出て鋭く生々しい。しかし、それが盛られてゐる性格や肉体は、古典芸術品で、かの子と相似のものに度び度び触れたが、試にその中の二つを出してみる。

一つは山城浄瑠璃寺の吉祥天の像である。

一つは高野山明王院の赤不動明王の図中の童子の像である。

別々の面を現して同じくかの子の面影である》（解脱）

とも書き、昭和四年に刊行されたかの子の「散華抄」の扉に、一平がかの子をモデルとして描いた吉祥天女像を入れている。前述した春陽会に出品した昭和七、八年の頃のかの子を写した像の原型であろう。

その天女像の無垢《むく》なあどけない表情のいじらしさ、もぎたての桃のような豊頬に、無心な黒々の瞳をつぶらに見開いて、無防禦に起立している。それは天女像というより天童女像と呼ぶにふさわしい、清らかにも可憐この上もない表情をしている。これこそ一平がかの子の上に描いていた理想像であろう。

私はまだ浄瑠璃寺の吉祥天女像を拝する機会を得ていないが、写真で見るかぎり、その清艶玲瓏な天女像の俤の中に、とうていかの子の俤を見出すことは不可能であった。ところが、ここに、一平の描く天女像を二枚の写真の間に置けば果然、そこに微妙な関連が生れ、三つの俤が不思議にも渾然と重なりあうのを見る。芸術の魔術だろうか、愛の秘跡だろうか。

「吉祥天に象《かたど》れるかの子の像の説明」という一平の文章がある。

《むかし信仰の篤《あつ》い人が渇仰の仏菩薩像に自分の像を造り籠め仏縁の深からんことを禱《いの》つた事がある。いかにも人間の願ひの至情が現れていぢらしく思ふ。自分も信仰あついかの子の為に一度さういふ像を描いて祈禱して造り度く思つて居た。丁度昨年三月彼女は散華抄の執筆を始め多年の志を述べる機縁に際会したのが本図である。彼女のその頃の風格は一番浄瑠璃寺の吉祥天に似てゐると自分は感じたからであつた》

夫からこれほど神格化され拝跪《はいき》の対象とあがめられることが、果して妻にとって幸福であろうか。この夫婦の世の常識を越えた次元で結合している異常な夫婦生活の秘密をとく鍵がここにあり、同時にかの子文学に入る鍵もここにありそうに思われる。

かの子の上に一種の美を認めたのは異性の方に多かったらしい。

けれどもそれらのどの讃辞にもまして、かの子自身ほど自分の美を信じ、愛し、讃仰したものはなかった。それは生れつきの性向に多分にナルシシズムがあったにせよ、夫一平から讃美されつづけた影響がかの子に浸透していったものがより強いのではないだろうか。

容貌はいうまでもなく、他からは醜いとされる肥満型スタイルや疾患を持つ内臓まで、全身くまなくことごとく、かの子はそれを美化し、情熱を傾けつくしてそれを愛し、それに殉じた。

《かの子は他人でもある種の男女の美人を愛敬したが、しかし、最も気に入つてゐたのは自分自身に外ならなかつた。これは女として普通のことであらう。だがこの普通のことを護るのにかの女はいつもすべてを賭けてゐた。かの女が病中一度も鏡を見なかつたといふのは、その現れの一つに過ぎない。かの女は鏡を退けていつた。

「いえあたしの頭の中に自分の姿は出来てますから――鏡を見て今更それを壊し度くありません」》（エゲリヤとしてのかの子）

という一平の文章もある。

かの子は生前、牡丹にたとえられ、牡丹観音と呼ばれることを好んだが、この比喩の起りも、亀井勝一郎に向かって、かの子自身の口から、

「わたしが巴里にいた頃フランス人はわたしを牡丹と呼びましたのよ」

と告げたことから始まっている。

《かの女は断髪もウェーヴさへかけない至極簡単なものである。凡そ逸作とは違つた体格である。何処にも延びてゐる線は一つも無い。みんな短かくて括《くく》れてゐる。日輪草の花のやうな尨大な眼。だが、気弱な頬が月のやうにはにかんでゐる。無器用な子供のやうに率直に歩く――実は長い洋行後駒下駄をまだ克《よ》く穿《は》き馴れて居ないのだ。朝の空気を吸ふ唇に紅は付けないと言ひ切つて居るその唇は、四十前後の体を身持《みも》ちよく保つて居る健康な女の唇の紅《あか》さだ。荒い銘仙絣の単衣を短かく着て帯の結びばかり少し日本の伝統に添つてゐるけれど、あとは異人女が着物を着たやうにぼやけた間の抜けた着かたをして居る。

「ね、あんたアミダ様、わたしカンノン様」

と、かの女は柔かく光る逸作の小さい眼を指差し、自分の丸い額を指で突いて一寸気取つて

は見た……》（かの女の朝）

かの子の描いたかの子の自画像である。

見逃せないのは、「あんたアミダ様、わたしカンノン様」という言葉である。何気ない冗談のように使われているこの言葉に深い暗示がある。かの子は本気でそう思っていたのだ。一平はかの子の没後、誰はばからずかの子を「かの子観世音菩薩」と拝誦したが、生前に於ても、かの子は一平の偶像であり秘仏であった。パパの好む子供のような服装をしたように、かの子は一平の偶像になることをためらわなかった。

《釈尊が美男でなければ私は仏教を愛さなかつたかもしれない。観音さまでも美貌でなければ決して私は観音さまを肌身に抱いてなんかゐはしない。あれほど深い教は、美貌より包蔵し得る資格なし》

と言い切ったかの子にとって、自分を神格化するという夢は、かの子の耽美的な美意識に合致し、かの子のナルシシズムとエリート意識を甘やかし満足させることになった。一平という殉教者によって渇仰され、無際限に甘やかされ巨大にふくれ上ったかの子の自我《エゴ》は、ついに現世に於て生身で美神に合体しようという法外な夢を描くに至った。しかし、かの子の自己神格化には、それまでにかの子が体得した大乗仏教の救世思想の裏づけがあるだけに、常人には考えられない自信と信念にみたされていた。

円地文子は、

《かの子女史が正真《しやうしん》の美人であつたら、かの女のナルシズムは文学の上では決してあれほど絢爛に花咲かなかつたであらう。かの子女史の美女扮装癖は、むしろかの子女史が美しい肉体を持たなかつたのに、邪が非でも美しくならうと意慾したコンプレックスの逆な表現であつたのだ》（かの子変相）

と解釈しているが、私はむしろ、かの子の文学は近代人の当然持たねばならぬ宿命的コンプレックスをひとかけらも持ちあわせなかった原始人の情熱が、秩序を求めて悶え狂う詩ではないかと考える。たとい、一平がそう望んだとしても自分の顔を描いた女神像を自著の扉に入れるのも、随筆「かの子抄」の自序のような文章を書くのも、ほんの一かけらでもコンプレックスのある人間には、思いも及ばないことではないだろうか。

《ひとたび、稍々完成しかゝつた私を解体して欧州遊学の途にのぼつたのは、今から六年前、すなはち昭和四年の秋であつた。それから昭和七年春、欧米の旅から帰り、母国に於ける丸二ケ年の歳月を経た。

解体した後の私が、徐々にまた新しい私を打ち建て始めようとした最近六ケ年間の、ひたむきな生活から探求し得た素材は何か？「かの子抄」に於て先づその素材の一部分をお目にかけ得る。

「かの子抄」は、「将来の私」といふ本建築の前に建つべく当然の必要とされた「第一の門」である。

かの子に来りたまはんとする人々よ。先づこの門より来りたまへ。私みづからもまた、新らしき我家の門に、限りなき愛感を持つ。

私の生涯の第二期に於ける始めての著書を手にとり給ふ読者の前に謹みて識す》（かの子抄序文）

この時、すでに、かの子は半身美神と化しかかっていた。

第一章　枯　野

　渋谷から出ている溝ノ口行バスに五十分ばかり揺られていると、やがて県境の多摩川にさしかかる。長いコンクリートの二子橋は水のようななめらかさで、たちまちバスの後ろに流れ去り、フロントガラスには、急にくすんだ灰色の一筋の家並がのびていく。厚木街道の両側に、櫛の目型にひっそりと軒を並べた川崎市二子の町並であった。

　橋の袂から二つめのバス停の標柱は、古風ないかめしい門構えの黒板塀の前に立っている。見るからに由緒ありげな風格であたりを圧しているその家が、かの子の生家大貫家であった。当時は神奈川県橘樹《たちばな》郡高津村二子二五六番地、現在川崎市二子二五六番地に当る。

　門の屋根は瓦葺だが、木立の奥に見える母屋の屋根は、こんもりしたかや葺である。上にひょろりとペンペン草がのびていた。板塀の向かって右隣の地続きに、これはぐっと近代的な大きな病院の建物が建っている。コンクリートの塀には大貫病院と看板が出ていた。かの子の弟喜久三が開いた病院だ。

　戦災をまぬがれたこの旧街道の町筋は、昔の宿場町の面影をまだそこはかとなくとどめていて、鄙《ひな》びた侘しさが滲んでいた。

　アスファルトの道路には、相当頻繁に車が往来しているけれど、車の絶え間のふとした瞬間には、人影が少なく、風景はすり硝子《ガラス》を通して見るように儚《はかな》い陰翳を持って幻燈めく。昼すぎの初夏の陽ざしが猛々しく真上から照りつけているのに、ひんやりと沈んだ空気の澱《よど》みが、家々の軒下や路地のかげに重くただよっているような印象をうける。宿場時代はおそらく、大貫家が本陣の位置にあっただろう。大貫家の真向いに大和屋と筆太の看板をあげた土蔵のある酒屋があり、その隣に光明寺の山門が見える。

大和屋というのは大貫家が江戸時代、幕府諸大名の御用商人として全盛を極めていた頃からの屋号であった。

《権之丞といふのは近世、実家の中興の祖である。その財力と才幹は江戸諸大名の藩政を動かすに足りる力があつたけれども身分は帯刀御免の士分に過ぎない。それすら彼は抑下《よくげ》して一生、草鞋《わらぢ》穿きで駕籠へも乗らなかつた。……中略……

蔵はいろは四十八蔵あり、三四里の間にわが土地を踏まずには他出できなかつたといふ。天保銭は置き剰《あま》つて縄に繋いで棟々の床下に埋めた》（雛妓《すうぎ》）

《二十余台の馬力車は彼の広大な屋敷内に羅列する幾十の倉々から荷を載せて毎日、江戸へ向けて出発した。江戸へ三里の往還には、いつの日もその積荷の影を絶たなかつた。彼の身辺には江戸近郷、遠くは北国西国の果からまで、何百人かの男女の雇人が密集した》（老主の一時期）

かの子が小説の中に描いている先祖の全盛の模様は、あながち根拠のない絵空事ではなかった。現在尚健在な、かの子の小学校時代の級友だった鈴木勝三氏の記憶によれば、幼年時代、今の病院の敷地には道路に面して土蔵の白壁が立ち並んでいたという。

「維新で数は減ったとその頃の年寄はいっていましたが、わしらの子供時代、数えたらまだ十七くらい、あの蔵があったのを覚えています。今の酒屋の大和屋さんに移っている二つの蔵も、昔はおかのさんの家に並んでいたものでした。今はなくなったが、塀ぎわに道まで影をおとした大きな椋の大木があり、遠くから大貫家の目じるしになったものです」

かの子の幼時には、大貫家の地所は南は横浜にもあり、東は多摩川を越え、桜新町のあたりまで拡がっていた。

玉川電車が開通した当時、大貫家の川向うの地所が坪一円四十銭で買占められたという話が村人の語り草になったものだ。

大貫家の菩提寺光明寺の過去帳によれば、光明寺がこの地に建てられたのは、天正年間のことで、武田勝頼が天目山で敗れた時、甲州から落ちのびて来たという由来が記されている。ただし、現住職の研究では、過去帳の冒頭に書かれたその文字は、つづく本文の文字より墨色も新しく、字も全く異なっているので、後世の住職が書き入れたものらしく信用出来ないという。ともあれ、光明寺の開祖が二子に移り住んだ時、大貫家は一緒にどこからか移住してきた一族であったということが、代々寺に語り継がれて来たものらしい。

当時二子村はわずか戸数十四、五軒であったことが、過去帳によって察せられる。現在の二子は、大貫という姓の家だけでも三十数軒に増えている。

かの子の時代には、家の慶弔の度ごと、

《北は東京近郊の板橋かけて、南は相模厚木辺まで蔓延してゐて、その土地々々では旧家であり豪家である実家の親族の代表者は悉く《ことごと》集つてゐる》（雛妓）

というほど、その血族は根強く這松《はいまつ》のように根をはり、武蔵相模を中心に関東一円に拡がっていた。

これほど生命力と由緒を持つ大貫家の祖先が、過去帳にはじめて明記されたのは、寛文五年のことであった。

「寛文五歳

順永　極月十八日、大貫先祖内蔵之助古又」

とある。少なくとも三百年前には確かに大貫家は二子に根を据えていた。

かの子の父寅吉は、元治元年三月二十一日、父喜三郎と母小起の間に長男として生れた。寅吉二歳の慶応二年、母が三月に、父が七月に相継いで他界した。小起二十一歳、喜三郎三十七歳の若さであった。この時まだ大貫家には寅吉の祖父権之丞が健在であった。

明治に入り、光明寺の過去帳は無気味なほど打ちつづく大貫家の不幸を記していく。即ち明治四年に、権之丞の妻が、明治六年に権之丞の娘多美が、明治七年に同じく権之丞の娘千野が、そして同年、千野におくれること三カ月後、権之丞自身が、遂に七十六歳で他界した。

寅吉は十歳で、もはや肉親のすべてに先だたれ、旧家の薄暗い奥座敷に、孤児として一人取り残されたのである。

かの子が幼時から大貫家中興の祖として聞かされていた権之丞という人物は、おそらくこの寅吉の祖父を指すのだろう。

《その娘二人の位牌がある。絶世の美人だつたが姉妹とも躄《あしなへ》だつた。権之丞は、構内奥深く別構へを作り、秘かに姉妹を玆《ここ》に隠して朝夕あはれな娘たちの身の上を果敢《はか》なみに訪れた》（雛妓）

と書いたかの子は、躄の美女の伝説とその不幸な父の権之丞の身の上に感傷と興味をそそられたらしく、別にこの三人をモデルにした「老主の一時期」という短篇も残している。

《――山城屋の家庭の幸福を根こそぎ抜き散らしてしまつた悲惨な出来事が、最近突然山城屋へ現はれた。

宗右衛門に二人の娘があつた。上のお小夜は楓《かへで》のやうな淋しさのなかに、どこか艶《なま》めかしさを秘めてゐた。妹のお里はどこまでも派手であでやかであつた。宗右衛門の幸福は、巨万の富を一代にかち得たばかりで満足出来なくて、あの春秋を一時にあつめた美貌を二人まで持つたと人々は羨んだ。その二人の娘が――お小夜は十九、お里は十七になつたばかりの今年の春、激しい急性のリヨーマチで、二人が二人とも前後して、俄跛になつてしまつた。人々の驚き、まして宗右衛門夫婦にとつては、驚き以上の驚きであり、悲しみ以上の悲しみであつた。妻のお辻はそれがため持病の心臓病を俄かに重らして死んで行つた》（老主の一時期）

宗右衛門一家は実在の権之丞一家にあてはめられるが、小説はあくまでかの子のロマンティシズムの描いた美化された幻想であった。

多美、千野の姉妹は過去帳にも権之丞娘となっているところを見れば、四十歳と三十五歳で死亡するまで未婚で終ったらしい。千野は過去帳に分家したことが出ている。寅吉の叔母に一人、リューマチにかかり足を悪くした者があり、忠実なまちという乳母を入籍し、それに聟をとって娘の後見をさせた。その家が現在大貫家の向いに位する大和屋であると語り継がれている。この娘が千野であろう。同時にかの子の小説のヒロインでもあろう。

まちは夫運が悪く、二人まで夫に先だたれた。三人目のまちの夫が、当時浪人していた武士の寛之丞で、寛之丞は大貫家に入ると、浪々中習い覚えた酒造りをはじめ、商売に徹した。寛之丞は美貌で才気のある浪人だった。今でもその凄艶な男ぶりが二子の古老の間には語りつがれている。寛之丞の身の上を権之丞の上に写し、かの子は「老主の一時期」の主人公宗右衛門という人物を造りあげたのであろう。かの子が嫁ぐ頃までまだまちは、働き者のおまちばあさんといわれ健在であった。

十歳の寅吉だけになった大貫家には、親類から後見が入った。よくある例で、この後見は大貫家の財産を喰物にした。その後へ、寅吉の母の里の幸右衛門という篤実な人物が入り、献身的に大貫家の財政を建て直した。既にこの頃は大貫家は商いをやめ、完全な地主になっていた。

寅吉は幸右衛門のはからいで、良家の子弟を預り教育する平間《ひらま》の寺へ預けられた。孤児の当主が多勢の使用人に甘やかされ放題になることを怖れたのである。寅吉は十六、七歳まで寺に居て、二子の家に帰って程なく、十九歳の時、同県同郡下菅田《すげた》村の鈴木政右衛門次女アイと結婚した。アイは一つ年下の十八歳であった。

写真に残っている寅吉は、やせぎすのからだに見るからに上質の着物を瀟洒《しょうしゃ》に着こなしている。田舎地主の若旦那というよりは、歌舞伎役者のような優男の美男だ。いつでも髪をきれいになでつけ、面長の彫の深い端正な顔立。黒目の大きな憂愁をたたえた目と、高い鼻筋が目だつ。男らしさよりも、気弱げな繊細な表情の滲みでた上品な顔である。結婚後も幸右衛門は財政の管理をつづけていたらしく、寅吉は二子村の村長などひきうけ、謡曲に凝ったりして閑《のど》かな暮しぶりであった。幼少から愛情のこもった保育者に恵まれなかったせいで、寅吉は早くから胃弱に悩まされた。

子供の頃、寺へ帰っていく道々、誰かにもらった羊羹を一棹《ひとさお》まるごとかじりながら歩いたというような思い出話からも、孤児の孤独な育ち方がうかがわれる。持病の因もその辺につくられたのだろう。

外では放蕩一つせず村人から聖人扱いされていたが、家の中ではさすがに富裕な旧家の家長らしく、我儘で贅沢を極めていた。暇にまかせて薬や医者をあさり歩く一種の病気道楽で、いじりまわしすぎ一層からだを悪くするというふうだった。

とうとう胃からくる神経衰弱に、糖尿病を持病に持ってしまった。あげく、青山に大和屋の寮があったので、保養を兼ね一家総出で青山に移り、岩井という医者にかかりつけた。今日は病院、明日は芝居見物というような贅沢な暮しがはじまった。米味噌は二子の家から荷駄で運ばせ、一日おきの胃洗滌には、軀を押えさせる為だけに、わざわざ二子から男衆を徒歩で青山まで通わせるという仰山さだった。

かの子は両親がそんな暮しをしていた時、青山の寮で生れたのである。かの子は父よりも母により強い愛を抱いていたが、晩年には父に対しても深い理解と同情を示している。

《私の祖父は俳人だつたので、父は歌俳諧こそやらないが、風流気があつた。たまには一瓢を腰にして当時新輸入の自転車に乗つて野山の早桜を探つて歩くといふ余技があつた。これが十二月に入ると、枯野見物をしようといふので私の入つてた女学校の寮へ迎へに来る。枯野なぞは娘には気も進まないが、外へ出られるのを悦《よろこ》んで私はついて行く。

今戸河岸まで人力車で行き、「枯野を見るには渡し舟に乗らないでは」と、竹屋の渡しに乗る。曇天には、鉛のやうな空がそのまま水に映つてその陰気さはない。土手の桜の木はただ黝《くろず》んでゐる。鷗だけが白く動いてゐる。

綾瀬川の堤へ出ると、合歓《ねむ》の木が沢山ある。枯蘆の岸に船で綸《いと》を卸《おろ》してゐる釣人の姿は石のやうに動かない。父は「鮒はこれから寒中へ向けて鱗に胡麻のやうな斑点をつけるのでゴマ鮒といふ。昆布巻にしても何でも美味くなる季節だ」と言つた。何にしても娘の興味には縁遠い話である。それから中川堤へ出て、上流へ遡り、中川が木下川と名を変へるあたりまで逍遥して、木下川の薬師へお詣りしたり、次郎兵衛の桜とか言つたと思ふが、田舎の豪家の構へうちに老樹が沢山ある。そこへ入り、もし南側の枝に膨らんだ蕾《つぼみ》でも見付けたら父は大歓びである。

木下川の川岸には河原柳がたくさんあつた。父はこれを折り取り、私に渡して、寮へ持つて帰つて水に挿しといてごらん、春には猫柳になると言つた。

湯の桶を傍に置いて、手がかじかむとその湯へつけては、また泥水の中を探つてゐる蓮掘りの人。乾いて皹《ひびわ》割れてゐる冬田へ草履のままで降り、小穴を見付けては指で土を覆してゐる泥鰌《どぜう》を掘る人。私はやや面白くなつて来た。

風は飄々《へうへう》と吹く。大根の葉の緑を置く畑地から笹藪、雑木の原、特にこの江東の地の畦に多く立並ぶ榛《はん》の木が冬枯れの梢に黒い小さい実を釣り下げてゐるのが、風にさやかに鳴る。曇り日の間から鈍い夕日が射す。私は後年、寂しさに堪へられないとか、孤独感に身を切られるやうだとかいふ気持が徹ると、日本人なら誰にでも起る、あの徹した気持の底から何か親しみ深い、和やかな曖昧が滲み出すやうに思へてきた。それはこの幼時にうけた枯野の夕日の印象なぞが充分下地になつてゐると思ふ。

その後ずつと、あの辺へは行かなくなつたが、父の死後、ここ数ケ年、却つて枯野の季節になると行つてみる》（枯野）

こんな随筆で父をなつかしんでいる。かの子の女学生時代は、寅吉にとっては生涯で最も平穏な幸福に包まれていた時代に当る。健康もほぼ落着き、莫大な財政は安定し、家の内はよく治まり、十人産んだ子供のうち八人までは無事に育っていた。

村に大した事件もなく朝夕は平和に明け、穏やかに暮れていた。その時でさえ、既に寅吉の心の中には蕭条とした枯野が抱きしめられていたのだ。生涯一介のジレッタントとして何一つ積極的な仕事らしい仕事にたずさわりもせず、業績らしいものを残しもしなかった寅吉の瞳は、二十代から心に拡がる枯野をひたすら見つづけていたのかもしれない。一平にもこの当時の寅吉を活写した文章がある。

《おやぢといふのが五十そこ〳〵の律義さうな男、田舎の豪家の若旦那が天然に年を老《と》つて来たといふやうな人物、客座敷で対座すると切《しき》りに自分は居住居を直す癖に、

「さあ、どうぞ、お楽に〳〵」

好意をや、無理強ひする程の世間並の礼儀を墨守して居る。

「自分は別に道楽といふやうなもの、無い人間でして――」

自分を語るのに、自分は、自分はといふ言葉遣ひ、予の如き若者に向つても可成り謹しみを

失はぬかういふ言葉を遣ふ処は田舎の家長達の普段の味の無い交際を想はせる。予を年よりませて世事を解する気さくな都の若者と認め無聊の際には話相手にもよいといふ位の心持ちで、

「これでも自分は若い時には相当に元気でありまして、この近所の名所といつた所で矢つ張り田舎でありますが久慈《くじ》の梅だとか神木《しんぼく》の不動あたりへ遊びに参りますのに屹度瓢箪を腰につけて行つたものでした。それが妻帯後薩《さつ》張《ぱ》り弱くなりまして、いえなに別に悪い病といふものも御《ご》座《ざ》いませんがその胃を痛めましてな。それに糖尿病を発しまして東京の医者といふ医者は歩き尽しました。この病気は眼に何処といつて悪い処が見えずに手数のかゝるのですから傍《はた》へ贅沢のやうで仕末が悪くありまして」

客の予の前へ据ゑられた馳走膳と同じ膳を前へ据ゑられて彼は先づ一とわたり眉と眉の間へ皺を寄せて検分する。そして椀の蓋を内密のやうにそつと取つて見て、

「どうもこの辺は田舎でありますから何にも無くて。何んだ玉子の露汁か。なんかありさうなものだのに。一向どうもだらしが無くつて。これなによ、あの常や。おかみさんにな、今日は鶴屋は休みかつて訊いて見な。なに休みか。ハア仕出し屋が休みぢやどうも、仕方ない。ご覧の通り有り合せもの許りで。然しこの小肴だけは生麦《なまむぎ》から直接担いでくるものですから新しい事は確かです」

客への世辞に家の者を叱つて見る。それから、病気を庇《かば》ひ砂糖気の無いさしみだの海苔だのへ箸をつける。慾が出ておつかなびつくり軽蔑したやうな顔をしつゝも箸を鉢の煮ものへ入れる事がある。挟んで口の中へ入れて見て、

「うゝう。どうも。こりや甘い。酒の肴にこんな甘い煮方をしちや。田舎者といふものは薩つ張り気が利きませんでして」

烏賊《いか》の足を膳の上へ吐き出す。こつちが一二本徳利を空けるのを見届けると確に馳走したと

安心して煙草を筒へしまひ込み、

「一寸失礼ですが役場の事で人が来る時刻ですから」

とかなんとか断りを言つて立上る》（へぼ胡瓜）

まだ一介の画学生だった一平が、かの子に恋をして多摩川をわたり大貫家へ通いはじめた頃のことである。東京下町で放蕩児の粋をきどっていた若い一平の目には、寅吉の謹直なもてなしぶりが、野暮にしか映らなかったのがうかがわれる。

平穏な寅吉の生涯に突然、衝撃的な大事件がわきあがったのは、かの子が一平に嫁いだあとの明治四十四年であった。寅吉はその前、遠縁の鈴木精助という人物がつくった合資会社高津銀行の重役になっていた。この銀行には、二子のほとんどの富裕な旧家が合資していた。この銀行が、突然つぶれ、取りつけ騒ぎが起ったのである。小心で生真面目な寅吉にとって、村の預金者達の蒙る迷惑は見捨てられなかった。その上、寅吉の頼んだ弁護士が悪く、何年も長びいた解決のあとには、大貫家の莫大な財産は九分九厘まではぎとられ、わずかに家屋敷だけを残す無惨さであった。

この事件の最中、寅吉は後継者雪之助と、糟糠の妻アイにひきつづいて先だたれた。二人の死の原因も、結局は、破産さわぎのショックにあると思えば、寅吉の受けた苦痛は一層深刻なものとなった。名を貸しただけのために蔵屋敷まで投げだした寅吉の誠意は村人たちを感動させ、聖人とまでいわれたが、この事件の不手際な失態の責任は、寅吉にとっては祖先と子孫に対し死ぬまでの負目となって残った。

丁度この最中、かの子の身の上にも不幸が襲っていた。新婚の短い甘い夢のすぎた後、一平の放蕩が始まり、かの子は生れたばかりの太郎をかかえて、三日も食べるものさえないどん底に投げこまれた。かの子は思い余った末、実家の父にすがりにいった。息子の死も妻の死も落着いて

悲しんでやる閑もないほど、朝夕債権者に責められていた寅吉は、

「うちはもう、それどころではないのだよ。お前も一たん嫁いった以上、自分の家の中のごたごたくらい自分で始末して、この上、お父さんを苦しめないでくれ。本当のところ、お前の家を救うどころか、この家にも居られなくなるかもわからないせっぱつまった実状なのだから」

といった。かの子のうけている悲惨と絶望の深さを思いやるゆとりも、寅吉自身にはなかったのだ。かの子はこの父の態度に逆上した。

「お父さんがそんな冷たい人とは思わなかった。この家の人は物質が大切なんですか、人間が大切なんですか。私はもうこんな冷たい家は里と思いません。二度とお願いにも上りません。親とも思いません」

激しい言葉で父をなじり、そのまま帰っていった。それ以来、かの子は大貫家と長く絶交状態をつづけた。この寵愛して育てた長女との不和も、寅吉の心には重い責となって残されていた。

《……父はまた、父の肩に剰《あま》る一家の浮沈に力足らず、わたくしの喜憂に同ずることが出来なかつた。若き心を失ふまいと誓つたわたくしと逸作との間にも、その若さと貧しさとの故に嘗《かつ》て陥つた魔界の暗さの一ときがあつた。それを身にも心にも歎き余つて、たつた一度、わたくしは父に取り縋《すが》りに行つた。すると父は玄関に立ちはだかつたまゝ「え――どうしたのかい」と空々しく言つて、困つたやうに眼を外《そ》らし、あらぬ方を見た。わたくしはその白眼勝ちの眼を見ると、絶望のまゝ何にもいはずに、すぐ、当時、灰のやうに冷え切つたわが家へ引き返したのであつた。

それが、通夜の伽《とぎ》の話に父の後妻がわたくしに語つたところに依ると、

「おとうさんはお年を召してから、あんたの肉筆の短冊を何処かで買ひ求めて来なさつて、ときぐ〵取出しては人に自慢に見せたり自分でも溜息をついては見ていらつしやいました。わた

しがあのお子さんにお仰しやつたら幾らでもぢかに書いて下さいませうにと申しましたら、いや、俺はあの娘には何にも言へない。あの娘がひとりであれだけになつたのだから、この家のことは何一つ頼めない。たゞ、蔭で有難いと思つてゐるだけで充分だ」と洩らしたさうである》(雛妓)

この後妻も人にすすめられ貰ったが、最後まで子供たちに遠慮して籍を入れなかったし、隠居してからは、足袋や靴下は息子の穿き古ししかはかないような寅吉であった。かの子にこれまで愛をもって書かれるまでには、不幸な絶交の日から二十余年の歳月を必要とした。寅吉は病弱の割に長生きし、昭和八年十二月まで生き、元治、慶応、明治、大正、昭和と五代にわたる生を終えた時は六十九歳であった。仏の髪は異様に黒々としていた。

かの子の母アイは大貫家に劣らぬ格式と富を持った家に育った。生家の鈴木家は、菅田《すげた》の油屋といえば神奈川県では誰しらぬ者もないほど有名な屋号を持った旧家だった。アイの父鈴木政右衛門は橘樹郡の郡長をつとめ、馬に乗って役所と家の間を往来した。

アイはこういう家庭で、両親と兄弟の愛を豊かに受けて何不自由なく育ったので、性質はあくまで素直で明るかった。

寅吉の消極的で内攻的な、陰気な性格に対し、アイは性来陽気で活動的な、情の深い女であった。十八歳で大貫家へ嫁いで以来、我儘で病弱な、神経質の夫をあやしながら、次々休む暇もなく十人の子を産み育てただけでも並々の苦労ではなかった。ちなみに寅吉とアイの間に生れた子供をあげてみると、

明治十七年十一月　長男　正一郎　　アイ十九歳
明治二十年二月　次男　雪之助　　二十二歳
明治二十二年三月　長女　カノ　　二十四歳

明治二十五年五月　次女　キン　二十七歳
明治二十七年三月　三男　喜久三　二十九歳
明治二十八年四月　三女　チヨ　三十歳
明治三十二年二月　四男　喜七　三十二歳
明治三十二年五月　四女　貞　三十四歳
明治三十六年六月　五女　糸　三十八歳
明治四十年十月　五男　伍朗　四十二歳

となる。大正二年一月二十八日、四十八歳で他界するまで、女の生命のすべてを子を産むためだけにしぼりつくしたような観さえある。これだけ大勢の子を産んだ母は、早死させる子を持つ悲哀も味わわねばならなかった。三女チヨは生後六カ月余りしかこの世にいなかったし、長男正一郎は、秀才で、一中二年まで進みながら、体操の時鉄棒から落ち、打ちどころが悪かったのが原因であっけなく死亡した。

アイは正一郎の死後頼りにしていた雪之助が、銀行騒ぎの最中急逝したのがよほどこたえたらしく、家運の前途も見極めもつかないどん底の中で、雪之助の後を一年あまりで追うように他界している。

かの子は母の秘蔵子で特別の愛をうけたと信じていたし、父よりも母に親近感を抱いていた。骨組のがっちりした体格、短い手足、まるい胴など、体質的にはかの子は母の血を多く受けていた。容貌も男の子たちがみな父親似で端正な美貌なのに、かの子をはじめ女の子は母親似の丸顔であった。

写真のアイは年より地味な丸髷《まるまげ》に結い、頬骨のはった丸顔をしている。とりたてて美しくもない平凡な顔立である。いつでも使用人とまちがわれるような地味ななりで、まっ黒になってこまめに立ち働いていた。

短いが、かの子の母へ対する愛と理解にあふれた素直な文章がある。

《私の母は名を愛子と云ひました。名が母の性質を充分に現はしてをりました。母は母の晩年棲《す》みました村で生仏と云はれた程、愛情の深い女性でありました。

母は、花を非常に好んでをりました。「花を愛する者に悪人なし」とよく口で云ひ乍ら自宅の後園に花を育て丶は、十人も居る自分の子女に摘み分けてやつたり、仏前へ剪《き》つて来ては供へてをりました。

母は、わが子供に対しても愛情から来る遠慮が随分ありました。どちらかと言へば率直な性分なので、時々率直に叱つて叱り過ぎたと思ふやうな時、母は見るも気の毒な程無邪気にうちしほれてわが子の前へ笑顔で来て、

「まあ、母さんに叱られたからつてそんなに悄気《しよげ》なさるな。私もなあこれからもつと穏かに叱りませうよ。お前が私の子だからと云つて、天からあづかつた一人の人間だもの、親の私だつてそんなにひどく小言云つては済まないからねえ」

こんな愛情の籠つた言葉は子どもの心を美しくするばかりでした。

召使ひにも厳格と同時に愛情があふれて居ました。或夜、元使つてゐた女中が売女《ばいた》になり、夜中道になやんで泊めて呉れと云つて来ました。母は厳然と、多くの子女や、他の多くの召使ひの居る家へ売女のお前は泊められないが、私が出来るだけの費用で宿屋の好い部屋を取つてあた丶かく寝かして上げると云つて、自分で先導して近所の宿屋の温い蒲団に寝かせてやつたので、その売女は心を改めて、またかたぎになり、家に召し使はれることになりました。

母におもしろい癖がありました。それは洗濯した衣類や足袋などを折角父が立派に普請した座敷の隅に一ぱい並べて置くのです。父が戸棚へ入れたら好からうと申しますと真面目な顔を

して申されますには、「でも旦那様、みなきれいに洗つて御座いますもの、座敷へ置いてもみつともなくは御座いません。戸棚へ入れて積み込んで仕舞ふより使ひ好う御座います。」この事などは普通主婦としては一寸おかしなことですけれど、母にはそんな変つた処があるだけに実にかざりけのない無邪気な処がありました。私は子であり乍ら母はつくづく可愛ゆい人だと思ひました。何か嬉しいことがあれば小娘のやうにころげて笑ふといふやうな人でした。兄の嫁を貰つた時、「折角あんなに仕込んで年頃の娘さんにしたものをうちへ貰ふなんて有難い。」と心から言ふのです。そして嫁を可愛がつた母は姑さん（私達の祖母）にも無類の孝行者でした。

母は頭のしつかりした人で俳句が上手でしたし、常磐津を仕込まれてゐました。母はよく私たちと意見を闘はす時実語経の句を用ゐてゐましたが、それと同じやうな厳粛な顔で常磐津の心中浄瑠璃を語つてきかせても呉れました。そしてこれをいやらしい歌と思つてきくな、浄瑠璃といふ芸だと思つて聞け、といつてゐました》（わが母）

私達の祖母とあるが、寅吉の両親は早く死んでいるので、これは財産たて直しに入った石井幸右衛門の妻だろう。幸右衛門の努力と功労を寅吉は長く徳として、子供たちにも石井家の者に対してはいつまでも恩を忘れないようにと言い聞かせていたので、幸右衛門夫婦は最後まで寅吉が面倒を見たと考えられる。

アイの里の四男に善四郎という兄があった。善四郎は青年時代キリスト教徒になり、牧師になった。この時、鈴木家では猛烈な反対に遇い、善四郎は警察の力をかりてまで家に呼びかえされるという騒ぎであった。そんな時、大貫家の寅吉だけが、善四郎の信仰を理解し、善四郎を励ました。後に、北海道で牧師になった善四郎は長女の礼子を大貫家に預け、立教女学校に通わせた時代がある。アイは老人や夫に気がねしながらも、貧しい牧師の娘になってお小遣いにも不自由

しながら、親許を離れている姪がいじらしくてならず、一銭銅貨を棒のようにしたものをこっそり度々礼子に渡し、

「誰にもいうんじゃないよ」

とささやいた。

アイのこういう愛情の豊かさは、かの子の中にも多く受けつがれている。アイはあふれる愛情と同時に、男のようなさっぱりとした率直な気性も持っていた。それに天性の明るいユーモアが加味されていた。年頃になったかの子と兄の雪之助が仲が好すぎてけんかをする場合など、かの子が兄の横暴を訴えて母の膝に泣きすがるとアイは娘の背をなでて一部始終をききとり、

「ふうむ――どうも困ったところばかり似て……好いよ、母さんにおまかせ、好い人だからこそ我儘一ぱいにさせとくんだけど、そりゃあちっと過ぎるよ。よし、よし、私が言ってやる」

と勢いこみ、家の中に人の出はらっていない時を見はかり、かの子をつれて雪之助の部屋へおしかけていった。部屋の襖の外でぴたっと坐りこむと切口上に、

「雪さん、この子に言い分があるなら、私に言ってもらいましょう。さ、何から何まで言ってもらいましょう。さ、さ」

と詰めよった。日頃は無邪気で、時々男の子のような振舞や言葉のあるアイは、どうかすると、芝居がかったこんな場面を展開する。かの子は横で、急に母の芝居もどきの詰めより方がおかしくなり、自分の泣き言がその場の原因なのも忘れ、思わずくすりと笑ってしまった。すると叱られていた雪之助も思わず苦笑いをもらしてしまった。アイはとたんにぷっと、誰よりもおかしそうにふきだしてしまい、いきなり立ち上って廊下へ出ると、あははと男のような傍若無人の高笑いをして、笑いころげながら梯子段をどさどさとかけおりていった。

アイのこんな大らかさやユーモアが、どれほど重苦しい旧家のよどみがちの空気を和らげてい

たことだろうか。その上、アイには天性の大母性の上に聡明で、人間を見ぬく直感があった。かの子の内に早くも秘められていた特異な天賦の芸術性を、それとはたしかに見ぬけないまま、

「この子はどこかいじらしいところのある子だ」

といって十四、五歳まで時には抱き寝するような不憫さで可愛がった。同時に、

「とうていこの子は人並に嫁に入ったり、世間の苦労の出来る子ではない」

といって、早くから琴をしこみ、家の近くに家でもたててやって、琴の師匠をして、生涯、一人立ちが出来るような生活設計まで建てていた。そのくせ、一平がかの子を見初めて強引に求婚に押しかけた時は、寅吉よりも早く、一平とかの子の宿命的結びつきを直感し、

「あなた、ああおっしゃるんだからさしあげたらよいでございましょう」

と、決断を下した。

「何もかもよく御存じの上で貰いたいとおっしゃるのなら、さしあげたらよろしいではございませんか」

一平は寅吉よりも早く自分を認めてくれたアイを、生涯徳として敬っていた。アイはそのあとで一平に、

「この子はあなたに、着物といっては風呂敷に穴をあけてかぶせるようなこともしでかしかねませんよ。でもいざという時には頼りになる子だし、福を背負ってゆく子ですよ」

といった。アイはかの子の本質をすでに見ぬいていたのである。かの子もこの母には心から甘えきっていた。

大貫家の土蔵から発見されたかの子の手紙の中に、太郎が生れて間もなく、まだ魔の季節が訪れない幸福そのものの新婚時代の母への手紙がある。まるで少女のような手ばなしの甘えが行間にあふれる情愛にあふれた手紙である。嫁いだ娘にこんな手紙を書かせるアイの慈愛の深さに思

い至る。

《色々かち合つてさぞ御いそがしいでせう。その御忙しいなかへこんな呑気らしいお願ひをするのも気のきいたわざではありませんが、実は今朝こんな問題が持ち上つたのです。

それはうちの庭ですがね植木をうゑてながめるほど広くもなしさうかつて開けて置くのもをしいと私が眺めながらしきりに考へて居りますと一平が豚を飼はうと言ひ出しましたのでブタはきたなくて近所がめいわくだと私が打ち消しますとなんでもかまはぬ太郎の対手をさせたり時々おれが散歩につれて行くつて言ひ出したらどうしてもきかないのですよ。そこで私はどうしてもやめてもらひ度くたうとうにはとりを飼ふことに極めてをさまりがつきました。

おつかさんまことにすみませんが実用むきの玉子をよく生むぢやうぶな地鳥を五六羽ほしいのですがうちの鳥に抱かせてかへして下さいませんか（今うちにあればなほ結構ですが）鳥を飼ふ処は奥座敷の前の庭だと言へば清吉が分りますから今度使に来た時オヒコミやねどこをこしらへたり工夫したりしてもらへるでせう。

まことに済みませんが御承諾ならば御返事下さいましグヅグヅして居て一平に豚をつれこまれると大変デスカラ

母上様　　　　　　　　　　かの

オ正月ニモラツタオコヅカヒデ写真をとりましたから送ります》（未発表手紙）

こんなアイに先だたれた後の大貫家の暗さは充分想像出来る。死んでみてはじめてアイの発していた光の大きさと熱の温かみに、残された者たちは気づき心身を凍らせた。四男の喜七が多感な少年時代、家の没落に遇い大学への進学を絶って船に乗りこみ、間もなく海中に身を投じ厭世自殺したのも、四女の貞が雪の消えるようにはかなく病死したのも、太陽を失った星が光を消していくなりゆきに見えた。残された子等の誰にもまして、妻の無償の愛に包みこまれていた寅吉の心の中に、枯野はふたたび、凄惨な烈風をまきあげながら、無限にひろがっていった。

第二章　隕石

光明寺の境内の墓地の中程に、一際人目をひく風変りな巨大な墓石がある。畳一畳程もある天然石の表を磨きこみ、「文学士大貫雪之助之墓」と彫りこんだ文字が見える。その通りに群がっている大貫家の先祖代々の墓石は、まるでその巨大な墓にひれ伏しぬかずいているように見える。いうまでもなくかの子の兄雪之助の夭折に遇い、父寅吉の建てたものである。不慮の災難で聡明な長男正一郎を失った上、頼りにしきっていた次男に大学を出たばかりの人生の門口で先だたれた寅吉の痛恨が、異様に巨大なまるで文豪の文学碑のように見える墓石にも、事々しく彫りこまれた「文学士」という文字の中にもうかがわれる。

寅吉はどういうわけか、正一郎が十一歳の時、既に財産を相続させており、正一郎の没後は直ちに家督は十歳の雪之助に相続させている。

十人の兄弟の中で、かの子の精神形成上、最も密接な関係を持った者として、雪之助と、すぐ下の妹きんを見のがすことは出来ない。もし雪之助がいなかったならば、かの子の天賦の文学的才能も、あれほど早く芽生えなかったであろうし、雪之助の夭折という不幸に見舞われなかったならば、かの子のあれほどの文学への執念の烈しさも貫きとおせたかどうか疑問であった。

雪之助は、正一郎に劣らない生れつき優秀な頭脳を恵まれていた。高津の小学校を出て、名門府立一中へ進み、つづいて、一高、帝大と、秀才コースを順調に進んでいる。

一中時代から谷崎潤一郎を識り、文学を通じて結ばれた友情が、雪之助の死に至るまでつづいていた。

潤一郎は作品の中で屢々雪之助に筆を及ぼしている。「羹《あつもの》」（明治45）の副主人公佐々木卯之助、「亡友」（大正5）の大隅玉泉は明らかに雪之助をモデルとしたものであり、「青春物語」（昭和7）の中では、実名で雪之助に触れている。中でも「亡友」は、雪之助の死後四年たって書かれたもので、全篇、まだ生々しい亡き親友の想い出を描き、綿密な筆でその不幸な性格描写を極めた手記体の小説である。ちなみにこの作品が載ったため、大正五年九月号の『新小説』は発売禁止にあっている。

かの子も「ある時代の青年作家」の中で、雪之助や谷崎潤一郎を女らしい眼で執拗に描き出している。

十人の兄弟の中で今は只一人の生存者であるきんは、

「わたくしどもの家系の血の中には、人さまの五倍も七倍もの情熱が激しく流れているのでございます。おそらくそれは母方の血かと思われます。わたくしども兄弟はそれにどれほど苦しめられたかしれません。兄も姉もその悩みが一きわ深かったようでございます。その一方、その血のさわぎをひたすら抑えようとする内省的な反省癖があって、その二つの相剋が血の中で荒れ狂うのでございます。後の方は父方の血だと思っております」

と語る。きんの記憶では、雪之助は神経質で陰鬱で、幼い弟妹たちにとっては父母より怖く、口もきけなかった存在であったらしい。けれどもひとり、かの子は例外で、雪之助に最も馴れ親しんでいたし、雪之助もかの子を他の弟妹とはひきはなして特別に寵愛していた。

写真に残る雪之助は父親似の眉目秀麗な美青年で、見るからに聡明そうな顔立をしているが、当時の彼の風貌は、

《色の黒い、頸の太い、十七八の娘のやうにむくむくした、極めて無骨《ぶこつ》な体つきで、顔には満面の蕎麦《そば》かすがあり、手足には白なまづがところぐ〳〵に出来て居る。どちらかと云ふと、田舎者丸出しの醜男《ぶをとこ》であるが、しかし其の目鼻立ちは決して不揃ひの方ではなかつた。小さい、正直らしい眼の底には何処となく怜悧《れいり》な閃めきがあつて、鼻の形などもよく整ひ、きり丶と締まつた口元と高く秀でた顴骨《くわんこつ》の辺りに犯し難い威厳さへ含まれて居た》（亡友）

そんな印象を人に与えたらしい。一中の同窓の口の悪い辰野隆はそんな雪之助をからかって

「大貫は雪之助ではない、雲之助だよ」

といった。ただし雪之助は声が好かった。甲高い艶麗な声で女性的な、ややもすると少し淫靡《いんび》にさえ聞えたと「亡友」にはある。声の好いのは、かの子たち兄弟に伝わった共通の母の遺伝であるらしい。かの子の声のよかったことも多くの人に証明されているし、きんの声も、七十歳と思えない今なお若々しい艶のある美声である。

雪之助は早くから文学に目ざめ、一中時代はもう完全な文学少年であった。大貫晶川《しようせん》と号して歌を詠み、雑誌や新聞に投書をはじめていた。

かの子はたちまち兄の感化を受け、兄と競争で文学書をあさり読み、大貫野薔薇というペンネームで、十六、七歳からしきりに作歌し『文章世界』『女子文壇』『読売新聞』などに投稿していた。

晶川がかの子に、谷崎潤一郎について時々話すようになったのは中学二年頃からであった。

「君、一級上に変に頭の好い奴がいるんだぞ、谷崎潤一郎っていうんだけど、何でも出来るんだぞ、何でもさ、数学でも英語でも国語でも作文でも何でもさ」

晶川はクラスでも三、四番をしめる秀才だったけれど数学は苦手だったので、潤一郎の数学の才能に殊の外感心していた。

潤一郎の方では、中学四年の時はじめて大貫晶川の名前を記憶した。一中の文芸部の校友会雑誌にのせた晶川の歌が印象にのこったからである。その翌年、二人が揃って文芸部委員になったことから、急速に親しさを増していった。晶川がかの子に話す谷崎評はますます熱を帯びてきた。

「谷崎って男は、怖しい友達だ。凄い男だぞ、学識があって大胆で、文学に野心がありながら、今の文学界（文壇の意）なんかに野心はないんだ。僕はあいつの前では僕の詩や歌は読んで聞かせないのだ。あいつは感心して聞いているのかと思うと、ふんといった様子も見せるのだ。僕はあいつがいまいましい。だが三日とあいつに逢わずにはいられない。あいつも僕を馬鹿にしているように見えながら三日と逢わずにいないんだよ」

事実は、彼等は毎日のように学校の運動場の片隅で、互いに自分の創作を見せあったり、読書の感想や、小説の批評をしたりしていた。

「僕は頭が悪いせいか、哲学の本を読んでも意味が徹底しないんだよ、だから君のように、深い思想を歌ったり論じたりする事が出来ない」

晶川は心から潤一郎を畏敬していた。そんな晶川を、潤一郎の方ではまた、ひそかに自分より晶川の方がほんとうの詩人であり、ほんとうの創作家ではないかと感じていた。無邪気に淡泊に新鮮な田園の自然を讃美し、恋愛を謳歌した晶川の作品に、潤一郎は自分には無い才能を認め内心高く評価していた。

野暮で謹厳そのものと思っていた晶川が、七歳の時から年上の子守と戯れ、何度も女を経験しているという打ちあけ話をした時だけは潤一郎を驚かせた。その時まだ潤一郎の方は童貞を保っていたのである。晶川の方では滑稽なことに、潤一郎ほどの者がそんな事は絶対にあり得ないと、彼の純潔を頭から信用しなかった。

《大隅君は私の「こけおどかし」に一杯喰はされながら、而も着々と実力を以て、私を凌いで行くやうであつた。私が一高の一部へ入学した時分、まだ中学の五年生であつた彼は、折々長詩だの短歌だのを、都下の新聞や雑誌に発表した。私の論文や創作が、校友会雑誌の小天地で纔《わづか》に幅を利かせて居る間に、「大隅玉泉」の名は既に俊秀な青年詩人として文壇の一部に認められ、彼の作物は「明星」や「新小説」や「万朝報」などに、堂々たる大家と轡《くつわ》を列《なら》べて雄を競つた》（亡友）

この頃、かの子は跡見花蹊の営む跡見女学校の寄宿舎に入っていた。

当時の晶川の異常なはにかみ癖を語る事件を、かの子が伝えている。

ある日、かの子は晶川と町を歩いている時、背後から兄の袴にほころびがあるのを発見した。

「あら、兄さん、袴のそこが破けててよ」

何気なくかの子が注意すると、晶川はさっと、燃えるように顔をあかくして、ものもいわずかの子から離れていった。その直後、雪之助から寄宿舎のかの子に手紙が送られて来た。

「きみはぼくをよく辱めた。僕のぶざまを黙って見ていた人が（それが妹であろうと）わずかな時間でも僕の背後に居たかと思えば恥かしい。君は黙って僕の気づかぬうちにほころびを縫っておいてくれるのが本当ではないか……」

というような文面だった。兄に負けないほど自尊心と屈辱感の強いかの子も、さすがにこれには呆れかえってしまった。

晶川も潤一郎に一年おくれて、中位の成績で一高の仏文科へ入学した。晶川は充分実力があるにもかかわらず、持ち前の自己卑下と神経質から落第をおそれて、一番入学しやすい仏文を選んだという。

入学が決った直後、晶川は胃腸病にかかり入院した。そこへ見舞にいった時、かの子ははじめて実物の谷崎潤一郎と初対面する機会を得た。日頃、晶川から聞かされている上に、自分でも潤一郎の才気にみちた作品を読み、その天才的な素質に早くも傾倒して、英雄視していたかの子には、この初対面が非常に強烈な印象となって残っている。潤一郎の方は、この時のかの子など全く目に入っていなかったらしい。

この日、かの子は女学校の親友とし子とつれだって兄の病室を見舞った。とし子は学校の人気投票で、一等の美人にあがったくらいの美少女だった。耽美派のかの子がその美貌に惚れこんで自分から近づき、親友になった少女であった。かの子は休日に家に帰っても、

「これはとし子さんのお膳よ」

と、蔭膳《かげぜん》をつくるくらいの熱烈ぶりだったから、晶川の未来の妻としてとし子を描き、兄にも近づけていた。次の文中綾子とあるのが、とし子に当る。

《……その日加奈子は兄の見舞に眼の覚めるやうな八重桜の盆栽、綾子は紅白のマシマロの菓子折を持つて行き三人四方山の談に耽つてゐた。すると、人影がしてだしぬけに廊下に面した日本障子ががらりと開いた。日本服を着け眼の光つた若い小男！　やあ、谷川か。と兄が何故か少し赧《あか》らめた笑顔で迎ひ入れた。二人の少女は坐りながらあとすさりした。そして二人揃つておとなしいお辞儀をした。小男の谷川氏は顎を少し突き出すやうにして加奈子の今まで坐つてゐた晶川の枕元へしんねりと坐り込み如才なささうな黙礼は一つしたものの直ぐくるりと二少女にお尻を向けた。兄の言葉を通して英雄的人物（軍人や実業家とは違ふ精神的英雄といつたやうなもの）のやうな仮想を谷川氏に描いてゐた加奈子は（さうだ谷川氏は此頃全国何万かの学生を抜いて第一高等学校に十番かで入学してゐた）この痩せた小男の谷川氏を一見してや、拍子抜けのした気持だつた。お尻を向けられた加奈子達は立つて谷川氏の入つて来たとは反対側の廊下へ出た。……略……何か加奈子は不平だつた——綾子に眼を止めない者があらうか。どんな男だつて女だつて——、このあでやかな顔立の綾子に眼もくれない谷川氏。それか

ら加奈子の持つて来た八重桜にも眼もくれないで煙草のけむりをふうふう吹きかけ、美しいとも思はないやうなあの態度……。と、何か小声に兄と話し合つてゐた谷川氏が傍若無人な高笑ひを張り上げた。始め少し鼻にかゝり、歯の間を出憎さうな笑声がしまひには何もかも吹き飛ばしていくらか空に響くのだ》（ある時代の青年作家）

とし子よりも八重桜よりも、かの子を全く無視してかえりみなかった潤一郎の態度が、一番かの子の自尊心を傷つけたであろう。それでいてかの子は洒々《しやあしやあ》とした潤一郎の態度と、その向うから、かの子たちを気にしながら、気弱な目つきでそっとうかがい、口は潤一郎に対して笑っている兄の小心をとっさに対比し、不思議な圧迫感を潤一郎の小さな後姿から感じていた。その時ふと、潤一郎の小さくかっちりとした後頭部にやや縮れた稚毛の薄いのがあるのが目につき、何がなしにほっと緊張しきっていた心が寛《くつろ》いできた。それをしおにかの子はとし子をうながして、二人に挨拶もせず廊下へ出た。

「ね、あれがお兄さまの御自慢の谷崎さん？　わりにつまんないような方ね」

とし子が顔をよせて馬鹿にしたように笑ったとたん、かの子の胸中にわだかまっていたもやもやした感情がふいに怒りになって、思いがけずとし子に向かってはじけた。潤一郎の偉大さが一向にわからないとし子の鈍感と無神経に腹が立ち、その美貌さまで表情に乏しい白痴的なものに見えてきた。

かの子はこの時、潤一郎がとし子の美貌を無視したと怒ったが、さすが潤一郎は一瞬で跡見第一の美人の容貌を目にとめていたのだ。

《私は前後にたつた一遍、彼が胃腸を煩つて病院へ這入《はい》つて居た際に、図らずも彼の枕許で其の人を見かけた事があつた。色の白い、鼻の高い、怜悧ではあるが聊《いささ》か卑しげな眼つきをした、心持ち頬骨の出張つた、円顔の、十八九の婦人であつたと記憶する》（亡友）

晶川はこの当時、とし子とほとんど婚約を結んでいる状態だった。寅吉がわざわざとし子の実家の姫路の方まで調べに行ったりしている。ところが、どういうわけからか、この婚約を晶川の方から破棄してしまった。しかもそれを苦に病んで、晶川はほとんど神経衰弱になった。とし子を捨てた理由をかの子に問いつめられた時、晶川は「谷崎がとし子と電車の中で偶然逢ってよく観察して、あれは処女じゃないといったから……」と答えた。一方、潤一郎に向かっては、

《「あの女だつて、別段悪い人間ではないんだが、どうもあんまり才が弾《はじ》けて居て、僕のやうな愚鈍な男には気を許して付き会ふ事が出来ないんだ。云ふことでも為《す》る事でもキビキビして居て隙がない代りに、女らしい暖かみに乏しくつて、僕とは全くお派が合はない」》(亡友)

といい、ある夜、晶川の下宿でとし子とかの子の三人で寝た時、とし子が真中に寝て積極的に晶川に働きかけ、かの子がその気配にたまりかね、ふとんをかぶって泣き出したので事なくて危機をすごしたという話まで打ちあけている。

けれどもきんの話によれば、

「とし子さんにお兄さんがあって、その人が姉にけしからぬ振舞があったということを、おこった姉から聞いております」

ということだ。これらを思いあわせると、晶川がかの子からとし子の兄の所業を聞き及んで、憤慨し、妹まで厭になったのが本当ではないだろうか。

《「女の家に比べると、僕の方には多少の動産や不動産がありますから、僕に惚れ込んだと云ひ条《でう》、そんな事がいくらか先方のめあてであつたかも知れないんです」》(亡友)

ともいい、潤一郎はそれが最大の理由ではないかと見ている。寅吉が調べた結果、とし子の実家は大して資産がなかった。晶川は自分は恋人をつくっていても、溺愛していた妹のかの子は、誰

にも渡したくないという奇妙な愛の独占欲に苦しめられていたのではないだろうか。

事実、晶川はかの子の男友達に対しては異常なまでの嫉妬を持っていた。自分にかくれて男友達と文通したといってはねちねちかの子を責めたてたり、ヒステリーが嵩《こう》じると、かの子の顔を見ただけで興奮し、うち据えようとしたりする。そんな時、かの子も負けずにヒステリックに泣きながら、

「ええ、もう誰ともつきあいません。兄さんに監督されて、兄さんが読めとおっしゃる本を読み、いけないとおっしゃる本は読みませんし、行けとおっしゃる処へ行き、行ってはいけないとおっしゃる処へは行きません、着ろとおっしゃる着物を着て……」

「君、君、ちょっとまって」

「いいえ、伺わなくたって分ってよ。私今までよりもっともっと監督していただいて、まるで兄さんのあやつり人形のようになりますわ」

かの子は捨てばちなそんないい方で報いるか、土蔵に逃げこんで、母に食料をさしいれてもらい兄の目から一日、かくれていたりする。

そんないさかいを繰返しながらも、やはり晶川とかの子は誰よりも仲のよい兄妹ではあった。青春時代から死ぬまでつけていた晶川の日記には、潤一郎についでかの子の記事が多い。

《ああ、僕はどうしてこんなに鈍間でシヤイ（多恥）でふさぎの虫なんだらう。その癖、嬉しいことでもあるとぢきつけ上りやがつて、ふら〳〵とする。まだある〳〵、この俺のやきもち焼き奴！　俺はいくら妹が可愛いといつて妹に恋人さへ持たせまいとする。馬鹿奴！　それで人生とか博愛とかよくも云へた。トルストイに恥ぢよ。エマアソンに（しかし、まてよ。トルストイもやきもちやきであるにはあつた）。……中略……

俺の妹は俺より頭もよさそうだ。それに俺より度胸が宜い。ことによると俺より偉くなるか

しれんぞ。俺はいつか四十円失くした時に、父に済まないと思つて一週間もふさいでた。加奈子は先日百円近い金を落したけど大した弱つた顔も見せてゐなかつたぞ。……だが彼女も俺に似て鈍間でシヤイ（多恥）だ。学校の歴史の女教師が可愛がつていくら自宅へ来いと云つても行かないんだ。その癖その先生が大好きで行けば為にもなつただらうに……》（ある時代の青年作家）

潤一郎との友情の中でも、晶川は潤一郎を敬愛するあまり心の傷つけられることが多かった。

「我を益するも谷崎、我を害するも谷崎！」

など日記に書きながらも、潤一郎との友情を至高のもっとも最上の誇りとも思っていた。その頃には潤一郎が度々玉川の大貫家へ来て泊ったり、晶川が、潤一郎の下町の家へ泊ったりするまでになっていた。家庭に於ける潤一郎の母への孝行ぶりに晶川がすっかり感激して帰ると、かの子は、

「そりゃ谷崎さんのお母さんが美人だからでしょう。娘の頃錦絵の一枚絵に描かれて絵草紙屋の店に出たくらいのお母さんで、今もそんなにみずみずしいとすりゃ、あの耽美派の谷崎さんがお母さんに孝行するのはむしろ谷崎さん自身の好い気持の心酔なんでしょう。一概に普通の親孝行とには混同出来ないわ」

など、憎まれ口を利く。最初の出逢い以来、かの子は何故か潤一郎に対して素直になれないのだ。

潤一郎がたまたま、大貫家に泊った時、かの子の得意とする琴を聞きたいといったら、かの子はわざと、二階の一室で姿を見せないで弾き、音色だけを潤一郎の耳に入れたりした。そんな態度を潤一郎の方では小しゃくな厭味としかとらなかったであろうし、かの子を晶川ほどには認めていなかった。

かの子の厚化粧を、

「あまりごてごて白粉をつけすぎて野暮じゃないか」
など品川に遠慮なくいう。それがかの子の耳に入ってから、かの子はいっそう表面では谷崎嫌いの風を装った。妹のきんをつかまえ、
「ふん、何さ、谷崎さんなんか、あたしあんな嫌いな人ってなくってよ。人のこと白粉ごてごてだなんて、いらないお世話じゃないのさ。ちっとばかし才能があると思って増長してるのよ」
と口汚くののしるのが例になった。けれどもかの子の心の底では潤一郎を畏敬していたし、日記にはその気持をあますことなく書きつづってあった。その文学から受けた影響は死ぬまでぬけず、かの子の晩年の諸作品には、あきらかに潤一郎の影響のあとを指摘出来るものが多かった。
ところが潤一郎の方では、一向にかの子の気持は伝わっておらず、かの子の死後の座談会でかの子について語っていることばは、まことにかの子にとっては無惨という外ない。
《武田泰淳　岡本かの子ですね、先生は岡本かの子さんを……?
谷崎潤一郎　どうもあんまり……。だけども、その後だいぶ評判だから、読んでみようかと思うことはあるんですけどね。
伊藤整　ぼくなんか読むと、岡本さんに一番谷崎さんの影響を感じるんですけれども。
武田　ほんとにそうですね。
三島由紀夫　逆に言うと、谷崎先生の作中人物が小説を書き出したようなもんですね。
……略……
谷崎　小説でなく、若い時、よく知ってましたからね。
……略……
谷崎　その前にね、(註、「鶴は病みき」発表以前) 私の所へ送って来たものがあるんです。何んていったか、いま記憶がないんですけどね、それを「中央公論」か何かへ推薦してくれ、とい

うんですよ。それからね、ぼく、自分がいいと思えば推薦するけど、初めから推薦すると約束するのはいやだ、だから、拝見した上でよかったら推薦する。紹介するならいくらでもするけれども、推薦するというのはいやだって言ったんですよ。そうしたら送って来てね、それと一緒に反物が一反来たんですよ、それからぼくは腹が立ってね、送り返したんですよ。不愉快になっちゃってね。
武田　あれはしかし、ある意味じゃ谷崎文学を発展させたものですね。
伊藤　発展させたかどうか判らないけれども、まあ、お弟子さんですね。向うでなったお弟子さんですね。
谷崎　ぼくは兄貴の大貫晶川を通じて、いろんな……。高等学校が一緒だったし、ぼくはあそこの家へも泊ったり何かしたんだけれども、嫌いでしてね、かの子が。（笑）お給仕に出た時も、ひと言も口きかなかった。（笑）
武田　だから向うはよけい好きになったのかな。
谷崎　あとで兄貴に、谷崎は失敬な男だといって非常に怒ったそうですよ。ぼくは嫌いで、話もしたことはなかった。
伊藤　日常生活はいろんな点で少しずつやり過ぎる方であったらしいですね、世俗的に見て。
谷崎　ああそうでしたか。
武田　岡本かの子の文学というものは、これからやっぱりいろいろ研究する余地があると思うんだ。
谷崎　学校は跡見女学校でね、その時分に跡見女学校第一の醜婦という評判でしてね。（笑）
武田　ひどいことになったな。
谷崎　実に醜婦でしたよ。それも普通にしていればいいのに、非常に白粉デコデコでね。（笑）

だから、一平といっしょになってからもね、デコデコの風、してましたよ。着物の好みやなんかもね、実に悪くて……。

……略……

谷崎　一平はチャキチャキの江戸ッ子で、大貫のほうは田舎ですからね、一平がなぜこんなものを貰ったんだろうねって、蔭で悪口を言ったんですよ、木村荘太か何かとね、言ったおぼえがありますよ。（笑）》（昭和三十一年『文藝・谷崎潤一郎読本』）

生きてかの子が読めば悶死しかねない座談会である。かの子の死後十七年経っていた。ちなみにかの子は、跡見の人気投票では「優雅な人」というのに当選している。

晶川はとし子の後に、友人の妹で喜多村緑郎に似た下町の美女に恋をし、失恋した。その傷手で小心な晶川は他の見る目も痛ましいほど懊悩し、神経衰弱になった。

《朝は必ず五時か六時に床を離れ、特別の場合でない限りは、毎日一定の時間を劃《かぎ》つて、一定の運動、食事、勉強をする。日曜毎に、彼は予《あらかじ》め次の一週間に成すべき仕事を時間割りに作つて、ノオト・ブックに記して置くのを、折々見かける事があつた。さうして彼の確固たる意志の力は、一週間の計画を大概故障なく遂行させるらしかつた》（亡友）

ストイックな性質の晶川は、人一倍良心的で病的なまでに誠実であった。こんな規則正しい生活を送りながら、精神は常にずたずたに引き裂かれ、矛盾に苦しみ血を流しつづけていた。少女のように柔軟で感受性の強い心は、外界の刺激に対しても一々敏感に反応した。

ある時、教室で友人に原稿用紙を一枚くれといわれ、とっさに持っていないと断った。実はその時、彼は真新しい原稿用紙を百枚持っていた。それはその日から彼が精魂をこめて訳し始めるつもりのシモンズのトルストイ論に使うべく、買いととのえたばかりのものであった。晶川にとってはその原稿用紙は、その為以外一枚たりとも用いたくなかった。その気持からとっさに無いということばが出てしまったのだ。その直後、晶川は自分の嘘のため自分を責めさいなんで苦しんだ。晶川からその話を打ちあけられたかの子は、思わず涙をはらはらこぼし兄の手をとり、

「兄さん、わたしたち兄妹は、どんなにこの純粋な性質のために苦しまなければならないのでしょう。どれほど世の中に損をしたり辛い心で生きて行かねばならないのでしょう。私、悲しいより自分たちに腹が立つ。もっと強くなりましょうよ」

といって泣きむせんだ。この頃のかの子の詩に、

　　また一つ、白歯を折らん偽りをわれまたいひぬ

とある。この並々でない自己呵責《かしゃく》の精神は、晶川とかの子が宿命的に荷わねばならなかった業であった。晶川は自分の若い健康な体にあふれる性欲を、人並以上のものと考えて苦しみつづけた。救いをもとめて宗教にすがろうとし、一時植村正久のもとに通って熱烈なクリスチャンになったが救われなかった。

何事にもenthusiasticな性質でごまかしの利かない性分の彼は、どんな些細なことでも徹底的に没頭しなければ気がすまない。読書一つにしても、巣林子《そうりんし》に凝れば帝国文庫の「近松浄瑠璃集」の全篇、すみずみまで誦《そら》んじてしまうという惑溺ぶりであった。三馬に凝り、モオパッサンやワイルドに移りツルゲーネフに進んでいく。外国の流行に一々染まっていく感受性は、目まぐるしい明治末期の文壇思想の情勢にも、へとへとに神経をすりへらした。ツルゲーネフの自然描写に故郷の武蔵野の風景を見出し、最も心を慰められながら、トルストイ、ゴルキーの人道主義にもひかれ、日本の自然主義小説の流行にも無関心ではいられなかった。そのあげく、芸術が身命を賭すほどのものだろうか、いっそ宗教家になるべきではないかという迷いに至った。

宗教か、芸術か——この岐路に立って悩んでいる時は、さすが絶対の崇拝者潤一郎にさえ、全

身でくってかかり、討論してひかなかった。

《「君にしたつて、口ではそんな強い事を云ふけれど、腹の中では始終良心の呵責を受けて居るでせう。世の中に偽悪と云ふ事ほど悪い物はありませんよ。要するに君の理窟は負け惜しみなんです。君は嘘を云つて居るんです」》（亡友）

たとい言いまかしても、傷は必ず晶川の心の方に残り、血をふくのである。それほどに神を求めながら、晶川はついに宗教によっては救われなかった。身うちに荒れ狂う情欲の火を、祈っても祈っても宗教は静めてはくれなかったのである。

晶川はまた文学に帰ってきた。ぼろぼろになった聖書やエマアソンの代りに、机上に再びツルゲーネフやフロオベルや島崎藤村の書が並びはじめた。

明治四十三年九月、発足した第二次『新思潮』には晶川も同人に列《つらな》った。同人には潤一郎はじめ、和辻哲郎、後藤末雄、木村荘太、恒川陽一郎、小泉鉄などがいた。

潤一郎は『新思潮』に自分の文学的前途を賭けていた。晶川も漸《ようや》く、歌から散文に移ろうとして小説や評論を熱心に持ちこんだ。

当時、晶川は例の熱狂ぶりで島崎藤村に心酔していた。

「いくら何でもこりゃあんまりひどすぎる、藤村そっくりじゃないか」

と同人にいわれるほど、他人の目には藤村のカリカチュウルのようなものを書いていた。

「まるで藤村の声色を聞かされているようでやりきれんよ。大貫からはまず藤村の影響をのぞかなければ駄目だ」

口の悪い同人に散々こきおろされても、晶川の藤村熱は冷めようとしない。それほど憧憬している藤村の許へ、シャイな晶川も三度くらい訪れている。

ただし藤村の前に行くと興奮してしまって、晶川は何時間いても一言も発することが出来ない。

同行した友人のかげで無言のままひかえているばかりだった。

晶川は藤村から貰った手紙を、どんな断簡零墨といえども虎の子のように大切にしていた。晶川の葬式に藤村が列ってくれたのは晶川にとっては無上の光栄だったが、同じ藤村が晶川の死後、潤一郎に向かって、

「大貫という人はどっか滑稽な感じのする人でしたね」

と笑いながらいったというのは、かの子に対する谷崎氏の座談会の言葉と共通の惨酷さを感じさせられる。

小説はしりぞけられたが、『新思潮』一号には潤一郎の戯曲「誕生」や「門を許す」と並んで、大貫晶川の「家を読む」という評論が載っている。

晶川が突然、結婚したという通知で『新思潮』同人を驚かせたのは明治四十四年正月であった。前年、かの子は一平の許に嫁いでいた。

花嫁は神奈川県高座郡座間村栗原の大矢善太郎とシマの長女ハツで、晶川より三歳、かの子より一歳年下であった。大矢家は大貫家にも劣らない豪農で、寅吉が晶川のために探した縁であり、平凡な見合結婚である。ハツは横浜の女学校を卒業しており、小柄で愛くるしい、ほがらかなおっとりした娘であった。

婚礼荷物の行列は、二子から次の宿まで延々と打ちつづき、座間から二子まで、村々の年番が交替で婚礼荷物を守護して送りとどけるという盛大なもので、その華やかさが村人たちの目を見はらせた。

晶川はありあまる青春の血の狂いを、旅先の宿々の女などでまぎらせていたが、素人の娘との恋愛には二度深い傷を受けていた。肉親以上の精神的なつながりで結ばれていた、半身のようなかの子も一平に奪い去られ、全く孤独に投げこまれていたので、溺れる者が何かにとりすがるよ

うに、この結婚に入ったと見られる。

結婚してみて、晶川は期待以上の幸福と平安に生れてはじめて出あったらしい。素直な純情な花嫁のハツの柔らかな胸に、晶川は、はじめてすべてを忘れ去る安息場所を発見することが出来た。新婚旅行は熱海へ行き、そこから友人たちに結婚通知をだした。

月半ばに突然ひとり上京して潤一郎を訪れた晶川は、幸福そのものの表情で、何時間ものろけつづけた。新妻が里帰りしていて淋しさにたえないから、上京して時間つぶしするのだという。

「待ちどおしくてそわそわ落着かないんですよ。これでやっと僕も幸福になれそうです。今までずいぶん苦しみましたからねえ」

晶川は、相手の心情などおかまいなしで次第に興奮して新婚の酔心地を滔々《とうとう》としゃべりたて、あげく猛烈な自作の新婚歌を幾十首となく朗詠しはじめた。おまけに丁寧に一々解説をつける。最後は、里帰りの花嫁の手紙まで披露に及んだ。けれども実はその朝、晶川は以前の恋人とし子の突然の訪問を受け、捨身の誘惑に負けて、死ぬほどの悔恨に責めたてられていたのであった。清らかな新妻を愛しながら、誘惑に負けた自分の弱さと罪深さから一瞬でも目をそらせたい為、憑《つ》かれたように新妻ののろけをしゃべりつづけていたともいえる。

翌日、潤一郎に監督者兼証人になってもらい、とし子に因果をふくめて、この秘密は葬った。けれどもこのことの罪の意識が、誠実な晶川の心から、その後一日として消えさることはなかったのである。病的なほど晶川は妻の肉体に惑溺し、妻を愛しつづけた。友人はおろか、妻以外の家族とさえ口もききたがらなくなった。かの子さえ、晶川の急変した冷淡さに呆れかえるほどであった。

明治四十四年三月二十四日付の潤一郎の手紙が、大貫家に残っている。ハツと同行で伊豆山の温泉旅館ふるやへ静養にいっていた晶川のもとに送られたもので『新思潮』廃刊直前の切迫した雰囲気が行間から感じられる。半紙三枚に毛筆の達筆で書かれたものである。

「偕楽園あての御はがき正に落手仕候、伊豆山は小生曾遊の地春光暖なる海島の景色は嘸《さぞ》かしと思ひやられ欣羨に不堪候、……中略……その後の御容態は如何にや今体を悪くされては一大事ぞと御覚悟ありて精々御静養御自愛専一に遊ばさるるやうくれ〴〵も御願ひ申候、……中略……小生も新思潮の事やら箱根の事やらいろ〳〵と不如意なる話ばかりにて昨今は泣きたくなり申候、君が伊豆山御出立の前日新思潮三号は又しても発売禁止（或は発行停止）の厄に会ひ最早や到底立ちゆかぬ始末と成り居候て已むを得ず岡本氏との交渉も打ち止めに致さん為め同氏のあとを追うて再び多磨川の御尊宅へ参り候処今朝御発足との事を承り岡本氏だけに面会小生一存にて斯くなる上は岡本氏に財政上の助力を頼むも無益と存じ関係を絶ちて帰宅仕り更に木村と相談の上兎に角今月の末までに一同寄り合ひて財政上の始末をつけねばならぬ事と相成り申候御承知の如く（アタマが悪くなつて居るだらうが、よく注意して読んで貰ひたい）……中略……新思潮の負債三百のうち二百だけは小生調達致したれども残り百だけは皆、応分に出金して一時なりとも木村を扶けねば義理かなはず活版屋の方も今月末には是非とも支払はねば相成らぬ仕儀に有之三十日に和辻後藤小泉小生一同会合して出来るだけ金子を調達する一方には能ふ可くんば何処かに金穴を捜し出さんものと目下小生思案投げ首の体に御座候旁々此の際御気の毒ながら会議に列席の為め一旦御出京を煩はし度く事業困難危急存亡の時にあたりて貴君のすがたを見ざるは皆々のおもはくも如何故且木村などは切に君の上京を希望し居る事なれば何を置いても兎に角一旦御引き揚げ下さる可く尤も一日か二日にて用足る事と存候へばはつ子様に御留守居を願ひて君一人直接東京へ御出むきなさる方御便利かも知れずさすれば用事済み次第再び伊豆山へ御帰りあるも宜しからんと愚考仕候小生も拝眉の上いろ〳〵具陳致し度ことと有りて君のその後の御様子も見たし何やかやにて御上京を切望致し候同人の望むところは廿七八日に御上京願ひ度く口子も差し迫り居候へばこの手紙御落手次第電報にて小生へ御報下され度く小生は目下神田の自宅に居候
金のことは手紙では詳細に申上げられないこの外にまだいろ〱のむづかしい大事な問題があるのです、御気の毒ながら是非共この願をきいて出て来て下さい。

同人一同に代りて
谷崎潤一郎

雪之助様
末筆ながら御令閨へ宜敷」（未発表手紙）

文面から察せられるように、もうすでにこの頃から晶川は『新思潮』に熱心ではなくなっていた。

文中岡本氏とあるのは一平のことで、一平はかの子を通じて谷崎潤一郎とも交際があり、『新思潮』の金策の件で一役買って出ていたものと思われる。かの子がこの年二月二十六日に、大貫家で太郎を出産していて、一平も大貫家にこの当時は身を寄せていたものと思われる。

晶川は、この一カ月後から悪性の流行病にかかり、卒業試験は間に合わなかった。九月、妻に手をひかれ骨と皮ばかりになって登校し、追試験には合格した。翌一月一日、長女鈴子が生れた。

その秋、晶川は鼻の頭に面疔《めんちょう》が出来たのが原因で急性丹毒症をおこした。かかえの車夫が夜通し走って伝研から血清をとりよせ、注射した直後、容体改まり急逝した。

「ああ、もう目が見えないよ」

と妻にいったのが最後のことばだった。大正元年十一月二日午前五時三十分であった。

ツルゲーネフの「スモオク」の見事な訳が一巻残されていた。何を感じてか死の直前、晶川は文学書のすべてを処分してしまっていた。聖書や論語が机上にのこされたのを見ると、晶川の心はふたたび宗教の世界に救いを求めていたのであろうか。幸福な家庭も、遂には晶川の心を救うことが出来なかったのか。愛欲と芸術と宗教の三つの搾木《しめぎ》に責めしぼられて、晶川の誠実な、あまりに誠実純粋な魂と肉体はこれ以上持ちこたえる力を失ったのだ。

晶川の死の意味が生かされるのは、かの子の文学の華開くまで、尚二十数年の歳月の後を待たねばならなかった。

第三章　花あかり

大貫家の奥座敷で私はその人を待っていた。

静かな足音にふりかえると、磨きぬかれた廊下に庭樹の翠を背にして青衣《しょうえ》の老女がひたっと坐っていた。紺一色の夏衣のせいか、緑陰のせいか、一きわ青白く見える顔に、光の強い目の輝きが尋常ではない。

そこにその人が坐っただけで、ふやけたように暑気に倦み疲れていたあたりの空気が、ぴしっと引緊り、涼気が爽やかにふきおこった感じがあった。滲みだす気韻の高さがあたりを払っていた。

はじめて逢う石井きん女、かの子の妹で十人の兄弟中ただ一人の生存者であった。目をはじかれたような感じで、私は一瞬ことばを失い、きん女に見惚《みと》れていた。

晶川とかの子が精魂をしぼりつくして告白し、表現しようとした大貫家の血の並外れた高貴と情熱と叡智と、かぎりない憂愁と苦悩のいりまじった強烈な魂の存在をそこに見出したからであった。晶川やかの子の命がけで残した千万のことばにもまして、生きているきん女のたくましい老軀から滲みだす気韻と哀愁が、選ばれた血の栄光と悲惨を無言で示しているようであった。

「姉はわたくしども一族の代表者でございます」

かの子も晶川もこのように美声であったのかと、はりのあるやや高いきん女の声を聞いた。きん女のことばは折目ただしい丁寧なものだったが、歌うようなよどみのない調子といい、語られる話の照明のあて方といい、七十歳の老女のものとは信じられない若々しさがあった。

しゃんとのばした上背のある軀に、無駄な肉はなくすっきりやせているけれど、骨組は決してきゃしゃな弱々しいものではなかった。

若い日の写真の俤を一番伝えている広いすがすがしい額の下に、やや奥にくぼんだ光の強い眼は黒目がちでまるく、離れてついている。白粉気もない下ぶくれの頰に口もとが小さく、可愛らしい。笑うと、はっとするようなあどけない清らかさに可憐な童顔がほころびた。

「ああいう強い個性の芸術家が一人誕生するためには、まわりの者はみんな肥料に吸いとられてしまうのでございましょうか。姉の芸術のかげには、それはそれはたくさんの犠牲が捧げられております。でも、姉のおかげでわたくしどもの一族の血の中にこめられていた憧れや、苦悩や淋しさが表現されましたのですから……」

現在は婚家の藤沢に在住しているきん女はことばの途中で目をあげ、なつかしそうに部屋をみまわした。かの子たち十人の兄弟や両親と賑やかに住んでいた往時のまま残されている生家の奥座敷は、きん女にとっては語りつくせない想い出がこもっているのだろう。

一平がかの子に求婚して、夜を徹して寅吉に談判したのもこの部屋である。青春の憂鬱に閉ざされた谷崎潤一郎が、延び放題の蓬髪《ほうはつ》を蒼白い額にさかだて、「海屋の書」の掛物のかかった床の間を背にし、陰鬱な目を凝らせ、終日、キセルで煙草を吸いつづけていたのもこの部屋であった。

もっと遠い記憶には、次の間との襖を払い十畳二間をうちつづけて緋縮緬《ひちりめん》の幔幕が華やかにはりめぐらされていただろう。村一番の豪華な雛壇を飾りたて、ぼんぼりの灯の下に着かざった姉妹が晴着の袖を合せ白酒を汲んだ夜。

真紅の烏帽子《えぼし》縮緬の下着に、芝居のうちかけに見るようなきらびやかな花蝶総縫いの縮緬の振袖を重ねた京人形のようなかの子の晴れ姿は、姉妹の中でもひときわ光をあつめるような輝きがあった。

「父は子供の中で一番姉を可愛がっておりました。父自身、生涯白足袋しか穿《は》かないようなおしゃれでしたが、姉の着物だけは、父が必ず東京の呉服屋で見立てて来なければ気がすまず、誰よりも華やかに着かざらせておりました。わたくしや妹たちが何を着ていようと全くかまわないのでございます。そんな父の偏愛ぶりが姉の我ままを増長させたことはあると思います。小さい時から姉は自分は特別だという感じをもっていて一家中のタイラントで、誰よりも強い存在でございました。そんなに父が可愛がるのに、姉の方じゃ、お父さんはランプのほやみたい、口だけで中身がないなどひどい憎まれ口をいっておりました」

きん女は、天井に近い欄間《らんま》に目を止め、

「あれは、父の自慢のものでございますよ。筬《おさ》欄間といって機織《はたおり》の筬からとった形だそうでございます」

といった。

鼈甲色《べっこういろ》に時代のついた櫛の目のような形の瀟洒な欄間が珍しかった。きん女の想い出の糸はその筬の間からはてしもなく繰りだされてくるようであった。

明治二十二年三月一日、東京市赤坂区（現在の東京都港区）青山南町三丁目二三番地の大和屋の別邸に、寅吉とアイにとってははじめての女の子が生れた。

髪の濃い目の大きな赤ん坊はカノという名がつけられた。大貫家の先祖の中におかのさんという女丈夫がいたのにちなんでつけられた名前である。
三田村鳶魚《えんぎょ》の「江戸生活辞典」によれば、女の子の名前に子がつけられるようになったのは、明治も跡見花蹊が東京で女学校をはじめて以後の現象だといっている。元来、公卿の子女は名前に子をつけたのが、公卿の出である花蹊によって、東京の上流子女の間にひろまったというのである。いずれにせよ、かの子の戸籍も、妹たちの名もすべて実名は子がついていない。
かの子も筆名に、大貫野薔薇とか大貫可能子とか使ったこともあったが、明治四十年の『明星』十月号からは「かの子」を使っている。ただし、第一歌集「かろきねたみ」は、岡本かのになっていて、著書の著者名が岡本かの子に決定したのは第二歌集「愛のなやみ」からになっている。
かの子は自分の名前をたいそう気にいっていた。後年「姓名に関する話」という随筆の中にも、かの子という名は美しい舞姫などにあるような名で、この名のひびきからは、汚らしい険相なお婆さんの顔など想像出来ない。こんな名を持つあなたは、いつまでも名が連想させるような童顔でいなければならないと人からいわれたと述べ、
《……親は、あやふい名をつけて下さつた。幸ひ私は童顔だから宜いやうなものの、でも前述のやうなことをいはれると、うつかり名まへに義務を感じて年もとれない。
しかしまた、それゆゑに気を張つて、いつまでも義務にしろ若くてゐられるかもしれないとしたら、この名をつけて下さつた親に感謝しなければならない》（姓名に関する話）
といっている。更に後年には、かの子という名をそのまま、
かの子かの子はや泣きやめて淋しげに添ひ臥す雛に子守唄せよ
と歌に詠みこんだり、小説「雛妓」の中では主人公と副主人公の二人にかの子という名をつけた

りするほど、愛着をもっていた。虎子や熊子でなくてよかったと述懐しているように、耽美派のかの子が満足する名がつけられたのは、かの子の生涯の第一歩でまずは祝福されたスタートであった。

寅吉の療養中に出生したような子供なので、かの子は生れつき腺病質であった。

やがて、青山の表通りや、近くの寺の境内に、紫矢ばねのお召し縮緬に黒繻子《じゅす》の衿をかけた小粋なねんねこ姿の子守があらわれるようになった。通りすがりの人々は思わずねんねこの中に目を奪われると、艶々したおかっぱの下に黒目のはみだしそうな大きな目をうるませた色の白い幼女が、うっとりと夢みるような表情で見つめてきた。

物心つくかつかずに、こうしてかの子の目に映り、皮膚にしみた青山界隈の風景や空気が、後にかの子の生涯のほとんどを、その地区に結びつける因縁をもっていようとは、まだ誰も知らなかった。

数え年五歳の時、かの子は両親の元からひとり二子の実家に帰された。腺病質なかの子には、東京のほこりっぽい空気より、多摩川のほとりの武蔵野の陽光と風が、滋養になるだろうという配慮からであった。

かの子は一まず同じ村の、やはり格式の高い鈴木家にしばらく里子に出されていた。そこには御殿女中を長くつとめた気位の高い独身の女がおり、かの子を預ってくれることになった。

二年後、寅吉やアイが東京からひきあげて親子揃って住むようになってからも、かの子の里親は、乳なしの乳母としてかの子の面倒を見つづけた。薩摩藩の祐筆を父にもつ乳母は、古典文学の教養に富み、躾《しつけ》はきびしかったが、かの子の上に、昔仕えていた御殿の姫君を夢みて、溺愛する面もあった。

禁じていた土いじりをしたといっては、容赦なく仕置きの灸をすえたりするかと思うと、築山のかげの緑陰に花むしろをしき、ふり袖のかの子に舞いのふりをつけたりする。祭のように着かざらせたかの子を自慢らしく、親類知人に見せ歩く。

乳母はかの子が人から軽んじられるのを何よりも厭がった。その頃子供たちの間にはやったリボンなどは、品がないといってつけさせない。昔自分の仕えていた姫君がしていたように紫縮緬の細い紐をつくって、かの子の稚児髷《ちごまげ》の上に結んだりする。

わざと人前ではかの子を呼ぶのに、

「ひいさま、ひいさま」

といって、偶像か女神に仕えるようにした。

食物でも魚は生きた鰈《かれい》とか鯒《こち》とかに決っていて、塩鮭や切身の魚は下品だといって食べさせない。

初夏の朝、暗いうちから台所では大ぜいの人声がしていた。苗の植えつけの人々が朝飯をとっているのであった。かの子が柱にもたれて眠い目をこすりながらのぞくと、障子のあけたての間に、台所の人々の姿が見える。大ランプの下で藍《あい》の香のする紺飛白《こんがすり》に襷がけの女や紺の股引の男たちがいりまじって、さかんな食慾をみたしていた。茶碗にもりあがったこうばしそうな麦飯、さらさらと美味《うま》そうにたてるお茶漬の音、目にしみるたくあんの黄金色……かの子はみんなといっしょにそんなお茶漬がたべたく、たくあんをばりばりとかじってみたかった。けれども、かの子には茶飯は胃に毒だといって許してくれない。たまに小さな握りめしを一つくれるくらいだった。

その頃では珍しくハイカラなたべものの、パンを毎朝たべさせられるのが、かの子にはしらじらしく空疎な味に思えてなさけなかった。

アイはかの子のあとに、きんをはじめ続々と子供を産んでいたから病的な癇癖が強く、腺病質なかの子は、むしろ、乳母がかまうのをいい都合にしてまかせきってあった。

寅吉の偏愛の上にこの乳母の躾が重なったから、物心つく頃から、かの子はエリート意識をうえつけられ、気位の高い我ままなタイラントの性情を助長させられていった。

「姉は小さい時から、花ならば向日葵のような強烈な情熱的な少女でした。わたくしなど、姉の強さと明るさのかげになって、本質以上に、いじいじした日かげの道ばたの野菊のような存在でした」

と、きんに語らせるかの子の激しい性向は、この物心つくかつかぬかの幼時につちかわれていたのである。

乳母はかの子の教育に対しても、異常なほど早教育、一種の天才教育をほどこした。

その頃、二子村には円福寺という寺の鈴木孝順という僧が、松柏林塾という寺子屋形式の塾を開いて、村の子弟の教育をしていた。漢文の素読や英語を教える一方、女子には孝順の妻が和裁の手ほどきをするというやり方であった。

小学校に上った子供たちが、学校がひけてから、今のおさらい塾のように松柏林塾に通っていた。

かの子は小学校に上る前から、この塾に入れられ、漢文をたたきこまれた。家では、乳母が、源氏物語や古今集を口うつしに覚えこませた。お家流の字をよくする乳母は、習字は特に力を入れた。かの子が力あまって紙からはみだすような字を書いた時など、

「おお、おお、その意気でその意気で」

と、かえってはげまし、字の出来不出来より、かの子の気宇の大きさをのばすようにおだてあげる。

こんな有様だから、かの子は同年輩の村の子供と友達になれる筈もない。いっそう神経質で夢

見がちな少女になっていった。

漠とした人生の孤独や悲哀まで、すでに小さな心の中にひそかにかげらせはじめていた。孤独なひとり遊びをみつけるのもそうした環境のせいといえる。

この頃、かの子は日和《ひより》下駄をはいて、ひとり橋を渡るのが好きになっていた。真新しい日和下駄の前歯を橋板に突き当て、こんと音をさせ、その拍子に後歯を落してからりと鳴らす。

《こん　からり

足を踏み違へて橋詰から橋詰までこの音のリズムを続け通させるときに、ほんとにお腹の底から橋を渡つた気がし、そこでぴよんぴよん跳ねて悦んだ。母親は「この子の虫のせゐだからせいぜいやらしてやりましよう。とめて虫が内に籠りでもしたら悪い」さういつて新しい日和下駄をよく買ひ代へて呉れた。たいがい赤と黄色の絞りの鼻緒をつけて貰つた。

かういふ風に相当こどものこころを汲める母親だつたが、私が橋のさなかで下駄踏み鳴らしながら、かならず落す涙には気がつかなかつた。私は橋詰から歩いて行つてちようど橋の真中にさしかかる。ふと両側を見る。そこには冷たい水が流れてゐる。向ふを見ると何の知合ひもない対岸の町並である。うしろを観る。わが家は遠い。たつた一人になつた気がしてさびしいとも自由ともわけのわからぬ涙が落ちて来る。頭の上に高い太陽――かういふ世界にたびたび身を染めたくて私は橋を渡るのを好んだのかも知れない》（橋）

このひそやかな楽しみもある日、橋ぎわのいかけ屋の主人がいきなりおどり出て、

「このがきか、毎日やかましい音を立てて橋をわたるのは。こうしてやるわ」

と荒々しく下駄をとりあげてしまったことで無惨な終幕となった。

このような多感な傷つきやすい神経が、幼女の腺病体質に荷いきれるわけはなかった。

明治二十九年、高津尋常小学校に入学し、一年後には、眼病治療のため早くも一年休学してい

る。

かの子は生れつき眼が弱く、腺病性角膜炎という病名で、しばしば眼科医にかかった。体が衰弱すると視力が薄れてくるのだった。

京橋竹河岸の寮に乳母と移り、京橋の宮下眼科に通院し、歌人井上通泰博士の治療をうけた。

この頃のことを一平は、

《当時、宮下病院のあるところから、三つばかり横町を距てたところに僕の家があつた。子供同志のこととて、いつか遊び友達になつてしまつた。

すぐ眼について、そして何となく気になる稚児髷に結つた女の児だつた。

僕が子供ごころに、その何となく気になつたのは後で考へてみると、あの寂しい中に、情熱と派手なものを貯へてゐる容貌、性格によるらしい。

無口で、しじゆう、うつらうつら考へ事をしてゐるやうな女の子で、普通の遊び事には混らないが、無理に勧めて仲間に入れると、駆けつこはいつも一等だつた。といふのは、かの女が一たん意を決して駆け出すと、脇目も振らずといふよりは、その一途さは子供の目にも危険のやうに見えた。後に跡見女学校へ入つてからもランニングでは同じ事だつた。

「あたし、家の近所のお友達から蛙つていはれてゐるのよ」かの女の無口の中から、僕にさう語つたのを覚えてゐる。いつも辛抱強く黙りこくつて、大きな目だけをぱちり〱させてゐるからだつた。「蛙を泣かせてやれ」さういつて、かの女の秀才を嫉む小学校の男の朋輩は、棒切れで苛めた》（かの子の歌の思ひ出）

といい、自分たちは筒井筒《つついづつ》の仲だといっている。これは出来すぎていて信用し難い。

かの子の小説「美少年」にも目の悪い少女と下町の美少年の話を書いているが、随筆には、この頃の一平との交渉に一度もふれてはいない。これほどの印象を与えた思い出なら、かの子と十三年後めぐりあい、京橋の話が出たなら、すぐどちらかが思い出しそうなものだ。一平はこの文章より何十年も前に「どぜう地獄」や「へぼ胡瓜」で、かの子との出逢いのことをつぶさに書いているけれど、その中にはこの筒井筒の話は出て来ない。

蛙の話もマラソンの話も、かの子の随筆に書いてあることである。一平は、かの子の死後、恋しさのあまり、かの子との因縁をより強調して考えたいため、かの子の小説を現実のものとして故意に自分に信じこませようとしたのではないだろうか。

あるいは、一平は、かの子以上にロマンティストでセンチメンタリストで空想家だったので、かの子の京橋の仮寓と、自分の生家が近くであったことから、後年、こういう仮想も成り立つものとして描き、かの子にあり得た話として語ったのかもしれない。かの子は一平のそんな仮想をもとに、小説「美少年」をつくりあげたともとられる。後年のかの子の小説は、一平の考え方やことばに示唆されたり暗示を受けて創られたと思われるものが非常に多いのである。

きんも、筒井筒の話は全く聞かなかったという。おそらく二人は青春時代、はじめて宿命的な出逢いをしたと見る方があたっていよう。

それよりも、「どぜう地獄」に、かの子のことばとして、宮下病院に通った頃、若い美男の医師に恋して、八つの少女が、その医師に診られる前日は、着物だのリボンだのを気にして夜も眠れなかったとあるのが、リアリティのある話に聞える。

早教育を受け、いやが上にも感情的には早熟になっていたかの子は、この医師の以前にも七歳の頃、村にかかったどさ回りの役者の一人にあこがれて、恋のようなせつなさを味わったと一平に告げている。

近所の子供が、棒切れでいじめたというようなことは考えられない。地主の娘として一種敬遠はされても、棒切れでいじめられるような扱いはかの子はうけなかったのではないだろうか。むしろ、敬遠され、仲間外れにされる淋しさをかの子は訴えていた。

幼時のかの子は無口で動作がスローモーションのくせに、癇癖の強い勝気なタイラントだったから、兄弟からでも、近所の子供からでも、いじめられ、だまってひっこんでいるような子供ではなかった。口数が少ないかわり、いきなり男の子のように軀をきかせ、相手にむしゃぶりついていく。ねじふせておいて、自分の方がわあわあ泣いてしまうので相手があっけにとられるということが多かった。

一年間の療養で眼病は一応落ちついたものの、この眼疾には、かの子は娘時代まで度々悩まされていた。

学校へ上っても、眼帯をしていることが多かったので「ほおじろ」というあだ名をつけられたりしていた。

「そら、先生がきた」

といわれ、あわててお辞儀をすると、全然別の大人だったりする。そんなからかい方をされてもわからないほど、視力のおとろえることがあった。

動作が緩慢でことりまわしがきかないたちだったというのも、眼の悪かったことが原因していたかもしれない。御飯をいつまでたってもこぼしてたべるので、相当大きくなるまでエプロンをかけさせられ、兄弟からばかにされる種になっていた。

それでも小学校でのかの子の成績は抜群だった。

かの子と同級だった鈴木勝三氏は、七十一歳とは見えない張りのある顔をほんのり紅潮させながら語ってくれる。

「こどもの頃のおかのさんは、まあ云えば大そう活潑なお嬢さんでございました。そうでございますなあ、陰気なというような印象は全く受けておりません。色の白いふっくらした丸顔で、目の大きなかわいらしい娘さんでございました。

あの頃はのんきなものでして、小学校などもいくつから上ってもよろしいようでして、わたくしはおかのさんより二つ年下でございましたが、高等一年つまり尋常四年生からおかのさんと同じ級でございましたから、男五人女五人の十人の一クラスでございますから、兄弟のように仲よくなります。

おかのさんはそれはもうずばぬけて御利発でして、勉強もよくお出来になり、女の子の方ではいつでも一番でございました。男の方ではまあわたくしがどうやらいつも首席をしめておりまして……級長をつづけました。一週一度のお習字の清書が、いつでもおかのさんと並んで壁にはりだされたものでございます。

当時の点数は美之上、美之下などいうものでしたが、おかのさんと二人、いつも美之上と朱で書かれて得意だったのを覚えております。

その当時、白桜花という一本五銭の筆を子供たちは使っておりましたが、おかのさんの筆は二十五銭もする上等の筆で、長峰勇雲とかいう字が彫られていたのが子供心にも目にしみて、今に覚えております。紙も礬水《どうさ》びきの墨のにじまない上等の半紙を使っておられました。それをわたくしどもがうらやましがると、『おつかいなさいな』といくらでも気前よくわけてくれます。筆なども惜しがらず、貸してくれたものでございます。ああいう御大家のお育ちでしたが、あのお方は生れつき鷹揚なおっとりしたところがおありでした。

身なりはそれほど派手ではありませなんだが、外の子どもが絣とか縞を着ている中で、花模様の着物に海老茶の袴が可愛らしゅうございました。活潑で負けずぎらいで、なかなかの人気者でございました。体操も、当時は柔軟体操とか亜鈴体操とかいうものをたすきがけでやりましたが、徒競走はおかのさんが一番早かったのでございます。運動会でも今でいうスターでございました。

卒業の時は優等総代で、郡長からわたくしといっしょに証書をおもらいになりました。その時、おかのさんのお父さんの寅吉さんは村長さんでしたから、卒業写真にいっしょに写っております。これがその写真でございます」

セピア色の卒業写真は霧がかかったようにぼうっとしているが、寅吉を正面にしてかこんだ卒業生の中に、紅顔の美少年だった鈴木氏の面影がうかがわれる。

かの子はふくらませた髪の型が他の少女のおさげの型とは一風かわっていて、丸顔に目鼻立ちの華やかな美少女ぶりが一きわ目だって見える。

寅吉は卒業生たちを式のあと招待して、久地の桜を見物につれていった。鈴木氏は、その日の帰り、大貫家の裏庭につづく畠の中の道でかの子と別れた時、ふいにつきあげるような感傷にとらわれ、かの子の後姿を見守って涙をこぼしていた。

「わたくしは、家の没落にあい、上級学校へ上るのを断念したところでしたし、机を並べたおかのさんは、東京の女学校へ上って、二人の道はもうすっかりちがったものになるのだと思うと感慨があったのでございましょう」

鈴木氏の話によれば、学校に上ってからのかの子は、結構ほがらかな明るい少女時代を送ったと見られる。

「どこへいっても大和屋のお嬢さまと悪丁寧にあつかわれて、心の中では冷たく意地悪にあしらわれていた」

と、一平に語ったり、「人情の冷たさを風景の美しさでがまんした幼時」などといっているのはかの子の持前の被害者意識がすでに萌芽していたとみられるし、自分の幼時の不幸をセンチメンタルに誇張することに、一種の快楽を感じていたとしか考えられない。

《おなかの中では敏感でくやしがりやでありながら、表面はあつち向けといはれればあつち向いてゐるといふ風だからからかはれます。そして手を出してはそれがかなはず、くやしがつて泣いたものです。割合に人に物をやつたり、親切だつたりしたさうで、これは後になつて母は私を可哀さうだといつてゐました。意地つぱりでゐて気が弱く、大きくなつて何するかわからないからついて丶やりたいといつてゐました。私はどういふものか、お金のかん定と時計のかん定がわからなかつた、それでゐて物語ものなどはよく読んでわかつてゐたのですが……中略……感情的には執着が強いが物質的には執着がなく、物を人にぽん〳〵やるくせに、自分の一番すきだつた鞠が池におちたといつては、一晩中池のはたに蚊に食はれながら泣いてゐて、さがしに来た家の人につれかへられたこともありました。それはあやめの花の頃でした。可愛がつてゐた犬が死んだといつては一日中泣いてゐたりしたこともありました》（わが娘時代）というような幼時の何となく陰気な感じは、しだいにかの子の表面からはかげをひそめていたのである。

むしろ、八歳の時、家に入った強盗が、煙草盆を持ってこいといった時、大人たちが恐怖で身じろぎも出来ないでいると、かの子が平気で強盗の前に煙草盆を運んだので、強盗がかえってぎょっとなったという逸話に伝えられている気の強さの方が、次第に表面に出てきはじめていた。もうこの頃では、古風な乳母の教育はかの子の天性の個性をおさえきれなくなっていた。

高等小学校の時代から、かの子は晶川の影響をうけて、手当りしだいに文学書を乱読しており、小学校を卒業する頃は、すでに一かどの文学少女になっていた。

三歳年下のきんももう、かの子の打ちあけ話のかっこうの相手になってきた。かの子はおとなしいきんを女王に傅《かしず》かせる侍女のように気ままにひきまわし、こきつかってきた。

「毎晩、夜おそくまで二階で兄と姉は文学書に読みふけっていました。わたくしも時々仲間に入るのですが、たいていお使いの役がまわってきます。町内に久兵衛という手打そばやがありました。夜ふけて、女中も下男も眠ってしまったころ、わたくしはよく、姉にこの久兵衛そばを買いにやらされました」

家の前の通りに時々、ごぼう市がたつことがあった。その時は色々な食物の屋台店も出る。かの子は、おでんのこんにゃくの煮こみや焼き芋をほしがり、いつでもきんに命じて、それをこっそり買いにやらせていた。

乳母が知ったら、歎きかなしむような品のないい食べものばかり、育ちざかりのかの子はせっせと買い食いしているようであった。

この当時、大貫家は最も幸福で平和な時代であった。

寅吉の病気もおさまっていて、時々一家じゅうをあげて芝居見物に出かけるような贅《ぜい》をつくしていた。

かの子はまだ物心つきかねるころから、人形のように着かざって寅吉の膝に乗り、暁闇《ぎょうあん》の多摩川堤を人力車で駆けぬけ、東京の芝居に度々つれて行かれた記憶がある。その芝居見物が、もっと大がかりになって、近所の車宿の車全部買いきりにして、晴着に着かざった家族一同が車をつらね、堤の上を走っていく。歌舞伎座も明治座も行ったが、寅吉は浅草の宮戸座をひいきにしていた。

宮戸座にいく時は上野の池之端《いけのはた》に定宿が決めてあって、みんなでそこに泊りこんで芝居見物をした。

舞台にくりひろげられる哀艶な男女の恋の運命が、かの子の情感を刺激して、思わず涙をこぼしているようなことがあった。

早熟な少女の熱情は、心のうちではもう充分に醱酵し、触れる指さえあれば、ふきこぼれそうに芳醇な酒をかもしていた。その美酒が少女の白い肉の細胞にしみわたるとき、どのようにうるおし、匂わせ、玉のような蕾の花びらがゆるやかに花ひらくかということに、かの子自身は気づいていなかった。

胸を焼きつくすような不思議ななやましい熱情にかられると、かの子はよく、裏庭からつづく青田をこえ、河原へ出た。

白い石河原の多摩川へおりていくと、咲きみだれる野薔薇の白い花がほのかな花あかりをともしていた。花の向うに、多摩川はいつでも悠久の時をのせてさらさらと流れつづけている。

河原づたいに流れに近づき、かの子はほてった素足をつける。しみいるような川の冷たさが、足先からしんしんと頭にさかのぼり、いっそ快かった。いつのまにか着物の裾をからげ、海老のように身体をまげ、手もひたしてみる。

川水のなめらかな愛が、かげりもなく優しく、かの子の皮膚から心の奥までとどいてくる。いいようのないさっきまでの心のいらだちも、ささくれだった感情も、いつのまにかなめされて、心臓が川の流れの唄にあわせて、さらさら、さらさらと、やさしげに低く唄いはじめる。

かの子はうっとり川の心と一体にとけいり、自分自身が、川の流れのまにまに軽やかに浮んで素直に流れていく、薄い一ひらの花びらのように、清浄に軽やかなものに思われてくるのだった。冷えた手足にふたたび熱い血が流れ、かの子の心は川への想いでみたされてくる。恋情とも呼びたいような甘いやるせなさが、うっとりと全身の細胞にみちていた。かの子は河原の花あかりに腰をおろし、川への愛の告白をする。あふれる感情の中からことばをえらび、ことばをさがし、かの子は川へ捧げる愛の讃歌を、なめらかな水の上に書こうとするのだ。

《かの女の耳のほとりに川が一筋流れてゐる。まだ嘘をついたことのない白歯のいろのさざ波を立てゝ、かの女の耳のほとりに一筋の川が流れてゐる。星が、白梅の花を浮かせた様に、或夜はそのさざ波に落ちるのである。月が悲しげに砕けて捲かれる。或る夜はまた、もの思はしげに青みがかつた白い小石が、薄月夜の川底にずつと姿をひそめてゐるのが覗かれる。

朝の川波は蕭条たるいろだ。一夜の眠から覚めたいろだ。冬は寒風が辛くあたる。をとめのやうにさざ波は泣く。よしきりが何処かで羽音をたてる。さざ波は耳を傾け、いくらか流れの足をゆるめたりする。猟師の筒音が聞える。この川の近くに、小鳥の居る森があるのだ。

昼は少しねむたげに、疲れて甘へた波の流れだ。水は鉛色に澄んで他愛もない川藻の流れ、手を入れゝばぬるさうだが、夕方から時雨れて来れば、しよげ返る波は、笹の葉に霰がまろぶあの淋しい音を立てる波ではあるが、たとへいつがいつでも此の川の流れの基調は、さらさらと僻《ひが》まず、あせらず、凝滞せぬ素直なかの女の命の流れと共に絶えず、かの女の耳のほとりを流れてゐる。かの女の川への絶えざるあこがれ、思慕、追憶が、かの女の耳のほとりへ超現実の川の流れを絶えず一筋流してゐる》（川）

かの子は誰かが自分を呼ぶように思った。

ふりむくと、大山から箱根の山脈の上に富士が見えていた。右手には秩父の連山が藍色につづき、ちぎれ雲のかげが山脈の背にくっきりとうかんでいた。武蔵野の空は目まいのしそうなほど晴れ渡っていた。

川をみつめすぎたせいか、頭の中がしびれたように重くなっている。

——水に酔ったのだろう——

かの子は、立ち上る拍子に指を野薔薇の棘でついた。中指のふっくらした腹に、赤い南豆玉のようにぽっちり血がふいてきた。かの子は指をなめて、お転婆らしく裾けたてて堤をかけ上った。

家への近道の畠を走っていく時、軀の一部にふと、ふたしかな違和を感じた。家へつくとすぐ、二階の部屋へかけ上った。川辺で感じた詩情をすぐ書きつけておきたかった。ペンをとった時、さっきよりもたしかな感触があった。それは何か秘密めかしく恥かしい感覚だった。

立ち上ったかの子は顔色を失っていた。ころぶように階段を走りおり、奥の間で裁ち物をしている母のところへとびこんでいた。

「おっかさん、どうしよう、けがしちゃった。こわい」

アイはかの子が泣き声でうったえ、くるりとふりむいてみせた着物の汚れをみて、ほうっと頬を染めた。

「何でもないよ。けがじゃないんだよ」

かの子はアイに湯殿へ運ばれ、軀を清められてから仏壇の間へつれていかれた。

「あんたはもう、お嫁にいってもいい軀になったんだよ」

アイの話すことばに、かの子はわっと泣きだしていた。心は早熟で自然主義の肉慾小説ももう数えきれないほど読み、観念ではそのことを知っていながら、かの子はそれが自分に確実に訪れてくる日のことは夢にも考えていなかった。そういう教育を家庭で子女にする風習もまだなかった。かの子はこの時、ようやく十二歳になったばかりだったのだ。

その夜、大貫家では赤飯に尾頭つきの魚が祝われた。子供たちはかの子さえその意味もしらず、赤飯にはしゃぎ喜んでいた。晶川だけが目をあげず、血の上った顔でむっと不機嫌におしだまって、いらだたしそうに箸を動かした。

第四章　向日葵

《校長先生をお師匠様と呼んでゐた私の女学校跡見女学校はその昔倫理科に論語を用ひ、国語科は大和田建樹先生の源氏物語などが課せられ、下級では落窪物語、竹取物語など講ぜられて居りました。京都風な言葉が生徒達の言葉に交つてゐました。

——B子さん居やして！（いらつしやいますか。）

——さうぢやはんか（さうじやありませんか。）

等、主なものでした。

一体温和でもお腹のしつかりした生徒が多かつたやうに覚えてゐます。普通の高等女学校になつては程度が低くなるから、なか〳〵校長先生（跡見花蹊女史）がそれを決意されなかつたやうに覚えて居ます。生徒は年少の女でも堂々とした漢字の書風を習得して居ました。絵画もいはゆる花蹊流の習得が校中あまねく行き渡つて居りました。和歌も服部先生といふ新派の先生が居られて非常に発達して居りました》（だんまり女学生）

明治三十四年三月、高津の尋常高等小学校を卒業したかの子は、東京に出て下宿しながら、眼病の治療に通ったり、語学の勉強に打ちこんでいた。その後、選抜試験をうけて、翌年の十二月に小石川柳町の跡見女学校に入学した。

かの子と同じクラスで、学校時代から、卒業後も親交が深く、かの子の永眠まで、ずっと親しく往来していた多門中将未亡人多門房の記憶によれば、

「かの子さんが寄宿舎にお入りになったということはわたくしは覚えておりません。たしか、かの子さんは、普通の入学の時でなくて、あとからお入りになっていらっしゃいました。何でもお兄さまとご一緒に下宿しているということを、お親しくなってからうかがいました。わたくしは在学中、結婚して、中退しましたので、もしかの子さんが寄宿舎生活をなさったとしたらそのあとでございましょうか。わたくしは五年生のはじめまで、学校におりましたが……」

といい、これまでの入学と同時に寄宿舎生活をしたという説を否定している。寄宿舎生はあんど

ん袴という前後のない筒のような袴を着けていたから、一目で通学生と見わけがついた。房の記憶の中に、かの子のあんどん袴スタイルがうかんで来ないのをみても、かの子は通学していた時の方が多かったとみられる。

　かの子の「ある時代の青年作家」の中には、はじめ晶川と同じ家から通学していた後、晶川が一高の寮へ入ったのを機会に、かの子も寄宿舎へ入ったと書いてある。

　当時の跡見女学校は旧大名の敷地に建てられていて、校舎は旧い英国風の建物であった。後ろに日本風の平家がつづき、そこからはときどき、花蹊のさびた謡曲の声などが聞えてくる。昔の邸時代の奥庭があり、池や築山のほとりに、大きな楓の樹が真赤に染まっていた。校庭には桜の巨木が並び、春になると、どっぷりと落花に漬《つ》かるほど花が咲きこぼれ、その下を紫袴の生徒たちが、三々五々長い袂をひるがえしていた。秋には萩が、大株を連ねて咲きつづいていた。庭の隅には大弓場があった。

　跡見花蹊は、儒者で画家で、気骨の通った女丈夫であったが、洒脱なところもあり、その人間味豊かな薫陶ぶりに、生徒たちは「おもしろいお師匠様」といって慕っていた。

「あの頃はお裁縫は畳の上で坐っていたしましたが、生徒が足を横坐りなどしていますと、花蹊先生が見まわってこられて、それはおかしなことをいってたしなめられるのです」

という多門未亡人の話に、

「おかしなことってどんなふうにおっしゃるのでしょう」

「さあ、それは、ちょっとはばかるようなことでございます」

　七十二歳の美しい未亡人は、こまったという微笑を、薄い蚕のようななめらかな頰の上にほんのりうかべられた。

　生徒たちは三百名ほどで、上流家庭や、富豪の子女がほとんどをしめていて、華族女学校に匹敵するものがあった。いきおい衣服は華美になり、東京一の贅沢学校といわれていた。当時一般の女学生は、海老茶の袴がはやっていたが、跡見の生徒は、紫の袴を用いるので目だっていた。それは花蹊が宮中から賜ったゆかりの色だと伝えられ、生徒たちは誇りにしていた。髪も御所風の稚児髪に結んでいたのが、これは時代と共に束髪やお下げになっていった。

入学した当時のかの子は、小学校時代の活潑なおもかげは消え、無口で、

「どちらかといいますと陰気な感じの方だと思っていました。ところが、お親しくなってみると、よくお話もなさって、人なつこい、やさしい方だと次第にわかってきました。今の体操の時間、そのころ遊戯の時間といっておりましたが……その時は、ちょっとからだのぐあいが悪いと見学してしまいます。そんな時よくかの子さんと二人で見学組になり、お話しして、次第にあの方がわかってきて親しさがましていったように覚えております」

と房の追憶がつづく。

《その頃の級一番のだんまりは私でありました。「居るか居ないか分らない」といつも云はれて居ました。「黙つて居る病気の人ではないか」と噂され乍ら級中で私は一番友達に大切にされて居たやうな気がします。でもそんなだんまりの私が漢文や英語のおさらひなどはよくお友達にして上げました。その代り、お裁縫の時間、むづかしいツマの形を作るときなど寄つてたかつてお友達が先生よりもずつと深切に教へて呉れるのでした。時々級の投票がありました。「おとなしくて勉強家」は私にいつもあたつて居ましたのに、今ではおとなしくも勉強家でもなくて、お恥かしい次第です》（だんまり女学生）

後で寄宿舎に入った時も、上級生だけれどはきはきしたところがなかったので室長になれず、下級生がかわってつとめたと伝えられている。

花蹊は、こんなかの子のなかから本質をみぬき、

「このお子は特別のお子どす。これでよろしゅうおす」

といって、かの子の勉強ぶりに掣肘《せいちゅう》を加えなかった。ただ習字の時間などは、かの子が勢いあまって簞笥という字を曲って書くと、

「この曲った簞笥ではお嫁に持っていかれませんよ」

といって、真直ぐな線に朱筆をいれるという程度であった。いわゆる花嫁修業型教育ではなくて、文学的に高く、本質的な人格教育に重きをおいた花蹊の教育方針は、かの子には水を得た魚のような住み心地よさであった。

奥庭の大楓《おおかえで》の樹かげにかくれ、先生の目をぬすんで森鷗外訳の「即興詩人」に読みふけったりしても誰もとがめる者もなかった。

短歌の受持の服部躬治も、かの子の歌の天分を見ぬき激励し、指導をおしまなかった。学内雑誌『姫の井集』には毎号かの子の歌がのって、生徒間や教師の間にも評判が高かった。

房のほかにも校内一の美人の藤井とし子と親友関係になり、いわゆるエスの情熱を傾けたりして、結構かの子は学生生活をエンジョイしていた。外面には内攻的でうつらうつら夢みているような状態にみえながら、かの子の女学校時代は、生涯を通じて一番周囲の理解と愛情にめぐまれた平和で幸福な時代であった。

文学に対する熱情も、かの子のエリート意識を快くみたす程度で、まだそれが、肉を灼《や》き骨を削るような業苦の表情を伴うまでにはいたっていなかった。

たまたま、この時代から晶川が谷崎潤一郎と親しくなっていき、活潑な文学活動に入っていったのに刺激され、じぶんでも、校内だけの文学活動ではあきたらず、晶川のまねをして、『文章世界』や『女子文壇』『読売新聞』文芸欄などにしきりに投稿をはじめた。歌だけでなく、晶川にならって新体詩などもつくりはじめている。当時、大貫野薔薇の雅号をつかっていた。いかに

も少女趣味の名がほほえましい。

明治三十九年三月発行の『文章世界』第一巻第一号の投稿欄「新体詩」の部に、選者蒲原有明でかの子の詩がのっている。住所は「青山南町三丁目二三」と、大貫家の寮の番地になっている。

胡蝶怨

人より長き髪なれば
世にも稀なる愁すと
嬌羞をためる小扇よ

頬に流るる薄花の
一弁づつに瘠するとて
鼓抱ける小走りや。

夢にも君は恥かしと
化粧凝らして宵寝する
あえかの息に臙脂《べに》揺れて
小袖にちらす蝶鳥の
咽むで舞ふや春の夜の夢。

この時、かの子は十七歳であった。全く『明星』ばりの星菫調の詩である。この詩でもうかがえるように、かの子はこの当時から晶川とともに「新詩社」に入って、与謝野晶子の影響を強くうけていた。
この年七月号の『明星』から大貫可能子の筆名で歌がのりはじめてもいる。
磯の路あぢさゐ色の絹傘は黒髪みせぬ松めぐる時
ただふたりただひと時をただ黙《もだ》しむかひてありて燃えか死ぬらむ
そぎたまふ髪を螺鈿《らでん》にぬりこめて壁にや倚《よ》らむ我はたように
「胡蝶怨」の詩といい、『明星』の歌といい、明らかに与謝野晶子の歌の影響のあとがみえる。
鉄幹与謝野寛が「新詩社」をおこし、新しい詩歌運動をおこしたのは明治三十二年十一月であり、かの子は十歳で高等小学生だった。その翌年「新詩社」の機関誌『明星』が発刊されている。晶子の「みだれ髪」が出たのは明治三十四年八月で、かの子は高等小学校を卒業し、生理の訪れもあった年で、文学的にも急速に心の目が開けていった年にあたっている。翌年府立一中に入学し、しきりに新体詩をつくっていた晶川とともに、かの子も鉄幹や晶子の文学運動に、心を奪われたのは当然のなりゆきであった。
「われらは詩歌を楽しむべき天稟ありと信ず。われらは互に自我の詩を発揮せむとす。われらの詩は古人の詩を模倣するにあらず。われらの詩なり、否、われら一人一人の発明したる詩なり」
という「新詩社清規」をかかげた『明星』派の浪漫的で芸術至上の理想は、ナルシシズムとエリート意識にふくらまされていたかの子の心を、美酒のように酔わすのに充分であった。
かの子はある夏のはじめ、紅入り友染と緑色の繻子の袱紗《ふくさ》帯を胸高にしめ、千駄ケ谷の与謝野家へはじめて訪ねていった。黒い瞳に熱情をこめて、美しい高い声でつつましく話をするかの子を、晶子も鉄幹も、いかにも良家の子女らしい素直な、純な性質の娘と好感をもった。それ以来、かの子は月に一、二度は与謝野家を訪れ、ますます晶子の影響をうけるようになった。「新詩社」

に入ったのは、かの子が晶川より先で、少しおくれて晶川もかの子に誘われたかたちで入っている。晶川の作品が見えるのは、明治四十年未歳第六号の『明星』からである。

「晶川さんは詩もお書きになり、小説も書いておいでになりました。歌はかの子さんの方がお上手だったように、覚えております」

という晶子のことばがのこっている。

晶川は毎号、小説や詩や翻訳を華々しく発表しはじめた。

かの子は、三十九年は隔月に歌を発表していたが、四十年三月跡見女学校を卒業し、二子の家に帰ってから、しばらく休詠している。

かの子の学生時代が、明治三十年代で終っていることは、その後のかの子の生涯と文学を考える時、除くことの出来ない運命的な因縁であった。すなわちかの子は、その感情や性格が形づけられる少女期を、日本文学史的にみればロマンティシズムがその主調をなしていた明治三十年代に過したわけである。鉄幹と晶子は旧い歌の形式の中に、恋愛の自由と神聖を歌いこみ、若い世代の強い共鳴にささえられて、ロマンティシズム運動を華々しく展開したが、その運動は丁度明治三十年代の終りで一区切をつけ、次第に擡頭してきた自然主義の思潮に敗北して後退していった。かの子はこの若々しいロマンティシズム運動と共に、肉体的にも精神的にも成長していったのである。

かの子の歌集「わが最終歌集」の跋によると、

「歌神に白すあなたはわたくしに十二の歳より今日まで歌をお与へなされた」

とあるが、この十二歳は数え年なのでかの子の満十一歳の年は、明治三十三年で『明星』が誕生した年にあたっている。

かの子の歌への目ざめが『明星』の誕生と期を一つにしているのは偶然といいきれない。晶子の「みだれ髪」が出たのがその翌年三十四年であるし、鷗外の「即興詩人」の訳が十年がかりで出来あがったのが次の年の三十五年である。つづいて、三十六年には蒲原有明の「独絃哀歌」が出て、何れも文学史上に大きな意味をもってあらわれてきた。

歌をつくることによって文学に目ざめたかの子が、これらの問題作をつぎつぎにむさぼり読み、深い啓示を受けたのは当然であった。いわば、ロマンティシズム運動の洗礼をうけ、その中から生れた申し子のようなかの子が、終生、ロマンティシズムと縁をきることが出来ず、晩年の散文芸術にふみきった以後も、そのモチーフや文章に、ロマンティシズムの色濃い耽美主義の匂いがぬきがたかったのも、ここに根をみることが出来るのである。

若い頃のかの子の歌は、自然発生的に、苦渋のあともなく、かの子の口をついて出るようであった。本質的にかの子は詩人の血を持って生れていたのである。

一口にいって詩歌主潮時代ともよべる明治三十年代の「新詩社」の文学運動も、「藤村詩集」の出た明治三十七年ころをピークとして、すでにひしひしとおし迫っていた自然主義の波に、足もとをすくわれていくのである。

《遂に、新しき詩歌の時は来りぬ。

そはうつくしき曙《あけぼの》のごとくなりき。あるものは古《いにしへ》の預言者の如く叫び、あるものは西の詩人のごとくに呼ばはり、いづれも明光と新声と空想とに酔へるがごとくなりき。

うらわかき想像は長き眠りより覚めて、民俗の言葉を飾れり。

伝説はふたゝびよみがへりぬ。自然はふたゝび新しき色を帯びぬ。

明光はまのあたりなる生と死とを照せり、過去の壮大と衰頽とを照せり。

新しきうたびとの群の多くは、たゞ穆実《ぼくじつ》なる青年なりき。その芸術は幼稚なりき、不完全なりき、されどまた偽りも飾りもなかりき。青春のいのちはかれらの口唇《くちびる》にあふれ、感激の涙はかれらの頰をつたひしなり。こころみに思へ、清新横溢なる思潮は幾多の青年をして殆ど寝食を忘れしめたるを……略》（藤村詩集序）

跡見女学校三年で、この文章を読んだかの子は文字通り、「新しきうたびとの群」の一人として青春の涙を流し、寝食を忘れ、文学に溺れこんでいった。と同時に、かの子の跡見卒業期と期を一つにして、『明星』の内部には同人間の軋轢《あつれき》が生じ、壊滅への一路をたどっていく。明治四十一年十月申歳第拾号、満百号記念号に、同人社友百数十人の写真をかかげ、終巻号となった。

跡見を卒業したかの子は、名前も可能子から、かの子に改め、同人待遇をうけていた。

わかうどはうまいするまもさまよひぬ香油みなぎるくろ髪の森

ましぐらに疾風《はやち》おこりてわが髪を君へなびけぬあないかがせむ

まだ晶子の模倣の域を出ないうちに、かの子は『明星』の終刊を迎えたのであった。

歌はほとんど熱烈な恋愛歌であるが、必ずしも現実に、歌のような熱烈な恋の対象があったとはきめられないが、年ごろになった文学少女のかの子に、恋めいた雰囲気がまつわってくるのは当然であった。

きんの話によれば、そのころのかの子には、今でいうボーイフレンドは一人や二人ではなかったという。外見には内気で無口なおとなしそうな娘によそおっていたが、男友達との間でのかの子は、必ずしも内気なだけの女ではなかったらしい。

少女時代までの家での我ままなタイラントぶりは、男との交際の中で再び芽をふいて、ひきつけたり、じらしたり、突然冷淡に突っぱなしたりして、相手がその度あわてふためき、感情的に引き廻されて、くたくたに疲れてくるのを眺めて喜ぶような、加虐的な傾向がこの頃すでに芽ばえていたのである。

ああ十九げにもいみじき難は来ぬしら刃に似たる憂き恋をもて

恋に恋するような、漠然とした恋愛への憧れ心地の対象として、いわば遊戯的な恋の対象は何人かあったが、その中で次第に相手が真剣になり、かの子がじらしたり、いじめたりすればするほど、火に油をそそぐように一徹な恋情を燃えつのらせる学生があった。その青年は松本某といって、東大の法科学生だった。

晶川は、美しく才気のある妹を自慢にして、友人たちに見せていたし、自分の手を通じて、友人が妹に手紙をやったり交際を求めたりするのを、内心いくらか得意で容認していた。したがってかの子は女学校時代から、他の年頃の少女たちよりは若い青年との交際があった。そのうえ、家を離れて兄と二人、召使いを使っての寮暮しなのだから、親のきびしい監督の目からも放任されていた自由があった。

かの子は面白がって、男友だちの手紙を兄にも見せ、彼等の言動をつぶさに晶川に伝えてかくすところもなかった。ところが松本某だけは、意外なちょっとした事件で、かの子が晶川の手を通さず直接知りあった学生であった。

晶川が一高時代、記念祭にかの子を招いた。かの子は藤井とし子といっしょに出かけていった。早くつきすぎ、二人がいった時は、まだ会場の飾りつけがすっかり終っていなかった。

その時、法科大学生の松本は一高生の弟のところへやって来て、弟の受持の飾りつけを手伝ってやっていた。それは鍾馗《しょうき》の飾物だった。たっぷり墨をふくませた筆で鍾馗の髭を塗ろうとしていた松本は、勢あまって、墨汁を飛ばしてしまった。下でそれを見上げていた見物人の中のかの子のピンクの縮緬の被布《ひふ》の袖が、その墨をべっとり受けとめてしまった。

おどろいたのは、かの子といっしょに見ていた松本の姉だった。仕立おろしの被布の高価なのを見ぬいた姉は、その翌日、代りの羽二重の帯地を持って松本をつれて、かの子と晶川のいた家へおわびに来た。晶川は留守だった。それ以来、松本は度々訪ねて来たが、妙に、晶川はいつも留守の時であった。

晶川は、すっかり松本に対して悪感情を持ってしまった。

夏休みになってかの子たちが二子の実家へ帰ってからも、松本はしきりに手紙をよこすようになった。それに嫉妬した晶川がかの子をねちねちせめるので、かの子は意地になって松本とのつきあいをやめなかった。

けれどもかの子はあんまり美貌でもないこの法学生に、本当のところは何の興味もなかった。なりゆき上、手紙の返事をやったり、逢ったり、歌を送ったりしてはいたが、男をひきつける自分の魅力をためしているような気持であった。はじめての男友達ではなかったけれど、松本のような一本気な青年はこれまでかの子の周囲にはあらわれなかった。

かの子が跡見を卒業しても、松本は二子へよく訪ねて来た。かの子の好物、かの子がちょっと興味ありげに口をすべらせたものを必ず持って松本はやってくる。次第にかの子は松本の熱情をもてあましながらも、どんな無理でもかの子のためにはかなえようとする青年の純情に、これでもかこれでもかと、難題をふっかけるような注文をする。それでいて、愚直な松本の態度をまのあたりにすると、むかむかしてきて、きんなどがはたではらはら見かねるような冷淡な態度を示したりした。

そのあとでは急に自分の態度が悔まれ、松本にすまなさがつのって、追っかけるように熱っぽい恋の歌をおくったりする。

直情型で一本気の法学生は一年もしないうちに、かの子の気まぐれに翻弄されつくし、強い神経衰弱にかかってしまった。病気は重くなる一方で、とうとう精神病院に入り、それだけが原因ではないだろうが、治らないまま急逝してしまった。

青年の発病も死も、あながちかの子への恋のためとのみはいいきれないとしても、かの子にとっては、松本の死は自分の青春の入口に黒い喪章をかかげられたような、不吉な気持におそわれたことであろう。

跡見を卒業して二子の家にいる頃のものと思われるきんあての手紙をみると、すっかり憂鬱病にとりつかれたかの子が虚無的になって、生涯結婚はしない決心だとのべている。

「……つまらぬ迷ひ言を言ふてかへつて御胸を痛めるは済まぬことと随分私も堪へて居たのですけれどもとても一人で秘めつくされぬ苦しみをじつといだいて居る事も随分つらくつて、遂々われ知らず口走つてしまつたのです、あなたも嘸々《さぞ》驚いたでせう、無理もありません、世の中の人のうちの千に一人の不幸者があなたの姉であると御知りなすつたのですものネ、私自身はもうつらいも悲しいもとほり越して今はもうわずかながらでもこの不幸中の光＝つまり慰安ですね＝を求めるのにつとめている位ひなのですもの、なんだか此頃は自分の体が一かたまりの冷灰の様な気がしてね、前の様にどよめきなまめく少女の中にまざつても其はもう他界の賑ひで自分は何か冷い影と共に只あてどもなく世の中を過して行けばよいくらひにまあつまり勢も張もないのですよ、御両親に対してもまことに済まない。兄様にもまた御前達妹弟にも。けれどもゆるして貰はなければなりません、私は自分のわがままで女の道からはづれるわけではないのですから。私は決して嫁ぎません、道にそむき親に随はぬ罪は私の一生に孤独のさみしさとなつてむくいて私を苦しめるでせう、あゝ其もこれも運命ならしかたがありません、どうぞあなたは学校もつゝがなく卒業してお母様の御心通りの家庭を造つて下さい、あなたにこんな事云ふはまだ早いかもしれないですけれどあらかじめあなたの順境の幸福を私は今からいのつて居ます。

昨日音楽学校から通知書が来ました。まだ入学許可迄には行きませんが晩くとも来年の夏頃は入学が出来るでせう、箏曲科です。撰科ですから一週に二度くらひ而も一時の授業ですから卒業は五年か六年の後でせう。天才がなくともどうかこうか卒業くらい出来るでせう。そうすればどうかこうか自分一人の身の仕末くらひつくでせうよ、のんきにね裁縫でもしながら通ふことにしませう。此頃では歌どころではないの、元より才がないのでせう、筆もぴったり持たなくなつて何一つ書かうともしないで一向御無沙汰して居た晶子様の方から先日牛込の或る先生の所に一週に一度其も二時間くらひ英文学の講義があるからどうかと云ふて来られたのです。語学の素養がろく〳〵ないのに分るかどうかしれませんが、どうせお琴に通ふついでだからためしに一度行つて見てよかつたらつゞいて行かふとも思つて居ます、御父様もしぶ〳〵承知してくれられましたから。裁縫へは毎日通つて居ますからここのところは御母様はまことに御きげんが麗はしいですの。とにかく私は誠の満ち〳〵たお母様と玉の様な心を持たれた兄様を持つたのがしあはせです。どうぞあなたも今の様な真面目な心を変へないで、いつ迄も力になつて下さるやうにあつく〳〵御望み申します。乱筆ですみません、文子さんにもよろしくね。

可能子拝」

愛する妹君へ

ひどく陰気な手紙である。

丁度、明治四十年十月から四十一年三月まで『明星』に歌の見えない時期に書かれたものと推定される。具体的な理由が何も記されていないけれども、松本の死のショックやその他、不健康などの理由が重なったうえ、青春の情熱が内にこもって、重苦しい憂鬱にひきこまれていた時であろう。

身体が弱いから琴を習得して生涯独身ですごそうと考えたのには、やがて、かの子の両親も本気で賛成するようになっていった。病弱で、我ままで、どこか独り立ちできないようないじらしいところもあるかの子を、世間の娘並に嫁がせてもおさまりそうもないと親も考えたのである。

かの子の琴の才能は生れつきのものであったらしく、小さい時から習っていたのが身について、きんは、

「これまでにも、姉の琴の音ほど冴えたひびきは聞いたことがございません。歌より小説より、天才的な何ともいえない美しい音色を出していたものでございます」

と述懐している。

結婚しないという理由は、身体が弱いことのほかに、「へぼ胡瓜」の中には、かの子が、じぶんの早熟な肉体と性欲の稀薄なアンバランスを病的な不具的のものと思いこんで、結婚をあきらめていたと書いてある。何れにせよ、幸か不幸か、かの子の音楽学校入学は計画だおれで実現はみないで終った。

晶子がさそった週一回の英文学の講義とは、馬場孤蝶らが始めた「閨秀文学講座」の解散後の集まりであった。明治四十年八月、新詩社が主宰して九段ユニテリアン教会付属の成美女学校の中に「閨秀文学講座」は設けられた。馬場孤蝶、上田敏、与謝野晶子、森田草平、生田長江等の講師をそろえ、

「時勢の必要に応じ、平易簡明に内外の文芸を講述して、一般婦女子に文学上の知識趣味を修せしめ、兼ねて女流文学者を養成する」

という主旨と目的で始められたが、この講座は会場の都合やその他の理由で三カ月で解散になった。そこで参加者だった平塚らいてうや山川菊栄たちが馬場孤蝶宅に集まって、一週一回、ヨーロッパ文学の講義を座談的に聞くことになった。かの子はそれに誘われたのである。かの子はこの席上で、らいてうや菊栄たち、後の『青鞜』の女たちと識りあったのである。

音楽学校行は沙汰止みになり、かの子はまた文学熱をもやしはじめ、この講座に通うかたわら、上野の図書館に通いつめ、文学書を読みあさるようになっていった。

このころ寅吉はよく夏になると、磯部や塩壺などの温泉へ湯治がてらの避暑に出かける習慣であった。

明治四十一年の夏、かの子と晶川も寅吉に伴われて、信州は沓掛《くつかけ》に出かけていった。かの子の自筆の年譜に、

「同年(明治四十一年)夏父兄に連れられ信濃に旅行す。英文小説セーラー・クルー物語の通読拙しとして浅間山の花野の一角にて兄に痛く打ちのめされし記憶あり。兄仏文にてモーパッサンの諸作を読み始めしを傍観せし記憶あり」

とある。

「病気はよいのやら悪いのやら、とにかく頭痛はあまり致しません、お前には働かせてばかり居てすみませんね。それから新聞を毎日ありがたう、旅は心細いもの、実に哀れの深いもの、知り合ひに美術家が居ます、御前の好きさうな人、をかしなことを云ふやうだが、私はこの気象だから勝手なことを云ひすぎて気弱すぎる人を驚かして居る、でもさすが男よ、すこしはさみしさまぎれのたよりとなる、私は画は少しも知らないけれど毎日肖像や風景の写生に熱心の様です美術学校四年生年は二十四。女のやうな小さい人あまり上品すぎて私にはちときゆうくつ、いやな法学生などに口きゝかけられる時にげこむのはこの人の処、兄さんが恋しいどこへ行つても兄さんくらゐの人は居ない、兄さんを思うて東京がなつかしいなぜか御たよりを下さらぬから御前からよろしく云うて下さい。私はこんな敗物(註、廃物の誤りか)、とても人をうらむ資格はないのだから。

きん様　　　　　　　　　　　　　　　　　　　　かの」(未発表手紙)

いっしょにいった晶川は、何かの都合で先に帰り、神経衰弱気味であったかの子が寅吉と二人で追分の油屋に滞在したのである。今でこそ夏の軽井沢避暑は珍しくないけれども、当時、父と

娘で一夏、滞在するなどということは、豪奢《ごうしゃ》な贅沢《ぜいたく》であった。

避暑地の宿の上等の間を占領している富裕な父娘の滞在客が、同宿の客の注目と好奇の目をあつめたことは想像出来る。

十九歳のかの子は、女の生涯で一番美しさが匂いだす年頃である。もともとかの子は人目をひく派手な容貌を持っていたし、それをいやが上にもきわだたせる厚化粧であった。寅吉は避暑地の娘の服装を、最高の贅をつくして着かざらせていた。さらにかの子はいわゆる、箱入り娘の無性格の人形のような娘ではなく、文学少女としても、筋の通った個性的な娘である。

宿の琴をかりて、高原の月夜に冴えかえる琴の音をかきならすかと思えば、ノート片手に花のようにパラソルをかざして、歌材をみつけに散歩を楽しんでいたりする。誰いうとなく、武蔵野の豪農の娘で、跡見出の才女で『明星』に活躍した閨秀歌人だという身元調査までゆきわたってしまった。

この手紙の中の画学生は、明治四十二年卒業クラスの上野の美術学校の洋画部の中井金三であった。後にまだ二人、同級生がそれに合流した。

きんにいっぱし不良ぶった口調で報告しているように、退屈な避暑地の宿で、かの子はこれらの画学生と気楽な交際をはじめていた。

明らかに自分を中心にして、はりあっているらしい画学生に女王のようにとりまかれているのは、かの子には悪い気持ではなかった。画学生が、お互いに相手を見張りあって、安心して写生にも出かけられず、終日、かの子の行動ばかりうかがっているのがおかしくてならない。

本気で話しあうには、三人ともかの子の相手にとっては物たりない。文学知識も通り一ぺんで話にならなかった。かの子はまた例の持ちまえの癖が出て、三人の男たちを、一人ずつ適当にひきつけたり、じらしたり、つっぱなしたりして、彼等がかの子のまわりで、かの子の手かげんひとつで、糸につけられた操り人形のように、きりきり舞いするのをひそかにながめて愉しんでいた。

ある月夜の晩、なかの一人が、宿の手すりにもたれ、月をみているそばへ、かの子は甘い香水の匂いをただよわせて近づいていくと、

「ねえ、西洋のキッスって、どうやってするものかしら、あんな高い鼻と鼻が、かちあわないようにするには、顔をどう、もっていくのかしら」

と話しかけ、はみだしそうな黒目を油煙のようにけむらせて、じいっと相手の顔をみつめたりする。青年が、大胆なかの子の話にどぎまぎして、とっさに返答のしようも思いつかず、顔色を変えるのをみて、突然、かの子ははじけるように笑いだし、

「ほほほ、ごめん遊ばせ、きっとこうするのね」

と、いきなりふっくらした顔を、男の顔の近くにななめにもっていき、紙一重でぴたっととめると、あっけにとられ、口もきけないで硬直している青年に、またはじけるような笑いをあびせ、袂をひるがえして廊下をかけ去ってしまった。

その頃、彼等の同級生の岡本一平は、暑い東京で、卒業制作「自画像」「女」「深川の女」の作品を画きつづけていた。そんな一平のところへ、信州から中井金三が、筆まめに、絵はがきや手紙をよこし、ロマンティックな女流歌人の美少女の話を、何くれとなく得意そうに報告してくる。

一平はおよそ女にはもてそうもないタイプの三人の級友が、娘の魅力にしばられて、三すくみにすくみあがっている状態が、想像しただけでもおかしく、同時に羨しく、いまいましい。

「何だ、たかが多摩川べりの田舎娘じゃないか、だらしがないなあ、あいつら」

とつぶやきながらも、どうやらしだいに見たこともない娘の俤《おもかげ》をあれこれと空想しはじめている。中井の便りに一々返事をやりながら、中井が娘に見せた時の効果をいつでも計算にいれて、せい

ぜい気のきいた、しゃれた文章のはがきをせっせと送っていた。

「きみの宿の美わしきミューズの女神によろしく」

と書きそえることも忘れない。

そのうち中井の絵はがきの後に、かの子の字でただひとこと、よろしくと書き加えてきた。いかにも歌人らしい優雅な筆に見えて、一平には娘が急に身近に感じられ、いっそう中井の背後の娘を意識した手紙を、腕によりをかけて長々と書いてやった。

ところがその手紙は、一平があてずっぽうに書いた所書きがでたらめだったので、全国をまわりまわった末、符箋を暦のようにかさばってはりつけてようやく追分にたどりついた。中井から一平にその報告が来た。

「全くきみののんきさには呆れかえったよ。ミューズの女神が、あれをみて笑いたまい、なんてのんきなおもしろい方でしょう。うちの神経質な兄に、この方ののんきさを半分でもいただきたいわとのたもうたぞ」

といってきた。一平は思いがけない計らざる効果ににやりとした。けれども手紙の終りに、かの子の近作だと中井が得意気に書きつけた歌を読むなり、思わず、腕ぐみしてうなってしまった。情熱のこもった娘の熱いかぐわしい息を真向《まっこう》からふきつけられるような歌であった。

山に来て二十日経ぬれどあたたかくわれをば抱く一樹だになし

第五章　旅　路

岡本一平は、生粋の江戸っ子のように世人にも思われ、自分でもそのように振舞うのが好きで

あった。谷崎潤一郎でさえ、先に引用した座談会の中でも、
「一平はチャキチャキの江戸ッ子で」
といい、江戸っ子の一平が何でかの子のような野暮ったい田舎者に惹かれたのだろうと不思議がった。

ところが一平は、東京生れでもなければ、三代はおろか、両親からの江戸っ子でもなかった。父の岡本竹次郎は三重県の産で、母は北海道生れ、一平も北海道函館で生れている。ただし数え年四歳の時から東京に住み、東京に育った。物心ついた時は、江戸は日本橋に近く、京橋区南鞘町《みなみさや》に住み、かの子と結婚後、青山に新世帯を持つまで、そこで育った。

現在の中央公論社から歩いて三、四分の、昭和通りに出る角のあたりが、当時の岡本家の場所に当る。

かの子が一平と結婚した時の婚姻届を見ると、「明治四拾参年八月参拾日」の当時、岡本家は「東京府南葛飾郡新宿町参千四百四番地」に戸籍がある。これを見ると、岡本家は京橋に居を定める前に、北海道から上京して、南葛飾に一時住んでいたのかもしれない。

いずれにしても一平の育ったのは、まだ江戸情緒の濃く残った東京は下町のど真中、日本橋界隈だったことにまちがいなく、幼年期、青年期を通じて、一平の精神形成は、この土地の江戸趣味の中でつくられていったのであった。

小学校は、日本橋箔屋町《はくや》の城東小学校を卒業、中学は大手町の商工中学へ入り、後上野の美術学校を卒業した。その成長過程だけを見ればまさしく一平は江戸っ子にはちがいない。

当時の岡本家は、
《それまで小料理屋だったとかで、小部屋が多く、下に四間、二階に三間、玄関の二畳に梯子段があり、上ると手前側に父可亭の書斎、奥が一平の勉強部屋。縁側の厠の横に裏梯子があっ

て物干台に通じていた。庭というほどのものはなかった。ごく普通の巷間の小屋で、一階の奥で食事しているのが玄関から見えた》（清水崑「岡本一平伝」）

という状況だった。

聞えてくるのは、朝早くから向側のブリキ屋でブリキを叩く音、町内の長唄の稽古場の稽古三味線と小娘の唄う黄色い声。煮豆屋の声、昼もすぎると、羅宇《らう》屋の声をはじめ、季節季節の物売の声が通りすぎる。物干の上には鉢植が並び、竜の鬚がのびている。猫がこっちの物干から隣の物干へ我物顔にとびうつっている。どこかで煮物の焦げる匂いがしている。赤ん坊が泣いている。到来物をお裾分けする声高な声が聞える。

やがて豆腐屋のらっぱの音から、閑かな一日が暮れると、下町の夜は物静かに更けてゆく。ブリキ屋の夜業《よなべ》の音もやみ、稽古三味線もやむと、鍋焼うどんを運ぶ出前持の、どぶ板をふむうるさい足音もいつしか消え、やがて、斜向いの湯屋が流しを洗う水音や桶の音が物さびしくひびいてくる。猫の恋哭《こいな》きの鳴声が月に吠え、しんと、あたりはすっかり静かになってしまう。

そんな下町で、一平の父の竹次郎は号を可亭と呼ぶ書家であった。近所からは一応、先生と呼ばれていたが、一口にいえば、下町の商家の看板の字を書くのが仕事だった。

可亭は伊勢のある藩の儒者の家に生れた。

可亭の父安五郎は生れついての律義者で、融通の利かない儒者のこちこちであった。自分の部屋に坐っている時でも、腿の線が、畳の縁《へり》と平行になっているか、直角になっていないと落着かないというふうであった。代々、藩のおかかえ学者で、流行おくれの朱子学の講義さえしていれば平穏に暮せてきたのが、黒船渡来を境にして、急に日本にも洋学鼓吹の新思想が浸透してくると、この藩でも藩政改革がはじまり、まず、古くさい朱子学の講義など不必要ということになった。

思いがけず、中年で禄を離れ、失職の憂目に遭った儒者浪人は、知人を頼って田舎へ落ちのびてゆかねばならなかった。この時もう、竹次郎は生れていた。こんな際にも、気位ばかり高く、世間智にうとい儒者は、伝家の槍を従者にかつがせて先に立たせ、自分と妻は馬に乗り、悠々と落ちていった。

馬上で読みかけの易経から目も離さない。彼は六尺豊かな偉丈夫で、腰に大刀をはさんだ馬上姿は威風堂々としていた。まさか失職して、藩を追われた身の上だとは他人目《ひとめ》には見られなかった。書物に飽きると、帰去来の辞など朗々とうなって行く。

後ろの馬上の彼の正妻は、おっとりと無邪気な女で、三十になるやならずの深窓育ちであった。夫さえいれば天下泰平の顔つきで、派手なうちかけを着て前に長男の松之助をのせ、胸に赤ん坊の竹次郎を抱きしめたまま、うっとりと遊山にでも出たように、伊勢路の春景色に目を細めている。

やがて目的の村につくと、儒者は家を借りるのに家主を呼びつけ、自分は上座に端坐して、家主は土間に土下座させるというやり方で、交渉をすすめた。家主が世間知らずと見ぬいて、ふっかけると、

「左様な事は天が許しませんぞ」

と易経の文句から説いて、悠々とお説教を始める。

そんな始末でともかく一家を構え、それ以来三年間、村のあばら屋で一日もかかさず易経を読みつづけて、三年めにころりと病没した。

その間、彼は一文の金を稼ぐ才覚もなかった。易経のおかげで村人に卦《け》を立ててくれと頼まれることはあっても、

「この失せ物は、必ずある場所にある。それを探しだすのは、探す人間の知恵と努力によって、

早くあらわれるか遅くあらわれるかである」

というような理屈っぽいことをいうので金になる筈もない。僅かに妻の細々した内職で食いつないでゆくだけであった。

彼は書見にあきると、胸にわだかまっている不平不満、欲求不満が爆発するらしく、いきなり猛獣のような物凄いうなり声を発して飛び上り、大刀をひきぬき、家の柱に斬りつける。おかげで柱は無惨な刀痕だらけになってしまった。

淋しさをまぎらすために酒を飲まずにいられない。そこまで落ちぶれても見識高い彼は、昔通りの食事の習慣を改めることは出来ないのだ。定紋つきの高足の膳に、一汁三菜という決りの皿数が揃わないと、食事をした気にならないのであった。

貧乏が底をついてくるにつけ、酒はどうにかしても、向う付の魚などつづけられる筈もなかった。干物を二枚にして二日つかったり、はては干物をこまかくむしって、何日もつかったりした揚句、とうとう魚の骨ものせられない状態になってしまった。

するとある日、彼は、古道具屋から八文で木の魚を一尾買いこんで来て、皿の上に置き、それをながめて酒をふくむようになった。

その魚は、元来大阪の商家で使っていたものであった。大阪の商家の習慣として、月の六斎《ろくさい》の日に、生ぐさの代りに、鮮魚を形どった木の魚を店員たちの膳につけた。それを安五郎は、古道具屋で発見してきたのである。

竹次郎はこんな家庭で、こんな父のそばで終日、机に向かわせられ、近所の子供と遊ばせてももらえなかった。竹次郎に与えられているものは習字の道具一式で、朝から晩まで手習いを強いられる。手本は顔真卿《がんしんけい》。厳格一点張りの面白くない字と、幼い竹次郎は終日格闘していなければならなかった。

父は酔うと、竹次郎を呼びつけて、幼い息子がわかってもわからなくてもおかまいなしのお説教をくりかえす。要は、自分は不運にしておちぶれたが、お前は必ずお家再興に努力せよということであった。

《この時親は子に向つて彼の不平と瞋恚《しんい》と反抗力とをあらゆる言葉とあらゆる気合ひとを用ゐて吹き入れた相です。家を衰へさせられたといふ形をとりも直さず自分の生命《いのち》に打撃を与へられたと受取るやうに出来上つてる昔の親は矢張り家の復興といふ形によつて彼の生命の再燃を彼の息子に注文しました。家といふものに対する彼の愛執、迷信、責任感をも悉《ことごと》く移して息子に植ゑつけました。彼は之等の事を述べる言葉の間に挟んで感情を燃やすに都合よき拍子を取る為め又言葉の盛り能はぬ言外の意味を相手の子の心に印刻する為め「であるからな」カチン「どないなとして、え、かな」カチンと膳の上の向ふ付けの木の魚を箸で一々叩いた相です》
（泣虫寺の夜話）

竹次郎はこうして物心つくかつかぬかで、お家再興の執念を骨の髄まで叩きこまれてしまったのである。

「泣虫寺」の中の一平の文章を見ると、この祖父の生命がけの妄執が、子供に注ぎこまれるのがよくわかるが、この文章の中ですでに「生命」の文字があらわれ、それが、「彼の生命の再燃を彼の息子に注文する」という形であらわれているのに注意をひかれるのである。

後に岡本かの子の文学は「生命」の文学であるとか、「家霊」の表現だとかいわれたその根源が、既に大正十年に書かれた一平の「泣虫寺の夜話」の中にはっきりと打出されてあるのを発見する。後に、かの子の文学そのものについて触れる章において、くわしく扱うつもりだけれど、このことは記憶にとどめておくべき重大な件であろう。

ともあれ、竹次郎は、父の妄執を栄養失調の幼い身に生命がけでそそぎこまれたあげく、父を失い、ついで六年めに母に先だたれてしまった。

竹次郎十四歳の時であった。父の没後の、母子の生活は餓死とすれすれの線上にさまよっていたもので、まだ若い母の死も当然、栄養失調と過労によるものであった。

残された竹次郎もたちまち枕も上らない病人になった。病名は肺結核である。看とる者もないあばら屋で、十四歳の竹次郎はただ生きている屍《しかばね》のようにごろんと寝ているだけであった。兄の松之助は早くから大阪へ奉公に行っていた。村人がそれでも孤児になった彼をあわれみ、豆腐一丁ずつを差入れてくれる。外の物は喉を通らないという理由もあった。

そうして一年あまりすぎた時、ある夜突然竹次郎は、ふとこの世に生きて、自分のしたいことをせめて一度だけでもして死にたいという気持にとりつかれた。生きる欲というものが出て来たのである。すると急に十五歳の竹次郎は一刻もがまんできず、力のない軀で四つ這いになって寝床をぬけだし、隣家の庭へ這いずっていった。もう寝ていた隣の老婆を叩きおこし、

「わたい、もう死ぬのんやめますさかいに、粥なと炊いておくれんか」

と訴えた。

その夜を境にして、竹次郎には不思議に活力がかえり、もりもり病気が回復していった。

体力がつくと、早速筆をとり、ただ一つの特技である顔真卿を役だてて、村の代筆をひきうけたり、荒物屋の看板をかいたりして細々と食いつないでいった。

十七歳になった時、ほとんど何もない家財を叩き売り、わずかの金を懐にして村を出て行った。亡父の執念のこもった例の木の魚を懐にし、家伝の槍を杖に、旅の荷物はそれだけで何もなかった。時代は丁度西南戦争が終り、憲法発布には間があるという時であった。

竹次郎はまず神戸へ出た。異人館のウインドウに、髪をちぢらせ、シャツを着て、靴をはき、手に洋書をひろげた日本娘の写真が出ているのを見て茫然としたり、色硝子《ガラス》の牛肉屋によって、

おそるおそる四足の肉を食べ、意外の美味に一驚したり、生れて初めて海をみて不思議な感動を受けたりするうちに、竹次郎にも次第に勇気が身内からわき出てくるように思った。

思いきって、財布をはたき、ハイカラな白金巾《かなきん》の蝙蝠傘《こうもり》を買いこんだ。それに、顔真卿流の字で「男子在到所青山」と書きこみ、頭上に高々とかかげて槍をひきずって歩きはじめた。

伝家の槍は、鳥羽の海辺で海鼠《なまこ》を突いたら、もうすでに虫が喰っていたとみえ、ぽきりと根元から折れてしまった。竹次郎の道づれはついに蝙蝠傘一本になってしまった。箱根を越え、いよいよ東京に乗りこんでいった。

身を養う方法はどこにいっても顔真卿一つしかない。京橋の真中で、筆を頼りに生きはじめた若者は、怖いものしらずの青春の血だけに支えられていた。

当時の東京、殊に下町では、江戸時代の好みをそのまま受けついで、字も、市河米庵、巻菱湖《まきりようこ》などの流れを汲む匠気《しようき》の臭う商売字に人気があった。竹次郎、号して岡本可亭の、方正厳格一点張りの顔真卿流の字など受付ける筈もない。ところが、何でも新し好きの奇をてらう趣味のある江戸下町人の好事家気風が、ふと、この可亭の「変った味の字」に興味をいだいたのだった。

「可亭の字はちょっと乙じゃねえか」

と評判が立ちはじめると、われもわれもも注文に来て、気がついた時は、たちまち可亭は下町の人気書家になり上っていた。日本橋通りや御成《おなり》街道の軒毎に、厚板に書いた可亭の字が飾られた。気の利いた料理屋など、可亭の看板でなければ料理の味まで疑われるという流行《はやり》っ子になった。

一人口には余りある収入が入ってくると、可亭も三度三度江戸前の鰻をとりよせ茶づけにするという有様だ。机の上には、いつのまにか、仕事にかわる吉原細見《よしわらさいけん》が、唐墨を押えにしてひろげられているという始末になっていた。

朝湯にいく可亭の肩の手拭にはなまめかしい口紅のあとがあり、風呂でぬぐ黒羽二重の紋服の下には派手な女の長襦袢が重ねてある。

こうなると厳格な顔真卿もいつのまにか、たるんできて、どこか卑しい匠気がぼんやりかかってくる。移り気で正直な下町の人気は、たちまち可亭の字から潮が退くように遠ざかっていった。いつのまにか、また可亭はひとりぼっちの壁の影といっしょに、向う付の皿に亡父の執念のしみこんだ木の魚を飾り、ちびりちびり苦い酒をなめている自分を見出すようになった。

一平の筆によればここでまた、

《見て無い様で見て居る。眠つてるやうで眠つて無い働かないやうで働いてる。細いやうで太い才覚の無いやうで才覚のある、かの生命《いのち》といふやつがそれでは俺れの計画《もくろみ》にちつと違ふやうだと、少し許《ばか》り指先を動かし……》（泣虫寺の夜話）

可亭に突然、亡父の御家再興の執念を思いおこさせたのである。

ある夜、いつものようにひとり酒に酔いも廻って、何気なく箸で木の魚を叩き、

「おやじはよくこうして木魚を叩いては俺に説教したものだったな。お家再興せよか……、カチン」

木の魚がわびしいかわいた音をたてたとたん、可亭はぶるっと身震いをし真青になった。木魚の鱗の下に冷えかたまっていた亡父の不平と瞋恚と、反抗の怨みが突如、青い炎になってめらめら鱗の間から燃えたったと見えたのである。

それから三日後、可亭は再び、赤茶けてしまった白金巾の蝙蝠傘をもち、東京をあとに飄然と旅立っていった。

可亭はどうせ行くなら、北海道に渡り、そこで大金をつくってシベリヤに渡って仕事をし、家名をあげようというとてつもない大望を抱いていた。急ぐ旅ではなし、道々、旅の書家になって、字を書きちらしながら、悠々と東北を渡り歩き、漸く北海道にたどりついた。東京を発ってはや

三年の歳月がすぎていた。

可亭はここで、はじめて生涯を共にしようと思う娘正《まさ》にめぐりあった。函館で正と結婚した可亭は、生れてはじめて、身と心を温め安らげる自分の家庭を持った。妻は、次々に子供を産んでいった。

明治十九年六月に生れたはじめての子が、総領の男の子で一平と名付けられた。つづいて、セツ、シュン、クヮウの三人の女の子が生れているが、可亭と、正の美貌を受けついで、一平も三人の妹も揃って美しい眉目をさずかっていた。

可亭は家庭の幸福におぼれ、もう家再興の悲壮な悲願は忘れはてたように見えた。妻子の口を養うことだけに汲々と没頭しはじめていた。

中学の書道の教師に口を得た外、それだけではたりないので、家でせんべい屋をしたり、小間物屋をはじめたりした。どれも馴れない商売でうまくいかなかった。ついに函館生活五年で、可亭は家族と共に東京に舞戻ることになった。

この旅を最後に、十七歳の時から始まった可亭の長い漂泊の旅は終りをつげたのだが、この途中、青函連絡船の中で、可亭は不吉な事故に遭っている。

函館を出た汽船の三等室に芋のようにおしこまれていた親子は、船が金華山沖をすぎる頃、揃って船酔いに苦しめられた。気持の悪さや、不快を伝えるのに、

「あぶいよ、あぶいよ」

ということばでしか表現出来ない二歳の一平が、その時、急に尿意を訴えたので、可亭は妻にかわって一平をつれ、ふらふらと起き上った。洗面所へおりるつもりで船のせまい急な階段に足をかけた時、大きな一ゆれがして船がかたむいた。その拍子に可亭は、七段上からきりきり、もんどり打って下へ転げ落ちていた。

うちどころが悪くそのまま気絶した父の側で、裾をぬらしてしまった一平が、

「父ちゃん、あぶいよ、あぶいよ」

と心細そうに訴えていた。

この時の打傷が原因で、上京後三年余りも、可亭はひどい神経衰弱に苦しめられねばならなかった。

今でいうノイローゼで、可亭の病症は激しい強迫観念に襲われるのである。帰ったばかりで生活の安定もない不安のうえに、病気という病気が一時に身体中の処々方々から名乗りをあげてとび出してくるような状態が、一層可亭の不安をかきたてていく。発作がおこると、可亭は失神して寝床にぶったおれる。かと思うと、いきなり躍り上って、物凄い形相になりわめきたてる。

「木魚！　去れ！　槍一筋の家位じき建ててやるぞ、馬鹿！　安心しろっ！　まだ貴様疑うか、息子にきっとやらしてやる。きっとだ。きっとだ」

かけつけた家人に取りおさえられ水をのまされて、はじめて人心地つくと、きまり悪そうにあたりを見まわして苦笑する。

すると、近所では、

「可亭もとうとう気がちがった」

「いや、木魚にとりつかれて馬鹿になったんだ」

と、ろくでもない噂が立つようになった。

心配する人があって、そんな可亭を、鎌倉にある禅寺に預けてくれることになった。可亭は妻と娘を親切な近所に頼み、六歳になった一平をつれて禅寺に入った。

色が白く目鼻立ちのりりしい一平は、寺ではたちまち僧侶たちのペットになった。衣をきせられ、裾をひくので大きなあげを腰にも袖にもされた上に丸ぐけの帯をしめると、可愛らしい小僧

が出来上る。「菩薩子《ぼさつご》」という名で呼ばれ、一平は老師から雲水《うんすい》たちにまで可愛がられた。ただし、寺の食物は水のような粥が朝晩と、昼はばくてきという麦七米三のぐしゃぐしゃした御飯だ。お菜は古漬け大根か、水のような味噌汁と決っている。

たべざかりの一平は年中空腹を覚えてはいたが、朝は雲水と星のあるうちに起き、掃除も手つだい、禅室ではちょこなんと座禅の真似もし、経行《きんひん》には大人にまじってちょこちょこかけ足でおいつきながら文珠の廻りを廻ったりした。茶礼の煎り豆を待ちどおしがり、参禅には一人前に、日に三べんずつ老師のところへ入室した。

老師は一平に、とっておいた干菓子をくれたりこよりの犬をくれたりする。父の可亭はその後で、老師から散々油をしぼられるのであった。

可亭はここまできてもまだ亡父の執念にとりつかれていて木の魚を持参し、今は小さな一平の食膳に必ずのせておく。

ある日、老師は可亭にいった。

「いつまで親孝行の殻をかついでいる。もういいかげんに成仏しろ。菩薩子の膳の木魚をよしなさい。お前一代か、菩薩子の一生まで迷わせることになっていいのか。今もし、お前の亡父の霊をよびだしたら、孫には孫としての下された生涯があるから、あれの思いどおり手一ぱいの暮しをさせてやってくれというに決っているよ。どうだな」

「いいえ、どうおっしゃられても、祖父《じじい》はあのことについては生命がけで思いこんでおりました。それは誰よりも私が知っております。その志をないがしろにしては、あんまりおやじが可哀そうです」

可亭のがんこさは、老師の説教も受けつけようとしない。

たまたま、二人の会話を襖の外で聞いてしまった一平は、子供心にも、祖父から父に受けつがれた執念の怖ろしさをぞっと肌身に感じ、急に今まで何の気もなくみていた木魚が不気味なものになって迫ってきた。

可亭の病は月日と共に癒えたが、可亭の心魂にしみついている家再興の執念は、益々確固となって、年と共にぬきがたいものになってきた。

可亭が物心つくと同時に、父から叩きこまれたように、可亭は自分が果せなかった亡父の遺志を三代目の一平に是が非でも果させたいと考えた。

小学校に上った一平は成績がよく、三年生の時一年飛級するほどの秀才ぶりであった。ところがそれ以後、中学、美術学校と、あんまり芳しい成績ではない。

「警察の厄介にならぬ程度の不良少年。いつも落第と及第の境を彷徨する仮及第の怠惰な中学生。放歌乱酔の美術学生」と、一平自身「泣虫寺の夜話」の序文の中で自嘲しているような成績であった。こういう成績に身をおくことが、若き日の一平の、父可亭に対するせめてもの消極的レジスタンスだったと述懐している。

何がそれほど、一平の心を傷つけていたのか。

可亭の、朝となく夜となく繰返す「御家再興」の執念と責任感の強要であった。

可亭は、妻子の愛に溺れて亡父の遺志をおろそかにした自分のなまくらな生涯では、とうてい御家再興の大事業を成就する能力はないと見きわめ、あきらめてしまった。そこで自分の息子の一平の肩に、亡父から叩きこまれた思想と責任をすりかえようと思ったのである。

可亭の目から見れば一平は親に似ない悪筆で、とうてい自分の家業を継ぎ、書で家を興すような才能はないとみられた。また自分が残りの生涯でどれほど稼いでみても、一平にとても充分な勉強や研究をさせる財がつくれようとも思われなかった。一時は一攫千金を夢みて、発明に凝り、部屋中にブリキ屑や石膏をひろげてみたこともあったが、頭で描いた素晴らしい発明はどれも実現させるまでに至らず、そのうち可亭もそんな夢のはかなさに覚めたのだ。貧乏人に与えられた人生は、結局、こつこつ自分で働き自分の口を養いながら、その余力で「何か」を成しとげるしかないのだというのが、可亭が孤児の身の上から孤軍奮闘して、惨風慈雨の中から得た人生の真実のような気がしていた。

そこで小学生の一平に学校から帰るとすぐ、狩野派の絵を描く老師匠のもとへ絵を習いに通わせた。

「わしは凡物で駄目だ。お前も生れ付き器用でないからな、わしの家は三代目のお前でも再興出来ないかもしれない。その時は、いいかな、必ず根気よく、お前の子、孫と、譲り伝えて、四代五代と続くうちに、段々家を立ててゆく事だ。とうていお前の不器用さでは書は無理だから、絵を習わせる。絵なら、何とか形ぐらいはかけるようになるだろう。それにこれからの世の中では書はすたれる一方だ。絵の方がまだしも望みがある」

それが可亭の口癖であった。一平は可亭のこの言葉を耳にタコが出来るくらい聞かされた。絵は嫌いで嫌いでたまらなかった。

毎晩師匠の所へゆき、晩酌をかたむけている師匠の横で墨をする時、必ず、くやしさと無念さで涙が出た。一平は涙のこぼれた紙の上に、狩野派の松をなすりつけた。

酔った師匠が気づかないのをいいことにして同じ絵を何日も毛氈《もうせん》の上にひろげ、今夜描いたような顔をして師匠をあざむき、わずかに心の鬱憤を晴らしたりした。

それでいて、生れつき気持の優しい一平は、苦労しつづけてきた父に面と向かっては、反抗するということが出来なかった。その自分の弱さがまた、たまらない自己嫌悪をそそう。一平は次第に心の奥底で、純な精神をねじ曲げてゆき、父の前だけは卑屈な姿勢で、おとなしい総領息子の体面をたもっているようになった。

中学生の時、一度だけ、思いきって小説家になりたいと父に訴えたことがあった。それは少年のやむにやまれない欲求から出た必死の願いであったけれど、可亭は一言の下に拒絶した。

「小説で飯が食えるか。これからは絵画流行の世の中だ。飯の食えないことぐらい悲惨な事はない。何はともあれ、口を養うことが第一だ。お前は迷わず画家になるのだ」

これが可亭の答だった。一平はこの無理解な父を内心憎みながら、一方では自分でも気づかず、深く愛していた。美しいだけで凡庸な母親には、生涯、愛も尊敬も抱いていないのに比べて、可亭の一徹で不器用な、孤愁をおびた生涯には、一平は深い愛憐の情を感じていたようである。

父が中学を出た一平を、浮世絵画家の武内桂舟の家へ内弟子に入れた時も、内心泣く泣く父の意見に従った。

当時、桂舟は博文館の雑誌に描いている挿絵家の中ではボス的な存在だった。幸い桂舟は天才肌で仕事を好きでなく、一平を相手に天麩羅の揚げ方だの、小刀のとぎ方だの、植木の育て方などにばかり凝っていた。

一平は桂舟の書生兼弟子で三年いた。この間に青春の情熱と肉慾をもてあまし、神経衰弱になって自殺のまねなどしてみたが、本気で死を思いつめたわけではなかったのだ。

父の可亭は、そんな一平の心の中など一向に知ろうとせず、一平のために月賦で古画の翻刻など、工面して買いだめてくれたりする。すると一平は心細く、父があわれになって、つい口元だけにでも優しさと頼もしそうな語気をこめて、

「もうこれからは洋画の時代ですよ。お父さん、ぼくはひとつ洋画をやろうかと思います」

などいってみたりする。可亭はすぐ息子の言葉を真にうけて、

「うむ、お前のいうのも一理ある。それはよい考えだ。洋画でやんなさい。わしも出来るだけお前の足手まといにならぬように、もっと勉強してゆかねばならんな」

など考えこみ、それからは、品格のある字も書けるようになろうと、初心者のように墨をすり紙をのべるのだった。

一平はこんな父の願望に、結局がんじがらめにされた形で、次第に絵で身をたてる決心に追いこまれていった。

藤島武二の曙町の研究所に通って入学の準備をし、翌夏、平凡な成績で、美術学校の入試を無事通過することが出来た。

一平以上に可亭の心中の得意さは思いやられる。可亭はやがて出世するであろう息子にふさわしい父となろうとして、書家仲間の団体に参加して展覧会に出品したりした。意地の悪そうな老書家が家に出入りするようになり、可亭から金を借りていく。磊落《らいらく》そうな調子で可亭の字をおだてまきあげては、彼はかげで可亭の字を俗字だとののしっていた。

そういうことがあっても可亭は、一平の前途に望みのすべてを託し、また日々の糧のための看板を書き、名刺を書き、標札を書いた。月に二、三回の海釣りと、晩酌の一合だけが、今の可亭の最上の慰めになっていた。

美校に入学後の一平は、一、二年は級友や教師を驚かすような絵を描いた。一学期毎にある油絵の「競技」には、一平の陰鬱な不思議な詩情をたたえた暗い絵は注目を集めた。

学校に馴れてくるにつれ、また持ち前の倦怠が頭をもちあげてきて、身の置きどころもないような退屈さを味わいはじめた。入学当初は級友のすべてが天才のように見えたのに、なじんでみると、普通の人間だ。漸《ようや》く、校友会雑誌の編集にうさ晴らしの場所を見つけて、それに一時の情熱をそそいだりした。

そのうち小学校時代の同窓生に誘われて、魚河岸の若旦那になっている彼の手引で茶屋酒の味を覚えるようになった。

学校はそっちのけで、一平は毎晩友人の相伴で茶屋通いを始め、芸者に好かれたり、仲居に岡惚れしたりして、すっかり一かどの蕩児になりきってしまった。

学校は四年の時、英語で落第点をとり、五年は選科に上って辛うじてびりから二番で卒業した。明治三十八年の夏入学し、四十二年三月に卒業している。

この頃、一平とかの子はめぐりあうのだけれど、一平の「どぜう地獄」によれば、卒業後の夏の出来事のように書かれているが、一平がかの子の存在を識ったのは明治四十一年の夏、即ち、一平の卒業の前年の最後の学生時代の夏休みであった。信州で、かの子が逢った一平の同級生たちから、かの子の存在を識らされ、一平の意識の中にはこの時点からかの子が住みはじめている。一平がはじめて晶川の下宿でかの子に出逢うのが四十二年夏ということであろう。

一平が可亭に向かって、生涯でただ一度、真正面から強気に出たのは、かの子と結婚する時だけだった。結局、一平は幼少から、内心不満をつのらせながらも、可亭が描いた青写真通りの生活をやりとげた。

可亭の夢にも忘れなかった御家再興の実績を、これは可亭の期待以上に、三代目で見事になしとげて、生涯かけた生命がけの哀れな父の悲願を達成してやったのであった。尚そのうえ、かの子と、その子太郎の業績を加えれば、可亭の霊はこれ以上の喜びを知らないだろう。

一平は、父の死後、晩年の父を愛情をこめた筆で書きのこしている。

「光」という随筆と、「泣虫寺の夜話」の序にそれが見られる。

《略……私のおやぢは気が弱かつた。それにも係らず、或はそれがために、自分の感情といふものを外に現さなかつた。堪へと睨みを持ち続けて、一生を終つた人だ。

両親に早く死に別れ、幼少より苦労しながら、彼が父の代に浪々零落に陥つた家を、再興するのが念願であつた。運拙く、とても自分の世では覚束ないと見て取り、それを私に嚙み含め

た。方法としては、

「何代かかつても関《かま》はぬ、根気よく」といつた。

私が女史を貰はうと、女史を連れておやぢに見せに行つたとき、おやぢはやつと承知した。少々打解けてから、かういふことを女史にいつた。「倅は格別のところもないが、気は優しいものだから――」

嫁に対して安心のゆくやう、倅の性質を保証した。これは親として倅に好意ある証明に違ひないが、私の能力を説明し、格別のところもないといつたのは、親として、大やうな謙遜ばかりではない、事実、おやぢは私をこの程度にみていた。今になつてみて当つてゐないこともない。

女史に対しては、彼もさすがに感ぜられるものがあつたらしい。書家であるおやぢは女史の書く字を見てかういつた。

「あんたは手本の字は習はなくてよろしい。自分の字を書いて行きなされ」

つまり天分を認めた。

倅夫婦の生活はがたぴしだつた。試煉に死にもの狂ひだつた。中庸を好み「程」といふ印を拵へて、落款に使つてたほどのおやぢに判りやうもない。倅の生活とおやぢの生活はしばらく離れてゐた》

……略……

《しかし、さうかうするうち、私たちの生活も多少は落着き、する仕事も少しは世間に芽出して来たので、おやぢもさうはいはないが、筋を伸ばした顔付をして私たちに対した。晩年は、東京の借家を抜け、江戸川べりに自持ちの小さな隠荘を構へた。日頃敬愛し奉つてゐた明治天皇さまの御歌を、謹書して頒《わか》つのを、終生の仕事に筆を染め出してゐた。娘たちもみな片付き、

聟と一しよに泊りがけなぞで遊びに来て、彼は幸福でない晩年でもなかつた》（父）

可亭が死んだのは大正八年秋、可亭六十三歳の年であった。死因は癌であった。右の頸に椀程の肉瘤が出来ていて、その痛みは酷烈をきわめた。

癌だということは一年前からわかっていたが、医者から本人に知らすことはとめられていて、家族はだまっていた。病勢は日毎に進む一方で、効もない光線治療に、可亭は根気よく通ってぃた。瘤のため首が曲ってしまっていた。やせた軀に折目正しい着物をつけ、細巻の洋傘をきちょうめんについて、厳然とした態度で京成電車にゆられていた。

一平はこんな時代の可亭に、それとなく宗教をすすめ、真宗の聖典を持っていったり、禅書をおくったりした。可亭がどの程度に、それらから息子の真意を汲み、かつ、宗教心をひらかれたかは全くわからない。

瘤は次第に色づき、いのちをとるまでにまる二年かかった。大きくなる一方で、痛みは烈しいらしいのに、病人は一言も苦痛を訴えなかった。痛い時は、じっと蹲《うずくま》ってたえていた。

常に可亭は、自分の死期だけは、はっきり教えてくれと一平にいいのこしてあった。いよいよその時が来た時、一平は思いきって、父の枕元に顔を出していった。

「もう時期でございます」

可亭は、

「そうか」

といった。それから障子の硝子から晴れた空をつくづく眺めたのち、突如、枯れた両腕を虚空につきだし、

「万歳」

を三唱した。やがて静かに絶え入った。

寂然と横たわったやせ細った可亭のなきがらは、ようやく癌の激痛からも、終生おおいかぶさって離れなかった御家再興の悲願の圧迫からも解き放され、いかにも軽そうに、縹渺《ひょうびょう》と横たわっていた。

第六章　桃　夭

《「素焼の壺と素焼の壺とたゞ並んでるやうなあつさりして嫌味のない男女の交際といふものはないでせうか」と青年は云つた。

本郷帝国大学の裏門を出て根津権現の境内まで、いくつも曲りながら傾斜になつて降りる邸町の段階の途中にある或る邸宅の離れ屋である。障子を開けひろげた座敷から木の茂みや花の梢を越して、町の灯あかりが薄い生臙脂《きえんじ》いろに晩春の闇の空をほのかに染め上げ、その紗のやうな灯あかりに透けて、上野の丘の影が眠る鯨のやうに横たはる。鯨の頭のところに精養軒の食堂が舞台のやうに高く灯の雫を滴らしてゐる。座敷のすぐ軒先の闇を何の花か糠のやうに塊り、折々散るときだけ粉雪のやうに微に光つて落ちる。

かの女は小さく繃帯をしてゐる片方の眼を庇《かば》つて、部屋の瓦斯《ガス》の灯にも青年の方にも、斜に俯向き加減に首を傾げたが、開いた方の眼では悪びれず、まともに青年の方を瞠《みつ》めた。

「それではなにも、男女でなくてもいゝのぢやございません？　友人なり師弟なり、感情の素朴な性質の者同志なら」かうは答へたもの、かの女は、青年の持ち出したこの問題にこの上深く会話を進み入らせる興味はなかつた。ただこんなことを云つてゐるうちに、この青年の性格なり気持ちがだん〳〵判明して来るだらうことに望をかけてゐた。「こんなことを女性に向つて云ひ出す青年は、どういふものか」すると青年は、内懐にしてゐた片手を襟から出し片頬に当てていかにも屈托らしく云つた。かの女のあまり好かないこんな自堕落らしい様子をしても、この青年は下品にも廃頽的にも見えない。この青年の美貌と、芯に透つた寂寞感が、むしろ上品に青年の態度や雰囲気をひきしめてゐるのかも知れない。

「やつぱり異性同志に、さういつた種類の交際を望むのです。少くとも僕は」

それからしばらくして、

「でないと僕は寂しいんです」

唐突でまるで独言のやうな沈鬱な言葉の調子だ。かの女はこの青年がいよ〳〵不思議に思へた》（高原の太陽）

かの子と一平の結婚前らしい姿のうかがえる、かの子の小説の書き出しである。

一平は、二人の結びつきや、結婚後のことを「へぼ胡瓜」や「どぜう地獄」にくわしく書きこんでいるが、かの子にはこの種のものはほとんど見当らない。「へぼ胡瓜」や「どぜう地獄」も事実に相当なフィクションを加えた、面白おかしい戯文調だから、額面通りそれをそのまま、二人の歴史と信じることは出来ない。同時に、かの子の文章は、もっと意識的に文学化して事実を理想化したり昇華してあるので、いっそう事実の推定には役だたないともいえる。

けれどもこの「高原の太陽」という短篇は、作品的には、まとまりのわるい不出来なものであるにもかかわらず、結婚前の一平との交際のある雰囲気が不思議なリアリティをもって感じられる。

一平の「へぼ胡瓜」では、この場面が、

《根津の通りは黄昏に近く暮靄《ぼあい》の雲母を藍墨の家並の軒に漂はして居る。続くやうに往き来の人が通る。労働者が多い。弁当箱を首にかけて足駄を穿いたのや女工服を着乍ら立派な島田髷を結つたのや、必ず喋り乍ら行く。この辺の商店の売物はたとへば八百屋ならば菜を茹でたのが一山々々になつて居て買へば直ぐ食べられるやうに手数が省いてある。漬物屋の店頭には沢庵が二銭から買へるやうに一本幾つに分割してある》（へぼ胡瓜）

といった町の描写で、同じ根津のあたりでも全くかの子の書いたものとは雰囲気がちがう。そんな下町のごみごみした通りに面して、その時分、かの子が下宿していた家があった。

千本格子の入った玄関の戸を開くと、せまいたたきに、沓《くつ》ぬぎ石があり、玄関の四畳半の襖の奥に廊下がつづき、みかげ石の手水鉢《ちょうずばち》の横に南天の植わった型通りの庭があるといった下町風の二階家に、かの子は年よりの女中一人つれて、かり住いをし、大学病院に通っていた。「へぼ胡瓜」には鼻の手術をしたためとあり、「高原の太陽」には眼病の治療ということになっている。どっちだったにせよ、腺病質のかの子にはありそうなことであった。

いやに下世話にさばけた女中一人のついたそんな状態のかの子に、すでに一かどの蕩児をきどっていた一平が近づき言いより易かったのはうなずける。

それより何カ月か前、軽井沢から帰ったかの子に、一平は中井を通して、すでに近づきになっていた。中井の下宿と晶川の下宿がたまたま同じだったので、そこへ遊びに来たかの子に、一平はひきあわせてもらったのである。

はじめてかの子を見た時、かの子はネルの着物を着て、まるい膝の上に袂を重ね、子供のようにむっちりした小さな掌を、袂のかげでもじもじあわせながら、晶川の後ろにかくれるようにして笑っていた。

一平は一目みて、深い衝撃にうたれた。眼蓋より大きく外ににじみ出た油煙のような黒々の瞳の、異様な美しさに魅せられてしまったのだ。白い額ごしに上目づかいに相手をみる大きな瞳には、疑いをしらない生娘の熱情が、ふきこぼれるように燃えていた。

立ち上ったかの子は、ネルの着物の中で豊かな肉づきの、娘々した軀が、ゴムまりのようにまるみをおびていた。骨組はまるい肉の中にがっちりしているようで、手足が、まるで人形のように短くついている。歩くと、その短い手足が不思議に優しく動いて、可憐な感じと、情熱的な肉の強さが奇妙にとけあい、男心をそそった。

八百屋お七のような情熱を身内にだきしめているような女だと、一平は一目みて心にうなった。もうすでに一平は、茶屋酒の味も知っていたし、女は、芸者から女郎まであらゆる階級の女と遊んでいた上、したたか者の仲居の情夫の役までさせられた経験もつんでいた。けれども素人の、上品な家庭の処女と交際するという機会にはまだ一度もめぐまれていなかった。

かの子の不器用な化粧や、野暮な着付けも、玄人女ばかり相手にしてきた目には、新鮮で可憐なものとして目に映った。

一平はセツ、シュン、クヮウという三人の美しい年頃の妹がいたし、母の正《まさ》も端正な顔だちの美人だった。妹たちは、一平とかの子が結婚して後、人力車をつらねて二子の大貫家を訪ねた時、あまりの美しさに、町の人々が往来へ走り出てみとれたと語りつたえられているほどの美貌だった。黄八丈に黒衿をつけ、きんしゃの前掛をかけるというような粋な下町姿の母や妹たちを見なれた一平は、いわゆる美人型の女はかえって珍しくもなかったのではないだろうか。

まだらな白粉の下からナイーブなはだかの心がむきだしにのぞいてくるかの子の、いきいきした野性的な表情の方が珍しく、美しく見えたのである。

かの子の方では一平が感じたほど、箱入娘のおとなしいばかりの娘ではないことはすでにのべたが、やはり、一平の大人びた放蕩にくらべれば、かの子の観念的な恋愛遊戯の一つ二つは全く児戯に等しいものだった。

後になって一平は、自分のこの当時の恋情をくりかえし、反省している。かの子が歌を詠む才媛であり、豪家の娘であり、友だちが競争して想いをかけている娘であったため、自分は、友だちの鼻をあかしてやりたい卑しい競争心から誘惑する気になったので、決して純な愛だけで出発したものではなかった。大貫家の資産も、かの子の教養も、みんな計算ずみの上のずるい求愛だったといえるのである。

けれども、それらの俗情を全部さしひいてもなお、やはり、一平の心を強くとらえて離さない真実な糸が、かの子との間にひかれていたのも事実であった。それを一平は、かの子の生れながらに持つ稀有な寂しみの情だといっている。

ところが、かの子の方でも、一平の積極的な求愛に次第にひきこまれていく中心には、一平と同じ一筋の真情が二人をひきつけるのを感じたのであった。

一平は自分の美貌や、しゃれた身なりや、粋な会話、身のこなしが、女好きするものであると、ちゃんと自負し、計算して、かの子に対していた。それは一平の計画通り、かの子の好みに適《かな》っていた。

女の友だちでも美貌でなければならない。面食いのかの子は、一平の美青年ぶりにまず心を捉えられたのである。

《闇の中から生れ出る青年の姿は、美しかつた。薩摩絣《さつまがすり》の着物に対の羽織を着て、襦袢の襟が芝居の子役のやうに薄鼠色の羽二重だつた。鋭く敏感を示す高い鼻以外は、女らしい眼鼻立ちで、もしこれに媚を持たせたら、かの女の好みには寧《むし》ろ堪へられないものになるであらうと思はれた。併し、青年の表情は案外率直で非生物的だつた。

青年のほのかな桜色の顔の色をかの女は羨んだ》(高原の太陽)

一平の外貌が気にいったと同時に、晶川や、晶川の友人たちとはおよそ肌あいのちがう、さばけた一平の話しぶりや経験談に、かの子の好奇心はひかれていた。そしてそのどれにもまして、かの子の心を捉えてしまったのは、深く知れば知るほど滲みでてくる一平の白々しい虚無の翳と、こちらの心を時々寒々とふるえあがらせるような寂しさの伝わってくることだった。

そんな同じ一点で互いに牽《ひ》きあっていることに気づかず、一平とかの子は逢う度、しだいに宿命的なきずなを強くひきしめていった。

一平とかの子が、はじめて晶川の下宿で逢ってから結婚まで、どれくらいの月日があったものか、正確にはわからない。

これまでのかの子に関する年譜も、一平の書いたものも、この間の月日は曖昧で正確だとは断定し難い。

明治四十二年の秋、かの子二十歳、一平は二十三歳で逢い、二人の間は次第に親密になっていったのではないかと、私は推察する。

この間に、かの子はもう一人別の男と恋愛をしていた。青山の寮の近所に住む伏屋という青年で、家は代々宮内省に勤める家柄の長男であった。この伏屋青年のことは、かの子の書いたものにも、一平の作品の中にも一切出ていず、私が、現存するかの子の身内の誰からも聞きだすことのなかった存在であった。

かの子の死後二十四年を経た昭和三十八年の秋になって、突然、老衰の病床にある伏屋老人が、かの子との過去を発表し、自分の子にちがいない岡本太郎に、生前一目逢いたいなどといいだしたため、週刊誌のとりあげるところとなり、世間の耳目をそばだてる結果になったのである。

かの子と伏屋が特別の関係にあったことは、現存する伏屋の実妹や、伏屋夫人までが口を揃えて証明するに至ったので、無根のことではなさそうであった。

彼等の話によれば、かの子は明治四十一年から四十二年頃、伏屋に親しみ、結婚の約束をした。当時、伏屋は、かの子好みの美男子で文学青年でもあった。ただし、伏屋家の厳父が、資産家ではあっても、地元の地主にすぎないかの子の実家と、宮内省に出入りする自家の格式の相違をたてにとってこの結婚を許さなかった。そのため、かの子と伏屋は千葉に嫁していた伏屋の姉を頼って、駈落まで決行した。

これはたちまち、両家から迎えがゆき、引き戻される結果になったが、この駈落事件で、いっそう伏屋とかの子の仲は決定的に裂かれてしまった。

伏屋老人は病床で、かの子と別れた時、かの子は妊娠三カ月だったといい、かの子が一平と結婚し、太郎を産んだ後、稚《おさな》い太郎を抱いて伏屋を訪れ、玄関に出た伏屋の妹知子に涙ながらこの子は兄さんの子にちがいありませんといって泣いたと述懐し、知子や伏屋夫人までもそれを証明したので、話は一層真実らしく聞えてきた。

その上、伏屋と一平の風貌にどこか似通った点があるので話はますます複雑になってきた。しかし、老衰の臨終近い耄碌《もうろく》した人間の五十年も昔の記憶が、多分に感傷的に彩られるのは想像出来ることだし、正確とは信じ難い。伏屋老人の妊娠三カ月説をとれば、太郎の誕生月日から換算して最後にふたりが別れたのは明治四十三年七月頃ということになるが、この頃は、一平とかの子の恋愛が白熱期に入っているので、時期的に辻褄が合わない。

「へぼ胡瓜」によっても、一平とかの子の仲は、ある時期、かの子の方から完全にとだえさせていたのを、一平が、偶然のチャンスで、かの子の根津の下宿を探しあて、復活したことがわかる。おそらく、明治四十二年の秋、はじめて一平、かの子が出逢った前後から、かの子は伏屋と恋愛関係に入っており、一平の一方的な野心がかの子に注がれていたとみるべきだろう。

一平がかの子とめぐり逢った根津時代は、すでにかの子が伏屋との仲を裂かれていて、一平の熱烈な求愛が、失恋の傷手に悩んでいたかの子の心に沁みていったものと推察出来る。

かの子が、太郎を自分の子でないと意味ありげに人に語ったりしているところからみても、かの子には現実逃避の夢見がちな空想から、勝手な筋書をつくって、自らを慰めたり、人をまどわしたりする癖があったとみられる。幼児がその場で、願望を現実と思いきめたがるような小児性と、自己韜晦《とうかい》趣味とが、かの子の中には同居していたとみられる。

かの子が太郎をつれて訪れた時、冷淡に扱って追い返した伏屋が、晩年、かの子の文学碑が建てられるという噂で賑《にぎわ》っているのを聞き、突然のように太郎との対面を希望するなど、あまりに三文小説的な筋書である。もちろん、岡本太郎は、この老人の願望を世迷《よま》い言《ごと》として一笑に附し、取りあげなかった。

伏屋老人は、かの子の文学碑の建つ直前、かの子に呼びよせられるように息をひきとっていった。

卒業後の一平はこれという職もなく、昼はじだらくに寝て、夕方になると起きだし、根津のかの子の下宿を訪れるような日がつづいた。

その間に、熱烈なラブレターのやりとりをするのも、一平の恋なれた手のひとつだった。手紙を書いていて、たまたま、涙が落ちたりすると、あわてて、そのあとにインクでまる印をつけ、「これはぼくの涙のあとです」

など書きいれた。出したあとでは、相手がかりにも歌を詠む文学少女なのに、ちょっときざすぎたかと後悔してみたりもする。

時をみては、下宿からかの子をつれだし、上野を散歩した。不忍池《しのばずのいけ》の観月橋を渡って、中の島の料理屋へ案内するなど、世なれた扱いをすることも忘れない。

秋の夜風が身にしみすぎるのに障子をあけ放って、町の活動写真館のイルミネーションが夜空を色どっているのをみせてやる。いつでもかの子は、安心しきったような様子で、おとなしく、鷹揚にまかせきった態度なのだ。

料理をとってやると、遠慮しないで、さも美味しそうにたべる。松茸の土瓶むしの器が珍しいといって子供のように喜んだり、

「うちの多摩川の方では、この三分の一位の可愛らしい鮎しかとれないわ。でも、そういうものをたべつけると、こんな大きな鮎は何んだか憎らしいみたい」

など他愛もないことをいいながら、

「でも大きいのはやっぱりおいしいことね」

と、食欲はさかんで、気持よくたいらげていく。

一平は、まるでものわかりのいい父親のような態度で、そんな時はゆったりかまえて、かの子をみまもり、いつもの口説き文句などはわざと口にしないのだ。

こうしてしだいにかの子が、一平になじんでくると、

「素焼の壺と壺の並んだような男女の仲」

などいったことは忘れたように、

「あなたとつきあって、僕の白々と寂しかった世界が変ってきた……僕の精神は高まり盛り上ってきました。僕はあなたの病的に内気なところを懐しんで近づいていったのですが、不思議ですね。それは表面だけで、あなたの芯には男を奮い起させるような明るい逞《たくま》しいものがあるんです。僕はあなたの生命力にみちた積極的な本質にひかれているんですね」

と、全く前言と反対のことを訴えたりする。

かの子も、これまでの男友だちとは全く毛色のちがう一平の扱いに馴れていって、晶川と自分の、異常なほどの兄妹愛や、自分の軀の弱いことを訴えるようになった。

「あたしは結婚なんて、出来ないような気がするんです。それでお琴を本気でならって、畠の真

中に小さな家をたててもらって、一生独身で琴の師匠でもしながら、秩父の山の晴れ曇りをみて、ひっそりと暮したいと考えているの」

結婚は拒絶したとみせながら一歩ひきよせるような、そんな心をうちわった話もするようになっていた。

明治四十二年の『スバル』にのったかの子の歌は、

親の死のたより聞くとも此頃の冷たき我の心動かじ

わが暗きかなしき胸をみたすべき大残逆は行れずや

少女等がみな喜びに振る鈴をわれは忘れて生れこしかな

など、伏屋との失恋の後の絶望を思わせる暗い陰鬱な句が目だっていたのが、四十三年第一号には、

思ふこと皆打出でて殻のごと心の軽くなれるさびしさ

わが門《かど》の土ぬらさまし君過ぎて稀にみ靴のあとや残らむ

と、ぐっと調子が変ってきているのは見のがせない。

この頃がかの子が、一平の熱烈な求愛に心を許した時機とみていいのではないだろうか。

このあと三カ月かの子の歌は見えず、第五号にひさびさで作品十五首があらわれ、それが大貫姓を名のる最後の作品となっている。

抱《いだ》かれて我あるごとし天地《あめつち》を広き心にながめたる時

明らかに一平の恋を受けいれた大どかな心の和《なご》みがうかがえる作品であるが、この年四、五月頃というのは、二人の恋の絶頂期に当っていたのである。太郎を妊ったのもこの五月頃か。

次に歌の見えるのは『スバル』十二号で、この時はもう岡本姓になっており、

ゆるされてやや寂しきはしのび逢ふ深きあはれを失ひしこと

美くしく我もなるらん美くしき君にとられてぬる夜積らば

と、なまめかしく新婚の喜びを歌いあげている。

一平と、かの子の結婚は、明らかに、この四十三年五月から十二月の間に行われたものだが、その時期が、春か秋か、はっきりしない。

二人の戸籍上の婚姻届は、明治四十三年八月三十日に提出されている。これが結婚式と一致するとすれば、夏の式だが、きんの記憶によれば、式は袷《あわせ》で、かの子は梅の模様の式服を着たというから、もっと、先か後に行われたものだろう。

何れにせよ、翌明治四十四年二月二十六日には、長男太郎が生れているので、事実上のふたりの結びつきは、四十三年初夏と信じられる。

一平が、大水の時、二子の大貫家へ水見舞いに行き、その夜を徹して寅吉に求婚し、寅吉がついにかの子との結婚を許したという話は、一平自身が書き、伝説的に有名な話になっている。

往年の新聞を調べてみれば、明治四十三年八月十一日の『朝日新聞』に、

「関東一面泥の海

　稀有の洪水」

という大見出しで、

「八日以来の大雨にて、東海道の全部及び東山道の一部諸川増水して水害甚だしく、汽車及び電信電話の如き、何れも不通となり、浸水家屋及び浸水耕地は其の幾千なるを知らず、被害の甚だしき部分を記せば左の如し」

「……略……九日朝より非常なる出水あり、諸川堤防破壊し、濁浪滔々として作物は素より其の他の被害多く……」

「鉄道全く不通」

「雨は尚盛に降り、益々増水しつつあり」

という記事で埋まり、翌十二日は、

「箱根の福住楼流失

　洪水の惨禍各地激甚」

というセンセーショナルな記事が出ている。

　更に翌十三日には墨田川決潰が報じられている。この時の水害は天明以来の洪水で、四十年の大水害よりも甚しいと伝えられていた。

　一平がある朝、新聞で多摩川の洪水を知り、徒歩で泥水の中をわたり歩き、朝出発して、日暮れにかの子の家へたどりついたと書いたのは、いかにもこの時の大水のことのようであるから、夏以前に結婚はしていなかったと見られる。

　この時ならば、東京でも五万戸も浸水したので、一平の家でも危かった筈であった。

　我家の危険も考えず、いきなりかの子の見舞いに出かけたのは、並々でない愛情を抱いていたので、それはもう、かの子が自分の子をみごもっていたことを知っている男の情愛のあらわれともうけとれる。

　しかし、この時はじめて、一平が寅吉に許されたとすれば、八月三十日の結婚式はいかにもあわただしく、ましてそんな大水のあと二週間以内に、式があげられたとも考えられないのである。

　きんは、

「大水の時、一平さんが見え、父に姉をほしいといわれて、許されたように、わたくしも覚えております。もっとも、その頃は、もう度々、一平さんは大貫家へ遊びに見えていましたので、その時かどうかは、はっきりわかりません。何でも、父が厳粛な顔をして、わたくしに、硯や紙をもってこさせ、奥の座敷で、一平さんは、姉を決して将来、粗末にはしないという一札を書かされ、それに小指をきって、血判まで押されたのを覚えております。きっと、血判などということが、大げさで異様だったので、まだ少女のわたくしには強く印象にのこったのだと思います。父はそのあと、わたくしや母に、このことは決して他言してはならないなど申しわたしたものでございました」

と語っている。

当時、大貫家と岡本家では、家同士としても釣合いがとれぬものだったし、一平は、美術学校は出たものの、まだ定職もない書生だった。幸い、帝国劇場が丸の内に設立され、一平の美校の教師和田英作が、その壁画をひきうけたので、一平も同級生と共に和田英作の下に集められ、壁画かきをしていた。今でいうアルバイトで、一月十円あまりになる程度だった。

それも四十四年三月の竣工予定なのでせいぜい一年たらずの仕事で、そのあとどうなるか、目算もつかない状態であった。

寅吉が掌中の珠のようにしていたかの子を、いかに一平が熱心にもとめたとはいえ、一晩で結婚を許す気になったのには、わけがない筈はない。

一平は、かの子の母のアイが、寅吉より早く、かの子と一平の結婚に賛成したので、寅吉が承知したと書いている。

もうこの時、三カ月の身重になっていたかの子の軀を、アイは、たというちあけられていなくとも、気づいていたのではないだろうか。あるいは、かの子とアイと一平の共同作戦で、寅吉を承諾させたのではないだろうか。

一平は、大水のひくまで大貫家に泊りこみ、水のひいたあとで、かの子をつれて京橋へ帰り、父母に、いきなりかの子との結婚の許可をもとめるという離れ業をやってのけた。

「どぜう地獄」の中に、この滞在中の一つのエピソードが書かれている。これは単なる一平のフィクションとしても、一平、かの子の結びつきの上で、本質的な深い問題を持っている。

寅吉に許された翌日、一平はかの子と晴れてつれだって散歩に出た。

家の前の厚木街道を、西へ西へ歩いていく。家々は、大水の後しまつで、畳をほすやら、泥水をかぶった家具を洗うやらで大さわぎだった。一平とかの子の、のんきな散歩姿にも、さすがに目をそばだてるひまもないといった風情の人々の表情だ。

街道は片側を陽にかげらせて、どこまでも真直ぐつづいていた。

小川があふれて濁流が流れているのを、かの子はまるで子供のように、着物の裾をからげて、ひょいとお転婆にとびこえてみせた。そんなちょっとした動作にも、結婚を許されたという安心と、一平への甘えがみえて、一平の目にはいじらしく映る。同時に、何事にもニヒリスティックで懐疑的に考える癖のついている一平は、結婚が許されてしまうと、その成功の歓びや得意さに、かの子のようには無邪気に自分を浸せない。今度の事に関して用いた自分の作意や、欺きや、無理や、卑怯が、一挙に胸にせまって、白々しい自己嫌悪に心がぬりつぶされてしまうのであった。

突然、かの子が甲高い声をあげた。

「まあ、汚くって可愛らしい子豚ね」

からから日和下駄で小石をけとばしながら、かの子はかけよっていった。

道の行手に子豚の列がぞろぞろとあらわれたのだった。子豚は、妙な鳴声をあげて、鼻で地べたをあさりながらよちよち歩いていく。きょときょとして前後の子豚がもつれあい、まるい桃色のからだをぶっつけあっている。

かの子はとうとう子豚の列の前にしゃがみこんでしまって、その可愛らしさに手を出そうとした。それでも、薄い赤むけのような子豚の肌が気味悪くもあって、出した手を宙にうかせている。

やがて、袂から麻のハンカチをとりだし指にまいて、ハンカチの上からそっと子豚にさわった。

「まあ、子豚のからだってあたたかいのね。人間の赤ん坊みたい」

感に堪えたようなかの子の声に、横の家から女が顔をだし、かの子の方をみると、わざとらしく、持っていた餌箱をことことと叩いた。

その音を聞くと子豚はいっせいに廻れ右をしてぞろぞろ女の方へ走りこんでしまった。

「まあ、ひどいわ、いじわるね」

かの子は女の仕打ちに気を悪くして、鼻をならすと、くやしそうにハンカチを地面に叩きつけ、さっさと歩きだした。

一平はいそいでハンカチをひろいあげ、

「ハンカチにあたったって仕様がないよ。しまっときなさい」

「あら、いいのよ、それ、豚のからだにさわったんですもの、汚いのよ、捨ててちょうだい」

「え、捨てたのか、ああそうか、なあんだ」

さり気なくいったものの、一平はぎくっと心にこたえ、顔色がかわるのを感じた。

高価な麻のハンカチを、ただ豚にさわったというだけで、おし気もなく捨てさるかの子の鷹揚さ――下駄一足買うのにも、父親の収入とにらみあわせて考えながら買うような自分の育ちの小心さ。どれほど放埒を気どり、放胆ぶった様子をみせたところで、じぶんのはつけ焼刃にすぎないのだ。

かの子のハンカチを捨てる態度の自然さには及びもつかないものがある。もともと、かの子のどこかおっとりとずばぬけた鷹揚さや、そこからくるけたはずれの純粋や、無邪気さにひかされてはいたものの、これほど、天然自然にふるまったかの子の素直な大きさをひしひしと感じたことはなかった。

それにくらべて、じぶんは何という卑小な道化であろうと、一平は自分をあざ笑った。

かの子は気取りや偽りでさえ、そうすることが当然と信じて、打算なしに気取り、偽っている。だからいつでもかの子は堂々として、力にあふれてみえる。気取りや偽りの中でさえ、天性のかの子の稚純は清らかに光って人をうつ。じぶんはどうだろう。偽りも気取りも、一分間でも真実らしく人目にみせようとして苦心惨憺《さんたん》している。だから、かえってそれはいつでも空虚でそらぞらしくなってしまう。芸術にも、恋にも、本気でたち向かっているのだろうか。じぶんに都合の悪いことまで、逃げずに真正面からひきうける覚悟はついているのだろうか。浅はかな小細工でごまかそうとしてはいないだろうか。

一平はじぶんを襲ってきた反省にうちのめされそうになった。何も気づかず、悠々と、幸福そのものに輝いているかの子の童顔が、尊いものにさえみえてくる。たった今まで、この華やかな女を征服したという思い上りに得意だった心が萎《な》えてしまった。考えてみれば、逢った最初から、本当は、いつでもかの子の無防禦の心の清さと大きさに、圧倒され、その生れつきの自然な鷹揚さに、おどろかされつづけてきたのではなかっただろうか。

一平は心にわき上ってくる真面目な感想を、いつものように、

「ふん、厭味な考えが湧いてきやがったな」

とつぶやき、ふりすてようとしたが、妙にその感動はどっしりと一平の心に居すわってしまって動かない。一平は手の中のハンカチをしばらくみつめていたが、それをかの子に気づかれぬように、じぶんの袂にいれてしまった。

「よしっ、おれが、惜しいと思ったハンカチだ。あくまでその気持をつらぬいて、持ってやれ、いくら、ちゃちでも、そう考えたことが、今のおれの本当の姿なんだから」

何も気づかず、ゆうゆうと坐りのいい腰をふって歩いていくかの子に、追いつこうとして、一平は足を早めた。

かの子を本質的にじぶんより秀れた者としてみる一平のかの子観が、この結びつきの最初の時、すでに、これほどの強さで、一平の心をとらえていたことは注目すべきことであった。かの子の天衣無縫を鏡にして、じぶんの小細工や虚飾の多い俗っぽさを映しだすことに、一平は一種の被虐的な快感を味わっていたようにも見える。

水はなお二日ばかりひかなかった。

ようやく三日たって、とにかく第一便の渡し舟を、冒険的に出そうということになった。

一平はそれでかの子を、是が非でも我家につれていって、両親に結婚を承諾させようとした。寅吉もアイも、こうなっては一平の意見に従うほかないので、かの子に外出の支度をさせた。

やがて一平の前にあらわれたかの子は、暑いさなかだというのに、華やかな極上の和服を着て厚い帯を高々と結びあげていた。そういう豪華な衣裳を身につけると、かの子はかえって堂々と自由らしく見える位が身にそなわっているようだった。

あわててした厚化粧は、例によって、ところまだらで、ところどころ粉をふいている不器用さだったが、恋に目のくらんでいる一平は、それさえ、かえって初々しく上品だと目に映るのだ。

「立派ですね」

「そうお、おかしくなくって、ありがとう」

人の言葉をお世辞やお追従と疑うことがないかの子は、いつもの調子で、おっとりといい、嬉しがっている。

「兄さん、岡本さんがかの子を東京へつれていらっしゃるんだよ」

アイは二階の晶川に声をかけた。仕方なくおりてきた晶川は、それでもまぶしそうに妹の盛装をみると、

「岡本さん、お願いします」

と殊勝らしく、几帳面な挨拶をする。

家じゅうの者に見送られ、かの子をつれた一平は外に出た。

門を出るのをまちかねたようにかの子がからだをよせ、

「兄さんね、あれで内心嫉妬しておこってるのよ。あなたにあたしが奪われたと思って、うんと悩んでいるのよ」

とささやいた。

町の人々が、目だつ二人の姿に、思わず表までとびだして見送っていた。豪華に盛装した娘を我者顔につれて歩くのを人に見られるのは、味なものだと、一平は上機嫌で得意になっていた。

京橋の岡本家につくと、一まずかの子を家の外に待たせておいて、一平だけが家に入った。三日も外泊して帰ってくるなり、いきなり嫁をもらってくれときりだした一平に、可亭は度肝をぬかれた。

「もうその娘は、外に待たせてあります。むこうの両親は承知させせました」

「それじゃ、相談ではなくて、報告ではないか」

可亭は呆《あき》れかえって、苦々しい顔をした。正も、内心、一平の勝手な仕打に腹をすえかねたものの、放蕩者の一平が、いつかのように変な商売女にみこまれて、素姓もわからない女をつれこまれるよりは、ましだとす早く考えた。正は士族の出だったので、一平は平凡な母だとみくびっていたが、内心気位は高く、自分の血統に誇りをいだいていた。

外で待ちくたびれたかの子は、心細くて半泣きになっていた。ようやく一平によびいれられて可亭と正の前につれだされると、あがってしまい、アイから教えられてきた挨拶をのべるのがようやっとだった。

とにかく、一平の強引な奇襲作戦が効を奏した形で、その日の会見は無事に終り、一平の方でも両親の許可を無理に得たことになった。

双方の親を承諾させた上で、かの子の妊娠の事実が打ちあけられ、籍だけその月のうちにと、八月三十日に先にいれたのではないだろうか。

式は秋風のたつのを待って、行われたと考えるのが自然なような気がする。

「あまり、暑くも寒くもなかったような気がいたします」

と、きんは語っている。

岡本家からは、可亭の字で、箱書をした帯地一筋が結納として大貫家にとどけられた。その箱は、後年まで、大貫家の土蔵にのこっていたと、ハツは語っている。

媒酌は、絵の師でもあり、その時の一平の収入源の恩人でもある和田英作夫妻に頼んだ。このことも一平は、世間の見栄もいいし、将来の仕事の上でも万事都合がいいだろうと、打算的に選んだと告白している。

大げさではないが、筋の通ったちゃんとした結婚式が行われた。

二子の古老たちは、

「雪之助さんの婚礼の盛大さは今でも語り草になるほどで、覚えていますが、おかのさんは、何でも東京の書生さんが、ぜひにといってもらっていかれたという評判がたったくらいで、いつのまにか、すっと、いなくなりました。とにかく、大貫家のおかのさんの婚礼にしては、不思議なほど、つましいものだったとみえ、何の記憶もありません」

と語った。

当時は、結婚式の写真をとるという習慣が、それほど一般化していなかったので、記念写真はのこっていない。新婚旅行にもいかなかった。

かの子は、式のあと、岡本家に同居し、一平の家族たちといっしょに暮すようになった。

その日から、かの子には想像もしなかった試練の日々がおそいかかってきた。

大貫家では、家一番のタイラントで、女王のようにわがままいっぱいに暮してきたかの子に、姑や三人の年頃の小姑と同居の、下町の嫁の立場は、全く窮屈で息苦しく身のおきどころもなかった。

菜っぱ一つ洗ったこともないかの子は、料理も掃除も一人前に出来ない。その上、気を利かせるとか、ことばの裏を察するなどいうことは全く不得手なので、家族の顔色をみたり、機嫌をとりむすぶことなど、考えたこともなかった。

多勢の使用人にとりかこまれ、大家族の中で育ってきたかの子は、せまい家に小さな卓袱台《ちゃぶだい》をかこんで、お醤油一滴も無駄にかけず、万事、少なく品よくもりつける食事の仕方一つにも息がつまりそうだった。

かの子の常凡でない本質を見ぬき、かの子の無器用な真正直を理解してくれたらしい可亭は、心を家族にさえ開いてみせぬ無類の無口だし、頼りにする一平は、人前で妻をかばうなどとは、野暮の骨頂と心得ている都会人的照れ屋である。かの子が、岡本家の習慣や下町の空気に性急にとけこもうとすればするほど、その一々の動作は家族の失笑を買い軽蔑をまねいた。

かの子が嫁いで二カ月ほどたったある寒い夜、大貫家の裏庭にしのんできたかの子は、きんをこっそり呼びだした。何事かと出ていったきんは、月影の中に肩をすぼめ、げっそり面やつれした姉の顔を見て驚いた。かの子は、きんをみると、たえかねたように声をだして泣き、妹にしがみついた。

「おきんちゃん、あたし辛い、どうしていいかわからない……とてもつとまりそうもないわ……でも帰ってきちゃ、お父さんやお母さんに悪いわね……」

姉の手をとったきんは、かの子の美しかった手が、見るかげもなく荒れはてているのを見て声も出なかった。

「あんたにいって泣いたら、やっと胸が軽くなった。来たこと母さんたちに内緒にしてね」

かの子は家に入らず、そのまま月影の中を河原の方へかけ去っていった。

第七章　なげき

青山六丁目の都電通りから西へ入る露地の一つ前で、岡本太郎は立ちどまった。昔、一平とかの子が新世帯を持った家の辺が、どしどし壊されて、まもなく跡かたもなくなりそうだから、早く見ておいた方がいいというので、一日案内していただいたのである。

家具屋や、酒店や薬局の並んだ商店街の前で立ち止まり、

「ここに北条という箪笥《たんす》屋、あそこに三河屋という酒屋、この薬局が昔は油屋だった。油の桶やかめが暗い店にずらっと並んで、お婆さんが、しんちゅうの杓《しゃく》で油を汲みだしては売ってたのを覚えているよ。三河屋の小僧さんが毎日、御用聞きの荷車にのせてぼくをつれてってくれたもんだった」

と、追憶する。

薬屋の横の昔ながらのせまい露地を入っていくと、はじめての通りの角に、家がとり払われて、アパートを建てるための地均《じなら》しがはじまっていた。

そこが、明治四十四年頃から大正七年まで、かの子一家が棲んだ家のあった場所で、当時の赤坂区青山北町六丁目五〇番地に当たっていた。

角の家は辻男爵の家で、その隣のいばらの垣根に囲まれた二階屋が、岡本家であった。向いは

どこかの廏《うまや》になっていた。

すぐ近所に下田歌子の邸があった。かの子が南鞘町の岡本家に同居したのは、半年にもならぬ短い期間であったようだ。

可亭は、日一日と険悪になる家庭の空気を見通し、一日も早く一平夫妻を独立させることがよいだろうと考えたのだろう。

「嫁を貰った以上は、一人前とみなして、もう生活の援助はしないが、家だけは建ててやろう」

といって、青山北町のこの家を建ててあたえた。

階下は八畳に四畳半、三畳、玄関で、二階はガラス張りのアトリエになっていた。長い縁側がつき、せまい庭もあった。

この家ではじめてかの子は新婚気分を味わうのだけれど、ここに入ったのは、おそらく、太郎誕生の後ではないだろうか。

明治四十四年二月二十六日に、かの子は二子の実家で、太郎を産んでいる。年があけてからすぐ、大貫家に出産のためと称して帰り、一平もまたかの子に従って大貫家へ泊りこみ、二子から、帝劇の壁描きの仕事に通っていた。

その時にはすでに晶川も結婚していたので、新妻のハツは、この気位の高い我ままな義妹の里帰りに、さんざんアイと共に手を焼かされた。

アイが一平にむかって、

「この子はあなたに、着物といっては風呂敷に穴をあけてかぶせるようなこともしでかしかねませんよ」

と、結婚前にいったように、かの子はおよそ、世の常の嫁なみの修業は何一つ身についていなかった。

一平の袴の脇は今にもちぎれそうに長くほころびたままだし、一平の足袋は親指に穴をあけたままはかされている。みかねて、アイが新しい足袋をこっそり一平に与え、ほころびはハツがつくろっておくという状態だった。

かの子はそれにさえ気づかず、我まま一杯にふるまい、月満ちて、大貫家の客間の次の十畳で、無事、太郎を産んだ。

太郎はかの子の子供ではなく、一平が他の女に産ませた子だという噂が意外な根強さで流れているが、出産にたちあったハツや、きんの証言で、それは全くの世間の噂話にすぎないことが証明される。

ハツによれば、

「かの子さんのタイラントぶりは、一通りではなく、嫁の私などは勿論のこと、実の母でさえ、かの子さんの滞在中は神経をすりへらし、その疲れが出て、かの子さんたちが東京へ引きかえして間もなく、発病して寝こんでしまいました」

というほどだった。

京橋の頃は、町絵師の妻になろうと、かの子はかの子なりにつとめ、一平が教える粋な洒脱を身につけようと、黒衿のかかった着物をきたり、大丸髷に結ったりした。そういう恰好が、かの子に似合う筈もなく、かえって姑や小姑の失笑をかっただけだったが、静かな青山の家では、かの子はもう誰に気がねもなく、本来のかの子流に立ちかえって、のびのびと妻と母の気分に浸《ひた》ることができた。

一平の収入は相変らずの状態であった。帝劇が出来上った後、そのままのメンバーで舞台の背景書きの仕事を引きつがされたので、どうにか収入は細々とつづいたものの、見栄張りの一平がそんな収入で足りる筈もなく、かの子は一平より以上に、金銭にかけては、鷹揚を通りこした超無神経なのだから、いつでも家計は火の車だった。

かの子の嫁入仕度の金目のものはどしどし質屋に入ったし、それでも足りなくて、一平は始終、京橋へ帰り、可亭に内緒の小遣いを母の正にせびっていた。相手にしない正の後から、空っぽのがま口を開けて、一平がいつまでも鬼ごっこのようについて歩いたのを覚えていると、一平の末妹の現在の池部鈞夫人クヮウは語っている。

親子三人で、北町の家に移って半年ほどが、かの子の結婚生活では、貧しくても一番心和やかな日々であった。

生活が落ちつくにつれ、かの子の眠っていた文学への熱が頭をもたげはじめてきた。

この頃のかの子の手紙が現存しているので、それによって当時のかの子の生活や心のうちを比較的正確にうかがうことができる。

《……昨日帰りましてからは、やはりお粥に玉子くらゐで床に就いて衰弱のくわいふくするのを待つて居ります。太郎にミルクを下さいましたから今の処私が太郎の牛乳をのんで居るのです。

今日はためしにおさかなを煮てたべましたが、やはり玉子が一番よいやうです。玉子は昨夜おとなりの北村のをばさんから可成いただきましたがなほお家の鳥が新鮮の玉子をたくさん産むやうでしたらおついでのせつ少々いただきたいのです。しかしもし買つてなんか下さるならこちらで買ふのも同じですからよろしうございます。あつたら家の新しいのがほしいのであります。おとなり（両隣）さんは実に皆しんせつです。今度のめんだう見てくれた親切などは実に忘れられぬ程です。殊に北村のをばさんなどは善人です上、充分教育ある方ですから物が分つて私の様な者でも実の娘の様にか愛がつて呉れられます。世間に鬼ばかりは無いとは実によく云うたものです……略……色々申上たいのですがまだ張つてますから筆が云ふこと聞きません。兄さん御大切に早くお直りになつて下さいませ色々御相談致したいこともありますから。姉さん二十五日から御祝ひですつてね。随分御きげんよう。おきんさん暇を見てまた来て下さいな。

太郎公がおできが出来ていやにやかましいのは困ります。其から困つたことには私の乳はすつかり上つてしまひました。

さよなら

廿日

かの

大貫皆様》（未発表手紙）

これは産後が肥だってから、親子が青山の家へ引きあげて間もない頃の手紙とみられる。

《先日は御邪魔、一平無事、太郎無事。わたし無事。急ぎのぬひもの御たのみ申し度、あす喜七氏学校のかへり取りに越されたし。

スゲ田の肖像はよかれあしかれ気に入るやいらずやとにかく書かせてもらひたし。それで渡世致すもの、御ひとつでも仕事のあるは結構だから、なる丈鮮明なる写真をよこされたし》（未発表葉書）

右の葉書の文面中スゲ田とあるは、アイの里方である。一平に肖像画の世話をして、少しでも家計を楽にしようと、大貫家でとりはからったものとみえる。「それで渡世致すもの」など、いかにも町絵師の女房きどりのことばがあるのもおもしろい。けれども、かの子は一平が、劇場の背景や、知人の肖像など画いて終ることに決して満足していたわけではない。娘時代から、晶川と共に培ってきたかの子の芸術至上主義的な考えからは、芸術はいつでも第一級のものでなければ認めることは出来なかった。

おそらく、一平の経歴から、かの子は一平の才能の中に純粋絵画の旗手としての映像を描いていたのにちがいなかった。次の晶川あての二通の手紙には、その夢が、一平との現実の生活に、少しずつ打ち砕かれていく過程がうかがわれるのである。

《……兄さんにも色々思惑が群がるやうに御あり遊ばすでせう、それを存じながら自分の云ふことばかり云うてはあまりに遠慮ないわざではございますがどうぞ御許し下さいまし。

……略……

一平は人間としては誠に面白いかはり到底々々一生一凡俗以上にはなり得ないと見極めが付いたやうに私には感ぜられます。私はこの凡俗の面白さにつり込まれるのを恐れます。せめて域に達せられぬ迄も私丈は芸術的に苦しく快い努力に一生を送つて死に度いとおもひます。

病気の苦痛からのがれてホッとする間もなくまたこんな苦痛にとらはれて居ります。

美しき容姿のみめでて夫としぬ

このぜいたくにまさるものなし

一平は先日文芸協会の試演会で和辻氏に会ひ帝劇で一昨日谷崎氏に遇うたさうです。……》

和辻哲郎も谷崎潤一郎も晶川と共に第二次『新思潮』の同人であった。『新思潮』はこの年三月にはすでに終刊になっているが、前年、明治四十三年には、目ざましい活躍をみせ、殊に谷崎は「刺青」「麒麟」等の作品によって、文壇に認められ、この年明治四十四年には、『スバル』や『三田文學』を経て、遂に十一月には『中央公論』に「秘密」を発表し、文壇に華々しく乗り出していった。これらのことは、結婚し、子供を産み、一時文学どころでない状態にありながら、かの子が無関心に見すごせるわけのものではなかった。いつのまにか晶川を通じ、一平も『新思潮』同人と親しくなっていた。

三月二十四日付の晶川あて谷崎潤一郎の手紙からも、一平は相当、『新思潮』同人と密接な交渉を持っていたとうかがわれる。

それらの消息からでも、かの子の文学熱が、『新思潮』同人の意欲や活躍に刺激を受けなかった筈はないのである。文学への夢がふたたびかの子をそそのかしてくる。

《……自分には何か沢山することがあるやうですが自分の力で皆なしとげ得ない迄も半分くらゐは必ず行けるだらうと思へるのにまだ〳〵其かたはしへも手が着いてゐないやうなもどかしい気分に心が一ぱいになつてしじゆうはりつめた頭をかかへて居ります。

兄さん私はどこまで行つたら満足出来る女なのでせう。私は夫を愛し子を愛し自分の生活に充分な興味を覚えながら何をとらへようとして猶且つあせつて居るのでせう。

私はどうしても世の功名を慕ふ卑しい女で御座いませうか。けれども一がいに功名心とばかりは云ひ切れませんねどうでも何かせずには居られないとして其結果が目に見えなくては承知出来ないと云ふやうなのは……

兄さん要するに私は並以上の女になりそしてそれが少くとも並の女より以上の存在を人にみとめられたいのですね。

兄さんにこんな虚栄らしいことを（虚栄ぢやないけれど）云うたら嘸《さぞ》さげすまれることと思ひますが性格なんですから仕方がありませんわ。

私がさしづめこの心を充実させようとするには私たちとしたら、文学が一番でせう。其より外一寸でも人に勝れた処が私にはないのですもの、それには何としても兄さんの力も拝借しなくてはなりませんわ。無ろん自分でも出来るだけの努力はするわ。けど道を開いて下さるのは兄さんですわ。兄さんお願ひですわ。道を開いて下さいな。

兄さんとにかく二人この兄妹はどうしても人並以上なすぐれた者にならなくてはなりませむ。

兄さん小さい時分から幾度二人はこんな誓をしたでせう。もういいかげんにすこしはどうかなりさうなものですのに私は口惜しい恥しい。

兄さん早く躰をしつかりして私にもむち打つて下さい。御病気づかれの兄さんにこんなこと云ふと相済まないとおもひながらこんなことつい云ふてしまふやうな次第には色々な動機があることですの。私フランス語が習ひ度いのですけど沢山なお金を初歩から出すことも出来ません。どうしたらよいでせう兄さんのお友達の中で後藤さんでもまた外の誰でもよござんすが月一度でも二度でも長いけいくわくでするんですから向う様の御めいわくにならぬかぎりどうぞていねいに手ほどきをしてできる方におたのみ下さいませんか。兄さんならなほよいけれどもまさか多摩川まで行けもしませんからね。

近頃私は地方の雑誌などへ時々小説の安原稿を書かして貰つて居りますその内会心ものが出来ましたら兄さんにお目にかけます。

兄さんゆつくり養生してすつかり躰をなほして一生の相談相手になつて下さいましね。そしてどうしても二人はすぐれた者になりませうね……略……》(未発表手紙)

この頃からすでにかの子は、自分の文学上の夢は、「歌」ではなく「小説」にかけていたことがうかがえるのである。

生後まもない乳呑児を抱いた母の胸中をしめる想念にしては、およそ世の常識の母性愛とは縁遠い自己顕示欲である。小説はひそかに作ってはいても、自信はなく、晶川にもその後も見せた様子はない。自信をもって世に問う場合はやはり「歌」を選んでいた。

《先日は御邪魔致しました。

そして先頃中御願ひ致しましたとほり私の歌稿兄さんの御知り合ひの誌上へ御紹介下さいませんか。出来ることなら、なるべくいつかのおはなしどほり、和辻さんにお願ひして下さいませんか。兄さんの御忙しいのも存じて居りますが我々夫妻も色々なことを犠牲にして迄も……

不明……の発展をたのしみながら鈍才をはげまして勉強致して居りますのですからどうぞ何程かの御助勢を願ひます。

しかし私の作品が兄さんが何処へ御紹介下さるにしても価のないものと御らん下さいましたら速やかに御断り下さいませ。

とにかく多くのなかから割合ひに自信あるもの十首とりいだしました》（未発表手紙）

これほど文学に心を奪われたかの子が、家庭的に気のつく妻である筈もなかった。貧しい中にもキリという娘を子守兼用の女中にやとっていたが、かの子はおよそ家事上の取りしまりなど出来ず、たちまちこんな小娘にもなめられてしまう。

掃除や洗濯が下手で嫌いなことはいうまでもなく、日常台所で必要な品の見分けもつきかねた。風呂を沸かすつもりで炭を注文すると、ずるい炭屋はかの子の無知を見ぬいて、座敷用の最上級の桜炭を持ちこんだ。かの子はそれさえわからず、一カ月も平気でその高価な炭をつかって風呂をたてていた。

ものを切れば指を切る。ものを煮れば焦がす。その上、広い家にゆったり育ったかの子は、新居の狭さにいつまでも馴れず、不器用に、始終、柱や襖に自分の軀をぶっつけては、子守女にさえ軽蔑された。

時々多摩川から、きんが訪れては、山のような洗濯物をし、大風呂敷いっぱいの仕立物を持って帰る。

そのくせ、おしゃれは相かわらずで、衣桁に三十本もずらりと半衿をかけ、

「おきんちゃん、どれがいいかしら」

とどのつまりは、あるだけの長襦袢に、きんが半衿のつけかえをして帰ることになった。

かの子は物欲は薄く、一平がいくらかの子の持物を持ちだして金に替えてきても、けろりとし

ていた。そんなものだと思って疑わないとも見える底ぬけの鷹揚さである。

その年も暮れ、金に替えるかの子の持物もいよいよ底をついてきた時、思いがけない運命が一平の上にふって湧いた。明けて明治四十五年（七月、大正に改元）のことである。

その頃、『朝日新聞』では、夏目漱石の新聞小説「それから」が連載され、挿絵は当時の流行挿絵画家名取春仙が受けもっていた。

春仙は一平の小学校の先輩で、美校時代、ふとしたきっかけから遊蕩場で知りあい、春仙のなじみの芸者の姉と一平が一時結ばれたりした関係で、よく識った仲だった。たまたま、春仙が病気で倒れた時、一平に代って挿絵を画くようすすめてきた。十回ほどつとめたその結果が意外に好評であった。

折柄各紙がこぞって力を入れていたコマ絵（一枚ものスケッチ画）も、春仙の代役で画いた。それに一平は、持前の都会的な風刺をきかせた短文をつけた。すでにマンネリズムにおちいっていたコマ絵の世界に、一平の作品は新鮮な風を吹きこんだ。

漱石がまず激賞し、それが縁で、正式に朝日新聞社の社員として迎えられることになった。京橋の滝山町にあった朝日新聞社の編集室で、一平は毎日、鋲痕があばたのようにみえる机に向かい、コマ絵画きに専念した。傍にブランとベルモットを割って湯を注いだ酒のコップを置き、マッチの軸を削ったものを画筆にして、一平は必死になってコマ絵にとり組んでいった。

帝劇の背景部で踏台《うま》に跨《また》がって、高さ七間幅十八間の背景に泥絵具をなすっていた仕事から、突然、新聞紙の一段一寸八分の狭い世界に人世を凝縮させようという方法に移ったのだから、一平は最初は自信があるわけでもなかった。その日その朝が勝負の新聞の生命にあわせようと、一平は降っても照っても町を歩きまわった。事件があってもなくても歩きつづけ、社会のあらゆる現象を、片端から写生し、鋭い短文を添えて発表した。一平自身が愕くほどの反響がわいた。たちまち時代の流行児にまつりあげられるのに日を要しなかった。

当時の心境を一平は、

《僕は漫文とか漫画とかを生涯の計にするといふ気はさらさらなく、無論さういつた意識でかく事も無かつたのである。新聞の仕事をする以上、自分の趣味に沿ひ乍ら、新聞にも向くやうな画文を草さうといふ程の心構へであつた。何も勉強であるから世の中を見物がてら三年程この仕事に充当して、そこで元の志に復帰しようと考へて居たやうに思ふ》（一平傑作集の序）

とのべているが、世間の好評は、一平の初めの志とかわり、三年で漫画と縁をきらせるようなことにはならなかった。

人気と収入が増えてくるにつれ、一平には結婚前の放縦な生活がかえってきた。

あれほど熱望して手に入れたかの子であったけれど、家庭に入って、毎日顔をつきあわせてみれば、かつて魅力であったかの子の生一本な純情は、あまりにも融通の利かない野暮さに通じ、まばゆいほどかの子を彩っていた芸術的天分の虹は、家庭の中では色あせ、かえって、いつまでたっても文学少女趣味のぬけきらぬ、鼻持ちならぬ青臭いきざさにも思われてくる。身内に燃えるような熱情をたぎらせてはいても、その伝え方に何の技巧も面白さもない。

恋愛時代より更に無口で、しじゅううつらうつら何かを考えこんでおり、意外に陰気でしんねりしている。たまに口を開けば、一にも芸術二にも芸術で、あいづちをうつのも、馬鹿らしい。

一平ははじめこそ珍しさにかの子のそばにくっついていたが、次第に家を外にする方が、愉しくなってきた。

一平の下町の通人ぶった考え方では、男の借金は財産で、借りるのも能力、技倆である。その金で世間の交際を華々しくして、人気を集める。妾の一人や二人持つのもまた男の働きのうちだ。絵かきの女房などいうものは、茶屋の女将や役者の妻のように、融通性があってことりまわしがきき、気が利かなければならないのだった。

一平は陰気で、貧乏くさい家の内で酒をのむのもまずくなり、外で飲み歩くようになった。酔ったあげくは、家に三、四人の友人をぞろぞろひっぱってくる。

そうなると、二日も三日もたてつづけに酒宴のつづくことがめずらしくなかった。

かの子は、おろおろと、その支度をととのえ、酒肴を補充するだけにかかりきりである。あとは酒宴のひらかれている隣室で灯もつけず、赤ん坊を抱いてひっそりと坐りつづけている。一平の酔っぱらいの友人たちに、気のきいた挨拶や愛想口一つ云えるわけでもない。

一平も、客も、自分の飲食に夢中になって、それをかの子にわけることなど気がつかない。かの子の方は、あるだけのものをそこにさしだしておいて、一日でも二日でも、のまず食わずで坐っているだけだ。

まるで馬鹿のようなそんな機転のきかなさであった。かの子は、一平が家にいる時は、一平の指図なしでは御飯一杯たべてはならないというような妙に古風な躾を自分に課していた。

収入が増えたので、年よりの女中をおくようになった。ところが、かの子には、楽になるどころか、いっそう苦しみの種になる。方々渡り歩いてきたような老女中は、一日で、かの子の家事の無能力さを見ぬき、夫に飽かれている妻の立場も見ぬいてしまう。あとは一平の前だけで、まめまめしく、ことりまわしよく立働くので、かの子は手も足も出ない。一平の好きな酒の肴などは、小器用に作るので、一平は調法がる。たまにかの子が、気にいらないことがあって女中に注意でもしようなら、

「それじゃ奥さま、やってみせて下さいまし」

とうそぶく。出来る筈もないかの子は女中の意地悪な顔をみつめたまま、

「あんまりよ」

といって泣きだしてしまうのがおちであった。

若い子守娘のキリはキリで、いつのまにか、かの子以上に厚化粧をして、近所にかの子の悪口を云いふらしたあげく、まるで一平が自分に手をつけているように自慢らしい口つきをする。近所では、太郎は一平がキリに産ませた子供だろうとかんぐっている始末になった。

老女中は、何度も暇をとっては出ていった。その度、気のいいかの子は幾らかの餞別を与える。すると、一カ月もすればまた、舞いもどってくるのである。餞別目あての芝居だったが、やはり、一平の気にいった肴をつくる老女中は便利で、ついつい迎え入れる。

最後に、やる金もなくなった時、かの子がそれをいうと、老女中は、

「質屋に奥さんのもの持ってけばいいじゃありませんか」

とうそぶいた。一平もさすがに呆れはてて、その老女中を二度と迎えなかった。

キリもまた、近所の御用聞きと不始末をして出ていった。

すでに京橋とは、かの子はほとんど行き来もしない状態にあった。

一平が朝日新聞社に入って二カ月後、大正元年十一月二日、晶川が急逝したことは、かの子の人生観を根底からゆり動かすような激しい打撃であった。

一平に描いた夫としての理想が破れたことをさとりはじめた矢先、やはり、自分を理解してくれ、自分の頼りに出来るのは晶川しかなかったのだと気づいたところへ、突如としてもたらされた晶川の死であった。かの子にとって、晶川の死は一人の肉親の死であるばかりでなく、人生の師と、文学の先導者を同時に失ったことを意味した。

かの子の悲嘆の様子は、さすがに一平の心をうった。もともと、人一倍多感で感じやすい心情を、わざと、ニヒルをよそおってうそぶいている一平には、かの子のこの絶望を見殺しには出来なかった。

大正元年十二月二十日発行で世に出たかの子の第一歌集「かろきねたみ」は、一平が失意のかの子を少しでも慰め、晶川に代って、文学的意欲を奮いたたせようとした何よりの心づかいであった。

その日も、晶川の死以来、うつけのようになっている状態のまま、かの子がぼんやり物想いに沈んでいると、外から帰ってきた一平が、いきなり分厚い紙の束をかの子の目の前にほうりだし、

「この紙に肉筆で、今までの歌を整理して書きなさい」

といった。おどろいて目ばかりきらきらさせ、むしろ、脅えたようなかの子に、一平は久しぶりの優しい打ちとけた表情で声をついだ。

「きみの第一歌集が出来るんだよ。みんな手筈はととのっている。かの子は安心して、ただ自分の選んだ好きな歌だけをここへ書けばいいのだ」

かの子の大きな目にみるみる涙があふれてきた。娘時代のふっくらした頰もそげおち、青白く、やせた顔を紅潮さすと、それだけしかいえないように、子供のように素直な声で、

「はい」

と答え、あわてて罫《けい》のひいてある版下用の雁皮紙《がんぴし》の束を、ひしと胸に抱きしめた。

その夜から、かの子はわき目もふらず机に向かい、一気呵成に自作の歌を書きあげていった。その作業が、かの子を絶望の中から知らず知らず立ち上らせていくのを、一平はだまって見守っていた。

こうして書き上った歌は、一平がそこの徒弟たちに絵を教えていた木版彫刻組合の頭取、吉田耕民の手に渡され、全篇肉筆の柾紙《まさがみ》木版刷りという凝った歌集に仕上げられた。

装幀は一平がひきうけ、大型菊判本文五丁の小冊子にふさわしく、白地に朱の麻の葉模様という可憐な表紙で、歌双紙第一編「かろきねたみ」と銘うたれていた。口絵には、和田英作の「た

そがれの女」をもらい、収録歌は七十首であった。定価二十五銭で、青鞜社が出版先になっている。

ともすればかろきねたみのきざし来る日かなかなしくものなど縫はん

からとられた題名であった。

「熱く優しくなつかしき女史の情緒は、頃合の桜の枝に淡墨のにじみ勝ちにもつつましく刻られたり」

という宣伝文に飾られて、それは世に出ていった。

結果的に見れば、晶川の死が、この第一歌集を世に送りだしたともいえよう。ともあれ、かの子のはじめての歌集を手にした歓びは深く、一平の頼もしさと優しさに、改めて夫を見直したにちがいない。

歌集を出す前後のかの子と一平の心の歩みよりの証《あかし》のように、やがて、かの子は翌大正二年八月二十三日、長女豊子を産んでいる。

けれどもその雨の晴れ間のような薄ら陽の平和は、ほんの短い間しか、かの子の上に止まらなかった。

一平はまた、いつのまにか以前通りの放縦な生活に返り、一度不吉の影のさしはじめた大貫家では、財政上の破局、アイの急逝という不幸が矢つぎ早に襲いかかり、かの子の上にもその暗い影は不気味に反映して来ずにはいなかった。

父よりも母になついていたかの子にとって、最愛の兄に引きつづき、母を奪われたことは、ぬぐいきれない打撃だった。尚その上、豊子までが、誕生日も迎えずわずか八カ月で、大正三年四月十一日午後三時、その儚《はかな》かった生を閉じた。

「かろきねたみ」上梓後から、豊子の死に至るまでの大正二年後半頃が、かの子と一平の生活で、最も悲惨な時期にあたる。

豊子は生れてすぐ里子に出されたが、もう物心ついてきた太郎は、一時も目を離せないようないたずらな危い時であった。すでに女中も去り、子守も去ったがらんとした家に、かの子は、ほとんど一平に置き去りにされ、太郎をかかえて、絶望にのたうっていた。この間一年ほど、『青鞜』にも、歌がのっていないのをみても、かの子の心の空白状態が察せられる。

《その頃、美男で酒徒の夫は留守勝ちであつた。彼は青年期の有り余る覇気《はき》をもちあぐみ、元来の弱気を無理な非人情で押して、自暴自棄のニヒリストになり果てゝゐた。かの女もむす子も貧しくて、食べるものにも事欠いたその時分、かの女は声を泣き嗄《か》らしたむす子を慰め兼ねて、まるで譫言《うわごと》のやうにいつて聞かした。

「あーあ、今に二人で巴里に行きませうね、シャンゼリゼーで馬車に乗りませうねえ」

その時口癖のやうにいつた巴里といふ言葉は、必ずしも巴里を意味してはゐなかつた。極楽といふほどの意味だつた。けれども、宗教的にいふ極楽の意味とも、また違つてゐた。かの女は、働くことに無力な一人の病身で内気な稚ない母と、そのみどり子の飢ゑるのを、誰もかまつて呉れない世の中のあまりのひどさ、みぢめさに、呆れ果てた。――絶望といふことは、必ずしも死を選ませはしない。絶望の極死を選むといふことは、まだ、どこかに、それを敢行する意力が残つてゐるときの事である。真の絶望といふものは、たゞ、人を痴呆状態に置く。脱力した状態のまゝで、たゞ何となく口に希望らしいものを譫言のやうにいはせるだけだ》（母子叙情）

とかの子が書いたのは、この時期に当っていよう。

この時、思いあまって太郎をつれ、多摩川へ頼っていったこともあったが、その時は、大貫家も破産騒ぎで、子と妻に先だたれた寅吉は、かの子を迎えいれる心の余裕もなかった。

太郎をつれて、多摩川の畔を何時間もさまよい、死を選ぼうとしたのもこの頃であった。
《生活の矛盾、そのはね返りから父はひたすら酒に走り、毎夜のように遅く、泥酔して帰るようになった。真夜中、よく、激しく戸を叩く音に眼をさまし「また飲んでいらっしゃった」という母の愚痴と、父の返答がえしを寝耳に聞いたのが幼心にも淋しかった想い出として残っている。

その頃の父は朝日新聞に入って、漫画で生計を立てはじめていたが、このような収入の殆ど全部を友達づきあいで呑んでしまったりして家計は惨憺たるものであった。電燈を切られてしまったがらんとした家の中で、真暗な夜におびえたことを私は今でも覚えている》（思い出すこと）

と、太郎も追憶している悪夢の時代であった。

毎朝目を覚ます度、ああ首がつながっていたと、思わず首をなでたと一平が洩らしている時もこの時期で、夫婦は、互いに愛憎をよりからませた不気味な空気の中で息をひそめていた。

豊子を死なせて間もなく、一年ぶりで、久々にかの子の歌が『青鞜』に見えるが、大正二年第三巻第十号の、

　我がまこと足らざるかはた汝《な》がまこと足らざるかこの恋のはかなさ

につづく十八首の後、翌、第十一号には、「なげき」十六首の悲痛な叫びが、涙のほとばしるような一種悽愴なひびきをこめて歌いあげられている。

中でも、孤独ななげきの深さに身も世もないように、われとわが身に呼びかけた次の三首は、かの子が絶望のはてに、われとわが身をなだめかねてもらした、肺腑《はいふ》からの呻《うめ》きであった。

　かの子よ汝が枇杷《びは》の実のごと明るき瞳このごろやせて何かなげける
　かの子よ汝が小鳥のごときさへづりの絶えていやさら淋しき秋かな

かの子かの子はや泣きやめて淋しげに添ひ臥す雛に子守歌せよ

この歌の載った翌月の『青鞜』第十二号の編集後記には、更に次のような不穏当な消息が見える。

《社員の岡本かの子さんはひどい神経衰弱になやまされて今岡田病院に入院していらつしやいます。で、あのやさしいお歌も見ることが出来ません。こんな悲しい御手紙が参りました。私共は御健康を回復せられることを、そしてあのお歌に接することの出来る日を只々祈ります。「もう歌もよめないかと思ひますと生きてゐる甲斐もございません。まだ衰へるには早い年齢でございますのに、若い血しほをしぼり尽してただかなしみのみさいなまれて居ります私。つらうございます情なうございます。これより外に書けません」……》

第八章　煉獄

《私は生来一本気で、正直でかけ引きを知らない性質ですから、いゝ加減のことを行つたり、言つたりは出来ません。ですから社会の出来事でも自分の心の腑に落ちないものに対してはだまつてはゐられません。又自分が余り正直に物をいひすてるために、かへつて自分の本意を誤つて言ひつたへられて、世間から大変に悪く言はれることがあります。

過ちをしてすぐに正直にあやまります時、正直だと褒められずに、先きに叱られることがあります。

私はかうした世の中の不合理を見る度に、不服で〳〵たまりませんでした。

又私は非常に感情家です。むしろ感情過多症なのです。この性質は私の兄弟の幾人をもみじめな悲劇に導きました。とても感情が強くて奔放であつて、しかも強い〳〵良心を持つてゐました。これはたとへてみれば、常識と非常識を一時に持ち合せたやうなもので、自分でも苦しいことが随分ありました。本当につらい思ひばかりして生きて居ました。

或時は、感情的な奔放さと倫理的な良心の間にはさまつて苦しさのあまり、自殺しようとしたことさへあります。その時子供——あの子は直感力の強い子供でした。

「マヽ、僕に悪いところがあつたら直すから許してね。いゝ子になるから、マヽは死なないでね」

と可愛さうにあの子も四つか五つの時に直感力が強いために、こんな苦しい感情の経験をしました。あの子供がゐなかつたら、私は死んでゐたかも知れません。

色々の苦しさが度重つて、どうにかして救はれたいと願ふやうになりました》（親鸞の教こそ心の糧）

かの子の随筆は面白味がない。その歌があふれる詩情のほとばしるにまかせ、その小説が、豊かな思想と幻想を絢爛豪華な筆勢に彩られているのに比べると、別人の筆になったように、味のない文章で、中学生の作文のように稚拙なものさえある。宗教や芸術について語ったのはまだしも、自分自身や自分の生活について語ったものが殊にそうである。

晩年、小説家となってからも、所謂私小説家とはならなかったかの子は、自分の現実の生活を生のまま、生の筆で表現することは、得手でなかったのだろう。

かの子自身が魔の時代と呼び、大曼《だいまん》の行《ぎょう》の時代と呼んだ家庭生活上の危機の期間について、正面からとりあげて語ったものがほとんど見出されない。この随筆に書かれている直感力の鋭い幼児とは、いうまでもなく太郎であった。

この時代の子供の瞳に映った家庭の暗さや、かの子の嘆きの深さを、かの子の告白以上に太郎の文章が、的確に捕えている。

《……いま私が母を憶い起すとき、一番なつかしく眼に浮かんで来るのはまだ私が四つか五つの幼年時代、青山北町六丁目の淡紫色にけぶる夕闇をバックにして、憂愁に打ちひしがれて青白く沈んだ白百合の哀しい姿である。

母はいわゆる賢夫人型の女ではなかった。

子供っぽいところが多分にある童女型の女だった。泣きわめく自分の子をなだめ兼ねて、一しょになって泣き出すという稚拙さがあった。私の方がびっくりして黙ってしまうこともあった。……略……漆のような黒い髪が、蒼白な頬からやせぎすな肩の丸みをつたって背に流れ、長く垂れた姿を、私は印象的に覚えている。感覚はとぎすまされた白刃のように冴え、濃い青春の夢を追うロマンティストの母が、生活の幻滅に打ちひしがれ、起ち上る術も失っていた時代である。母は、その憂愁を幼いわたくしに注ぎかけた。よく私を抱いて、はげしく泣いた。私にはその意味が理解できなかったが、狂乱の瞳よりあふれ出る母の泪は、幼心に拭い去ることのできない寂寥を刻みつけた。母はようやく物ごころつくかつかぬかの境の私に向って、一人前の男に対するように語ったり、相談したりした。それは教育上よいことか悪いことか知らない。しかし、ひたむきになって、むつかしいことも恥らうことも、うちあけて語る母に、わたしは自分が一人前の人格を備えた相手のように聞きながら、世の憂きことどもを心に灼きつけられると同時に、それらを撥ね返す力をも教えられ、しっかりさせられた。……略……母は幼い私に、世間の一部の人々の冷酷をなげいて語った。私はそのなげきの言葉の数々を聞いて、骨身がひえるような気がした》（白い手）

《……その前後、母はほとんど狂気に近かった。私が外で遊んでいると、近所の子供がよく「お前のお母さんは幽霊だ。幽霊だ」といってからかった。子供心に極めて辛い恥辱であったが、たしかに蒼白な面に漆のような黒髪をおどろに乱し、うつろな眸をすえた母の姿は鬼気迫る趣があったに違いない。後に苦しかった時代のことを物語りながら、正視できないほどに荒んだ、異常な表情の写真を母自身が見せてくれたことがある》（母、かの子の思い出）

心の落着いている日は、まだ人家もまばらな、森や林の多い青山の美しい夕暮れの空を仰ぎ、かの子は幼い太郎に、渡り鳥の習性を教えたりすることもあった。おそらくその夕も帰る筈のない一平の帰りを迎えるように、夕暮れの門口に椅子を出して、太郎を膝にのせ、次々口をついて出る唄を歌う。曲は大てい、女学校で習った「庭の千草」や「蛍の光」などだった。かの子はどんな唄を歌うにも、目に涙をいっぱいため、全身全霊で感情をこめて歌った。かの子のひたむきな心のふるえは、腕の中の太郎の皮膚から内臓まで沁みとおり、いつのまにか、幼い太郎も、母の腕の中でしゃくりあげながら、きれぎれに声をあわせている。否応なく太郎の感受性はとぎすまされ、まだことばも正しくいえないころから、大自然のリリシズムや、人生の底しれない哀愁を、母の皮膚から骨の芯に吸いとっていた。

またの日、太郎は柱に小猿のようにくくりつけられ、泣き疲れてひっそり虚脱していた。

創作慾に憑《つ》かれた時、読書慾に見舞われた時、かの子は、太郎にまつわりつかれるのを極度に嫌った。女中も子守もいないため、どうしようもない窮余の一策から、太郎を柱にしばりつけることを思いついたのである。

およそ、世の常の母の常識から度外れた育て方であった。

着物といえば、ほとんどかの子の着物のお古の仕立直しを着せられていた太郎は、世間の子供の持つような玩具を買ってもらった記憶さえあまりない。ただ一度、一平が気まぐれのように、三輪車を買ってくれたことがあった。するとかの子は、大喜びする太郎より先に、自分がそれに乗り、狭い庭を何往復もしてみせてから、漸《ようや》くじれて泣きだした太郎をその上に乗せてやった。

先天的に、両親の芸術家的血を受けついで生れた幼児が、このような育てられ方をした時、常識では想像出来ないほど直感力の鋭い子供になるのは当然の現象であった。

四つか五つで、母の自殺を止めさせた太郎は、その濁りのない子供の瞳に、やがて母の情事をも映しとるようになっていた。

かの子の年下の恋人堀切茂雄が登場するのが、いつの年代だったかを考察する前に、かの子が、精神病科の岡田病院へ入院していた年月をはっきりさせたい。『青鞜』の編集後記に載せられたかの子の手紙からおしはかると、かの子は大正二年の十一月には、すでに岡田病院へ入院していたことになる。入院の期間を、岩崎呉夫の「岡本かの子伝」では、ほぼ二年間と考察しているが、これは長すぎるのではないだろうか。かの子は豊子を大正三年四月に死なせているが、三人めの健二郎を大正四年一月二日に産んでいる。したがって、大正三年の春には、かの子は、すでに家庭に帰っていたと考えられるのである。せいぜい入院期間は三、四カ月の間のことだろう。

また、かの子を半狂気に追いこんだ程の精神的苦悩の中に、堀切茂雄のラブアフェアはまだ織りこまれてはいなかったと考えられる。

ただし、かの子は貧乏や飢によっては、本質的に精神を傷つけられたり、病んだりするような女ではなかった。かの子の神経を、病的にまで追いこんだ悩みは当然、「愛のなやみ」以外の何物でもない。一平に対するむくわれない愛の渇き、裏切られた愛の絶望が、苦悩悶乱の総てであった。自分でも認めているように、人一倍多情多感な、熱い血を抱いているかの子は、一平から見捨てられている間の孤独に堪えきれなかった。手応えなく燃やしつづける情炎の熱さに、われとわが神経を焼き切ってしまったのであった。

すべて身も心も投げてすがらんと願へども救ふものゝ来らず

この淋しき人の世を行く道づれとなりてたまへや恋ならずとも（或人に）

と歌うような心境にあったかの子は、全く無防禦な、赤裸の心をさらけだしている危険さがあった。そんなかの子に同情から恋の幻想におちた男の一人二人が、或いはいたかもしれない。

《……彼女は愛でなくてもい、、とにかく今の空しき位置より逃れ、男の心によつて強く緊《きび》しく抱き竦《すく》めて貰ふ張合ひある境地を欲しました。……略……根がお人好しの自惚れと負惜しみの強い、且つ臆病な都育ちの私ゆゑ、何事も心得顔につんと澄まして居ました。その実女のこの狂乱を見て何が何やら心状が判りませんでした。

「女の我儘で自由を求めるなら勝手にするがよからう。俺れはまだ嫉妬《やきもち》を焼くやうな甚助には憚《はばか》り乍ら成り度く無いから」

かう私は独断もしました。根ではら〳〵し乍らその冷汗の出る掌を懐手にしてのたうち廻る女の傍に横柄さうに佇立して居ました。……略……女はこれでもかこれでもかと苦悩悶乱を嵩じさせて行きました》（深川踊の話）

と一平が書いている程度の情事めいたものが、一つや二つは存在していたとも想像出来る。けれども、その中に、堀切茂雄は入っていなかった。

なぜなら、堀切茂雄は、一平の許可を得て、北町の家に同居したからである。

狂気の境にまで自分を追いこんだかの子の深い絶望に気づいた時、一平も愕然と覚《さと》るところがあった。この稀有に熱情的なかの子の純情こそ、身を以て守り抜かねばならない貴い資質だと感じたのだった。

その頃、

　我儘の妻にもなれてかにかくに君三十路男となりたまひけり

というかの子の歌を目にした一平は、

《男ながら「参つた」と思つて、つひに我を折つてしまつた――我儘はむしろこつちで、そのため大曼の行を惹起さした痕跡が多い。だのにそれを覆つて向ふから労《いたは》つて来る。大きな愛に参つたのだつた。しかもそのときから女自身は重い病床に横たはりつつもあるのに。「この女を傷つけてはならぬ」僕の転心が始まつた》（かの子の歌の思ひ出）と述懐している。こういう心境になっている所へ病癒えて帰って来たかの子は、和解のしるしのように健二郎をみごもった。

堀切茂雄の出現は、少なくともこの後のことと考えられる。茂雄とのはじめての出逢いを、かの子は妹のきんによく語った。

ある日、かの子が二階のアトリエの窓から何気なく下を見ていると、家の垣根の茨の芽をしきりに摘みとって、去りがてにして佇んでいる男が目についた。ほっそりした長身に、目のつんだ紺飛白《こんがすり》を着ながし、兵児帯《へこおび》をきゅっと小気味よく細い腰に結んでいる。鼻筋の通った色のやや蒼白い、見るからに腺病質な感じのする美青年だった。

青年はふと、見つめているかの子の視線を感じ、目をあげた。長いまつげにかこまれた女のような目に、男には美しすぎる朱唇を持っていた。たちまち頬を染めて青年はどぎまぎし、逃げるように立ち去っていった。

かの子は、青年の美貌に強くうたれると同時に、どこかで逢ったことがあるような不思議な気がしてならなかった。

かの子がその鮮かな美貌を忘れないうちに、再び青年はかの子の家の前をうろついた。漸く、かの子に声をかけられて入って来た青年は堀切茂雄だと名乗った。

云われて、かの子も、『文章世界』で写真を見たことのある投書家の文学青年だと気づいた。以前、手紙をもらったこともあったのを思いだした。

こういう現われ方をした茂雄に、かの子はほとんど一目で恋におちた。茂雄の方では、はじめから、かの子の才能と人に憧れて近づいて来たのだから、もちろん恋にとらわれていた。

茂雄は福島の旧家の温泉宿の息子で、早稲田の文科に通っていた。十五、六歳の頃から投書家になるほどの文学青年だった。当時は小石川の水道端に下宿していた。かの子二十五歳、茂雄二十一歳の初夏の頃であった。

太郎はよく、訪ねて来た茂雄とかの子の会話の中からスイドウバタということばが出るのを聞き覚え、きっと一日中水道の水がバタバタ出ているところにいるのだろうと、無邪気な想像をしていた。本能的に太郎は茂雄になつかなかったし、茂雄の方でも太郎に無関心だった。

かの子と茂雄の恋は、激しく燃え上った。

小説家志望で、性質が陰湿な、内攻的な茂雄は、かの子の深い心の襞々の中にまで入ってゆけるデリカシーをもっていたし、かの子の話を熱心に聞き、吸取紙のように吸いとってくれた。

結婚して以来、一平にはぐらかされつづけ、いつも心を真向きにしてもらえず、そのもどかしさに苛だち悩みつづけていたかの子には、茂雄との時間は思いがけない快楽だった。

ようやく、癒えたとはいっても、まだ傷口のなまなましくむけかえっている魔の時代の苦悩についても、かの子は誰かに聞いてほしいものをいっぱい持っていたのだ。

一平には互いにいたわりあってそこには触れない痛い辛い想い出の数々、けれども、かの子には、一朝一夕では忘れ去ることの出来ない痛恨の数々……かの子は、体内に充ちた毒素をはきだすように、おとなしい聞き手に向かって終日縷々とかきくどいた。

帰らねばならぬ時が来て、送りに出ても、話はつきず、今度は茂雄が門まで送りかえす。するとかの子はまた送っていく。終いには話すこともなくなって、ただ二人肩を並べながら、何度でも同じ道を歩きつづけた。かの子が、過去の悪夢の日の思い出に胸をつまらせて、思わず泣きだせば、茂雄も美しい瞳から、泪《なみだ》をあふれさせていっしょに泣いてくれた。

ある日はまた、人妻を恋う自分の恋の儚さ切なさに、茂雄がわれとわが身をいとおしんで泣くのに、かの子がいじらしさのあまり、もらい泣きをするということもある。

ふたりは遂に、水道端の茂雄の下宿で肉体的にも結ばれてしまった。

一平との結婚以来、ただ押えられつづけていたかの子の鬱情は、いまになって、復讐の炎を燃やしはじめたかのように見え、娘時代の我儘な、タイラントぶりを発揮しはじめてもきた。

被害者は、茂雄であった。暴君が奴隷の背にむちを振うような快感を、かの子は、おとなしい自分の崇拝者を精神的にしいたげることで味わってきた。

傘を持ち添へし手にまたしてもはら〳〵君が涙かゝりぬ
ぢりぢりと痩せたまひけんやはらかく強き瞳にまつはられつゝ
いかばかり淋しきわれに思はれて君が「若さ」よ慰まざらん
いかに我がわりなきかなやあてもなきねたみにまたも君を泣かせぬ
ほそぼそと蚊のなき出でぬ歔欷《すゝり》つゝふたり黙せる黄昏の部屋

茂雄との恋がのっぴきならぬものになってきた時、かの子は情熱と倫理感の板ばさみになって、苦しみはじめた。

漸くとりもどした一平との平和は、一触れの爪あとにも、無惨に破れそうなもろい頼りなさを孕《はら》んでいる。それでいて、一度想いを燃やしはじめると、対象の骨までかみくだき自分と同細胞化しなければおさまらない情熱をもてあましてきた。

かの子は、遂に、一平に自分の恋のすべてを打ちあけた。すると、一平は、むしろ平然として、

「そんなに好きになった男なら、手許へつれてくればいいだろう」

といった。この時の一平の心理は昏《くら》い魔界を共にくぐりぬけてきて、漸く理解することの出来たかの子の異常な情熱の火のとり静め方は、この方法以外にないと悟っていたともとれるし、自分

の与えた過去の罪過のつぐないに、かの子の欲するものは無条件に与えてやろうという心がまえともとれる。また、相変らず、嫉妬を野暮とみなす、持ち前の都会人的はにかみと気取りから、強いて、感情を殺し、平然を装ったとかんぐられもする。

ある日、かの子は茂雄を家に招き、一平に引合わせた。一平は平然として、硬くなった茂雄を眺め、あぐらをかき、煙管ですぱすぱ煙草を吸いつけていた。茂雄には無表情とも愛想がいいとも見える、この著名な社会人のコキュの心の内は理解することが出来なかった。

かの子は茂雄に、そんな一平の心情を、

「おとうさんは、あたしをこよなく愛しているから、あたしの愛するものまでひっくるめて大きく愛することが出来るのよ」

といい、更にことばをつづけて、

「それは肉体の香にまつわる愛ではなくて、心霊の上に境界線をひかねばならない愛でもないの。強いていえば自分と連れそう運命をもって生まれた女をあわれむ、湖水のような静かな愛なのよ」

という。やがてその年も暮れ、茂雄は一平からの葉書を受取った。社用で一週間ばかり旅に出るから、おなじみがいに留守に来てほしいとある。複雑な気持で茂雄が訪ねて行くと、すでに一平は出発しており、かの子がいそいそと迎えてくれた。その晩かの子が敷いたふとんは、夜着のビロードの衿に、一平の刻み煙草の匂いがしみついている。そのふとんの中に息をひそめ、台所でかの子のたてる水音を聞いていると、茂雄は自分が足の先まで一本の煙管の羅宇《らう》になったような気がしてくるのだった。

食卓につくと、かの子は太郎にじぶんの椀のものを吸わせたり、太郎の皿のたべのこしものを平気でつついたりする。神経の細い茂雄には、自分の恋人のそんな世帯じみた姿は見る度、心を傷つけられる。およそ、母という感じには縁遠いかの子を、自分の下宿でかき抱いた時とは、全くちがった感じがするのだった。

本能的に茂雄に反感を持つ太郎も、茂雄には少しも可愛げのない子供だった。妙に白い目をむけて、子供らしくない表情で、茂雄を睨みつけているかと思うと、まるで大人のようなひねこびた表情で、しんとして、母と茂雄の挙動をいつのまにかうかがっている。

茂雄がつい一平の本など手にとっていると、いきなり横からひったくり、

「これは坊ちゃんちの本だ。読んじゃいけない」

と白目をむけたり、かの子のすきをみて身をすりよせると、

「早くスイドウバタへ帰れ」

など憎まれ口をきく。茂雄はそんな憎らしい幼児に対してもつい、卑屈になって、機嫌を取り結ぶような気になる。太郎に命令されて、馬になり、太郎を背にして座敷をぐるぐる這《は》いまわっていた時、急に茂雄は、この家に来て以来の、心の傷が一せいにうずき出し、堪えられなくなってきた。こんな子供にまで、おべっかを使う現在の自分のみじめな姿が客観視されると、やにわに力まかせに背をふり払って、すっと立上ってしまった。不意に畳にふり落された太郎は、火のついたように泣き叫ぶ。泣きながら小さい体に渾身の力をこめて、茂雄に体当りでとびつき、拳をふりあげてきた。

茂雄は太郎の冷たい憎悪のこもった目の中に、無表情な一平の嘲笑を見るようで、我にもなく本気で太郎に襲いかかっていた。

「茂雄さん！　太郎！　およしなさい」

かの子が、かなきり声をあげてふたりの間にとびこんできて騒ぎを静めようとする。

「あなたはまあ、大人のくせに、小さな子供に本気で向かうなんて」

かの子の大きな目に涙があふれると、茂雄も情けなさに涙がこみあげてくる。そんな奇妙に揺れ動く感情の波の激しい日々がまたたくまにすぎ、ある朝一平から、今夜帰るという電報がとどいた。

茂雄はさすがに一平の顔をみないで水道端に引きあげようというと、かの子がふいにひき裂くような泣き声をあげて、その場に泣きふしてしまった。泣きながらかの子はかきくどく。

「おとうさんはそりゃあ、あたしを愛しています。でもうるさくされればいやで怒るんです。手さえ取ってくれない。だからあたしには、おとうさんはただ肉親の兄か父のような感じしかないんです。あなたが表面、ここで愉快そうにしてくれていても、おなかの中でいろいろなことを考えているかと思うと、あたしはほんとうにあなたを摑んでいる気がしない。心細くて、さびしくて……」

そんな日々の後に、一平の承認の許に、堀切茂雄はやがて下宿をひき払い、かの子の家に同居することになった。

二階のアトリエの一隅に机を据え、スタンドがわりの石油ランプの光で、茂雄は熱心に小説を書きはじめた。かの子はそれを読み、仮借のない辛辣な批評を下した。時には、あまりの辛辣さに、従順な茂雄もがまんしきれず、挙句、激しい口論になることもしばしばあった。

この頃の一平は、一度たてたかの子を守ろうという自分の誓いに殉じるように、それまでの酒席友だちともぷっつり縁を切り、自分のあらゆる慾望の芽をつみとり、かたつむりのように手足をちぢめて自分の殻にとじこもるような姿勢になっていた。長い間の荒れすさんだ放蕩の疲労と毒素が、漸く全身に滲みでてきた時期ともいえよう。

本能的に一平との凄惨な闘いの勝利を自覚して、無意識のうちに、生き生きと生気をとりもどしてきたかの子と、全く対照的な姿であった。

かの子が、一平の寛容に甘えきり、二階の茂雄と、階下で、仕事もせずねそべる一平の間を、そわそわと、日に何度も気忙しく往復するのを、さも無関心そうに、無表情を装って横目に眺めながら、一平は、思いがけない感情が自分の胸中に苦く煮えたぎってくるのに気づいてきた。

あれほど、軽蔑しきっていた嫉妬の情が、全く思いもかけない強烈さで、一平の胸に湧き出してきたのである。しかもそれは、想像を超える生々しさで、一平の妄想をさいなんできた。

外面の無表情さ、寛容さに比して、内心二階の物音、話声一つにも、一平の神経はふるえ上って鋭く傷ついてきた。一平にとっては全く予期しなかった自分の心の悶え方であった。一平は苦しさのあまり、ひそかに鎌倉の禅寺へ参禅にいったり、禅書を読みあさったりした。いくら恋に溺れているとはいえ、直感力の鋭いかの子に、一平の内心の苦悩が見抜けない筈はなかった。けれどもその時はもう、かの子の恋自体が、引きかえす道も見失うほど深淵に溺れこんでいた。

僅かに辛うじて均衡を保っていた家庭の平和は、再び前にもまして暗い、不安で不吉な破局への前兆をはらんできた。

ある日、一平は突然、思いたって、かの子に婚礼の時の五つ紋の羽二重をださせ、それに三尺の晒木綿《さらし》を帯がわりにまきつけ、頭を青坊主にそりたてて、ふらりと家を出ていった。片手には一升の飾樽を提げていた。

行った先は浅草のかっぽれ一座、豊年斎梅坊主の許であった。

かっぽれとは、俗曲の一つで、芸人仲間ではトバといわれている。

天保年中流行した鳥羽節のはやしことば「わたしゃお前にかっ惚れた」から出た名称という。もと摂津住吉付近の村人と大坂牧坊主から起った大道芸で、日傘のついた梵天を持つ住吉踊に端を発し、江戸文政末期、願人坊主がこれからヤットコセ節を創り、江戸中に拡めたのが原因となった。後のかっぽれは、吉原中心のヒラキ芸となり、幇間末社仲間にも相当勢力があった。

明治十年頃から、大道芸から寄席へ出るようになり、初坊主、豊年斎梅坊主の名が高くなった。初代梅坊主のあと二代目は夭折し、この当時は三代目梅坊主の時に当っていた。

「かっぽれ、かっぽれ、あまちゃでかっぽれ、よいとな、よいよい」

「猪牙船《ちよき》で行くのは、深川通い、上るさん梯子、あれわいさのさ、いそいそと、客の心は、うわの空、飛んで行き度い、主のそば」

と、世を小ばかにして、こっけいな身ぶりで踊り狂う。

一平は、この一座に飛びこんで、梅坊主に弟子入りをしたのである。一座の者は、道楽者で家屋敷を喰いつぶした者とか、芸人の中でも一筋縄でゆかない強か《したた》者たちのより集まりであった。こんな中へ飛びこんでいったインテリの一平を、梅坊主は、あっさり弟子入りさせた。

「ようがす。おやんなせえ。あっしのとけえ来る手合《てえ》は、みんな、おまはんと同じさ。人間は気の抜けてる癖に、疳の虫だけはちっとべえ人様より大型のも持ってるという連中ばかしさ。ただし、この商売に人情は禁物だぜ」

一平は、ここでたちまち一座の中堅になり、青木の娘玉乗りの一座といっしょに、浅草の小屋に出てかっぽれを踊るようになっていた。

それも長くはなく、一座の者の女房との仲を疑われたのが原因で、あっさり一座を抜け、かの子の許へかえっていった。

他人の目には奇矯《ききよう》としか映らないそんな行動も、一平の当時の精神の荒涼を物語るものであった。

この頃、かの子ははじめて生田花世を訪れ、身上相談とも、告白ともつかないことをやっている。

大正四年五月号の『青鞜』に載った生田花世の随想「苦痛に向ひて」という一文を読んで、か

の子が感激し、

「あなたなら、わたしの今の苦しみをわかってくれると思う」

と、訴えに出むいたのであった。当時、花世は夫の生田春月と、牛込の天神町の露地の奥に棲んでいた。花世は四国徳島の出身で、春月の妻であると同時に、自身も『女子文壇』の投書家時代を経て、随筆集を持っていた。田舎者らしい底ぬけの親切さを持つ善人だった。初めて訪れた時のかの子にも心から温かい純朴な迎え方をした。その日のかの子は、派手な大柄の空色の錦紗《きんしゃ》の着物を着て、洗い髪のように長い髪を結びもせず背中にときはなしていた。

異様なその髪型が決してなげやりや無造作からされていない証拠に、その髪は両頬で、わざわざ鋏が入れられ、飾り毛をつくってあった。

顔は地肌もみえない白粉の厚塗りであった。

かの子は、初対面の花世に向かって、いきなり、堰《せき》をきったように、洗いざらい自分の心の秘密をぶちまけだした。

驚いた花世は、家人の手前もあるので、気を利かせてかの子をうながし、外へつれだした。すると、通りの子供たちが、かの子の異様さにたちまち目をつけ、ぞろぞろ後からついて来る。かの子は、そんなことは一向におかまいなしで、大きな瞳を宙に据え、きらきら光らせながら、細い美しい声で、めんめんと話をつづける。

大道で話すような話題ではなかった。花世は、一考して、そば屋の二階にかの子をつれこんだ。ここでも、かの子は、一人喋りつづけた。

一平との魔の時代の苦しさ、現在の奇妙な三角関係の生活、その中での三人三様の苦しみの様、話は、そば屋の二階に居づらくなるほどつづいても一向に終らない。花世はまた、かの子をつれだし、なるべく人通りの少ない通りを歩いた。

結局この日、かの子はのべ七時間も、ぶっとおしで話しつづけた。熱にうかされたようなかの子の話を、生来の優しさと律義さから、いいかげんに聞き捨てにできず、身をいれて聞かされた花世は、その後三日も寝こんでしまった。

「人の思惑なんて、全く考えない人ですからね、自分の話に熱中して、夢中で、物に憑かれたように喋りつづけるんですよ。育ちと性格のちがいからくる一平との生活のくいちがい、はじめは、鷹揚に家に堀切茂雄を招くようすすめた一平が、そのことで思いがけない嫉妬に悩まされ、かの子が、二階と階下を右往左往しなければならない切ない状態、その当時、一平は、酒毒と放蕩で、肉体的に、殆んど不能に近くなっていて、性慾の強いかの子がとうてい一平では満足を得られなくなっていたこと、堀切茂雄の結核体質者特有の性欲の強さが、はじめてかの子を肉体的に満足させたこと……そんなことを、道を歩きながらでも、喋りつづけるんですよ。本当に困ってしまいましたねえ。でも、この恋はいいかげんじゃないんだって、うめくようにいうんです。あたしも、いじらしくなって、聞き役になってあげたんです。私自身は、その後もそんな激しい男女の闘いに出逢わず年をとってしまいましたが、あの日、かの子の話をあれだけ真剣に聞かされたおかげで、世の中の男と女の間の不思議さ、複雑さも身に沁みてわかり、どれだけその後あらゆる文学書を読むのに助けになったかしれませんよ」

今も健在で、頼まれて、婦人サークルに「源氏物語」の講義などしている生田花世はおだやかに語ってくれた。

かの子の狂熱的な愛し方は、サディズムを帯びてもいたので、繊細で傷つき易い茂雄の神経は次第に、異様な共同生活の中で疲れはててきた。

生来、美貌で女好きのする茂雄は、かの子の許に来るまでにも女との交渉は少なくなかったし、かの子の情人になってからも、女の方からのぼせてくる事例がないではなかった。かの子はその度、狂暴なほどの嫉妬にかられ、茂雄を責めさいなんだ。ついに茂雄は、胸の病を発病し、一時、海岸に行ったり、故郷に療養に帰ったりしなければならなくなった。

わがねたみあまりあくどくまつはりて君病む身とはなりたまひしか

許したまへねたまじ泣かじ今はただ優しく君をみとる女ぞ

そのまゝに泣きてのみあれそのまゝにただ美しう泣きてのみあれ

そのままではどこに解決のめども見つからないような恋地獄におちようとした時、思いがけない破局が、思いがけない形で訪れてきた。

かの子の妹きんは、その頃もやはり時々多摩川からきて、こっそりかの子の洗濯をしたり、つくろい物を片づけたりしていた。いつか、訪ねていって、寅吉にすげなく帰されたと思いこんで以来、かの子はほとんど大貫家とは絶交状態だった。けれども心の素直なきんの訪れだけは、喜んでひそかに迎えていた。実際、きんの家庭的な手助けがなければどうしようもない、家の中の乱脈さでもあった。

きんは訪れる度、かの子から若い情人の礼賛を聞かされ、目の前に美しい若い男が、まるで女王にさいなまれている奴隷のようにかしずくのをみて、感じ易い心を傷めはじめていた。

魅力的ではあるけれど、あまりに矯激《きょうげき》なかの子の情熱に、漸く疲れを覚えはじめていた茂雄の目に、牡丹のかげの野菊のようなつつましい、きんの飾り気のない清楚さが、すがすがしく、なつかしく映りはじめてきた。

きんの無言の同情の瞳が、自分でもそれと気づかぬうちに、ひかえめな愛をたたえはじめる頃、茂雄の方も、きんのおだやかな優しさの中に、ふっともぐりこんで、まどろみ、なぐさめられたいような心の誘いを感じはじめていた。ある日、偶然、街頭でゆきあった二人は、折からの雪を、一本の傘の中にさけて、寒さもわすれ、町をさまよったことがあった。

きんが多摩川の家にいる時、思いがけず、茂雄が病みほうけた頰に血をのぼらせて、訪ねてきたこともあった。二人で多摩川の川原におりてゆき、言葉少なに草の中に何時間も坐っていた。一分の休みも与えず、情熱のはけ口を求めてくるかの子にくらべ、きんの、日だまりの空気のようなあたたかな優しさと沈黙は、茂雄の疲れた心身をやさしくなごめてくれた。

かの子の幻影におびえながらも、きんも茂雄といる時間の甘美さに、生れてはじめて、不思議な胸のときめきを感じはじめてくるのだった。

けれども、こんなひそかな心の交流も、鋭いかの子の直感に見ぬかれない筈はなかった。ふとしたことから、二人の交渉を知ったかの子は、全く狂的に嫉妬し、憤怒した。絶交状態だった大貫家へ、きんの行状に対する監督不ゆきとどきを責め、一日も早くきんを縁づけるように迫った。それればかりではあるまいが、きんはその後、全くあわただしく、縁づかされている。その結婚は不幸に終った。

きんは今、当時のことを、

「堀切さんが、姉から私に愛を移したなんてことは全くございません。姉とわたくしとは比べられるようなものではありませんでした。姉は本質的にも、外見的にも、全くわたくしより並外れて秀れていたのでございます。ただ、姉はタイラントでしたから、愛するものを可愛がると同時に、ひどく傷つけないではいられない不思議な性癖がございました。堀切さんは姉を愛しながら、姉の愛とサディズムの綯《な》いあわされた激しさにへとへとに疲れたのです。その時、わたくしの中に、ほんのかりの安らぎ場所をみつけたにすぎないのです。あの時も、今も、わたくしはそう信じて疑っておりません」

と語る。

何れにしろ、きんと茂雄の仲を識って以来、かの子は自分から、茂雄との仲を断ちきろうとした。

こうした大人たちの異様に緊張した空気の中で、殆ど放任されていた幼い太郎は、ある夕暮れ、外で遊びつかれて帰り、門を入ろうとした時、ふっと、二階のアトリエの灯が消えるのを見た。すると、不思議な呪縛《じゅばく》に逢ったように全身がかたくなり、何かしら、門内へ入ってはならないような予感がして、そのまま、もときた道へ引きかえしていった。

それほど、病的に感受性の鋭くなっていた太郎は、またの日、家の奥座敷で激しくもみあって争う、母と茂雄を目撃して顔色をかえた。

かの子は両眼から大粒の涙をあふれさせ、必死に簞笥にしがみついていた。蒼白な顔に珍しく目を吊りあげ、怒りの形相になった茂雄は、かの子を突きとばすようにして、簞笥の中から手紙の束をわしづかみにした。庭に、四斗樽が一つころがっていた。最初の束をその中に投げこみ、神経質にマッチをすり、火をつけた。絶望的に涙を流しながら、尚、反射的に、茂雄の足元にすがるかの子をつきとばし、茂雄は尚も次々手紙の束をなげこんでいく。太郎は、夢中で母をかばい、小さなこぶしをあげて茂雄に立ちむかったが、何のたしにもならなかった。

しまいには、ぼうぼうと燃えあがる樽の中の火勢に気をのまれ、恐怖とおびえで母にしがみついて激しく泣きだしていた。

そんなことがあって間もなく、茂雄の姿が、北町の家から消えていた。今度は一時的の療養の旅ではなく、再び茂雄はかの子たちの前にあらわれなかった。郷里の町で、肺を病み、二十四歳の多感な命の終りを迎えたという噂が東京に伝わったのは、それからあまり日もたたない夏の終りであった。

君亡《う》せぬのこされて泣く人々の眼にはかなくもこすもすの散る
たゞひとり死にし君のみ安らけき秋にもあるかな人はみな泣く

寂しきやと問へばうなづきさしぐみしみ眼なるよ君つひに閉ぢしは
孤独《ひとり》してなど現世《うつしよ》にあられんと泣きしをひとりましてよみ路に
死のまへの君が恋ゆゑ傷ましく寂しかりしもことわりなれや

かの子は茂雄の死を、割合に沈潜したおだやかな調子でこのように詠んでいる。

茂雄はかの子との恋のいきさつを、その同居の前まで克明に書き、「冬」と題した私小説として『早稲田文學』大正四年七月号に発表した。かの子を「L」とし、私という一人称で書いたこの小説は、おそらくかの子一家と同居中、二階の一平のアトリエで書かれたものであろうし、もちろん、かの子の許可を得て発表したものであろう。告白小説というより一平、かの子という著名人のモデル小説という意味で、発表当時、相当問題になったものである。けれども、茂雄の夭折は結局この小説だけをのこし、文学的業績はついに何も残すことがなかった。

この激しい一家の精神の葛藤の中に、もう一つの生命が犠牲になっていることを忘れてはならない。

健二郎は、大正四年七月十五日、午後十一時三十分、まだ生後半年の短い生命を絶っていた。朝、かの子が目をさました時、この薄命な赤ん坊は冷たくなっていた。

かやの吊り手をおとし、三角になったかやの中で、赤ん坊の死んでいるのに気づき、かの子と女中が泣きだしたのを、太郎は見ていた。

かの子が泣き叫びながらうらめしそうに、

「お父さん、健二郎が死んでいるのに、なぜおりてきて下さらないんです」

と二階へ呼びかけるのに、一平が、

「死んでしまったもの仕方がないじゃないか」

と答えた声を、太郎は印象的に記憶の中にたたみこんでいる。

当時のことを太郎は『文藝春秋』三十三年六月号に書いている。

《赤ん坊はよく戸をしめっぱなしにした暗い奥の部屋に寝かしてあった。何か用があって、隣の茶の間から入って行った母が、赤ん坊が置いてあることを忘れて不用意に蹴つまずいては、アラ大変！　またやってしまった、と自分で呆れていた。まったく世の風上におけない母親だった。……略……若い頃の親父は子供にひどく無関心だったし、母は家事、育児には恐るべきほどうとかった。私もさぞ彼女に蹴つまずかれたり、変なものを食べさせられたりしたんだろうと思うが、生来頑健だったので、平気で勝手に育ってしまった》（父の大いなる遺産）

ここに不思議なのは、堀切茂雄との恋がはじまった頃、かの子はすでに健二郎を妊っていて、茂雄との恋がすすむにつれ、かの子の肉体は妊娠の徴候を顕著にしはじめていただろうと思われることである。

文学青年で神経の過敏だった茂雄が、妊婦のスタイルで醜くなるかの子と恋愛関係に入っていけただろうかという疑問が生じる。

堀切茂雄の「冬」には、かの子が太郎の母であることにさえ嫌悪を感じていることが書かれているのをみても、更に一平の子を妊ったかの子に恋を燃やすだろうか。

茂雄の小説「冬」は発表年月から推定しても、大正三年の末から大正四年のはじめにわたる冬を意味すると思われる。

かの子が生田花世を訪れはじめているのが大正四年の晩春なのだから、茂雄が「冬」を書きあげていた頃にあたる。やはり、茂雄とかの子の恋愛のクライマックスは、大正四年のはじめの冬とみなしていいだろう。

ところが健二郎は大正四年一月二日の生れとされているのだから、お産直後のかの子と、茂雄は同棲したことになるのである。戸籍面で一月二日生れの健二郎の本当の誕生月日を、前年の十二月末と見ても、大した差はないし、産月近いかの子が茂雄と逢引をつづけていたという推定になるのである。果してそんなことがあり得たであろうか。

健二郎を一平が他の女に産ませた子だとする説もあるが、かの子の若い恋人を容認するほど、かの子をいたわっていた一平が、病後のかの子にそんな情事の証拠をみせようとは考えられない。それなら健二郎はかの子と茂雄の間に出来た子かと想像する場合、茂雄とかの子が交際しはじめたと見える大正三年三月のはじめから、ただちに二人が肉体関係に入ったとしか考えようがない。健二郎が死んだ時、一平が二階から降りて来ないといって恨みがましくかの子が言うのも、一平の子でないなら言えた義理ではないだろう。そう考えると、健二郎の短い生命だけは、疑問だらけにつつまれてくる。かの子の並外れた情熱は、一たび恋の対象をみつけた時は、生理などにとん着しないものなのだろうか。

ともあれ、堀切茂雄を失って後、かの子はふたたび、孤独な自分を見出した。左右に残されたものは、地獄の業火を共にくぐりぬけ、生きのびた一平と、幼い目の中にすでに地獄の炎を映しとり、生れながらの孤児のような孤独な目を持つ太郎だけであった。

第九章　崖の花

帆柱は折れ、梶は飛び、半ば浸水して傾きかかった難破船同様の家庭を、とにもかくにも修理して、再び、海上に浮べるまで再建するには、奇跡のような努力が払われたにちがいなかった。

一平は、堀切茂雄を失って、虚脱したような空虚で孤独なかの子の瞳を見た時、妻の愛人を同居させるという非常識な自分の寛大さが、決してかの子を幸福にさせてはいず、かの子の心の飢餓感は一向に満たされていなかった事実を、はじめて悟らされた。

同時に、かの子は、一平が情事を黙認していたのは、決して心からの鷹揚さからでなく、並外れた洒脱さからでもなく、せいいっぱいの虚勢と、無理な見栄からのポーズで、一平もまた、世間の夫並に、心はそのことでずたずたに引裂かれ、惨めに血を噴いていた事実に気づいたのであった。

涙もかれはてた虚しい目を見あわせた時、二人の心におきたものは、かつてない互いへの憐憫だった。二人はまだ、三十をこえたばかりで、もう老人のような人生を見終った目つきをしていた。相手の目の中の絶望の深さに、お互い自分のことは忘れ、何としてでも相手を立ち直らせ、守らなければならないと同時に心に誓っていた。

《大正三、四、五年と予の家は滅茶苦茶であつた。予等は身心共に壊滅の界にあつた。……略……破滅の頂上の大正六年になつて予等に一転機が来た。

奇蹟があつて予と予の一家は基督《キリスト》の救ひに入つた。予等の狂信は山手の某教会のU牧師を手《て》古《こ》擦《ず》らしたり、米国人のM女史の家でM女史の薄い口髭を不審がりながら讃美歌を合唱したりした。

理論に於て基督教に行きづまつた予は、法然、親鸞の絶対他力の信に牽《ひ》かれた。歎異抄に曰く、

「善人ナホモテ往生ヲ遂グ況《イハ》ンヤ悪人ヲヤ――、云々。」

又弥陀の因位について解釈に蹴《け》つまづいた。日蓮上人の遺文録に走り込んだ。曰く、

「四十余年未顕真実《みけんしんじつ》―逆化《ぎやくげ》―二乗作仏《じようさぶつ》―後五百歳―久遠実成《くをんじつじやう》の仏陀―一等云々。

に息のつまる程強い根本力の魅力を感じた。さりながら理屈では判つて居ながら名字即の題目はギコチなく唱へては法悦を味へぬのに焦慮した。

迷ひ出しては信仰が毎日変つた。頼みなき心を繋ぐに持ちものが必要だと思つて、芝露月町の珠数《じゅず》屋へ行つて、ある日、真宗の珠数を買ひ求めた。そして又、あくる日は、法華の梅の木で作つた珠数を買ひに行つた》(泣虫寺の夜話序)

と、一平は当時の立直りの経過を懐古している。

夫婦揃って宗教の門をたたくというような行為が、自我と自尊心の強い芸術家の二人に出来たというのをみても、この時、二人の堕《お》ちた絶望と孤独地獄の深さが思いやられる。

山手の某教会とは麴町一番教会(現在、富士見町教会)で、U牧師とは植村正久だった。

かの子は学生時代、晶川と共にこの教会にいったこともあったし、当時プロテスタントの名牧師として高名だった植村牧師にも逢っていた。晶川は、一時、熱心に聖書を読み、麴町の教会にも通ったことがあった。

植村正久は週刊『福音新報』を発行して、才筆をふるったり、「旧約聖書」の翻訳、「讃美歌」の歌詞の翻訳などで、明治文学史上にも名をとどめ、ブラウニングを日本に紹介したりする、文学的感覚も持っていた。当時は、多くの青年が、彼の魅力にひかれてその教会に集まっていた。晶川もその一人で、人見しりをする晶川が、植村牧師とは、個人的に文学論などしていたことが、その日記にも残されている。

晶川の強い影響下にあった少女時代のかの子の胸に、植村牧師の名が強くきざみこまれていて、絶望の中で思い出したのである。

正久は、自分を頼ってきたかの子と一平の告白や懺悔を聞き終り、その事については何も答えず、静かにバイブルの講義をはじめた。

その後、正久は、週に一度ずつ、自ら出むいて夫婦を訪ね、聖書の講義をつづけた。かの子は、聖書を読めば読むほど、罪の解釈に迷い苦しんだ。

講義が終って、かの子が毎週、馬鹿のように繰返してたずねることは、

「聖書にはむやみに罪とか罰とか、善とか悪とか、人間を叱ったり区別したりする文字ばかりが出てきます。神様がおっしゃるように全智全能なら、なぜはじめから、罪だの悪だのを持った人間を創られたんですか。そういうふうに創っておかれて、あとから許すとか贖《あがな》うとかいうのがわからないのです」

という質問だった。性急に、自分の当面の悩みに明解な解答を欲しがり、苦しみから直ちにすくいだしてもらおうとあせるかの子の要求に、正久は具体的な答を与えず、やはり、聖書を一心に読むようにとしかいわない。

講義のあとで、かの子は、はぐらかされたようなもどかしさで涙ぐんでしまう。もてなしの鮨《すし》を出すと、正久は、食前の祈りを捧げる。かの子は、納得のいかないものに祈祷することが出来ず、もじもじして、いっそう涙ぐんでしまう。正久は、そんなかの子をみて、

「まだ祈祷する気にはなれませんか」

と、おだやかに微笑するだけだった。

教会へは、かの子が一平を誘ったが、それで結局充されるものがなかった時、仏教にすがろうと導いたのは、むしろ一平であった。

一平は幼少より、実家で、総領息子の義務として、毎朝、仏壇に御飯と水を供える役目を躾けられていた。無意識のうちに、それが宗教心の基礎になっていたと後年述懐している。そういう一平の悩みの解決法は、自然に仏教的雰囲気に憧れていった。かの子の情事を黙認した苦痛をひそかに癒そうとした時も、一平は人しれず、建長寺の禅道場に通い、原田祖岳師の犍稚《かんち》をうけていたのである。

何ごとにもひたむきで、愚直なほど融通のきかないかの子は、救われようとして救われないも

どかしさ、じれったさ、苦しさを、一々まともに受けて、惨めなほど悩み苦しんだ。

一平は、見かねて、そんなかの子をある日、乗合自動車にのせ、鎌倉の原田祖岳師の許に預けにいった。キリスト教に絶望したかの子を、一平が仏教に導いたのである。

《わたくしは雨安居《うあんご》といふ字が好きである。それは字画もよいし、また落着いたやはらか味のある坐禅弁道を思はせる。

専門道場の雨安居は四月乃至五月の半から始まつて九十日間の結制である。わたくし達は在俗の女のことでもあり、六月中のある五日間だけ如法の生活をする事にした。主人はわたくしを寺へ送り届けて呉れた。旅鞄の口を開けてはな紙や楊子歯磨の在所を示し、それから「内証だぞ」といつて、私の好きな塩煎餅の袋が、鞄の底に在るのをごそ〱いはした。娘の子を持たぬ主人は、私の斯うした寺行きにまるで娘の初入学のやうな興味を持つのである。旅鞄の口を締めると彼は絵の具箱を肩にかけて出かけて行った。

朝は早かつた。鐘の音で起きてすぐに電燈の下で坐禅をする。其間に老師が一座の教訓をされるのだが、その錆《さび》た声音を私は坐睡の夢のなかに陥れるやうな事が間々あつた。俊乗さんといふ十二の小僧さんが、警策で肩を打つて醒まして呉れた。夕方になると一抹の哀愁と共に、家の茶の間のピアノの照りが想はれた。……略……

入室は恐ろしかつた。老師は決して手荒な扱ひはされない。如意《にょい》を膝に立て其上へすえた手に顎を置いて、丁寧な洗錬された言葉で訊かれるのであつたが、私の心は理路から直観の袋小路へぎり〱と追ひ詰められて行つた。わたしは自分の指で自分の魂の裸身へ触つて見る驚異に、思はず心内に声を立てるやうなことがあつた》(雨安居)

《この時、或立派なお坊さんが、あなたの悩みは尊い、あなたの考へ方は間違つてはゐない。又その一本気な正直な性質は尊いのだといつて下さいました。

この頃から私の仏教への目覚めが出て来たのです》（親鸞の教こそ心の糧）とかの子がいっているのは、この間の消息を物語っている。この後、かの子は「歎異抄」を識り、はじめて煩悩のまま救われる道のあることを悟った。

《親鸞聖人の歎異鈔を読みますと、「善人なほもて往生を遂ぐ、いはんや悪人をや」とありました。仏様は誰をもお救ひ下さる、まして悪人や悩みをもつ者をどうして捨てゝおかれませうといふ意味であります。私の疑問はこゝで始めて解かれ、救はれた思ひが致しました。

親鸞聖人の唱へられた浄土真宗のみ教へは、日常生活にもあてはまる教へで、歎異鈔は文学的な美しい文章でも書かれてあります。

仏教は人間性を決して否定しようとはせず、すべては必然的な結果であると申してゐます。要はその人間性を時と位置によつて、上手に使ふにあるといふものです》（親鸞の教こそ心の糧）

というように、浄土真宗に一気に傾いていったかの子は、一度心を捕えられたものは、徹底的にその本体を見きわめ、根源をつきとめなければやまない、いつもの性癖から、親鸞聖人その人の伝記をしらべはじめた。

するとたちまち、人間親鸞の迷いの多い生涯と、人間らしさに魅了されていく。親鸞が対女性関係も複雑で、情慾も人一倍強く、自分の煩悩になやまされながら、それを凝視し、煩悩を肯定し、その上で尚「一切衆生悉有仏性」の思想にたち、唱名するだけで救いを得るという他力本願の信仰をうちたてたことに、かの子は血脈的な親近感と共鳴を覚えたのである。

親鸞を通して、仏教にふみこんだかの子は、法然、日蓮、道元と、鎌倉期仏教の開祖たちの言行録を読みあさっていった。次第にその研究は、八宗の教義の究理にのび、ついには龍樹の空観哲学の大乗仏教の源流にまでさかのぼっていくのである。

従ってかの子の仏教研究は、一宗一派にこだわらない八宗兼学であった。
自分の一身にもてあました愛慾の悩みから救われたいために入っていった仏教が、いつのまにか、かの子を女流では珍しい仏教学徒に仕立てていった。

《日本古来仏教各派の宗祖が、立教開宗の前後に於て必ず踏む宗学的課程の一形式がある。それは一切経の閲読である。法然上人が黒谷の報恩蔵に入つてこれを閲すること五度。日蓮上人が下総土橋東漸寺に於て閲したのが、彼の上人に於て三度目のものとされて居る。勿論研究には違ひ無いが、一方に於て一切経閲読は仏弟子にとつて神秘な功徳を享ける、聖なる儀式でもあつたのである。……略……

現代人の大蔵経に対する感じは余程違つて居る。学者達の尽力によつて原典の搬出があり、歴史的の検索も幾分明かになり、英仏独の仏教学者等の異味の貢献もまた好個の刺戟である。要するに一切経それ自身の進展更生である。私は日本伝統的の各宗のリバイバルにも尊敬の意を表する。然し一方今日の、進展更生を世界的身幅にまで拡めた大蔵経を閲読して、玆に現代の最新人に対する生命的施設としての新仏教を開演暢達することは、之に並ぶべき急務と思ふ。その任に選ばるべきは果して誰人であらう。筆に禱《いの》つて大正新修大蔵経巻の第一頁に書く。

「新土覓新鍬」》（閲蔵）

という意気込で、あの厖大な一切経を読み砕いていったことをはじめ、あらゆる仏教書を読破しようとした。

一方かの子は一平の示唆もあって、真宗にふれるかたわら、禅宗にも興味をもち、原田祖岳師の後、鶴見総持寺の管長、新井石禅師についても行法を試みている。

かの子の仏教研究はその後、延々十年の余の歳月にわたって根気よくつづけられたが、最初の二、三年は、研究家としてよりも救われたい一心の、迷える仏徒にすぎなかったのは当然である。

ったろう。

「迷い出しては信仰が毎日変った――云々」とある一平の述懐は、そのままかの子のものでもあったろう。

夫婦で宗教に救いを求めはじめたこの頃、吉屋信子が、偶然、かの子と運命的邂逅《かいこう》をしていて、その頃のかの子の姿を、「逞しき童女」の中にいきいきと活写している。

当時、吉屋信子は少女雑誌から始めた長い投書家時代に漸く飽きと疑いをいだいてきて、投書家時代と自ら訣別した。そして上京して、投書家時代に『新潮』の選者だった中村武羅夫を訪ねていった。中村武羅夫は、この優秀な投書家だった文学少女の才能を惜しみ、文学は一生かかるものだと励ました。その後で、すぐ家の後ろに生田春月と花世夫妻が棲んでいるから、花世に逢っていってはどうかとすすめた。花世もまた、『女子文壇』の投書家上りの女流作家だったからである。

武羅夫に同伴され、信子はその日、はじめて生田家を訪れた。かの子が、はじめて花世を訪ねて行き、悩みを打ちあけたあの日から、大方一年近い日がすぎていた。かの子は、初訪問以来、しげしげ花世を訪れては、相変らず一方的な悩みの打ちあけ場所として、花世から無言の慰めを得ていたのである。

花世は、例により、天性の人の好さから、初対面の文学少女を、下にもおかぬもてなしぶりで歓待した。信子が遠慮して帰りかけると、あわててひきとめた。

「今夜岡本かの子さんが見えられるはずですから、あなたもぜひ会うてゆかれたらいいと思いますよ。かの子さんはお嬢さんの頃やはり『女子文壇』の投書家で、いまは『朝日新聞』に絵を描かれる一平さんの奥さま歌人です」

信子は歌人としてのかの子をまだ知らなかったが、新聞の一平の漫画と、その文章は愛読していたので、興味をひかれた。

やがて、かの子が出現した。

《この路地の奥の低い地面の小さい家は外より早く家うちが暗くなる。花世さんが立って電燈のスイッチを入れた時……縁の外に足音が軽くひびいて障子に影がさした。「あっ見えられた」花世さんは岡本夫人の来訪を迎えて縁に出た。やがて一人の女性がわたくしの前に現れた。その刹那わたくしは烈しい衝動を受けた。

それはわたくしのかつて今までに見たことのない、あるエキセントリックな美しさともうわしさともなんとも名づけがたい感じを与える女性が眼前に出現したからである。

髪はその頃の形の（耳かくし）と称したものでふっくらとまんまるな顔によく似合い、そして化粧も描けるごとく念入りであったろうが、まず何よりもその印象の中心をなすものは、二つの大きく大きくまるく見張られた眼だった。まことに陳腐な形容ながらまったく濡れた大粒の黒真珠のような瞳は、時としてその顔中全体が二つの眼だけになってしまう感じだった。

美しいひとをわたくしもさまざま眺めたことはある。だがこうした雰囲気を身にまとうた女性を見たことはなかった。童女がそのまま大きくなった御婦人、この世とちがったところで呼吸している女性……。

花世さんはその岡本かの子夫人にわたくしを紹介された。わたくしははずかしかった。無名のなんでもない名、単に女学生上りの文学少女の来訪者に過ぎない姓名を夫人に告げたところでなんになろう。わたくしは身の縮む思いだった。ところが夫人の双眼はぱっと光を放つかのようにわたくしを見詰めて、

「『文章世界』や『新潮』の投書欄であなたのものずっと前からわたし愛読していますのよ」

この瞬間大いなるショックが波のようにわたくしを襲《おそ》ってかすかな身ぶるいさえ覚えた。

「わたくしはもう有名になった方の作品を読むより投書欄の若いひとたちの一生懸命に――」

この（いっしょうけんめい）という言葉のところで大きな眼を爛々とさせて迫力をこめて、

「いっしょうけんめいに書かれた投書の文章がほんとうに好き！」

夫人の姿も顔も髪もみな消え失せて、ただ二つの女の熱意を含んだ眼が宙に黒く玉のように浮いてわたくしにせまった……》（逞しき童女）

この瞬間、吉屋信子は（小説家になる、石にかじりついても！）という運命的な大決心をしたのだという。巫女《みこ》的な魅力をたたえた異様なかの子の風貌や言動が目に見えるようである。

かの子は、子猫がまるい膝に這いよると、ハンドバッグから深紅のハンカチをとりだして、子猫の首にまいて結んだ。信子は、うっとりとして、そんなかの子の動作を酔心地で見守り、かの子が花世に話す例の打ちあけ話を横でかしこまって拝聴していた。かの子は初対面の少女の前もはばからず、相変らず、一平の放蕩時代の話、岡本家で姑や小姑と暮して辛かった時代の話、太郎の話などを、めんめんとつづける。

そして時々信子の方にも顔をむけ、

「人間にはそれはそれは苦しいことがあるのよ」

と、大粒の黒い瞳に熱をふくんで、じっと少女の顔を凝視したりするのだった。

夜も更け、信子が辞去すると、かの子も一緒について、生田家を出た。灯の濃くなりはじめた神楽坂を辿りながら、かの子は荘重な口調で話しつづける。

信子の投書の題名まではっきりあげて感想をのべ、

「きっといい小説が書けるひとよ、あなたは」

と、予言者めいて、励ましたりする。

「人間はたとえ女でも何事にも志は高くどこまでも高く持つものよ、わたくしは満身創痍を受けても高く高く――もがいて苦しんでそれを抱き締めたいの」

信子が、かの子の口調に、圧倒されつづけたままでいるうち、牛込見附の電車の停留所へ来ていた。電車の中でもかの子は今度は自分の家へも来るようにと、青山への道順まで親切に信子に教えた。

赤坂見附で、ようやくかの子は乗りかえのため降りていった。

《そのあと電車が動き出すと突然に、前の席からつかつかと一人の老年の紳士がわたくしの前に進み来て口早に問うた。

「失礼ですが、さっき降りられた御婦人はどういう方ですか、じつに不思議な別嬪ですなあ！」》（逞しき童女）

この夜のかの子の話題の中に、すでに大乗仏教についての話がまじっていたという。初めて花世を訪ねた時より、髪型や風采がいくらか尋常らしくみえたのも、かの子の精神状態が求道の途上で、いくぶん落着きを得てきたしるしであったのかもしれない。

この頃、岡本家の家族構成も大分変ってきていた。

女中には代々、こりごりして、もう女中は置かないことになった。堀切茂雄の去った後、二階のアトリエにまた一平はこもるようになり、階下の玄関脇の四畳半に、二人の大学生が寄宿した。恒松源吉、安夫の兄弟で、島根県の素封家の息子たちであった。彼等の祖父隆慶とかの子の父寅吉が親しかった関係で、はじめ兄の源吉が、ついで弟の安夫が共に慶大に入って追っかけてきた。恒松隆慶は有名な政治家で、大地主でもあった。

安夫は殊にかの子夫妻になつき、かの子も安夫を気にいった。いつのまにか、掃除や食事の支度、はてはわんぱく盛りの太郎の世話まで、一切安夫の手にゆだねられてしまっていた。二人の故郷では旧家で、多勢の召使いにかしずかれて暮した生活なのに、安夫は天性、気持が優しく、小まめで、そういう仕事を器用に楽しんでやってのける才能もあった。

精神のたて直しに熱中している夫婦は、自分たちのことだけでせいいっぱいで、小さな太郎は、またしても完全に忘れすてられていた。

幼稚園は久留島武彦のさわらび幼稚園へ入ったが、犬張子の記章をつけて通ったのは、半年もつづかなかった。幼稚園の途中の浅野の森で、いつまでも遊んでおり、欅が夕焼空にひろがる美しさに見とれたり、どぶ川のふちにしゃがみこんで、水中の世界に見とれ、時間も忘れていたりした。孤独な幼児は、木や水や太陽をいつのまにか自分の対話の相手にして、自然の中にひとりとけこむ術を身につけていたのだ。

近所の小学校に上っても、太陽としゃべりながら、学校の門をとっくに通りすぎてしまっていたり、校庭から、くず屋の車について、そのまま学校をぬけだしたりして、教室におちつかなかった。

自分の問題でいっぱいの両親は、そんな太郎に手を焼いて、本石町のある寺子屋式の塾にあずけてしまった。そこでは、塾長の妻を「奥さん」、娘を「お嬢さん」と呼ばなければならないのが、幼い太郎にとっては、本能的に屈辱感を呼び、堪えられなかった。食事もひどくまずかった。そこも半年たらずで出て、今度は慶応の幼稚舎に入れられた。

そんな頃のある夜、青山通りで、太郎が何かで癇癪をおこし、道路で坐りこんで泣きわめくので、かの子が激しく叱っていると、通りすがりの紳士が、

「こんな小さい子を、そんなに虐待してはいけない」

と、かの子にお説教をはじめた。その事をかの子はいつまでも覚えていて、

「太郎が悪いのに、あたしの方が叱られちゃって、恥かいた」

とよく笑い話にしていた。当時の太郎が、いくらか、癇癖が強く、乱暴だったにせよ、普通の家庭なら、まだ六つや七つで寺子屋に入れたり、小学校の寄宿舎に入れられたりすることはなかっ

ただろう。

かの子はこの頃になると、ますます家事はかえりみなくなっていた。茂雄の一件で、唯一の手助けだったきんも締出してしまったため、押入は、汚れ物、未つくろいの物の山だった。

当時、太郎は、小遣銭に不自由はしない。庭をさがせば、縁側からごみといっしょに掃きとばした銅貨や、銀貨まで、わけなく手に入れることが出来たのである。

安夫が、掃除係になって驚いたのは、原稿料の郵送された為替が、あちこちに捨ててあったり、うっかりすると、封もきらないで塵籠《ちりかご》に入っていたりしたことだった。女中の居た頃は、神棚に、かの子が為替を置く片端から、女中が盗みとって使っていたのさえ、気づかなかった位のルーズさだから、そんなことがあっても不思議ではなかったのだ。夫婦の宗門めぐりも一段落して、親鸞に熱中しかけた頃、たまたま北町の家を造った大工が、芝白金に、二階建の借家を建てている話を持ちこんできた。

様々な暗い思い出のしみついた家から出て、心機一転の新生活に入るのも良かろうという気持になっていた一平は、すぐさま大工の話にのって、その家が出来次第、青山から引越すことに取りきめた。

当時、まだ白金あたりはまるで田舎で、野原や、稲田が通りのすぐ向うに拡がっているという状態だった。今の五反田界隈も、大崎のたんぼで、道ばたに清水が湧きだしていたりした。

日吉坂上の、郵便局とパン屋の間を入って行く細い下り坂道の横丁から、更に左へ入る小さな露地の奥の、木造二階建がその家だった。

白金三光町二九三番地。一平は「崖の家」と名づけて、この新居を愛着した。

家の裏は、雑草が生い茂った赤土の崖で、その上に、黒いコールタール塗りの木柵をめぐらせた伝染病研究所の庭があり、小さな番小屋の屋根ごしに、古びた鋭角の塔をもった病院の建物が見えていた。崖には雑草がはびこり、トカゲがぬめぬめと腹を光らせて走る。崖上の青空や雲の往来を仰いでいると、まるで、山の中の渓谷の底の家にいるような気がしてくる。世捨人のかくれ家らしく、どうかすると風流めいて見えないでもない。

赤むけになった心をいたわりあい、そっと休ませるには、いかにも落ちついた雰囲気に思われた。

かの子も一平も、ろくろく間取りも見ないで、土台石を置いた時から約束したので、いざ引越して来てみて、はじめて近所の様子を見たくらいだった。

家へ入る露地の入口の前が、ずらりと並んだ長屋だったのを見て、かの子が眉をひそめ、

「困ったわねえ、入口に長屋が並んでいるわ」

と、逡巡した。生涯に一度は、石の柱の門のある家に住みたいなど、幼稚で、通俗な虚栄心をもらしていたかの子だったから、見すぼらしい長屋の前の露地の家というのには、いささかめんくらったものらしい。

その辺りは、不思議にも震災も戦火もまぬがれて、まるでそこだけ、歴史の流れがよどんだように、今もそのまま、当時の雰囲気を残している。

《白金三光町の電車通りを銅貨を掌に載せたまゝ朝風に吹かれ歩るいて行くのも一つの風流だ。商人屋は場末に近い町とて葉茶屋で、鶏卵を売つてたり八百屋の片店で塩魚の切売りをしたり鄙《ひな》びて居る。人力車の車宿が自動車を一台買ひ入れ傍《かたはら》、貸自動車を始めた。文明の利器の容れ場に家の大方は取られて車宿の家族は片隅に息も絶え〴〵に住んでゐる》（へぼ胡瓜）

と、一平が書いた電車通りは、さすがに道幅も広く、商店もこざっぱりと近代化されているけれど、まだどこかに場末じみた鄙びた悠長さの影がのこっていた。

ある日、一日同道してもらった岡本太郎の記憶によれば、商店の屋号など、それぞれ往時のま

まのものも多いという。坂道の入口の郵便局など、今時、田舎にも珍しいような木造ペンキ塗りのものが、当時の俤をそのままに伝えていた。

「この格子《こうし》の家で、いつも三味線の音がして、ちょっと可愛い女の子がいて、ぼくらがのぞくと、きまって、あの子岡本って家の子よと、甲高い声で格子の中で云うんだ」

そっくり当時のままだという坂道の片側の家並の前で、ふと立ち止まった太郎から、そんな思い出話も出るような、古風な昔の東京がそこにある。

この「崖の家」を、一平は当時、「修道院」とも呼んでいた。

《最初主人は主婦に、人様の前では申悪《もうしにく》い話だが、まあ恋に似たやうな事をやつて親元から懇望して貰つて来たのだから、謂《い》はゞ夫婦であつた。夫婦であつたが、主人の放埒《はうらつ》我儘《わがまま》や主婦の矯激な感情が喰ひ違ひをやつてひどい目に遇つた。二人の性格が一遍ずたずたになつた。互に生かしては置けぬ程も憎み合つて然《しか》も絶ち切れぬ紲《きづな》は二人を泣き笑ひさせた。それから双方傷手をいたはり合ふやうな所へ出て今日では夫婦のなかなぞといふ事もまだその間に性といふ垣根があるから煩《わづら》ひだ。もつと血肉にならう、で只今では主人と主婦とは身体の上に修道院の僧と尼僧の如き淡泊さを保とうとして居る。心の上に兄妹か或は姉妹の如き因縁を感じて居る》

(侘しき時は汽車ごつこ)

生活の建て直しをする手段の一つとして、夫婦の間から一時、「性」がぬきとられるということは、さほど奇矯なことではないだろう。けれどもその習慣が、そのまま、夫婦のどちらかが死ぬまで保ちつづけられたといえば、やはり奇異な現象といわなければならない。

かの子一平の夫婦間に「性」がぬきさられていたという噂は、長い間、一種の好奇的な伝説として語り伝えられていた。生前のかの子が、それとなくほのめかしたり、唐突に女友だちに、「あなたセックスはどうしていらっしゃるの」など、奇矯な質問を浴せたりしたことから、いっそうその噂は秘密めかしく拡がったのだが、その源は、実はすでに一平が、その作品の中で、これほどはっきり明示したことから世間に伝わったのだった。要するに、はじめからこの夫婦は、その事をかくべつ世間に秘密にして扱っていなかったのである。

後年、太郎も、この間の夫婦の消息を、

《一家つれだってヨーロッパに遊ぶ頃には、父母は傍目《はため》にはうらやましいほどの和合に達していたのである。しかし、その裏には、やはりまた一つの陥穽《かんせい》があった。それは却って父母が大乗的に乗超えた筈の、俗な意味での夫婦生活である。父母は単なる夫婦愛によって結ばれていたのではない。といえば何か神秘的な言い草のようだが、母をかばうことに決心して以来、二十数年の夫婦生活の間、父は肉体的な夫婦の関係を全く持たなかったのである。常識では考えも及ばない夫婦関係であったが、やはり父がまったく惚れて惚れて惚れぬいた結果というより外はない。だから多情多感の母は、信頼と愛情にみたされていながら、また、そこに悩みを持たなかったであろうか。旧家の伝統のうちに育った母の倫理感は、きびしくそれをさいなんだ》(母、かの子の思い出)

と、明言している。この文章には仔細にみれば、不思議な暗示的な箇所があるのに気づく。

「父は肉体的な夫婦の関係を全く持たなかった」

とあるのは、当然、二人はと書くべき箇所であり、かの子の倫理感がきびしくそれに、さいなまなければならない問題が、かの子の側にはあったという意味にもとられるのである。

ともあれ、二人の間に夫婦としての肉体交渉が絶えたのは、青山北町の終りから、芝白金に移った前後であることにはまちがいない。

一平は、青山北町時代の後半、すでに、酒毒から心臓に不気味な結滞をおこすようになっており、性生活も不能に近くなっていた。

かの子をかばう決心をした時、同時に、それまで中毒症状になっていたアルコールとも煙草とも、きっぱり縁を絶ち、酒友までも絶交した。

そういう一平に向かって、夫婦の性を絶ってみようという申し入れをしたのは、かの子の方からであった。

一平はこれに応じた。しかも、生涯その誓いを守ったのである。もちろん、酒を絶ち煙草を絶ち、生活が規則正しくなった一平の健康が回復するのには暇はかからなかった筈である。

健康な三十四、五歳の男が、妻の死ぬまで二十年間に、夫婦なのに全く性交渉を持たず、更に妻以外の女性にも一切触れず、すごすことが出来るであろうか。常識的には不可能にちかいそんな荒行を、一平は自分に課し、あくまで守りぬいたのだった。

かの子が、そんな条件を持ちだした時には、自分の過ちを通った肉体を清めたい気持もあり、その肉体への刑罰の気持もあったと同時に、一平に対して本能的な復讐の気持が働いていなかったとは云えないだろう。

かの子が、そんな重大な提言をしながら、それを夫婦生活の最後まで守りぬく覚悟でいったとも考えられない。とにかく、二人が、共に叩きこまれたどん底から這い上るエネルギーの一つに、禁欲も手段の一つと選んだものではないだろうか。もしかしたら、多分に残っていた文学少女趣味から出た、思いつきのロマンティックなうわ言だったかもしれないのである。

ただし、それを受けて立った一平の方が、尋常でない真剣さで、問題を真向《まっこう》から正眼に受けとめたから悲劇になった。

この問題は、かの子、一平の稀有な夫婦関係を理解し、二人の残した仕事を解明するためには、最大の鍵になる。

けれども、今、その結論を急ぐことは出来ない。

この問題が我々に謎を感じさせ、釈然としないものを残すその不確かさのままで、一平は一方的にかの子との誓言を守り通すことで、二人の夫婦生活は歳月を重ねていく。かの子はそんな生活と一平に支えられて、以後二十年の間に、全く違った人格の女として、生れ変ってしまったからであった。

この状態の上に咲いたかの子の仏教研究の成果であり、かの子の文学の業績なのであるから、やはり、この問題は謎のままにして、二人の今後の生活の歩みをたどるのが妥当ではないだろうか。

白金に移ってからは、ともかく平穏な、いたわりあいの日々が流れた。

太郎は、土、日とかけて幼稚舎から帰り、普段の日は、恒松兄弟と夫婦だけの生活がつづく。炊事、洗濯、掃除は、専ら安夫の役目になり、かの子は、炊事も後片づけぐらいで、あとは毎日、日課のように、歯医者や鼻の医者に通い、長唄の稽古に出かけ、後の時間は、仏教研究に打ちこんでいる。

一平は、朝寝と朝湯だけがただ一つの人生の道楽といったような暮しぶりで、崖下の場末の家にも、仕事を持ちこむ雑誌社がおしかけ、経済的な苦労はなくなっていた。

かの子の言動には、次第に、以前にはなかった活潑な活動的な風が見えてきた。

「かろきねたみ」をだして六年ぶりに、第二歌集「愛のなやみ」を出版する気持になったのも、外へ向かってのびようとするかの子の活動意欲のあらわれであった。

「愛のなやみ」は、大正七年二月十日、東雲堂書店から発行された。菊半截、本文百六十四頁。定価六十五銭。収録歌五百三十七首である。

『スバル』『青鞜』にのせた歌と、病気から回復し、『水甕』その他の歌誌に、需《もと》められて寄稿した作品があわせられた。

第一歌集「かろきねたみ」が、青春と新婚生活のモニュメントならば、「愛のなやみ」は、文字通り、かの子のくぐった愛憎の煉獄の炎で書いた苦悩の歴史ということが出来よう。

序文に、

《愛はなやみなり。進めば囚《とらは》れ易く、退けばえ堪へず淋し。われ、これを求むる情のかぎりもなくはげしきに、心あやにくかよはくて、絶えずそのなやみに傷む。

わがうちにひそみつつうつむき勝ちに綴れる「愛のなやみ」一巻をひもとかば、おのづからなるをんなのなげきをききたまふべし。

大正七年一月

かの子しるす》

と記している。

歌は、晶川の霊に捧げた哀悼歌、母アイの死を悲しむ歌から、一平にかえりみられない頃の悲痛な、なげきの絶唱から、堀切茂雄があらわれ、去り、遠くで死んでいった悲恋の経過を詠んだものなどで埋められている。したがって、「かろきねたみ」が、甘いロマンティックな匂いをたたえているのに比べ、「愛のなやみ」の方が、ずっと複雑な女の生活や心理のドラマが、なまなましくうかがえるのである。

いかばかり君を思はば我をのみおもふ君とはなりたまふらん

いやさらに離《か》るゝは淋し傍に君美しうあるもなやまし

海行かば波高からん陸《くが》行かば土凍りてんさあれ逢はでやは

一日だに離《さか》るはつらや人の身の命みじかし生きの日少なし

蜱々《いとどく》泣きて誰をば待つ汝《なれ》ぞ泣きて誰をばうらむ汝《いまし》ぞ

しばしだに肌《はだへ》はなさばはかなくもまた冷えはてんわが人形か

ああ百夜いだけど君の美しさ冷たさはげに変らざりけり

人一倍濃情の、火のような想いをもてあましたかの子の愛のなやみが、熱い炎になってふきつけてくるような、歌々である。魔の時代の毒素を吐きつくしたかにみえるこの歌集のあとには、またちがった匂いの詩の花が咲く筈であった。

ある晴れた朝――崖下の家を近所の老婆が訪れた。勝手知った庭先へ入っていくと、明るい縁側で、一平とかの子が、子供のように並んで足をふみならして行進している。ふところ手の一平の肩に、かの子が両手をかけて、調子をとりながら、交互につぶやいていることは、

「しゅっしゅっぽっぽ、しゅっぽっぽ」

「がちゃ、がちゃ、しゅっぽっぽ」

「ほら、トンネルよ。機関手さん、しっかり、しゅっぽっぽ」

老婆はあきれて、棒立ちになってしまった。

「何ですねえ、いったい、旦那も、奥さんまで」

「おばさん、おもしろいわよ。汽車ごっこよ。やらない？　ほら、しゅっぽっぽ、しゅっぽっぽ、ピピーッ」

かの子の童顔は、紅潮し、目はきらきら輝いて、全く無心の童女そのものの、三昧境の表情だった。老婆は呆れて首をふった。

崖の雑草の白い花が、見えない風にゆられていた。

第十章　波　濤

崖下の家に移ってから、一平の仕事は急激に忙しくなってきた。新聞社に勤めだした頃は、まだ漫画をのせる雑誌が少なく、ほとんど新聞社の仕事だけをしていればよかった。

毎朝十一時に出社して、取材に歩きまわり、夜十時まで社にいて、その日の材料を絵にしてまとめあげる。

三百六十五日、休日も休まずこの仕事を四、五年もしているうちに、次第に酒の力を借りなければ、アイディアが躍動しなくなってきた。取材先で飲むのは勿論、社に帰っても、執筆しながら、ウイスキーかブランデーを飲む。それもきかなくなると、ベルモットにブランをいれて、熱湯を注して飲む。

こうして完全にアル中になった頃、仕事はいつのまにか量をまし、雑誌にも漫画の頁が多くなってきた。

新聞社の仕事だけでなく、家に帰れば雑誌社の仕事がある。夜なかにそれを片づけるのに、また酒の力を借りる。

頭も心臓も怪しくなりはじめて、漸く禁酒禁煙を実行したのが、崖下の家に移った頃と一致していた。

雑誌『良友』に子供漫画「珍助と平太郎」、『婦女界』に「女百面相」などの漫画をはじめ、『雄弁』に「へぼ胡瓜」、『新小説』に「泣虫寺の夜話」等の小説まで、毎月十二、三の雑誌をひきうけていた。

新聞社の方でも、続き漫画の外に、議会が始まれば政治漫画もあり、『週刊朝日』もはじまるという状態になった。その上絹本まで引きうけていた。

夜十一時頃帰宅して、それから暁方まで雑誌の原稿や絹本を描く。漸く東天が白みそめる頃、筆をなげだし、牛乳を四合のんでぶっ倒れるように寝につく。朝六時から十時まで寝て十一時に出社する。

その上、週のうち三日は必ず徹夜して、翌朝すぐ議会に出かけなければならないということもあった。睡眠はたいてい三、四時間で、往復の車の中や、議会の席で居眠りするより睡眠のとりようもない有様だった。

一平は疲労に逆襲するため、一日百人の顔を描くカルカチュアデーを計画したりした。自虐というより外ないこんな無理な仕事ぶりの中へ、我から自分をつき落すようなやり方であった。

そんな一平の仕事ぶりをみて、かの子は、

「誰もそんなに働いてくれと頼みやしないじゃありませんか。からだをこわすとこまるのにねえ」

とため息をついた。

《「一体何故さう忙しがるのだ。苦を求め疲労を求めるのだ。さう訊く人があるかも知れない。その人にはこつちから訊く。一体自分の生命を湯掻《ゆが》くのに忙しさの外によい方法はあるか。人生に苦と疲労の味以上の味はあるか。……中略……宗教巡礼に踏出す前までは僕はニヒリスティックなる死灰《しくわい》の自分を掻き乱すために無暗に仕事に没頭した。

宗教巡礼に踏み出してから仕事は、僕の求道の道具だつた。喫茶喫飯が求道の道具であるやうに、自分をリアリスチックに解明把握する粉砕機として仕事を使つた。仕事によつて外殻的な自分を一たん粉末飛散させる。箇と認める自分が一片も無くなつた上にゆくり無く映じ出る真の自分に逢ひ度い為に、自分を粉砕する仕事といへば好き嫌ひを許さぬ過酷な度合ひのもので無ければならぬ。息もつがせず矢つぎ早やに役し来るものでなければならぬ」》（苦楽十年の回想）

というのが、当時の一平の覚悟であり心境であった。

同時に、自分に苛酷な仕事を死物狂いで克服していくうちに、思いがけない透明な三昧境に導かれ、恍惚にひたることがあった。夜明け、徹夜の仕事の業苦から解き放された瞬間、我知らず、地獄から極楽に転じていた三昧境から引きもどされる。筆を置いても尚つづく恍惚の余韻と、仕事を終えた爽快感が、心身にわきあがる時、疲れは忘れられる。

一平は、太郎を起して、二人で目黒大崎の朝露を踏みに出る。赫々と上る朝日を仰ぐ時、業苦が恩寵に変っているのを知らされるのだ。

もちろん、その頃の一平に、人気の波に乗った人間の自信と、自負と、より性急な野心がなかったとはいえないだろう。

その頃、岡本家へ始終出入りしていた人物に、恒松安夫の大学の級友の有森英彦がいた。現に健在で芝白金三光町に棲む有森英彦の記憶によれば、ある日、いつものように訪ねていくと、一平は絵を描きながら、

「今の俺の人気を見ろよ。凄いだろう。でもまだまだこんなものじゃないぞ。今の俺は、これから、どこまでこの人気がのび拡がるか見てやろうという気持だよ」

と満足そうに語った。英彦がまだ大学も下級生で、家族同様の安夫の親友だというところから、おそらく一平が不用意にもらした内心の本音であったろう。

一平はそんな忙しさの中でも、英彦がいつ不意に訪れていってもついぞ不愉快な顔をしているのを見せたことがなかった。

午前十時頃、悠々と朝湯に出かけていく一平に、表通りで逢うこともあった。湯から帰りの時は、一平はたいてい汚いドテラや浴衣の胸を、買物でふくらませている。中身は肉であったり、煮豆であったり、つくだ煮であったりする。

「今夜、めし食いに来いよ。俺の炊事当番だから。うまいビフテキ御馳走するよ」

そんなことをいう一平は、とても死物狂いの仕事に追われ、家ではすでに雑誌記者が数人もつめかけて、原稿督促に居坐っているなど、想像も出来ないようなのんびりさに見うけられた。

朝の食事の支度は、ほとんど安夫の役目であったけれど、夜は一応当番制にして、かの子や一平も引受けていた。衣食住の中で、食にもっとも欲望の強かった一平は、不味《まず》い物を食うくらいなら死んだ方がましだというだけあって、かの子や安夫よりも、料理がたしかにうまかった。

かの子はこの頃から、自分の生活に厳然と勉強時間を決めていて、その時は、家中に誰もいず、かの子一人が在宅していても、玄関に誰が訪れようが決して出ない。たとい泥棒が入っても、勉強時間中は座はたたないのではないかと思うほどの泰然自若ぶりである。その間は、一平に来客があろうが、安夫に友人が訪ねようがもちろんお茶一つ出しはしない。

ある日などは英彦が安夫を訪ね、廊下でぱったりかの子と顔をあわせたのに、かの子は勉強時間中の三昧境から魂がもどっていないらしく、英彦ににこりともしなければ、もちろん声もかけず、目の色ひとつかえず、すっすとすりぬけて悠々とはばかりへ入っていった。文字通り眼中人無き境に入っているのである。

こまめで気の優しい安夫は、いつのまにか、かの子の女中兼秘書兼経理士兼崇拝者にみなされてしまった。

為替の入ったままの封筒を屑籠にすててあるのも気づかないような夫婦のため、安夫は金銭の管理をまかされると、一平もかの子も、安夫から小遣いを渡される状態をかえって便利がり面白がった。

英彦はかの子の長襦袢の衿を、不器用な針目でつけている安夫をみたことがある。またある日は、英彦が訪ねると、丁度かの子は鏡の前で安夫に帯を結んでもらっていた。

夕方から青山学院で、日本の古典文学について講演するのだというかの子は、いつもより念入りな厚ぬり化粧に、派手な外出用の着物を着ていた。鏡の前でかの子の背後に立ち、安夫は厚い帯を両手に持ってぎゅうぎゅうしめている。

「もっとよ、あら、しめすぎ、も少しゆるく、あら、ゆるすぎた……きつすぎるってば」

なかなか、かの子の気にいるようにいかない。

「ちょっ、何て不器用なんだろ」

「そんなことといったって、無理だよ、お姉さん」

安夫にかの子はお姉さんと呼ばせていた。おとなしい安夫は、いつのまにか顔に汗をにじませ、顔を紅潮させ苦心惨憺《さんたん》だ。ようやく締めかげんが及第したら、その次はおたいこの型が定まらない。ああでもない、そうじゃないと、かの子は安夫の結ぶおたいこに一々文句をつけて、いつまでたってもかの子の理想通りの型に出来上らない。

「もう、いいわ、いいわよもう」

かの子は大きな目に、くやし涙とも、疲れ涙ともつかない涙をあふれさせ、とうとう結んだばかりの帯を駄々っ子のようにほどいてしまった。

「ど、どうするんです」

「こんな気持の悪い帯で、とても人の前に立って話なんか出来やしない。もう止すの」

「だって」

「だっても何もないわ。今日の講演は行きません。何とでもいって、あんた電話でことわってちょうだい」

いいだしたらきかない。とうとうかの子は帯の結べない理由で、その日の講演を本当にすっぽかしてしまった。

英彦の目には、何から何まで不思議で奇怪な岡本家に見えた。たまに幼稚舎から帰ってくる太郎に対するかの子の態度なども、普通の平凡な家庭に育った英彦の目には、まるで継子いじめの継母のように冷たく感じられる。つい、

「かわいそうだなあ、こんな小ちゃい子に」

叱りつけられている太郎に同情してつぶやくと、かの子に、にらみつけられ、

「ほっといてちょうだい！　あたしには子供なんて育てられません！」

と、どなりつけられてしまった。まるでそれが当然のように胸を張ってヒステリックに叫ぶかの子の態度に、英彦はいっそう度肝をぬかれ、だまってしまった。

それでもかの子は、「勉強時間」以外はなかなか陽気で愛想もよく、安夫の親友である美青年の英彦にも親切だった。機嫌がいいと、安夫や英彦相手に芸術論をのべたてる。

「あんたたちなんか、芸術はわからないのよ」

ときめつけながらも、自分の芸術論の聞き手としては、いい相手にしていた。英彦が親しさにまかせて、

「芸術芸術っていうけど、あなたの歌なんかそんなにいいかなあ、たまにつくるぼくたちの歌のほうがずっといい時だってありますよ」

とからかうと、かの子はむきになっていいかえす。

「それはちがいます。あんたたちが、たまに一つくらい傑作が出来たって、それは素人のまぐれ当りというものよ、あたしたちは専門家、玄人です。玄人ってのは、百点の歌が一つもつくれな

くても、つくればいつでも七十点平均の歌は必ずつくれるという腕のことをいうのよ。あたしの歌は、玄人の歌だから、そこがちがうんだ」

たまたま、一平がそんな場にいあわせても、だまってにこにこ聞きすてているだけで、その態度は、いつでも全面的にかの子のいい分に賛成しているというふうであった。

この頃の一平は、生きる目的のすべてを、かつてかの子を狂気に追いこむまでに与えた、自分の残酷の罪を償うことにあてていた。残る生涯のすべてを、かの子の幸福のために捧げようと、内心堅く決意していた。性来、懐疑主義的で虚無的な、人生に何の張りも感じないような性質でありながら、かの子のために生き直そうと決意して以来、一平は、自分の誓いを徹底的に守り抜いた。朝寝と食道楽以外のすべての快楽を自分に絶ち、半僧半俗のような生活を自らに課していた。

夜もろくに眠らず稼ぐ上に、一平が浪費しなくなったのだから、二、三年の間に生活はよほど楽になったし、安夫がしっかり家計を預るから、いつのまにかたくわえさえ出来てきはじめた。

一平は、魔の時代に、かの子が太郎を抱きしめ、

「今に巴里へ行きましょうね、シャンゼリゼーを歩きましょうね」

と、うわごとのようにつぶやき、自分の絶望を慰めたという話が、骨身に沁みてこたえていた。

「今に、金がたまったら、家中で洋行しよう。お前に巴里をみせてやろう」

というのが、一平のひそかな悲願になっていた。その夢は折にふれ語られ、今では家中の共通の夢になっている。

この外遊計画が世間と変っているのは、一家ぐるみの計画であったことだ。夫婦に太郎は勿論、安夫までもがこの人員の中に数えられていた。

かの子も一平も、兄の源吉の方には、性質にも人柄にもそれほど親しまず、弟の安夫は無くて

はならない家族の一員のように考えていた。したがって、家族ぐるみの洋行とは四人の出発を意味していた。

当時、画家たちが巴里へ留学するには、一年の留学費に往復旅費を加算し、どんなに倹約した生活の予算をたてても、六千円はかかるとされていた。その四倍の金額が必要となる。時期は、太郎が小学校を卒業した時に決めた。中学へ上がる一、二年を休学させて巴里を見せるのがいいという計算だった。それまでには金の方も、今の調子がつづくとみれば、どうにか調《ととの》いそうにも思えてくる。かの子は、この計画を誰よりも喜び、早速フランス語をならいはじめていた。

ところがある日、突然全く予想もしなかった事態が突発した。

大正十一年一月のはじめのある日だった。一平はその日も、朝日新聞のデスクにしがみつき、漫画を描いていた。そこへ、一人の訪問客が訪れた。一平が「女百面相」を連載している婦人雑誌『婦女界』の社長都河《つがわ》龍だった。

都河は今度世界一周をする計画をたてたが、一緒に出かけないかという話をさりげない表情で語った。一平は反射的に、

「そいつは――」

有難いといいかけて、あわてて、

「結構な御相談ですなあ」

とつづけた。都河は更に計画の詳細を語った。英国に本店のあるトーマス・クック社は、世界中に支店や代理店を持ち、旅行の万般のことを取り扱っている。この社が今度、世界一周の団体を日本で募集した。日本ではこの企てが二回目であった。旅行の月日は丸四カ月、廻る国々は、英、米、仏、独、白、伊、それに都合により埃及《エジプト》へ入り、海峡植民地を通る。

往きは太平洋を渡り米国よりはじめ、帰りは印度を越す欧州航路に依る。会費は八千五百円、

待遇はすべて一等で、汽車、汽船、ホテルの費用、食事、見物、案内の費用、ボーイのチップまで、すっかり会費に含まれている。

旅行者は洗濯代と自分の飲みもの代、及び土産物等を買う小遣いがあればいい。それ等の費用や支度金もふくめ、まあ一人一万二、三千円はかかろうというもの。日本から日本人の通訳が一人ついてゆく。一応これほど安心な大名旅行はなさそうである。

そんな説明を聞き終ると、一平の心はいよいよ、躍り上ってきた。もちろん、都河の話は、一平の費用のすべてを『婦女界』で負担する条件での誘いであった。

その夜、一平は崖下の家へ帰り、いつものように家族と食卓をかこみながらこの重大な話をきりだすきっかけを窺った。小学四年になっている太郎も、土曜日で寄宿舎から帰っていた。食卓には安夫の郷里の出雲の郷土料理の鍋焼きが用意されていた。魚と野菜のごった煮の鍋である。安夫の給仕をうけながら平和に食事の進んだ頃を見はからい、一平は、はじめて、今日の都河の訪問の話をきりだした。

「今日世界一周に行ってみないかという話があったんだがね」

「まあ、それはいいお話じゃないの、でももっとくわしく話してみて」

かの子は意外に虚心に話にのってきた。一平の説明を聞きおわると、おどろくばかりの無造作さで、

「わかったわ、いいお話よ、行ってらっしゃい」

「でも、お前が留守にまた心配して例の病気にでもなりゃしないかい」

「大丈夫よ。あたしこの頃すっかりあなたを信用しています。末梢のことは心配するかもしれませんけど、根本は大丈夫よ。今、行く方があなたのためにいい気がするわ。あたし達の行く時の参考のためにも下見にいってきてちょうだい」

一平は安堵と、喜びで胸が躍りあがってきた。

「あら、お父さんずるいや、一人で洋行するんだって、ぼくもつれてってよ」

太郎は茶碗も箸も放りだすと、いきなり一平の首ったまに弾丸のようにとびついてきてぶらさがった。

幸い朝日新聞社の方でも、四カ月の休暇を快諾してくれた。

出発までの三カ月はまたたくまに経ってしまった。

旅の支度は万事安夫まかせで、一平は少しでも多く仕事をして新聞社に尽して出る心がけだった。かの子はこんな際、何の役にも立たない。安夫一人が気をもんで、支度に没頭する。洋服屋も靴屋も安夫が呼びよせ、のっぴきならず一平の寸法をはからせる。

「西洋では、こんなものを着て寝るそうです。洋服屋が持ってきたから買っときましたよ」

キリストの服のようなパジャマの用意もしてくれる。

一平がしたのは、安夫につれられてデパートへゆき、カラーを買う時、首にあわせたのと、タキシード用のエナメルの靴に足をあわせてみただけであった。

出発の朝まで徹夜で仕事に追われつづけ、尾頭つきと赤飯で首途《かどで》を祝われ、一平は出発することになった。

かの子は相変らず、見送りの仕度に手間どり、一平以上に安夫の手をわずらわせながら、大騒ぎであった。それでも上機嫌で、四、五日前からろくに口をきくひまもなかった一平との別れに対して、さほど感傷的になっていないのが、一平には救いになった。

玄関へ出た時、かの子がちょっとと一平の肩をおさえた。

「旅行中のお守りをあげましょう」

かの子は太った指から自分の指輪をぬき、一平の小指にはめてやった。

「そうか、これは有難う」

一平もさりげない調子で軽く頭を下げた。

あの魔界の業火をくぐりぬけて来た夫婦にしては、ようやくたどりついた淡々とした浄福のうちの別れだった。

東京駅では、漫画家の一団や雑誌関係の見送りでごったがえしていた。漫画家の派手な手打式に送られ列車は出発した。

横浜では一万三千五百噸《トン》のシルバー・ステート号が、緑色の巨体をゆったりと港に横たえて待っている。

かの子も太郎も安夫も、一平について船内まで見送りに入った。

「まあ、すてきに便利で可愛らしいお部屋だこと、お父さん、うちにもこんな部屋がほしいわね」

かの子は、太郎にまけないくらい目を輝かせ、のんきなことをいっている。一平にはそれも救いになった。

この頃のかの子は、次第に、神経質な病的な繊細さは表に出さなくなり、一平や安夫に甘えきった童女のような無邪気さが、徐々に表面にあらわれはじめていた。

波止場でまた漫画団の派手な手打式があって、型どおりテープが投げかわされ、ついにシルバー・ステート号は桟橋を離れはじめた。

一平の目には、誰かの肩車に乗って群衆の上にぬきん出、両手をちぎれるようにふっている太郎と、その横でひどく緩慢にショールをふるかの子の真黒な大きな瞳だけが映ってきた。

自分はもう半生に、したいだけのことはしてしまった。自分の快楽のために犠牲にしてきたかの子と太郎に、どんなことをしても幸福な目を見せなければならない。一平は、突然おそわれた感傷に、気弱く涙ぐみながら、妻と子に対する愛情が、別れの今、猛然とわきあがってくるのを感じていた。

「きっと、つれてってやるよ、この次は、お前たちをつれてゆくんだよ。とにかく、みんな丈夫で元気で待っているんだ。そのためになら、うちにある有り金みんなつかいはたしたっていいんだよ」

あれもこれもいいのこしたことがあるようで、段々小さくなっていくかの子と太郎の姿を追いかけ、一平は、甲板を走りまわり、少しでもよく見えるようにと、手すりにしがみついていた。

　襟巻もはんかちいふも手袋もいちどに振りて呼びにけるかも

　名も知らぬ男が吾子を肩にのせ船なる父を呼ばせつつあり

一平を見送ってからかの子たちは、横浜のステーション前で、おそい昼食をたべた。

波止場では、興奮し、はしゃぎきっていた太郎は、船が見えなくなってから、急に憂鬱になり、泣きだしそうな表情で、むっつりしている。

東京へ着くと、かの子はしょげた太郎の気をひきたてるため、安夫と三人で銀座を歩いてやった。

道端に売っている二十日鼠をみつけると、太郎は、そこにしゃがみこんで動かなくなった。今日なら母が寛大で、物をねだれば買ってくれると思っている。結局一つがい八十銭の、真綿の一かたまりほどの可愛らしい白鼠を、安夫ががま口をゆるめて買ってやった。

一平が去った家の中は、さすがにがらんとして、日一日と寂しさがおそってくる。これまでの経験でも、一平が旅に出たあと一週間めあたりが、一番淋しさのつのってくる時であった。

太郎は、寄宿舎に鼠は持ってゆかれないので、土曜日に家へ帰ると、二十日鼠につききりだ。どこで覚えたのか、やや小さい方の牝の鼠を、

「ね、これが鼠の妻よ」

など、大真面目な顔でいって、かの子を失笑させた。

旅先の一平に手紙を出すことが、留守の者たちの唯一の仕事になり愉しみにもなった。

きちょうめんな安夫は、一平のトランクの蓋に、中身をあらためたこともない一平のために、

大鞄

一、洋服全部　　一、ネマキ
一、クツシタ　　一、ハンカチ
一、ソフト・カラーと並カラー
一、ネクタイ　　一、白手袋
一、ワイシャツ

中鞄

一、著書　　一、スケッチブック
一、洗面道具　　一、部屋着
一、ポマード　　一、褌二十五本
一、メリヤスシャツ　　一、ハンチング

注意書

カラーカフスは少なく共一日置きに取換へて下さい。

シャツを不精せず洗濯に出さなくてはいけません。髭も毎日お剃りなさい。日本とはちがひます。


と書いた一覧表をはりつけて置いた。それなのに、一平の出て行ったあと、机の上にタキシード用の黒ネクタイが忘れてあったのを見て、地団駄ふまんばかりにくやしがった。

「こんなだから困っちまうんだ、仕様がないなあ」

安夫はぶつぶついいながら、

「合着の背広は霜降り許《ばか》り着ていないで、四、五日交替位に取りかえて下さい。また、五月頃になったら、白セルのズボンを着ることを忘れないように願います」

とレターペーパーに書きつづっている。かの子はそれを横からのぞきこんで、

「まるで細君みたいだ」

と他人事のように安夫をからかった。

「お姉さんがしないからですよ」

安夫は、頰をふくらませて、太郎の書きあげた漫画をまとめている。

太郎の絵は「シルバー・ステート号にのったおとうさん」という見出しつきで、一平が上着をふりながらだんだん小さくなってゆくところを、一平の漫画を真似て豆粒くらいの大きさの一平まで丹念に描いている。

「小さくなっても小さくなってもふっている。こっちでは洋服が海に落ちないかとひやひや」

ということば書きもついている。もう一枚は、

「フォークとナイフをまちがえて西洋人に笑われぬように御用心御用心」

との見出しで、ナイフとフォークをまちがえて持ち、テーブルについた一平を、目鼻のついた太陽が笑っている図である。三枚めは、「一平の鼻が高い」との見出しで、一平がエッフェル塔と鼻の高さをくらべている図である。

それらの絵は、かの子の淋しさを一夕は忘れさせ、心から笑わせる効果をもっていた。一平からは、小まめに、船中や、外国の町々から便りがとどいた。

その留守中に、崖下の家には、一つの事件が起っていた。

安夫といっしょにいた兄の源吉が、チブスに罹《かか》り、梅雨の間に急逝したことである。もともと剣道何段という安夫とちがって、性来心身に活気がなく、バイタリティに乏しく陰気だった源吉は、ふとした病気にも抵抗力が乏しいのか、恢復期にキャラメルをこっそり食べたのが直接の原因で、あっけないほどはかなくなってしまった。

かの子と安夫は源吉の遺骨を持ち、出雲まで送りとどける旅に出た。

この報せが一平の手に渡ったのは、四カ月の旅程もほとんど終え、一平たちの一行がシンガポールまでたどりついた時であった。一平はその報せを見るなり顔色を変えた。なじみの薄かった源吉の死は、正直のところ、一平をそれほど悲しませなかった。それより源吉の死因が伝染性の腸チブスであることが、一平を不安と恐怖につきおとした。

そういう用心にかけては迂闊この上もないかの子が、伝染していないとはかぎらない。週末に帰宅した太郎の、抵抗力のない小さな体に病菌がとりついていないともかぎらない。安夫に死なれていても、不憫ではないか。一平は、いても立ってもいられない懊悩《おうのう》と焦慮に見舞われた。万一かの子が死んでいたら、太郎が一人前になるまで面倒をみて、その後は出家しようなど、暗い空想ばかりに捕えられていく。今更のように、かの子に与えた数年の暗黒の生活の罪が重苦しく一平をさいなんできた。

シンガポールからホンコン、ホンコンから上海につくまで、一平は生きた心地もない心配にさいなまれていたが、上海ではじめて無事なかの子の手紙を受けとった。

　これがそもわが生みし子わが子かや泣きわめく子をつくづくと見る
　これがそもわが生める子かわが子かやあまり可愛ゆしつくづくと見る

かの子は源吉の死を、

　これがそも人のはてかやかろがろに骨壺を抱《いだ》きかい撫でかい撫で

と報せると同時に、

かがやける陽よ花よ夫《つま》よ子よわれ死ぬべしやいかで死ぬべしや
われ死なばもろとも死ねよ咲く花よかがやける陽よ夫よわが子よ
人として命終らばうつし世に馬とも魚ともなりてし生きん

と力強く、生命の讃歌を送って来た。

一平は、それでもまだ、かの子の手紙の発信の日付からみて、この手紙以後十数日が経っているのを知り、その間に、もしかしたら発病してはいないかと、取越苦労は際限もなく執拗におそいつづけてくる。

《愛は心配である。冒険である。根気である。事業である。そして信仰である。……略……実際予は家人の事を考へてのみ世界を一周してしまつた。笑ひ給ふな。われ等は結婚してから早十年余の歳月を経てゐる。なまなかな色や恋でこんな今時珍らしい馬鹿正直な心持が続けられるものではない。因縁だ。因縁愛だ》(世界一周の絵手紙)

一平は不安をまぎらせるため、旅行中にうけとったかの子の手紙を何度も何度も読み直した。

コロンボで受取ったのは、

「中耳炎もすっかり癒り、音楽とフランス語の稽古に行きはじめました。おとうさん、ありがたう。ありがたう。ほんたうに親だつてこんな惜しげもなく仕込んでなんかくれませんわ――わたくしをよく知るものは、のんびりしたところがわたくしにあると申します。おとうさんがのびのび大切にして下さるので気がひとりでにのんびりとしてゐるところがあるのね。今日は三越で蘭の盆栽のすばらしい一鉢を買つて『これを一平の居りし場所へお置き下され一緒にお仕事なし下され度し』と書きそへて、朝日新聞のおとうさんのアトリエの机にとどけておきました」

という安泰平穏なものであった。

旅愁で常より感傷的になっている一平は、こんな素直な、無邪気な感謝を手放しでよこされる夫の幸福に、思わず涙ぐんだ。同時に、またしてもかの子の無事を祈って、神仏という神仏にぬかずきたくなるのであった。

三月十八日に横浜を出発した一平は、三月二十六日にはアメリカ大陸の西海岸シヤトルのビクトリヤ港に着いた。それから二十五、六日で全米をかけまわり、シヤトル、バンクーバー、サンフランシスコ、ロスアンゼルス、ソートレーキ、コロラドスプリング、バッファロー、ボストン、シカゴ、ニューヨークの町々をすぎた。

セドリック号で四月二十二日正午から大西洋を横断し、十日目の五月一日朝、イギリスのリバトプールに到着した。オックスフォードやロンドンを経て、パリー、ブラッセル、ベルリン、ミユンヘン、ミラノ、ローマ、アレキサンドリヤ、カイロを経、印度洋を通って、漸く帰途についた。上海から出た船が神戸に到着したのは、七月十八日の午前七時だった。

神戸に出迎えたかの子の黒い瞳を船上から認めた時、一平ははじめて重苦しい不安の霧から解放された。

上り坂をたどりつづけていた一平の人気は、この世界一周を機にして、いよいよ全盛を極め、決定的な地位をきずきあげた。

外遊中の絵便りは、『婦女界』をはじめ、『朝日新聞』その他誌上に、一年以上にわたって連載され、それがまた圧倒的好評を博した。

それから十年余りの歳月に一平は、生涯の中で最も活躍し、目ざましい働きを示し華やかな男の花道を驀進《ばくしん》していった。

その頃の一平自身について、一平が自筆で正確に活写した文章がある。全盛の人間でなければ書けない自信にあふれた文章で、当時の一平の風貌から心理の奥まで見通せて興味深い。

《僕の顔は童顔といふ方らしい。五六十になつても子供つぽいところが残るといふ側の顔だ。……略……鏡を見ていつも想ふのは僕の趣味性格には女形的のところは少ない。……略……では、自分の顔は嫌ひかといふとさうでも無い。菊五郎が首を取換へて呉れといつても僕は取換へない積りだ。静寂で詩的でプレーンで陶器的の感じのするところが気に入つてゐる。僕の作品から想像した人が岡本一平の顔らしくないと意想外に思ふ。……略……笑ふことの外、喜怒哀楽があまり表情に出ない顔だ。この点に於て東洋人式、殊に老子の虚無思想に可愛がられる顔だ。だからまた人にはあまり目立たぬ顔だ。この位のきりやうなら女の目につく筈だが、それが無いところを見ると余程静物画に出来てる顔だ。……略……顔だけ見ると一寸可愛気もあり繊細にも見えるが、着物を脱いで裸にすると腹から脚へかけて見かけによらぬ。だから僕のエネルギーは下の方から出るのだと思つてゐる。

少し猫背で腹つぷくれで蛙股で後退は緩慢だから歩く姿は多少滑稽味を帯びてる事と思ふ。それにネクタイはいつも曲つて結んでるし洋服の着かたはぶくぶくだし、なほの事と思ふ。然しなにしろ四肢の均整の取れてる身体だから醜悪には見えまい。或は余裕と雅味とを帯びて見られるかも知れないと思つてる。……略……性格の自己印象になると僕は根は顔の如く気の弱い童心平明なお人好しであるらしい。ところが一部執拗な負けず嫌ひと、生れ付いた求道の魂とがあつた為それが推進力となつて世相の探究に向つて先天的性格を追ひ入れたらしい。その為後天的な複雑な性格が僕の中に抉り出されてきた。……略……

第一に直覚力が非常に強いらしい。神秘的感覚に近い程物事のキイポイントを摑む。……略……

第二に僕は多技多能であるらしい。……略……

画といつたとて油絵漫画、日本画、単に漫画といつたとて各社会の諷刺、スケッチ、物語、絵画脚本文といつたとて小説、論文、エッセイ、詩の真似事もする。宗教の方では碧巌の講義もする。それに講演ラヂオ。……略……

しかしこれは多技多能に見えて実は至極単純なのだ。つまり生き得ればいい、目的はたつたこれ一つだ。……略……

第三、平凡人の血の中に一滴天才の血が滴り混つたこれが僕の素質だらうと思ふ。一滴の天才の血が煮え沸くために他の平凡人の血全部が攪乱される。……略……

第四に僕の性質には超越と現実執着とが異様に入りまじつてる。……略……

僕は割合に人から好意を持たれる人間らしい。恩愛を極めて執拗に感ずる性質らしい。

衣食住のうちで、衣と住は全く意に介さないが食だけは命のやうに愛護する。……略……

自然は退屈だ。その代り人間の中ならどんな喧騒の中でも悦《よろこ》ぶ。僕は人間好きの人間だ》

（?の人間）

第十一章　爛漫

大正十二年七月下旬のある日であった。

じりじり照りつける炎天の下を、一平とかの子は、一平の知人に案内され、鎌倉の町を歩きまわっていた。

雪ノ下、長谷、扇ケ谷と探し疲れ、三人ともびっしょり汗になっていた。光る鉄道線路を越えたり、貸別荘の庭先の向日葵の蔭で汗をぬぐったり、松林の松籟《しょうらい》の下をたどったり、岬の端に立ち寄ったりしながら探したけれど、恰好な貸家が見つからなかった。結局、案内役の友人の知りあいの、駅前の平野屋を最後に訪れた時は、それ以上、探す気力もないほど疲れはてていた。

平野屋はもともと京都に本店を持つ料亭で、東京の支店のそのまた支店を鎌倉にも置いていた。目算が外れ、鎌倉の家は営業不振で、今年は思いきって、母屋《おもや》を交ぜた三棟を避暑客の貸間に当て、京都風の手軽料理で、若主人がその賄《まかない》に当ろうという計画である。

すでに、もう二棟に借手が決っていた。真中の一棟だけがまだ空いているのを好都合に、かの子はそこに決めようといった。どの棟も真中の芝生の広庭に面し、庭に向かった廊下でつながっていた。

話が決ると、主人は他の棟の借手の説明をした。一番外れの棟は数人取りまぜたブルジョアの子弟たちで、藤棚のついた二間打ち抜きの母屋寄りの棟は、

「文士の芥川龍之介さまでございます」

という言葉つきも、得意そうに聞える。一平やかの子の職業から、いい隣人だろうといわぬばかりの主人の口調に、一平は、

「ほう」

と無造作にうなずいた。かの子は、大きな目の中に、はっと動揺の色をみなぎらせた。

芥川龍之介は明治二十五年生れだから、かの子より三歳年下であったが、大正五年第四次『新思潮』を発刊し、「鼻」をのせて以来、年々に文名は高まり、天才的作家としての名声は谷崎潤一郎に比肩するほどになっていた。

かの子の小説崇拝熱は、かつて、谷崎潤一郎に抱いたような稚拙な憧憬と崇拝を、龍之介の作品と人に寄せていた。龍之介の華麗な文体も奇抜な意匠も、秀麗な容貌も、ことごとくかの子の嗜好に合っていた。けれども今、とっさにかの子が示した動揺は、自分の憧憬人物と、はからず

も同じ家に一夏を共にするという偶然に恵まれた好機への感激ばかりではなかった。

一年ほど前から、かの子は内心期するところがあって、短歌から小説に転向しようと、ひとりで秘かな努力をつづけていた。試作品の小説を、菊池寛に頼み、教えを請おうとしたことがある。たまたま、菊池寛は『文藝春秋』創刊の画策中だったことを理由に、自分は多忙だから、友人の芥川龍之介に見て貰うようにと、かの子に勧めた。

かの子は勇みたって、龍之介に丁重な依頼の手紙を出した。その手紙には、待てど暮せど返事がかえってこなかった。これまで、返事の必要な手紙を出し、こんな黙殺のされ方をしたことのなかったかの子にとって、この龍之介の態度は、たいそう骨身に沁み、自尊心を傷つけられた。

そのことを聞いた知人の一人が、

「芥川さんは、きっと、一平さんの画いた文人戯画のネタの出所を、あなただと思って要心してるんじゃないかな」

といった。政治漫画で好評を得た一平は、前年から『文章世界』に文人戯画を連載して、その飄逸、鋭犀《えいさい》な筆はいっそうの好評を博していた。その中の龍之介の時に使った材料は、雑誌記者から提供されたものだったが、その事は龍之介の秘事に触れていたらしく、龍之介の心証を害しているという噂が、かの子の耳にも伝わっていたのである。

かの子は龍之介にその事で誤解されているなら仕方がないとあきらめ、それ以来、小説を人に見てもらう気持も失っていた。

そのあと、かの子は偶然、あるパーティの席で龍之介を見かけた。その夜の龍之介は、混雑した人群れの中にあっても、水際立った風貌と容姿でかの子の目にさわやかにも魅力的にも映ったが、龍之介が、しきりに好意を示すある人妻を、かの子は美人と思われず、龍之介の審美眼を疑い、気持がもやもやして一晩中不愉快であった。その時の感想を、かの子はある雑誌に、随筆として書いてしまった。もちろん、二人の名を秘したが、書いたかの子にとっては、それは、消しがたい一種の心の荷として残っていた。

それらの人にも話せないような瑣末な心理的葛藤の経験が、かの子の心に一瞬よみがえったのである。

かの子は軽いショックがすぎると、たちまち無邪気に、龍之介との同居を喜ぶ感情がわきあがってきた。

かの子は夏休みに入っている太郎をつれ、早速、平野屋へ移って来た。一平は東京の仕事を片づけ、数日おくれて来ることになった。かの子より三日ほどおくれて、龍之介も平野屋に投宿した。

かの子の部屋から、藍色模様の広袖浴衣を小意気に着こなした龍之介が、藤棚のある部屋を出入りするのがよく見通せた。押え難い好奇心と好意をよせ、かの子の神経と目は、ともすれば龍之介の部屋に吸いよせられていく。細い軀つきに似合わず、龍之介は太いバスで豪傑笑いをする人であった。

龍之介より二、三日おくれ、一平が到着したのを知ると、龍之介はわざわざ庭を横ぎって、挨拶に訪れた。庭先から、ぬれ縁に両手をついて、丁寧なお辞儀をする龍之介に対し、一平は、ゆったりと余裕のある挨拶をかえした。かの子は自分の好きな二人の男の、劇的な初対面を一種の感動をもってつぶらな目をみはり、じっと部屋の奥から見つめていた。

そのうち、かの子と龍之介も、廊下や洗面所で顔があうと、何げない言葉をかわす程度の親しさを持ってきた。

龍之介の部屋には時々、華やかな笑い声をたて、大声で嬌声をあげる女が出入りするようになった。谷崎潤一郎の愛人として世間に知られていた千代夫人の妹、せい子だった。後年、「痴人の愛」のナオミのモデルとなったせい子は、日本人には珍しいスタイルの典型的なモダンガールだった。

かの子は、せい子に対しても、パーティの夜の人妻に抱いたような違和感を持ち、そんな女を相手に楽しそうに打ち興じる龍之介の神経に裏切られたような屈辱をひとり覚えていた。龍之介の部屋にはやがて、親友の小穴隆一も加わるようになった。

せい子が小穴の絵のモデルをつとめたりしている。せい子が来る度、龍之介の部屋では、とっくみあいの角力がはじまったり、ふざけちらしたり、傍若無人の乱痴気騒ぎが展開する。その騒ぎは、かの子の部屋までつつぬけに伝わってくるが、かの子は一度もその仲間には誘いをうけなかった。

そんな客の来ない静かな朝夕の時を、龍之介は、かの子を誘って、静かな話を交わすようになった。

かの子はいつか、龍之介の印象や、彼との対話を丹念に日記に書きつけるようになっていた。かの子の女にしては珍しい学識や論陣に、龍之介の方も一種の好奇心と興味を抱いてくるようであった。

「どうも日本の自然主義がモーパッサンやフローベルから派生したものとすれば、私には異議があります。日本の自然主義は外国の自然主義作家の一部分しか真似しない気がします。モーパッサンにしろフローベルにしろ、何も肉体的な自然主義ばかりを主張してませんね。私はむしろ精神的な詩的香気の方を外国の自然主義作家から感じるのですが」

こんな青臭い文学論をかの子がのべたてても、龍之介は相槌をうって、何となく自分の部屋にかの子をひきとめるような時もある。

かの子は、自分と龍之介の間には、外観は全く相対的なのに、神経や好尚に、同種のものがあるという感じ方をした。それが二人の緊帯になっていて、友情が生じているのだと信じるようになっていた。同時にこの頃から、次第に、かの子は龍之介から不可解な圧迫や非礼な態度やしんねりした意地悪を与えられるようになってきた。

かの子の部屋に来客があると、龍之介は壁際に椅子をよせて、何時間もその話を盗み聞きしたり、かの子の部屋に来る客の人数を数えあげたりする。かと思うと、無理にかの子を自分の部屋にひきとめ、いつか、かの子が随筆に書いた美人論を根にもった、陰にこもった論争をねちねちふっかけてきたりする。感受性が強く、人一倍自尊心の強い、それだけに傷つきやすい神経を持ったかの子は、龍之介の悪意のこもった応対をうける度、龍之介の予期以上に、傷つき、部屋に帰ると、ひとり涙をふりこぼして泣いていた。

龍之介は大正十年の大陸旅行以来、次第に健康をそこねていて、神経衰弱、胃痙攣、腸カタル、ピリン疹、心悸昂進等々の満身創痍の状態が続き、この平野屋滞在中も、決して通常の健康体ではなかったのである。それだけに、かの子のような健康な、そのくせ、神経だけは異常に鋭敏尖細な女の、絶え間のない好奇心と観察眼の追求が、うるさく、重苦しくこたえていたのにちがいない。同時に、かの子の野性的な豊穣さや、のっそりした鷹揚さや、童女のような無邪気さが、ある日は憧れを誘い、またの日は、堪えきれない圧迫感となって反発を呼ぶのである。

都会人通有の虚栄心や韜晦《とうかい》趣味や、小心軽薄さ、偽悪さは、かつては一平の若き日にもことごとく具《そな》わっていたものなのに、かの子は今では、まるで老成しきったような一平の円満さと包容力に馴れているため、いちいち、龍之介のそんな性癖が、針になって心の表皮にささってくるのである。

互いに魅かれあいながら、反発しあう、宿命的な性格が咬《か》みあいからみあい、日と共に二人の間には妖しい火花が散って、負けず劣らず消耗していった。

かの子は龍之介の執拗な女々しい好奇心と意地悪に憤激しながら、自分が絶え間なく全神経を龍之介の部屋に引きつけられ、彼の不用意な一挙手一投足に至るまでも、丹念に日記に書きつけている執念が、どれほど龍之介にとっては煩わしく鬱陶しいものか、そのことには気づいていなかった。

そんな二人の神経戦を黙って見すごしていた一平が、八月も末となったある日、

「とにかくあの人の神経にゃ君が噛み切れないんだよ。そうかって、君って人にはどうにも無関心になり切れないらしいなあ、ああいった性分なんだね。ふだん冷静に見せていて時々末梢神経でひねくれるのさ。君にだって悪意があるわけじゃないんだ……それで焦《じ》れてつい、いろんなことをいったりしたりしちまうんだな」

そういったあとで、

「どうだい、一たん東京へ引きあげちゃあ」

とさりげなく帰京をうながした。

龍之介も所用で二、三日帰京したらしい留守のことだった。

九月一日の朝、いよいよ平野屋を引きあげ、東京へ帰ることになった。ぐずのかの子は例によって、朝から出発の支度にとりかかりながら、一向にはかどらない。いざ出発という間際になっても、やれ腰紐がみつからないとか、帯がうまく締まらないとか、ぐずぐず手間どってたちまち昼になってしまった。するとかの子は、

「まだ少し早いけど、いっそお昼ごはんを食べて行きましょう」

と腰をおちつけてしまった。ちょうど食事が終ったとたんだった。いきなりぐらぐらっと床が動いた。十一時五十八分、関東大地震が襲ったのである。

あっというまもなく敏捷な太郎が、真先にはだしで縁側から庭に飛びだしていた。その太郎の

足をすくい大地がゆれた。地面にもんどりうって転がったまま太郎は、手に手をとった一平とかの子が縁から転がりおちてくるのを見た。三人は一かたまりになって、前後左右に芝生の上を転がされた。目の前で、たった今、飛びだした棟の屋根が、飴細工のように曲って崩れ落ちて来た。一瞬の差だった。

親子三人命拾いしたと思うと、はじめて恐怖がぞっと背筋をかすめた。

それからバラック住いを十日ほどするうち、鎌倉にも暴徒が出たという噂がひろまり、御用邸へ逃げこむことになった。伝わってくる東京の災害は、全く地獄図だという。留守は恒松安夫があずかっていたが、安夫の安否さえわからない。

平野屋の主人は家宝だという葵《あおい》の紋つきの短刀を一平に貸した上、護身用の竹槍までけずってくれた。一平はいかにも物の役にたちそうもない、板前のけずったきゃしゃな竹槍をかかえこみ、いよいよの時は、太郎とかの子をさし殺し、自分も死ぬまでだと悲壮な覚悟をきめた。

御用邸の前の焼けあとには、赤ん坊を胸にかかえこんだままの母親が焼け死に、二つの骸骨が、骨になっても重なりあっていて涙をさそった。

数日たって、一平だけようやく東京へ行き、安夫と連絡をとった。安夫は一平の訪ねてくるのを予期して、家の前に立札をたて、避難先の学校を書き示してあった。崖下の家は半倒壊で、とてもすぐには住める状態ではなかった。

安夫の提案で、一先ず一家で安夫の故郷の島根県へ避難してはということになった。

鎌倉に引きかえした一平から東京の惨状を聞くにつけても、とうてい東京へ帰れそうもない。

「あたしのカンでぐずぐずしたおかげで、みんな命拾いしたのよ」

とわざといばって元気をつけていたかの子も、さすがに心細そうに肩を落してしまった。

一平は、それでも、自分の外遊中でなかったのがせめてもの幸いだと思った。

そのうち、横須賀まで乗合自動車が動きはじめ、横須賀からは軍艦が清水港まで送ってくれることになった。そこから先の東海道は安全だった。

倒れた平野屋を掘りおこしてみても、何の役に立つ衣類も出て来ない。親子は着のみ着のままで避難民の一団に加わって西下していった。

軍艦が江尻に着くと、県内の各町村から救護所が出張っていて、食物や鼻紙まで支給してくれる。医者が無料奉仕で診察してくれる。かの子は下駄、太郎は帽子をもらって、どうにか旅装がととのった。

静岡で、一平は幸いポケットに入っていた銀行の小切手と、画に押す落款があったので、銀行へ寄ってみた。窓口の銀行員は、ぼろぼろの西洋乞食然とした一平の風采をみて、

「あなたが岡本一平さんですか」

と、うさん臭そうな目つきをする。もちろん、正真正銘の一平だと名乗っても、結局係員は真偽を疑い、

「東京との連絡がまだとれませんので――」

とか何とかぐずぐずいって、小切手を押しもどしてきた。

静岡から東海道線で山陰線の石見《いわみ》大田《おおだ》の駅までは、駅毎に、窓から慰問品のさしいれがあった。

一平はそれを克明にノートに写しとっていた。

「藤枝　　ボルドー

青島町　慰問の手紙

島田　氷、ハンケチ、タバコ

金谷　茶、むすび

堀の内　　氷

掛川　団扇、フライ糖、新聞……」

といった調子で、石見大田の終着駅まで、おこたらなかった。それまでのかの子とぐった地獄の業火も、この避難所から考えると、贅沢な悩みだったと思われてくる。頭で組みたてた思想や信仰は、大地震のゆれと共に、身体中から、ががら崩れおちてしまったような気もしてくる。

道中、かの子は太郎をかばいながら、全身でまるで童女のような無心の信頼を寄せ、一平に頼りきっていた。一家はとにかく島根県の恒松家を頼っていく。

結婚以来、親子水いらずで、これほど心身をよりそわせた時があっただろうか。疲れきって眠っている太郎の安らかな寝顔を眺めながら、かの子も一平も、ふと胸にこみあげてくるものがある旅路であった。もし、あの地震の日、予定通りの電車に乗りこんでいたら、それは藤沢駅の外れで転覆しており、また昼食をとらず、次の電車を待合せるため鎌倉駅にいたら、プラットフォームの屋根の墜落の下敷になって、どっちみち惨死の運命をまぬがれてはいなかった。たとい今、こうして身一つで、駅毎に人の情にすがりながら、遠い石見まで流れ落ちていく途上にせよ、この親子水いらずの平安と幸福を味わうことは出来なかっただろう。

かの子は、一平をかえりみて、一平にだけ聞える声でいった。

「パパ、あたし幸福よ。今ほどパパがあたしに真向きの心をみせてくれたことはなかったわ」

恒松家では下にも置かないもてなしを受けた。この地方第一の素封家である広大な屋敷の周囲は、すべて恒松家の地所の畠で、太郎には生れてはじめての田園の生活のことごとくが珍しかった。紺絣に赤い襷《たすき》をかけた小麦色の頰の小作人の娘たちの生き生きした肌が、子供心にも太郎の目に、これまで接した都会の女たちの誰よりも美しく映るのだった。

松江にすむ旧友の未亡人おりかに案内され、かの子はよく静かな城下町らしい俤の松江市を訪ね、小泉八雲の家跡を見たりした。大山《だいせん》や宍道湖《しんじこ》をめぐる自然の落着いた美しさも、生死の危急を越えて来たかの子の目には、しみじみ懐しく、ありがたいものとして映った。

はるかに伝わってくる焦土の東京の噂は大杉栄事件、厨川《くりやがわ》白村の圧死など、不気味で悲惨なものばかりであった。そういう不気味な噂を伝え聞く度、かえってかの子の心は、焦土の東京がなつかしい土地に思われてくる。

大地震《おほなゐ》に追はれては来つれいまさらにわが東京を恋ひてしやまず

そんな日々を送るうちに、東京の安夫は、半倒壊の家から、掘りだせるだけの荷物を出し、近くの白金今里町に新しい手頃な家を見つけた。すべてが揃った時、かの子たちは石見大田を引きあげ東京へ帰っていった。

今里町の家の近くには、禅の研究社の山田霊林、千代能夫妻が住んでいた。かの子は霊林と近づきになり、仏教研究の上で大いに益することがあった。ジャーナリスティックな勘もある霊林は、一平の禅味のある洒脱な性格を愛し、かの子のひたむきな熱情を見ぬくと同時に、二人の芸術的天分と、仏教を結びつけることを思いついた。

一平には禅画をすすめ、かの子には禅小説の発表をうながした。同時に『禅の生活』の短歌欄の選者に、かの子を迎えた。

翌年の春のある日、岡本家の玄関の前に一台の人力車が止まった。車から下りたったのは、一代の名編集者として高名な中央公論社の滝田樗蔭であった。樗蔭の訪問の目的は、『中央公論』春季特集号に、かの子独詠の「さくら百首」を一挙に掲載したいという依頼であった。その破天荒な斬新なプランに、かの子は感激してふるいたった。与えられた期間は、わずか一週間しかなかった。

かの子はほとんど寝食を廃して作歌に没入した。とにかく期日までに、百首の桜の歌は爛漫の万朶《ばんだ》の花を咲かせきった。

折から世間も花の盛りだった。一週間の疲れを癒そうと、かの子は家族づれで上野の桜を観にいった。ところがかの子は実物の桜をみるなり、激しく嘔吐してしまった。一週間の疲れもさることながら、空想の桜でかの子の神経はもう十二分に桜には食傷していたのである。この話は、かの子のひたむきさを語るエピソードとして長く伝えられた。

百首の歌の中には、玉石混淆の感もないではなかったが、全体を通じ充分、樗蔭の知遇にむくいるだけの秀歌が多かった。

桜ばないのち一ぱいに咲くからに生命《いのち》をかけてわが眺めたり
地震《なゐ》崩れそのままなれや石崖に枝垂《しだ》れ桜は咲き枝垂れたり
しんしんと桜花《さくら》かこめる夜の家突《とつ》としてぴあの鳴りいでにけり
日本の震後のさくらいかならむ色にさくやと待ちに待ちたり
かそかなる遠雷《とほいかづち》を感じつつひつそりと桜さき続きたり
急坂のいただき昏《くら》し濛々と桜のふぶき吹きとざしたり
狂人のわれが見にける十年まへの真赤きさくら真黒きさくら
桜花《はな》あかり厨《くりや》にさせば生魚《なまざかな》鉢に三ぼん冴え光りたり

これら「さくら百首」を中心にした第三歌集「浴身」が大正十四年五月二十三日、越山堂から刊行された。

「かろきねたみの下町文化なるに比してこの集はかの子の生れた寮のある山の手文化の匂ひがある」

と一平は評している。かの子自身は、

「私の健康状態も漸く肥盛になり生命力が盛り上つてきた時代である。正に私の歌のフォービズムである。私の哲学も情感も叙景も放胆に荒削りに詠つてある」

と解説した。

帙入《ちついり》、桃色絹地張の装幀は、これまでのどの歌集よりも豪華なものであった。一平門下の旭正秀の手になった。

巻頭には代表作「桜ばないのちいっぱいに……」の歌を弘田龍太郎が作曲した「さくら」の曲譜がのり、口絵は一平の画友近藤浩一路の水墨の「西行桜」外、かの子自筆の集中の歌の短冊の複製、および一平筆の「かの子の像」という似顔、更に、

紅の林檎のせたる掌ひとつを抽《ぬ》きてわれの湯浸《づ》くも
湯浸きつつ熟々《つくづく》見やるこの林檎しんがすこしくまがりて居るも

の二首によせた木村荘八の挿絵入りという豪華版であった。三百二十頁、六百九〇首が収められていた。

歌作の時期は、大正六年ごろから十三年五月に至る七カ年間、かの子が魔の時代から抜けだし、新しい自分を確立してきた過程に当り、社会的には、第一次大戦後の未曾有の経済好況期から関東大震災、震後のめざましい復興期までに至っている。

「浴身」の出版記念会は、大正十四年六月、京橋の東洋軒楼上で行われた。中央公論社、文藝春秋社などから花束が贈られ、与謝野晶子をはじめ北原白秋、釈迢空らから、女流の歌友ほか数十人の参会者だった。

ところが定刻がすぎ、客が揃っても、一向に、主賓のかの子が登場しない。待ちに待って、中には呆れて帰る者も出てくる始末、司会の今井邦子が青くなって、かの子の行方をさがしているところへ、漸くあらわれたかの子は、満艦飾に装いをこらし、

「美容院で時間をとられて」

と悠々と、自席におさまった。

「浴身」は後にかの子自身、

「一番人間味を覚え純粋さを感じ、私乍ら愛感にうたれる」

といっているが、「あとがき」の中でも次のようなことばをのせている。

《私自身のよろこびの中心は、過去七八年の生活の推移や種々相が、すべてこの一集に閉ぢつくされ……略……たといふことであります。

いろいろな生活がありました。さまざまな推移がありました。一生懸命な生活でありました。うたたねする暇もありませんでした。決して座談的なものではありませんでした。……略……たとえその懸命な生活の実相が直ちにそのままのすがたとなつて歌はれては居りませんでも、それは山川、草木、海、空、野、花卉《かき》といはず鳥にも虫にもすがたをかりて私の歌の全部に瀰《び》漫《まん》してをります。……略……

歌稿全部を読んだある人が「この中に何人ものあなたが居るやうだ」と云はれました。もちろん、七八年の月日が種々の生活相をふくむからでもありますが、或は私の性格が童女型で大きく単純でありながら細部はかなり複雑で多角的であるからでもありませうか。……略……大正十四年五月二日午後一時》

「浴身」以後のかの子は、歌にも、仏教家としての立場から詠んだ宗教家くさいものが多くなっていった。

先に述べたように『禅の生活』の短歌欄の選者を引受けたばかりでなく、積極的に、仏教短歌の研究にも乗りだした。その結果として、仏教歌はこれまでのように教訓的な非芸術的なものではだめだという意見で、それを立証する意気ごみで、自ら概念を血肉化してこなし、抒情的に表現した仏教歌を次々と作ってみせた。

夢幻即実在

うつゝ世を夢幻とおもへども百合あかあかと咲きにけるかも

のような歌はかの子自身好んで、よく短冊に書いていた。

同時に霊林にすすめられた禅小説にも、意欲的に手をつけていった。いつかは小説家として立ちたいという念願は、心の奥に強く秘められていたから、かの子が禅小説という形式や方法をとって書いても、それはすべて、本格的な純粋小説を書く日への習作のつもりであり、その題材のこなし方、解釈のしかた、表現法にも、そういう心構えがのぞいていた。

かの子の手にかかると、通俗な勧善懲悪の「霊験記」が、芸術化してくるから不思議であった。百喩経に取材した「愚人とその妻」、秋成の「夢応の鯉魚」を原典とした「鯉魚」、その他「茶屋知らず物語」「ととや禅譚」など単なる宗教小説の域をぬけ、立派なコントや短篇小説としても第一級の作品になっていた。

かの子の処女作と一般に信じられている「鶴は病みき」に先だって、これらの小品は作られたものであった。当時のかの子は一平のことばによれば、

《かの女はその魔界時代が去ると、圧した指を除けたあとのゴム毬のやうに、ふつくらと膨み始めました。私、乃至《ないし》男に対する復讐観念や敵対観念などまるで残さず、生娘のやうに膨み始めました》(かの子と観世音)

という円満な容貌になってきて、性質も大母性の風格を具え、次第に円熟円満になってきたようである。一平が、かの子の容貌の中に浄瑠璃寺の吉祥天の俤《おもかげ》を見出したというのも、この頃から四、五年間のことである。

世の中は丁度、震災後の混乱の中で、仏教が目ざましい勢いで拡がりはじめていた。天災で動揺した人間の弱さが、当然のようによりすがるものを求めた結果である。

大正十五年十二月改元、代は昭和に移っていった。

この頃になると、かの子は歌人として以上に仏教研究家としての名声が拡まりはじめた。講演にラジオに執筆にと、忙しい仕事に追われるほとんどが、仏教家としてのかの子を必要としたことばかりであった。

昭和二年の浅春、白梅の咲く頃のことである。

かの子は一平と二人で、熱海へ梅林を見に行く途上の列車の中だった。列車が新橋を発つと同時に、真向いのシートから立ち上って、

「やあ」

と声をかけたのは芥川龍之介だった。鎌倉以来、足かけ五年間、かの子は全く龍之介に逢っていなかった。

かの子は一見して龍之介の変り方に驚かされた。鎌倉の頃の、あの秀麗な俤は今はもう見るも無惨に蝕《むしば》まれて見えた。額が細長く丸くはげ上り、力のない髪がふわふわっとかぶさっている。頬はこけ、目ばかり異様に大きく熱っぽく光っているのが、骸骨を連想させる。頬も老婆のようなしわがたたまれていた。

あきらかに、何かの病《やまい》が龍之介の身体を、内側から蝕み衰えさせているとしか思えなかった。中が空洞になっている樹をみるような頼りなさが全身にただよっていた。

かの子は五年前の気まずさも忘れ、なつかしさをこめていった。

「私ずっと前から、お逢いしたかったのです」

それはかの子の本音でもあった。かの子の自信と心のゆとりが、そんなことばをさらりといえるようになっていた。

「僕も」

龍之介の素直な返事に、かえってかの子はとまどった。
「鎌倉時代に、もっと素直な気持で、あなたにおつきあいすれば好かったと思ってました」
「僕も」
「ゆっくりお打ち合せして、近いうちにお目にかかりましょうね」
「是非そうして下さい。旅からお帰りになったら、お宅へいつ頃伺って好いか、お知らせ下さい。是非」

龍之介は一平にも愛想よく話しかけた。龍之介はこの頃、健康はいよいよ悪くなり、不眠症になやまされ、妻と赤ん坊の也寸志をつれ鵠沼に移り、療養中であった。

そうしていても、四方から壁が迫ってくる恐怖観念に見舞われていた。この後、田端の実家に帰ったが、すでに自殺の決意は固めていた。

七月二十四日未明、田端の自宅で、妻と寝床を並べながら、ヴェロナール・ジャールの致死量を仰いで自殺をとげた。夫人が気づき、医者を迎えた時は、もうこときれていた。枕元にはバイブルと、夫人、小穴隆一をはじめ数人にあてた遺書があった。

かの子は、龍之介の自殺の報に、驚愕した。龍之介の死は世間で様々に取り沙汰されたが、誰も真相はわかる筈のものではなかった。病苦、家庭苦、恋愛苦、芸術苦……さまざまなものが一つになって、病み疲れた龍之介の心身を死へ誘ったとしか、かの子には考えられなかった。

龍之介の死後、小穴隆一がある雑誌に龍之介の晩年の日記にかの子のことを記し、自分の知る女人の中の誰よりも優しく聡明な女と評してあったということを読み、いっそう深い感動を覚えた。

かの子は、平野屋時代からは見ちがえるように成長した闊達な性格になっている今の自分と、もう一度つきあって慰められてほしかったとくやしがった。

同じ憧憬を寄せながら、潤一郎には最後まで嫌われたかの子にとって、龍之介が少なくとも自分を認めてくれていたと識ったことは満足であった。

智慧の実を喰《たう》ぶるなべに痔せ痔せてかそけきいのち自《し》がつひに絶つ
龍之介の死後八年たって、かの子は龍之介との交渉を克明に描き、「鶴は病みき」という短篇小説に仕立てた。それが、かの子の小説家としての出発のきっかけをつくる作品になったのも、かの子にとっては業因縁によるものだろうか。

龍之介への敬愛の念は終生つづき、第三創作集「巴里祭」の扉には、

「この著を
芥川龍之介氏の霊に捧ぐ
君は人生の美と苦悩の為に、殉じたまひぬ。

われもまた、厳しき苦悩と美の為に殉ぜんとす」

という献辞を捧げている。

今里の家は一年たらずで大正十三年九月には、青山南町三丁目二四番地に、十四年十一月には同じ六丁目八三番地に転居した。

この家は斎藤茂吉の家に近く、構えは大きくはなかったが、電話もあり、石の門があった。かの子は、

「一生に一度石の門のある家に住みたい」

など、まるで子供のような憧れを持っていて、家の中では始終口にしていたから、この小ぢんまりした住居は気にいっていた。家賃は百円だった。この家に移って以来、かの子は次第に活潑に世間に対しても活動的になっていくと同時に、次第に肥満の度が目立ちはじめてきた。

肥満をふせぐためと、気分転換のため、この頃からかの子は日舞を花柳二之輔に、洋舞をヨー

ロッパ帰りの岩村和雄について習いはじめた。何事にも凝り性の本性を発して、たちまち応接間を、舞踊の稽古場に改造してしまうといった熱心さであった。ただし岩村和雄のダルクローズの訓練は厳しく、結局、その厳しさに堪えきれず、踊りの方は途中でなげだしてしまった。それでも、築地小劇場で開かれた岩村門下の発表会には出演している。

この日、かの子から切符を送られた吉屋信子は、観にいった印象を次のように書いている。

《プログラムは進んで岡本かの子……あの葡萄のマークの幕が上ると仄暗い舞台の中央にスポットライトが当るなかにま白き幅ひろき布を半身斜にかけまとうて、三分の一裸身素足の女身がタンバリンを持った片手を上げて出現した。その手がきわめて緩慢にいちどにど動きタンバリンがかすかに鳴ったがそれなり彫刻のごとく動かない。

わたくしの後方の席にいた中年の婦人がつぶやいた。「あれなに？　外国の活人画？」

やがて幕は降りた。ほんとにそれは荘厳なる一種のタブロウ・ヴィヴァンの感だった。わたくしはほっと吐息して席を立った》（逞しき童女）

昭和三年三月から十一月末まで、仁木熙の懇望により、『読売新聞』宗教欄へ、仏教に関する短文を連載した。題して「散華抄」。随想あり、コントあり、エッセイあり、短歌ありといった自由な形式でつづき、大いに読者の反響と支持を得た。

翌昭和四年五月一日、「散華抄」は帙入五百三十頁の豪華本として、大雄閣から上梓された。装幀は和田三造、金泥と朱の曼陀羅模様、序文は高楠順次郎博士、巻頭には坪内逍遥の筆「多調多彩」の題字が飾られていた。尚この本の扉には、一平筆の「吉祥天女に象《かたど》れるかの子の像」と題する口絵がのり、世人の意表をついた。はしがきにかの子はいう。

《迷ひを迷ひとして、正しく認めるときに、それはやがて、偽らざる実在としての価値を生ずる。私の心の中にある三つのものの鼎立も、今日ではもはや既往のごとく私を苦しめなくなつ

た。寧ろそれを、そのままに認めるが故に、却つて心が、広やかになつたのを覚える》
この年、かの子不惑の四十歳になっていた。

第十二章　緑　蔭

「散華抄」は、文章も生硬で理屈っぽく、説くところの思想や仏教の解釈も、とりたてて新鮮ではない。晩年のかの子の文学的開花と比較する時、同一人の筆かと思うような拙さを感じさせる。「鬼子母の愛」「象牙の牀」などのコントや「阿難と呪術師の娘」「寒山拾得」「ある日の蓮月尼」等の戯曲も収められているが、どれも、文学的には成功した作品ではない。かの子の生《なま》の思想が、大げさな装飾的な文章で飾られすぎていて、作者の意図が押しつけがましく目立ちすぎている。

こういう戯曲は、かの子が敬愛していた九條武子の戯曲「洛北の秋」に刺激されて作られたものという。

《――「阿難と呪術師の娘」は毎日二枚半か三枚づつ分載（読売新聞）して行つて格別、読者から苦情も来なかつた。……略……この戯曲をかの女は読む戯曲《リーディング・ドラマ》として書いた。かの女が生涯の色別けをするに最も都合のよいのは昭和四年から七年への外遊である。外遊が薬に利いたのか大体は晩稲《ばんたう》のかの女がこの機会に蕾を破つたのか、兎に角、外遊以前と以後とは別人の観がある。そしてこの外遊前、約十年ほどを、人生問題に悩み宗教や哲学に潜心した時代とすれば、「阿難と呪術師の娘」は、かの女が潜心時代から何物かを摑み来り、世界の風に触れて開蕾せんとする一刻前、宗教欄執筆の機会に一度、その蕾尖を世の風に当てて見た作品とすることができよう。だから生かもしれない。外遊後、かの女はものを書くに当り、宗教と文学を、双方を生で入れ混らせることを極力避けて来た。この生は、二度と繰返さなかつたやうだ。それだけ、この戯曲はその時代のかの女を概念的に摑むに都合のよい僅な作品の一つである》(改造社版新日本文学全集「岡本かの子集」)

と一平が解説している。かの子自身「あとがき」で、

《この劇の目的とする処は、恋愛の浄化過程の研究である。「愛によつて躓くものはまた愛によつて立上らせられる」この釈尊の大乗仏教的の一句を眼目としたものである》

と説明してある。

一平との長い暗黒時代からの立直りを書いたのだと、かの子は生田花世に話してもいた。かの子が長い潜心時代から摑んで来たものは、一口にいえば煩悩即菩提の救いであった。かの子の「散華抄」が意義を持つのは、一平の解説通り、かの子の生涯の大きな区ぎりの標識になっている点である。けれども「散華抄」は、かの子の過去十年間の悩みと仏教研究の成果が、ここに集約されたというほどの出来栄を示しているわけでもない。おそらく、新聞に啓蒙的意味で書いたせいもあるだろうが、それより、この時代のかの子は、意あまって詞が追いつかない眼高手低の状態であったのだろう。

仏教歌も収められているが、これも御詠歌めいて、かの子の本来の馥郁とした匂やかな歌の響きには乏しい。

何よりも見逃せないのは、この本の中に一平の「吉祥天女に象《かたど》れるかの子の像」が入っていることである。

一平は後に、この絵について、昭和七、八年の頃のかの子を見て、浄瑠璃寺の吉祥天を思いだして描いたと書いているが、これは、明らかに、昭和三、四年頃のかの子の間違いであろう。

一平がこの時代から、かの子に強烈なエリート意識を植えつけ、次第に神格化し、生来のかの

子の人一倍強烈なナルシシズムをいやが上にも助長させたのを見逃すことが出来ない。扉にこういう絵をいれるという一事にも、一平のそうした意向がうかがえるのである。

この絵を描きながら一平はかの子に、

「お前は天女の生れ変りにちがいない。こんな下品《げぼん》な家に嫁ぐような女ではなかったのだ」

と、吹きこんだのだろう。一平のかけた暗示にかかって、かの子も自分を理想化し、一平が偶像視するにつれかの子自身、自分が拝跪される値うちのあるような錯覚と自信を深めていったのではないだろうか。

かの子は一平が好むからといって、年齢にはおよそふさわしくない派手な着物を着だし、一平が、女としてよりも娘のように可愛がりたがるのをみては、風貌から言葉つきまで、つとめて童女的にふるまうような純情さがあった。それは素朴な純情というより、一平かの子によって、いつのまにか培われ、岡本家の家憲のようなものとなっていた芸術と愛に「殉じる」精神のあらわれでもあった。

本気で一平がかの子を拝跪するほど、かの子の中に「神性」を認めていたかどうかは、疑わしい。あるいは、二人の間の約束となって守られていた肉欲ぬきの夫婦生活をスムーズにさせる為の一つの方便として、一平が編みだした自己抑制の巧妙な手段であり、ルールであったのかもしれない。生きながら皮をはぎあうような、地獄の業火の中をくぐりぬけてきた二人が、互いの傷口に触れまいと深くいたわりあう時、現実離れしたこんな観念の遊びのほの明りの世界が生れてきたのではないだろうか。後にかの子は小説の中で、

「あんたアミダ様、わたしカンノン様」

といって冗談をいう自分たち夫婦らしい人物を書いている。

《……今となりましてわたくしは、人の世の男と女がどうしてあの程度の愛で満足出来て居る

か、不思議でならないので御座います。如何に愛し合つて居る男女でも、刹那々々の気分の動きがその純情に不純の礫《つぶて》を混じへぬと、どうして云ひ切ることが出来ませう。またいかに信じ合つて居る男女にしても、ひよつとした夜の夢に他の男女の俤が、一度も現はれて来ませぬと誰が証言出来ませう。……略……それに第一、人の世の男女の愛といふものは、必ず「自我」といふ殼を冠つて居ります。男女が互に自分の殼を破り捨てゝ、無条件の愛の恍惚に融合ふといふことは、滅多に無いので御座います。大概は自分はちやんと殼を冠つたまゝ、相手だけの殼を破らせて、自分の勝手な愛のなかへ相手を取込めようとしたがるものなのです。

……彼等は愛といふ一つの神秘に融け合ふのに、あまりに現世のままの我が肉体や心が邪魔になるので御座います。現世の肉体や心が、兎もすれば現実の「自我」といふメスを二人の間に差し入れて、冷たく元へ引戻し勝なので御座います。

……人の世の男女の愛ほど、眠り易い心の華は御座いませぬ。それを凋《しぼ》ませぬ為めには努めて嫉妬、妨害、偽り、憎みなどの刺激が要るので御座います。

若し又それを必要としなくなつて永続する時には、もうそれは、男女の愛ではなくなつて、性を超越した他の愛に変質して居るので御座います》（阿難と呪術師の娘）

愛に対して、ここまで落着いた諦念を持つようになったかの子は、一平との間には、たしかにもう、男女の愛とはよべない、性を超越した他の愛に変ったものを抱いていた。それは、親子に近い愛とも、兄妹の愛とも、神仏と信者の関係にも変幻していった。けれどもかの子のこの悟りと落着きは、煩悩肯定の上になりたったものであるから、かの子の人一倍多感な熱情や情慾が、すっかり灰になってしまったわけではなかったのだ。

一平との間には、性を超えた不思議な調和と浄福が保たれていたが、

「幾とせ禁断にこもりつつ心漸く疑ひを生ず」

と題して、次のような官能的な歌をつくるかの子でもあった。

生きの身の命の前におろかなる誓ひかわれのひとに触れざる

いつまでかその憂鬱に堪ふるものぞいや黒みつつ樫の太立《ふとだ》ち

幾年を人には触れぬ乳《ち》の白さ澄み浮くよかなし昼の温泉《いでゆ》に

一平がかの子を神格化するのに対し、かの子はこの頃からエゲリアということばをしばしば口にして、自分の大母性的性格を自認するようになってきた。

かの子のいうエゲリアとは、男にとって、永遠の生命的感化を与える女のことである。出典はイタリアの古伝説からきている。

ダイアナの森近くの流れのニンフがエゲリアであった。エゲリアはヌマ王の妻で、よき忠告者でもあった。それでたとえば、ダンテに対するベアトリーチェ、ナポレオンに対するジョセフィーン、バルザックに対するハンスカ夫人、秀吉に対する淀君のように、男性に憧憬と生命力を与えて、運命的な導きをする女性の力をさしていうようになった。

《エゲリアの素質は、女性の何人にも備はってゐる。「永遠に青春の女」を言ふのである。女性その当人は気付かずとも、ある男性に於てはその女性の賢明さより、ある男性に於てはその女性の美より、各人各様に感取し得る。而もそれを熱望しつつ得ざるもの、源氏物語の光源氏の女性遍歴となる。

英雄は一面から見れば子供である。故にエゲリアの善悪は英雄の善悪に影響する》（泉の女神）

もちろん、かの子自身が自分のうちにエゲリア的力を認めていたのであるし、こういう女性の能力を理想化していたものであろう。

かの子は、「情慾これ道」の悟りを得て以来、人間的にも自信とふくらみが出来てくると、家

あるという自信の上にたって、積極的に家庭における一平の面倒を見るようにもなった。
庭での態度も、目に見えて明るく闊達になってきた。自分が一平の生き観音であり、エゲリアで

いつでも、羽織の前をあわせて前掛をしめ、用が出来ればすぐ立てるような身ごしらえまでしていた。一平が声をかけると、たとい自分の「勉強時間」でも、「あいあい」と、わざと可憐な童女のような声をつくり、気さくに立ち上って、お茶の支度をしたりする。動作に若さを漲《みなぎ》らし、童女の無邪気さをあふれさせた。

急に思いつくと、矢もたてもたまらないといったせわしさで、自分の着物をほどき、一平の丹前を縫いあげたりする。かの子は和裁も習っていて相当に腕はある筈なのに、気持の方があふれると、手許は狂ってしまい、ただもう一刻も早く、自分が今、一平に感じているのっぴきならない哀憐の情を、丹前というものに表わしたく、無我夢中になる。とうてい、本職でもそうは速く出来まいという速力でそれを仕上げると、

「さあ、パパ、これ、お客さまと逢う時着る、よそゆきよ」

とさしだすのだ。その丹前の綿は、ころころして、袖口のふきは、めちゃめちゃに不揃いで、とても人前で着られるような代物ではない。

「へっ、これ、人の前で着るのかい、ひひひ」

一平が呆れて笑いだすと、かの子もさすがに自分の作品の不出来に失笑しながら、

「笑っちゃだめ、見ないで着るのよ」

と、自分の方からころころ、笑いころげてしまう。

「あとで直してあげますからね」

というけれど、一度も直したためしはない。

一平が忘れた頃になって、突然、

「パパは素直ね」

「ありがとう」

といって涙ぐむ。

「何だい」

「だって、そんな丹前、よくパパは着てくれると思って。パパは素直ね」

そんなかの子は、一平のために筆を揃え、絵具をひろげてやる。

「パパは不精だから」

まるでなまけ者の子供でもかばい、はげますように、一平が仕事に取りかかれるようにしてやるのだった。

勉強時間中だと、たとい訪問客があっても、絶対に玄関へも出ていかなかった四、五年前に比べたら、信じられないような変りようである。かの子のこういうおだやかな精神状態と、ゆきとどいてきた内助にささえられ、一平の仕事はますます華やかになっていた。

大正十三年には「金は無くとも」「増補世界一周の絵手紙」「どぜう地獄」「紙上世界漫画漫遊」「漫助の社会改造」、大正十四年には「弥次喜多再興」、大正十五年には「一平傑作集」、昭和元年に「人の一生」、昭和二年には「富士は三角」、昭和三年には「手製の人間」「新漫画の描き方」、昭和四年「指人形」と、矢継早に著書を発行している。

このうち「どぜう地獄」と「富士は三角」は、完全な小説である。今読むと、文章が冗漫で、文学的にも高いものではないが、溢れ出る一種の文才のあったことは認めざるを得ない。

「どぜう地獄」は私小説だが、「富士は三角」はフィクション小説である。

この頃一平は、新聞の為に内閣諸大臣訪問問答の記事を書き、脚本を書き、婦人雑誌の座談会で三角関係を論じた。芝居の劇作家の会合に出席して、新演出について論じたかと思うと、劇評を書いている。宗教雑誌に宗教小説も書けば、展覧会へ邦画研究団員として邦画出品もする。と思うと、洋画研究団員の立場で洋画も出品し、講演も引受ける、少年雑誌に探偵小説も書く。小説家のインタビュー記事も書けば、娯楽雑誌の漫画の選者にもなった。文芸雑誌の人物論も引受けてしまう。文字通り八面六臂の大活躍であった。

「富士は三角」にいたっては、

「この小説は、小乗に陥り易い人間を強ひて大乗に向はせる生命の意志を説き明すつもりで書いた」

という気負いようで、

「願はくば更に縁が向いて来てこれ程の長篇をあともう二、三十書き過し度い。その後の自分のすがすがしさは思ひ遣るだに小気味よい」

という、大へんな抱負である。

かの子が自分の仏教的悟りや思想を身うちに充満させながら、その一端も表現しつくせず、不器用にもたもたしている時、一平は、軽すぎる程の才筆で、繭の糸をひくように、ずるずるいくらでも書きつづけることが出来たのである。

一平はいうまでもなく、それらを需《もと》められるまま生活の資として書いた。

四十歳にもとどかない一平は、こんな人気絶頂の生活の中で、ふっと自分を見失いそうになることがある。

ある日、恒松安夫の友人の有森英彦が、今里の家に訪ねていくと、かの子も安夫も留守で、一平だけが、縁側の近くで坐禅をしていた。庭先から入っていくと、一平は坐禅の姿勢のまま、うすく目をあいて英彦を見た。その時、英彦は、思わず声をあげた。

「どうしたんです、いったい。そら、その凄い蟻」

一平の坐った周囲の畳の上に、黒い兵児帯をぐるっと置いたように、真黒な蟻の大群が、うじようじょ這っているのだ。

「うん、これか、こうやって、砂糖をこぼしたらこんなに集まってくるのだ。きみ、面白いよ。こうして、さっきから見つめていると、何万匹いるかしれない蟻のやつ、一匹ずつ、みんなちがった動作をしているんだよ。見飽きないねえ、きみも見ていてごらん」

英彦はあきれて、二の句もつげない。

「汚いですよ、早く掃きだしちまいなさい」

英彦が箒をとって、一平の周囲をさっさと掃きとばし、蟻を退治してしまっても、一平はさっきの姿勢のままで、悠々としている。

「蟻を見てると、頭が休まるんだよ」

かの子はこんな一平の労働のおかげで、全くこの時代は生活苦からは解き放されていた。

今里の家へ移ってまもなく、岡本家の家族構成に変化がおきていた。

太郎はようやく、慶応の寄宿舎から引きあげ、家から毎日、安夫といっしょに慶応の普通部へ通っていた。更にもう一人、同居人が増えていた。新田亀三という若い医者だ。

新田は、かの子が痔の手術で慶応へ入院した時、執刀に当った外科医だった。きりっとした容貌の、腕のいい若々しい外科医に、かの子はすっかり心をよせてしまった。かの子は欲しいとなると、まるで幼児のようにこらえ性がなくなる。一度かの子が執着をかけたものには、必ず自分を打ちこんで相手をとらえてしまわずにはおかない。そのとらえ方は、

《いたいけな裸子が独活《うど》の芽のやうな手の指を先に、乳を探りながら、もぞもぞと懐に匍《は》ひ込んで来るやうな感じのものもあつた。真正面に体当りでぶつかつて来るやうなときもあつた、電気鱏《えひ》のやうにぴり〳〵とエレキを出す場合もあつた。歎きを情熱の紐で相手の頭の先から足の先までぎりぎり巻きつけてしまふこともある》（エゲリアとしてのかの子）

かと思うと、いつのまにか相手の心の中心にすべりこんで、ころころ笑っているような時もある。しみじみした情緒で、いつのまにか相手をしっとりと濡紙のようにつつみこんでしまっていることもある。女としての技巧めいてみられることもあるが、いつでも、かの子はこれと思い打ちこんだ対象に対しては、それがたとい人であれ、物であれ、思想であれ、全身全霊、捨身で自分の愛を投げかけるのだった。何時でも、何所ででも、何にでも、三昧《さんまい》になれる不思議な性能に恵まれていたかの子にだけ可能な捕え方かもしれなかった。

《かの子は、何物にも一目で自分に有縁か無縁かを見分けてしまふ女でした。一目で気に入り自分の手に取ったものは、一生自分から離さないことが多くあります。人間でも――》(かの子と観世音)

と、かの子のこの性質を見ぬいている一平は、また、

《少くとも私以外、私の知れる限りで三人の男性にとつて歴然としたエゲリアである》(解脱)

ともいっている。

かつて、堀切茂雄の時、

「そんなに好きなら、家へ連れてこいよ」

といった一平は、また今度、

「ね、パパ、いいでしょう、つれてきちゃっていいでしょう」

と、天真爛漫にかの子にねだられ、かの子がそういった以上、反対しても仕方のないことを知っていた。

かの子は、一度、恋の情緒にとりつかれると、相手の立場も都合もかまっていられないほど夢中になる。その場合、かの子は純粋に精神的なのだけれども、周囲の目はそうとばかりはとらなかった。

新田に、入院中から、あたりはばからないかの子の信頼のよせ方は、人目についていた。退院してても、かの子は新田に呼びだしの電話をかけるし、訪ねてもゆく。人目に立つかの子のこうした行動は、たちまち病院の話題になった。新田は、慶応にいられなくなって、北海道の病院へ移っていった。

かの子は一平の許可を得ると、北海道まで出かけ、とうとう新田を呼びもどしてきた。恒松安夫が、いつのまにか、岡本家でなくてはならない家族の一員になったように、新田もいつのまにか、岡本家の一人として、完全にその生活の歯車の中にまきこまれてしまった。新田はかの子の許で暮しながら、叔父の病院へ通っていた。

かの子はゆったりと落着いてきた。世間には新田の同居はあまり大っぴらにしてはいなかった。誰かが気づいたとしても、恒松のような同居者としか見なされなかった。

この頃から、かの子は一平に対して、普通の夫婦の間では絶対云えないような心の動きも、情欲の乱れも打明けている。

普段はむしろ静かすぎるほど静かで、めったなことで感情の波立ちを外へは見せない一平は、無口で鈍重にさえ見える時がある。天才的な人間には一点だけ天才的に鋭く目覚めて、機敏な活動をする部分があり、その一点の鋭さに全力が集中され、他の部分が全くなおざりにされていることが多い。一平もこの例にもれない人間であった。一平の鋭さは、自分の仕事に対してと、かの子への愛の時に純粋に激しく燃焼した。仕事に対して、ぬけめなく、攻撃的で、一点の疎漏もないように、かの子に関するかぎり、一平はかの子自身より、かの子の内面の生を的確に把握し、かの子の煩悩の霧の底のものまで、見透すことが出来た。

かの子はまた、それを確実に感じとっていた。いつでも一平に自分を預けきった気持で安心していられたし、どこまでいっても、自分についた糸の端は一平の手の中にゆだねてある甘えと信頼があった。かの子は自分のほしいままな妄想まで、一平が自分といっしょになって咀嚼してくれ、自分の栄養に摂取しやすいように嚙みこなしてくれるものと信じていた。一平の眠っている精神の部分まで、かの子は自分の領土のような気がした。それだけ、自分の精神の領土が拡められていると思う。そのため、かの子は安心しきって、一平の傍で、ずいぶん思いきった妄想にも、情痴の夢にも浸ることが出来た。まかりまちがったら、一平が始末してくれるようなゆだねきった安心感があった。

世間の目には、こんな夫婦の愛情は理解出来る筈がなく、円満な夫婦の見本のようにいいはじめていた。

もう人生の夢は見つくしてしまったように老成した気持になっている一平には、いくつになっても、瑞々しい小児性を失わず、ロマンティックな夢の涸れる日もないかの子の不死身の青春に、驚異と憧憬を覚えずにはいられない。

「今、ちょっと、パパにもいえないの、でもきっと、そのうち、説明するから待ってね」

かの子は、一平にも告げられないほど、自分ひとりの情緒の中に溺れている時もある。そんな時、いつも目に涙をためて、ちょっとはにかみ、わびるように、甘えた調子で一平にいう。そして、必ずいつか、一平がそのことを忘れきった時に、ふいに、あの頃の自分の感情の経緯《いきさつ》を、一平に向かって説明しだすのであった。かの子は一平に聞いてもらい、すいとってもらった時ようやく、その問題から自分がぬけだしたことを感じ、身心がせいせいとさわやかになった。どんなことをいっても、一平がかの子の心の中におこりうることの予測は出来るし、その解決のめどもつけてくれるという絶対の信頼――かの子の、まるで神に対するような純粋無垢な信頼が、一平には一番こたえた。

ある日かの子は、一枚の女の似顔絵を描いてくれと一平にせがんだ。かの子は女友達とそれを約束してきたのだという。一平が逢ったこともない相手だった。

「だって、そんな無茶な話ってないよ。写真くらいもって来なよ。雲をつかむような話じゃないか」

「そんなことといったって、すぐ要るんだもの、パパならきっと、見ないでも描けると思ったのに。引受けてきちゃったんだもの、描いてよ」

一平は呆れてかの子の顔をまじまじとみた。かの子は円《つぶ》らな目をみはって、自分が無理をいっているなど、夢にも思っていない顔つきである。一平の伎倆を信じきって、安心しきっている表情だ。無垢な信頼の前に一平の方がかぶとを脱いでしまった。とにかく、かの子がたどたどしく説明する、目の形とか口の特徴をつなぎあわせ、十二、三枚も女の顔を描きちらしていくうち、

「あっ、これだっ、この通り、あの人そっくりよパパ。よく出来てるわ。だからあたしゃ、パパには描けると思ってたんだ」

かの子はいそいそと、その似顔絵を持って出かけてしまった。

自分のいうことなら、何でも一平が聞いてくれると信じているかの子、絵ならどんなものでも描きこなすと、一平の伎倆に絶対の信頼をおいているかの子、その無垢な信頼に、一平は打たれて目頭があつくなってきた。一平はかの子のそんな絶対的な信頼に触れると、自分が高められ浄められたような気がしてくる。

常人では理解出来ない不思議な愛が、一平とかの子の間には生れてきていた。

このころまた、一平は銀座を歩いていて、水晶の観音像二体を印判屋のウインドウに見つけ、かの子のために買って帰った。観音が美しいからというので、観音信仰を深めていたかの子は、この小さな水晶仏をたいそう喜んだ。早速、不器用な手つきで、手編の袋をつくり、小さい方の一体をお守り用にして帯にぶらさげ、爾来、肌身離さないようになった。大きい方は、仕事机に

置いて、日夜それを拝んでいた。目がさめるとすぐ、編袋の観音を帯につり、寝る時は枕元に置いた。時々、とりだしてむっちりした掌の中に握りしめ、しみじみ撫でさすっていた。

白梅の盛れる今日よ水晶の持仏観音拭きたてまつる

紅梅のいろ近くしてくれなゐに染みたまひけり水晶仏は

かの子が自分の有縁のものと直感して、捕えずには置かないものは、必ず「美」を伴わなければならなかった。

「釈尊が美男でなければ私は仏教を愛さなかつたかもしれない。観音さまでも美貌でなければ決して私は観音さまを肌身に抱いてなんかゐはしない。あれほど深い教は、美貌より包蔵し得る資格なし」

といいきるかの子は、夫も息子も若い恋人も、すべてかの子好みの「美」を具えていなければならなかった。そういう「美」への貪慾さは、娘時代からのタイラント的な我ままを、ふたたびこの頃からかの子のうちによみがえらせてきていた。

女友だちでも、かの子は美貌を、性情より上位において選んでいた。女の友だちに理解されることが少なく、自分の方でもほとんど心を開いてゆこうとしなかったかの子が、この時代、心から尊敬し、愛慕していた二人の佳人があった。

一人は九條武子であり、一人は柳原白蓮だった。どちらも一世にその美貌と麗姿を歌われた女人である。九條武子の美貌をかの子は高雅優麗、稀有の麗容という最大級の言辞でほめちぎっている。自分は、世間のように武子の外観の美だけにひかれたのではなく、その魂の美しさにひかれたのだといいながら、かの子は、武子があれほど美人でなかったなら、決してあれほどの敬愛の情をよせはしなかっただろう。その上、初対面に近い武子から、かの子は、思いがけない親愛の情を示されたのである。

武子の「洛北の秋」が帝劇で上演された時、かの子も招かれて観劇にいっていた。武子は客の接待にいそがしく立ち振舞う間にも、時々かの子のところへわざわざ近づいてきて、何かと囁いていく。まるでかの子の肩を抱きよせんばかりにして、かの子の丸い肩を撫でながらいった。

「今までのは私でよかったのよ、でもこれからの仏教文学はあなたが引きうけてね」

「まあ、そんな……」

かの子はびっくりして二の句もつげなかった。

またの日、武子は同じことをふたたびくりかえしてかの子にいった。

「あなたはどうして、そんなに熱心に、そのことばかりおっしゃいますの」

「私あなたの眼を見て判るの、あなた程、霊魂に恵まれた方はめったに無いと思いますの。でもあなたは熱情家だから、過去に随分なやみをお持ちのようでしたけれど、それを宗教で整理なさっていらっしゃるのも知っています」

かの子は武子のことばを聞いて、あまりの愕きと歓喜で、手放しで涙をふりこぼしてしまった。これまで、かの子は女たちから、先ず誤解される自分をいやというほど思い知らされていたし、どの女も、かの子の不用意と無防禦の中から、嘲笑の種とあらを探すことにだけ汲々としていた。それなのに、まだ、識っていくらもたたない武子から、これほど本質を見ぬいた信頼をよせられたということが、かの子のナルシシズムを満足させ、かの子の誇りをかきたてた。

昭和三年二月七日、四十一歳で武子が病死した時、かの子もまた病床にいた。その報せを伝えられると、かつて肉親の誰の死に逢った時よりも、悲しみにうたれた。

　みこころは晶と冴えつつ花たちばな香に匂ふ君がみかたちなりし
白蓮柳原燁子によせたかの子の愛情も、かの子の女友だちの交友関係の中ではきわだっていた。筑紫の炭坑王の所に嫁しながら、若い恋人との恋に走り新聞種になったドラマティックな燁子の運命が、かの子のロマンティシズムと、情熱を刺激した上、燁子の天性の美貌が、かの子を捕えたのにちがいなかった。

大正のある年の夏、麻の着物をあっさりときて、燁子はかの子を訪れてきた。初対面のかの子の前へちゃんと坐ったまま、燁子は、眼を可愛らしくまたたいて、世間的な儀礼など少しもいわない。

燁子は作歌を通してかの子の人柄に憧れ、わざわざ訪ねてきたのだった。そのくせ、ひたむきな逢いたさの目的が達せられてしまうと、話すことなど忘れたように、おっとりと、かの子の前に坐って微笑んでいるだけだ。内裏雛に生気を通わせたようなあどけなさと、凜々《りり》しさの中に、天性の素朴さが滲みでている。

かの子は、こんな燁子を評して、

《凡て、燁子が過去に歩んだ燁子の道は、彼女の不用意な純真性、彼女の乙女らしい無分別、時に多少不聡明な処置に陥る果断。世間を多少怖れ乍らも遂には見栄もかなぐり捨てる彼女の無器用な殉情。それらが歩んだ跡付けに外ならない》(柳原燁子さんを語る)

といっているが、これはそのまま、かの子自身に対する世評の誤解への抗議、弁明ともとれるものである。

燁子は、かの子のこうした理解と好意に感じたものか、初めて訪れて以来、しばしばかの子を訪ねてきた。青山南町の家へ、つくろわない姿で訪問する燁子に、当時、慶応普通部の学生だった太郎もよく逢っていた。

この二人の有名な女友だちの外に、当時のかの子が一番心を許していたのは三宅やす子だった。この人もまた美しい未亡人で、世間は様々な臆測と取沙汰でかの女のまわりをとりまいていた。かの子は、やす子の場合も、その中に、誠実な真心を発見しており、世評に自分の目を曇らされるようなことはなかった。

中條百合子の才能と、さわやかな美貌もまた、かの子には魅力のある女友だちだった。やす子と百合子には気を許し、いつでも長い甘えた手紙を送ったり、訪ねたりしていた。

いずれにしろ、白金今里町時代から、青山南町時代におけるかの子は、家庭的にも何の不安もなく恵まれ、夫にも恋人にも友人にもとりかこまれて平和そのものだった。

文学への執念も、深く沈潜していて、まだ活動期には入っていない。それだけに、憧れの美しさを目の前にたなびかせているだけで、それに執《と》りつかれ、業苦とまで感じるほどにはなっていない。

仏教研究も作歌も、一点の余裕をのこして、かの子が気負っているよりも趣味的な、ゆとりのある感じがしていた。かの子は一平に甘やかされ、生活に甘やかされ、友情に甘やかされ、自分でもうっとりとナルシシズムに酔っていた。

それは、ある日は自分を神格化してみるかと思うと、内臓の一部まで愛憐をそそぐ手放しの自己礼讃になる日もあった。

《私のペットは私の心臓です。私の心臓は寝ころがつて居るのだそうです。私がふとつて居るのに心臓奴がまたたいへん大きいのださうです。レントゲンで見ると、その心臓奴が寝そべつて居るのですつて、うまくきゆうくつな場所にはまるためでせう。何といふりこうな可愛ゆい心臓奴だらうと、私はそれを知つて以来、可愛くてなりません。で、私のペットは私の心臓、それよりほか、ペットなんかいらなくなりました。……略……若くつて、真赤で、健康で、感情家で、弱虫で、同情ぶかい癖に、男の子のやうにイタヅラ好きで、英雄のやうに好い気なところもある私のペット、私の心臓。——研究家の学者面の私の頭のオバサンに時々叱られて一寸しよげても、ぢきに平気で横つちよに寝そべつてお得意の自作の唄かなんかうたつてる》

第十三章　鳥　籠

昭和四年十二月三日の『朝日新聞』には、
「賑かに出発した漫画全権
　おけさ節に送られて
　　きのふ岡本一平さんの首途《かどで》」
という見出しで、写真入り五段ぬきの派手な記事が見える。
「世界の漫画家が腕によりをかけて待ち構へてゐるロンドン軍縮会議に唯一人の日本人『漫画の全権』――本社特派員――として活躍する岡本一平画伯は二日午後七時東京駅発急行で華々しく外遊の途に上つた。

△

特に今回はかの子夫人と独り子の美術学校学生である令息太郎君（一九）といふ二人の全家族も同伴、睦《むつま》じい首途なので、駅頭は窒息せんばかりの素晴らしい多勢の見送人に埋められ、団扇をふりかざす日本漫画会員、夫人を送る日本大学仏教会員、太郎君の母校、慶応普通部、美術学校画学生等の団体の外に、親友の藤田画伯を始め文士あり画家あり政治家あり新聞人等総勢五六百人を越え多くの人は折角見送りに来ても近寄れずあきれ返るといふ騒ぎ。

△

背広姿の一平画伯および太郎君、華やかな和服の夫人は花束と握手と、

『しつかり頼む』の激励攻めに大面食らひの有様。プラットフォームはまるで愉快な暴徒のやうにひしめきとわめき、学生団は新作らしい送別のおけさ節を歌ひだす。太郎君にもぢつて、『桃から生まれた桃太郎……』ををどりだす。さすが現代の大人気者の外遊だと思はせる。

△

一平画伯は『僕は会議後二年ほどフランスを中心に滞在して勉強して帰るつもりだ。女史(画伯は夫人をかう呼ぶ)も勉強するつもりだが僕等洋行の主眼の一つは、太郎を勉強させることだ。僕の漫画のやうでなく、本格的な立派な絵が描けるやうにしてやりたく、本人もそのつもりで出かけるのです……』とさすがに親心、しんみりと語つた。

かくて見送りはしやんしやんとしめるやら団扇を叩くやら熱狂の内に破れんばかりの万歳の声に送られて、乗船地神戸に向つた」

新聞記事としては最高に好意的な情感のこもった記事であるのを見ても、当時の岡本一平の人気がしのばれるというものである。

岡本家の一行の出発に先だち、十二月一日には、横浜出帆のサイベリヤ丸で若槻、財部《たからべ》両全権大使たちの一行が出発している。岡本家出発の駅頭の賑いは、この全権大使たちの出発の時以上だったと伝えられた。

この日、七時頃、東京駅に車で乗りつけたかの子たち一行は、たちまち興奮した見送りの群衆に埋めつぶされそうになった。

かの子は耳かくしに白茶のリボンを巻きこんだ髪型がよく似合い、派手な裾模様の訪問着姿、満十八歳の太郎も、新しい背広の晴姿で颯爽《さつそう》と見えた。二人とも興奮して頬を紅潮させ、かの子は大きな双眼にもういっぱいの涙をため、一平の腕にとりすがったまま、

「パパ、パパ」

と上ずって口ばしっている。

一平はさすがに、いつもの穏かな一見つまらなそうな表情で、そんな妻と息子をかばって、見送りの人々に万遍なく応えていた。

当代随一の人気絶頂の漫画家と、歌人、仏教研究家として高名な派手な妻と、若冠十八歳で、花の巴里へ遊学出来る世にも幸運な息子によせる世人の好意と憧れが、この前代未聞の華やかな見送り光景となってあらわれたのである。

車内には贈られた花束が山のようになり、腰をかける場所もない有様だった。

怒濤のような歓声に送られていよいよ東京駅を離れた列車は、行く先々の停車駅で、更に待ちうけている新しい見送り団に応えなければならない。列車が静岡辺へさしかかるまで、三人はほとんど呆然として、寝支度も手につかなかった。

ところでこの出発は、世人も羨む一家揃っての旅立ちだったが、三人の外に恒松、新田の二人の家族も同行していたことは新聞は伝えていない。もともと、今度の旅行は、一平が朝日の特派員になったということが契機にはなっているけれど、一家揃っての外遊の計画は、岡本家にとってはもう年来の夢であり、かの子にこの望みをかなえさせてやろうとする一平の心は、昔の自分の罪に対する贖罪《しよくざい》の意味が含まれていて、一平の心の中ではもはや一種の果さねばならぬ儀式のようなものになっていたのだ。『婦女界』の世界一周のため、一平だけがこの夢からまたもや一人先んじてしまった上、つづいて震災があり、太郎の学校の進学問題もありといった事情のため、つい、心ならずも、のびのびにされていたというにすぎない。

以前の計画の時、すでに同居中の恒松の同道を当然のこととして考えていた夫婦は、今度の旅に当って、もう一人増えていた家人の新田をも同道するのは当然のことであった。幸い恒松は、大学の方から留学許可もおり、その費用で自前で同行することが出来た。新田も旅費は貯めていた。もちろん、雑費のすべては一平がひきうけた。

この日あることを期して、一平は一応の旅費の用意も心がけていたけれど、昭和五年六月から先進社より刊行が開始された「一平全集」十三巻の印税は、何より力強い財源になっている。

一平の理想としては、太郎が幼稚舎から普通部に上る境目が一番外遊にいいと考えていたが、それが果されず、この年すでに太郎は上野美術学校へ入学したばかりであった。

《在学中でもあり、師匠筋にあたる先生の忠告もあり、かの女ははじめ、むす子を学校卒業まで日本へ残して置く気だつた。

「えゝ、そりやさうですとも、基礎教育をしつかり固めてから、それから本場へ行つて勉強する。これは順序です。だからあたしたち、先へ行つてよく向うの様子を見て来てあげますから、あんたも留守中落着いて勉強してゐなさい。よくつて」

かの女は賢さうにむす子にいひ聞かせた。それでむす子もその気でゐた。

ところが、遽《あわただ》しい旅の支度が整ふにつれ、かの女は、むす子の落着いた姿と見較べて憂鬱になり出した。たうとうかの女はいひ出した。「永くもない一生のうちに、しばらくでも親子離れて暮すなんて……先のことは先にして――あんたどう思ひます」逸作は答へた。「うん、連れてかう」

親たちのこの模様がへを聞かされた時、かなり一緒に行き度い心を抑へてゐたむす子は「なんだい、なんだい」と赫《あか》くなつて自分の苦笑にむせ乍ら云つた。そして、かの女等は先のことは心にぼかしてしまつて、人に羨まれる一家揃ひの外遊に出た》(母子叙情)

出発の時には、駅頭での一平の新聞記者への挨拶のように、二人の渡欧の目的は、太郎の将来と勉強のためということに重点が置かれていた。

漫画王と呼ばれている一平の、あまりに素直な「しんみりした」述懐を見逃すことは出来ない。

「僕の漫画のやうでなく、本格的な立派な絵」

と一平がいっているのは、そのまま、かの子の絵画芸術に対する最高の夢であった。一平のこのことばは、かの子の結婚以来の、根深い一平に対する不満の正体を表わしているのである。

「漫画もパパくらいになればね」

と、一平の漫画をようやく認めてはきていても、かの子の心の底にはやはり、漫画を純粋絵画の下に見る気持はぬけきらなかった。一平との結婚生活で、次々かの子の夢が破られていった中にも、最もかの子を傷つけたのは、一平が芸術家の道に進まず、町絵師として非芸術的な職人になったことであった。かの子にとっては芸術が道徳であり、芸術が倫理であった。この世で至上なものは芸術であり、それに殉ずることこそ生甲斐で、他はすべて、第二義的などうでもよいことであった。

それほど芸術を大切に思うかの子にとっては、芸術と名のつくものはすべて第一級のものでなければ承知出来なかったのだ。一平の漫画のおかげで生活が安定し、家族がようやく豊かに暮していけるようになった事実を、現実の上では認めていても、やはり、真情では、一平が本格的な絵から離れたことは、裏切られたという恨みをもっていた。この不満をかの子がひとりで持ちこたえている筈はなく、時々一平に激しく迫り、非芸術の漫画から足を洗ってくれるよう注文したことは察するに余りがある。この間の事情を太郎も、
《丁度私が小学校三年生の頃、父親を遂に説得して、漫画をやめさせるところまで行ったことがある。

ある日、お小づかいで玩具を買って来た私に、母は急にあらたまった調子で、「お父さんは今度、漫画をやめて、本格的な（彼女はこういう言葉づかいが好きだった）絵をお描きになる

ことに決められました。家も前とは違って苦しくなるから、そのつもりで、無駄なお金を使ってはいけません」と言った。子供心にも、ばかに悲壮な思い入れがややおかしいほどだった。この彼女の理想は現実生活がついに許されなかったが。

やがて一平の名声があがり、ジャーナリズムの上で一代の寵児になった。そして生活は全く安定した》(かの子文学の鍵)

と書いている。

「すべて正途《しょうと》のものでなければ」

というのが口癖のかの子は、たとい生活が昔のように貧しくなっても、一平に正途の純粋画を描く芸術家になってもらいたかったのだろう。かの子はじぶんはあくまで、第一級の芸術を追い求める意志は失わないと同時に、一平の上にかけて破れた見はてぬ夢を、太郎の将来と才能に賭けようとしたのである。そしてかの子のこの悲願は、そのまま一平のものとして、いや夫婦共通の夢と悲願として、一平にわけもたれることになったのだ。

一平は、かの子の絶望に気づいて、かの子の為に生きようと悔い改めた日から、この日を待ち望んでいたともいえる。

「パパ、思いきってお金つかってきていいの」

かの子は出発の前、一平に聞いた。

「ああ、いいよ」

かの子はだまって感謝のまなざしでうなずいただけだった。一平はかの子が何を考えているかわかっていた。旅費をきりつめた、ぎりぎりのみみっちい旅なら、しない方がいいのだ。かの子にとって、今度の旅はこれまでの半生の夢を賭けたもので、その夢は狂気と死の暗い記憶によって支えられ、はぐくまれてきたものなのだ。

第一等の旅行を、東洋の王侯の旅のような大名旅行をかの子はする覚悟であった。覚悟——、かの子はたしかにそう呼ぶのがふさわしいほど心に期するところがあった。新しい自分を創るために——第一級の芸術をつくるため、日本の女、日本の芸術家を代表して、ヨーロッパの伝統と知恵を吸いとってくる覚悟であった。何事にも壮大なことを望むかの子の夢は、いつでも常凡の人間の想像を越えたところにあった。そして、かの子はこの旅行が自分の生涯の大きな転機になることを、はっきりと予感していた。

帰国後出した「かの子抄」の序文に、

《ひとたび、稍々完成しかゝつた私を解体して欧州遊学の途にのぼつたのは——》

とあるように、かの子はこの出発の前に、これまでの自分というもののすべてをうちくだき、全く瑞々しい初心にたちかえって、これから目にするすべての「新しい」経験を吸収しようとした。昭和四年十二月三日、つまり出発の翌日付の発行になっている改造社刊の「わが最終歌集」は、かの子のそういう決心を物語るものである。わざわざこういう発行日にしたのは、かの子らしい演出で、本は出発の前に出来ており、知人にくばられていた。何ごとにも大げさなかの子は、こんな仰山な題をつけた歌集で、自分の決心を世間に公表しなければ気がすまない。この決心の奥には、今度こそ残る生涯をかけて、最初からの憧れである小説を書くという一事に全力をそごうという決意が秘められていた。

そうはいっても、歌を詠みなれた作歌の習癖はそんなに簡単に止められるものではなく、かの子はもう出発した船の中から歌を詠んでいるが、一度自分や世間に誓った約束に義理をたて、これ以上、どんなにもとめられても歌集としては、決して歌を編ませることはしなかった。

それだけの覚悟をこめた歌集だけに、九百五十一首収録四百六頁の歌集は一平の装幀、口絵及びカット藤田嗣治、「序に代へて」という与謝野晶子のはなむけ一首、

唯だ一人女の中に天馬をば御しうる人の遠く行く国
海こえてかの子の行かば身のうちのわが若さまで尽きんここちす

斎藤茂吉の「序歌」と題した、

このあさけ庭に飛びつつ啼く鳥のたはむれならぬこゑぞかなしき
わが友の歌をし読めばしづかなる光のごとくおもほゆるかな

に飾られるという豪華ぶりであった。かの子自身は、

「歌神に白す」

ではじまるひどく大時代な文章で綴られた序文をのせ、

《……わたくしのみに於てあなたの恩寵に酬ゆる途は今日あなたとお訣れする事であらねばならぬ。あなたとお訣れして次の形式にわたくしを盛る事こそあなたへ対するわたくしの適確なスケジュールの履行と思へてならなくなつた。あなたが微笑してわたくしを送つて下さることを感じつつわたくしは今素直にあなたの前に頭を下げお訣れの言葉を申上げる》

と述べ、更に「歌に訣れむとして詠める」として、

ふたたびはわが逢はざらん今日の陽をまなこつぶらにながめけるかも

という歌をかかげ、この歌集の世界に訣別の手をふった。

背水の陣をしいたかの子の新生への決意は、これほど大形な引退披露にふさわしいものがあったのである。尚、この「わが最終歌集」には、すでに「子と遠く別るる予感あり」として、

子と離るるかなしみ無くばわれの棲む世は大かたに安けきものを
遠く居る母を思はんそれよりもひたすらおのが命を育《はぐく》め

という歌をのせ、太郎は巴里にのこしてくる計画が示されているのである。勿論そのことは、出発前、太郎との間で充分討議された結果であり、太郎は、美術学校を中退して行くからには、フ

ランスに永住すべきだという覚悟をひそかに決めていた。

かの子が歌に悲壮な想いで訣別したように、太郎は十八歳の純情をかたむけて、再び故国には帰るまい、パリで芸術に一生を捧げるのだと気負っていた。かの子の注ぎこんだ芸術至上の純粋主義は、少年の太郎にそのまま根を分けていたのである。

夫に捨てられ、人の親切からも見捨てられ、電灯も消された家の中で飢えにふるえながら抱きあい、

「あーあ、今に二人で巴里に行きましょうね、シャンゼリゼーで馬車に乗りましょうねえ」

と、うわごとにつぶやいた希いが、今ついにかなえられようとしている。薔薇やカーネーションの多彩な花束に埋もれながら、母と子は言葉もなく車窓で目を見かわしていた。

神戸で欧州航路船箱根丸に乗船、十二月七日、船は門司をすぎ、十五海里の速力で冬の日本をいよいよ離れていく。

十二月九日、上海に着く。一平とかの子は新聞社の要請で、ちょうど訪日の途上にあったダグラス・フェアバンクスと、メリー・ピックフォードに、マゼスチック・ホテルで会見し、かの子はメリーと一緒に写真をとったりして歓談した。

かの子は市内見物の際フランス租界で毛皮の外套と、熱帯を渡る用意に夏服を買ったりした。翌十日も、午前中はデパートで買物に費し、午後船は出帆した。

香港につく前日、船中ではみんな合服に着かえ、漸く乗客同士もなじんできた。太郎は船客たちに好かれ、人気者になっていた。一平もかの子も、船中でも遊んでばかりいられない。雑誌社や新聞の原稿をかかえていて、時をみては片づけていく。

香港に未明に入港するという時、船は急にひろがった濃霧に閉され進退がきかなくなった。無気味に鳴りひびく汽笛やドラの音の間から、海賊船に襲われる危険があると船員がいう。まさか

と思いながらも二時間たっても数時間たっても濃霧の中からぬけ出られない船の中で、不安になってくる。ようやく九時間もたって、霧は晴れ、香港に入港した。

十三日午後、上陸し、かの子も太郎も島の絶頂ピークまでドライブする。夕焼にそまった香港の町は、かの子が夢に描いていた西洋風景そのままだった。ようやく外国に来たという実感が湧いてくる。一平は前の外遊の経験があるので、ゆったりかまえているけれども、かの子の詩人の鋭敏な感受性と太郎の多感な青春の感受性は、ことごとに外界の刺激に共鳴し、興奮した。見るもの触れるもの、すべてが初旅の二人にはたえまない感動と感銘の連続である。

帰船してからも、かの子はすっかり気にいった風景を眺め、甲板から離れなかった。その時、同船のドイツ人が精巧な双眼鏡をかの子に渡し、向うの小島の頂上をのぞくようにと手まねで教える。かの子はいわれるままにしてレンズを合すと、あっと驚いていた。レンズの中に峨々《がが》たる巌山が浮び、その凹みに数台の大砲が並んで、レンズの方に筒先をむけている。双眼鏡のむきをかえると、今度は黒々とした軍艦の列がレンズいっぱいに浮び上って来た。砲艦七隻、駆逐艦一隻が並んでいる。かの子はこれを手はじめに、行く先々の海で英国の軍艦を見た。

かの子はよく同船の日本の海軍将校から借りた双眼鏡を首からかけ、靴音を立てて甲板を歩きまわり、軍艦や砲台の列をとらえて見入っていた。

「勇敢な女士官に見えますよ」

そんなかの子を、男客の誰かがからかっていった。

こんな艦上の感想を、

《眺望は時々刻々に変つた。彼の海もこの海も私には忘れられぬ懐かしい印象を与へた。が其等の海は今の実感からいふと何んだか狭い限られたものゝやうな気がする。日本の直ぐ隣りに支那や米国が、その隣りにイタリーやフランス、イギリスが在るやうだ。そして海も陸地と同じである事を知つた洋上に、僅かに頭を出す孤島が重大な要塞地帯であつたり、恐ろしき軍備の根拠地であるのを度々見た。之等の島や港を中心にして大洋は今や至る所区画整理されてゐる。私は今も尚海は渺茫《べうばう》として涯しないといふ言葉を信じてゐる。

或ひは地球上の海でも、それは昔の海ではなからうか。何処か他の世界に在るやうな気がしてならぬ。火星の海か、月の海か。

兎も角今の世の海洋は、私には狭苦しい感じがしてならぬ》(海)

と書いている。

十二月十八日夕方にはシンガポールへついている。かの子はシンガポールへむかう途中暑さが嵩《こう》じるにつれ、軀を悪くして船室にこもって仕事をつづけていた。

熱帯の月明の町へ上陸し、椰子の並木をドライブする時、かの子も太郎も、その夢幻的な美しさに感激して涙を流していた。この時の印象は後年、小説「河明り」の舞台に効果的に使われている。翌十九日も市内見物をし、夜出帆する。

二十一日、ペナン入港、二十五日コロンボ入港、二十六日から一月一日まで海ばかり。かの子はシンガポール以来の一種の風土病から四十度近い熱をだしたりして、軀がはっきりしなかったが、ようやく新年を迎える前になり、すっかり病気もなおったように見えた。

印度洋上の初日を拝もうというので、かの子は絽《ろ》の紋付を着、帯だけは冬のものを締めた。一平も黒紋付と袴の和式礼装にした。甲板で船客は、それぞれの礼服姿で「おめでとう」を交わしあった。食堂では、日本の日の丸の国旗を刷ったカードが朝食のテーブルに並び、雑煮の餅が切隅も正しく椀の中におさまっている。数の子、黒豆が並び、屠蘇も銚子の折紙の蝶々まで揃っている。

船尾に万国旗が飾られ、船客の子供たちが仮装をこらし集まった。午後はまたそこに舞台が出来、「忠臣蔵」がボーイたちで演じられるというにぎわいだった。

お昼にはアデンに入港し、ここではじめてアラビア風俗を見ることができた。かの子の和服姿が街では目だち、板すだれのおりた家々の中から、人の姿は見えないのに声だけが、

「日本人、日本人」

と囁いているのが聞えてくる。かの子は巴里で洋服をつくるつもりでいた。上海で買った服も、結局は一度も着ずじまいであった。

夕刻、出帆した船は紅海へ入る。船が北上するにつれ、次第に涼しくなる。五日夕、スエズ着、八十マイルを車で飛ばし砂漠を横ぎってカイロに着く。

七日地中海をすぎ、十日朝ナポリに着く。ヨーロッパ大陸の土をはじめてふみしめる。ポンペイの廃墟を見物し、ホテルでスパゲッティをたべる。美しいイタリア人のギターひきが二人やってきて、美声でサンタ・ルチアやオーソレミオなどを情熱的に歌う。かの子はすっかり気にいって美貌の歌手の美声に聞き惚れていた。

十二日マルセイユ着。ついに四十日の長い船旅も無事に終った。マルセイユには藤田嗣治の使いが出迎えてくれていた。市内を見物の後、夜行列車で一路パリへ向かう。

十三日早朝、目を覚ますと、車窓には朝日を浴びた冬枯れの平野が走りすぎていた。赤屋根の人家の美しさに目をみはっているうち、リヨン駅についていた。

冬のパリは想像よりはるかに暗く、すべては灰色一色に掩《おお》われていた。

出迎えの人達とタクシーに分乗して都心にむかって走りだした。気がつくとセーヌ河を越えている。行手にはノートルダム寺院が遠くかすんでいる。

「ここが植物園ジャルダン・デ・プラントです」

と、出迎えの人が説明してくれる。

た。

「ああ、とうとうパリに来た」

かの子と太郎はつきあげてくる深い感動をおし殺し、車窓にうつるパリに目をくいいらせてい

ダンフェルロシュロー広場にあるホテルに落着いてから五日間、夜も昼も一家をあげてのパリ見物がはじまった。

五日間、夢のような見物の日がすぎていった。

レヴュー、百貨店、キャフェ、夜の街……すべての旅行者が一通り観るものをかの子も順序よくながめていった。

パリのすべての旅人がそうするように、かの子もまず大通《グランブールヴァル》のオペラの角の、キャフェ・ド・ラ・ペで、パリの椅子の腰の落着き加減を試みる。ドイツ女、イギリス紳士、アメリカ娘、シナ留学生……パリは旅人のカクテールだと、かの子は無邪気に目をみはる。

憧れのシャンゼリゼーの町並が並木通りへ一息つくところにあるキャフェ・ロンボアンも、かの子の気に入った。ささやかな噴水を斜にながめて、桃色の綿菓子に緑の刻みをいれたような一摑みの建物が、かの子の旅情をやさしくなぐさめてくれるようだ。そんなキャフェで、ゆっくり太郎とお茶をのむひまもないあわただしい見物の間に、かの子のしておかなければならない重大なことがあった。太郎の下宿をきめることである。

かの子たちは一平の仕事のため、すぐロンドンに渡らなければならなかったけれど、太郎は一日も早くフランス語になれる必要があるため、ひとりパリに残ることになっていた。

パンテオンとサンテチエンヌ・デュモン寺院と、ソルボンヌ寺院のドームや尖塔がそびえている丘のすぐ下にあるパンション・ド・ファミーユをみつけ、そこにきめた。下宿のすぐ前に、セーヌ河をへだててノートルダム寺院がみえている。毎朝ノートルダムの鐘の音が枕元にひびいて

くる部屋であった。

一平とかの子はロンドンにたつ前日、下宿を訪れ、落ちついた黄色の壁紙に古風なシュミネのある部屋をながめ、一まず安心し、下宿のおかみにくれぐれも頼みこんでいった。

いよいよ一人になる太郎が淋しかろうといって、かの子は上海で買い、道中ずっと持って来たカナリヤの入った鳥籠を、下宿の窓ぎわに吊した。

一月二十一日、一平とかの子がロンドンに発つのを北停車場に見送ると、太郎ははじめて孤独と旅愁が心身にしみとおってくるのを感じた。物心ついた時から、両親の側で暮した月日というものは数えるほどしかなかったし、孤独は太郎にとって、もう本性のようにしみついていた筈であった。それでも、まだ訪れて一週間もたたぬ異郷の都で、ことばも通じない中にひとり残されたことは、さすがに心細い。その上、パリは灰色の冬で、マロニエの街路樹も葉を落しつくした黒い裸木で、寒々と鈍色《にびいろ》の空を支えている。すりへった石畳をひとりで歩けば、靴音がいよいよ孤独と旅愁をかきたててくる。

下宿に帰りカナリヤに餌のサラダをやろうとして、太郎は何といっていいかわからず、手ぶりみまねで下宿の下女に話しかけ、大苦心の体だった。

ロンドンに渡ったかの子たちは、二十五日まで日本旅館トキワホテルに投宿し、二十六日からは、ロンドン北郊のハムステッド・ヒースの家を借りて引移った。自然公園や、なだらかな丘のつづく閑静な高級住宅地で、時の労働党内閣首相マクドナルドをはじめ、有名な文化人の住宅があった。

《ロンドン市中の富豪の別荘。わざと十九世紀の屋根の家に棲んでゐる新進美術批評家とその年上の妻の彫刻家。昔、田舎だつた旧家がそのままハムステッドがロンドン市に取入れられるとき一緒に取入れられたもの、など。ふと、茨の蔓とえにしだのもつれ合つた丘を越えるところに飛はなれたモダンな貸家などあつて、スイッツルの若い貴族と駆落ちして来た女優が棲んでゐたりする。日本の破風《はふ》造りのやうな感じの家が落葉にうもれてアンナパヴロアの晩年の隠棲を伝へられたりしてゐる》(異国春色抄)

という風景の中に、ジョン・ガルスワシーの白色の瀟洒な邸も見えていた。

一平の借りた家は自然公園を前庭にして、ライラックの花卉ばかりを植えこんだ丘の繁みを間にはさみガルスワシー邸とむかいあっていた。白薔薇の垣にかこまれた蔦がはった、どっしりとした四階建だった。客間、食堂のほか四間あり、バス、台所、家具装飾付一週四ポンド。夫妻と、二人の男との住宅としては申し分なかった。

かの子はこの家がたいそう気にいって、ここへ移ってからは上下八円のジャケットとスカートの洋装になり、靴音も軽く丘をこえ、買出しに出かけていく。

米の御飯が大好きで、日本を出て以来も、船室やホテルの風呂場でこっそりアルコールランプで御飯をたいていたようなかの子だから、今は誰に気がねもない自分の台所で、大ぴらに御飯が炊けるので大はしゃぎだった。

一平はついた翌日から軍縮会議のスケッチに出かけ、徹夜をしたりしてはりきっていた。この月末から、パリの太郎には毎月二百五十円ずつ、ロンドンの住友銀行支店からパリ日仏銀行支店へ送金することに定めた。

この時から、パリの太郎と両親の間に、手紙の往復がはじまった。それは後年、一平、かの子が日本に帰国し、太郎がパリに残った後までつづけられ、この稀有な芸術家族の不思議な愛と美に充たされた魂の交流の記録として残されることになる。もちろん、一平、かの子にしろ、太郎にしろ、当時そんな余念は一向になく、必要にせまられた愛情の交歓の手紙として書いたものだった。

《すっかり洋服になっちまったの、私は。似合っても似合はなくっても自信を持つつもりよ。便利で前よりも十層倍も運動するしハウス・ウオークも出来るの。写真とって送りませうかね。頭痛なんかちっともしませんよ。丘を十丁もあるいて買物に出たり、毎日町へあるかなければ気持がわるくなるほど運動好きになった》(母の手紙)

《近所では私がおとなしくて品の好い日本人だとうはさしてる。方々でお茶に呼んで呉れます》(母の手紙)

と、のどかな生活ぶりを伝えたり、せいぜい自分は倹約につましく暮して他人にはしわくしないようになど、教訓を書き送ったりすることもある。太郎への手紙の中のかの子は、わざと言葉使いをボクなどといったり、やんちゃらしく甘えた文章になったり、いきいきと若々しいナイーブな心の流露をおしげも恥かしげもなく展開している。

ハムステッドの生活にもなれてきたかの子は、バーナード・ショーが会長、ガルスワシーが責任者として一九二一年に創立した「ペン・クラブ」に特別会員として招かれた。ペン・クラブの母といわれるドーソン・スコット女史の客間で、ある日かの子は、はじめてガルスワシーに逢った。花瓶の黄水仙と古金襴《きんらん》のようなソファーのかけ布地と、赤く燃えたストーヴの火を背景に、ガルスワシーは白髪で眼光の鋭い老紳士だった。

かの子はその時、クリーム色のフランス縮緬のアフターヌーンを着ていた。スコット女史は、

「マダムが日本のきものを着て来られなくて残念でした」

と、ガルスワシーにとりなすようにいった。和服姿の日本の女を見せたいと思ったのだろう。ガルスワシーは、

「そんな必要はありません。マダムは芸術家なんですから自分の着たい時に、着たい着物を着な

さればいい」

といった。かの子はこの老紳士がすっかり好きになったし、ガルスワシーもかの子を気にいって、それからはよく自宅のお茶に招いたりした。ガルスワシー夫人も、さばけた粋な老婦人で、かの子を気にいった。

ある日、かの子が同家の客間で、印度人の厚かましいおしゃべりのお嬢さんたちと同座した。わがままなかの子は、すぐ、娘たちの態度に機嫌を損じ、不快な顔を露骨にして、さっさと客間を出てしまった。

老婦人は、如才なくかの子を玄関に送りだし、かの子の感情を見ぬいた目で、

「あの人たちは女猪たちだからね」

とささやいた。

かの子はよく散歩の途中で、外出しようとするガルスワシーに逢うことがある。

「おお散歩ですか。私はどうもここでは落着いて書いても考えてもいられない。例の海岸の別荘の方へ行きます。妻はあなたによろしくといって先へ出かけました。あ、それからショーのアップルカートとオームドビッム座だけは私が帰るまでに観ておきなさい。何なら暇をつくって海岸の方へ来なさらぬか、アップルカートの批評でも聞きましょう。あれはあんまり諷刺が濃厚すぎてあんたに気にいらないかもしれんが、御主人にはどうかな。私もなるたけ早く帰って来るつもりだが、このごろどうも体が弱りましてな、海岸の方の空気がこっちより合いますのでついあちらで暮しますよ」

かの子はこの老紳士を見送り、口ずさんでいた。

じょんがるすわしいの白頭ひかり陽春のはむすてつど丘に見えつかくれつ

かの子は住めば住むほど気にいってくるハムステッドで、落着いた生活を愉しんでいた。

かの子はハムステッドで英会話の教師として、ケンブリッジ大学を出たマガという若い女教師を迎えていた。一日おき一時間ずつで、かの子はこの女教師も大いに気にいっていた。一平の会話の先生は、もと小学校の先生で上品な老婦人だった。

マガに案内され恒松や新田もいっしょに郊外を歩いたりして、かの子は青春をとりもどしたような元気さだった。

六月聖霊降誕祭の翌日、ニーストン駅をたち、かの子たちはアイルランドを訪れた。ベルファストや、ダブリンを訪れ、西下してゴードにマダム・グレゴリーを訪問した。

アイルランドの国民劇作家中第一人者でアイルランド文学の母といわれるグレゴリー夫人は、ダブリンから西へ汽車で六時間ほど走った田舎に住んでいた。夫人とかの子の間では、今日の訪問のことは前もって手紙で約束されていたので夫人は待ちうけていてくれた。

「もう年とって、あまり人にも会わないのですがね、ロンドンのペン・クラブからの御紹介ですからね、あそこの会員を粗末にしたら又つむじ曲りのショー爺さんにやかましゅう云われますわい」

夫人は大きく笑って、かの子をみて、

「ほほう、東洋の御婦人は可愛らしくてアイルランドの乙女のようですね」

と一平をかえりみた。かの子はすっかりこの老芸術家に魅了されてしまった。夫人のふるまってくれた食事の献立も、かの子は一つのこさず覚えこんだ。

《献立——最初おつとり光る銀杯に、白、赤の葡萄酒、(これは私の庭の樹の葡萄から醸《つく》つたのですよと、夫人)。次に中形のボイルドエッグ二個(これもうちの卵よ、と夫人)。次に純白の皿へ大形のハム。それから燕麦のパン。ラッキョに似たピックル、蜂蜜を付けたビスケット。シチウド・フルーツ。どれもみな自製のものばかり。「紅茶ですか、ほほ、これだけはリプト

ンのお爺さんの御厄介になります」》（グレゴリー夫人訪問記）
夫人はイェーツもシングも、バーナード・ショーも、ここへ来て名を彫りつけたcopper beechの大樹に、かの子にも名を彫ってはとすすめた。かの子は少女のようにはにかんで、彫りつけることはしなかった。

第十四章　毬　唄

《太郎はこのごろどうしてゐるね。

私達は随分忙しく暮らして居るよ。でも私は実にたつしやになつた。PaPaが時々あちこちわるいけれどもこのごろあなたの云ふことを少しきいて坐禅（これは数息の胸腔運動）をやつたり、やはらかいレディー用のたばこをのむやうになつたりしました。お前の云ふことはパパもママも実によく聞くとはたの評判。

六月末に来ることはまちどうしい。

でも、その日〳〵の交際や勉強にまぎれながら、その時期の来るのを静かに懇切に待つて居ることは幸福です。私がつまらぬことに神経をつかふのもおまへの呈言の為めだん〳〵あらたまつて来ました。自信を持つて強く生きよう。わたし達は芸術家なのだものね、好い芸術さへ生めば俗人どもの同情の無い僻目《ひがめ》や嫉妬心で残酷なとりあつかひされたつてしかたないものね。

……略……

いろ〳〵なけいいかくもある、杞憂もあり危惧もある。

会つてから話さう、たつしやで勇気とともに暮らされよ。

かの子》（母の手紙）

（五月幾日か忘れた）

夏休みに太郎がパリからやってくるという計画は、この手紙によればすでに五月末日には、もうハムステッドのかの子たちのもとには届いていたのである。

「ゴーギャンがタヒチ島へ来たほどの驚きはないのだけれど、とにかくよい旅でした」

と、アイルランドから太郎に書き送っておいて、六月二十七日の朝、かの子たちはハムステッドに帰って来た。

かの子は太郎と別れてロンドンに来て以来、全くよくかの子流の勉強をしてきた。

一平は、ロンドンに来ているフランスの漫画家や批評家に大そう認められ、仕事の上でも成功していたので、かの子は時々、一平のホステス役をつとめて、パーティに出席したり、観劇に誘われたりする以外は、すべて自分の時間に使っていた。

「英国って実に芸術的にはつまんないところで、あえて呼ぶ気にもなれないほど呼んでは気の毒なくらいよ」

と太郎に書き送りながらも、

「思想的には少しは研究する点はあるけど」

という見地から、かの子は芸術的な勉強よりも、社会的な見聞を拡めることに目をむけていたようである。

思索と冥想するにふさわしい美しいハムステッドにひきこもっているばかりでなく、この半年間、かの子は実によく、ロンドンの官庁街や下町へおりていって、社会見聞につとめている。

芸術至上主義のかの子にしては全く珍しい行動と観察で、メーデーの町を見学したり、地下鉄の道路工夫の仕事場をのぞきこんでメーデーについての意見を聞いてみたり、ギルドや、政党問題や、失業手当や、職業婦人の問題まで意欲的に研究の手をのばしていた。

それらのノートや記事は、日本に送られたものも、帰国後の用意のためのものもあったが、いずれも通り一遍な、常識的な観察や見解にすぎず、特にかの子の芸術感覚の鋭さや、洞察がうかがわれるというほどのものではない。新聞記事のようであったり、いかにも一平や、恒松たちの意見のまるうつしのような感であったりする。けれども、かの子が外国に来て、ただ、芸術一点ばりの勉強のしかたをしようとしておらず、もっと広い意味の刺激と勉強を求めていたということが、その行動の中に察せられるのである。

アイルランドの旅にしても、究極の目的はグレゴリー夫人に逢うことだったけれども、そこへたどりつくまでかの子は、アイルランドそのものについても、文学的興味とは別個のものを抱いていた。

《あれ程華々しかつた愛蘭《アイルランド》文学のその後は、どうなつてゐるのであらう。グレゴリー夫人のその後、イエツ、ダンセニー、アベ・セタアのその後等。イギリス文人達のいら立ちが、却つて私に愛蘭文学その後に就いて好奇心を持たせた。これが私にも愛蘭行を思ひ立たせた理由の一つである。今一つの理由がある。いかに光灼を続けてゐるやうでも大英の太陽イングランドがその衛星である領土に対し牽引力が漸次緩んで来たことは事実だ。印度、埃及《エジプト》、その他。そしてこれ等の衛星は現在のイングランドとの関係を薄くして、どんな自転を欲してゐるか。自転は果してどの程度まで進展して居るか。愛蘭は同じ大英中にあつてしかもその中枢イングランドに対してはやはり、太陽をめぐる衛星である、印度、埃及等に較べて最先輩の領土である。たとえ大英の他の衛星がイングランド対愛蘭と同じ経路を辿らないにしろ現在の愛蘭を観察して置くことは大英イングランドの衛星学に関心を持つものに取つて無駄なことではなからう》

（愛蘭へ行く）

かの子のこういう政治的関心や、労働問題に対する興味の示し方は、かの子が日本を出発する頃の文壇が、プロレタリア文学隆盛の機運にあたっている最中だったので、その影響もあったであろうし、たまたま、ハムステッドのかの子の住いの近くに、時の英国の労働党内閣の首領ラムゼー・マクドナルドの私邸があり、時折、気軽に一人で歩くマクドナルドを見かけるというような偶然も、かの子の政治への興味に作用していたのだろう。

もちろん、かの子がかけだしの報道記者のように、議会や失業対策問題にばかり熱中していたわけでもない。時には、会話の教師のマガに案内され、彼女の故郷でもあるシェクスピアの故郷、ストラットフォード・オン・エボンを訪れることもある。

マガは細くとおった鼻筋、澄んだ青い瞳、ひきしまったきゃしゃな顎に知的な薄い唇をしたほっそりした美人で、黒のベルベットの裾長の服がよく似合っていた。シェクスピアの中では「真夏の夜の夢」が一番好きだというロマンティストで、かの子のために、シェクスピアの劇に出てくる草花の種類を籠一杯摘んで来て、押花にするようにと、かの子に贈ってくれたりする。ケンブリッジでは、シェクスピアを専攻しているだけに、彼女の案内で訪れるストラットフォード・オン・エボンは、興味深かった。

半年前、太郎と別れて以来の、こんな様々の経験で、かの子は心身共にいきいきと若返り、活力にみちあふれていた。

七月一日の十一時、パリの北停車場を発った太郎が、カレー、ドーヴァー経由でロンドンのヴィクトリアステーションに着いた時、一平もかの子も、恒松も新田も、総出で出迎えていた。

太郎は、はじめてみるかの子の少女っぽい洋服姿をみて笑った。

「やぼったいなあイギリスの服って。もうロンドンで服つくるのやめて、パリでもっとスマートなのをどんどんつくりなさいよ」

ずけずけ太郎にいわれると、かの子は、はにかんで、

「だって、これは運動服なんだもの、うちの用をしたり、丘をこえて買物にゆくにはこれで結構なのよ。でももちろん、パリへゆけば、うんといいのをつくるわ、お前見たててちょうだいね。でもお前、スマートになったわね、すっかりパリジャンになってしまって」

かの子は、他人をみるような目をして妙にはにかみ、ちらちら太郎をながめていた。太郎はパリを発つ前、オペラのそばの店で新しい背広を仕立て、帽子から靴まですっかり新調して頭のてっぺんから足の先までめかしこんできたのだ。

かの子には、半年見ないまに、太郎がすっかり大人っぽく、粋になっているように見えた。それは嬉しくもあり、小憎らしくもある。

ハムステッドの地下鉄のステーションは、ロンドン一深くてリフトで地上まで二百十メートルも上ってゆく。

ステーションからハムステッドの白石の池《ホワイトストンポンド》までは北へだらだら坂になっていて、両側は、煉瓦づくりの小ぢんまりした商店街になっていた。

商店街をぬけきると、眼下に自然公園の木立や池が一望のもとに展けていた。太郎が思わず歓声をあげると、一平とかの子は、満足そうに、自慢そうにうなずきあった。金鎖草《ラヴアナム》の金の花がゆれている煉瓦建の古城のような邸も、太郎の気にいった。

一階のサロンからは、草原と森がひろびろとのぞまれる。その夜はトキワホテルからもらってきたスキヤキ鍋の用意が出来ていた。夜のふけるのも忘れ、半年ぶりの親子は互いの生活を話しあった。

太郎は、両親の見つけた下宿から、もう、モンパルナッスの安ホテルの屋根裏部屋へ引越していた。秋にはアトリエ探しをして、絵の勉強を本格的にやるつもりだという太郎を一平もかの子も頼もしそうに、うっとりと眺めていた。

ロンドンの夏は美しく、しのぎよかった。ほとんど毎日からっと晴れ渡り、あまりむし暑くない。太郎は二カ月のバカンスを心ゆくばかり愉しみ、両親と、生涯の何時の時期よりも心と軀をよりそわせて暮した。

太郎はかの子とよく、白鳥の浮ぶ池のほとりや、森の小径を散歩したが、そのうち、一つの現象に気がついた。かの子が道ばたでどんな小さな犬に出逢ってもひどくおびえて、あわてて太郎の手にしがみついたり、そそくさと、道をかえたりする。

「どうしたんです。前はあんなに犬が好きだったのに」

太郎が不思議がって聞くと、かの子は赤くなってくつくつ笑いながら、急に犬恐怖症になったおかしな経験を話してきかせた。

箱根丸が航海の途上のことだ。紅海をぬけスエズ運河の入口のスエズ港についた時、甲板でアフリカ大陸を眺めているかの子の前に、いきなり、いつ乗りこんできたのかアフリカの原住民が、獣の毛皮をつきつけてきた。

「幾らで買う、幾ら」

と、むやみにおしつける。何の毛皮かと聞いても通じない。ただ、アフリカの砂漠に棲む獣の皮だろうぐらいしかわからない。一坪ほどの金茶色の地にところどころ黒点が浮んで、なかなか豪華なものだった。あんまりしつこいのでつい、云い値より値切り、それを買ってしまった。船室のソファーに置いて、結構それはつりあった。

ロンドンについてまもないある日、かの子は、あの毛皮で外套をつくろうと思いたち、小綺麗な仕立屋へ持っていった。マダムは、

「まあ、見事な毛皮ですこと。何の毛皮でございましょうね」

と感嘆した。

「これはファージャなくスキンでございますね」

などともいった。助手たちまでよってきて、かわるがわる毛皮をなでほめそやした。かの子はすっかりいい気持になって、その仕立てを頼んで帰った。三週間たって、仕上ったというのでとりにいくと、

「こんな毛皮は珍しくて扱ったことありませんので、針がとても折れました」

お世辞とも不平とも聞える挨拶だった。かの子は早速その外套を着用に及んで得意になり、ロンドンの下町へ出かけていった。

ストランド街へさしかかった時、かの子は一匹の小犬がついてくるのに気づいた。するとまたたくまに、どこから集まってきたのか、大小五、六匹の犬どもが、かの子のまわりに群ってきて、くんくん鼻を鳴らしはじめた。

「しっ、あっちへおいき」

いくら日本語や英語で追っぱらっても、犬どもは一向平気で、去らないばかりか、まだますます、その数が増えていく。どの犬もかの子の外套に鼻をよせ、中には脚までかみつきそうに殺気だってくるのもいる。

とうとう、恐怖のあまり、かの子は日本語で、

「助けてくださあいっ！」

と叫び、半分もう泣きだしていた。悲鳴を聞きつけ、犬の飼主がとびだしてきて、ようやく、犬どもを追っぱらってくれた。かの子は極度の緊張と恐怖から解きはなされると、全身ぐったりと疲れきり、頭痛ががんがんしているのに気づいた。

その日、ようやく地下鉄にたどりつくと、またもや、犬に見舞われた。ロンドンでは車内に犬をつれこむのを大目にみる風習がある。かの子が席がなく吊革にぶらさがっていると、老女のス

カートのかげから、ひどく大きな犬がのそっと身をおこし、かの子をめがけてやってくる。体裁も恥もいっておられず、恐怖と、ロンドンの犬に胡散臭《うさんくさ》がられるくやしさから、ついにかの子は、吊革に下ったたまま、悲鳴をあげてしまった。あわてた飼主が犬をつれ去ってくれたけれど、かの子は、まだふるえながら、頭痛がぶりかえしてきた。

その後も何度か毛皮の難にあい、犬につけられて困りきった。結局、原因は、その毛皮が、外ならぬ犬の毛皮を何匹分もつぎあわせたもので、それがロンドンの霧の湿気を吸いこむにつれ、犬本来の匂いを発散させはじめ、同類を招きよせたという事情が判明した。

かの子の話を聞いて太郎は笑いだした。

「それでその毛皮の外套どうしたの」

「くやしいから、トランクの中に投げこんであるわ。そのうちほどいて、また散々にしてやるつもりよ」

一平にとっても、かの子にとっても、約一年にわたるハムステッドでの生活こそ、生涯で唯一の、休養の季節であった。同時に、その中でも太郎と暮した二カ月は、平安と幸福の蜜のしたたりのような甘い滋味のある時間だった。

またたくまに夏休みもすぎ去り、太郎は九月になってパリへ帰っていった。

かの子は、太郎の帰った淋しさをまぎらせるために、また都心へひんぱんに出ていって、見学や視察に、意欲的に活動しはじめた。

太郎がパリで秋からの勉強の手はずも調え、アトリエ探しをはじめたある日、突然、かの子から手紙が来た。

《太郎どの　　　　　　　　　　　　　　　　かの子

十月二日

この手紙見ても驚いてはいけない。
静に観読せられよ。
第一回の脳充血に見まはれた。
トキワ楼上で土よう日の夕方。

一時絶望。しかし観音を念じる念力によつて死と戦ひ勝つた。

静なる第二の生の曙に眼覚めた。
四十近くまではともかく私の年頃になつたら御身もそれ迄に地盤をかため置き静なる生活に入られよ、かならず。

今のうちよく勉強いたしおくべし。私も若いうちからよく堪へて境遇をつくつておいたから、今後の生活はいくらでも静に自然に出来る自信があります。安心せられよ。

トキワ楼上三晩滞在後ハムステッドにかへつて二タ晩経過殊によろし。

――（ナムアミダブツ）は唯一興奮性の御身に対するワガ贈もの――》（母の手紙）

たいそう芝居がかった大げさな手紙である。太郎は一読、転倒するほど驚いた。けれども、手紙の文字はしっかりして、乱れていず、文面も確かなのでまず、安心した。それでもたちまち、不安がおしよせてきて、いつに似ず早速返事を書いた。先ず、脳溢血と脳充血とはどういうふうにちがうのか。ただしいずれにしても、感情過多症で、興奮し易いかの子に、これからはくれぐれも気をつけるように、あまり活動的に動きまわらず、内にこもって平静な生活をするようにという心情を吐露したやさしい手紙であった。

かの子の母のアイが、やはり脳溢血で倒れている。かの子の体質はアイに似ていたので、もともと心配はしていたことであった。

たまたまその日、かの子は郊外散歩に出かけ、帰りにトキワで夕食をとっている時、急に発作をおこし卒倒した。医者を迎え、そのまま二、三日安静をいいわたされたので、トキワで泊り、後ハムステッドへ帰ったのであった。

太郎の手紙をみたかの子からは、折りかえし返事がきた。

《まるつきりこの手紙をもらふ為にお前を育てたと思はれるほど好い手紙だ。

これは子が母へ対しての、そして人間へ対しての最も好い好意と同情と愛情のこもつた手紙です。

静ですよ、私の世界は今、そしてこの静けさの底にシンと落付いて居る力がある――もちろん磐石のやうな形のものではない、むしろそんな毒々しい形をとらないきちんとしたつゝましい白金のやうな力強い繊維の束です。

「この不幸を幸福なものにして下さい」とあなたはいふ。然り私から過剰な熱情を駆逐して呉れるやうなものでせう、この病気は。

今朝はレイスイマサツをしました。坐禅もずつと前よりたしかに行ひます。もしかすると却つて長生きが出来るかもしれない。新鮮なしつかりした女性になつて長生きしよう、そしてお前の生きて行くいろ〳〵な経路も見られる――略》（母の手紙）

幸いかの子の病気は快方に向かって、大事にならなかった。かの子はほとんど面会謝絶で静養につとめ、秋にはロンドンを引きあげ、いよいよパリに行こうと準備していた。

太郎は十月の下旬、オランダ、ベルギー方面に旅行し、かの子の指図に従って、かの子たちがパリで暮す家をさがしておいた。その間にも、知人がパリを訪れると、太郎に案内役や世話を頼み、その費用などは、

「お金おしまずに。みんなあとであげるから他人様のお世話のときは使うものよ」

というような行きとどいた注意を送っている。これはかの子の主義というより、自分たちの好意のもてる人に充分尽すのは、一平、かの子の間では家憲のようになっていた。一平の親分肌のところと、かの子の鷹揚さがいっしょになって、こういう他人の面倒をみる習慣が出来たようである。

十一月三十日、いよいよ一年近く住んだロンドンを引きあげ、ドーヴァー経由で、かの子たちはパリへ移った。荷物が天井にのる大型タクシーで北停車場から、グラン・ブールヴァール、コンコールド広場、シャンゼリゼーを通って、ホテル・ディエナに着いた。

かの子は約一年ぶりのパリの夜景に、遂に、子供のように声をあげて喜んだ。一年前には、かの子といっしょになってパリのすべてに感激していた太郎は、一年の間にすっかりパリになじみきっていて、もはやパリの人間になりきっている。

ホテルに落着くと、早速かの子をつれだして、まず、パリのグラン・ブールヴァールのオペラの辻の角にある、キャフェ・ド・ラ・ペへつれていった。

「まず、ここで往来の人を見なさい。それからご飯にしよう、ね」

太郎は、まるで自分の自慢の庭でも見せるように、かの子たちに椅子をすすめる。その顔に恋人でもひきあわせるような、得意そうな、晴れやかな表情がうかんでいる。タキシードを着たパリジャンの美青年の給仕をまねき、要領よくみんなの好みの品を聞きとって注文する。指の表情、目や肩の使い方、すべてもうすっかりパリジャンのようにシックになってきている太郎の動作や

表情が、かの子には、珍しく、小面憎く、それだけに得意でもあり、気恥かしい。

「もうこんなにすっかりパリジャン気取りになって……」

かの子は、親愛な照れ臭さと嬉しさのいりまじった複雑な感慨で、つい、キャフェ自体や大通りより、太郎そのものに視線が吸いよせられがちになっていく。

「よくも一年に、こんなにフランス語をマスターしたものだ」

とも思う。苦労の嫌いな太郎が、苦労ばかりして義務的に覚えたとも思えない。パリが好きになったればこその上達なのだろうと思うと、ああ、やっぱり、この子はパリにとられてしまうのかと、がっかりし、急に、大人っぽく見える太郎が他人のように思われて、かの子は妙に、おずおずはにかんでしまうのだ。

「どうしたの、おかあさん、相変らず、こどもだなあ」

まるで、娘か妹をみるような目で太郎は母の心の動揺を見抜いてしまった。

竪縞に金文字入りの粋な日覆いが、歩道まで広く張りだしていて、キャフェの中は、どのテーブルも椅子も、人でいっぱいだった。

外は葉の落ちつくしたマロニエの街路樹の裸木が、黒い枝を夜空にのばし木枯しにふきちぎられそうだけれど、風よけの硝子の屏風をたてまわしたキャフェの中は中央にまるいストーブが赤々と燃えていて、背中が暖かい。まるで人種見本市のように、あらゆる旅の異邦人《エトランジェ》たちがパリの夜の雰囲気にうっとりと酔い心地の表情をゆるめて、オペラの辻をながめていた。

戸外の闇をちりばめて、店々の薄紫のネオンの輝きが木枯しにふるえていた。

「一人で辛いことなかった、太郎さん」

かの子は小さな声できいた。

「ちっとも――いいや普通だった」

太郎の声は、一平にも聞かすようにわざと大きくなった。

「だけど、おかあさんなんかしつこい人だもの、僕にいつでもくっついているような気してたもの」

かの子は、太郎がわざとむごくいいすてる声を聞きながら、出発の時、和田英作が、太郎に美術学校の休暇をくれながら、

「だが、帰りにうまくつれて帰られるかな。太郎さんが残るなんていいだしたら骨ですぞ」

といったことばを思いだしていた。

もうこの子は、あの美校の制服姿にもどりはしないだろう……そう思うと、こういうことを、心の中では、とっくに覚悟していたし、一方では、一平ともども、それを望んでもいたくせに、やっぱりかの子は、太郎との別れを想像すると、胸がせまってきて、ベルベットの服の袖で、つい涙をふいてしまうのだ。

「まだ泣いている。さあ、これから僕たち一緒にパリに棲むんじゃないか。仕合せに元気に暮そうよ」

かの子の心のうちを充分すぎるほど読みとっている太郎の顔も、感情を押えて赤くなっていた。

ホテルで四日泊って、かの子たちは、太郎がかねがね見つけておいたパッシー区の Rue Gustare Zédé 二番地にある、アパルトマン・ムーブレに落着いた。サロン食堂の外に、四人の部屋がそれぞれにある家に、かの子たちは、翌年の七月、ベルリンへ発つまで八カ月をすごすことになった。

アパルトマンに落着くと、かの子は、まるでパリに酔っぱらったように、連日連夜、街にさまよい出て、パリをむさぼりすすった。

ロンドンでは、ハムステッドの落着いた雰囲気の中で、あくまで傍観者の冷静さを失わず、冷

たく観察していたかの子も、パリでは、たちまちパリの魅力のとりこになってしまって、憑かれた人になった。

かの子たちはパリの西北、パッシー区に、太郎は南のモンパルナッスにセーヌ河をへだてて棲んでいたが、毎日電話で連絡をとっては、ほとんど行を共にしていた。

シャンゼリゼー座で、世界の唄い手シャリアピンを聴いて帰る夜、スペインの美女ラッケ・メレの舞踊を観た夜、名優サシャ・ギトリーを見物した日、或いは、パリの街々の、画商の店を覗いたり、マデレンの辻にある有名な料理店、ラルユウで、食魔《グウルメ》たちと、ロア・オウ・マロンというこの店の自慢の鵞鳥《がちょう》料理に舌つづみをうったりする。

散歩に疲れると、シャンゼリゼーの近くの可愛らしいキャフェ・ロンボアンで、お茶をのむ。

かの子には親子三人揃ってそんな行動をしながら、ロンドンの生活が生涯の中で、突然恵まれた恩寵のような休息の時なら、パリでの毎日は、思いがけず招かれた饗宴の、きらびやかな酩酊に似た恍惚の日夜だった。

かの子は豪華な劇場にもよく出かけたけれど、それ以上に下町の小さな寄席をのぞくのが好きだった。モンパルナッスの寄席ボビー、モンマルトルのルウロップ館、グラン・ブールヴァールのＡＣＢ《アセベ》などに通った。ダミアのシャンソンがごひいきで、彼女の出る寄席や劇場をどこまでも追いかけていった。

ロンドンで太郎に笑われた洋服は、パリでは、一等裁縫師の折紙つきのマダム・マレイに仕立をまかせていた。かの子のマダム・マレイへの傾倒の仕方は異常なほどで、一目で彼女の魅力のとりこになってしまった。

彼女の家は右岸の、旧パリの寂然とした渋い街つづきの中の、とある邸町にあった。パリの裁縫師は、仕立屋というより、芸術家の位置におかれている。一流デザイナーともなれば、もう貴族に等しい豪華な生活と栄冠が与えられていた。かの子は裏町のうらぶれた寄席や劇場を好むと同時に、マダム・マレイのような権威にみちた貴族的なパリの生活のあり方にも、強く興味をひかれていた。相当な知名人の紹介なしには、マダム・マレイの客になれないことも、かの子の貴族趣味、子供っぽい権威崇拝の感情を満足させた。日本人では、かの子がはじめての客だということも、かの子の自尊心を快くくすぐった。

マダム・マレイ自身が、パリの古典的な好さを一身に具現したような、ノーブルな美人だったことも、美人好みのかの子を喜ばせた。マダム・マレイは、いつも黒いシンプルな服をつけ、派手なデザインを、モンパルナッス調だとかアメリカ趣味だとかいって軽蔑した。最初、かの子の希望するごてごてした服をマダム・マレイは、百貨店趣味だといって軽蔑し、決してつくってくれない。結局出来上ったものは、かの子からみれば、あまりに単純で、頼りないほどシンプルなものだった。マダム・マレイは、それをかの子に着せ、

「サセ、モン・グー（これが私の造るものの本当の味だ）」

と満足そうに胸をそらせた。その服は一本の線の仕立賃が、並の服一着分にも相当した。

彼女はかの子にとっては、パリの典雅の象徴として、憧れをこめて強く印象づけられた。夢中ですごすうちに、マロニエの並木にいつのまにか若葉がしげり、蠟燭のような形のマロニエの花が、葉の間に咲きほとばしってきた。

《……この木の花の咲く時節に会つたとき、かの女は眼を一度瞑つて、それから、ぱつと開いて、まじまじと葉の中の花を見詰めた。それから無言で、むす子に指して見せた。するとむす子も、かの女のした通り、一度眼を瞑つて、ぱつと開いて、その花を見入つた。二人は身慄ひの出るほど共通な感情が流れた。むす子は、太く徹つた声でいつた。

「おかあさん。たうとう巴里へ来ましたね」

割栗石の路面の上をアイスクリーム売りの車ががら〳〵と通つて行つた。……略……

……この都にやゝ住み慣れて来ると、見るものから、聞くものから、また触れるものから、過去十余年間の一心の悩みや、生活の傷手が、一々、抉り出され、また癒されもした。巴里とはまたさういふ都でもあつた。

　かの女は巴里によつて、自分の過去の生涯が口惜しいものに顧みさせられると、同時にまた、なつかしまれさへもした。かの女はこの都で、いく度か、しづかに泣いて、また笑つた。しかし、一ばんかの女の感情の根をこの都に下ろさしたのは、むす子とマロニエの花を眺めたときだつた》（母子叙情）

かの子はパリに溺れきって日を送りながら、心の中で、

「復讐をしているのだ。何かに対する復讐をしているのだ。パリが、あたしに復讐をさせてくれたのだ」

とつぶやいていた。かの子はパリを、縦からも横からも噛みはじめていた。本当にパリで生活に身をいれだしたら、生活それだけで日々の人生は使い尽される。かの子はパリの髄まで食いいっていく自分を感じながら、その自分のパリへの激しい恋情がそのまま、太郎のものとなって、どうかすると、太郎がパリという貪婪《どんらん》な美神の生贄《いけにえ》に供されている仔羊のようにみえてきた。

　太郎はこの年の春から、セーヌ県シアジー・ル・ロア市にある私立学校の寄宿舎に入り、リセーの第三級（日本の中学一年に相当）の生徒と机をならべて、地理、歴史、数学など習っていたが、週に二回はパリに行き、かの子たちと行を共にするようにした。

　時にはかの子ひとりを、自分の行きつけのモンパルナッスのキャフェへつれていくこともある。かの子はそんな時、常連の客たちから、すっかり仲間扱いにされ、親しまれている太郎を見、まるでパリの人間のように、気の利いた冗談をいいかわしたりする息子をまの辺りにすると、つく

づく自分の子供を頼もしそうにながめてしまう。

《この夜は謝肉祭の前夜なので、一層込んでゐた。人々に見られながらテーブルの間の通路を、母子は部屋中歩き廻つた。

通り過ぎる左右の靠《もた》れ壁から、むす子に目礼するものや、声をかけるものがかなりあつた。美髯を貯へ、ネクタイピンを閃かした老年の紳士が立ち上つて来て礼儀正しく、むす子に低声で何か真面目な打合せをすると、むす子は一ぱしの分別盛りの男のやうに、熟考して簡潔に返事を与へた。老紳士は易々として退いて行つた。その間かの女は、むす子がふだんかういふ人と交際《つきあ》ふならお小遣が足りなくはあるまいか、詰めた生活をして恥を掻くやうなことはあるまいか、胸の中でむす子が貰ふ学資金の使ひ分けを見積りしてゐた》(母子叙情)

かの子は、キャフェで太郎の友人たちにとりまかれると、そのすべてに好意と親愛を感じないではいられなかった。みんなに酒をふるまって、

「何でも好きなもの、飲ませてあげてよ、太郎さん」

という。

《謝肉祭《カルナヴアル》
もう、そのとき、クラッカーを引き合つて破裂させる音は、大広間一面を占領し、中から出た玩具の鳴物を鳴らす音、色テープを投げあふわめき、そしてそこでも、ここでも、嘻々として紙の冠りものを頭に嵌めて見交し合ふ姿が、暴動のやうに忽ち周囲を浸した。

「おかあさん、何? 角笛《ホーン》、これ代へたげる冠りなさい」

うねつて来るテープの浪。繽紛《ひんぷん》と散る雪紙の中で、むす子は手早く取替へて、かの女にナポレオン帽を渡した。かの女は嬉しさうにそれを冠つた。ジュジュ以外のものも、銘々当つた冠りものを冠つた。ジュジュには日本の手毬が当つた。

活を入れられて情景が一変した。広間は俄に沸き立つて来た。新しい酒の註文にギャルソンの馳せ違ふ姿が活気を帯びて来た。

かの女はすつかりむす子のために、むす子のお友達になつて遊ばせる気持を取戻し、たゞ単純に投げ抛つたりしてゐるジュジュの手毬を取つて、日本の毬のつき方をして見せた。

ほうほうほけきよの
うぐひすよ、うぐひすよ
たまたま都へ上るとて上るとて
梅の小枝で昼寝して昼寝して
赤坂奴の夢を見た夢を見た。

かの女はかういふことは案外器用だつた。手首からすぐ丸い掌がつき、掌から申訳ばかりの芦の芽のやうな指先が出てゐるかの女のこどものやうな手が、意外に翩翻《へんぽん》と翻つて、唄につれ毬をつき弾ませ、毬を手の甲に受け留める手際は、西洋人には珍しいに違ひなかつた。

「オ、！　曲芸《シルク》！」

彼等は厳粛な顔をしてかの女のつく手に目を瞠《みは》つた。

かの女はまた、毬をつき毬唄を唄つてゐる間に、ふと、こんなことを思ひ泛べた。毬一つ買つてやれず、むす子を遊ばせ兼ねたむかし、そしてむす子が二十になつて、今むす子とその友達のために毬唄をうたふ自分。憎い運命、いぢらしい運命、そしてまたいつのときにかこの子のために毬をつかれることやら——恐らく、これが最後でもあらうか。すると、声がだん〳〵曇つて来て、涙を見せまいとするかの女の顔が自然とうつ向いて来た。

むす子は軽く角笛を唇に宛て、かの女を見守つてゐた》（母子叙情）

そのうち、予定の月日はまたたくまにすぎてゆき、パリは夏になった。

七月十四日、その年のパリ祭の日は朝から曇っていた。かの子たちは、パッシー大通り、トロカデロ、オペラの辻、イタリア街からモンマルトルの盛り場をすぎ、バスチイユ広場の賑いにまじりこんだ。にわか雨にあい、あわててにげこんだ横丁は、ルュ・ドラップの貧民街だったりして、そこにもパリの情緒と詩情がたっぷりと漂っていた。

パリ祭をすぎると、かの子は一平と、ブドウ酒の名産地ロアール河地方へ旅をし、それを最後にパリを離れることになった。

七月二十日は芳沢大使の晩餐会に、太郎共々招かれた。

二十六日、明日はいよいよ出発という前夜、オペラ見物の帰り、親子三人は、またキャフェ・ド・ラ・ペの椅子に坐っていた。

「ベルリンから来年の春、日本へかえるんだけど太郎さんはやっぱり残る？」

「おや、またその話？」

太郎は一寸うるさそうにいったが、すぐ顔を真赤にしてど、も、り、ながら云った。

「僕、親に別れるのはつらいけど……でもパリからは絶対に離れたくない！」

かの子はわっと声をあげて泣いた。むせびながら、童女のように肩をゆすって、小さな声で叫んでいた。

「この小鬼奴！　小鬼奴！　小鬼奴！」

第十五章　落　葉

七月二十七日、ベルリンへ出発の夜になった。

北停車場へは一時間も早く着いてしまった。

駅前のキャフェで時間つぶしにコーヒーをのんだ。もう話すことは何もなかった。みんなだまってコーヒーをすすりながら、うわべは何気ない表情をよそおっていた。八カ月のパリでの想い出をそれぞれの胸にかみしめていた。もうこのような美しい日々を共有する日はないだろう。今夜の別離は、かりそめのものにしても、その後にはもっと長い避け難い別れの日が待っている――。感傷的に沈んでいく気持を互いにしらせまいとして、ことばをさがそうとすればするほど、胸にせまってくるものがある。

いつのまにか、中年の酔っぱらいの浮浪人がやって来て、テラスの前で曲芸をはじめている。キャフェの椅子を二、三脚ひきずり出しそれを組みあわせて、曲芸師もどきに、その上で逆立ちしてみせようとする。その度失敗して、男は舗道にもんどりうってひっくりかえる。テラスの客も通行人も、男が椅子から落ちる度、どっと笑った。酔っぱらいの道化は見物人の反応に得意になり、ますます調子に乗って、いっそうこっけいな失敗をくりかえしてみせた。

一しきり人々を笑わせた後で、道化はしわくちゃの帽子を拾い、いよいよ金を集めにかかった。たちまちお巡りが来て、男の腕をつかみ引ったてててしまった。男は真赤になって巡査にくってかかる。相手にされないとみると、テラスの客たちにむかって哀願の声をふりしぼる。客たちは、彼の道化を見ていた時よりももっと大きな声をあげて笑うだけだった。とうとう男は、しぶしぶ巡査に連行されていってしまった。

笑いが、しめりかけていた重苦しい空気を一掃してくれた。

「いかにもパリね、ああいうの」

かの子も笑いすぎて涙のたまった目でつぶやいている。

いよいよ停車場にひきかえし、ワゴンリーの車室に入る。

「ずいぶんりっぱだなあ、この車内」

太郎がわざと明るい声で感嘆してみせた。万国寝台車会社の車の内部は、たしかにりっぱに出来ていた。

「だからさ、太郎さんも乗ってけばいいのに」

「その手には乗らない」

「いじわるめ」

かの子の声もことさら明るい。太郎はかの子とむかいあって窓ぎわに坐った。まだ発車まで十五分もあった。

「もうおまえはお帰り」

突然、かの子がおこったようにいった。

「あたしたちは、これで汽車が出るのを待てばいいだけなんだから」

そっぽをむいて、ひどくすげない突っぱなすような口調だ。太郎はびっくりした目で母を見たが、すぐ席をたった。

「うん、じゃ帰る。元気でね」

きっぱりいうと、もうさっさと席をたちプラットフォームに出てしまった。窓の内と外で、ちょっとうなずきあっただけで声をかけるひまもなく、くるっと背をむけ、どんどん大股にたち去ってしまった。人一倍感情の繊細な、多感な情熱を同じ血の中にもつ母と子は、そんな方法で、堪え難い十五分の辛さから逃げだしたのだった。

かの子が急にしょげて、窓枠にすがりつき、涙をこらえている時、太郎はそんな母の童女のような純粋な泣顔をはっきり思いうかべながら、つきあげてくる悲しみを靴先で蹴とばすように、しゃにむに街の灯にむかって歩きつづけていた。

《ギャル・ド・ノールを出ると二人ともふさぎこんじまつた。デ、大はしやぎにはしやいでそ、、、の感情をまぎらす。
汽車中はたのしかつたけれど降りた晩から歯痛とイサンカタで苦しい。でも二三日したらなほるだろ。
パリの町も女も男もきれいだつた（清潔といふ意味とちがふ）
アタマイタイからこれで擱筆マタかきます》（母の手紙）

七月二十八日、ベルリンへ着いてすぐ出した一平の手紙に添書したかの子の手紙である。

ベルリンではシャロッテンブルグのカイザア・フリードリッヒ街の古い大アパートに住んだ。そこは商家街の真中にあり、ドイツの市民生活をつぶさに観察するのに都合がよいという理由で、選ばれた。かの子はそこで昭和六年七月二十八日から翌七年一月十一日まで約半年をすごした。

秋から冬へかけての暗い寒いベルリンは、春から夏へかけての華やかなパリの半年とすべて対照的であった。

《八月二日
ベルリンの家気にいらない。歯がいたい。
あんたパリ＝フランス＝に居て幸福よ。
でもベルリン市では、通りがゝりの人が私をきれいだつてほめるよ＝馬鹿にしないできさなさい。

かの子》(母の手紙)

パリの瀟洒を観たあとでは、ベルリンは、

「実質的で愛すべき点はありますが、何となくアカぬけしない」という感想をかの子に抱かせた。たべものの不味《まず》さもかの子を失望させた。

ベルリンの夏は日中ひどく暑く、日本の夏を思いださせた。パリよりもロンドンよりも暑いベルリンには、蚊さえいた。

第一次大戦後の復興のため国民は耐乏生活を余儀なくされていて、フランス人やイギリス人のように避暑どころのさわぎではない。それでも町には、パリのマロニエのかわりに菩提樹《リンデン》の街路樹が緑の葉をしげらせていた。家々の窓という窓には、一階から最屋上の窓までテラスは花に埋まっていた。垣根も柵も堤も、花、花、花。歩道を歩くと、上のテラスの花にそそぐ如雨露《じょうろ》の水が雨になって行人の衿あしにとびこんでくることがある。

かの子はベルリンの無粋さは気にいらないけれど、こんなつつましいベルリンの生活の仕方には愛憐を覚えていた。近所の商家の気どらない庶民的な人々や、街でみかける労働者たちにも好感を持った。素朴で、けなげで、人なつこい国民性のようにかの子には感じられた。

かの子が街を歩くと、トラックの上に満載されていく労働者たちが、陽気な無邪気な笑顔で、異邦人のムスメサンに手をふってくる。かの子はどこにいっても年を若く見られ、小娘のように思いこまれていた。

菩提樹の並木はやがて夏の終りに散りはじめたかと思うと、仲秋の頃にはおびただしい速度で落葉の数がましていった。黄褐色の落葉は吹雪のように街をおおい、公園に舞いしきった。

《独逸《ドイツ》の秋は——殊にベルリンの秋は菩提樹《リンデン》の落葉でうづまる。

絶えざる微風、絶えざる落葉、黄色の菩提樹の落葉の濃《こま》やかさ、おびたゞしさ。

街を歩けば肩に、背に、頭に、襟元に、唇にまでも触れて落ちる。

落ちた葉は地上に敷き重なる。落葉の厚味をわれわれの靴は踏みつつ歩む。

側を馬が走る。馬もリンデンの落葉の吹雪をたてがみにかづく。

自動車が行く、自動車の屋根もリンデンの落葉の層を刷く。

少年の追ふ犬――犬も少年もリンデンの落葉の模様に染つて馳ける。

静々と歩む老女の黒い帽子がなだらかにうけとめるリンデンの落葉。

紳士は杖をリンデンの落葉の溜りの深みへ立ててくわへたばこの灯をつけ足さうとマッチを擦る。

活潑に捌《さば》く若い女の外套の翼に、壮年の背負ふリュックサックへ、電車の窓に公園のベンチに――かぎりもなくリンデンの落葉は散る。

それが夕陽に染る。

それが朝日にかがやく。

昼の陽が、うらうらとそれに映る》（ベルリンの秋）

すると裸樹になった菩提樹に支えられ、すっきりと澄みきった北欧の秋空が、もう冬の気配をたたえた硝子のような冷たさでひろがっていた。

このころ一平はようやく旅の疲れが出たらしく、とかくからだの調子の悪い日がつづいた。ヨーロッパの絵便りを新聞社に送る約束も、日本からの掲載紙の新聞がとどかないと、次をかく気にならなくなった。

社会情勢も、次第に険悪な空気がただよってきていた。ナチスの擡頭はようやく強力なものになり、ポーランド問題も、危機をはらんだ空気を濃くしながら論議されていた。

九月十八日に満洲事変が勃発し、その余波はベルリンの日本人クラブにもおしよせてきた。在留中国人たちが撒いた日本の侵略帝国主義を宣伝したパンフレットがきいて、日本人は肩身のせまい思いをしなければならなかった。国際連盟が対日経済封鎖をするという噂も飛び、日本為替もかなり悪くなってきた。

そんな中でかの子たちは、まれに郊外のヴァン・ゼーとかミューゲル・ゼーとかいう湖水のある別荘地帯へ出かけたり、公園を散歩したりするくらいで、ほとんど家にひきこもって、それぞれの読書や研究に没頭していた。

かの子は、ベルリン滞在中に、フランスの現代芸術について総合的な論文を書こうとしていた。そのほか日本出発前、六代目尾上菊五郎に頼まれ、各地の都市で俳優学校の制度をしらべていた。ベルリンの寒い冬ごもりの間に、かの子はそういう仕事を少しずつ片づけていく気持になっていた。しきりにパリの太郎あて、それらの資料や参考書を送るよう申しやっている。

《○材料読んで要領を書きまとめるのに骨が折れて困るのならこちらで読むことはさしつかえない（つまり読めるから材料だけでも送つて下さい）

しかし、そちらも手伝つて呉れれば有がたい。時間がないから（つまり他の材料も調べて居るから）

最近最も、広く読まれ最も好評を得た小説、及び、詩、劇の本があつたら前述のやうに読んでざつと梗概を本と一しよに知らせるなり西洋人の友達に高級文学芸術なり劇なりの分る人があつたら聞くなりして。

○とにかく読むことにこまりはしない。たゞ今月一ぱいだから時間気づかはれる。

○今朝お手紙がついた。大変ありがたかつた。
×ドイツ語勉強して見て、フランス語が恋しくおもはれます。
太郎へ
かの子
裏ヘツヅク
ミスタンゲット、ジョセフィンベーカー（これだけは主として）その他気がついたらパリで代表的な人物のことについて書いたもの送つて下さい。
最近のゴシップ的な（割合ひに事実にもとづいた駄本でも駄新聞でもよし）ことを書いたものも気づき次第送つて下さい。

○読むことくれぐれも心配するな、この点信じてください》（母の手紙）
かの子の視力が衰えているのを心配して、パリの資料のことなら手伝おうと申し出たことに対するかの子の返事である。意欲的な勉強ぶりのかの子の気がまえがうかがわれる。この時の資料をもとにして書いたと思われる、パリに関する考察は、帰国後「世界の花」の中におさめられている。

ベルリンの秋は短く、たちまち冬と雪が訪れた。いっそうかの子はこもりがちになって、読書と執筆にふけっていた。

そんなある日、外には雪が降りしきって、部屋ではストーブが赤々と燃えていた。玄関にノックの音が聞え、出てみると、労働者が三人立っている。

「室内電線の修繕に来ました」

という。老人と、中年と、若者の三人づれだ。質素な労働服を着ているけれど、清潔に洗濯された服にはていねいなつぎがあたっている。ベルリンの労働者に共通の、人の好さそうな人なつこい笑顔をしている。

部屋に入ると、てきぱきした仕事ぶりでたちまち仕事を終えてしまった。かの子は毛皮の敷物をすすめ、一休みしていくようにすすめた。

丁度、通いの女中が風邪をひいて欠勤している。一平は、遠い部屋で、仕事をしていた。

かの子がひとりでお茶をわかし、彼等をねぎらった。

「日本のたばこあげましょうか」

すると中年の男がいった。

「たばこは結構です。それより日本のお嬢さん、あなたのお国の歌を聞かせて下さい」

「日本でも歌をうたいますかね、お嬢さん」

年よりも物やわらかな声でたずねる。かの子はそれじゃと坐り直した。

「みんな目をつむっていて下さいな。歌いますから」

彼等はおとなしく目をとじた。かの子は日本ではやっていたカチューシャを日本流にうたった。

歌いおわると、目をあいた若者が、

「それはロシアの歌みたいだ」

といった。そこでかの子は、

「今度のは、純粋に日本の歌よ」

といって、「どんと、どんとどんと、波乗りこえて」を歌った。すると中年の男が、

「それは男の学生の歌でしょう。私たちが聞きたいのは、あなたがたお嬢さんのふだん歌う歌です」

という。音楽国の国民だけに、耳はたしかなのだ。かの子はそこで「さくらさくら」を単純な声

調で歌った。三人はようやく感激して満足した。

「何という上品で甘いメロディーだろう」

「仲間にも話してやろう」

もう聞き覚えた節を口ずさみながら、工事道具を肩にした。

「お嬢さん、ありがとう」

若者が最後に、入口でもじもじして小さな声でいった。

「ぼく、切手あつめてるんです。お国の切手一枚下さい」

かの子は、すぐ、故国の便りから切手を幾枚もはいでやった。

そんなのどかな日もまじって、ベルリンの雪は、来る日も来る日も降りつんでいった。街には雪合戦の子供たちがかけまわり、橇《そり》が行きかい、人々は厚い外套に雪靴をはいてせわしそうに歩いていく。クリスマスがやってきたのだ。

街には、道ばた、街角、空地、あらゆる場所に樅《もみ》の小林が雪の中に立ち並ぶ。世界一たくさんの樅の木がつかわれるベルリンのクリスマス——。

かの子のところには、家主の娘のレビューガールがチョコレートをプレゼントにおとずれたかと思うと、八百屋の七つの娘が、パンと砂糖でつくった猫をプレゼントにやってくる。午後にはベルリン大学の学生たちが男も女も大ぜい訪れて、かの子を街へつれだしていった。質素なベルリンの町もクリスマスだけは、デパートのウインドウまでデコレーションで、世界的な百貨店、ウエルトハイムも、ヘルマン・チェッツも、競いたてて大じかけなクリスマスの飾りつけをしてあった。

クリスマスもすぎ、明けて昭和七年、故国を出て三度迎える新年であった。

いよいよベルリンにも別れをつげ、かの子たちは帰国の途につくことになった。

昭和七年一月十一日午後七時、アルハンター駅を発ち、オーストリヤの首府ウィーンへ向かった。

「母の手紙」には当時の日記によって、この旅のスケジュールが細かく再現されている。

《一月十二日午前九時二十五分ウィンナ着、ホテルメトロポールに宿泊、一日中市内見物。十三日午前七時四十分南停車場発。

アルプス山脈の雪にかがよふあまつ陽の光をわれも真額に受く
焼きりんご熱きを買ひぬ雪深きスイスの夜の山駅にして
同午後十時半ヴェニス着。

ホテル・ダニエリ、珍しい快晴。

十四日、サンマルコ寺院および市中見物ガラス工場見学。

午後八時、フロレンスに向け出発。

十五日、午後一時半フロレンス着、博物館、サンタマリア・デル・フィオレ見物。

薄霧のアルノー川。

サンタマリア寺その壁画の大理石《おほなめ》はうすくれなゐの乙女のいろ
午後六時半、ローマ向け出発。

同十時ごろローマ着、ホテル・キリーナレに泊る。

十六日、一日市内見物。

羅馬市の七つの丘のひとつにも春光くまなく至らぬぞなき
ネロ皇帝の栄華のあとの芝原はみどり寂びつつたんぽぽ咲けり
十七日、市内見物、夜ジェノヴァ向け出発。

十八日、午前八時ジェノヴァ着、市内見物、十二時ニースに向け出発、国境での通関簡単ただし、花は厳重、午後八時ニース着。ホテル・ウェストミンスター泊り。

十九日、午前市中見物、モンテカルロ、カジノ見物。

二十日、午前八時ニース発、午後十一時近くパリ着。帰国まぎはのあわただしい旅である》

（母の手紙）

ヴェニスを出発前ゴンドラに乗った時は、朝まだ暗いうちだった。

まだ水の都ヴェニスは眠りからさめず、ひっそりとしている。大運河へ入ると、杭の先の水路燈や、壁に反射する鉄燈籠などがほのかな光を放ち、運河の河筋を示していた。間もなく頭上にリアルト橋がきた。その時かの子は船頭にいって、船を岸につけさせた。鞄の中から、かの子は日和下駄をとりだした。黒に朱のあられの鼻緒のついたこの日和下駄は、まだ一度もはかなかった。橋は太鼓のようにそっていた。道から取付きの石段を上っていくと、両側に商い店が並んでいる。

貝殻のようにまだ戸をとざしたまま家々はひっそりしずまりかえっていた。一軒だけ二階にぼんやり燈影がさしている。

かの子は思いきって、日和下駄の足で、橋の西から東へ、東から西へ渡っていった。わざと足をふみならし渡っていく。冬の石畳は、霜の気を帯び、こん、からり、こん、からり、日和下駄の音は、ヴェニスの空に高く響いた。かの子はいつか幼女の頃、いつもそうしていたように、その音をかみしめながら、目にわきあがる涙をたたえ、こんからりと下駄をうちあてていた。

あーあ、よくもまあ今まで生きてこのような橋さえ渡れる——

ヴェニスの運河の水が、ようやくほのかに暁の光にしらみはじめていた。

イタリアのフロレンスは、全市が理智的芸術の匂いがするといってかの子を喜ばせた。

《……寺々のなかで「花のサンタマリア寺」は真に乙女のやうに清らかで華美でした。あの戒律的な寺がそれほど柔な感じを与へるのも不思議ですし大理石があれほど生きた人間の乙女の肌の血色に近い色彩を呈するのも不思議でした。

私はその寺を見て人間を魅着させたといふ日本の美しい浄瑠璃寺の吉祥天女の像にはるばる思ひを走《は》せました。

宗教を「性慾の浄化」と論ずる学者もあります。その人の論法をもつてすれば、あらゆる人間の所産が、性慾からの出立になります。「宗教が性慾」でなくて「宗教が性慾の最後の浄化」でさへあればその論法も敢へて差支へありますまい。

ところでこの寺を見ると人間の崇高性と人間の美慾との関係が実によく判るやうです》（続見在西洋）

一月二十日午後十一時近く、パリのオルレアン停車場に一行が着いた時、太郎が出迎えていた。今度のパリは、太郎との別れを惜しむのが目的だった。

太郎は両親のため、前とは反対にパリのリヴゴーシュ（左岸）のモンパルナッスにある、ル・ロアイヤルという華奢で小ぎれいな宿に部屋をとってあった。そこは、太郎の画室にも近かった。わずか七日間しかない日程は、長い別れの前の名残りの時間にしては短すぎた。ただあてどもなく街から街を歩きまわったり、劇場をまわったり、一流のレストランで食事をとったり、キャフェで坐りこんだり、何をしていても、目前にせまっている別離のことが、親子の胸をはなれたことがなかった。

かの子は、ベルリンで落着いて暮していた間に、このことは考えぬいて肚をきめていた。

《……どうせ親の情痴を離れ得ぬとしても今までの情痴を次の情痴に置き換へよう。子がたとへ鬼の娘を妻にして呉れとせがんでも断はれないだらう私なのだ。巴里と云ふ子の恋人の許へ置いて行くよりほかはあるまいものを。世人よ。十年二十年巴里に子を置き偉い画かきにするなぞいふ野心の親とは私は違ふ。幸ひ私が方向を換へた芸術の形式が私に今までの歌より多くの収入を与へるなら、私はみんな子への情痴の世界にそれらをつぎ入れよう。巴里と云ふ恋人と同棲する子にお金の不自由をさせ度く無い》（オペラの辻）

そんな覚悟は、心の底に据っていたけれども、現実に太郎を見、太郎に触れ、太郎と話す生活をしてみると、やはりかの子は、長い別離がとうてい堪え難いもののように心が乱れてくる。

太郎は美青年の医学生アンドレをブリュニエ料理店に招き、かの子に引きあわせた。この友人が自分の侍医だからと、かの子に安心させようとする。

かの子は太郎のアパルトマンを見にいった。

《かの女は、むす子と相談して、むす子が親と訣れてから住む部屋の内部の装置を決めにかゝつた。むす子が住むべき新しいアパートは、巴里の新興の盛り場、モンパルナスから歩いて十五分ほどの、閑静なところに在つた。

そこは古い貧民街を蚕食して、モダンな住宅が処々に建ちかゝつてゐるといふ土地柄だつた。かの女はむす子の棲むアパートの近所を見て歩いた。むす子が、起きてから珈琲を沸すのが面倒な朝や、夜更けて帰りしなに立ち寄るかも知れない小さい箱のやうなレストランや、時には自炊もするであらう時の八百屋、パン屋、雑貨食料品店などをむす子に案内して貰つて、一々立ち寄つてみた。ある時はとぼ〳〵と、ある時は威勢よく、また、かなりだらしない風で、親に貰つた小遣ひをズボンの内ポケットにがちゃ〳〵させながら、これ等の店へ買ひに入る様子を、眼の前のむす子と、自分のゐない後のむす子とを思ひ較べながら、かの女はそれ等の店で用もない少しの買物をした。それ等の店の者は、みな大様《おほやう》で親切だつた。

「割合に、みんな、よくして呉れるらしいわね」

「僕あ、すぐ、この辺を牛耳《ぎうじ》つちやふよ」

「いくら馴染みになつても決して借を拵へちやいけませんよ、嫌がられますよ」

それからアパートへ引返して、昇降機が、一週間のうちには運転し始めることを確め、階段を上つて部屋へ行つた。

しつとりと落着きながら、ほの〴〵と明るい感じの住居だつた。画学生の生活らしく、画室の中に、食卓やベッドが持ち込まれてゐて、その本部屋の外に可愛らしい台所と風呂がついてゐた。

「ほんたうに、いゝ住居、あんた一人ぢやあ、勿体ないやうねえ」

かの女はさういひながら、うつかりしたことを云ひ過ぎたと、むす子の顔をみると、むす子は歯牙にかけず、晴々と笑つてゐて、「いゝものを見せませうか」と、台所から一挺日本の木鋏を持ち出した。

「夏になつたらこれで、ぢよきん〳〵やるんだね。植木鉢を買つて来て」

「まあ、どこからそんなものを。お見せよ」

「友達のフランス人が蚤《のみ》の市で見付けて来て、自慢さうに僕に呉れたんだよ。をかしな奴さ」

彼女は、そのキラ〳〵する鋏の刃を見て、むす子が親に別れた後のなにか青年期の鬱屈を晴らす為に、ぢよき〳〵鳴らす刃物かとも思ひ、ちよつとの間ぎよつとしたが、さりげない様子で根気よくむす子の室内の家具の配置を定めさせた。浴室の境の壁際に寝台を、それと反対の室の隅にピアノを据ゑて、それとあまり遠くなく、珈琲を飲むテーブルを置く。しまひに、茶道具の置き場所まで、こまかく気を配つた。

それは、むす子の生活に便利なやう、母親としての心遣ひには相違なかつたが、しかし肝腎な目的は、かの女自身の心覚えのためだつた。かの女は日本へ帰つて、むす子の姿を想ひ出すのに、むす子が日々の暮しをする部屋と道具の模様や場取りを、しつかり心に留めて置きたかつた。それらの道具の一つ一つに体の位置を定めて暮してゐるむす子の室内姿を鮮明に思ひ出せるやう、記憶に取り込むのであつた》(母子叙情)

かの子はありあわせの紙に、すらすらと、観音像を描いた。それを太郎の洋服箪笥の扉の裏にはりつけた。太郎が朝夕あける扉の裏で、太郎を守って下さるようにという、母の稚純な必死な祈りがこめられていた。

キャフェで、ホテルで、太郎の部屋で、もう語りあわねばならぬことは、すっかり語りつくしていた。

いよいよ別れのその日が来た。

一月二十七日、太郎は午前中に、かの子にはモダーンな首飾りを、一平には日ごろ目をつけておいたシャツとネクタイを餞別に買った。ホテルに持っていってプレゼントすると、一平は、

「これは横浜上陸の時、着るよ」

と、喜んだ。

零時十五分、北停車場でロンドン行の列車に乗りこんだ一平とかの子は、窓からプラットホームの太郎をみつめていた。

かの子は朝から、青白なすぐれない顔色をして、あまりことばがなかった。必死に感情をおさえているのが誰にもわかっていた。今日はもう、この前のように、お前お帰りともかの子はいわない。

ついに発車がせまった頃、かの子は堪えきれなくなって、大きな双眼から、大粒の涙があふれだした。たちまち顔の線がばらばらにくずれて、童女のようなひたむきな、あどけない泣顔になった。

「おとうさんも、おかあさんも、僕別れていると思ってませんよ。ね。一緒に居て仲のわるい親より、別れていたってこんなに思い合っているんだもの」

太郎は泣いている母の手をとっていった。いつもの強がりも恥じらいも忘れて、太郎も感情をむきだしにして、泣いていた。

汽車はついに発車の汽笛を鳴らした。わっと窓枠に泣き崩れたかの子の姿が、太郎の目にたちまち遠ざかっていった。一平がふっているハンケチの白さもやがて涙にかすんだまま、消えていった。太郎とかの子が互いに現身《うつしみ》をみた最後だった。

走りだした列車の中で、かの子と一平は折り重なるようになって泣いた。かの子の直感が、この時の別れが永久のものになるだろうと無意識にさとっていたのだろうか。人目も恥じず、泣き沈んでいると、まるで、太郎と死別したような切なさがせまってくる。

フランスの田舎のけしき汽車にして息子と人いふ泣き沈むわれに
いとし子を玆には置きてわが帰る母国ありとは思ほへなくに
眼界に立つ俤やますら男が母に別れの涙拭きつつ
こんな切なさを、いったい何のために、誰のために堪えねばならないのだろう。どうして、世間の親子のようであってはいけないのだろう——かの子は泣きながら、われとわが心に問いかけていた。

涙の中から、ためらいのない太郎の声が聞えてきた。

——芸術のためですよ。おかあさん、おかあさんの好きな芸術のためじゃありませんか——

芸術の美神かそれは魔神か、親子三人の魂をいけにえにしても、まだ飽くことのない貪婪さで、この一家の運命の糸を、しっかりと爪の間に握りしめている。

この劇的な別離の日は、また、日本の運命、ひいては世界にも重大な日の前日に当っていた。昭和七年一月二十八日は、満洲事変がついに上海に飛火して、上海事変に拡大した不幸な日であった。

ロンドンについたかの子たちは、乗船までを、なじみのトキワホテルで泊っていたが、その二、三日の間に、世界情勢は一挙に危機をはらんできて、憂慮すべき状態になっていた。ここ一、二日の形勢で、国際連盟が日本の経済封鎖をやるかもしれないという風評がたった。そうなれば、日本の銀行はパリから引上げるし、在留日本人も、もちろん引揚げを強制されることになりかねない。

別れたばかりの太郎の身を案じ、一平はトキワホテルで書いた。

《――さし当つて用意しておくべきは金だ。けさ住友銀行へ行つたところが君への送金をまだ出してなかつたから日本金をフランに直して送つてもらふことにした。

めつたにそんなこともないと思ふが、国際連盟で日本を経済封鎖でもするやうなことになれば日本金は両替できない。それで万々一の用意にフランで送ることにした。

なにしろ上海問題はこれからどう発展するかわからない。

フランスにゐるなら当分フランを相当身につけてゐるにかぎる。

国際連盟は二日にあるはずだ。(金を身につけてゐても落したらダメだよ)

右は用意のためだがぼくら旅中は君が困つてもすぐこつちからどうするといふ事もできない。

それで右の手はずをしておくわけだ。

日本金はいま暴落だが損トクには代へられない。万々一の用意をしとくにかぎる。

米国もたいがい大丈夫さうだからあす出立とだいたいきめた。いけなければカナダを回る。

日米問題多少気にかかるがとにかく行つて見る》(母の手紙)

一月三十一日、大西洋渡航船ベレンガリヤ号に乗船して、いよいよヨーロッパを離れた。

パリ以来、かの子はほとんど、病気のようで元気がなく、食物も半人分くらいしかたべられない。

《静なる悲しみとなつかしさにておん身を思ふ（ときどきは堪へがたし）》

と船中より太郎に書き送ったりして、わずかになぐさめていた。

二月アメリカに着き、ニューヨーク、シカゴを見物、ナイヤガラ瀑布も訪れた。


あめつちの大瀑音のなかにゐて心しくしく汝をこそ思へ（別れし子へ）

アメリカは対日感情が悪化していて、日本人にとっては快適な旅ではなかった。

今世紀の黄金時代のヨーロッパを大名旅行したかの子には、アメリカの文化はすべて粗雑に思われた。

何よりも食物のまずさに一行は音をあげた。


《食ひもののまづいのまづくないの、家鴨《あひる》も牛肉も一つ味だ。麻を束ねて煮しめたやうな調子。そのうへゴタゴタ何だかかけてあり小皿がたくさんついてゐる。お母さん浪花節調子で歌つて曰く「——萎《しひ》なびのかの子となりにけり」とにかく田舎町が成金になつた感じの都市だ。一平》（母の手紙）

シカゴよりの一平の便りである。

かの子も後に、

「アメリカ人はまだ食味に発達しない国民で分量だけあれば満足するらしい」


と書いている。

シカゴではミシガン湖畔のスチーヴンスホテルに泊ったが、このホテルでかの子はたまたま、禁酒法のアメリカ人が、ホテルの大広間で数百名の男女が集い、シャンパンを床に流すほどの大酒宴に興じているのをのぞき見た。

宴会中、ホテルの四方の入口は私服の刑事が張番している。かの子はこの皮肉でこっけいな現状を見て、禁酒法なんてない方がましだと観察している。

シカゴから大陸を横断してサンフランシスコ着、ロスアンゼルスにしばらく滞在して、ついに日本へ向かって出発した。

昭和七年五月下旬のことであった。

出発の時の意気込み通り、九百数十日に及ぶこの大旅行の間に、かの子の脱皮は完全に行われていた。

昭和七年六月八日、横浜港におりたかの子の行手に、運命は急カーブを描いて待ちのぞんでいた。

第十六章　桃　源

岐阜から出る高山線は、濃尾平野を東へ走り、鵜沼をすぎるあたりから木曾川の清流に沿って次第に北上し、飛驒山脈の中へわけ入っていく。

各駅停まりの列車の歩みはたいそうのろいけれど、車窓の右に、いっしょに走っていく木曾川の流れは列車が進むにつれ、いよいよその碧《みどり》を深め、翡翠色《ひすいいろ》の水の輝きに鬱蒼とした木曾林の底を神秘を湛えて縫いくぐっていく。

朝の九時四十六分に岐阜を出た列車の客のほとんどは、仕入れの魚の荷を持って山間の町々へ帰っていく商人たちで占められていた。

目を叩かれるような鮮かさで次々展開してみせてくれる木曾川の流れの美しさに、車窓に顔をおしつけているような旅人は、どうやら私一人のように見える。心細そうに時々地図を出しては、停る小さな駅名と見くらべている私に、ゴム靴の眉毛の長い老人が、魚臭い荷の横から、

「どこまで行きなさるんかね」

と聞いた。

「白川までなんです。白川口ってありますね」

「ああ、まだまだだ」

老人は私の地図をのぞきこみ、節くれだった指で線路の上をなぞり、そこを指さしてくれた。

老人はまもなく隣のいないシートに横になり、眠りこんでしまった。私はまた木曾川の深い水の色に魅入られながら、果してこの旅の目的地にたどりつけるであろうかと考えこんでいた。

昨年(昭和三十七年)の六月から、この「かの子撩乱」を書きつづけてきた私は、かの子の一家がいよいよ宿願のヨーロッパに渡った頃から、非常に書き辛くなっていた。いくら書いても書いても、一平、かの子、太郎の三人の姿と行動しか私のペンには浮んできてくれないからである。この間のくわしい行動や、かの子と太郎の稀有の美しい母子の愛情の流れは、かの子の作品、一平の想い出の記、一平、太郎の編纂になる名著「母の手紙」等によって、つぶさに知ることが出来る。

太郎と別れたかの子の一行の行動も、おおよその見当はつく。それなのに、私はしばしば書きながらペンを置き、不思議ないらだたしさと、消化不良のような胸のもやもやを殺すことが出来ないでいた。

私のペンに流れてくるのは、あくまで親子三人の愛情と行動の流れであって、そこに他の人物の影が浮んで来ないのだ。この作品を書き始めて以来、何を質問しても問題を少しもごまかさず

答えてくれる太郎氏にも、私はどう質問していいかわからない問題にぶっつかってきたようであった。

この旅の特異な性質の一つは、これが一家を挙げての洋行だという点にあった。しかも岡本家の場合、一家とは単に、三人の血縁だけの親子の意味ではなく、二人の男の同行者をも含めてのことだということを忘れてはならないのだ。

「かの子がヨーロッパへ男妾を二人もつれていった」

というのは巷間に根強く流れていた噂でもあった。

どこまで書いても、私のペンはどのホテル、どの町角、どのキャフェの中にも、一平、かの子、太郎の水入らずの三人づれしか浮びあがらせることは出来ない。そんな筈はないというもどかしさが次第に私を捕え、私は屢々ペンを置いて考えこんでしまった。机の前の壁にかけてあるかの子の写真を見つめながら、私はかの子が語りかける言葉を待ち暮していた。

やっぱりそこへ行ってみよう、行くべきだと決心したのは、「第十五章　落葉」の載った『婦人画報』十月号（昭和三十八年）を手にした瞬間だった。

私はすぐ青山の太郎氏を訪ねた。

「やっぱり飛驒へ行って来ます、いいでしょう」

「ああ、いいよ」

それだけだった。この作品の書き始めに当って、太郎氏の私につけた注文の唯一つは、

「新田氏のことは、現在、現役で社会的な立場で仕事をしている人だから、その私生活を乱さないように気をつかってほしい」

ということだけだった。私はその言に従い、新田氏だけを仁田と仮名にして、かの子の死後まで一平と暮したその人に面会することははじめからあきらめていた。

当時の岡本家の生活のもう一人の証言者恒松安夫氏は、二、三年前から脳溢血で倒れ、もうこの連載の始まった一年ほど前からはすでに意識もおぼろで、ものも訊ける人ではなくなっていた。その上、ついに今年六月二十日、鬼籍に加わってしまった。

今は新田氏しか当時の本当の生活を知る人はなくなっているのだ。

太郎氏が教えてくれた新田氏の住所はおよそ二十年も前のもので、おそらく今では村名も、もしかしたら郡名まで変っているかもしれない。第一、新田氏自身も果して健在でいるかどうか。

私はそんな頼りなさの中で、案外平気で列車に揺られていた。私は、かの子について書き始めて以来、屢々様々な不思議にめぐりあっているので、いくらか神秘的な神がかりを信じかけている。要するに、かの子はこの作品に必要な人には必ず逢わせてくれ、必要な事は必ず適当な時に教えてくれるということであった。勿論、いながら手をこまねいているわけではないけれども、私はこの一年余り、その不思議さに逢って来ている。かの子の意志が明らかにまだこの世に生きて動いていると感ぜずにはいられない。

白川口へ着いたのは、十二時前だった。このあたりから木曾川は白川と赤川に岐れ、赤川からは更に黒川が岐れている。碧潭《へきたん》はいよいよその濃度を深め、渓流に洗われている奇岩奇石の重畳する風景は南画を見るようだった。山間の小駅はもうすでに早い秋の気配を漂わせた白い風にふきさらされ、ひっそりとうずくまっていた。

荷物を手荷物預けにして、私はいきなり新田病院の所在を駅員に訊いてみた。

「ああ、それなら、たった今出たバスで三十分くらいかかる」

という。バスは三十分おきで、その病院前も停留所の一つだということだ。今から三十分待ち、三十分かかっていけば一時になってしまう。もし病院の診察時間がはじまってしまっては面会の申しこみもしにくいだろう。タクシーはあるかと聞くと、呼べば来るという。駅前のうどん屋でタクシーを呼んでもらい、私は急に躍りだした胸を押えて車に乗りこんだ。

車は細い町筋を通りぬけ川沿いに、どこまでも山の中へ入っていく。いつのまにかフロントガラスに細い霧雨が吹きつけていた。

人にも、バスにも行きあわない山道は、風景だけは美しくて退屈するひまもない。三十分がひどく短く思ううちに、車は山と山のせまった田んぼの中のバス道路で、急に速度を落した。道の左手の山ぎわに、突然、浮び上ったまだ真新しい建物が、一瞬、私の目には蜃気楼《しんきろう》のように妖しく見えた。桃源境ということばが反射的に思い出されてきた。昔の人が山道に迷い込み、急に行手に発見した桃源境とはこういうあらわれかたをするのではないかと思ううち、車は近代的な病院の庭先に横付けになっていた。

カンナが燃えるような炎をあげていた。私の知らない数種の花々が、紫や黄の花々をそれぞれの茎や枝にいじらしく咲きほこらせている。山を背にして、城のようにどっしりと拡がった建物は、まだ木の香も新しく匂うようだ。庭の前には堀のようにめぐった大きなコンクリート固めの生簀《いけす》があり、その中には数えきれない鯉が泳いでいた。

あたりは森閑として物音一つない。まわりに一軒の家も見あたらず、稲田と山が目の前にせまっているだけだ。

病院の受付で案内を請うと、若いまだ稚《おさ》な顔ののこった白衣の青年があらわれた。眼鏡の奥の目が人なつこそうなのに安心して、私は簡単に来意を告げた。

青年と入れかわりに背の高い白髪の白衣の人があらわれた。端正な美貌にプラチナ縁の眼鏡が冷たい感じで、表情は固く、警戒するような昏いものを一瞬私は感じとった。指にした私の小さな名刺に目を落したまま、伏目にちらっと私を見て、

「よくこんな遠くがわかりましたね。ま、あっちへ通って下さい」

といった。気の重そうな、まだ何か心を決めかねているという口調だった。表情に心の動揺を押しかくしたぎごちなさが消えない。

病院につづいた住居の明るい応接間に通されると、稲田と向いの山が、まるで庭の一部のようにベランダの向うにながめられる。

霧雨はいつのまにか止み、陽ざしが明るくすき透ってきていた。

その人は、患者を片づけてくるからといいのこし、診察室の方へゆかれた。さっきの青年が来て、

「ぼく、一平さんはよく覚えていますよ。戦後この家に疎開してたんです。和光ちゃんて子と、ぼく同じ年でよくけんかばかりしましたよ。いづみちゃんて女の子、どうしたかなあ」

「長くいたの、ここに」

「この裏にしばらくいて、それからこの村のほかの家に引っ越して、しばらく美濃太田ってとこにもいましたよ」

その土地こそ、一平の永眠の場所であった。

やがて新田氏がふたたびあらわれた。さっきよりよほど落着いた和んだ表情をしていた。どこか亀井勝一郎氏を連想させる風貌だけれど、亀井氏より細面で、そのくせがっしりした美しい亀井氏より更に端正な顔をしていた。

「よくわかりましたね」

もう一度氏は呆れたようにいった。優しさが口調に滲み出ていた。

「お目にかかっていただけないかと思いながら来ました。もし、お逢い出来なくても、せめてお家だけでも見て帰るつもりだったんです」

私はこういう無謀には馴れているのだと語った。

新田氏はちょっと当惑したような、半分興味をもったような表情で、私の取材の無鉄砲さに苦笑を浮べていた。どんな話からほぐれていったのか、それからものの五分もたつと、新田氏は、もうすっかり心の垣をとり、何かに憑かれたように、次から次へかの子の想い出を話しだしてくれていた。私は、こういう時にいつも感じる全身の細胞がはりさけそうな緊張感と、わきたってくる喜びをおさえつけながら、一語一句も聞きのがすまいと目と耳で、語り手を見守っていた。かの子が語らせているのだと、聞きながら私は思った。新田氏も今、それを感じていることが私にはわかった。二人は今そのソファーの空席に、豊かなかの子の、白い肉体が、ゆったり腰かけているのを感じていた。らんらんと輝く目で、私たちを見守っているのを感じていた。語る人も聞く私も、完全に一種の魔法の世界にひきいれられていた。

私の目から鱗が一枚一枚はぎとられるように、真相の輪郭が明らかにされていく。

「かの子が痔の手術を慶応病院でした時、私が執刀したのではなく、当直だったんですよ。あの頃は、痛いのは当り前だというので麻酔なんかかけないんです。ところがかの子は全身敏感な人で、痛みでも何でも人の五倍も強く感じてしまう。手術のあと痛がって泣き叫んで大変なんです。あんまり可哀そうなので私がモヒの注射をしてやったのです」

かの子がモルヒネの効いてきた甘い陶酔の中から、はじめて痛みの去った目をひらくと、目の前に、ぼうと霧につつまれたような男の幻が浮んでいた。背の高いやせた男は、青白い彫の深い顔に、長髪を乱れさせ、眼鏡の奥の目は、どこか昏く憂愁をたたえてかげっていた。かの子にはそれが、濃密な夜のビロードのような闇をてらす華麗できゃしゃな一本の西洋蠟燭のように映った。かの子は思わず、半身をおこし、その幻の方へ両手をさしのばしていた。

モルヒネの効いている目に映じた若い医者の俤は、その瞬間からかの子の心眼にかっきりと焼きつけられてしまった。

病院から帰ったかの子は、一平の膝にしがみつくと、

「パパ、パパ、病院で西洋蠟燭のような男みつけたのよ。ね、もらってきて、すぐもらってきて、いいでしょ」

幼児が玩具をほしがるような一途な無邪気なねだりかただった。そんな時のかの子は赤ん坊よりこらえ性がなく、赤ん坊よりいじらしかった。一平は、よしよしといいながら、豊かなかの子の背を撫でてやった。

一平が病院へ行き、新田に逢い、かの子が逢いたがっているから来てやってくれと頼んでも、美しい若い医師は、腰をあげようとはしなかった。

かの子が退院するまでに、例のあたりかまわぬ一途さで新田への愛をおしかくそうともせず、片時も離さずそばにひきつけておこうとしたので、もう病院内では評判になっていた。新田には看護婦たちの中にも想いをよせている者も多かったので、彼女たちは、驕慢な女歌人の年甲斐もない恋をあざけり、嫉妬し、軽蔑した。噂はたちまち、彼女たちの口から病院中にひろまっていったのだ。

かの子は一平が迎えにいっても新田がやってこないとなると業を煮やし、自分で病院へ出かけて行った。診察室へ入ると、人目もかまわず、大きな目から涙をぽろぽろあふれさせ手放しで泣きだすのだった。

「医者というのは、人の苦しみを救うのが使命じゃありませんか。一人の女がこんなに恋に苦しんで、身も心もなく苦しんでいるのに、ここの病院では誰一人救ってくださろうとはしないのですか。あんまりじゃありませんか」

泣きながら、そんなことをかきくどくのだから、人々はかの子を異常だと思っている。かの子

はただ一途に新田に逢いたいというだけで、人の思惑などもはや眼中にないのだった。看護婦たちはそんなかの子にいっそう憎しみを覚え、団結して新田をかの子に渡すまいとする。

自分の来たことを新田に取りついでもらえないのを知ると、かの子は今度は毎日長い恋文を書き、人力車に持たせて病院へ迎えにやった。

「とにかくこの俥《くるま》に乗って、おいで下さいまし、一目お顔をみせて下されば心が落着くのです」

内攻的で、孤独癖のある新田は、その頃、青春に誰しも通る一種の厭世的な虚無思想になっていて、アメリカへ渡り、単身、外科医としての研究生活をつづけ、一生帰って来なくてもいいなどという夢想を描いている時だった。

あんまり熱心につづく連日の招待に、ある日、ついに新田は心を動かされた。病院中で色情狂のようにいいふらしているあの異様な女患者から、さすがに当人の新田は、異常とか狂気とかでいいすてに出来ない真実な熱情を感じとっていたのだ。それだけにかの子の招きに応じるには何故ともしらぬ漠とした不安があった。

新田はついに、かの子の熱情の鎖にひきよせられていった。俥は梶棒をあげるや否や、かの子の許へ向かってひた走っていった。かの子はその日から、もう新田を帰さなくなった。岡本家から病院に通う新田の行動はたちまち、病院側にかぎつけられ、噂はいっそう輪に輪をかけてひろがっていく。

病院側はついに新田を左遷させ、ほとぼりの冷めるのを待つという態度をとった。

北海道、札幌の柳外科へ補佐に行くという形で、新田は慶応病院を実質的には追われてしまった。

札幌へつくと、更にもっと田舎へ入った病院もまかされることになった。給料は地方手当もつき、東京よりはるかに高給になったが、一種の刑罰的島流しであることにはちがいなかった。

若い新田は、かの子との別離は考えられなかったし、愛しあった以上、人妻との不倫の恋に堕ちた形はいやだと思った。

「奥さんを下さい。ぼくは奥さんと正式に結婚します」

一まわりも年下のことなど、新田は考えてもいなかった。新田の知ったかの子の純情と不思議なほどナイーブな心や若い肉体は、新田にかの子の年齢もかの子の地位も、その教養や才能まで忘れさせるものがあった。

新田の真剣な申し出を聞いた一平は涙を流して新田にいった。

「かの子をぼくから奪わないでくれ。ぼくらはもういわゆる夫婦の生活はしていないけれど、ぼくにとってはかの子は生活の支柱だ。いのちだ。かの子をぬきとったぼくの生活なんか考えられない、生きているはりを奪わないでくれ。ぼくらは真剣な真実の生活をすればいいのだ。世間の道徳や、世間の批難など問題じゃない。きみたちがどんなことをしてもいい。ただ、かの子をぼくの生活から奪い去ることだけは許してくれ」

宰相の名を知らなくても一平の名を知らない者はないと世間にいわれている一世の寵児の、見栄も外聞もない男泣きの姿を見て、若い新田はかえすことばもなかった。

新田はひとりで、北海道へ発っていった。

それからは、とうてい常識では考えられない、かの子夫婦と新田との間柄が始まった。

かの子は新田に連日、熱烈なラブレターを送りつづけていたが、矢もたてもたまらない逢いたさがつのると、一平に北海道へ行きたいとせがむ。一平はかの子を青森まで送って行き、青函連絡船にひとり乗りこませる。

「カチ坊、必ず帰っておいでよ」

「うん、きっとパパのところへ帰るから」

遠ざかる船の甲板からかの子は心細そうに、一平にいつまでも手を振りつづける。埠頭に立ちつくす一平の姿が見えなくなると、かの子にはもう函館に迎えに来ている筈の新田の姿が目の中いっぱいに拡がってくる。恋しさとなつかしさで胸がはりさけそうになってくるのだ。

新田は、走りよるかの子を抱きとめると、別れていられたのが不思議だという感慨にみたされていた。

郊外の静かな病院で、かの子はどの従業員からも、東京にいる新田先生の奥さんと信じこまれかしずかれた。

蜜のような日々がすぎてゆく。若い有為な前途を、自分のため、こんな淋しい土地に流され不自由で不如意な生活をさせているのかと思うと、かの子は新田への不憫さに心がしめあげられ、それは示しても示しても示したりない愛のあかしに変っていくのだった。

新田は、これほど愛しあうかの子がふたたび東京へ引きあげていく人とは次第に信じられなくなってくる。それでもある朝、かの子は、

「もうパパのところへ帰らなきゃあ」

とつぶやくのだ。

男女の愛だけの生活では、かの子は満足出来ないものを持っていた。新田はかの子と暮し、それをいやでも悟らされていた。

かの子は女らしい肉体、女らしい心の外に、もう一人芸術家という性のない人格をあわせもっているのだ。かの子の中の女が、女としての心身の歓びと快楽に飽和状態になった時、もう一人の芸術家かの子が、むくむくとかの子のうちから立ち上ってくる。それはもう、新田の真心でも愛撫でも引きとめることのできない強烈な表現欲と、慰めようのない深い根源的な「なげき」のかたまりであった。

その時、かの子の心身がひたすら求めるのは一平の無限の海のような包容力と、どんな心の襞々《ひだひだ》の奥までも見とおす理解力の腕の中だけであった。

かの子は従業員たちに見送られ、新田と列車に乗り、青函連絡船にひとり乗りつぐ。一平の買って渡しておいた往復の一等キップは、決して一平との約束を破りはしないのだった。

一平が船のつく青森の波止場に、もうすでに迎えに着いている筈なのだ。

北海道の勤めのおかげで、新田は三年間に三万円の貯金が出来た。

東京に帰って青山のかの子の家の離れに落ちつき、共同生活の一員にくりいれられた頃、一家の渡欧の相談がまとまった。

その頃、かの子は頭をつかいすぎたことからくる神経性心臓病の一種で、人中に出ると、突然、心臓に異状をきたすという発作の持病持ちになっていた。発作は、劇場やデパート、特にエレベーターや車の中で突然におこりがちだった。そんな時、新田がかの子の手を握りしめ脈をみながら優しく、

「大丈夫、大丈夫、すぐ治る」

と囁いてやれば、すうっと生気をとりもどし、心臓は常態にかえる。そんなことからかの子は外出恐怖症になり、どんな時でも新田といっしょでなければ出られなくなっていた。外国へも、新田がいっしょでなければゆかれないといった。もちろん、一平の構想の中には新田もふくめられていた。恒松は慶応から留学費が出たが、新田は北海道での貯金の三万円で充分だった。一万円で一年外国暮しが出来、たっぷりした生活が出来るという当時だったのだ。

「ぼくは、そのころ岡本家ではハーちゃんと呼ばれていましてね」

新田氏は、ことばをちょっととぎらせて恥かしそうに笑った。六十をすぎた初老のこの紳士は、

話の間でも、ふっと頬を染めたり、乙女のような美しいはにかみの表情をのぞかせる瞬間があるのに、すでに私は気づいていた。

「かの子が私の本名をいやがり、ペンネームにしろといってつけてくれたのが晴美という名前なんです」

「えっ、私と同じ字でしょうか」

「そうなんです。どうも……」

新田氏と私は顔をみあわせて声にならない笑いをかわしあった。

「実は、あなたがかの子を書いていらっしゃるというのは風の便りで聞いていましてね。私はあなたをどういう男性かなあと、想像していたんですよ。もうそれくらい浮世離れしているんです」

新田氏は話の間中、煙草も吸わない。

「今は全く余生ですよ。世捨人のつもりの晩年です。人間というのは、ただ寝て食べて、だらだら生きているだけじゃほんとにつまらない。生きるということの意味の本当のものは、いかに一つのことに真剣に、命がけでとりくむかということでしょう。真剣に、一瞬一瞬生命の火を完全に燃やしつづける緊張した生活をすることでしょう。でも人間はほとんどそんな真実の生活をしらずに死んでゆく人の方が多いんじゃないですかね。少なくともわたしは……かの子と暮したあの頃だけは本当に、人生に命がけで真剣な生活をしましたからねえ。あんなことってありませんよ。もう二度とありません。でも素晴しい『時』でしたよ。ああいう時を持ったということだけでも、私はよかったと思います」

語る新田氏の顔は、ぼうっと内から炎に照らされたようにその時、青白い顔いっぱいに血の色がさしのぼっていた。夕映えの輝きのようなその美しい血色は、新田氏の胸中に今よびもどされている青春の想い出の血の熱さなのだろうか。

終戦後、島根県知事を二度もつづけた恒松安夫氏がやはり病気に倒れる直前、岡本家を訪れ、

「私の人生で何といっても一番輝かしい生活だったのは、ここでかの子さんと暮していた頃でしたよ」

と述懐したという話を思いださずにはいられなかった。

新田氏もまた、病院経営のほか、この山中の村に町制を敷き、疲弊した森林をたて直し、森林組合、農村組合の会長、町長、特産茶の栽培等と、余生といいすてるにはあまりにも実行力に富んだ男らしい仕事を手いっぱいに抱えている。

社会的にも人並すぐれて有能なこういう男性たちが、揃って二人とも、

「かの子との生活」

を輝かしく真実な人生となつかしがるのは、いったいどういう意味があるのだろうか、果してどんな不思議な魅力が、かの子と、その生活に秘められていたのだろうか。

私は次第に新田氏の話にひきこまれながら、もう下手な質問などさしはさむ気にならなかった。

新田氏のことばは、何か見えないものが、たゆみなくその糸をたぐっているかのように、繭の糸がひかれるようなよどみのなさで、後から後へつづいていく。

ヨーロッパへ発つ前、一つの事件があった。

新田家は代々藩の御典医をつとめる旧い家柄の素封家だった。長兄が夭折したので跡とりの地位に当る秀才の次男に、厳父は多くの期待をかけていた。ところが、その息子は一廻りも年上の人妻の情欲のとりこになり、世間では男妾になったという悪評が流れている。こんな山奥の村まででもその風評は伝わっていた。

「うちの家系にそんな不しだらな血は流れておらん。お前が産み、お前がそんな柔弱な男に育て

たのだ。恥さらしをすぐ今、つれ戻してお前の責任を完了しなさい。もし、それが出来ないというなら、御先祖を辱《はずかし》めたのだからお前を即刻離縁にする」

そんなことを一徹な夫から申し渡された新田の母は、驚いて、直ちに上京した。

青山の息子のところにかけつけると、かの子が直接、逢いたいという。新田は母とかの子の対決がどうなるかと、二人のいる応接間の外で息をひそめていると、半時間もたつ頃、ドアの中からは明るい女二人の笑い声がもれてきた。

呼びこまれると、老母がにこやかな笑顔でかの子と打ちとけきって談笑している。

息子と二人きりになるのを待ちかねて、母はいった。

「好きやわ、あの人、あんないい人めったにいるものやない。まるで、太陽のような、ぱあっと明るい人やないか。あの人の前にいるだけで、何やらこう、ほうっと、心が明るくあったまってしまう。……お前……あの人のところにいて幸福かえ」

「幸福だよ、おかあさん。お父さんに悪いけれど、世界中でぼくほど幸福な真剣な生活をしている者はないような気がする」

「そうだろうねえ、そうだろうとも……」

その夜、母は、岡本家に泊り、夫にむかって、一晩がかりで長い手紙を書きあげていた。

「こんな不思議な明るい素晴しい立派な女の人の許で意義ある生活をして、世界一幸福だといっている息子を目の辺りにして、どうして、その息子の幸福を打ち破ることが出来ましょう。あなたが、私の無能を怒り、離縁なさるというのならいたし方ございません。どうか離縁なり何なり申し渡して下さいませ」

さすがの厳父も、老妻のこの手紙には呆れはて、せめて妻だけでも即刻帰るようにと命令した。

新田の母は一目でかの子に魅せられてしまって以来、自分の若い時代愛用した着物や、櫛簪《くしかんざし》を惜しげなく、かの子の許に贈っている。

今、それらは新田氏がかの子の形見としてふたたび新田家に持ちかえっているけれど、出して見せてもらうと、一点の斑もない見事な鼈甲《べっこう》細工の髪飾りが、両掌で掬《すく》いきれないほど、どっさり、金蒔絵の手箱の中におさまっていた。

ヨーロッパで断髪にしたかの子はこの髪飾りも使う日はなかったけれど、贈り主の愛情を有難がり、死ぬまで大切に愛惜していたという。

「あの断髪はね……ロンドンで、ぼくが剪《き》ってやったんですよ。かの子は異常なほど神経をつかいますからね。長い髪だと神経にこたえるんです。それである朝、ぼくが鋏でいきなり剪ってやったんです。この方がずっと似合うといいましてね。

さすがにみんなびっくりしました。あの髪は死ぬまで誰にも剪らせなかったんです。のびれば必ず、ぼくが剪ってやりました」

実家からも公認になってまもなく、いよいよ外遊の運びになった。その時の外遊の支度の大げささは、一通りではなかった。一寸した外出にでも、どうかすると支度に一日つかってしまうようなかの子のことだから、何一つ自分は手を下さないでもなかなかはかどらない。米から味噌醤油まで、何年分もつめこんでいくのだから、その時、たまたま同船した前田侯爵の荷物よりも、岡本家の荷物の方が多くて、トランクだけでも三十個を数えた。

恒松安夫はロンドンで歴史学を研究するのが目的なように、新田は外科医として、ベルリンでぜひ研究したかった。

そのため、一平のロンドン会議の通信が目的だけれど、旅程は、ロンドンと、パリと、ベルリンということに予定された。

パリはかの子と太郎の希望だった。

かの子が本当にかの子の本性を発揮し、晩年のあの不思議な爆発的創作活動の準備をととのえたのは、このヨーロッパ旅行中だといわれているが、どのようにかの子が脱皮し、どのようにかの子が生れ変って帰国したか、具体的なことは何もわかっていなかった。

残されている「母の手紙」をみても、かの子の成長や突然の変貌の過程は、それほどはっきりのみこめない。

はじめて聞く新田氏の話によって、私は一人の女が、怖ろしい芸術の魔神に魅入られ、三人の男を奴隷のように足元にふみすえ、その生血をしぼりとり、それを肥料に次第に自分の才能を肥えふとらせていく、世にも奇怪で凄じい芸術の魔神と人間との闘いの秘密に、次第に身も魂も奪われ、我を忘れているのだった。

第十七章　花　道

外科医で、手術の技術に定評のあった新田は、ヨーロッパの大病院で、大手術にたちあい、あわよくば執刀するチャンスにも恵まれたかった。当時の人種的差別はなみなみではなく、ヨーロッパでは、有色人種は、名のある病院の研究室へ入ることさえこばまれていた。色を少しでも白くするため、渡欧に先だって、サルバルサンの注射をつづけたほどの用意と意気ごみで新田は日本を出発していた。

それほどの努力も、結局、研究室へようやく通うことが許されるという程度で、とうてい執刀などは夢にも及ばない現実だった。

ほとんど連日のように、日本ではメスを握っていた新田にとっては何カ月もメスを手にしないと、右手の指の感覚が鈍麻するようで頼りなかった。

ある日、ロンドンの下町で、ふと手ミシンが店先に出ているのをみつけると、思いたってそれを買いこんできた。

ハムステッドの、蔦《つた》のからまった家では、新田は二階の一番優雅な部屋を与えられていた。かの子の好意でそれは選ばれ、

「日本で、いろいろ辛い目にあわせているから、ハーちゃんにはこっちでは一番いいお部屋をあげて、慰労してあげましょう」

ということできめられたのだった。その部屋は、もとの住人の愛娘の部屋だったとかで、家具調度がすべて女性的で、色彩はピンクで統一されていた。「ピンクの部屋」と名づけて、かの子もこの部屋が大いに気にいっていた。

ただし、この部屋に住んでいた娘は肺結核で長らく病床にいた上、この部屋のこのベッドで息をひきとっていったということは、ずいぶん後になってから知ったことだった。新田はこのハムステッド時代、この部屋にのこっていた病菌から結核をもらい、腎臓結核を病むことになるのだけれど、それは帰国後の話になる。

ピンクの部屋に持ちこんだ手ミシンを使うことによって、新田は指の感覚の鈍ることをふせぎ、指淋しい感じを忘れようとした。散歩のついでに、人絹や木綿の安い端布を買いもとめて来て、思いつくままにミシンを扱った。元来手先の器用なたちなので、たちまちミシンを扱うことを会得してしまい、そうなると、形のあるものを作ってみたくなる。

ある日、ローズ色の布で、新田はワンピースを縫いあげてみた。かの子に着せてみると、かの子はすっかり気にいった。

「いいじゃないの、とても似合うわ、ね、これ着て散歩に行ってくる」

首筋で剪りそろえてしまったおかっぱ頭にローズ色のワンピースを着ると、小がらで肥ったかの子はたしかに十歳は若がえってみえた。それが、かの子の外国での洋服の着はじめになった。かの子はその服を着て、ひとりでロンドンの町へ出かけていき、

「みんなが見てたわよ。かわいいっていってたわよ」

と大はしゃぎだった。身軽でいいといい、それから急に洋装で暮すようになった。町で何着か買って来たけれども、

「ハーちゃんの作る服が一番カチ坊には似合うし、着やすくっていい」

といい、しきりに新田に服を縫ってくれとせがむ。町で気にいった布をみつけてくると、とんで帰り、

「早く、早く、これですぐ明日までに縫ってちょうだい、スタイルはどんなのがいい？」

一平も恒松も動員され、一しきりかの子の服のスタイルが論議される。スタイルブックからみつけた型を一平がかの子に似合うよう修正し、描きあげてやる。

新田はそれを、その夜のうちに徹夜ででも縫いあげねばならない。何でも思いたつと、待ったなしのかの子は、その服が着たいとなると、もうがまんもこらえ性もなくなってしまう。明日の朝までに縫いあがらない筈はないと信じこんでしまうのだ。そういう時はききわけのない童女同様で、全く暴君のわがままさであった。新田は一睡もしないで、かの子が起きてくるまでに、とにもかくにもその服を仕上げてやる。

「わあ、すてき、すてき、こういうのが着たかったのよ」

一夜のうちに仕立上っている服をみて、かの子は小さな手をぱちぱちとうちならし、子供のように大喜びする。着てみると、少し短すぎたり、脇がだぶついていたり、胸ぐりがゆがんでいたりしてもそんなことに頓着はしない。長すぎればベルトでたくしあげ、短すぎればスリップをひ

きあげ、意気揚々とその服でロンドンの町へ出かけてゆく。

いつのまにか、かの子はイブニングやスーツ以外は、新田のつくる服しか着なくなってしまった。

新田は、肥ったかの子のために、細めの帯に、おたいこの部分を別にスナップでとりつける工夫をしてやったり、プリントの洋服地でおくみなしの対丈《ついたけ》の着物をつくってやったりもした。それらの着物も新和服と呼んで、かの子はたいそう愛用した。何を着ても、似合うでしょと信じこんで着るかの子は、人の目や思惑などおかまいなしで、堂々とそれを着こなして誇りやかに町に出ていく。

そんなかの子の姿を、かの子を愛する三人の男たちは、そろって可愛いと眺めているのだ。

かの子は恒松に、古代エジプトに関する原書を、いくらでも買いこむようにと命じていた。もともと、古代史が専攻の恒松は、かの子の命令もあって、自分の外遊費の八割をそそぎこんで、高価な本を買いあさった。

贅沢な生活費は、恒松や新田の旅費の予算を上まわっていたが、それらは一平がすべてひきうけておぎなっていた。

「今までの日本の芸術は金がかからなさすぎている。あたしはうんと金のかかった芸術を産むんだ」

というのが、この頃のかの子の口ぐせだった。

また、この頃からかの子はやがて書くべき小説について、自分の抱負や夢を三人にむかって語るようになっていた。

「人類の根源にさかのぼって、爬虫類時代からの、生命力を追求して書きたい。それから水が山奥の渓谷に湧き、細い谷川になり、平野に下り川になり、河に拡がり、やがて海へそそぎこんでいく生命力、それが七つの海にあふれて、絢爛豪華な夢の虹をかけわたす……そういう壮大な生命の讃歌をテーマに小説が書きたい」

日本の文壇でもてはやされている、みみっちい私小説など書く気がしないというのが、かの子の到達した理想の小説への夢であった。そのためにも、かの子は古代人の歴史や生活に大いに研究心を燃やし、恒松の買いこんでくるエジプトの本を、夜になると恒松に読ませて、それを吸収することに努めていた。

仏教の研究は引きつづきつづいていたが、これはまだ一平が先輩格で、一平から吸収するものが多かった。

東京での生活もそうだったが、ヨーロッパに渡って以来、かの子の生活は勉強一途に徹底していた。東京では一平の文筆活動に対する内助の務が、かの子なりにあったけれど、ヨーロッパでは、すべてがかの子中心主義に生活が組立てられていた。

最初から、今度の旅行は、かの子の年来の望みを叶えてやるということに出発していたので、一平はあらゆるかの子の希望を十二分に達成出来るようはからってやった。

かの子は、出来るだけ高名な文学者や政治家にまで面会し、知識を吸収するチャンスを持とうとしたが、そういう時、必ず、三人の男を同道した。

「大切な微妙な問題は、日本語でないと完全に意志を述べることは出来ない、あたしは云いたいことはみんな日本語でしゃべります」

かの子は誰の前にいってもそういうたてまえで、日本語でしゃべる。通訳の役目は恒松だった。

「安夫さんが通訳し忘れたり、まちがったりした点を、ハーちゃんが横でおぎなうんですよ」

新田はかの子からそういい渡され、対談の間じゅう緊張していなければならない。それでもやはり、言語のちがう者同士の会話では微妙な点がわかり難いところもある。

「そういうことは、パパがその雰囲気をつかんで、絵にスケッチしておいてくれるんですよ」

一平は、かの子の命令通り、対談中、横でスケッチブックを拡げているという状態だ。帰ってくると、かの子は意気揚々としているけれど、三人のお供の男は緊張疲れでぐったりしている。

帰ってからがまた大変で、かの子はその晩のうちに会見の内容を復習し、三人の男の報告をとりまとめて自分の頭の中に整理し直すのである。

バーナード・ショーに逢う時も、グレゴリー夫人に逢った時も、チャーチルと対談した時もこのような態勢でそれは行われたのであった。もちろん、観劇も見学も、すべてこの調子であった。

かの子のスケジュールの間を縫って、男たちはじぶんの仕事もすすめなくてはいけない。毎日は朝から夜まで、一分間も惜しいような緊張と努力の連続の勉強で明け暮れていた。

恒松の留学の目的がほぼ達せられたので、今度は新田の望みを適《かな》えるため、いよいよ医学の都ベルリンに移っていった。

ベルリンで満洲事変の報が伝わってきたため、予定を変更しなければならなくなった。

「これでもう帰れるかどうかわからないなら、思いきって見るだけのものは見てアメリカへ渡りましょう。アメリカでは万一捕虜になるかもしれないけれど、それも四人でなるならいいじゃありませんか」

というのが、かの子の意見だった。そこでベルリンを発ち、ウィーンやイタリアをまわって、パリで太郎に別れをつげ、アメリカ行の船に乗りこんだ。

アメリカでも、かの子はヨーロッパ時代のままの習慣で、三人の男にかしずかれて女王のように振舞って、見たいものを片っぱしから見、新しい知識を吸収していった。

女性が大切に扱われる習慣の外国生活を長くつづけた上、実生活の中でも、三人の男にかしずかれ、かの子中心の生活をつづけてきたため、長い旅を終え横浜の埠頭に下りたった時のかの子は、とみに肥りはじめた軀つきに、女族長のような貫禄と威厳をそなえていた。

肉体的にも、滞欧中から少しずつ肥りはじめ、それはついに晩年までとまることがなかった。

帰朝して一行は、赤坂区青山高樹町三番地の家に帰り住んだ。たまたま同町内に住んでいた村松梢風がこの当時の岡本邸を次のように描写している。

《私は昭和七年春頃から満三年間ほど、青山高樹町三番地の借家に住んでゐた。すると同番地に岡本一平の家があつた。其処は高樹町の電車通から狭い横町を可成り奥深く入つた所で、其の一廓全体が三番地であつた。岡本家は横町の行き止りにあつて、横町の方へ向いて勝手口が付いてゐた。そこから道がカギの手に曲るその角の邸で、北向きの扉の朽ちかけた門があり、可成り古い木造洋館風の建物があつた。門から真正面の所に玄関が見えた。玄関さきの数坪の庭には何本かの樹があつた。此の家では決して庭を掃いたりなどしないらしく、一年中落葉が積りつ放しだつた。其の落葉は道路を隔てた向う側に聳《そび》えてゐる丈の高い樹木の梢からも飛んで来るらしかつた。……略……私が近所に住んでゐた頃は、まだ普通扉が開いてゐたやうに思ふ》（近代作家伝）

かの子は自然の風情をなつかしんで、庭の落葉を故意に掃かせなかった。この当時、岡本家を訪れたある婦人記者は、門を入るなり、ずぶっと靴の埋まってしまう落葉の厚さに驚いたと今も記憶している。

「足首までいきなり入ってしまうのよ。ずぼっずぼっと一足ずつ、落葉の中からひきあげて歩かなきゃならないんですもの、あの驚きは今でも忘れられないわ」

雑草もまた生えるにまかせて、ある日恒松が掃除するつもりできれいにひき抜いたら、かの子が泣いて怒りだした。そんなかの子の嗜好はついに、門にからまってのびていく蔦の生命力がいとしいといって、蔦をいたわり門を閉ざしっぱなしにするようになった。人の出入りは、脇のくぐり門を使用した。

《表門を蔦の成長の棚床に閉ぢ与へて、人間は傍の小さな潜門から、世を忍ぶもののやうに不自由勝ちに出入するわが家のものは、無意識にもせよ、この質素な蔦を真実愛してゐるのだつた》（蔦の門）

と、かの子の小説にある一節は、そのままかの子の実生活の描写でもあった。

このあたりは近くに二万坪の敷地を有する根津邸もあり、町中とは思えない閑静な地区であった。

かの子はわが家に落着くと、まずパリの太郎に、一平と共に第一信を送った。

《（こゝでちよつとカチが書く）無事にかへつたよ。おまへの居ない家へね。おまへの居ない家へだよ。そしてごはんたべたり便所へはいつたりしてゐるよ。洋服を着てるよ。上ぐつで日本のえんがはどん〳〵あるいてるよ。おまへが居たら「この無作法者！」なんてどなるだろう。誰も太郎さんはと聞くよ。ぐつと胸がつまるのでそれに反抗して反身になつちまふよ。涙が出るから気どつてごまかして、どうもかへりませんのでと前おきするよ。そのあとの説明は推察しなさい。パパおとなしいよ。い、、子だよわり合ひに、お前の事考へて時々ぼんやりしてるよ。そして二人でとしよりみたいに子の無いことの愚痴を云ふよ。察しなさいよ。

遠き巴里の子想へかしふるさとの夜ふかき家に茶をのむ父母　かの子》（母の手紙）

家には二十五、六の女中が二人いたが結構いそがしく、帰朝した岡本夫妻を訪れる客の絶間もなかった。

恒松は、外遊前同様、慶応へ講義にゆき、新田は、伯父の病院を時々手伝っていたが、次第にかの子の仕事の秘書役のようになっていた。

恒松の存在は、外来の客の間にも前々からかくしてなかったけれど、新田は一切、客の前に出さず、その存在は秘められていた。離れの一室に新田の部屋は与えられ、どんな客が来ても決して姿をあらわさない。新田の方は次の間で、今応接間にどんな客が来ているか知っていても、客の方ではちらりとも新田の姿を見かけない。

当時、一平には宮尾しげをはじめ、小野佐世男、清水崑、小山内龍、近藤日出造、中村篤九、杉浦幸雄、横山隆一たちの弟子がいて、賑やかに出入りしていたけれど、新田のいることを知り、新田の岡本家における本当の立場を知っているのは、岡本家の生活に一番入りこんでいて、事務的なことを手伝っていた宮尾しげを一人くらいだった。

かの子は、渡欧前からひそかに心に期していた小説への転向を、帰朝を期して、一挙になしとげるようにする意気込みであった。ロンドンやベルリンで書きためて来た習作も、トランクの底に相当持っていた。

たまたま、日本の文壇は、かの子の留守中、文学史的にもみのがすことの出来ない、一つの転換期に当っていた。

かの子の外遊前に五・一五事件がおこったのをはじまりに、留守中の三年間に、あれほど全盛をきわめたプロレタリア社会主義文学が弾圧に弾圧を重ねられ、転向文学や逃避的な私小説があらわれていた。同時に、アンチ・マルキシズムを標榜する芸術派の運動が活潑に擡頭しようとする機運が熟しかかっている時であった。

ところが、かの子にとっては全く思いがけない運命が待ちうけていた。すなわち、仏教界のルネッサンスとも呼ぶべき時代に、たまたまかの子の帰朝が重なったのである。

外遊前、すでに「散華抄」を発表して、仏教研究家としての名乗りをあげていたかの子を、仏教界が見逃すわけはなかった。新帰朝者という華やかなジャーナリスティックな肩書も、宣伝には絶好だった。

仏教界は、たちまちかの子引出しの運動にかかり、事毎にかの子の出馬をうながしてきた。仏教の啓蒙的な講演や、原稿執筆の依頼がひきもきらず押しよせてきた。

かの子は、念願の小説にとりかかるひまもなく、気がついた時にはこの渦の中にまきこまれていた。

ラジオの放送に、全国的な講演旅行に、原稿執筆にと追いまくられているうちに、かの子の名前は仏教研究家として、渡欧前以上に有名になっていた。仏教徒としてのかの子は、じぶんの力が真の仏教の普及に役立つことは、仏教界への奉仕と義務と報恩であると考える面もあったけれど、信仰家としてよりも芸術家としての真面目のあるかの子にとっては、この状態は全く予期せざる事態であり、自分のもてはやされ方に、無邪気に有頂天になれない悩みがあった。

帰って来て一カ月あまりたつと早くもかの子は自分の生活が、目ざしていた小説一途の道から外れていきそうな予感と不安を、太郎に訴えている。

《……忙しくてなか〳〵まとまつたものが出来ない。自分の書き度いものがはたして文壇にうけいれられるか疑問です。でもやり度いことをやつて見ようと思ひます。

正直なおはなしだが、お前とオバアチヤンの事を思ふと、心にそまない仕事もしなくてはならない。自分の思ふとほりの芸術的の仕事ばかり出来たら、どんなに仕合せかとつく〴〵悲しくおもふこともあるけれど運命だと思つてなるたけその辺のカネ合ひで仕事をして行くつもり。でもこの頃は頭にも大してさわらなくて自由に文章が書ける。ただ私はあまりウチッ子なので世間の大胆な女達と張り合つて職業のため押しくらかへすくらしが辛い。だが、辛いと云つたとて仕方がない。お金でもうんとあつて世間のい、かげんな所を相手にせず思ふ仕事ばかりして行けると云ふのではなし、心をはげまし〳〵ともかくやつて行かう。幸、体が丈夫なので気をとりなほしてはまた次の生活をたてなほすことは出来る。お前の迷つて居ることはよく分る。同じ芸術をやつて居る以上迷ひの苦しみがよく分れば分るほど、こちらも聞き乍ら苦しい。

だが私は思ふのよ。製作の発表場所を与へられゝば迷ひ乍らも一つの仕事を完成する、そして世に問ふて見、自分に問ふて見、また次の計画がその仕事を土台にして生れる。そしてゐる内にともかく道程がだん〳〵延びて次の道程をつくる――でなければいつまでたつても空間に石を投げるやうにあてがつかない。無に無が次いで逐につみ上ぐべき土台の石一つも積むことは出来ない。

手で働き乍ら考へることだ。そろ〳〵サロンに出して見てはどうか》(母の手紙)

六月二十二日の手紙である。太郎が、自分の芸術と前途の方針に対して悩みを訴えてきたことに対する返事だけれど、かの子自身の当時の悩みの本質をはからずも語っている。仏教界からの原稿依頼は殺到しても、文学の方からは、かの子には何の注文も来るわけではなかったのだ。

この当時から、一平は、故意に自分をひっこめ、かの子を社会に押しだそうとしはじめていた。世間智のたけた一平の見解では、世間は一つの家の中から、二つの勢力が並びたつのを決して許さないという考えを持っていた。これまでは一平が岡本家の旗手だったけれど、かの子の文学を開華させ、かの子の自己顕示欲を適えてやるためには、自分に代り、かの子に旗をゆずる時代が来たという見方をしていた。

たまたま、漫画界でも、一平の弟子たちが、一平の外遊中それぞれ一人前になり、一平が漫画を書きはじめた頃にくらべると、漫画の地位も需要も、隔世の感があった。

弟子たちに華々しい活躍の舞台を与え、一平は漫画界の元老格として、第一線から次第に、少しずつ身をひいていく態勢をとりはじめていた。

この間の消息を、太郎は次のように解釈している。

「――一平が一応天下を乗取ってみれば、今度はその蔭にともすれば力を父の事業に吸取られていた母の芸術が表面に出て来なければならない順である。その生命の兼合の不思議さを父は熟知していた。……略……父は二人が共に起つのは世界が許さないことを知っていた。母の至難な売出し時代に、父は故意に自分の姿を潜めたのである。……略……父はそれだけの大きな父性をもっていた」

故意に身をひいたという解釈は、一平もそういうふうに家族に思わせていたが、実際には、一つの家の中で、二人以上の芸術家が、互いの力をスポイルしないで並びたつということの不可能さの方が問題だったのではないだろうか。それが夫妻や恋人の場合は、いっそう、作用しあうものが強い。互いに相手の芸術的自我に神経をわずらわされず妥協して生活していけるならば、それはもはや、芸術家の神経ではない筈である。何ものにも侵されない、何ものにも妥協できない芸術家の自我は、あくまで孤独であらねばならない。手を携えて、共に同じ道を歩み、同じ道をわけあうなどという生やさしい甘ったれた生き方は到底許されないものである。

このことを一平は、承知していたのだ。一つの屋根の下には一人の美神《ミューズ》しか鎮座しない、誰が美神ののりうつる媒体になるか――一平は、自分の肩からそれを、かの子のまるまるとした肩にゆずるべき時がきたとみた。他のすべては、その時、美神に奉仕する奴隷であらねばならない。一平は、喜んで奉仕者の側におりる決心をもった。理由は唯一つだった、かの子に対する贖罪と無限の愛、それはもはや、父性愛と呼ぶ方がふさわしい大乗的な愛のために外ならなかった。

この頃から一平は他に向かって、かの子のことを「女史」と呼ぶようになっていた。同時に家の中では、かの子に事毎に、自信とエリート意識をもたせるようにふるまった。

かの子をかの子観音と呼び、一平が礼拝しだしたというのもこの頃からである。

人形遣いは、最初、技で人形を意のままに操る。人形に、自分の魂をふきこみ、嘆きも恋も官能の微妙な息づかいまで表現させることが出来る。ところが、ある時、人形遣いの技が、人の世の技の限界を抽《ぬき》んで、神技に近づいた瞬間、人形遣いの手の中で、人形自体が自由にいきいきと、動き躍りだすのだ。人形は魂を得て、人形遣いは、ただ、人形の意志のままにあやつられる糸の一本になり変ってい る。人形は、人形の意のままに、手をのばし、目をとじ、恋にもだえ、熱い息をはきつける。一人形遣いが名人とうたわれる時もはや、人形と、人形遣いの主権の座は入れ替っているのである。人形遣いの生血は、人形と人形遣いを結ぶ十数本の麻糸をつたわり、ことごとく人形の中に吸いつくされている。人形遣いは生命をあけわたした形骸にすぎなくなる。

一平とかの子の関係は、人形と人形遣いの、こんな因果関係に結ばれてきたのである。

一人の人形を動かす時、脚をもち、手をもつ、黒子がいる。かの子という華やかな人形の胴を扱うのが一平なら、恒松と新田は、永久に黒衣のかげにかくれ、身をかがませつづけて、人形の手や足をささえた黒子の存在に当った。

三人は心をあわせ、かの子という人形を操る訓練に血を吐く努力をつづけてきた。三人の息があわなければ、人形の動きは生きて来ない。

修行につぐ修行の地獄を経なければならない。滞欧時代にひきつづき、帰国後二年ほどの間は、この訓練の最後の仕上げの時であった。

一平という花形人形遣いと二人の黒子の、最も心をあわせた時期ともいえる。

かの子は仏教界の寵児《ちようじ》になり、ひきまわされている間も決して小説への執念を忘れてはいなかった。

しばしば太郎への手紙の中で、文芸週報や、ゴンクール、フェミナ賞の作品を送ってくるようにと依頼している。

小説も、忙しい時間の中から、書きつづけていた。

《……君の絵のコースを見付けることについての苦心実にもつともだと思ふ。しかし一つはチャンスとか運とかいふものがあつて思ひがけない方向から、向ふから引出して呉れるといふこともあるから、あせらずにしじゆう準備して置くのが肝心。

全く準備の無いものに運の来やうがない。だから怠らず力をつけて置く必要がある》（母の手紙）

という太郎への一平の手紙は、そっくりかの子へも一平がいいきかせていた言葉であった。手紙に、

「。をつけたのはオカアサン」

というかの子の添え書がついている。

《私ね。あんたの為に今までことわつてた仏教の雑誌に書くわ。あんたに教へる為と思つて、あんたに読ませる為に。

今までね、あんまり原理的なものはむづかしく読むまいと思つてたり、なまじつか新しく説いては邪道的でいやだと思つたり、まよつてゐたの。それにあんまりおまへを仏典ばかりにうづめても、とりちがへて、もし隠居みたいになつてもいけないと思つたからよ。

遠く居てこつちのれうけんわかんないで、あんまりへんなうらみかたするなヨ》（母の手紙）

太郎に、おまえのために書くなどというのは、かの子のセンチメンタルな自己弁解で、もちろん太郎はかの子の仏教説話などに心を動かされる筈もなかったし、かの子もそれは承知していた。かの子は仏教界での仕事を、小説に対するほど熱中できないまでも、決してなげやりにしていたのではなかった。何でもいいかげんのところでがまんできないかの子は、一たん引き受けた以

上は、とことんまで自分の全力をかたむけた。

大阪のBK放送局から仏教の連続講話をひきうけた時、一平は、たまたま朝日の全国中等学校野球大会スケッチのため甲子園球場に赴いたので同道した。

大阪の堂ビルホテルに投宿し、かの子はその夜からほとんど連日徹夜で翌日の放送原稿をまとめ、昼間は座談会や見物にひっぱりまわされるという多忙さだった。かの子はこの講話にわかりやすい言葉をつかい、放送の度に、結びに短歌をいくつか朗誦するというサービスまで工夫して聴取者のためにつくした。

《大阪の夏の夜も更けて、さすがに満都の甍《いらか》も露けく、ホテルの部屋は風通しもよかつた。けれども眠くて仕方がない。部屋のまん中の円卓で描いている私がふと、部屋の端の物書机でペンを執つてゐる女史を望むと、やはり疲れに堪へて書いてゐる様子はありありと見える。「この忙しい地獄の修業は生涯いつまで続くのだね」と声をかけると、女史はつい失笑してこちらを顧みたが「黙つて黙つて」と、また元通りに向き直り執筆を続けた。かくて女史は五日五夜の苦行を果した》(思ひ出の記)

という熱心さだった。

翌昭和八年は釈尊生誕二千五百年、弘法大師一千一百年祭の年に当り、仏教復興の機運はますますたかまった。各出版社は競って仏教関係の全集や叢書、辞典の刊行に力をそそぎ、かの子にも書き下し本の執筆の依頼が殺到してきた。

昭和九年十月、「綜合仏教聖典講話」(交蘭社)、「観音経(付法華経)」(大東出版社)を出したのを皮きりに、十一月には「仏教読本」(大東出版社)、「人生論」(建設社)とたてつづけに出版した。

《オレは今本屋からタノまれて『人生論』て百枚程のタンコー本になるのを書いてるよ。ジイ

ド全集の出た本屋だ。ジイドは小乗で小ウルサイネ。一寸よんだのだけど、ロオレンスは素的に芸術的だ》

《夏の終りから書きづめで、大変な生活だつたよ。……略……仏教界の大スターだよ。世間に注目されほめられもするが、タチの悪いのにヤジられたりゴシップで悪口タ、かれたりするよ。ともかく人気者になつちやつた》（母の手紙）

と太郎に書き送っているのを見ても、かの子は気がすすまないといいながら引きうけてしまった仏教界の仕事で、華やかな脚光を浴び、それはかの子の俗っぽい一面の虚栄心をくすぐって満更ではなかった様子が、行間に無邪気に不用意にあふれているのである。

どんな形にせよ、世間にみとめられるということで、かの子は長い間留守にしていた日本のジャーナリズムに対して、一つの地位を得た実感はあったし、それはやはり一種の安心感と自信をかの子にもたらしたようである。

「華やかにみえても、お金は入らない」

と、太郎に訴えているが、岡本家の経済は、前ほど楽ではなくなったことはたしかであった。

何といっても月々、太郎に送金するということが並々でない出費である。一平の稼ぎためた金は、四年間のヨーロッパの大名旅行の生活ですっかり費いはたしてきた形で、貯えなどはなかった。女中の一人が帰ったのを機会に、一人にして、家中で家事をうけもつという節約体制にきりかえたりした。

ヨーロッパへ行く前から、岡本家は外食好きだったけれど、かの子の発案で、できるだけ、家で食事をとるようにした。たまに、鰻をたべにゆくくらいを楽しみにきりかえた。何しろ外食といえば、一平、かの子に、恒松、新田と四人が揃っていくのだから大層になる。その上、かの子のたべるものは最低に安くてうまいものか、でなければ最高に高くてうまいものにかぎられていて、中途半端なものは一切いやだという主義だった。そうそう、安くてうまいものがあるわけはなく、結局、最高料理屋へ上ることになるから、その費用だけでも大変だった。

かの子はその楽しみまで我慢して、節約をはじめた。

「帰って以来、単衣一枚しかつくらない」

というほど衣類にも金をかけず、一平はじめ二人の男は、太郎の着物の仕立直しなど着せられた。

それでも、

《うちはお金はないけどそんなにみじめな暮らしをしてないから安心しなさいよ。私、家庭料理を非常に気をつけて女中にやらせるので、お父さんも私たちを連れ出して外で食べる例の癖なくなつたよ。お客もなるたけうちですますし、花もよく咲かせる。屋上は花の満開だよ。毎朝みんなで日光浴するの。夜はお夕食後お父さんは社へ仕事に、私は町に運動に出るの。……略……私、中篇書きあげたよ、それからラヂオ童話劇書いたよ。たつしやで、勉強家で家庭を幸福にしてパパを仕合せに勉強させてあげてるよ。トキドキオコルケドヂキナホルヨ、私このごろは……》（母の手紙）

と、心は豊かに暮し、同じ手紙の中で、

《おまへイタリア旅行したかあないかい。今のうち行つた方がよかないかい。ほんたうのところ、こつちもずゐぶん貧乏で、そのときそのときの暮らしはできてるけれど貯金なんかないんだよ。でも、私千円ばかり何かのときのたしに持つてゐるの。あんたが画風のきまりきつちまはない前にイタリアへ一度行くのが将来のためによいならそれやるよね》（母の手紙）

と、気前よくいっている。

　恒松は、この頃でも朝六時に起きて、女中をうながして、洗濯掃除、ご用聞きの世話までするし、新田は、おいしい洋食や日本料理、中華料理までつくる。

《ときどき寄つてはお前へ送るお金を数へる。誰も不服はない。せつかくたまつたお金をみんなさらつておまへに送る用意をしてもみんなにこにこ大喜びで「まづ今度も無事送金できる」といふ具合》（母の手紙）

とかの子が報じているように、もうこの頃では、恒松も新田も完全なうちのものになりきっていて、それぞれの収入も支出も一つにまとめられ、全くの共産生活が行われていた。

昭和九年十月末が、かの子の仏教活動のピークであり、そのフィナーレとして華やかな幕をあけたのが、十二月の東京劇場で、菊五郎一座に演じられたかの子作の「阿難と呪術師の娘」だった。かの子の喜びようはこの上もなく、二カ月ほど稽古からラクまで東劇に通いつめた。菊五郎がかの子のあまりの熱心さにいたずら気をおこし、

「申し訳ないが、あっしは今日ちっとばかし熱が出て出られないいんで」

とまことらしくからかい、かの子をがっかりさせるという寸劇まであった。菊五郎の釈尊、花柳宗家や高田せい子のふりつけで、かの子は、

《太郎が日本にゐたらなあと思ふ》

と、嬉しそうにパリへ報告している。この華やかな舞台のどん帳が上った時、いよいよかの子の生涯の最後の檜舞台への花道が、かの子の前にひらけてきたともいえるのである。少女の頃から、憧れつづけ、燃やしつづけた執念の小説界への花道が、ついに目くるめく脚光の中に白く一筋に浮び上ってきたのである。緋の大振袖をひるがえす人形が片脚かけた花道のかげに、人形遣いの三人の男が今こそ息を一つにして、鳴りひびく拍子木の音を待っていた。

第十八章　満　願

かの子から「阿難と呪術師の娘」の切符を二枚、ぜひ見に来てほしいという丁重な手紙と共に受取った吉屋信子は、門馬千代子と万障繰りあわせて観劇した。その日の印象を書いている。

《……わたくしの座席はかの子夫人のすぐ隣だった、その窮屈だったこと！

なぜなら、彼女はながい幕間にもけっして席を立たずじっと眼を必死の思いのごとく舞台の緞帳《どんちょう》に向けて身じろきもしないのである。桜の花をも生命《いのち》をかけて眺めるかの子は、わが手に成りし戯曲の舞台を全身全霊で凝視している、隣のわたくしはそれに引入れられて呼吸困難に陥るようにじっと息を詰めて観ていねばならぬ、咽喉が渇いてカラカラになってもお茶飲みにも廊下にも出られぬ……俳優学校卒業生と共にかの子作の釈尊に菊五郎校長自ら扮し、呪術師に尾上多賀之丞という豪華版だったにもかかわらず、仏法の真髄を喫し得ぬ凡下のわたくしにはその戯曲の内容がわかったようなわからぬような……》（逞しき童女）

小説を書くということに最終的な夢をかけつづけて来たかの子は、投書家時代からその才能を見つめて来た自分よりはるかに若年の吉屋信子をも、小説の世界に住む人間として羨望と憧れをもって見ていたし、小説界への足がかりとして、その友情を大切に思っていた。

ウチッ子と自認するかの子は、家の中では三人の男の上に君臨する女王のように、わがままいっぱいに暴君ぶりを発揮したし、太郎への手紙の中では、思う存分、ヤンチャな筆づかいになり、自信と自負を臆面なく披瀝することがあったが、実生活の上では、世間に対してこっけいなくらい臆病だった。それは同時に被害妄想にまで達していた。そのくせ、小説を書きたいという熱望のあまり、文壇や、女流作家の仲間づきあいには無関心でいることが出来なかった。

その著書の「人生論」や「仏教読本」や、随筆の中では、融通無碍《むげ》の生き方を説きながら、こと、文壇に関するかぎり、かの子の態度は極端に小心で、卑屈でさえあった。

吉屋信子に頼んで、林芙美子を自宅に招いたりしたのも、その心のあらわれではなかっただろうか。

かの子より十四歳も年下の林芙美子は、かの子とは対照的な、貧窮の中に育ち、文字通り泥にまみれて女一人、逞しく、自力で生きぬいて来ていた。かの子が渡欧した昭和五年には「放浪記」が改造社の「新鋭文学叢書」の一冊として刊行され、一、二年間に三十万部を売るというベストセラー作家になっていた。時に芙美子は二十六歳だった。

かの子の渡欧に先だち昭和五年七月から二カ月、「放浪記」の印税で単身、大陸旅行をしており、昭和六年秋にはやはり「放浪記」の印税で、シベリヤ経由でパリに行っている。かの子と同時期、ヨーロッパにいたことになるが、かの子の大名旅行にくらべ、旅先でも、家族のため原稿を書き、栄養失調と過労のため夜盲症になるという耐乏生活だった。その旅行記も自ら「三等旅行記」と名づけて出版している。一年にたりない滞在で、かの子より少し早く同じ昭和七年、帰国していた。

帰国以後も、短篇集や旅行記、詩集などを続々刊行していたし、『改造』を舞台に活潑な創作活動をつづけ、昭和九年には『朝日新聞』夕刊に「泣虫小僧」を連載するなど、すでに押しも押されもしない流行女流作家としての地位を確立していた。

そういう芙美子の文学を、かの子がどう認めていたかは疑問だけれど、芙美子の文壇的地位と名声には、羨望の念を禁じ得なかったことは想像出来る。この年下の友に、かの子は小説上の先輩としての謙遜な態度で親交を結びたかったのだろうし、小説を書く上での友人づきあいがほしかったのだろう。ただし、世間のどん底で、世間の辛酸をなめつくした、好い意味でも悪い意味でも苦労人の芙美子が、子供のお化けのような大人のかの子を見て、どういう感じを抱いたかも充分想像出来るというものである。

二人の橋渡しを頼まれた吉屋信子の記録によれば、その日、かの子は、酒が好きだと聞いている芙美子のために一升びんを用意していた。それを岡本家の洋風の食堂のテーブルの上に、でんと立ててあった。そばに瀬戸の小火鉢に火がおこしてあり、その上に青い琺瑯引《ほうろうびき》の薬罐がのっている。

かの子は誰にも手伝わせず、あぶなっかしい手つきで酒を銚子につぎ、薬罐にどんどんいれる。せいいっぱいのサービスだが、傍観している吉屋信子の目には、そのすべてが不調和でちぐはぐでこっけいに映る。芙美子は勿論、岡本家の生活様式や、かの子の態度を、冷たい皮肉な目で始終観察していた筈だった。

話題は、かの子が、女流歌人の仲間の悪口をいうことにつき、いつも、かの子から、最高の芸術についての情熱を神がかり的に聞かされていた吉屋信子には、意外で、不思議な感ばかりであった。そんな卑俗な、埃っぽい噂話や、みみっちい悪口などは、かの子には全くふさわしくなかった。或いはかの子は、芙美子の人柄の前に、迎合しようとして無意識にそんな話題を選んだのか。後に円地文子も、かの子が口汚く、執念深く、人の悪口をいうのを聞いたと書き残しているところをみると、かの子の、被害者意識は時々、そういう形で、反動的に曲折して外へ出るのかもしれない。

せっかくかの子の心をこめた招待も、思うほどの成功をおさめず、芙美子の方では、かの子を歯牙にもかけなかったことはその後、また、この三人の女流が、たまたま同席した時の挿話にあらわされている。

《ある日、婦人雑誌の各界の女人を集めた座談会の帰り、かの子、芙美子とわたくし三人が同じ車で帰る途中雨となった、かの子が先に降りる高樹町の家へ入る角の路に岡本家の老婢が傘を持って立っていた、汽車や電車の駅ならともかく自動車で帰る奥さまをこうして待ち受けるのは相当ながく立ち尽さねばならぬのにとわたくしが感心すると、かの子は二つの黒眸に熱を含んでわたくしを睨むごとく見つめ、

「愛があるからよ、あのひと（老婢）はわたくしを愛しているのよ！」

荘重な口調で告げて車を降りてゆかれた。

そのあとで林さんはいきなりわたくしの肩をポンと叩いて「愛があるからよ、わたくしを愛しているのよ」と口真似をしておよそおかしくて面白くてたまらぬように小さい身体をゆすって高い笑い声をあげ「あのひとはなんていつまでお嬢チャンなんですか！」とまた笑った。幼少から険しい苦難辛苦の生を経てわが道を開いた林さんには、そのゆたかな詩情をもってしてもそれは理解の外にあったのも無理がない》（逞しき童女）

かの子は同性の友はほとんどなかったけれど、この頃すでに『文學界』の同人たちとの交際は始まっていた。

すなわち、昭和八年十月に宇野浩二、広津和郎、豊島與志雄、川端康成、深田久彌、小林秀雄、林房雄、武田麟太郎等八人で『文學界』が創刊された。最初、林、武田が語らい、川端、小林に話がすすめられ、

「発刊の計画は、とんとん拍子に揃つた。同人も忽ち志を同じゆうして集つた」

という川端康成の「編集後記」がつく運びになった。年齢も、大正時代から活躍の高齢者宇野、広津、豊島から、川端、小林、深田など『文學』以来の芸術派から、林、武田のようなプロレタリア陣営からの転向組までまじえ、呉越同舟と世間でかげ口されるような集まりであったが、

『文學界』の出現がさきがけとなって「文芸復興」のきざしが見えはじめた画期的な発刊だった。

この計画がすすめられた時、先ず資金がなくて立往生しかけた。その時、大正十一年頃から岡本家に出入していた川端康成から、その話を聞いた一平、かの子は広告代として、毎月、一定額を寄附したいと申しいれた。

それは同人会の席上で、毎月一篇、最優秀の作品に奨励賞としてあてた方がいいという意見が出、かの子もその話に納得した。

そのため、かの子は『文學界』同人と親しくなり、後には『文學界』の会合は、岡本家で行われるようになって、かの子は彼等のために洋間を畳敷に改造するほどの熱のいれようだった。

かの子の寄附は匿名で出されたので、世間でも誰もかの子の没後までその金の出資者を知らなかった。かの子が、自分の出した金で自分の賞金をもらったという「お手盛り」のおかしさを軽蔑した噂が、かの子没後に流されたが、これは、かの子の『文學界』にのった作品「鶴は病みき」が、この賞をもらったことに対する世間の非難であった。

ただし、もしかの子が、世評の勘ぐるような卑しい感情で『文學界』並びにその優秀な同人たちに近づいたとしたら、格別、神経の鋭敏な彼等は、たちまちかの子の劣情を見破ってしまい、相手にしなかった筈である。

かの子は晶川や潤一郎の『新思潮』時代の俤《おもかげ》や情熱を彼等の上に思いおこしたのであり、なつかしさと、永遠に消えない小説への夢から、こういう処置に出たのだと思う。

川端康成の人と文学については、一平もかの子も無条件で尊敬しており、かげでの会話にも、一度としてけなしたことはなく、

「あれは本物ですよ。あの芸術の純粋さには全くかなわないわねえ」

と話しあっていたと、新田が証明している。

かの子は、その頃書きためていた小説の草稿を謙虚な態度で川端康成に見せ、その批評を請《こ》いはじめていた。

『文學界』同人は、かの子が毎月寄附金を出しているというような実利的な面からではなく、かの子の純粋さと、一平をはじめ岡本一家の芸術に対する盲目的ともいうべき殉じ方やその情熱に、美しさと快さを認めたからこそ、岡本家を会合の場所にするほどうちとけたのではないだろうか。

一平は、若い川端康成に向かって、

「かの子がお世話になります」

といって衿を正し、真心を顔にあらわし、叩頭するようなことも度々あった。

一平は、およそ、かの子の小説のためなら、どんな人にも頭を下げ、真剣に頼みこんだのだった。

後にやはり『文學界』の同人になった阿部知二も、当時、一平に狙われた一人で、しきりにかの子の小説の指導をしてほしいと頼みこまれた。

月に一回か二回、阿部知二は一平から招かれて、高級料理店で、さんざん御馳走になる。もちろん、目的はかの子の小説指導で、頃あいをみはからって、いつのまにか一平は座敷から消える。

かの子は知二にむかって、滔々《とうとう》と文学の理想をのべ、小説への夢を語りきかせる。

「ガルスワシーとかバーナード・ショーとか、いろいろ、難しい博学な話をひとりでやっきにして、こっちは退屈でちっとも面白くない。ところがかの子は夢中で、三時間でも四時間でもしゃべりつづけるんですからね、その上、帰りにはごっそり生原稿をもって帰らされる。その原稿がまた観念的で、言葉の濫費ばかり目だって、ちっとも面白くもよくもない。全くぼくは当時、岡本かの子があれだけの作家になるなんて夢にも思っていませんでしたね」

と、阿部知二は往時を思い出している。

ある日、あんまりつまらないので、丁度町で逢った奥野信太郎を誘ったところ、たべ放題のみ放題という知二の言葉に釣られ、奥野信太郎も同道した。

かの子は、新顔がいようがいまいが、そんなことに頓着する性ではない。例によって、会談の間中、ひとりで文学論をふりまわしていた。

ようやく、かの子から解放されて外に出たとたん、奥野信太郎は、

「ああ早く、どこかののみやへいって、目に一丁字もない教養のない女と安酒がのみたいね」

といった。二人は逃げるように、安酒場へとびこんでいった。

その頃のかの子の小説は、どこの出版社に持ちこんでも、丁重にことわられるだけであった。もしこの時、一平の不断の励ましがなかったならば、如何に自信とうぬぼれの強いかの子といえども、あれほどねばり通すことが出来ただろうか。

もちろん、こうして世話になる人々には、一平は十二分の御礼をすることをわすれなかった。

阿部知二は、ある日、

「坊ちゃんにセーラー服をつくってあげてちょうだい」

とかの子から、クリーム色の麻布をもらった。

「これはオランダの麻ですよ。上等なんですから、それにとても丈夫ですよ」

かの子は得意そうにその麻の質のよさを強調した。知二は喜んでそれをもらって帰り、早速子供のセーラー服をつくらせた。しかし、その服は一回洗うと、めちゃめちゃにちぎれてしまった。知二はかの子が決して、自分をだましたのではなく、その純真さ、信じやすさを利用され、外国商人のたちの悪いのに、まんまとだまされて買って来たのだと想像し、かえって、かの子の純粋さにうたれたような気がした。

この頃、また、谷崎潤一郎にも小説を送って、教えを乞うている。潤一郎は、

「(小説と)一緒に反物が一反来たんですよ、それからぼくは腹が立ってね、送り返したんですよ」

と座談会でいっている。江戸っ子の潤一郎は、反物を送りつけたという行為を、野暮な失礼なしわざと、感情を害したのである。

こういう気のつかい方は、本来、かの子のするものではなく、苦労人の一平が、かの子を世に送りだすため、若い川端康成の前にも叩頭したような気持で、すべて真心から取りはからったことにすぎない。けれども往々にして、それは「やりすぎ」の感じを人に与え、かえって、かの子のためにはならないことも多かった。

たとえば、この頃から、かの子は新聞の随筆の原稿料など、受けとるとすぐ、その正味半分を、かかりの編集者に送りかえす。

「どうかお茶でもおのみ下さい。他のどなたかと御一緒につかって下すっても結構です」

というような手紙がついている。都新聞の記者をしていて、かの子に原稿を頼んだことのある井上友一郎は、

「そうされると、かえって気になって、そのわずかの金がほしいのかと思われそうで、原稿依頼がし難くなりましたよ、こっちは本当にかの子さんの原稿がほしい時でも、二の足をふむんですね」

と、当時を回想している。

とかく、そうした誤解を受けがちの中で、『文學界』同人たちだけが、終始、かの子の理解者だったのは、かの子にとって実に幸福なことだった。

かの子の小説はこうして、なかなか思うように認められないままに、外遊中の見聞をまとめて随筆集にする仕事もしていた。

すでに第一随筆集「かの子抄」は出版したが、その中には盛りきれなかった外国の思い出を少しずつまとめはじめていた。ラジオドラマや童話なども、頼まれると喜んで書いていた。それらはすべて、小説が認められないうさ晴しのようなもので、かの子は一日として小説を忘れたことはなかった。

「小説は私の初恋だ。恋に打算はない」

というかの子は、全く、こと小説に関しては小娘のように初心で小心でおどおどしていた。

このころ、新田は、ロンドンでうつってきた結核に腎臓が冒され、病床についた。かの子も一平も親身な看病をし、充分養生させた。

かの子は寝ている新田の退屈しのぎにと、ラジオを枕元に置き、株をやるようにすすめた。頭を遊ばせておくのはもったいないというのがかの子の意見だった。

おかげで新田は終日、株式放送に注意したため、寝ながら、株の世界のことがわかり、少しずつ、買いはじめた。それは気味の悪いくらい当ってもうける一方だった。するとかの子は、

「株の守り本尊は浅草の聖天様ですからね。もうけの一割は必ず聖天様に寄附しなければいけません」

と真顔でいう。新田を聖天様が守っているのだというのである。また、聖天様というのは、もともと、色欲の強い仏だからエロティックなものが好きなのだといい、女性の脚のような二また大根をそなえるのが一番功徳になると説いた。そして、株でもうかる度、東京中の八百屋に人を走らせ、あるだけの二また大根を買いあつめ浅草の聖天様に献納した。

新田は、軀がよくなり、起き上れるようになっても、やはり株をつづけ、その当時の岡本家の家計を助けたし、金が入る度、家中で銀座へくりだし豪勢に食べ歩いた。

大暴落の一瞬前、新田は持ち株を全部整理しており、損害を一切うけなかった。かの子はそれ

も聖天様の御利益だと、本気のような顔でいっていた。

躯がよくなると、新田はまたかの子のために、小説の下準備をしなければならなかった。かの子は、一つの事柄を新田や恒松にしらべさせると、その報告書をうけとり、必ず文章に文句をつける。

「こんなありきたりの手垢のついた文章で物を書いちゃだめじゃないの、自分で考えた、自分のことばで、自分だけの表現をするようにしなければ——これを明日の朝までに書き直しなさい」

もともと、いくら頭はよくても医科系の新田は、調べは正確だが、文章は大の苦手だった。書くことさえきらいなのに、それを独特の表現をせよと強いられるのが死ぬほど辛い。それでもかの子は自分の思うようにならないと、泣き叫んでヒステリーをおこすので仕方がなかった。

新田は、夜も眠らされず、その報告書の書き直しに没頭する。苦しさの余り、頭を壁にうちつけたり、水をかぶったり、さんざん苦心して、どうにか朝までに書き直す。それでも気にいらない時は、かの子は情容赦もなく、再び書き直しを命じる。そんなことで二日も三日も徹夜することなどはざらであった。

こうした生活の中でも、太郎を思いだす時、かの子は世の常の母なみに、子供恋しさの情にうちひしがれる夜もあった。

《太郎に、ぢかに逢ひ度くつてもう手紙なんか書くのうんざりだ。ぢかに逢ひ度いんだよ。太郎を想ふこころがのりうつるんだらうか、お前に似た青年や、年頃の男の人にこの頃親愛を感じて仕方がない。

多摩川の父、即ちお前のオヂイサンがなくなられたんだよ。平凡な人だつたが、インテリ気《き》質《しつ》のかなり敏感な精神をもつて居た。なくなつて見ると愛惜される方だつた。しかし教養がたうてい現代でないから教養的には話も合はぬ、たゞ人間的にやつぱり好い処があつた。若い魂と上品な起居、昔のモダンボーイで可哀いところのある方だつた。若いうちは大家の好男子の若旦那で、声も好い方だつた。

私は、今頃、恋を感じて仕方がない。前に自分の書いた蓮月尼の芝居なんか見ると、いやにさとりすました女性が小憎らしくつて仕方がない。けど間違ひなんか重々ひき起さないさ。だつて私のまはりには人間的にすばらしい愛が満ち〳〵てるもの。ただ胸をいためて、一人で泣いてるくらゐさ。かりに恋をするとしてもいとも大丈夫な恋をするさ。（目下何らの実現はなし）

純文芸の小説なんかどん〳〵書けば恋はひとりでにそのなかに滲透するさ。

お前のこの間呉れた手紙すばらしいよ。私は芸術家だから芸術の神にぬかづけば好いんだよ。だが大乗仏教はそれさへ認めて呉れるんだよ。芸術に奉仕する時は、仏が芸術の神になつて呉れるのだよ。この点ジイドのひねくつてゐるカソリックの神なんかとすつかりちがふんだよ大乗仏教は。

一月二十三日（昭和九年）　かの子

太郎へ》（母の手紙）

パリの太郎は、一人で異国に暮すうちに、たちまち、めざましい精神的成長をとげたらしく、時々送ってくる母への手紙は、かの子をびっくりさせたり怖がらせたりするほど、溌剌とした生気と明快な理論につらぬかれていた。そして、だれよりも、時には一平よりも正確に、かの子の本質を見抜いているのに呆然とさせられた。

《今お母さんの手紙を受け取りました。お母さんが自分の書いたものの世評に（たとへば先々月の××に載つたやうな）超然としてゐると聞いて、すつかり安心しました。自分の中にある汗、垢、膿などを喜んで恥とせずに出して行くことができれば万々です。ぼくの書いた意味は、それによつて受ける反動が、お母さんを苦しめて、ますます苦境におとしいれることを心配したので、今となつて超然とした、はつきりした態度を持つてゐるお母さんなら心配しません。ぼくはパリでお母さんといつしよにゐたときも「世評にくよくよするお母さんがいちばんいやだ、ケチくさくつて、女くさくつて」とよくいひましたね。しかし、その汗や垢があまりくだらないうちは到達だとはいへませんよ。

とにかく、さういふ心境に立つたといふことは祝福すべきことです。でも、ほんたうにさうなれましたか？　すべての自己満足を殺さねばなりません。まだまだお母さんは弱い。うちの者の愛に頼りすぎるといふことは自己満足です。お父さんがお母さんに対する愛は大きいですが、お父さんの茫漠性がかなりお母さんに害を与へてゐると思ひます。お父さんの茫漠性は長所であり短所であると思ひます。本当に今しまつてもらはなければ困ります。

小児性も生れつきでせうが、やめにしてください。自分の持つてゐる幼稚なものを許してながめてゐることは、デカダンです。自分の持つてゐないものこそ、務めて摂取すべきです。一度自分のものとなつたら、そこから出る不純物、垢は常に排泄するのです》(息子の手紙二)

《……ですからあんな作品を書かないでください。ぼくがお母さんを攻撃するのは、じつに悪い半面をたたきつぶすのがぼくの愛された子としてのつとめだと思つてゐるからです。(お母さん、あんたはじつによい半面を持つてゐます。第一義的からいつたらよいも悪いもないけれど、ぼくの知るきびしい人生や芸術に当てはめて見てですよ)

いくらぼくがいつても、わかつてくれなかつたら、お母さんは自分の子のいふことさへ耳にはいらないといふことになるのです》(息子の手紙三)

《……ぼくはいはゆる宗教と称せられるものと純粋な芸術との間に大きな溝があると思ふのです。芸術家にとつては芸術しかなく、それは道徳でもなく非道徳でもないのです。これからの芸術家は芸術を信ずればよいので、神仏を信ずるのではないと思ひます。芸術家は宗教より、より科学的である唯物論をも信じきることができません。芸術家が、自分の目の前に信心の対象より、もつと優れた芸術の姿が見えないのは、意気地のない貧乏な芸術家としか思へません。崇高な芸術家の姿が見えたらすぐそれが神であり仏であるなどと俗な宗教家のいふやうな理屈をいひだしたらぼくは逃げ出しちやひます。

そこからまた宗教にこだはりだすからです。

信心を通して芸術を見たり唯物論等から果して芸術が生まれるでせうか。……芸術家はあくまで革命的でなければならない。創造的でなければならない。……芸術家は芸術のみを信ずればよいのです。芸術量の少ないものが信心や唯物論に行けばよいのです。お母さん。あなたはそんな芸術家でゐながら何をくよくよ迷つてゐるのです。……芸術は宗教も道徳も越えたところの、切実な現実を現はすのです。……

この手紙を書いてしまつてから、我ながら驚いたのです。なぜならお母さんはほんたうのところ以上のことを解してゐるはずだからです。お母さんの真底にある天地間の闊達無碍な超越的思想からすれば、今さらぼくが以上のやうな手紙を書かなくてもいいわけなのです。こんな煩雑なことを誰がさせるのですか。お母さん、やつぱり、あなたがさせるのです。お母さんはあんなりつぱな思想を研究し了解し得る素質を持つてゐるくせに、お母さんの個人にそれに添はない幼稚ないたらないところが残つてゐるのです。で、ともすれば子のぼくにさへ、ただの信心家だなどとお母さんを思はせ、こんな手紙を書かせるのです。お母さんの一方はあまりに偉すぎます。一方はあまりに偉くなさすぎます。あいにくなことに、偉くないはうがお母さん自身にも他にも多く働きかけるのです。両方がよく調和したときがお母さんのほんたうの完成を見るときなのです》（息子の手紙四）

こういう太郎の手紙を見ると、かの子は、

《このごろは気がゆるんでしまつて、太郎にかへつて来てもらはうかと思ひ出してしまつたの。よそへ行けば仲のよい親子を見るし、うちで何かしてゐても、もう世間態や名誉心はあんまりなくなり、内面的に楽しく暮らしたいのは、ときどき喧嘩してもいつしよに芸術をたのしんだりいつしよに貧乏したりするはうがいいものね。一生懸命働いて何がたのしみに暮してるんだかわからなくなつたよ。

このまま五年も一〇年も別れてりや君は三〇歳にもなつてよその人みたいになるしナア。日吉台へうちたて君あすこに住んで、どうだね。おヨメナンカもらはなくてもよいよ。無理にそんなことといはないよ。日本に住むだけで結構さ。君どう？ けふはこれでおしまひ》

などという心のくじけた甘えた手紙を書くかと思うと、

《久しぶりで手紙をもらつてうれしくよみました。かつ、有がたく言々を読んだ。

お前のいうこと、殊に私の心象作物に対して云ふこと、みなもつともだ。

しかし、普通のもつとも以上に私のもつともがこの頃私に存在して居るのだ。お前のもつともはうなづき乍ら私のもつともはそれ以上に超然として居るのだ。

私は幸福だと思ふ。私に仏智の働くこと頓に加はつたとでも云はうか。私は何物をも肯定する。何物も恐れぬ。私のプチブル趣味さへも恐れぬ。それが実在で私にあり、私の対象の一人にでも迎へられる以上。そしてもしそれが真に私の近親お前に嫌はれ、嫌はれることによつて私がまたそれを嫌ひ、それより脱し得られる時機が来るものなら来るであらうし——私の著書などゝいふものは私の体臭、あるひは汗のやうなものだ。心身の体内、汚臭、香気、みな出でつくせよといふ気もちで書き、それをそのまゝまとめたものだ。ふり返つて見やうともしない。見てひはんして居るときかへつて自己マンネリズムにおちいる。楽しく公平に人間、或は世間

を見て行く、そして自分の情感思想をとり扱つて生きて行く。その余は何をかたくらみ希求しやう》（母の手紙）

と、りりしい返事を書き送ることもあった。

自分の身近にいる三人の男性の献身的な協力の外に、思いがけず、パリの太郎までが、いつのまにか、かの子の芸術のために一役買ってくれていた。

かの子はすでにこの頃から長篇にも手をつけていた。けれども阿部知二が言ったように、どの作品も意あまってことばたらずという調子で、理想は高いのだけれど眼高手低の、どうにもならないものだった。その上衒学《げんがく》的な用語がやたらにつかわれていて、とうてい、文壇に通用する小説ではなかった。

川端康成は、かの子から次々原稿を読まされながら、そんなかの子を励ましつづけた。「ある時代の青年作家」「かの女の朝」などの小説を、好意をもっては読んだが習作の域を出ていないことを指摘した。

「ある時代の青年作家」は、亡き晶川や、谷崎潤一郎の青春時代の姿を、かの子の目を通してスケッチ風に描いたもので、「かの女の朝」は、太郎の手紙を中心に、かの子の身辺を描いたものである。「かの女の朝」は後に名作「母子叙情」のパン種となったものである。もちろん、「母子叙情」に遠く及ばない。

康成にすすめられ、かの子は今度は歴史小説のような「上田秋成の晩年」という作品を書いた。考証好きのかの子が徹底的に調べあげた材料を駆使して、敬愛している上田秋成の生涯の孤独を描いたもので、力作だったが、どこか生硬で、ぎごちなさがのこっていた。

それでも康成は、これをはじめて『文學界』八月号に掲載した。世評は全く問題にしなかった。つづいて『三田文學』に「荘子」を発表したが、これも老荘の哲理を敷衍《ふえん》して書いたもので、文学的には未熟で、黙殺された。

この後も、一平は、かの子の作品を、あらゆる文芸雑誌にもちこませたが、どこでも相手にされなかった。『改造』も『中央公論』も当時、かの子の小説には全く冷淡だった。

世間では、歌人として、仏教研究家として一流の女流とみとめられ、また一平の妻として何不自由ない地位にありながら、この時くらい、かの子の心が焦りと不安と絶望で、暗くとざされていた時はなかったのではないだろうか。心の底では、自分の才能に疑いない自信をもちながら、現実のうちつづくジャーナリズムの冷淡さに、「わたし、本当に小説家になれるでしょうか」など、『文學界』の若い同人に、真剣にたずねたりしたのもその頃のことであった。

かの子の小説がなかなかジャーナリズムにとりあげられなかったのは、一つは作品の未熟さにもよるが、あまりに他の分野で有名なかの子の小説としては、よほどの値打のあるものでなければ、うかつに出せないという編集者の気持も大いに作用していた。

それと同時に、かの子の真剣な、血の滲むような創作態度は誰も知らないし、かの子の文学少女がそのままふくらんだような、一途で純一な小説への執念というものは世間では想像外だったので、裕福な有名人の、余技くらいにしか思われていなかったマイナス面も強く作用していた。

昭和十一年三月、小説では一向成果が上らないままに、外遊中の見聞をまとめた紀行文「世界に摘む花」が、実業之日本社から出版された。これは、九年に出した「かの子抄」にくらべると、はるかに豊かな文学的香気でいろどられていて、かの子がこの一、二年、いかに苦しみ、物を書く努力をしたかが、うかがわれる。この中には旅行者として、単に風物や社会事情を書き記したものもあると同時に、かの子の「小説への試み」がいたるところにちりばめられている。

パリの街娼の描写なども、スケッチ風のものより、コント風にまとめた方がいきいきとしたリアリティにとんでいるし、ロマンティシズムにみちた、散文詩のような小品も数篇、こころみられていた。

かの子はどの本にも大げさな、気どった序文を書く癖があったが、この本にも「はしがき」として、

《この集は、私の昭和四年から七年までの欧米遊学期間中の記念作品である。

世界を、時に開閉する花弁《はなびら》に譬へるなら、昭和六年、すなはち一九三一年、英国が金再禁止をしたのを契機に、経済界の恐慌、関税の障壁等、世界の花弁は、つぼむ方に向つた。

私が外遊してゐたのは、この契機を中間に挟む歳月の間であつた。従つて、世界の花が咲き漫れる絶頂も、世界の花がつぼみ出すあわたゞしさも共に見たわけである。

その形勢の中を歩いては、見聞また自づから世相の方向にも触れざるを得なかつた。この点、時代は私の一部をして報道記者たらしめたと言へよう。

だが、

始めは芳草に随つて去り

また、落花を逐ふて回《かへ》る

もとより詩文を生命とする私には、世界を廻る間も、この観点は自ら保たれてゐた。

この書の物語的紀行文集といふ肩書の謂は、従来の平面的紀行文の範を出でゝ、いさゝか立体的なものとして書き度かつたので、篇中この形式のものを多くしたためである》

と、いわでもの解説を加えている。すなわち、かの子自身、この紀行文の小説的匂いの強いのを充分計算にいれていたということがわかる。

このあと、大正十二年の震災当時、鎌倉でいっしょになった芥川龍之介をモデルにした「鶴は病みき」という小説を書きあげた。この作品は、龍之介に対するかの子の愛憎の陰影がきつかっただけに、情熱がこもり、はりのある好短篇になった。かの子も内心期するところがあったので、

『中央公論』にもちこんだ。当時の編集長だった佐藤観次郎は、編集部の藤田圭雄に読ませ、まあ、のせてもよいというところまでになった。ところが、かの子は、その間が待ちきれず、谷崎潤一郎に直接事情を訴えた。そのため、潤一郎から話があり、原稿は『中央公論』から潤一郎の手にわたった。潤一郎は「こんなものは仕方がない」と片づけてしまった。そのため、かえって、収拾がつかなくなり、原稿はかえされてきた。

川端康成は、この原稿を『文學界』六月号に拾いあげた。当時のことを川端康成は、

「材料が材料なので菊池さんがどういうかとても心配だったけれど、菊池さんはさすがですね。芥川の一面がよく書けている。いいだろうといってくれて、ほっとしました」

と述懐している。康成は更に、これに心のこもった懇切な作者紹介の推薦文を添えて飾った。

《岡本さんが小説では新人のつもりで勉強してゐられることだけは言つておきたい。また、この「鶴は病みき」については、モデルに対する深い愛情で書かれたものであることだけは言つて置きたい。岡本さんは初めこの小説の発表を幾分躊躇されたやうであつた。芥川氏がモデルであることが明かだからであらう。そして作者の心が誤解されることを憂へてだらう。しかし、作者を離れ、モデルを離れて、これは一個の立派な作品であらう》

この一作で、かの子ははじめて憧れの文学の殿堂の階《きざはし》に足をかけることができた。

第十九章　黄金の椅子

《この女流作家は作をしてゐる当面のことを訊かれるのをトテも嫌ふのである。ある時期に度々眼を泣き腫《はら》して食堂へ出て来た。どうしたのだと訊くと、訊いてくれるなといふ。その後、

文學界賞を貰つたのだといふので、やがて、かの女の作「鶴は病みき」といふのを見て判つた。モデルの主人公を書き乍ら泣いてゐたんだ。当つた、と恥しさうにいつた。この女流作家は太いのや細いのやペンを幾通りも、机掛も幾通りも色の変つたのを持ち、書く内容の気分で更《か》へる。美人を書く時はまづ自分がちやんとお化粧する》

という一平の文章があるが、これは、田村俊子の「女作者」に明らかに似せた文章で、内容も似ている。大いに読者を意識して、かの子の女作者ぶりを魅力的に宣伝しようとする意識が見えすいていて、かえって真実味の少ない文章である。第一、かの子は仕事については必ず、一平や協力者たちに逐一話し、話しながら考えたのであって、とても、最初の二、三行のようなことはあり得ない筈であった。けれども、モデルのために書きながら泣いたというのはいかにもかの子らしい書き方で、美人を書くためお化粧したり、ペンの太さや、机掛けを、題材によってかえるといった文学少女めいた甘さとは別の次元の涙であると思う。

かの子のような作家は、書きながら泣いたり、書きながら痛がったり、書きながら陶酔におちいったりして、憑かれたように書くタイプである。

冷静に、題材をつっぱなして高みからあるいは遠くから眺めながら、科学者のようにメスを振うということは出来難い資質である。したがって出来上った作品は、どこかに無駄があったり、過剰であったり、飛躍しすぎたり、読者をひっかきまわすような混乱があって、行間から、活字であらわしきれない作者の情熱がふきこぼれ、それが読者を気づかぬまに、強く激しく捕え撃つのではないだろうか。

「鶴は病みき」も全体として決してすっきりとしたものではなく、妙にねちっこくて、文章もくどく、描写も素人っぽいたどたどしさがある。それでいて、『文學界』が「賞」を出して恥かしくないだけの充実した熱っぽさが行間から滲み出て来て、読者を撃つのである。

ちなみに当時の『文學界』は、この小説を発表した六月号に先だって一月に改組して、横光利一、川端康成、小林秀雄、深田久彌、林房雄、藤沢桓夫、武田麟太郎、河上徹太郎、舟橋聖一、阿部知二、村山知義、森山啓、島木健作らが参加していた。当時の『文學界』とは、

《文學界はかの子さんがだしてくれたやうなものである。同人会にかの子さんの家をかりた事もあつた。その為にかの子さんは洋間を畳の間に改造した》（追悼文）

と川端康成がいっていたような関係であった。

この作品の反響は大きく、賛否両論で、非難する側の風当りもかの子の予想以上だった。特に最後の結びの文章に、その攻撃が集中していた。

《その年七月、麻川氏は自殺した。葉子は世人と一緒に驚愕した。世人は氏の自殺に対して、病苦、家庭苦、芸術苦、恋愛苦或ひはもつと漠然と透徹した氏の人生観、一つ一つ別の理由をあて嵌《は》めた。葉子もまた……だが、葉子には或ひはその全てが氏の自殺の原因であるやうにも思へた。

その後世間が氏の自殺に対する驚愕から遠ざかつて行つても葉子の氏に対する関心は時を経てますます深くなるばかりである。とりわけ氏と最後に逢つた早春白梅の咲く頃ともなれば……そしてまた年毎に七八月の鎌倉を想ひ追懐の念を増すばかりである。

また画家K氏のT誌に寄せた文章に依れば、麻川氏はその晩年の日記に葉子を氏の知れる婦人のなかの誰より懐しく聡明なる者としてさへ書いて居る。それが葉子の思ひを一層切実にさせるといふのは葉子は熱海への汽車中、氏に約した会見を果さなかつた、氏と約した通り氏に遇ひ氏が仮りにも知れる婦人の中より選び信じ懐かしんで呉れた自分が、鎌倉時代よりもずつと明るく寛闊に健康になつた心象の幾分かを氏に投じ得たなら、あるひは生前の氏の運命の左右に幾分か役立ち、あるひは氏の生死の時期や方向にも何等かの異動や変化が無かつたかも期

し難いと氏の死後八九年経た今でもなほ深く悔ゐ惜しみ嘆くからである。これを葉子といふ一女性の徒《いたづ》らなる感傷の言葉とのみ読む人々よ、あながちに笑ひ去り給ふな》(鶴は病みき)

このくだりを嫌味と感じ、鼻持ちならないうぬぼれととり、冷笑し嘲笑された。村松梢風も後に、

《滑稽なくらゐ不遜な言葉で「仏教哲学などで済度される芥川ではない」》(近代作家伝)

ときめつけている。

かの子自身はこの作品に対して「自作案内」に、

《これは私の出世作といはれてゐる。モデルである故文人を愛惜する余り書いた。前にも一寸云つたやうに、篇末の方に、もし私があの人の自殺前に遇つてゐたら……といふ件は余り自負をみせたやうに人にとられるかもしれないが、私は今云へば、あれは単に私が遇つてゐればではなくて、あの人に「仏教哲学を話さして頂いてゐたならば」の意味であるのを遠慮深くあのやうにかいてしまつた》(『文藝』昭和十三年四月号)

と弁解している。

いずれにしても、漸く純文芸雑誌にのせてもらった作品に対する世評に、かの子は神経質になり、岩崎呉夫の「芸術餓鬼」によれば、かの子が当時、誰彼となく「私、小説家になれるでしょうか」と訊き歩き、武田麟太郎は同じ質問を受け、

「腹蔵ないところを云つてくれと真剣に問はれて困つたことがある、私としては、もつと人が悪く、世間ずれしてゐなければ小説なぞ書いて行くのは無理ぢやないかと考へてゐた」

といったという話を伝えている。

《タロサン　ボク　あんまり手紙書かなくなつたろ、ひまもだん〳〵ナクなるんだけどボクはだん〳〵タロサンをタクサン愛し出したんぢやないかな……略……

考へてみればタローはもうおやぢさんみたいな大人だろ。大人に手紙かくのはちよつとハヅカシーイな。親子テンドーといふ形さ。

ボクはこの頃新進作家。あのね、文学賞をもらつたよ。文壇にセンセーションを起した一作をものしたさ。だけど太郎、ボクは新進作家のうちから大家の風格をもつてる作品を書くタチだよ。ママがこんな自慢して来ると横光氏に話してごらん》（母の手紙）

《太郎。私たちはほんたうにお前に手紙を書かないね。書かないでも好いやうな気持になれてこの地上にたつた一人離れてゐる最愛の者が在ることを静に思つてゐられるやうになつたにもよるのだね。だが、も一つ原因がある。私が最後の目的である純文芸小説に熱中し出したからでもあります。お前は喜んでくれるだらうか。

私はとにかく日本の文壇の或る特殊な女流作家としてみとめられ始めた。「鶴は病みき」といふのが評判となり、引つゞいて出た小説も評判がよく、今度第一短篇小説集が出る。出版社では私自身の装幀をのぞみ、自序と共に今日それらも出来上つた。お前に見せて好い本の一冊が先づ出来上りさうです。以後の作によつて今後はもつと好い創作集が出来上らふ。今度のはまだ〳〵習作だ。とにかく第一集出版が出来るまで家中熱中してゐて……》（母の手紙）

外へむかっておどおどしていたかの子も、内心の自信は肉親に向かってはかくす必要もなく、無邪気な手放しの喜びようだった。何れにしろ「鶴は病みき」の一作で、文壇の一隅に、憧れつづけていた自分の椅子の一つを与えられたことはたしかだった。

その年は、「鶴は病みき」にひきつづき『三田文學』六月号の戯曲「敵」、『文藝』九月号に「渾沌未分」、『文學界』十二月号に「春」を発表している。手紙の中の処女創作集は、信正社からその年の暮に出たものである。

「渾沌未分」は、「鶴は病みき」と同一作者の手とは思えないほど、格段の円熟をみせた匂うような名作である。老荘の思想からとった「渾沌未分の境涯」を水中の世界になぞらえ、題名にしているこの小説は、「鶴は病みき」よりもはるかに、岡本かの子文学のあらゆる芽を内包していて、かの子のいうような習作の域はすでに脱した一つの完成した芸術作品である。後の作品になると無抑制なほどあふれるナルシシズムが、この作品には、深く圧《おさ》えられていて、作品の格調を高め、練りこまれた文章からは、海底から聞えてくる人魚の歌声のような不思議な妖しい、人の魂をひきこむような音楽的響きさえ伝わってくる。

《小初は、跳ね込み台の櫓《やぐら》の上板に立ち上つた。腕を額に翳して、空の雲気を見廻した。軽く矩形に擡げた右腕の上側はココア色に日焦けしてゐる。腕の裏側から脇の下へかけては、さかなの背と腹との関係のやうに、急に白く柔くなつて、何代も都会の土に住み一性分の水を呑んで系図を保つた人間だけが持つ冴えて緻密な凄みと執拗な鞣《なめし》性を含んでゐる。やゝ下ぶくれで唇が小さく咲いて出たやうな天女型の美貌だが、額にかざした腕の陰影が顔の上半をかげらせ大きな尻下りの眼が少し野獣じみて光つた……略……中柄で肉の締つてゐるこの女水泳教師の薄い水着下の腹輪の肉はまだ充分発達しない寂しさを見せてはゐるが、腰の骨盤は蜂型にやや大きい。そこに母性的の威容と逞ましい闘志とを潜ましてゐる》（渾沌未分）

この書き出しの中に描かれた小初という少女の容貌肢体こそ、かの子のその後の文学に様々に変幻して表われる理想の美少女の原型である。

小初の家は代々隅田川筋に水泳場を持つ清海流の水泳教師の家筋だったが、次第に新文化の発展に追いつめられ、場末の横堀に移り移りしたあげく、ついに砂村の材木置場の中に追いこまれてしまう。父は水泳教師以外の仕事も持っていたが、それも時代の推移に押し流され、落ちぶれて、今は娘と二人、夏場は夜番といいつくろって水泳場へ寝泊りしている。二人の面倒をみる材木屋の五十男貝原の野心を見抜き、小初はそれを利用して、都会の中でなくては生きていけない自分たち親子の生活をたて直そうとたくらんでいる。一方、小初は薫という美少年と恋の遊びを覚えていた。

《水中は割合に明るかつた。磨硝子色に厚みを保つて陽気でも隠気でもなかつた。性を脱いでしまつた現実の世界だつた。黎明といへば永遠な黎明、黄昏といへば永遠に黄昏の世界だつた。陸上の生活力を一度死に晒《さら》し、実際の影響力を鞣《なめ》して仕舞ひ、幻に溶かしてゐる世界だつた。すべての色彩と形が水中へ入れば一律に化生せしめられるやうに人間のモラルもこゝでは揮発性と操持性とを失つた。いはゞ善悪が融着してしまつた世界である。こゝでは旧套の良心過敏性にかゝつてゐる都会娘の小初の意地も悲哀も執着も性を抜かれ、代つて魚介髓が持つ素朴不逞の自由さが蘇つた。小初はしなやかな胴を水によぢり巻き〳〵、飽くまで軟柔の感触を楽んだ。

小初は掘り下げた櫓台下の竪穴から浅瀬の泥底へ水を掻き上げて行くと、岸の堀垣の毀れから崩れ落ちた土が不規則なスロープになつて水底へ影をひくのが朦朧と目に写つて来た。この辺一体に藻や蘆の古根が多く、密林の感じである。材木繋留の太い古杭が朽ちてはうち代へられたものが五六本太古の石柱のやうに朦朧と見える。

その柱の一本に摑《つか》まつて青白い生ものが水を搔いてゐる。薫だ。薫は小初よりずつと体は大きいが顎や頬が涼しく削げ、整つた美しい顔立ちである。小初は矢庭に薫の頸と肩を捉へて、うす紫の唇に小粒な白い歯を…………。薫は黙つて……………、足を上げ下げして、おとなしく泳いでゐたが、小初ほど水中の息が続かないので、ぢきに苦悶の色を見せはじめた。それからむやみに水を掻き裂きはじめた。とう〳〵絶体絶命の暴れ方をしだした。小初は物馴れた水に溺れかけた人間の扱ひ方で、相手に纏ひつかれぬやう捌《さば》きながら、なほ少しこの若い生ものゝ、……………取つた》（渾沌未分）

薫との水中の戯れを活写したこの件《くだり》は、全篇中の圧巻である。

フランスのコレットを想わせるような豊満な官能の匂いがたちこめている。これまでの女流作家には見られなかった、かの子のオリジナルの世界といってよいであろう。同時に、この中に書かれた小初の父、時代の推移に順応出来ず、生活能力がないくせに、都会人としての自負と趣味生活は骨までからみつき「不味《まづ》いものを食ふくらゐなら、いつそ、くたばつた方がいい」という男のタイプも、かの子のその後の文学にくりかえし出てくる一つの人間像の原型である。

小初は処女としての最後の遠泳会に、薫と貝原に追わせながら、河から海へ、次第に雨脚の激しさのますなかを、

「泳ぎつく処まで……何処までも……何処までも……誰も決してついて来るな」と、

「灰色の恍惚からあふれ出る涙をぽろ〳〵こぼしながら、小初は何処までも何処までも白濁無限の波に向つて抜き手を切つて行く」

河から海に向かって泳ぎ出していくという幻想も、かの子文学の究極の理想図であった。その意味でも、私は、むしろ、「渾沌未分」という作品こそ、かの子の全文学の母胎をなし、かの子の文学の思想を凝縮している貴重な意味を持つ作品ではないかと考えている。家系の宿業と、女の性の生命力とが、河川から無限の海へのひろがりとなってなだれこむ水の性に結びつくかの子独自の感覚という、かの子文学の主題は、すでにこの文壇登場第二作の中に、はっきりと示されていることを見逃せない。

更にこの作品の特色の一つは、「鶴は病みき」とか次の「春」とちがって、あきらかに一平の影が作品の中に濃く投影していることである。

かの子は、海が好きだったが、赤い水着をつけて、ぽちゃぽちゃ犬かきをする程度で、泳ぐというより浮いていているという腕前だった。

一平の方は、「鶴は病みき」の中にもあるように、一つの流儀の免許を持つほどの水泳の腕であった。血や骨の中にまでしみた江戸下町人の気質や反骨も、多摩川育ちのかの子のものではなく、一平その人の特質であった。

「不味《まづ》いものを食ふくらゐなら、いつそ、くたばつた方がいい」

という父敬蔵の意見も、一平の日頃の持論だし、感情を素直に口に出すのは嫌味とする都会人の癖も一平のものだった。

泳げないかの子が、あれほど、水中の世界の妖しい美しさ、その上、水中の男女の戯れの息づまるようなリアリティのある描写をものにしたというのも、一平の適切な助言がなくては出来ないことだっただろう。

かの子は武田麟太郎にむかって、

「生活者としては不能に近い自分なのに、書きはじめるとペン先から種々雑多な具体的事実が流れはじめる、そんな事知つてゐるとは自分でも不思議な気がするが、小説の進行のうちにひよこひよこ躍り出てくる」

といったという。一平も同じようなことを「かの子の記」に書き残しているが、これは一平が、暗示にかけたか、かの子が暗示にかけたかであって、決して知らないことではなく、二人が協力して、かの子の脳細胞のどこかにきざみこんでおいた事柄が、時宜に応じてひき出されてくると解釈した方が妥当のように思う。麟太郎はこの一事でも、

「あなたは天才だ」

といっているが、一平とかの子の仕組んだ神秘性の演出にひっかかったとみるべきだろう。

「春」は、年来の旧友の精神病患者を詩的に描いたもので、さほど秀れたものではない。かの子の感傷が目だつ甘い作品であり、習作の域を脱していない。

これらの含まれた処女作集には、例によって、かの子の序文がつけられていて、かの子の当時の無邪気な喜び様と得意さと気負いがうかがわれるのである。

《その境に入るとき惚として夢に実感を生じ、疼痛の中にねたき甘みあり、現実の蜜蜂も近づき難き子房に探り入る。まゝ、生命の心髄に触れて、その電圧の至微に愕く。これみな純文学の徳である。

しかれども、この境に到る道は荊棘《けいきょく》にしてまたしばく〳〵暗坑に逢ふ。涙と慰めと、慰めと涙と、私も亦いく度それを繰り返すだらう。いま、第一小説集を出す。いささか唇端を綻《ほころ》ばすに足るに似て、前途望洋の感がいよ〳〵深い。人生の甘酸、多岐多彩は、私を魅誘することます〳〵急がん。走りつつ転びつつ、時には現実に拘泥して「痴人猶ほ汲む夜糖の水」となり、時には超越の窓深く閉して「尺罪帳裡真珠を撒く」ともなる。人間性に於ける一長を愛するも一短また捨てず。爾後の生をひたすら純文学に殉ぜんと希ふ》

この時、かの子四十七歳の時にあたる。

翌、昭和十二年は、かの子の脂の乗りきった年で、堰を切ったように次々傑作を発表して世人の目をみはらせた。

一月から八月まで、『三田文學』に「肉体の神曲」という大作を連載したが、これはダンテの神曲に、大乗仏教思想をからませたもので、野心倒れの失敗作として終った。『文學界』三月号に「母子叙情」を発表するや、世人はその新鮮さと、オリジナリティに瞠目した。

「文壇に特定席を与へられた」

と一平は書き、かの子もまた太郎に、

《初めは或る方面の悪計や無理解への反抗から思ひ立つた事だが、それが漸次本質的なものとなつたのです。もはや日本文壇に容りきれぬ程の大作家的素質の作家であるとの自信、また他

もさう思つてゐる人々が多い》

と書き送っている。七月に勃発する日華事変を前にした不気味な世情の空気の中で、「母子叙情」は圧倒的な好評で迎えられた。ほとんどの批評がこれに触れ、驚嘆と賛辞をあびせた。

中でも林房雄は翌十三年の『文學界』六月、七月、八月の三回にわたって「岡本かの子論」を連載したが、その第一回に「母子叙情」をあげた。

《岡本かの子の傑作は、まづ「母子叙情」である。私のやゝ長い文壇生活の中でも、この小説ほど多くの人々をして語らしめた小説は珍しい。私にとつても、いふまでもなく、この小説は驚異であつた。

日本文学の星座への新星の出現を見る思ひがした。おそらくこの新星は独立した太陽系の太陽であらう。

この小説はその豊かさと美しさに於て八角の宝塔である。

この小説の語彙の豊かさと語法の自在さは驚異である。私は小説家の一人として驚嘆と同時に熱烈な嫉妬を感じたほどであつた。……略……「母子叙情」の女主人公は明らかに作者自身の影であるが、影以上のものではない。解剖家、創造者岡本かの子はどこまでも作品以外の場所にゐる。しかも岡本かの子を最もよく知ることのできるのは作品によつてである。岡本かの子は作品以外の場所に住んでゐながらしかも絶対な作品の中に住んでゐる》

「母子叙情」はかの子自身、一平自身のような夫婦と、パリへ残してきた絵かきの太郎のような息子とがからみあう物語である。一見私小説風なこの構成なのに、「母子叙情」は全く私小説的でない。いうなれば、れっきとした本格小説である。パリからセグリマン夫妻が来て、その面倒をかの子と一平が見たことから思いつき、筆をおこしたのは明らかだが、このテーマは長い間かの子のあたためていたもので、先に書いた「かの女の朝」は、この下書きか覚え書きのような役目を果している。

「鶴は病みき」の中で潜在的にみえたナルシシズムは、この作品であたりはばからぬ大らかさで堂々と開花してみせた。

林房雄の言葉のごとく、岡本かの子を識るとは、現身のかの子に逢うよりも、この小説の中のヒロインを読みとっていく方が、より本質的でリアリティがあるのである。かの子はこの作品の中で、文字通り母子叙情を唄いながら、理解されない自分というものを徹底的に解剖し、人前にさらしてみせている。ただし、その切口があくまで美しく、つかみだした臓腑までもが花のように見えるのは、作者の文学の資質のせいであって、かの子の人柄のあずかりしらぬところであろう。

作中、息子にかわってヒロインの母性を揺すり、つかのまの恋の対象となる春日規矩男という美青年は、妖しい魅力にみたされたO・K夫人なるかの子の本質を、読者にしらせるための方便につかわれているにすぎない。もちろん、夫の逸作も、パリの息子も、この一人のヒロインを解明するための、メスや麻酔薬のような役目を果しているだけである。

作者は、あらゆる人物の口を借り目をかり、このヒロイン一人を語りつくさせようとしている。小説の中に語られたヒロインの容貌、性格を丹念に拾いあげてみれば、かの子像が、不気味なほどの鮮明さで浮び上ってくるのではあるまいか。
☆甘い家庭に長女として育てられて来たかの女は、人に褒められることその事自体に就いては、決して嫌ひではない。
☆派手な童女型と寂しい母の顔の交つた顔である。
☆かの女は元来郷土的な女であつて、永く異国の土に離れてはゐられなかつた。
☆不思議ですよ。おくさんは、お若くて、まるでモダンガールのやうだのに大乗仏教学者だなんて……

☆大乗哲学をやつてますから、私、若いのぢやございませんかしら。大乗哲学そのものが、健康ですし、自由ですし。

☆一たい、おくさまのやうな華やかな詩人肌の方が……略……どうして哲学なんかに縁がおありでせうなあ。

☆東京銀座のレストラン、モナミのテーブルに倚りかゝつて、巴里のモンパルナスのキャフェをまざまざと思ひ浮べることは、店の設備の上からも、客種の違ひからも、随分無理な心理の働かせ方なのだが、かの女のロマン性にかゝるとそれが易々と出来た。

☆かの女はまた情熱のしこる時は物事の認識が極度に変つた。主観の思ひ詰める方向へ環境はするする手繰られて行つた。

☆むす子のこんなことまで頼母しがるお嬢さん育ちの甘さの去らない母親を、むす子はふだんいぢらしいとは思ひながら、一層歯痒ゆがつてゐた。自分達はもつと世間に対して積極的な平気にならなければならない。

☆この女の性質の飛躍し勝ちなロマン性に薬を利かし、

☆かの女はかういふことは案外器用だつた。手首からすぐ丸い掌がつき、掌から申訳ばかりの蘆の芽のやうな指先が出てゐるかの女のこどものやうな手が、意外に翩翻と翻つて、唄につれ毬をつき弾ませ、毬を手の甲に受ける手際は、

☆本能そのもののやうにデリケートで、しかし根強い力で動くかの女の無批判な行動を、逸作はふだんから好奇の眼で眺め、なるべく妨げないやうにしてゐた。

☆かの女の神経は、嘘と知りつゝ自由で寛闊になり、そはそはとのぼせていつた。

「パパ、一郎が……ううん、あの男の児が……そつくりなの、一郎に……パパ……」

「うんうん」

「あの子すこし、随いてつて好い？」

「うん」

「パパも来て……」

「うん」
☆かの女は忙しく逸作に馳け寄つてかういふ間も、眼は少年の後姿から離さず、また忙しく逸作から離れ、逸作より早足に少年の跡を追つた。
☆かの女がまるで夢遊病者のやうになつて、
「似てるのよあの子一郎に似てるのよ」

などと呟きながら、どこまでも青年のあとに随《つ》き、なほも銀座東側の夜店の並ぶ雑踏の人混へ紛れ入つて行くのを見て「少し諄《くど》い」と思つた。しかし「珍しい女だ」とも思つた。そして、かの女のこのロマン性によればこそ、随分億劫な世界一周も一緒にやり通し、だん〳〵人生に残り惜しいものも無くなつたやうな経験も見聞も重ねて、今はどつちへ行つてもよいやうな身軽な気持だ。それに較べて、いつまでも処女性を持ち、いつになつても感情のまゝ驀地《まつしぐら》に行くかの女の姿を見ると、何となく人生の水先案内のやうにも感じられた。
☆かの女は断髪を一筋も縮らせない素直な撫でつけにして、コバルト色の縮緬《ちりめん》の羽織を着てゐる。
かの女は誤解されても便利の方がいゝと思ふほど数々受けた誤解から、今や性根を据ゑさせられてゐた。
☆かの女は自分の理論性や熱情を、一応否定したり羞恥心で窪《くぼ》めて見るのを、かの女のスローモーション的な内気と、どこまで一つのものかは、はつきり判らなかつたが、かの女に自分の稚純極まる内気なるものは、かの女の一方の強靭な知性に対応する一種の白痴性ではないかとも思ふのである。かの女が二十歳近くも年齢の違う規矩男と歩いてゐて殆ど年齢の差を感ぜず、また対者にもそれを感ぜしめない範囲の交感状態も、かの女の稚純な白痴性がかの女の自他に与へる一種の麻痺状態ではなからうかと、かの女は酷しく自分を批判してみるのである。

こうしてあげただけで、ユニークで、不思議な魅力にみちた「かの女」すなわち「かの子」の全貌が、あますところなく読者の眼前に彷彿するのである。

同時に、これだけの自己の分析が、単にナルシシズムという一言で片づけられる自己陶酔の中からは、決して生れる筈もないことに気づかねばならぬ。ナルシシズムの権化のような自分をも、つき離して見つめることの出来る作家の眼が、すでにかの子には確立していたのである。

誤解された自分を正しく理解されたいというかの子の執念が、この作品を書かせた根本の動機でないだろうか。だからこそ、太郎には、先にあげたような手紙を出しているのであろう。動機はともあれ、書きすすむうちに、かの子の文学がかの子の動機の卑しさを浄め、漸次本質的なものへと昂揚し、変質していって、かかる傑作が生れたというそれは、文学のいのちの不思議というほかない。

かの子文学に対して、鋭い批評をした石川淳も、

《……浄心は「かの女」の母性側に、妄心はその詩人性側にあるのだらう。（どうか、浄、妄の字づらに迷はされないで下さい。これは一心なのです。）作者は「かの女」の身から離して「むす子」といふ縁起支を置き、身に近づけて規矩男といふ他の縁起支を置きつつ、その因縁に依つてゆらゆらとあざやかに浄心妄心を一に帰せしめてゐる。紅白二本の絹糸を縒ぢ合はせるやうに、心をもつれ合はせて行く操作がひやりとするほど美しい。……略……「母子叙情」はその完成美をもつて、「生々流転」の未完成の魅力に対立してゐる》

と、評している。
かの子自身も、この作品には大いに自負していた。
その「自作案内」に、
《これも私の出世作といはれてゐる。人間の本能を理智で解剖し、それに素朴で原始的な詠嘆を附した》
と書きだし、創作は体力ではないかということをいい、
《親が子を想ひ、男女相牽《ひ》く、その他の心情に於ても、必死の場合に最高度の燃焼に於て物を書く努力を不断に続けて行くには、精神力もとよりだが、八分は体力といふ気がする。しかしこの体力といふことが普通に生理学でいふ体力の強勒とはまた違ふのだから、かなり説明が困難である。冷熱の矛盾を極度に堪へて行かれる、精神的体力といふ字でも使ふべきか、私は書きものはじくじく捌《さば》いてあまり疲れない方で、疲れたと思つたときは、何となく気持ちの窪みのやうなものが感じられるが、半日ほど心身を休めてゐると、また、窪みは膨らまつてくる。けれども「鶴は病みき」とこの作を書き上げたあとは、流石《さすが》に窪みは却々除かれなかつた》
と述懐しているほど、うちこんだ作品ではあったのである。
「母子叙情」で成功したかの子には、一挙に、各文学雑誌、総合雑誌から注文が殺到した。
この年つづけて『文藝春秋』六月号に「花は勁し」、『文藝』七月号に「過去世」、『中央公論』十月号に「金魚撩乱」の三作ほか、「老主の一時期」「川」「夏の夜の夢」も発表している。雑文や座談会の仕事も多くなり、多忙さはますます身辺を埋めつくしてきた。
それほど、世間の名声を浴びてはきても、かの子自身の一風変った印象が一掃されるわけではなく、やはり世の中に出ると、奇妙なちぐはぐな印象を与えていた。
丁度この頃、しきりに岡本家に出入りしていた漫画家の杉浦幸雄が、ある時、婦人雑誌の座談

会で漫画をひきうけ、たまたまかの子と同座した。

杉浦幸雄は、熱烈に一平に私淑しており、かの子は、大先生の夫人として尊敬していたから、かの子の一挙手一投足にも好意的に注意していた。ところが座談会がはじまると、たちまち、かの子の異様さが目立ってきて、どうにも座談会のテンポを乱してしまう。杉浦は絵もかけないほど心配してはらはらしているけれど、一向にかの子には通じない。

かの子は、一つの議題が出て、一同の間でそれがてきぱきと論議されている間、大きな目をかっと見ひらいたまま、前方を凝視して微動だもしない。もちろん、一言も口を利かない。かの子をぬきにして、議題の検討が一応終り次の問題へ移り、それもほとんど論議されつくした頃、突然、かの子が、

「あのう、ちょっと」

とおごそかに口を開く。びっくりしてみんながかの子の方をみると、

「さきほどの問題でございますが、わたくしの意見といたしましては……」

と、滔々とやりだし、誰のことばもさしはさませない。問題の解釈が根源的なので、根底からさっきのまとまった意見はひっくりかえされてしまう。一つ一つがそういう調子なので、みんなは終いにはものもいわなくなってしまう。結局その日の座談会は、杉浦の目にも惨澹たるものに終ってしまった。

「何しろ、本質的ですからね、その上、超スローモーションときているので、ひとりでは人中へ出せないって感じでしたよ、それが、もう、すっかり偉くなってしまった頃でした」

何れにしろ、この年も前年にひきつづき、かの子の文運は上昇と開花の一途をたどり、もう発表する作品に、以前のような、はげしいムラもなく、一作出るごとに、批評家の絶讃をあびた。

今やかの子は、文壇きっての流行作家でありホープであった。あれほど、文運の悲運を嘆いて

いたかの子が、
「私の作品は文壇へ出はじめるや、あまり好遇を受けるので自分ながら感謝の辞に窮する程である」
といいだす始末になった。

第二十章　やがて光が

「鶴は病みき」を発表した昭和十一年が、かの子の小説が文壇に登場した記念すべき年だとするなら、「母子叙情」が発表された翌昭和十二年は、かの子が小説家として押しも押されもせぬ地位を与えられ、生涯をかけた「初恋」の夢がかなえられた画期的な年であった。

この年発表した作品のすべてが、かの子文学の精髄と秘密をあますところなく出揃わせているのをみても、この年がかの子にとって、如何に運命的な年であったかが察せられる。

特に「花は勁し」「金魚撩乱」は、かの子の全作品の中でも代表作のうちに数えられるもので、「過去世」もかの子文学の特異な一面を代表するし、「川」はわずか二十枚ほどの小品ながら、全篇あふれる詩情で香高く歌いあげられた名作で、かの子の文学の脊椎のような「川」への憧れと、生命につながる「川」の性の秘密が表現されている。「老主の一時期」は、かの子の文学の主題の一つである「家霊」の思想の発芽である。かの子の文学では、「川」を脊椎とすれば「家霊」は肋骨にあたる。重圧された家霊のもだえとうめきが、「過去世」にも「老主の一時期」にも、すでにいんいんとこめられているのである。

「花は勁し」のヒロイン生花師匠の桂子は、遠縁の年下の男で、昔、絵の同門で今は肺病病みの小布施を匿《かくま》い、物質的保護を与えている。

「丹花《たんくわ》を口に銜《ふく》みて巷を行けば、畢竟、惧《おそ》れはあらじ」

という「丹花の呪禁《まじなひ》」を口ずさみながら、意欲的に、むしろ闘争的に情熱をかきたてて花を生けている。二人は愛しあっていながら、互いにそれを打ちあけられない。体力の弱るにつれ、気ばかり立ってきた小布施には、個性の確立した桂子の女が負担に感じられるようになる。そして、桂子の姪のせん子という小娘に、子供をみごもらせてしまう。そのことを知った桂子は、はじめて「しまった」と胸に焼鏝《やきごて》を当てた。

せん子の留守をうかがい、小布施の許にかけつけて詰問する桂子に小布施は説明する。

《「不思議な同志さ。君には何か生れない前から予約されたとでもいふ、一筋徹つてゐる川の本流のやうなものがあつて、来るものを何でも流し込んで、その一筋をだん〳〵太らして行く。それに引き代へ、僕は僅かに持つて生れた池の水ほどの生命を、一生か丶つて撒き散らしてしまつた――」》

根気よく寸断なく進んで川幅を拡めて行く生命の流れの響きを聞くものは、気が気でないものだ。まして、定り切った水量を撒き散らす運命に在る人間に取っては、自分のものを端から減されるように一層こころ苛立《いらだ》たされる。

《「逞しい生命は」と小布施はまたいつた。

「弱い生命を小づき廻すものだ。小づき廻すといふに語弊があつたら寵《ちよう》して気にして弄《いじ》くつて仕方のないものだ。ちやうど、こどもが銭亀を見つけたやうに、水に泳がしたり、桶の椽に匍《は》はしたり、仰向けにしてみたり、自分と同じ大きさの人間でないのが気になるのだ》

生命量の違うものの間に起る愛は悲惨だと小布施は説明し、やがてこの世で未完成だった生命の名残に、せん子の腹に自分の生命をきざみ残したまま死んでいく。

男より生命力の強い女が、男を飼うという主題は、後に名作「老妓抄」にももう一度とりあげられるのであるが、かの子の他の長篇や中篇にもくりかえし形と彩りを変え、あらわれてくる主題である。

これはかの子が考えだし発見した思想というより、一平の胸にかねがね宿っていた考えであり、「おれは元来うつろの人間で人から充たされる性分だ。おまえは中身だけの人間で人を充たすように出来ている」

といい暮し、かの子を暗示にかけてしまった思想でもある。

自分の生命力のなみなみならぬ豊穣さを自覚してきていたかの子は、この頃すでに、自分の芸術的使命感に開眼しており、それの遂行のためには、弱々しい世人の生命力など足元にふみにじり、その生血を吸いあわせて自分を肥えふとらせていくだけの覚悟が据っていた。

一平をはじめ、自分に協力させている三人の男が、すでに自分に捧げられた犠牲《いけにえ》であり、かの子自身はミューズの代弁となって詩魂をこの世に伝える巫女《みこ》的存在だった。

《女には女の観る女の正体がある。他の人意の批判は目の触りにならない。自分でも意識し尽せぬ深い天然の力が、白痴であれ、田舎娘であれ、女に埋蔵されてゐて、強い情熱の鉤《かぎ》にかかるときに等しくそれが牽《ひ》き出される。それが場合によつては奇蹟のやうなこともする。または一生埋れ切る場合もある。どつちが女としての幸福か知れないけれど》

男との愛だけでは満足しきれない宿命を背負った女だけが、作中の桂子のように、

《私は私で私の理論性でも感情性でも凡て私の全生命を表現しなければなりません》

という芸術家としての覚悟を迫られる。芸術の女神に魅入られた女がこの世では、男との愛を完うすることは出来ず、孤独と引きかえにしか芸術の栄冠を授けられないことを、かの子は識っていたのである。実生活で、夫や、愛人や、奉仕者にとりかこまれて人目には、いかに贅沢な男の

愛にとり囲まれているように見えようとも、すでにこの時から、かの子の心の目は、自分の行末の真の孤独の意味を見究めていた。

かの子自身は「自作案内」で、

《幽《かそ》けきもの嫋々《でうでう》たるものを弱いものと思ひ込んでゐるのは甚だ観念的である。その幽けく嫋々たる条件に於て強剛に結続するものを持つてゐるといふ意図で書いたもの――一人の女が花を扱ふやうな弱々しい職業により勁い生活を建設して行くに引き代へ、一人の男は芸術の本技を握りながら死闘してゆく、二人の間の恋愛は、女が男を愛するほど男を擾《わづらは》し憂へさせ自分に逞ましさを増す。愛憐の情とは反対の結果を持ちます。結局、女は運命的生命力の取引を悟り、男には後継の私生子を生むことを黙認する代りに、自分は卓然として孤独で理想に進む》

と解説している。

「金魚撩乱」は「花は勁し」の主題をかの子の観念の中で発展させたもので、「金魚撩乱」の中では桂子に当るヒロイン真佐子は、崖の上の資産家の娘で、崖下の金魚屋の息子復一は真佐子の父から学資を仰ぎ、理想の金魚を作るべき研究生活をつづけさせられているという設定になっている。真佐子は、桂子のように、自分では物も美も作りだそうとはせず、ただそこにうっとりと在るがままで、真佐子自体が理想の美女神のように復一の目には映って、圧迫する。

美に挑戦して、美を産みだすために、寝食も忘れるほど、骨身を削り、美神に生血を吸われるのは復一であって、真佐子はただ、

《見てゐると何も彼も忘れてうつとりするやうな新種を作つてよ。わたし何故だかわたしの生むあかんぼよりあなたの研究から生れる新種の金魚を見るのが楽しみなくらゐよ》

と、おっとりした顔や声でいうだけで、復一の運命はのがれられない縄でしばりつけられてしまう。

いつでも復一には、真佐子が生れながらに自分等のコースより上空を軽々と行く女で、自分のこせこせしたトリックの多い才子肌が、無駄なものに顧みられ、太い線一本で生きて行くような真佐子に対して、自分の卑小さを感じずにはいられない。

ここでは、女が、「花は勁し」の時とちがって「何もしない」のに、男の卑小さが決定的なものに描かれている。「花は勁し」の生花という芸術に打ちこむ桂子の生命力と生活力よりも、もっとスケールの大きい女の優位性が、書かれている。まるで、男を苦しめ、ふみにじらずにはいられないようなサディスティックな匂いがこもるのである。かの子自身のことばをかりれば、

《無意識にのびのびと、美しさと美の生活を成長させて行く女に、衷心愛着を感じつつ一種の位負けから、男は捩れてゆく。男は女に対する愛執と競争心から、その女以上の美を創造しようと生涯を賭ける。この熱心に纏《もつ》れ込んだのが、金魚といふ小さな生物だが、この生物は美しく弱い玩具物と思はれてゐるが、さうではない。慶長時代から日本に移され人間と自然の眼に見えない美を追求する意志によつて、段々種の発育を遂げ、大震災後の惨鼻な世の中に却つて売れた位である》(自作案内)

石川淳は「金魚撩乱」の最後の一節、

《いま、暴風のために古菰がはぎ去られ差込む朝陽で、彼はまざ〳〵と殆ど幾年ぶりかのその古池の面を見た。その途端、彼の心に何かの感動が起らうとする前に、彼は池の面に屹《きつ》と眼を据ゑ、強い息を肺一ぱいに吸ひこんだ。……見よ池は青みどろで濃い水の色。そのまん中に撩乱として白紗よりもより膜性の、幾十筋の皺がなよ〳〵と縺れつ縺れつゆらめき出た。ゆらめき離れてはまた開く。大きさは両手の拇指と人差指で大幅に一囲みして形容する白牡丹ほどもあらうか。それが一つの金魚であつた。その白牡丹のやうな白紗の鰭《ひれ》には更に菫、丹、藤、薄青等の色斑があり、更に墨色古金色等の斑点も交つて万華鏡のやうな絢爛、波瀾を重畳させ

つゝ嬌艶に豪華にまた淑々として上品に内気にあどけなくもゆらぎ拡ごり拡ごりゆらぎ、更にまたゆらぎ拡ごり、どこか無限の遠方からその生を操られるやうな神秘な動き方をするのであつた。復一の胸は張り膨らまつて、木の根、岩角にも肉体をこすりつけたいやうな、現実と非現実の間のよれ〳〵の肉情のショックに堪へ切れないほどになつた》

を掲げ、この文章を、

《……ふつうならばどうも、挨拶にこまるしろものである。しかし、これを他のどんな表現に置きかへて、より切実なることをうるか、初等技術批評を尻眼にかけて、何といつても、この一節は精彩潑剌たる文章に相違ない》

といい、かの子は書き出すはじめは情熱が散乱していたのが、書くにつれ、次第に作中で集中して来て末段のこの辺りに及ぶや、集中の度合が作者の生命の呼吸と合体したとみなしている。

《「復一の胸は張り膨らまつて、木の根、岩角にも肉体をこすりつけたいやうな」という表現は、じつは主人公を置きざりにしてゐるのだらう。ただちに作者の切迫した感動の姿態にほかならないのだらう。そして、それが文章に生命あらしめてゐるゆゑんなのだらう。この一節の文章に出てゐる調子は作者の意図が貼りつけたものではない。作者の情熱の属性である。すべてさういふことが、わたしなどにはなかなか奇妙な、おもしろい現象に見受けられる》

といっている。この作品は、「花は勁し」と同様に賛否両論で、反対派は等しく、石川淳の認めたこの文章の抑制のなさ、感情過多で大形な美辞麗句の羅列に辟易したものであった。質素や簡素に、美徳や美を見出すむきには、かの子の表現過多な厚塗化粧のような文章に嫌悪しか抱けなかったのである。

この作品で、特にもう一つの特徴として認められることは、真佐子のイメージの中に、「母子叙情」の「かの女」についで、最も作者らしい容姿や感じを見出すことが出来る点である。かの子はこの後も大方の作品のヒロインに、自分の分身のような感情移入と性格移入を行い、同時に容貌まで、そっくりに類似させる癖をもったが、その例のはしりが、「金魚撩乱」の真佐子に於て顕著に認められる。

《その頃、崖邸のお嬢さんと呼ばれてゐた真佐子は、あまり目立たない少女だつた。無口で俯向き勝で、癖にはよく片唇を噛んでゐた。……略……外界の刺戟に対して、極めて遅い反応を示した。復一の家へ小さいバケツを提げて一人で金魚を買ひに来た帰りに、犬の子にでも逐ひかけられるやうな場合には、あわてる割にはかのゆかない体の動作をして、だが、逃げ出すとなると必要以上の安全な距離までも逃げて行つて、そこで落付いてから、また今更のやうに恐怖の感情を眼の色に迸《ほとばし》らした。その無技巧の丸い眼と、特殊の動作とから、復一の養ひ親の宗十郎は、大事なお得意の令嬢だから大きな声ではいへないがと断つて、

「まるで、金魚の蘭鋳《らんちう》だ」

と笑つた》

かの子の少女期の再現のような描写である。

大岡昇平は、

《……略……自己に似た――或ひは自己の理想型をなす人物を作中に登場さすのは小説家の許さるべき権利だが、女流作家にあつてはこゝに微妙なる危機が孕《はら》んでゐる。即ち主として男性から成り立つてゐる読者及び文壇はこゝに単なる作者のかはりに、一個の生身の女性に直面してしまふからである。現実に於て男性が女性に対してもつ利害、感情のもつれをあげてこの作者らしい女性にむかつてくる。男性の場合には単に嘲笑の的にすぎない一寸した思ひあがり、気取りなどがどうしやうもない厭悪感の原因となる。かうして特に自己暴露――これが亦、残

念にも女流作家として成功する捷径《せふけい》であるのだが――を主とする女流作家は絶えず一種の媚態を強ひられる。彼女たちは興味ある人間性を表現するばかりでなく、男性にとつて興味ある女性の人間性を表現しなければならぬ。そしてそれが同時にいつか男性に興味をもたれたいといふ希みをもつ女性の読者の共感をも呼ぶといふ次第だ。女流作家の大家はこれに加へてその人間性表現を以て、男性の作家に打ち勝たねばならぬ。で、林芙美子氏は心情の世界で行き過ぎ、宇野千代氏は情痴の世界で行き過ぎる》

と女流作家を批評し、かの子を、やはりこうした自己表現のタイプだが、かの子の作品の世界は、「母子叙情」にしても「金魚撩乱」にしても、自己暴露よりは自己観照と呼ぶ方がふさわしいくらいに道徳的であり静観的であると評し、

《半ば知識的な半ば空想的なイルミネイションの氾濫の中に、一篇の自己観照図が完成する。自己観照型女流の作家の新風と推賞するに足るのである》

と讃称している。

先天的に生命力の豊かな立ち優った女に対する男のコンプレックスを描いている、これら二作品の系列とは全く別な「川」は、一平の解説によれば、

《この散文詩的な冒頭をかの女はある日、ほとんど物に憑かれたやうな情熱で一気に書き流した。それから起承転結をゆつくり構へて行つたことを想ひ出す》

とある。

この年には、九月に第二創作集「夏の夜の夢」が版画荘文庫として出され、十二月には第三創作集「母子叙情」が創元社から出版された。

それには「過去世」「花は勁し」「春」の三作も収められた。装幀、芹沢銈介。同じく十二月には、竹村書房から第二随筆集「女の立場」も刊行された。

翌十三年には、去年に引きつづき好調の波に乗ったかの子は、年の始めから書きに書いた。かつての恋人であった堀切茂雄をモデルとした主人公を設定し、「やがて五月に」三百五十枚を一気に完成した。これははじめ「魔は過ぎたり」という題にしてあったのを、終って改題した。

かの子は自分の作品に出てくる人物が好い人間ばかりなのをあきたらなく思い、この作品を書きだしたというが、終って、

「やっぱりあたしには悪魔は書けないのかしら」

と一平につぶやいたという。これを書き終った後の感想を、かの子は『新潮』三月号に、

《一月二十四日

長い小説を脱稿して約束の雑誌の編輯者にお渡しする。一時間ほどストーヴの方に踞《うずくま》つてほつとする。いつも小説を脱稿したときと同じやうな、鬼窟裏を出たやうな気持と、永らく住み合つた人々と離れたやうな綿々とした気持も残る。結局、いくら食べても食べたやうな気がしない極髄、虫が好く食品と同じやうな後気配ひである》

と書いている。それほど、気の入った作品であったにもかかわらず、この作品は力みすぎた感じで、まとまりが悪く、それまでの諸短篇よりも見劣りがする。かの子がどういう魔性を主人公泉宗輔のうちに思い描いていたのかはしらないが、作品では、陰気で女性的な男としてしかあらわれていないし、宗輔の憧れる楠瀬頼子も、例によってかの子らしい人物でありながら、桂子や真佐子のような瑞々しい魅力がない。

石川淳も、

《濁つたところがあつて、わたしには読むに堪へない。濁つたとは、作者がこれを書かうといふ意図の量だけ、作中人物のことでいへば宗輔の性格が複雑されてゐる度合だけ、作品が崩れてゐる》

と酷評している。

この作品は『文藝』三月号に発表されるや、例によって毀誉褒貶《きよほうへん》まちまちであったが、一年前のかの子の文壇的立場なら、全く取りあげられもしなかった作品だろう。

この頃になると、かの子の文学についての好き嫌いがはっきり表われてきて、否定する側と肯定する側の陣営まで決ってきた。

文學界系の作家は、かの子の文学を認め、社会主義陣営や早稲田リアリズム派は、かの子の文学を現実遊離のプチブル的有閑文学とやっつけた。特に、その濃厚な味あるいは血のしたたるビフテキのようなこってりした感じを感覚的に嫌うむきは、もうそれだけで、かの子の文学についていけない感じがするのだった。ニンニクの味になじめないような感覚的嫌悪で、かの子の文学は非難、否定される面が多かった。その装飾過剰の文章と共に、日本人には珍しい自己陶酔《ナルシシズム》が、感覚に合わないというのがその理由の大方をなしていた。

かの子の、この作品に対する愛着は並々でなく、そのため、この作品に対する非難は、相当にこたえた。翌月の『文藝』四月号に「自作案内」を書くチャンスを与えられると、ほとんど、「やがて五月に」に対する批評への反発が目的のような文章をのせずにはいられなかった。

《……この主人公ほどのかほどまでに純情に牽《ひ》かれ生命を愛し乍ら、酬《むく》はれず右往左往した青年が漸く生くべき一筋を手繰り取つて、渾身の情熱をこめて行くところに作家の主人公に対する救済がある。それから私は美といふ事を自分でも云ひ人からも唯美的の傾向があるやうに目されるが、これも一寸解釈する方が便利かも知れない。理智で物心両様の現象を割り切つてそこに真理の方程式を割り出せるにしても、その方程式を採りあげて全人間的の情熱をこめてうち出せる弾動的な精神作用はその人の嗜味本能の判断である。正を欲し善を欲するも、最後は嗜味本能の判断である。たとへ自分の精神には一応不快苦痛に思うことでもなほそれを押し切るのは、その底に横たはるより強力な嗜味本能の判断がこれを許可し満足するからである。もつと複雑な逆証的心理の迂曲が積み重ねられても、一目でこれを撥除け、即座に取捨を裁断するのは嗜味本能である。真の根強い表現慾はそこから出る。

ここでは説明に便利なため嗜味本能と云つたが、どうも言葉が狭く制限されて誤られ易い。よつて他の面から云へば、それから人間性の倫理的要素を見出し度い人にはヒューマニティでもあらうし、それから万有共通の核心的要素を抽出したい人のためには、リアリティでもあらう。私はこのものの魅力に対する愛着性の面を、私の文学的天稟が最も強く自識するにより、仮りにこの全体をも嗜味本能と呼び、そして、この表面化したものを美といつてゐる。だから私が云ひ、私の表現する美なるものは百貨店の新柄陳列のやうなものでもなければ、造花でもない。以上のやうな理念の質が埋つてゐるものと承知して欲しい。——対象の分析には最も理智を使役することからいへば、私は知性の作家である。人間性を人に譲らず、良心的にいとほしむことから云へば、ヒューマニズムの作家でもあらう。情緒表現を美に依拠する方面から云へば、浪漫的作家とも云へよう》(自作案内)

相変らず自信と自讃にみちた堂々とした論旨である。尚、つづけてかの子は熱っぽく訴える。

《私が文壇に孤独感をもつゆゑんは私の思想の出所が一般文壇人(一般読者ではない)と違ふ為である。私の思想は深い懐疑と同時に晴々とした肯定である。この肯定の母胎——懐疑は知られずして、肯定のみに着目される所に「自負過多性」と云はれる時がある。私は「高慢」と同じやうに「卑下慢」の卑偽をも自分に許されないのである。

最後にあなたは何か別の食べものでも食べてゐるかときかれる。私はもうそこまで行くと返事が出来なくなる。そしてあとで私一人で涙をこぼしながら一人で云ふのである。

——私の特別な食べもの——私は人より人生の「嘆き」や「矛盾」をとはそれはここでは云

へないのである。これだけは作家として研究家として私の秘密な食べものである。私を生んだ神は私にかういふ食べものを与へておき乍ら一方それに対する情熱や批判や咀嚼力や耐久性や意地や内気を用意させてゐる。そしてそれをもとでに作家や研究家などといふ重い使命を課してゐる。普通なら弱い甘え込みたい女性であるわたしに……有りがたくも恨めしい私の人生である。私は時に私の心身から作家とか研究家とかいふ重大な使命を投げ出して天地の間の何者かの膝に取り縋り、わつと泣きくづ折れて仕舞ひたいのである》

かの子は、「やがて五月に」ははじめて発表した長篇だっただけに、愛着が深く、自信もあったらしく、この程度の自作弁護だけでは気がおさまらなかった。

その気持は、やがて、自分の作品を国外に問い、真価を決めてみようという計画にまでふくれ上っていく。そしてその時にもこの作品をえらんでいる。

かの子はパリの太郎に手紙を出し、「やがて五月に」を仏訳して、ゴンクール賞か、フェミナ賞をとる方法を講じようとした。これらの賞は、だいたいフランス国内の作家の作品に与えられるものだったが、かの子はそういうことはよくわからなかった。

《○あなたの「母子叙情」への注意、すみませんでした。あなたは随分本を読むね。眼の悪いママには羨望なくらゐだ。

だが、あなたの文章はどうだらう。手紙で見れば随分荒いが——だからあなたが訳して、その上をフランスの文学的な人に仕上げて貰ふんだよ、ね、その謝礼としてこちらの金で月百円だけの用意（それは永遠につゞく）ができることになったのだ。わかりましたか。

○今度の計画ね、なるたけ秘密に進行して欲しい。賞が欲しいと云ふのもママの性質に似合しからんと思ふだろうがね。それはどうしてもさうしなければならないと云ひ出した人たちがあり、それを納得した以上ママもそれにバクシン（驀進）し度いのですよ。

賞はゴンクール賞とフェミナ賞。ゴンクールが好いでせう。どんな性質の作が好いかナ。
○この仕事成功すれば太郎のためにもなるのよ。ああ、しかし、お前に私の仕事させるナンテ予期しなかつたのに……でもそんな気の弱いことといふとはたで叱られるのママは。
○こちらの作品はどん〳〵出来るからね。I——さんにも、M——さんにもまだ、だまつててね。それにしてもフランス人の文学的ホンヤクに優れた人をお前の相談相手にさがしてほしい。
○御苦労でもママの小説毎日何枚訳すと日課にして頂戴。私は大切なお前にそんな用させる気はさら〳〵なかつたのですけれど「わが子でなければ誰がそんな事して呉れるか」とまはりの人々にさとされ、決心しました。
　ママの文章をフランス文壇に通用させるやうな文学的技能のある共訳者をフランス人のなかゝら見つけてください》(母の手紙)

これらの指示を受けとった太郎は、かの子の気持に同情して、この面倒な仕事を引きうけることにした。結局、作品は、「やがて五月に」に決めた。ところがいよいよ翻訳にとりかかってみると、なかなか難しい仕事であった。習慣や風俗のちがいから、そのままことば通り訳しても通じないところがあり、原文に手を加えなければならないところが必要になってきた。それらは到底、手紙の往復では、おさまらないので、太郎は一度帰国して、かの子に相談するつもりになって、そのまま、仕事を中止しておいた。

そのうち、かの子の方からは、まるで忘れたように、何もいって来なくなった。

日本の文壇では、その頃、林房雄が『文學界』六月号から三カ月にわたって、「岡本かの子論」を発表しはじめた。それは、これまで出た、かの子文学の賛否両論の中で最も長い、激しい熱情のこもった、そして、徹底的に肯定の側にたったかの子礼讃の文学論であった。

「日本文学の復活」という総題をかかげて始められたこのかの子論は、
《岡本かの子は森鷗外と夏目漱石と同列の作家である》
というショッキングな冒頭の句から始まっている。
《この三人の作家は共に「文壇」の中からは生れなかった。「文化」の中から生れた。小説の筆をとつたときには成人であつた。それぞれ他の文化部門に於て一家を成した後に小説の筆を執つた。この三人の作家は東洋の教養と西洋の文明を渾然と身につけてゐる。東西両洋の文化を日本といふ微妙な一点に結んで、他の作家の及び難い高さに達した》
と絶讃の筆をすすめ、その文章を島崎藤村と比較して、
《但し「夜明け前」の場合は、言葉の選択と統制が厳格に過ぎ、枯木寒巌の趣きのみが出すぎてゐることが淋しかつた》
のに比べ、かの子の場合は、
《……その逆で、語彙と語法の放胆すぎる拡張が見られる。彼を冬木立とすれば、此は盛夏の樹海であらう。日本語の宝庫は隅々まで採収しつくされて、南海の太陽のもとで言葉の海賊の大饗宴が張られてゐる。岡本かの子の文章を読むとき「日本語の不自由さ」といふ嘆きは忽ち消え去る。藤村が排斥した西欧風も近東風も、こゝでは自在にとりいれられてゐる。むしろ現代日本語の豊富さに眼を見張るばかりである。……略……小ざかしい批評家は岡本かの子の文章を節制なき熱情と呼んだ。言ふものをして言はしめよ》
と先ず文体からの礼讃にはじまり、その文章の若々しさから、かの子の信奉する大乗仏教哲理の秘密にとき及び、やがて、かの子の思想が、仏教の哲理をふんまえた大常識にのっとっていることを証明していく。そしてかの子の作品が、
《……同じ経歴を持つ鷗外や漱石と相通ずる様々な風格を持つてゐるのは偶然でない。そして、

この点に、彼女の作品が今日の年少作家批評家に理解されない、重な原因が存する》と、第一回を結んでいる。三カ月にわたるこの熱情的なかの子礼讃の反響は、文壇に大きな波紋をなげかけた。

かの子の好むと好まざるにかかわらず、かの子は、もはや話題の中心になった。昨十二年に比べると、それほど矢つぎ早に作品を発表したわけでもないのに、かの子についての批評や、感想が見えない月はないので、非常に華やかな印象を与えた。

毎日、歌、若干、各種の雑文二、三篇、これはほとんどかわらない作業で、その間に、朝となく、夜となく、ただ小説を書きつづける。

同時に相変らず、仏教の講演会にも頼まれると、驚くべき勤勉さで引きうけて、北海道から台湾まで、全国各地へまめに旅行もしている。

睡眠は、ほとんど三時間くらいでことたりた。家の中では、いつでも羽織の上に前掛をしめ、一平にお茶もいれれば、時には台所ものぞくという気軽さだった。それでも、仕事が重なり、書いても書いてもおいつかない状態になると、一平や、新田や恒松が総動員された。

雑文の原稿などは、趣旨をかの子がのべると、彼等がそれをまとめ、かの子が更に手を加えるという形がとられた。原稿は、かの子のうちからあふれてくるものを、ペンのおっつかないもどかしさで、ひたすら書きなぐっていく。

それを一平が整理し、恒松や新田が清書した。

「私はあとで、とやかくいわれるのはいやだから、字のまちがいや、文法上のまちがいだけはちゃんとみてくれるように、文学のちっともわからない助手をつかっているんです」

と、他人に語っているが、かの子は、恒松や新田を、仲間扱いはしていたけれども、自分の文学上の本当の相談相手とか、理解者とは思ってはいなかったのである。

ただし、一平の影響からだけは終生のがれられなかった。かの子の作中にも、一平らしい人物の言葉として語られる思想や感想が、多く出てくるけれども、それは遠くさかのぼって、二十年も昔に、一平が「一平全集」の中に書きこんだものを丹念にさがせば、たいていはその中から発見出来る思想や言葉なのであった。

この頃になると、一平はますます、自分を陰にして、かの子を押し出す演出を用い、仏教思想でも、まるでかの子の方が奥義をきわめたようにいいふらしていたが、これもあくまで、一平の深遠な計画的な演出であった。

ある時、二人で、京都の東本願寺に行ったとき、本願寺では、かの子を座敷の床の間の方に導き、大きな座蒲団を三枚重ねにして坐らせた。一方、一平は廊下の方へ案内され、一枚の蒲団も与えられなかった。かの子が気の毒がり、

「主人にも敷物をやって下さい」

といったので、はじめて一枚の蒲団が与えられた。というようなことを、面白おかしく絵の弟子たちに話し、

「女史は、とにかく、仏教界じゃ、われわれとはそこまで位がちがうんだよ、偉いもんだ」

というような宣伝のしかたをする。無邪気な弟子が、その話を真にうけ、それはまもなく世間に流布される。そういうやり方で、かの子の偉大さ、かの子の天才が、いつとはなく世間に拡まっていくのである。

かの子が、女流文学者の集まりで、一平はかの子が外から帰ると、泣いて拝むのよといって失笑をまねいたのも、この頃のことであった。

一平の弟子たちがこの時分岡本家を訪れると、ほとんどかの子は執筆中で、一平が応接間の椅子にあぐらをかき、客の応接に当っていた。それでも、気分のいい日には、かの子も気晴しに客

の前に顔をみせることもある。そんな時、一平は、客にもかの子にも、かの子のことを「女史」という云い方で話していた。

かの子は、杉浦幸雄などに、大きな目をじっとこらすと、

「あなたたち、まだ若くて、そういう実感はわからないでしょうけど、人間は四十になると、一度は根に帰るものですよ。そうしないと淋しくてやりきれない」

と、いうことがあった。くりかえし、この話は聞かされた。意味はよくわからないながら、かの子が、らんらんとした黒目に涙をこめて、それを言うと、不思議な淋しさにおそわれ、背筋が冷たくなる気がするのであった。

ある時、杉浦幸雄と近藤日出造が岡本家に行くと、丁度新潮社の重役が、どこかの帰りで、子供づれで訪れて来た。五、六歳の男の子は可愛らしく、わんぱくで、接待に出たかの子にもおそれずよくなついた。その子は応接間の片すみのテーブルにおいてあった、芭蕉のうちわを珍しがり、気にいって、おもちゃにした。大人たちの話の間にもそのうちわで遊んでいた子供は、父が辞去する時、そのうちわを離そうとしない。

「そんなに好きなら、坊や、持っておいでなさい、あげましょう」

かの子はやさしくいった。

子供は、大喜びでうちわをかかえて、父と帰っていった。それから十分もたたないうちに、急にかの子が不機嫌にだまりこみ、目に涙をうかべて蒼白になってきた。

愕いた一平が、

「どうしたのだ」

ときくと、

「あの子があんまり、あのうちわをほしがったので、ついまけてあげてしまったけれど、あれは

台湾へいった時、××さんに私が気にいっていただいたものだから、その気持がこもっているし、あのテーブルにあれがのっているところが、とても、私に気にいっていたのですもの、今、あのテーブルをみて、あれがないと、もう、自分の応接室でないようで、かなしくて落ちつかない。お願いだから、返してもらって来て下さい」

と泣きだす始末である。びっくりした近藤日出造と杉浦幸雄は、その場から、さっきの客の家を教わってうちわをとり返しにいった。幸い、客は、物わかりのいい人物だったので、

「かの子さんらしいじゃありませんか」

と、かえって喜んで、かの子がうちわの代りにといって持たせた一平の図案の浴衣とひきかえに、さっきのうちわを返してくれた。

二人の使者が冷汗をかいて、そのうちわを持って帰ったところ、かの子は、まだ一平と、さっきの姿勢のまま応接間に待っていて、

「あ、そのうちわ、そこのテーブルにおいてちょうだい」

といい、二人がいわれた通りにすると、

「ああ、それでいいの」

と一言いい、さも安心したように、にっこりして、書斎へ引きあげていった。

またその頃、都新聞の記者をしていた井上友一郎が、原稿依頼で訪れると、約束の時間通りいったのに一時間もまたされた。女中に、どうしたのだろうというと、女中は手で鼻の頭に白粉を叩くまねをしてひっこんだ。

やがて満艦飾であらわれたかの子は、入って来て、挨拶をするなり、目を正眼にかまえて、

「井上さん、もう少し、あなた、窓の方へよってちょうだい」

「え」

「ほんの少し、こっちへ身をずらして下さい。あなたの今の位置からだと、丁度光線のぐあいで、あたしの顔がみっともなく見える位置なんです」

「は、はあ、こうですか」

井上友一郎はびっくりして身をずらせ、顔中天瓜粉《てんかふん》をふいた夏みかんのように、疲労で肌のあれきったかの子の異様な顔を、まじまじとみつめ直さずにはいられなかった。

「え、そう、そこでよろしいの、ありがとう」

かの子は、にこりともしないで真正直にいって、童女のようにこっくりと、うなずいた。

第二十一章　いよよ華やぐ

岡本かの子の「東海道五十三次」を読んだのは、もう二十年もの昔になる。その頃から私は作中の作楽井《さくらい》という東海道に憑かれた男の生涯にたいそう魅せられてしまった。

そのころの私は幸福な十代の女学生で、人生の苦労も哀しさも何ひとつ心身に沁みてはいなかった。そして四国の小さな町に生れて育ち、まだ東海道を一度も通ってはいなかった。それにもかかわらず、私はかの子の作品で、東海道の幻にすっかり魅いられてしまったようであった。

《「奥さん、この東海道といふところは一度や二度来てみるのは珍らしくて目保養にもなつていゝですが、うつかり嵌り込んだら抜けられませんぜ。気をつけなさいまし」……略……

「この東海道といふものは山や川や海がうまく配置され、それに宿々がいゝ工合な距離に在つて、景色からいつても旅の面白味からいつても滅多に無い道筋だと思ふのですが、しかしそれより自分は五十三次が出来た慶長頃から、つまり二百七十年ばかりの間に幾百万人の通つた人間が、旅といふもので嘗《な》める寂しみや幾らかの気散じや、さういつたものが街道の土にも松並木にも宿々の家にも浸み込んでゐるものがある。その味が自分たちのやうな、情味の脆《もろ》い性質の人間を痺らせるのだらうと思ひますよ》

作中の作楽井のことばが私の心の奥にしみついてしまった。

平凡で幸福な一穀物商だった男が三十四歳の時、ふと商用で東海道へ足をふみだしたのがもとで、病みつきになり、生涯を東海道の旅ばかりに暮し、妻子に見放され世間からも落ちぶれ、ひっそり死んで行くといった奇矯《ききょう》な漂浪者作楽井の旅への情熱が、妙に私の娘時代の感傷をゆさぶったのであった。

人の生涯で何かに魅入られるということほど、生きがいのある、そしてまた切なく苦しい哀しい経験はないだろう。対象が人であれ物であれ、魂をしぼりあげられるほど魅入らされる喜びもまたこれ以上のものはないだろう。殊にその魔力をもつ相手が、「旅」という捕え難い非情のものである場合、魅せられた方の魂の憧れは、行けども行けども果しもなく、いつ果てるとも定まらない。むくいられることのない恋にうつつをぬかしているような無償の情熱が、旅では孤独にしかも豪華に霧散させられる。

私は四国の町から東京の学校へ通うようになり、いつのまにか何十度も東海道を往復していた。そしてその頃には、あわただしい汽車の窓から五十三次と同じ名の駅名をみつけては、かの子の「五十三次」を思いだし、作楽井の漂泊の姿を思いうかべることもあるのだった。けれども急に開けて来た青春の扉の前で、目移りする現象に捕われがちの若い私は、駅のどこかで下り、作楽井のように、あるいはかの子のように、旧い東海道の土をふみしめ、昔の旅人の旅情の溜息に耳をすましてみようというような数奇な心には縁がなかった。

二十年の歳月は、平凡な一人の女の半生の心の旅路にも様々な山河のあとを刻みつけた。人生の哀歓を思慮にも心の襞にもたたみこんできた中年のこのごろになって私はいつのまにか、すっかり旅好きになっている自分を見出している。

《こゝの宿を朝立ちして、晩はあの宿に着かう。その間の孤独で動いて行く気持、前に発った宿には生涯二度と戻るときはなく、行き着く先の宿は自分の目的の唯一のものに思はれる。およそ旅といふものにはかうした気持は附きものだ……略……

何の為めに？　目的を持つ為めに。これを近頃の言葉では何といふのでせうか。憧憬、なるほど、その憧憬を作る為めに》

そんな作楽井のことばが、一人で汽車やバスの窓にゆられて見知らぬ野や川や街を越えている時の私の脳裡に思い出されてくるようになった。

私の旅は物見遊山ののんきな楽しみの旅は少ない。何かしら、仕事をかかえての旅であった。それでも、ある町から町へ行く途中の乗物の中の孤独と放心は、日ごろの埃っぽい、粗雑な暮しに追われている私にとっては、宝石のようにきらびやかな贅沢な時間になった。

そんな時、私はこのごろその生涯と作品を逐《お》っている岡本かの子との対話をする。かの子が身近に私のそばにあるのを感じる時、私は私の旅の孤独が慰められるより、むしろいっそう深い人生の孤独にふれる不思議な気持にひたされる。

そして私は、長い間思いつづけ果たさなかった旧東海道を歩きはたしてみようと思いたったのだ。おそらく、かの子は、実際にはほとんど旧東海道を歩いてはいないのではないかと思う。かの子のはたさなかった東海道への憧憬がこり固まって、あの名作を産んだのだろう。私はかの子の念のかかった東海道を歩いてみよう。機会ある毎に私は東海道のどこかで汽車をおり、残っている旧い街道を歩くだろう。

三年前、私はこんなことを書きつけて、本当に一年ばかり、旧東海道を歩いたものであった。

その頃、川端康成氏も昭和十五年にやはりかの子の「東海道五十三次」を携え、宗長の庵や宇津越えをされたということをうかがった。

「あれは、実際にいってみると地理的にまちがいがありますよ。気がつきましたか」

といわれた。

この作品は昭和十三年八月号『新日本』に載った。一平の解説によれば、

《一度は作品通り吐月峰の宗長の庵から宇津を越して島田から汽車で帰つた。東海道の中程は、蒲郡の常盤館が好きでよく行つた時代に見て歩いた。鈴鹿は名古屋に朝日新聞の支社ができた記念の講演会があり女史が呼ばれて行つた。その戻りに東海道を西へ走つてみたとき、車が通じないので歩いて越した》

とある。一平はつとに東海道には興味をよせていて、美術学校時代、箱根旧街道越えをしたり、大正十年には東京漫画会の一行十八人で、五十三次自動車旅行をしたりしている。この時の先達になった近藤浩一路の「漫画東海道中膝栗毛」（大正十一年三月）の序文をひきうけ、

《近藤は実に旅が好きである。十日も遇はないで居るとその間に何処其処と気軽な旅をして来てる。近藤と一しよに道中して沿道の風物に対し近藤は気ぜはしなくてよく観ないやうだと思ひ後で尋ねると一々詳しく知つてゐる。彼は観ないのではない。大概の旅の風物は暗《そら》んじて仕舞つて彼の興味を牽かないのだ……略……所謂旅通なる一人である。そして東海道筋は特に愛し旅の出しな帰りしなには随分度々寄つて研究して来るやうだ。》

と記している。また大正十一年には漫画会の一行の「東海道漫画紀行」が出た時、序をよせて、

《東海道五十三次の名はわれ等に取つて詩の表題のやうに響く。それは決してわれ〳〵に縁遠い詩ではない。子供の時より広重の版画によつて唄はれ十返舎一九の膝栗毛によつて説かれて子守唄と共に耳に心に浸みこんだ詩である。われ等は自ら実地を踏まないけれども詩の力で少

くともわれ等の父者人、兄者人又祖先がその道を辿つて親しく嘗めた旅愁、旅の気さんじ、困難、川止めの退屈、ごまの蠅の危険、雲助の強請《ゆすり》の当惑、茶屋のだんごの飄逸、宿引の執拗を面白く心頭に再現する事が出来た。五十三次は決してわれ等に取つて初対面の人事自然では無い。われ等には広重一九を介して旧知の間柄である。否われ等の祖先がこの街道筋に対し流した汗、馴染んだ愛が今もつて血液の中に伝はつてゐるのである。それでこの名を聞いただけでも自ら旅のなつかしみを懐《いだ》かせらるるのであらう》

とある。尚、自分の「漫画より見たる五十三次」の中にも、同様の意味の文章がのこっている。一平自身の東海道への愛着が、かの子に移入され、それがこの名作を産む因《もと》になったといって間違いないだろう。卒業制作に、東海道五十三次を書いたという近藤浩一路の話などが、いつのまにかかの子の詩魂にふれ、作楽井という漂泊の人物を産んでいったのではあるまいか。

川端康成も指摘した点であるが、かの子の文中、吐月峰柴屋《さいおく》寺を訪れ、

《まはりの円味がかつた平凡な地形に対して天柱山と吐月峰は突兀《とつこつ》として秀でてゐる。けれども矗《ちよく》とか峻《しゆん》とかいふ峙《そばだ》ちやうではなく、どこまでも撫で肩の柔かい線である。この不自然さが二峰を人工の庭の山のやうに見せ、その下のところに在る藁葺の草堂諸共、一幅の絵になつて段々近づいて来る》

とあるが、これは実際行って、見る山などなく、現在では、とろろ汁丁字屋の近くに吐月峰入口というバス停があり、そこから畠中へ道が通じていて、それをたどると、京都の嵯峨野あたりに似かよった鄙びた畠地の中の右手に、森閑としたわびた小ぢんまりした寺が建っているだけである。これが天柱山吐月峰柴屋寺で、天柱山も、吐月峰も寺の別名で開山の宗長が名づけたものである。

ところが一平の「漫画より見たる五十三次」の中にも、

《此処から一里足らずの所に、灰吹きで名高い吐月峰柴屋寺がある。吐月峰と云ふのは、後の山の名である》

とある。かの子はどうやら一平の勘ちがいのままを教えられ、それに基づいて書いたらしい。

もう一カ所、宇津山越えのところで、

《鉄道の隧道が通つてゐて、折柄、通りかゝつた汽車に一度現代の煙を吐きかけられた以後は、全く時代とは絶縁された峠の旧道である》

とあるが、ここは鉄道などは全く見当らない地形で、あきらかにかの子の勘ちがいである。

思うに「東海道五十三次」は、かねがね一平から東海道の面白さを聞かせられていたかの子が、一、二度行った経験を思いだし、ある時、一気に興がのって書きあげたものであろう。一、二の、地理的な誤りなど一向苦にならない名作である。好き嫌いもあろうが、私などは、かの子の短篇の中で、ただひとつをあげろといわれたら「東海道五十三次」をあげたくなる。おそらく現実には、東海道に憑かれて妻子と家を捨ててしまい、無目的にただその道を上り下りして生涯を終える作楽井のような人物は、居ないことだろう。あくまでかの子の詩魂が産んだ空想の漂泊人である。山本健吉は、

《漂泊人が持つこのやうな憧憬は、取りも直さず美的世界を自己の生活の上に希求する彼女の憧憬そのものである。それは西行、雪舟、宗祇、利休、芭蕉と、日本人に伝統的な憧憬でもある。彼女は美を生活のモラルとすることによつて、己れの周囲に人工架空の楽園を思ひ描いたのであった。かかる希求は無目的であり、無償であればあるほど美しいのである。氏の作中人物にはこのやうな心像の所有者が数多く登場する》

として、「小町の芍薬」の村瀬、「とと屋禅譚」の国太郎等を同列の人物として挙げている。

このあと、この年のうちに「狐」「みちのく」「快走」「高原の太陽」などの短篇を矢継早に産

んでいる。この中で「狐」はかの子の愛着した小品で、「自作案内」にも、
《これは二十枚程の短篇だが自分では割合に気に入つてゐる。やはり題材は徳川期に採つたものだが、内容精神はこれも全然独創である、偽らずしてはゐられない事情に於て、必死の真心を通じる心路を書いた。実在の男と女がはじめ虚構である、中間に虚構の狐の鳴声を使ふとき、虚構は穿《うが》たれて実在の男女となる。霰に混つてコンコンといふ、その声に人間哀音の至極をこめたつもりである》
と解説し、一平は、
《かの女の作品に魔は無かつたかも知れないが、神秘か妖気のやうなものはときに漂ふことがある。人のまごころがいろ〳〵の約束事で十重二十重に遮《さへぎ》り距《へだ》てられても、電波的に透き通し、伝はり通つて行く。半生以上の永い歳月の間、躾けや内気や自我に押へられて、その気持をその気持のまゝに人に伝へることの出来ない不如意の性情をかの女自身嘆き苦しんでゐたかの女が、芸術に於て、かういふ理想や信念を書き現したのは、その不如意に対する復讐でもあり、せめてもの心ゆかせであつたらう。かの女はこれを書きながら、しばし万年筆をとゞめ、折しも、霙降る初冬の庭に向つて、「こん、こん〳〵、こん――」と狐の鳴声を真似してみて味ひしめてゐるのを見た。かの女自身の上に妖気の漂ふのに慄然としたことを覚えてゐる》
と述べている。
石川淳は、かの子が全く女らしい方法で書く女の作家だという見解をもっていた。即ち、エネルギーの代りに熱で、努力の代りに調子で書く作家で、我を忘れて書くところに妖しい美しさが出るけれども、「狐」は「せいの低い作品」だと見て、この作品の最後で二人の登場人物が、こん、こんと狐の鳴声をまねて鳴き交わす条を情熱と調子とが一気に、おおっぴらに迸ったものだとみなしながら、一平の先の文章を引用して、

《わたしは「狐」本文よりも、右の一平氏の記述のほうがおもしろい。「かの女自身の上に妖気の漂」つたといふことは、そのとほりに受けとつておかう。しかし、作品のはうには格別妖気のただよふものが感じられない。作者の鳴声の切実感から、作中人物の鳴声が分離してゐる。けだし、作者の鳴いてゐる現実世界のほうが、作中人物の鳴いてゐる仮定世界よりも、次元が高いのだらう。雰囲気がちがつてゐて、作品が顔まけしてゐるのだらう。作品に即してみれば、せつかくの、こんこんといふ鳴声が宙に分裂してゐて、どこでなにが鳴いてゐるのか判らないやうなふぜいである。作者と作品との隙間から、狐がさつと逃げ出してしまつたのかも知れない。

こんこんと、心ゆくばかり、狐の鳴声をすることはよい。しかし、それはなにも書かないでゐるときに、ある日ふつとわれを忘れて、こんこんと鳴きたい。妖気は作者の身についたものである。作品と相談しながら捻出すべき筋合のものではあるまい。自分の鳴声を自分で「味ひしめ」たりなどしないで、ただ何となく、こんこんと鳴きたい。これを詩人のたしなみといふ》（岡本かの子）

と皮肉っている。それほど自慢になる小説でもないし、むきになって悪口をいうほどのものでもない。ただし一平の文章が、時には全くかの子の小説の制作過程にあずかりしらぬように書くかと思えば、この場合のように、まるでその横につききりで書くのを見ていたようにいう時もあるのが面白い。実際にかの子がこんこんと鳴いたかどうかより、やはり私には石川淳のいう意味とは別に、一平がわざわざこういう描写でかの子の制作態度を伝える点が面白いと思う。「高原の太陽」は生命力の強い娘とニヒリスティックな青年画家の姿に、若き日のかの子と一平の姿を見るようである。

この年の一番の問題作は、何といっても『中央公論』十一月号に載った「老妓抄」であった。

この月の『中央公論』は、女流短篇小説特輯号で、創作陣のメンバーは、

「老妓抄」　岡本かの子
「竈の火は絶えじ」　中本たか子
「秋袷」　矢田津世子
「膿盆胎児」　小山いと子
「煉獄の霊」　円地　文子
「山道」　佐藤　俊子
「恋の手紙」　宇野　千代

の配列である。これらの中で堂々巻頭を飾ったかの子の「老妓抄」は、他を圧して、その月の最大の問題作としてあらゆる評にとりあげられた。

平出園子という老妓が、出入りの若い電気屋の技師のパトロンになり、その男の夢をかなえてやろうとするが、男の老妓の老いを知らない生命力に圧倒されて、かえって無気力になっていくという筋で、「男を飼う」モティーフは、「花は勁し」の延長上にあるとみていい。

《憂鬱な顔をしながら、根に判らない逞ましいものがあつて（略）次から次へと、未知のものを貪り食つて行かうとしてゐる。常に満足と不満が交る交る彼女を押し進めてゐる》

というような老妓は、「花は勁し」の桂子よりももっと放胆な男の飼い方をする。老妓は無償で面倒をみている柚木に、人に惚れるにしても心の底から惚れ合うのなら賛成だが、お互いが切れっぱしだけの惚れ合い方で、ただ何かの拍子で出来合うというのはつまらない。

《仕事であれ、男女の間柄であれ、混り気のない没頭した一途な姿を見たいと思ふ。私はさういふものを身近に見て、素直に死に度いと思ふ》

という。柚木は思う。

《老妓の意志はかなり判つて来た。それは彼女に出来なかつたことを自分にさせようとしてゐるのだ。しかし、彼女が彼女に出来なくて自分にさせようとしてゐることなぞは、彼女とて自分とて、またいかに運の籤のよきものを抽《ひ》いた人間とて、現実では出来ない相談のものなのではあるまいか。現実といふものは、切れ端は与へるが、全部はいつも眼の前にちらつかせて次々と人間を釣つて行くものではなからうか。

　自分はいつでも、そのことについては諦めることが出来る。しかし彼女は諦めといふことを知らない。その点彼女に不敏なところがあるやうだ。だがある場合には不敏なもの、方に強味がある。

　たいへんな老女がゐたものだ、と柚木は驚いた。何だか甲羅を経て化けかゝつてゐるやうにも思はれた。悲壮な感じにも衝たれたが、また、自分が無謀なその企てに捲き込まれる嫌な気持ちもあつた》

柚木は老女から、時々逃げ出す癖がつき、それでも必ずまた帰ってくる。

「年々にわが悲しみは深くしていよよ華やぐいのちなりけり」

と、老女の歌で結んであるが、この歌が先に出来、小説の結構が後から出来上ったと一平は解説している。いうまでもなく、この歌の心境は晩年のかの子自身のものであり、この老妓の夢もまた、かの子の夢に外ならない。ただ、これまでのかの子を托したヒロインたちが、いかにもかの子の分身らしい華やいだ生命力にあふれた姿をしているのに比べ、老妓はいつも憂鬱な顔をして真昼の寂しさに自分を憩わせていることすら気づかずにいるように、アンニュイにみちた表情であらわれてきている。文章もこれまでの冗漫で過剰な修飾癖が影をひそめ、洗練されたきりっとひきしまったものになっていた。

　これまでかの子の文学に対して否定的であった面々も、「老妓抄」には圧倒的な好意をみせた。

川端康成は『朝日新聞』の文芸時評に、
《この豊かに深い作家は高い道を歩いて、近作の「老妓抄」や「東海道五十三次」のやうな名短篇をなすところへ来た》
と絶讃し、更に翌昭和十四年『文藝春秋』二月号には、
《岡本かの子氏は最近もつとも立派な仕事をしつつある作家の一人だ。続々と溢れる作品は、生命の泉から不思議な花が爛漫と咲き出たやうである。この花の根は深いけれども、水中か雲間に誇り咲くやうな光がある。……略……
長篇は絢爛で豊饒で、時に極彩色じみるところに、未成の思いもある。しかし、短篇には既に鬱然たる大家の風貌を見る……中略……いよいよ専ら、創作に精進したいといふ相談をきいてからも、早五、六年になる。それを思ふと、近来の岡本氏の名作には一入《ひとしほ》喜びも深く、卒爾に批評する気にはなれないのである。また卒爾に批評出来ぬものを持つて、岡本氏の作品は聳え立つてゐるのである。林房雄氏の岡本かの子論に倣つて、私も先づ脱帽したい。林氏の讃仰が心に響かぬ人もあろうと思ふけれど、私自身が久しく求めて遂に到り得ない境地を岡本氏に見る者であるゆゑ、林氏の言葉は私の胸に通ふのである》
と讃えている。一生に一度でもこういう批評を書かれる作家というのは、作家冥利につきるといってよいだろう。
この作品には、かの子も一平も発表前から相当な自信を持ち期するところがあったと見える。
かの子は、この作品の批評の出そろった十二月のある日、一平の前にいつになく両手をつくまねをして、
「パパ、もう大丈夫、おかげでこれまでになれましたわ、ありがとう」
といった。一平は思わず涙ぐみそうになって、

「何だ、世界の文豪の列に加わるまでやる筈じゃないか、まだ漸く踏みだしだよ」

といった。かの子は素直に、

「それもそうね」

とうなずいた。それからまた、

「これからはすこし人の面倒も見よう」

といったりもした。

「老妓抄」の出た後、『改造』の編集局長だった横関愛造が岡本家に用があって訪れた。かの子は正月号の原稿に追われて、幾日も徹夜がつづいたといってまだ寝ていた。ひる時で、一平がひとり親子丼をつついていた。

《僕が座につくと、一平はいきなり、

「老妓抄読んでくれましたか」

とたずねる。あまり唐突な問に、私はいささかどぎまぎしていると、

「是非読んでください。あれだけは……」

と念を押すようにいう。実はまだ読んでいないというと、一平は気軽に立って、中央公論を持ってきた。そして、すぐこの場で読んでくれというのだ。その態度が、いかにも真剣であるのに、私はまずおどろいた。有無をいわさずに読めといった気構えである。私の用件など聞こうともしない。

　私は即座にそれを読んだ。最初の二、三頁は、編集者式に斜めに目を通した。が、途中から、引きずられるように、一気にその全文を読んで、さて思わず〝ウー〟となった。巻を掩《おお》うてホーッと歎息をもらしたのだ。先きほどから、だまってお茶をすすっていた一平は、私の読み終るのを待ちかまえたように、

「どうです、いいでしょう……」

と、タタミかけて念を押す。その目は異様にかがやいている。私は、作品のよしあしなどわかるがらでもないので、

「いいですなア、一気に読ませますね」

と、お世辞ともつかず、相槌を打ったかっこうで、いささかお座なりの返事をした気味だったが、実は、これは大した作品だナと、内心では驚歎していた。

「その程度ですか……そうですか……」

一平は、あっさりとした私の返事にいかにも物足りないといった口調で、こういってジーッと私の顔を見入った。

……中略……

かの子の文学に対して、一平は常にわがことのように、その大成をいのっていた。なるほど、一時はこの夫婦の間に、大きなミゾができて苦しんだ時代もあるが、解脱して見ると、そんなミゾはもうどうでもよくなって、ひたすらお互の芸術完成に精進し合った。それだけに、この「老妓抄」は、一平にも満足すべき芸術だったのだろう。

「アーラ、いらっしゃい……」

頓狂にちかい上ずった声で、かの子がはいってきた。片手に歯ブラシを持ち、半分踊っているようなかっこうで、巨体でシナをつくり、

「パパ、歯みがき粉出して……どこにあるの?」

と、駄々をこねる子供のように甘えた調子である。

するとー平は、つっと立ってお台所に消えたが、歯みがき粉の袋をブラさげてきて、

「ハイッ」

とかの子にわたす。それがいかにも自然の姿に見えて、ほほ笑ましい風情であった。

これが私のかの子夫人と会った最後の幕切れである。

その後一平が画いてくれた色紙は、かの子の面影を髣髴《ほうふつ》せしめた、老妓の一筆がきであった》（思い出の作家たち）

と、その日のことを書き記している。

かの子は「老妓抄」の成功を喜ぶと同時に、ごく親しい一平の弟子たちなどには、

「『老妓抄』がこんなにさわがれるのがおかしいのよ、この程度にわかりやすく程度を下げて書いてやらなければうけないいんだから、いやんなっちまう」

と、腹立たしそうにいったりもしている。また、

「人世ではもうほしくない時に、それがやってくる」

などともらしている。ついこの間までジャーナリズムに苛酷にあつかわれ、持ちこみ原稿をつっかえされてばかりいた頃の、うらみつらみが、今更のように、手のひらかえす態度とみくらべ、厭になったのだろう。

ともあれ、「老妓抄」の決定的な成功のおかげで、かの子の許には各文芸雑誌から注文が殺到した。

「老妓抄」から没年までの間に発表した短篇はみなすばらしく、かの子文学の頂点をなしている。

昭和十四年一月号には『文藝』に「鮨」、『新潮』に「家霊」の二作を発表した。この二作とも「老妓抄」と共に、かの子の代表作としてまずあげ得る。川端康成は、

《「家霊」と「鮨」とは、一対をなす短篇と言へる。一つは泥鰌屋、一つは鮨屋、共に日本的で妙な食ひもの店を描いてゐる。そして両方の作品に流れるのは、他の岡本氏の作品でも同じだが、言はば高いいのちへのあこがれである。細々とした夢のあこがれではなく、あこがれが

艶な肉体をほのめかせてゐる。なにものにも生命を流れさせる見方は、或ひは仏法の心でもあるのか、確かにこれは、東方の大きい母である。日本の心の深さを西方の人に知らしめる、現代の作家の、岡本かの子氏はその最初の人ではないかと、私は常々ひそかに畏れをなしてゐるのである。私がこの人に期待するところは大きい。

「人に嫉《ねた》まれ、蔑まれて、心が魔王のやうに猛り立つときでも、あの小魚を口に含んで、前歯でぽきりぽきりと、頭から少しづつ嚙み潰して行くと、恨みはそこに移つて、どこともなくやさしい涙が湧いて来ることも言つた」（家霊）

以上二篇、食ひものを性格や生活と交らせて描いたのは手柄である。それを縹渺と生命の空に通はせたのは更にみごとである。

老彫金師や鮨屋の娘の形のとらへがたい恋は美しい命のあこがれである。文章のはしばしにまだ熟し切れぬものがあつても作者の尊さは失へまい》（文学の嘘について）

と、『文藝春秋』二月号に批評している。

林房雄が十三年六月『文學界』に「岡本かの子論」を発表しはじめた時は、かの子の文学を理解しない世間と戦う決意ではじめたともらしている。それが意外に早く世間の理解が訪れたのである。それは林房雄、川端康成のような強力な支持者がいて側面から、常に作品に好意的で適切な、しかも情熱的な解説の労を惜しまなかったせいもあろうけれど、やはり、天才の開花というよりないかの子の目ざましい作品活動の、有無をいわせない強力なエネルギーと見事な出来栄が、世評を納得させたのであろう。林房雄はもはや、戦う必要がなくなったとかの子論を中絶していた。

今や、かの子の声望は隆々たるものになった。

一平が太郎にしらせた手紙で窺えば、

《どの文学者の会合へ行つても同業の文学者から礼讃の声に取巻かれ、おかあさんの小説を極力支持する中堅作家と批評家が三人以上おかあさんの作品を毎回、讃仰紹介すべく筆を揃へて待構へてゐる状態に在つた。女流はもう敵でなかつた。

この勢ひで二年間続いたら男性の作家を悉《ことごと》く後方《しりへ》にして、かの子時代が現出するといふのがジャーナリストの間の定評だつた。現にこの一月号には三つの総合雑誌の中の一つ「日本評論」に連載中の長篇ものの第二回が載り、三つの文学専門雑誌中の「新潮」と「文藝」との二つに短篇が載り、婦人雑誌中で智識階級的な「婦人公論」に短篇が載つた。そして三つの文学専門雑誌中のあと一つ「文學界」には三百枚以上の長篇が載ることになつてゐて、ひたすら脱稿を急ぎつつあつた。これが征服でなくて何であらう。女にはもちろん出来ないことだが男の流行作家でも、これだけ純芸術的作品をもつて各誌を氾濫さすといふことはあまり多くないこととされた》

という状況であった。

かの子は一平に、

「ええ、そりゃ、どこへ行ったって、もうたいしたものよ、安心してね」

といいはじめていた。あれほど憧れ、あれほど手の届かなかった小説の世界での成功が、今こそかの子の掌にしっかりと握られたのである。

「私に知友はあるが刎頸《ふんけい》の交りというものが一人も無い。もしその然諾《ぜんだく》を重んじたら女史に対する保護力に支障を来しはしないかを恐れたのである」

とまで、自分を殺し、かの子を守り抜き、かの子の望みをかなえることを自分の生きがいとして来た一平の労苦が、はじめてここに報われたのである。

かの子の小説の一つ一つの成功を自分のことのように一平が喜ぶのも道理で、「老妓抄」の老妓の生活環境や、下町の食物屋の雰囲気など、一平の案内と解説と指導がなければ、とうていかの子の知り得ない世界であった。

食魔という意味に於ては、かの子よりはるかに一平が当っている。うまいものを食べられなければ死んだ方がましだという一平の味覚に、多摩川の大家族育ちのかの子の味覚が追いつく筈はなかった。どじょうについては、一平はつとに「どぜう地獄」という題を自分の小説につけているほど、どじょう好きであった。

《女史は小説を発表し出したので、私は老婆心から、ならば、もつと下情に通じるやうにと、浅草辺へ行つた度に、駒形名物のどぜう汁と鍋とを食べてみた。少々をかしいくらゐ真剣な我慢した顔付だつた。それから私たちは待乳山へ上つて、春の月夜の隅田川を眺めた。眺めてゐるうち女史は嘔吐してしまつた。やつぱり骨ごとの丸どぜうは性に合はなかつたのだ。私が気の毒がるのを「なに、いいのよ」と取做《な》して呉れてゐた。棘を愛し、与へられた苦しみには価値転換をもつて復讐する本能を持つ女史はこのときとはつきりいへまいが、大体この辺の作品を思ひ付いたのであらう（略）人からもどぜう屋に関する話を聞いてゐた》

という挿話をつたえている。尚、

《女史は決して実際の食魔《ダヴルメ》ではない。寧ろ食ひものは単純で慎ましい方だつた。それでゐて作品にはかなり多く食味のことを盛られてゐるのは、味を通しても性格の拡大作業をしたのだと思ふ》

とも解説している。が、そのように導き、そのように材料を選ばせ、そのように小説の中に料理させたのは、すべて一平というマネジャーがさせたという以外に私には考えられない。

かの子のこの小説を一平と共に喜ぶ他の二人の協力者のうち、一人がすでにいなくなっていたことに触れなければならない。まるでかの子の忠僕のように、かの子に仕え、岡本家にとってはなくてはならない人物だった恒松が、こうしたかの子の成功をみる前に、高樹町の家を去っていた。

恒松が、現夫人と恋に落ち、その結婚を許してほしいとかの子に申し出た時、かの子はコロンバンで、恒松の恋人と対面した。帰るなり、気にいらないから即刻別れるようにと命令した。恒松はもうすでに内々婚約しており、たといかの子の至上命令でも今度だけはききいれようとしなかった。するとかの子は夜のうちに新田に命じ、恒松の荷物を一切家の外へほうりだしてしまった。

かの子は一平も愛していたし、新田も愛していたけれども、恒松にも二人とは別な深い愛を感じていたし、むしろ、信頼する意味では、他の二人よりはるかに深いものがあった。かの子にとって、三人の男は、三人ともそれぞれ絶対必要な必然性があったのである。すべてにおいてオール・オア・ナッシングのかの子は愛に於ても、相手からすべてを吸収しつくさねば気がすまなかった。自分以外の女に心を移した恒松に、どれほど愛憐の心がのころうともう許すことは出来ないのだ。恒松の長い歳月の犠牲奉仕など、こうなると何の役にもたたないのだ。

かつて堀切茂雄の場合がそうであったように、人の念のかかったものは、たといどんなに愛情があってもきりすててしまうかの子の昔からの主義は、今も変らなかった。

それでもかの子に恒松が去っていった後から急に肉体的な弱りが出たことを、医者である新田は私にこう説明してくれた。

「かの子には、ぼくたち三人が三人とも必要だったんです。三人の必死に支える力が均等で、かの子という烈しい魂と肉体がやっとおだやかで安心していられたんです。その中の一人でもかけるということは、かの子の精神と肉体のバランスがくずれることになって、急に弱りはじめたのだと思いますね」

またその頃、久しぶりに銀座でばったりかの子夫妻に逢った阿部知二は、昔のように久しぶりで誘われ、料亭に上った。やはり昔のように、ある時間をおくと、一平は、知二に、

「かの子の話を聞いてやって下さい」

といってすっと消えていく。そのあとかの子は、らんらんとした目を据え、

「阿部ちゃん。恋をどう思う？　あたし、今、また命をかけてもいいと思う恋をしているのよ。本当に命をかけてもいいの」

といった。

　時局は刻々戦争の色濃くなっている世相の中で、五十歳になんなんとするかの子が、憑かれたように生命がけの恋について語るのを、阿部知二は異様にも不気味にも感じ、まじまじかの子を見かえさずにはいられなかった。

第二十二章　薔薇塚

「ぼくは正直にいってかの子のような女は嫌いですね。かの子は虚栄心の強い暴君ですよ。わがままで横暴で……一平さんの方がずっと好きですね。一平さんはほんとにいい人だったな。あんな人はめったにいない。一平さんがほんとに気の毒でしたよ」

　かの子の死後二十五年たっての亀井勝一郎の述懐である。そのことばを直接聞き、私は感慨深いものがあった。

　かの子の死後一年後のことだった。私は入ってまもない女子大の寮で上級生から、

「知っている？　かの子の死は病死じゃないのよ、心中なのよ。相手は助かったけど、時間をき

めて、別々のところで毒をのんだのよ。相手はね、亀井勝一郎よ」
と断定的に聞かされたのを思いだしていたからであった。考えてみれば、私が岡本かの子に本当に結びつけられたのは、その瞬間からだったのである。それまでは単にかの子の小説の愛読者にすぎなかった女子学生が、まだ恋の想いもしらない心に、いきなり聞かされたその話は、それが仮定の小説や物語ではなく、実在の人物のれっきとした恋物語だっただけに、印象は強烈だった。

　かの子の文学の解説者としての、その当時の亀井氏の絢爛たるかの子文学礼讃の文章に魅せられていただけに、その心中説はロマンティックに美しく思えた。亀井氏の話によれば、当時のかの子が、突然、亀井家を訪問しては二階でじっと坐りこみ、何もいわず、居つづけるので困り果て、いつでもそういう時は亀井夫人が一平に電話をかけに走る。すると一平がすぐ車をとばして迎えに来、亀井夫妻に本当にすまなそうにあやまり、かの子をなだめすかしてつれてかえる。

「一平さんにあやまられる度、本当に気の毒になりましたよ。かの子はわがままで悪い女ですよ」

　亀井勝一郎のかの子に対する今の語調はむしろ冷たい。とうてい心中の生き残りなど夢にも思えないことがわかる。

　昭和十三年の秋、「やがて五月に」の亀井勝一郎の批評を読み、かの子が感激して以来、亀井勝一郎を自分の文学の最大の理解者と思うようになった。かの子はそれを自分の本の序に入れたいと亀井勝一郎に手紙を出し、以後、二人の往来がはじまった。永眠までわずか半年ほどの短い交際である。この間亀井勝一郎は普門品《ふもんぼん》を学ぶため、高樹町の岡本家をしばしば訪れるようになった。

　《その一日一日の不思議な感銘を忘れることは出来ない。古びた洋室には明治の薫りが残つてゐた。はじめて西欧の貴族文化を享《う》けいれた日の優雅でロマンチックな匂ひのする小部屋である。そこに坐つて、秋雨の音をきゝながら、大乗の相《すがた》を語つて下さつた日を想ひ起す。かの子氏は仏教の教義については一言も触れず、ひたすら生命の美しさ激しさ悲しさについてのみ述べた。……略……すべての言葉に名状し難い切なさが感じられた。それは抑へようとしても抑へきれぬ生命の泉の湧きあがるさまに似てゐた》（追悼記）

こうして訪れた日は共に食卓を囲んだり、レコードを聞いたり、家族的な団欒に加わることがある。かの子は最初から、この美貌の若い評論家を家族的に厚遇していたのである。当時の亀井勝一郎にかの子が一方的に好意以上の愛情を持っていたと見るのは、不当ではなさそうである。訪れを待つだけでなく、想いをがまん出来ず、相手の家へおしかけていく。

「その時はもうすっかり肥っていて、うちの階段を上るのも大変なんですよ。ぼくが後から押しあげるようにして、えっちらおっちら上るんだから」

と亀井氏は苦笑する。歓迎されない客だということがわかっていたのか、わかっていなかったのか。わかっていても止むに止まれない激情につき動かされ、そういう行動をとらずにはいられなかったのか。物もいわず何時間でもじっと坐りこんでいるという五十歳のかの子の姿も哀しいなら、それを迎えに来る一平の姿も悲しい。

《貴族がさうであるやうに、氏もまた一種の暴君であつた。この傲慢不遜な強い個性の所有者は、自分の望むところのものは何でも手に入ると思つてゐたらしい。一切を支配し、奔放絢爛の生命をふんだんにふりまきながらのし歩いて行く。いのちを賭してもすべてを貪《むさぼ》り得ると、驚くべき自信にみちてゐたやうである。氏の内部に住む「若い恋人」が望む相手とは、云はば人身御供に他なるまい。作品がそれを証明してゐる。牡丹はこれを土壌として妖麗に咲き乱れたのであらう》

かの子が銀座で阿部知二に語った命がけの恋の相手とは、かの子の片恋の亀井勝一郎であったのだろうか。

やはり丁度その頃のある日、第一の結婚に破れ、二度めの結婚で幸福な家庭に落着いていた藤沢に住むかの子の妹きんは、突然、江の島のホテルから、かの子の呼びだしを受けてかけつけた。

遠い昔、堀切茂雄との三角関係で、激しい嫉妬をあびせかけた妹にむかって、功なり名とげたかの子は、昔のことなどおくびにも出さず、悠揚として迎えた。

京都で特別に染めさせたという水色の流水の模様の着物に、金と黒の市松の帯をしめ、衣裳の自慢などを無邪気にした。

これから鎌倉の川端康成に会いにゆくのだといって、川端康成のことばかり、情熱的に絶讃した。きんはかの子が目下は、川端康成に特別の感情を寄せているのかと思ってだまって聞いていた。

あれ以来、ふたりであったこともないかの子が、わざわざ呼びよせたのは、口に出さないまでも、きんと和解したい気持からだろうと、おとなしいきんは姉の心中を察し、そういう姉はやはり淋しいのだろうかと思った。

「これから大作にとりかからなきゃならないのよ。それでこの近所に部屋をみつけてじっくり仕事しようかと思うの、油壺もいいと思うんだけれどもしこの近所だと、あんた毎日通って来て、御掃除や御飯の面倒みてくれる?」

きんは何十年か前の、王女と侍女のようだった、じぶんたち姉妹の立場をなつかしく思いだした。かの子はやはり、昔のままのかの子だと思った。

「いいわ。それくらいのことなら」

「そう、それじゃ、さっそくそのように考えるわね」

かの子は、その日は始終上機嫌できんに対し、やがて鎌倉へゆくといっていそいそホテルを出ていった。それが最後の別れになろうとは、きんは思いも及ばなかった。

結局かの子は、湘南で仕事部屋をみつけるという計画は果さないで、その年は家にひきこもり書きに書いた。年末までに仕上げたものは中篇「河明り」と「雛妓」であった。「河明り」は『中央公論』四月号に、「雛妓」は『日本評論』五月号に、それぞれ、かの子の急逝後、遺稿として発表されたが、二つながら、かの子の筆力が冴えかえり、力量が爛漫と華開いた見事な傑作になっていた。

「河明り」はかの子の文学の主題である「川」に対する思想とモティーフが、正面から打ち出されているし、「雛妓」は、やはり、かの子文学のもう一つの主題である「家霊といのち」に真向からぶつかっている。

《観念が思想に悪いやうに、予定は芸術に悪い。まして計画設備は生むことに何の力もない。それは恋愛によく似てゐる》（河明り）

《川を溯るときは、人間をだん〳〵孤独にして行きますが、川を下つて行くと、人間は連れを欲し、複数を欲して来るものです》（河明り）

《芸術は運命である。一度モチーフに絡まれたが最後、捨てやうにも捨てられないのである》（河明り）

《河には無限の乳房のやうな水源があり、末にはまた無限に包容する大海がある。この首尾を持ちつゝ、その中間に於ての河なのである。そこには無限性を蔵さなくてはならない筈である》（河明り）

これらのことばは、すべてかの子の文学を解く鍵になり、あるいはかの子の正直直截な遺言とも聞えてくる。「雛妓」ではもっと明らさまに、かの子は自分の作品によって、自分の文学の宿命と使命と生命とを語らせている。父寅吉の死を扱って、作品の中でも現実の岡本家の家族構成そのままを使用しながら、あくまで私小説ではないこの作品は事実と虚構を手玉にとり、かの子のまるい小さな掌の中で自在にこねあわせ、混然ととけあった一つの美学の本質を解き明している。即ち、かの子が小説を書かねばならない動機、理由、使命感が、この小説の中にあますところなく描きつくされているのである。

文中、主人逸作のことばとして、

《何百年の間、武蔵相模の土に亘って逞しい埋蔵力を持ちながら、匍《は》ひ松のやうに横に延びただけの旧家の一族に付いてゐる家霊が、何一つ世間へ表現されないのをおやぢは心魂に徹して歎いてゐたのだ。おやぢの遺憾はたゞそれ許《ばか》りなのだ。おやぢ自身はそれをはつきり意識に上す力はなかつたかも知れない。けれど晩年にはやはりそれに促されて、何となくおまへ一人の素質を便りにしてゐたのだ。この謎はおやぢの晩年を見るときそれはあまりに明かである。しかし望むものを遂におまへに対して口に出して言へる父親ではなかつた以上、おまへの方からそれを察してやらなければならないのだ。この謎を解いてやれ。そしてあのおやぢに現れた若さと家霊の表現の意志を継いでやりなさい。それでなけりや、あんまりお前の家のものは可哀相だ。家そのものが可哀相だ》

とある。これほど明快端的にかの子文学の本質を自ら解明したものはない。この逸作、即ち現実では一平のことばによって、かの子は自分の文学の主題をはっきり摑むことが出来た。即ち家霊の表現という自覚である。このことばはおそらく現実の世界でも、一平の口からある日、真剣にかの子に語られたものであろう。なぜならすでに「第五章」にも述べたように、親が子に伝える生命の再燃の注文、平たくいえば家運の復興という注文は、一平が、竹次郎に強いられたものであり、竹次郎はそのまた父に強いられ、骨の髄までしみこんだ岡本家代々の執念であったからである。

「おれは元来うつろの人間で人から充たされる性分だ。おまえは中身だけの人間で人を充たすように出来ている。やっと判った」

という逸作は、また、

「俺がしたいと思って出来ないことを、おまえが代ってしてして呉れるだけだ」

といって、妻の、中庸のたもてない極端な性格や、ただひたすら、愛や魂を体当りでぶっつけてくる不器用さを悦ぶ男でもある。

これもそのまま、現実の一平の口癖と解釈していい筈である。

一平はつとにかの子の中のけた外れの非凡さと偉大さに気づくと、大貫家の家霊の顕現だけでなく、岡本家の家霊の執念まで、じぶんからかの子の肩にするりと肩がわりさせてしまった。

《若さと家霊の表現。わたくしがこの言葉を逸作の口から不忍の蓮中庵で解説されたときは、左程のことゝも思はなかつた。しかし、その後、けふまでの五日間にこのエスプリのたちまちわたくしの胎内に蔓《はびこ》り育つたことはわれながら愕くべきほどだつた。それはわたくしの意識をして、今にして夢より覚めたやうに感ぜしめ、また、新なる夢に入るものゝやうにも感ぜしめた。肉体の悄沈などはどこかへ押し遣られてしまつた。食ものさへ、このテーマに結びつけて執拗に力強く糸歯で嚙み切つた》(雛妓)

《「おやぢが背負ひ残した家霊の奴め、この橋くらゐでは満足しないで、大きな図体の癖に今度はまるで手も足もない赤児のやうなお前によろ〳〵と倚《よ》りかゝらうとしてゐる。今俺にそれが現実に感じられ出したのだ。その家霊も可哀さうならおまへも可哀さうだ。それを思ふと、俺は切なくてやり切れなくなるのだ」

……略……

「俺が手の中の珠にして、世界で一番の幸福な女に仕立て、みやうと思つたお前を、おまへの家の家霊は取戻さうとしてゐるのだ。畜生ッ。生ける女によつて描かうとした美しい人生のまんだらをつひに引裂かうとしてゐる。畜生ッ。畜生ッ。家霊の奴め」

……略……

「だが、こゝに、たゞ一筋の道はある。おまへは、決して臆してはならない。負けてはならないぞ。そしてこの重荷を届けるべきところにまで驀進《まつしぐら》に届けることだ。わき見をしては却つて重荷に押し潰されて危ないぞ。家霊は言つてるのだ——わたくしを若しわたくしの望む程度まで表現して下さつたなら、わたくしは三つ指突いてあなた方にお叩頭《じぎ》します。あとは永くあなた方の実家をもあなた方の御子孫をも護りませう——と。いゝか。苦悩はどうせこの作業には附ものだ。俺も出来るだけ分担してやるけれどお前自身決して逃れてはならないぞ。苦悩を突き詰めた先こそ疑ひもない美だ。そしてお前の一族の家霊くらゐおしやれで、美しいものの好きな奴はないのだから——」》

逸作のまるで預言者のような、あるいは教祖のような自信にみちた断言と教唆は、かの子の心身にしみとおり、やがて完全な暗示にかかって、かの子は魔法使いの呪いにかけられた人間のように、あるいは、神の声を聞いたジャンヌダークのように、使命感とエリート意識にこりかたまっていく。

《……「意気地なしの小娘。よし、おまへの若さは貰つた。わたしはこれを使つて、つひにおまへをわたしの娘にし得なかつた人生の何物かに向つて闘ひを挑むだらう。おまへは分限に応じて平凡に生きよ」

わたくしはまた、いよ〳〵決心して歌よりも小説のスケールによつて家霊を表現することを逸作に表白した。

逸作はしばらく考へてゐたが、

「誰だか言つたよ。日本橋の真ん中で、裸で大の字になる覚悟がなけりや小説は書けないと。おまへ、それでもい、か」

わたくしは、ぶる〳〵震へながら、逸作に凭れて言つた。

「そのとき、パパさへ傍にゐて呉れ、ば」

逸作はわたくしの手を固く握り締めた。

「俺はゐてやる。よし、やれ」》（雛妓）

かの子以外の誰が、照れも恥かしがりもせず、こんな大時代なせりふをのべ、作品の中で大見得がきれるだろうか。

亀井勝一郎は、これら晩年の小説をさし、

「女史は小説を以て『滅びの支度』をした」

といみじくもいいあてたが、死後発表されたこれらの中篇、更に「生々流転」や「女体開顕」などは、すべてかの子の遺言のように、後世の読者に作品自体でかの子文学の解説をしている趣があった。

今はもう、かの子の小説に対して批難の声は全く聞えず、石川淳は後に「河明り」を、

《あつぱれ一本立の散文の秀抜なるものである。まあ傑作を以て許すべきに近いだらう》

とまで絶讃し、「雛妓」の中で、雛妓とかの子が互いの名を呼びかわすくだりを、

《作者の呼ぶ声と、作中の二重の呼声とが唱和するころに、作品の世界の調和がしづもつてゐる。いはば、作品の重心が作者寄りに、作者の生活の中に置かれてゐるあんばいで、作中の二人物の心のつながりが切れたあとでも、なほ作品の安定をうしなはない。女史の短篇中での佳作である》

と認めていた。

こういう作品の外に厖大な長篇群「生々流転」、「女体開顕」、「武蔵、相模」、「富士」等がすでに脱稿していたのである。後にそれらがすべてかの子の死後、遺稿として続々三年余りにわたって発表されつづけた時、人々はその質と量の偉大さに驚嘆させられた。まるで幽霊が、夜な夜な起きてきて書きつづけているような不気味な感じでさえあった。

かの子は箪笥や茶箪笥の後ろの壁ぎわに、まるめた書き溜め原稿の束を無尽に蔵していて、編集者がいくと、無造作にそれをつかみ出し、

「こんなの、どう」

といったというゴシップが伝わっているが、それはあまりの遺稿の大量さから出たゴシップにすぎない。かの子はたしかに長い下積み中の陽の当らぬ時代に、何十年もかかってせっせと原稿を書きためておいたけれど、すべてそれらが世に出る時は、一平や新田の周到な清書を経てからでなければ、編集者の手には渡っていないのである。

死後のものは一平が書いているのだという噂まで出たが、かの子の作品が、「雛妓」一つとりあげても、一平の思想、一平の生命感、業感などが、もはやかの子のものと一体にとけあって出来ている点をみても、ほとんど合作と呼んでいいものもあった。中でも「生々流転」には、明らかに一平の手が加えられている箇所を認めることが出来るが、これは後章にゆずる。

こんな多作の中にも濫作という感じを受けず、その作品が一切時流に染んでいなかったのは、岩崎呉夫の指摘する如く、全く書き溜めのおかげだったというべきであろう。

このころのかの子は、それでもつとめて会合や、観劇に出ていた。その顔は睡眠不足と疲労に、肌の荒れが厚化粧の下にもうかがえ、夏みかんの皮のように荒れていた。顔色も悪く目も充血していた。

人々には愛想がよかったが、観劇の間に居眠りをしている姿は、かつてのかの子らしくなくわ

びしすぎた。それでもまだ誰も、一平や新田のような家族たちでさえも、かの子の超人的な気力に眩惑されて、かの子の疲労の限界がすでに肉体を蝕みつくしていることに気づいていなかった。

昭和十四年二月二十四日の朝、熱海の宿で目を覚した林房雄は妻の声に驚かされた。

「岡本さんが亡くなった！」

「そんな大きな声を出すな！」

といってふとんをかぶったとたん、はっとなって妻の手から朝日新聞をひきよせていた。

《女流歌人として又作家として有名だつた赤坂区高樹町三本社客員岡本一平氏夫人かの子氏は昨年暮以来過労のため健康を害し、湘南で療養中であつたが、帰京後心臓を悪くし、去る十七日小石川帝大分院に入院、十八日午後一時半遂に死去した》

以下型通りの略歴が並び、長谷川時雨の談話がのっていた。

去年の暮から、かの子の軀の具合がよくないとは聞いていたけれど、こんな急逝のしかたをするとは思いもかけなかった。林房雄を驚かせたのは、死の発表が一週間もすぎているということであった。

別館に滞在中の川端康成に電話すると、まだ起きていない。しばらくしてもう一度かけた時は、川端康成もかの子の死を知っていた。

「ああ、新聞でみた、あまり急だね」

「一週間前に亡くなったと書いてあるよ」

「え、そうかい、おかしいね」

「おかしいよ」

ふたりは電話の両側で、妙にかわいた声をだして笑った。

その夜ふたりは揃って上京し、高樹町の岡本家を弔問に訪れた。

往きの列車の中で林房雄はつぶやいた。

「ぼくときみが二人揃って岡本一平さんに会いに行くのは何だか気がさすなあ」

岡本かの子の文学の最も熱烈な支持者で解説者だったふたりが、かの子の身近にいたということが、かの子のあの憑かれたような創作欲の源泉になっていないともいえないのではないか。そんな想いがふたりの胸にはあった。文学の仕事の苦しさ、その肉体的な負担のきびしさを誰よりも知っているふたりなのだ。

「困ったよ、今死なれたのでは、全く困るよ」

「うん、困ったね」

「これからなんだから」

「もう一息のところだった」

「五年でもいい、五年経てば鷗外、漱石級だといった予言も立派に立証されたんだがなあ」

「この儘では、人は巨大な未完成品と思うかもしれない」

「だから困るよ。全くかけがえのない偉さと可能性を持っていた人なのだ」

そんな会話もしていた。いくらかかの子について語りあっても、本当にかの子が死んだという実感がわいて来ない。

岡本家につくと玄関前の客間には晃々《こうこう》と明りがついていた。何事もなかったような灯の色でもあり、いつもとちがう不気味な灯の色にも見えた。

明るい応接間には正面に白布をかけた祭壇がしつらえられていたが、そこには位牌も遺骨の箱もなく、ただベルリンで写した童女めいたかの子の写真がかざられ、そのまわりを淡紅の薔薇がかこんでいた。写真の前に、中指ほどのかの子の持仏の水晶観音像が立っている。それだけであった。山本実彦が一平の傍にいた。一平はふたりを迎えると顔をぬぐいもせず、両眼からとめどもなくあふれる涙を流しっぱなしにしていた。その時の一平の印象を林房雄は、

《話してゐるうちに、一平さんの姿が、片身を削りながらなほ生きてゐる魚のやうに痛々しく見えはじめた》

と書いている。誰も一平のその悲痛な打ちのめされた姿を見ては、かの子が何の病気で、どのように死んだかなど聞くことが出来なかった。一平の方から、かの子が生前、火葬を嫌ったので土葬にしたのだということだけを聞いた。

それもいつ、埋めたものやらわからなかった。

新聞にかの子の死が報道されて以来、弔問客が五日間、岡本家にあとを絶たなかった。一平は誰に対しても、ただことばもなく涙ばかり流していた。

どの客もかの子の突然の死の報せに驚いていたし、その発表が死後七日も経っているのをいぶかしんでいた。

パリの太郎は二月二十四日夜おそくアトリエに帰り、ドアの下にさしいれてあった電報をみた。

《カノコ病気、恢復のみこみ》

電文を持ったまま、太郎はベッドに坐りこんでしまった。事の異常さが胸に来て、胸さわぎがする。その夜は不安と臆測で眠れなかった。わずかにとろとろとすると、若いガールフレンドの自殺する夢をみた。かの子が危篤だと思わないわけにはいかなかった。次の電報は中一日置き、二十六日についた。案の定、

《カノコ危篤希望を捨てず》

とあった。もうかの子の死は疑いようもなかった。太郎は友人の部屋へかけこみ泣きもだえた。最後の電文は二十八日の昼ついた。

《カノコやすらかに眠る、気を落すな。あと文》

その夜は街にとびだしていくと、アルコールに酔いしれて打撃と悲しみを忘れようとした。翌日またおっかけて電報が来た。

《僕は君の為に生きる。すこやかにあれ、苦しければ電打て》

一平が、太郎のショックを少しでもやわらげようと、苦肉の技巧をつかって電報を打っているのがわかった。太郎の胸に、はじめて母を失った父を思いやるゆとりが出て来た。電報局に足をひきずっていくと、しばらく考えて、頼信紙に書きつけた。

《母はわがうちに生きつつあれば悲しからず。父は僕にわずらわされず仕事に生きよ》

七年前、パリの北停車場で別れたまま、ついに会い逢うこともなく死別した母のことを、太郎はそれから十日たって、一平へ次のように書き送っている。

《……はじめの三日間は打ちのめされたやうになつて床についたまゝ眠りつゞけてしまひました。目が覚めてお母さんの『死』を考へると、うそのやうでもあり、又とても、恐しいことのやうでもあり、変な気持でゐると、突然泪《なみだ》にむせんでしまつたりしました。少し用事で外出しようとして、五分間も外を歩くと、もう腰がぬけたやうにへばつてしまつてアトリエに引きかへし床につくとそのまゝ又ぐつすりと寝込んでしまひました。

お父さんがお母さんの為に生きてゐたやうに、僕も生活の大きな部分をお母さんのために生きて居りました。

お母さんの居ない後の空虚は、これからより強く生きることによつてうめて行くつもりです。それは勿論お父さんもさうしなければなりません。……略……

三月七日》

太郎にも逢えず、かの子はどのような死を迎えたのか。

昭和十三年の暮、かの子は新年の勅題の歌を頼まれ、その着想を得たいからと、油壺へ出かけていった。

いつでも、どこへでも一平か、新田と一緒でなければ決して出かけないかの子が、珍しくこの時は、ひとりで行ってくるといいはった。かの子の疲労を心配して一人出すのを心許ながる新田にも、珍しくかの子はひとりで行くといいはった。

一平と新田に見送られ、かの子が油壺へ出かけたその翌日、油壺の旅館から電報で、かの子の急変を報せてきた。

一平と新田がとるものもとりあえず油壺へかけつけると、かの子は旅館の一室で意識不明になっていた。

前夜、三度めの脳充血に見舞われたのだった。

そこへ行って一平たちは、はじめてかの子がひとりで来ていたのではないことを知った。宿の主人の話では若い学生ふうの男を同道していたが、その男はかの子の容体が急変すると、いつのまにか姿をくらましてしまったという。一平も新田もそんな男を詮索するゆとりもなく、昏睡状態のかの子の看病に我をわすれた。新田の手当と一平の夜も眠らない看護がつづき、一週間めあたりにはかの子も意識がはっきりし、動かしても大丈夫なところまで恢復した。

そこで油壺を引揚げ、青山の自宅へつれもどり、静養させることになった。

今度の病気は三度めの発病だっただけに、四十七歳で同じ病で死んだ母アイのことを思いあわせ、かの子はたいそう神経質になっていた。病気の恐怖におびえ、同じ病気でもかの子は軽い方だと納得させるのに、ふたりは骨を折らなければならなかった。

病床についたまま、四十日ほどの日がすぎるうち、かの子は二度ほど、

「太郎をどうするつもり」

と一平に訊ねた。一平は太郎を呼びよせると、敏感なかの子が興奮し、かえって病状が悪化するだろうと思ったし、またかの子の病気はせいぜい三カ月も静養したら治るものと診たてていたので、かの子が恢復したら秋にでも一度帰らせようという話をした。

かの子はそれに、

「帰ってくればまた仲がよすぎて、けんかして病気に障りはしないかしら」

といったりした。それでも一平が、タゴシもう大人だよというと、嬉しそうにだまってうなずいた。その頃からおしゃれのかの子が一切鏡を見なくなった。やつれた自分を見たくないというのが、かの子のナルシシズムに対する節操で、

「あたしの顔はもうちゃんとあたしが覚えているから」

といって、ついに死に至るまで一切鏡を見なかった。何より好物のそばも、

「生涯美味しいと思っていた味が病気で損われて感じたらいやだから」

といって、決して口にしなかった。あれほど執念を燃やした仕事の話をすると、もう聞くのがいやだといって耳をふさいだ。

かの子は元来、貪《むさぼ》らない女だった。今や長年の屈辱の復讐の成就は実現した。昔、かの子に敵対したすべては、かの子の神がかりのような実力の前に膝を屈している。満足と得意の絶頂も味わいつくした。

「武蔵野に小さな家をつくって、遁世してひっそり暮そうかしら」

などと、病床から話しかける日もあった。もう野心も欲望も、さすがに疲れ衰えてきたのかもしれなかった。何事についても、

「パパにまかせらあ」

というのが、かの子の口癖になった。「老妓抄」の題で最新の短篇集がもうすぐ発刊されること

も、ほとんど各雑誌に毎月自分の小説がのることも、応じきれない注文が来ていることもかの子はみんな知っていた。けれども現実には、「老妓抄」の本を手にとってみる閑もまたず急逝したのだった。

二月十七日の未明、急に小石川の帝大病院へ入院をすすめられた。文字通りの急変で、その時はじめて一平も危険の実感をもったくらいだった。永眠は翌十八日午後一時半であった。生前信仰厚かった観音の日、十八日に逝ったのである。

享年五十歳。傍には一平と新田だけが見守っていた。

遺体は二人が青山につれかえった。一平はかの子の死に茫然自失し、後を追いかねまじい失望のしかただった。ふたりの男は、愛し、苦しめられ、共に歓びをわかちあった女の死を見守り終日、ことばもなく泣き暮していた。

「一平さんは全くあの時は血の涙を流されましたよ」

と新田は当時を回想する。

生前かの子は、死んだ時は親類や知人の誰にも送られたくない。死顔も誰にも見られたくない。一平と新田だけで見送ってくれるのが一番嬉しいといっていたので、ふたりはかの子の死を誰にも知らせなかった。冬のさなかとはいえ、死体をいつまでも置くことは出来ない。新田はかの子の全身に防腐剤の注射をうちつづけ、一日でも半時間でもこの世にとどめておこうとした。いよいよ、それもかなわなくなった二十一日、ふたりはかの子に、生前の健康な日のような化粧をほどこしてやった。肥満していたかの子は四十日の病床生活にも、かの子が恐れていたほどのやつれもみせず、化粧に彩られてみると、まるで童女の寝顔のようなあどけない清らかさをとりもどしていた。一番似合った純白のソワレを着せ、かの子の好きだった銀の靴をはかせた。太郎の贈ったネックレスもかけさせ、指には一番上等のダイヤの指輪をはめてやった。

東京じゅうの花屋から、その日ふたりは薔薇の花を買いあつめた。東京中の花屋にその日は薔薇が品切れになったほど、集まってきた。当時の金で花代が三万円になった。

その日は朝から冷たい雨が霧のように降りしきっていた。一平と新田はかの子を薔薇の花で埋め、ふたりだけで多磨墓地へ運んでいった。

美しい公園のようなモダンで静かな多磨墓地は、いかにもかの子の気に入りそうなところだった。一人九坪という墓地を、一平はずいぶん無理をきかせて、三人分の二十七坪入手した。やがてはかの子と一平と新田でここを永眠の床とする心づもりだった。墓地の近くでまた花という花を買い集めた。

ふたりの男は、男の生涯も地位も名誉もすてて愛しぬいたひとりの女のために、自ら鍬《くわ》をとって土をほった。雨にしめった土は柔らかく、むせるようななつかしい匂いを放った。この墓地では土葬などの例はないのを、これもまた無理に頼みこんで土葬にするのだった。生前のかの子が火葬をとても厭がったのをふたりは覚えていた。

深い穴がほりさげられ、花々がそこにしかれた。その上に薔薇に埋ったかの子の柩《ひつぎ》がしずしずとおろされていく。仮の眠りに入った童話の眠り姫のように、最後に別れを惜しむその顔はあどけなく、今にも赤くふくらんだ唇から、

「パパ、ハーちゃん」

と、あの甘ったるい声がひびきそうであった。柩の上にまた花々が降りそそがれ、やがて静かに黒土がおとされはじめた。

《花のサンドヰッチは馥郁《ふくいく》とした芳香を放ちながら、私が鉄匙《シャベル》で掬《すく》ひ落す土を冠つて行く。五彩の花々に挟まれて柩は花のサンドイッチになる。

これを見てゐた世話役の石屋の番頭さん、

「へえ、昔からお棺の上へ投げ花をなさるのはよくありますが、上下に花をお敷きになるのは

始めてです。こりや結構なお思ひ付きですな。他の方に教へてあげませう」と。

結構なお思ひ付きかどうかは知らない。結構なお思ひ付きとしたなら、あまりに惨ましい結構な思ひ付きであつた。かの女がいくら平常、愛してゐた土地の土にもせよ、たとへかの女の生命が脱ぎ捨てたものの、入つている柩にせよ、この寒空に、この土に、柩の肌をぢかに当てられようか。土に肌が馴染むまで、花よ、しばらく茵衾《しとねふすま》ともなつて覆つてゐてやつて呉れ。この遺る瀬なさから出た、せめてもの趣向が、この惨しい結構な思ひ付きに現れたのである。かの子は実に花が好きであつた。

だが寒雨に濡れながら、その花の柩が、土に覆はれて見えなくなつて行くときの気持。「ああ、何で人生にはこんな酷い出来事が構へられてあるんだ」「何に向つてこの酷い気持を訴へたらいいのだ」「俺はどうしたらいいのだ」》（亡き妻と共に生きつゝ）

その翌日、一平の原稿をとりにきた読売新聞の記者が、はじめてかの子の死を知った。そこで一平は止むなく、朝日新聞をはじめ各新聞社に、かの子の死を公表した。

告別式は排し、その費用の概算額を傷病兵慰問に寄附したけれど、二十三日から二十九日まで弔問客はひきもきらなかった。応接間に急ごしらえで設けた祭壇は花々であふれ、玄関の間までみちあふれた。あれだけ、かの子の生前、事務的な面でかの子をかばってきた一平は、告別式などの形式的で事務的なことに堪えられないほど、心は手放しの悲しみにうちくだかれていたのであった。弔客の前でただ手放しで泣きつづけていた。

告別式という形式でないから、弔問客は、ただ、祭壇の遺影の前で、お辞儀をして故人の霊に別れをつげるだけで焼香などもしない。

吉屋信子はそのある日を次のように写している。

《……おいおいに人が現れる。故人の母校跡見女学校同級の代表として当時の軍部将官の夫人が「かの子さんにお似合の花でございますから」と室咲きの白牡丹の花籠を供えられた。そのひとたちの鄭重な儀礼正しいお悔みに一平氏はただ黙ってうなずいておられたが、いきなり遺影前の供物に盛り上げられてある生菓子を一つつかみとると二つに割ってムシャムシャと口に嚙まれる姿を見たらたまらなくなった、そうでもするよりもう一平氏はどうにもこうにも悲痛のやり場がないのだ……》(逞しき童女)

一平はパリの太郎に、こんな悲しみの中からも小まめに手紙を書き送り、かの子の没後の状況を報じた。

《タゴシ、おかあさんが眠られてから二十五日になる。遺稿の小説を整理して明日までに雑誌社へ渡さねばならぬものがあつたので、びつちりその仕事をしてゐた。これ等の遺稿が載る四月号の雑誌は大体次の通りである。中央公論、日本評論、文學界、この中には百枚以上の中篇が二つある。

それから新聞のは別として、雑誌でおかあさんの追悼その他おかあさんの記事を載せた雑誌には、改造、日本評論、文學界、文藝、主婦之友、婦人倶楽部、短歌雑誌がある。その他小さい雑誌の記事は数知れない。まづ日本の代表的総合雑誌、文芸雑誌、婦人雑誌の四月号で多少なりとおかあさんの消息に関はらないものはない。また、すばらしい人気だ。中央公論社から、「老妓抄」といふ短篇集が今月末に出版され、かの子選集を何冊か出版する話が纏りかけてゐる。改造社と日本評論社と春陽堂でも小説の単行本を出すを望みその原稿が雑誌に出切るのを待つてゐる。その他二、三の書房からの申込もある。この点に就ても人気といへる。

「おかあさんにこれを見せたかつた」僕はもうそんな甘いことはいはない。おかあさんは所詮あの時機にこれ等のことを見ずして眠る運命に在つた人だ。おかあさんは病気になるまへ、去年の十二月に自分の仕事の前途は大体かうある筈を予見してゐた》

文壇中心の追悼会は、四十九日にあたる四月七日午後、丸の内の東洋軒でひらかれた。『文學界』同人をはじめ、文壇歌壇のほとんどが出席し、七十人を越す盛会だった。

川端康成の、

「このように大きく豊かで深い女人は、今後いつまた文学の世界に生まれてくるであろうか」

という挨拶につづき、パリ帰りの横光利一や名士が交々立って心からの追悼を述べた。

一平はその間中、始終、ただ涙を流しつづけていた。宇野千代はその日のことを、

《来会者は思ひのほか多かつた。会の始まる前まで、私はその人達がざわざわ賑やかにしてゐる中に奇妙な愉しいやうな気持で立混つてゐたのだが、やがて席につくと、思ひがけなく直ぐ前に岡本一平氏が坐つてられるのを見て、思はずどきつとなつた。あとで聴くと一平氏はかの子さんの死以来「女の人に会ふのが一番つらい」と言つてをられるよし。私は生きて、何か愉しげにさへしてゐる同じ女である自分が一平氏の眼の前に坐つたことを申訳ないやうな、差し迫つた気持にふいに襲はれて、いひやうのない辛い気持になつた。

一平氏は泣いてをられた。私はまだ一度も、人の顔にこんなに涙が流れてゐるのを見たことはない。来会者たちがそれぞれかの子さんについて語つてゐる間、一平氏は顔をあげたまま、涙の流れるに任せてをられた。……略……会が終つても誰も席を立つものはなかつた》

と書いている。

パリの太郎は、傷心の父にむかって、凜々しくも書き慰めてきた。

《悲惨ではありましたけれどお母さんの死は美しかつたと思ひます。燃えつくした焔の美しさです。お母さんのそばに近づくものは、お母さんの情熱に焼きつくされずにはゐなかつた。そのやうな、お母さんは浄火を持つてゐた人です。

今、全てを焼きつくして、自ら一つの聖火となつて消えて行きました。

お母さんは本当にたゞ事ではない美しい人生を生きおほせました。

お母さんと僕と、遠くはなれてゐるのをなげきながら生きて居りました。しかしそれはお互ひ、特にお母さんにとつてよかつたことだつたのでした。

そのために、お母さんの生活には悲劇的な矛盾があつたのでした。それがお母さんの仕事に深味と真剣さをきざみ入れたのだと思ひます。生活にも張りが出来たのではないでせうか。

「お父さんは今までお母さんのために身をさいてゐたと思ひますが、お母さんは早く死んでこれから永年生きるべきだつた大きな生命力をお父さんに宿しました。お父さんはそれに力を得て自分の生命を建てなほさなければなりません。……略……気を弱くしないで下さい。僕がうしろに居ます。……略……仕事のために脳を破裂させて死んだといふことはすばらしいと思ひます」

「お母さんの死は十字架を背負つた死だから美しかつたのです。

お母さんは全く神聖ないけにへだつたのです。

……略……お母さんもいけにへによつて永遠にそのたましひに触れる人達によつて生かされて行くのです。信徒がキリストを愛惜したのは磔《はりつけ》の下で、次には再生のよろこびが待つてゐたのです。

お父さんも僕もお母さんの恩寵を得て、お母さんの如くより強く生き、お母さんの如く十字架を背負つて美しい死を完うしませう。……略……

人生は意義ある悲劇です。それで美しいのです。生甲斐があるのです。……略……

美しい生命を欲するなら、美しい死を欲するのです。美しい死はいけにへです」》(母の手紙)

第二十三章　残照

「生々流転」はかの子没後、昭和十四年四月号より十一月号まで、『文學界』に掲載された。この小説は一平の太郎への手紙によれば、はじめ七月号までで連載が終り、夏頃、改造社より本になる予定だった。

それが、

《その小説の雑誌連載が思ひの外永引き秋頃に載せ終つて本になる》（母の手紙）

ということになった。結局十一月号までかかり、翌十五年二月に漸く出版されている。四カ月も連載が長びくということが最初わからなかったという事実は、かの子の遺稿整理という一平の仕事が、単にかの子の書き遺したものを、清書して雑誌社に渡すという機械的で事務的な操作に終っていなかったことを示すようである。

《四十日経つた今でもときどきは立つても居ても堪らない気がすることがある。おかあさんといふ人は妙に肉体的に影響を打込んで行つた人だ。けれども、そのひどい気持のあまり身体に触りさうな場合は、何かに紛らかしてこれを薄める工夫をし、堪へ得られる場合はこれをぐいと腹に溜めて、これからの整理の仕事の衝動力化することに努めてゐる。タゴシ、おとうさんはだいぶ強くなつたぞ。仕事の前や、途中に、おかあさんの眼前のいちばんかはい相だつたところやいぢらしかつたところや、いちばん純情だつたところをわざと思ひ出し、それによつて涙を絞り、自分の気持を沈潜し、厳粛にし、仕事を浄める作用に使ふこともある。また、この方法は類稀なるおかあさんの持つてた、それ等を仕事を通して世の中に紹介し理解せしむる手段でもある。芸術家にとつてそのいちばん訴へたかつたものを表現さしてやるくらゐ有難く思ふものはない。それはおかあさんの眠前も眠後も変りはない。また、それはおかあさんの人間としての「業」を晴らして仏果を得さす手段でもある。僕はそれをやらうとするのだ。遺稿の整理発表で数年かかるだらう》（母の手紙）

一平特有の大げさな表現にしても、並々ならぬ意気込で、一平が遺作の発表にのぞんでいたことが察せられるのである。

おそらく原稿は原稿用紙のます目にきちんと書きこまれたものではなく、一平かあるいは新田にしか読みとることの出来ないもので、かの子の心が先ばしりあふれて、文字に追いつかないという乱暴な判読し難い達筆で、流し書きされていたものだろう。それを判読し、整理するということは並大抵のことではなかった。

かの子の思考の襞々の奥まで知悉しつくし、かの子の持っている語彙のすべてを心得ており、かの子の表現方法のあらゆるテクニックの秘密を識っている一平にして、はじめて成しとげられる労働であった。

死後、遺稿として発表された作品の本当の制作年月が、わかっているものとわからないものがある。短篇は比較的はっきりしているけれども、長篇となると、いつのまに、これだけのものが書かれていたのか想像出来ない。

出来栄えからいって、長篇の代表作としては「生々流転」と「女体開顕」の二作になる。どちらも千枚ほどの堂々とした長篇である。

作品の完成度からいえば、「女体開顕」の方には破綻がなく落着きがある。けれども作品の魅力という点では、「生々流転」の生ぐさいような熱気の方に点が入るのではないだろうか。発表は「女体開顕」の方がおそく昭和十五年『日本評論』の一月号より八月号まで連載された。

「女体開顕」のヒロイン奈々子は、十三歳から十四歳までの少女期を作品中に書かれている。「生々流転」のヒロイン蝶子は、十八歳頃から二十三歳までの女として書かれている。奈々子と蝶子は、全く同型の女であり、例によって作者かの子と風貌まで生きうつしに描かれている。奈々子が成長して蝶子になり、蝶子が成熟してかの子となると解釈してもよさそうである。

「女体開顕」の最後を、

《汽車の動揺につれ、奈々子はふと身体に、生れて以来覚えない異和を感じた。女となつたしるしの初潮か。

「宗ちやん、ちよつと待つてゝよ。あたい、ご不浄へ行つて来るから」

「しよんべんかい?!」

東海の日の出は車窓に隆々と昇つてゆく》

と結んだかの子は「生々流転」の中では、蝶子に十八歳の女学生の身で、学園の園芸技手葛岡の手により無造作に処女性を捨てさせている。

《旅寝を重ねてこゝまで来る間に、葛岡はもう安宅先生指導の二河白道の距てのバンドも横へず、それから宿所に夫婦と名乗つてつけることもしなくなりました。すべては物憂い気だるさがさす業です。それこれに頓着なく、私たち二人はめうとに似たやうな間柄に、いつしか堕ちてゐました。人は愛や情熱の熾烈なときばかり、これに堕ちるとは限りません。若い身空が性根をスポイルされて、青い倦怠の気が精神肉体に充ちたとき、男女はなか〳〵に危うくあります。その青い倦怠の中からわれ知らず罪咎《つみとが》の魔神の力を藉りても生き上らうとするわが身の内の必死の青春こそ、あなや、危うくあります。

わたくしには、また、池上があれほど依怙地にも自慢気に振り廻す「童貞、童貞」といふ言葉がむかしから嫌味でなりませんでしたし、安宅先生が逆手によつて強調した性の本能に就いても故々《ゆゑゆゑ》し過ぎるやうに思はれました。その反感もあつて、わたくしは試にこの関門を手軽に越へてみただけのものでした。

旅寝を重ねて行くうち私たち二人のめうとに似た関係もいつか水無川の流れのやうに断えてしまひました。もとからこの種の縁は水無川の水のやうに二人の間には源からは湧き切れなかつたのでせうか。わたくしに言はすれば、私たち二人の身の上に深くも眼覚めて来た諸行無常の苦しみを、かゝる耳搔きで耳の垢搔くほどの人事では滅多に忘れ得るものではなかつたのだと思ひます》（生々流転）

武田泰淳は、

《「女体開顕」は、衆望をになった大童女奈々子を、「状況」から脱出、あるいは超越させ、はじき出し、旅立たせるために展開する。またそれは、奈々子を是が非でも生存させたいと決意している、岡本かの子の抱く芸術論、庶民芸術史、文明批評として展開される。

常に現実によって魅惑されていたいというのが、奈々子及びかの子の切なる願望である。この願望は、現状肯定論者の保守主義とは異っている。現実を美化してそれに甘える、抒情主義はここにはない。奈々子及びかの子の魅惑されたがっている現実とは、社会、世界、宇宙のどんな微弱貧相な一点にも充実しているはずの或るなまなましき物である。笹屋の好色老人にも、出版会社社長龍彦にも、見えない、そのなまなましき物のざわめきと光輝を、彼女たちは感得している。それは笹屋老人の欲しがっている真の弁財天でもあるし、龍彦の求めて得られない、泥土に根を持つ野性であり精気であるが、またサルトル的用語を借りれば「存在の密度」と言ったものである。奈々子も蝶子も、実はこの存在の密度を導き出し、発火させ、拡大させるための酵母であり、導火線であり、仮説であり、小説的奸策の一種にすぎないのである。岡本かの子が、私小説から脱出し得たのは、奈々子すなわち自分自身を、そのような仮説、奸策として利用できるだけの情熱とエネルギーに恵まれていたからである》(角川文庫解説)という見事な洞察を述べているが、「生々流転」の蝶子もまた、かの子自身として、存在の密度を拡大させる酵母とみなしてよいのである。かの子は私小説は書かなかったかわり、自分の小説のヒロインを理想像にしたて、彼女たちに自分の心身の秘密のすべてを仮託して、巧妙に告白懺悔し、自分の小説の中で自我を発散蒸発させ、思い残すことなく死んでいったのである。

かの子は先ず、「丸の内草話」で失敗した東京(むしろ江戸から東京への)の生いたちを描くことを「女体開顕」の中では完成させ、その中で創りあげたかの子自身の少女時代の俤《おもかげ》を理想化した奈々子というウール・ムッターの性を生れながらにもった河性の少女と、奈々子を太陽にして、その光でようやく光を発する周囲の衛星たちの群像を描きあげた。更にそれを発展させようとして、奈々子がも少し成長した蝶子という乙女を創りだし、奈々子によって試みさせた「状況」からの脱出、試みの旅を、更に蝶子によってうけつがせ、それは乞食行にまで達するのである。

仔細に比較すれば、「女体開顕」の中で作者にいのちをこめられた様々な人間は、ほとんどすべて「生々流転」で、同じ型の人間として生れ変っているのに気づかされる。奈々子が蝶子に、奈々子の最もよき理解者としてのおじさんと呼ばれる画家鳳作が、やはり同じおじさんの名で呼ばれる幇間上りの俳人市塵庵春雄に、妾をしながらもオールドミス的心身のインテリで、常に何かに渇いている料亭の女将菊江が、女体操教師のオールドミス安宅先生に、奈々子の庇護を受けずに生きていけないような頼りない少年宗四郎が、園芸技手葛岡青年にというように、いくらでもその転生の俤を「生々流転」の中に探しだすことが出来るのである。いわば「生々流転」は、かの子が「女体開顕」でさぐり、切り開こうとしたモティーフを、更に発展深化しようとした続篇とみなしていいのではあるまいか。

両者の相違は、「女体開顕」が、前述の結びのような、華やかで明るい未来を暗示する象徴的な結語で終っているのに比べ、同じ海の見える場所に蝶子と白痴乞食の文吉青年を立たせた作者は、

《わたくしは文吉に乞食の服装を脱がして普通の青年らしく慥へて連れて行きます。しばらく川の両岸はよしきりの頻りに鳴く葦原つゞき、その間にところ〴〵船つき場と漁家が見え、川はだん〳〵幅を拡めて来ますと、つひに海——。

声も立て得ずびつくりして青い拡ごりに見向つた文吉の眼は、鈍いやうにも見え、張り切つて冷徹そのものにも見えて来ました。いまその眼球には、寄せては返し、返しては寄する浪が映つてゐます。永劫尽くるなき海の浪の動きにつれて文吉の瞳は張り拡がり、しぼみ縮みます。

やがて、文吉はいひました。

「この中に生きたもの沢山ゐるのかい」

「さうよ、沢山」

「その生きたもの死んだら、どこへ埋めるの」

わたしは、はたとつまりながら「さあ」と言つただけでゐると、わたくしに関はず文吉はひとり諾《うなづ》き顔で言ひました。

「うん、さうだ。海にお墓なんか無いんだね」

墓場のない世界——わたくしが川より海が好きになつて女船乗りになつたのはそれからです》（生々流転）

と結んでいる。

さばさばとした湿り気のない結びの文章だけれども、ここには「女体開顕」の結びにはない虚無の匂いがたちこめているのを見逃すことは出来ない。

乞食の子に落ちぶれていた少年が富豪に拾われ、聟《むこ》に入り大学教授になって、妾に産ませた子が蝶子というヒロインの設定からして、この小説は昏い虚無的な匂いを持っている。
山奥に湧いた一筋の水が川となり河に拡がり、大海にそそぎこみ、その生命力が七つの海にあふれて、絢爛豪華な夢の虹をかけわたす……そういう壮大な生命の讃歌を書きたいというかの子の念願は、大海の入口で惜しくも終ってしまった形になった。かの子の夢想の華やぎよりも、かの子の肉体の終焉の気配とみられる一抹の淋しさが漂う幕切れである。
蝶子は奈々子と同じタイプで、
《派手で、勝気で、爛漫と咲き乱れる筈の大輪の花の莟が、とかく水揚げかねてゐる。その蝕みは何処にも見えない。茎は丈夫だし、葉は艶々しい。それでゐて莟は水揚げかねてゐる》
（生々流転）
いじらしい感じと同時に、
《しな〳〵見えてゐてそれで、土の上にぢかに起き臥して逞しい土の精気を一ぱいいのちに吸ひこましてゐる原始人のやうな逞しい女》（生々流転）
でもある。彼女たちは男に対して、
《わたくしには、何か、男に遜下《へりくだ》れないやうなものがあるやうです。男は力もあり、偉いと思ふところは必ずしも、女を遜下らせる性質のものではない。女を遜下らせる男の偉さといふものは、さういふ感心させられるものより、却つて、これは女の勝手な考へには違ひありませんけれど、女に対して無条件な包容力があり、打ち込み方をして、男としては女に甘いといはれるやうなところにあるやうな気もします》（生々流転）
という母性的なものを持っている。こういう女に憧れる男たちは、彼女の豊潤な生命力を瀕死人が酸素吸入をするように吸いとって、自分の弱い生命にむさぼり取ろうとする。

こういう女と男の設定はとりもなおさず、かの子と一平、新田たちの現実を想起させずにはおかない。
亀井勝一郎は「生々流転」をかの子の代表的な自伝とみなし、
《不思議にもこゝには氏の出生と生育が、死の予感とともに語られてゐる。「内へ腐り込まれた毒素」から新しい生を希求して、晩年の氏は、幼年の日の歌のひゞく多摩川の源へ源へと辿つて行き、また河下の大海へと流転し、一筋の宿命の川に憂ひつゝさまよつてゐたやうに思はれる……略……とにかく氏は自分の還り行くべき終《つひ》の栖《すみか》を探し求めたのだ。生の不安に堪へず、原始のいのちへ憧憬と回帰を描いたのだ。「人並ならぬ生の憩ひ」を模索したのである》（角川文庫解説）
として、かの子の遺言とも見ている。
石川淳は、
《作者がおさへがたい情熱に浮かされて、手製の調子に乗りつつ、我を忘れて書きまくつてゐる。……略……作者はそんな様式上の野心などに憑かれながら書いてゐるのではない。もし効果とか様式とかをひねくつてゐられるほど静かな隙間があるとすれば、作者の心がかうまでのめりこんだ文章は出来上るまい。作者にきいてみれば、書きたいから書いたのだといふだけだらう。そして、いくら書いても書きたりないと内心に思つてゐるのだらう。自分でも何を書いてゐるのか茫としてゐるといふことに相違ない》（岡本かの子）
と「生々流転」の文章論を述べ、この小説が蝶子という娘を中心においた、永遠に完成されることのない曼荼羅《まんだら》であると解説する。
調子と情熱で書く女の小説の通性を、かの子がもっとも発揮したという石川淳の批評は、かの子自身にとっては盲点をつかれた思いであると同時に心外だろう。

けれどもかの子の文章の調子、弾みのあるだらだらした流れというものは、よく見れば一平の文章の調子なのである。かの子の短篇には、非常にひきしまった文体もある。

ここで気づくのは、かの子没後、めんめんと太郎に訴えた一平の手紙の文体である。一平の長手紙は有名であるが、この時には原稿用紙十六枚から二十三枚もの裏表へ、びっしり細字で書いた長文もある。それらの、いつ果てるともしれなくめんめんとつづく「調子」は、だらだらとめどなくつづいていく「生々流転」の文章の「調子」と、同一のトーンなのである。石川淳は女人の小説は情熱と調子で書くといったが、そうならば一平はその点、女性的な発想法と手法の文章家であったといえる。一平の調子がかの子に移ったのか、かの子の小説が一平の本来の調子に習ったのかわからない。いずれにしろ、晩年は渾然一体となってしまった二人の文章は、見きわめ難いほど同一の調子にとけこんでしまったのであろう。

二つの長篇に、最も多くかの子の生の本音や告白が聞かれる。ヒロインはもちろんだが、「女体開顕」のおしゅうさまと、「生々流転」の歌い女お艶などは、いっそう、かの子生きうつしである。

ところがもう一つ気づかされることは、二つの長篇の中に、一平の分身が必ずあらわれ、これもまたかの子に負けない程の生の本音や告白を、随所に巧妙にそれとなく、ちりばめてあることである。あえていうなら、二つの長篇にあらわれる女はすべてかの子の分身であり、男はすべて一平の分身とみてもよいのではないか。一平の代表として、「女体開顕」の鳳作があり、「生々流転」の市塵庵春雄がある。

二十歳ですでに人生に倦み、素人の不良少年から玄人のやくざの線までたどり、自分のうちなる空洞《うつろ》を見出している画学生の美青年、古風な明治臭がこびりついていて貧しい庶民の義理人情や、かくやのおこうこの作り方までわきまえた老成しきったインテリ青年鳳作は、一平の若き日の姿の再現であり、大学出の幇間から俳人になり、芸者上りの妻、お艶を、男のいのちをこめて一流の歌手に仕立てあげる市塵庵春雄は、壮年以後の一平の生き写しに外ならない。

《奈々、おら、てめえが好きだ。だが、奈々、おれは、てめえの生れ附きの美しさに負け度くねえ。おれの望むのは、おれが、てめえの中から創り出す、おれの考への美しさだ。だから、おれは一度は、てめえを打壊すかも知れねえ。それから拵へ上げたおれの奈々子をこの眼で見たなら、おら、それを墓とも残し、導師とも頼んで、おら気持よく、いつでもくたばつてい丶。その他に世の中に何の望みもねえ》（女体開顕）

という鳳作の感慨も一平のものなら、「生々流転」の最終章に出るおじさん即ち春雄の、蝶子への長い恋文の中の告白のすべてが、一平の生の声である。

ところで問題は、この恋文の件《くだり》にある。

いったいこの市塵庵春雄、通称おじさんなる男と、その妻お艶の物語は、この小説の中でどんな役割を持たされているかと考えてみると、不思議なことに気づくのである。

一人の娘蝶子をヒロインとしたこのむやみに冗長な物語の中から、おじさんとお艶に関する話をすぱっと切りとってみたらどうであろう。ヒロインが生きる迷いから乞食行を試み、たどりついた果に多那川沿岸の鷺町に落着く。その町がやがて、セメントを出す頁岩《けつがん》の発見から一躍工業都市となる。鷺市一の素封家百瀬家の次男啓司に本当の素姓を見やぶられ、結婚を申しこまれた蝶子が、

《わたしはウール・ムッターの女ださうです。その母性的の博愛を誰も男一人で独占することは出来ません。わたくしがもしそれを肯《がえ》んじても、直ぐ相手の男に飽きられるか、自らあくがれ出て、その博愛を多くの男に振り撒《ま》く性だと言ひます》（生々流転）

という理由で断る。小説では、このあと蝶子が鷺市の市設の倶楽部式会館の女マネージャーにな

り、そこでお艶夫婦に識りあうという仕組みになっている。

けれども、蝶子が啓司との結婚をことわり、そのまま乞食の文吉をつれ、海へ行くという最後に移っても全く不自然でないばかりか、むしろ、自然な終末となるように思う。なぜここで、とってつけたようなお艶とおじさんの物語をくっつけなければならないのか、更に奇怪なことは、

《蝶子、

川の渡りは無事だつたか、家《うち》の首尾は……》

にはじまる原稿用紙百枚にも余るおじさんの長い長い恋文の中には、明らかに作者かの子の死後の出来事が織りこまれているのである。いくらかの子の霊感が激しいといっても、自分の死期は予感し得ても、死後のことまで的確に予言して自分の小説の中に書きうつせるであろうか。

おじさんの恋文の設定では、インテリ幇間で美青年の春雄は、ぼんやりして無口で気品ばかり高く、一向おもしろくない若い芸者に心ひかれる。それがお艶であった。その時すでに二人の男が、お艶に心をよせていたので春雄は若気の意地も手伝って、遮二無二自分の妻にしてしまう。ところがお艶は、

《世上稀にある聖女型と童女型の混つた女で、声のみならず人間に一種の魅気を持つてゐた。彼女に魅せられた男は蛙が蛇に睨まれたやうに居すくまされたまゝそろ〳〵と呑まれた。それでなければ相手は彼女の気魄を打込まれ、今更別に妻を持つても情人をもつてもそれには到底気が移らずして、生涯かの女を忘れられない中途半端の畸形の男にした。……略……お艶といふ女は聖女と童女と混つた女である上なほ魔女のところもあつた。かの女が男を得ると、その男の心にまだ安心ならないうちは男に対して二時間でも三時間でも一室中に瞳と瞳と合はしてその睨み合はす所為を課するやうな事もする。男の心が須臾《しゅゆ》も自分より反れないために、その男は魅気に疲れへト〳〵となり、かの女の愛の薬籠中のものとなる。かの女は得た男ならその男が

独りで寝て見る夢の中ですら他の女の現れたのを話すことに嫉妬した。わたしは今でも思ふ——一人にしてかの女と対等の力で愛し合へる男がこの世の中で在り得るだらうかと。もしあつても、恐らく永い間には愛の気魄に負かされて精神羸弱者《るゐじやくしや》になつてしまつただらうと。かの女の愛には何か相手からいのちの分量を吸取る磁力のやうなものがあつた……略……また一方、かの女くらゐいぢらしく憐れな女はなかつた。何故ならば普通の分量の女が如意としてゐるものもかの女に取つては不如意であつた、儘ならないのであつた。この意味でかの女くらゐ現実に諸行無常を感じた女は少く、かの女は人界以上のものを人界に望んでゐるのだ。そしてかの女自身は獣身を持ちながら聖なるものをも摑んでゐた》（生々流転）
という女である。この人物描写は、全くかの子そのものである。お艶は結婚後のかの子同様、人妻になってはじめて男女間の愛に目ざめ情熱のすべてを夫にそそぎ、夫からも同等の愛をほしがった。春雄はお艶を夫の力で、もっとさばけた世間並の妻に改造しようとした。ある時、深い考えもなく、運座の仲間と田舎芸者をあげ、そのまま、二、三日、海村を遊び歩いて帰った。そのことのショックでお艶は一年ほど完全に精神を壊し、自殺しかねまじい勢いだった。

その後二年ほどかかり、徐々に恢復した。

その間、いつ狂いだし首をしめられるかしれない妻の傍に寝ながら、春雄は毎朝自分の生きていることが不思議であった。こういうところも現実の一平、かの子の過去と寸分たがわない。更にお艶はかの子と同様、夫に、夫婦の性をぬきにした関係を強請する。もちろん、自分の方も男を断つという誓をした。以来、お艶は夫を兄さんと呼び、いつかおじさんと呼び習わした。春雄は正直に誓を守り、以後十八年、完全に女を断った。そしてお艶が望んでいた歌手としての道にすすませ、この世界に押し出してやった。現実に一平が、かの子を文壇に押した如く。

ここまで読んでくると、もう春雄と一平、お艶とかの子の区別は全くつかなくなってしまう。

更に奇妙な感じに捕われるのは、かの子が書いている一平の告白として読もうとしても、いつのまにかこの文章のすべてが、一平自身の生の声として聞えてくることである。

小説では、秋雄という春雄と同居の弟子まで、道具立てが揃っている。お艶が想いをかけ、他の世界で有能な才を嘱望されていたのを、お艶がむりやり奪いとった男である。現実の新田をあてはめればいい。

《お艶はかゝる事件を惹起し、それを凌いで掌裡に収めるまでには何度でも毎回新なる情熱を湧かし、一本気でいのちがけの行動をした。わたしは毎回魂を燃え立たして、それから電火のやうな紫の焔を放つかに感ぜしめられるかの女に怯えもし、その真摯に頭を下げた》（生々流転）

こうして男たちが自分の職をなげうち、お艶に尽さずにいられなくなる。春雄は、お艶を先ず世界一幸福な女にするため書画骨董の鑑定を覚え、そのコンミッションで財をなし、お艶は小切手帳にサインするだけでよい財力をたくわえていた。かの女を一流の歌手に仕立てるためには、

《わたしは人知れず古謡と古曲を漁り、これを現代の好みに向けて再生産した。わたしは彼女に歌謡の節句を噛み味はせ、自分から三味線を把つて歌ひ巧ませ、大衆の好みの在るところをかの女に差し示した。何でかの女がその社会の名手にならずに置かうぞ。一個の有能の男子がいのちを籠めて息を吹き込むのであるから。しかし、かの女にも偉いところがあつた。かの女は自分のいのちの好みを守る場合には磐石のやうに重くなつて動かない女だが、そのために尽して呉れると判つた人にはまたおのれの全部を投げ出して与へた。そのときかの女は羽毛のやうに軽くなつてその人に添つた。わたしはかの女に「わたしの指図だ。日本橋の橋上で裸で大の字になりなさい」と言つたところでわたしが傍にさへゐたらわたしの方を子供のやうにちろ〱頼りに見ながら群立つ人々を人臭いとも思はず、赤子の寝起きのやうにやをら裸の大の字

になり得る女だつた。男としてこの意気を見せられ何で力を籠めずに置かれうぞ。それはわたし一人ではなかつた。かの女を後援する幾人かの男は、この捨身の寄りかゝりにかゝつてみなわれを顧みずに援けにかゝつた》(生々流転)

ここに、かの子の文学に対して、一平が蔭で果した役割のすべての秘密が明されているのをみる。かの子の小説の大半を、一平が書いたとか書かなかったとかいう臆測や推理に対する見事な答である。

かの子の作品とは、その骨組から肉付から、すべて一平との緊密な合作、いや、新田や恒松をもふくめた同居者の惜しみない力の出しあいと、かの子の天賦の才の合体のもとに花開いたものだったのに気づくのである。しかもなお芸術の不思議は、そういう科学的な合作の作品の上に、更に思いがけない自然発生の妙音を突然かなでだすのである。

《かの女はまた、とき〴〵予習して行つた既定の歌詞の章句や歌曲から全然離れてその場の思ひつきで何事かを唄ひ出すときがある。これは思ひつきなぞといふ軽いものではない。全く人間の巧みを離れていゝのちそのものが嘆き出し唄ひ出すのだ。その歌や声が人界を離れて優しく神秘に融遊するさまは天界の聖女の俤があつた。人々は誰れでもこれを知つてゐて、かの女がこの意味でのハメを外づすのを待受けた》(生々流転)

かの子は死を予知して、遺言のつもりで、創作の秘密を作品の中にかくも告白し去ったのだろうか。おそらく、かの子は最後までそういう気持はなかったであろう。一平の演出するままに素直にふるまっていた鷹揚なかの子は、作品の中にこんな協力者の協力をのこす義務も責任も感じはしなかったであろう。

では誰が書きのこしたか。私は一平その人が、この遺作整理中に次第に気持が動いて、この作品の中に、自分のかの子に対する生涯の愛も怨みもぐちも投げこみ、とかしこみ、世間にひたかくしにしてきた秘密のすべてが、それほどのものにも思えなくなって、告白してしまいたい衝動に止み難くなったのだろうと推察するのである。

予定より発表の月日が長びいたのも、そんなところに原因があるのではないか。

この作品がかの子の精神的自伝の要素をおび、遺言めいた作になっているだけに、一平もこの作品の中に合体して、自分の遺言といのちを塗りこめておきたくなったのではあるまいか。

そこで原作にはなかったお艶、春雄の夫婦、お艶の恋人で春雄の弟子の秋雄という人物の設定を新しく創りだし、春雄の一人語りの告白を思うさまさせたのである。

一平に、この決心をうながした動機は二つある。一つは、かの子の死後はじめて識ったかの子の裏切りであり、もう一つはかの子の姪、即ち、かの子の兄晶川の遺児鈴子に対する思いがけない老いらくの恋の自覚と、いのちの華やぎである。その二つとも、この恋文の中にあますところなく織りこまれている。

お艶の突然の病死にあい、春雄はお艶を世界一幸福な女にしたつもりだけれど、果して女として見果てぬ夢を見のこしたことはないであろうかと考える。それが、かの女に対する残された愛の仕事になった。

《わたしの胸に直ぐ来たことは、指折り数へてかの女の十八年間の禁慾生活である。それはかの女がわたしに「二人はお互ひよ」と誓つてわたしもそれを守つて来たものではあるが、それにしても肉体の均勢がとれたかの女の、而も幾人かの男を次々と愛し取つた身の上として、その精神に伴はざる肉体的の克己はどのやうに辛かつたらう。わたしはわが身の体験から推してそのことの苦しみを重々察した》（生々流転）

ところが、ある夜、秋雄からお艶との間柄について思いがけない告白を聞かされる。

《わたしはこれを聴いてから三日の間に三段に心がでんぐり返るのを感じた。まづ最初は秋雄の手を取り激しく振つて言つた。

「よく、さうして呉れた。わたしの最大の苦しみは、わたくしの義理のためにお艶が十八年間

も禁慾してゐたといふことだつた。しかし実はそれが無かつたのだ。わたしはこんなに生れて

から重荷を卸した気持のしたことはない。おれは君にこのやうにお叩頭《じぎ》をしてから、何でも奢

るよ」

次の夜が来たときわたしは秋雄を避けてさめ〴〵と一晩中泣いた。それは青年になつてから

は嘗て零《こぼ》したことのない涙だつた。……略……その夜は心逝くばかり泣いた。われとわが躾け

を外づして、わたくしは自分のために初めて泣いた。その生涯の馬鹿正直さ加減を、をかしな

男気を、ヒロイズムを、自分を捨てゝ人の註文に嵌《はま》るその偶像性を、その見栄坊を、嘲りなが

ら泣いた。わたしはその夜、わたしのために一生涯の分量の涙を零した。もうわたしとしては

これでいゝではないか。あとに残る天涯孤客の感じ、そんなものはどうでもいゝ。

わたしの天地を覆へしてしまつたほどの大きな偽りを、わたしに構へて世を去つたお艶を、

わたしは憎むべき筈なのにどうしても憎み切れないこのもどかしさに、またわたしは翌日の一

日を費して考へ込んでしまつた。心の中に声が聞える。「おぢさん、ねえ、それでいゝでせ

う。」すると、わたしは是も非もなく抗意も何もかも投げ出してしまふのだつた。所詮かの女

は頑是ないこどもの大人である。わたしはこの子供に向つてどの手でもつても争ふ術を知らな

い》(生々流転)

恒松や新田の同居中、一平が果してかの子との肉体関係を想像してみたことがなかったのであ

ろうか。堀切茂雄の時は、一平も嫉妬に苦しんだ筈であった。その事件のあと、かの子から言い

だした禁慾生活は、一平自身も書き、世間にも知られていた。そんな不自然が、女の側のかの子

より、一平自身によくも出来るものである。そのことを一平は、

《わたしといふ男は花柳界に人となり、芸人の癖に身状の上の女の印跡は案外、寥々たるものなのだ。わたしがもし自分のゲシュレヒツ・レーベンを書いて見たら恐らく相手の異性の数は当時の地方のその点放埒にされてゐる青年よりずつと少ないかも知れない。外部からの理由としては直ちに例の芸人の躾けへ持つて行けるが、内部的にはわたし自身の性格に帰する。わたしはこれが江戸つ子気質の通人意識から来るなぞといふ自惚れは鵜の毛ほどもない。たゞ苛酷に批判してわたしといふ男は、何といふ馬鹿正直な、ヒロイズムを好む、偶像性を多分に持つた見栄坊の男だらう。言ひ換へれば容易く祭り上げられるお目出度い人間に出来てるのだと嘲笑したい。殊に女にかけては》（生々流転）

と自己分析している。こういう下町純情で無垢な信じこみ方が、たしかに一平にはあったのだ。かの子が禁慾を誓った以上、たとい恋に狂って、新田を彼の運命から奪いとり、北海道まで追っかけても、そこにあくまでプラトニックなものしか見ていなかったということになる。それでこそ、新田のもとへゆくかの子を、青森まで送りとどけ迎えるようなことも出来たのである。世界一幸福な女にするという条件の中に、性的なものを忘れるというところに一平の度外れな大きさがあるともいえる。けれどもかの子が、こういう一平から終に死ぬまで女としては満されずに終ったということは、やはり女としては大きな悲劇に外ならない。

かの子と結婚して以来、およそ世間の常識の埒外の心身の激動ばかり味わされてきた一平は、こういう常識では考えられない異常な性ぬきの生活が成立つものだと信じ、成り立たせているつもりでいられたのである。

《実際、かの女が生きてゐたうちは、しよつちゆう激しい不安の期待にはら〳〵させられ、震災の際の夜の帯のやうに緊張を解く暇はなかつた。かの女が死んで全てが嘆きである中にたつた一つ天を拝し地を拝しても感謝すべきことがある。それはかの女が狂気することの惧れから逃れたことである。わたしは意識不通になつたかの女の傍で看護すべき歳月をも予想して、それにも堪へる覚悟さへしてゐた》（生々流転）

この告白の重大さを見逃せない。自分の手でかの子の精神を破壊するまで傷めつけたという加害者意識と、当時のかの子の病状から受けた恐怖の記憶が、一平には片時も離れることがなかったのである。あの恐怖をくりかえさないためならば、一平はどんな忍苦も犠牲も実生活で忍べたのである。

《わたしは育て上げたお艶を、あまりにも愛のスケールの大きい女にしてしまつた。わたしが嘆いてかの女を揺がすとき、かの女の心の中にわたしと同列してゐる幾人かの人への愛をも揺がす恐れがあつた。それらからかの女の魅気は、それを運び出したこつちの衷情を無意識のうちにも取り食つて自分のいのちの滋養にしてしまふ作用をした。それらの危惧からわたしは全部無条件でかの女に嘆き込めはしない。だからわたしはかの女に嘆くときは、奪はれても大事ない程度の心をおづ〳〵と運んだ。いまわたしはおまへによつてわたしの全てを投げかけても相手に取り食はれてしまはずに寧《むし》ろより多く酬ゐられさへする嘆き寄るに頼母しい天地にたつた一つの褥《しとね》の壁を見出した。それはわたしへ死のやうに悠久な憩ひを与へ、底知れずあたゝかく甘い眠りを誘ふ》（生々流転）

この告白に窺えるものも、つまりはかの子に対する一平の潜在的な恐怖である。一平がかの子の無意識の復讐の呪縛から真に解き放たれたのは、かの子の現実の死によってではなく、かの子の長い偽りをはじめて知らされたその瞬間からであった。義理堅く、愛やまごころへの返礼の躾を異様なほど自分に律している一平が、愛に報いず相手を狂気にまで追いやった罪の影に、どれほど脅えて生きてきたか、そのために保てた禁慾でもあったのだろう。

《わたしの人生に於て、わたしは愛人としてどの女の心も得なかつた。おぢさんとしてのそれだけを得た。寂しい生涯だつた。たゞ唯一の暖味は、天下の歌手お艶が、わたしのためにわたし同様禁慾してるといふことだつた。それはわたしに大きな負担を感じさせてはゐたが、何となくわたしに艶気のある心情を感じさせた。それはおぢさんに対する好意以上のものとしてわたしは永くお艶の死後もなほ悦んで禁慾の生涯を続ける力があるやうに思へた。その努力に於てわたしはお艶をやゝ色つぽい心も通ずる女性として死後も扱つて行けたのだが》（生々流転）

生前かの子が愛した晶川の遺児は、どこかかの子の俤に似て、より美しい娘になっていた。女子大の行きかえり、不幸な叔父を見舞い、無邪気に純ないたわりを見せた。

太郎より一つ年下の鈴子は当時数え二十八歳で、一平にとっては娘のようだった。かの子の好きだった食物や、一平の好きそうなお菜など、こまめに携えて訪れる鈴子の優しさは、一平に、

《女史の眠後、沮喪の私に対し、母とも妹ともなつて、労《いたは》り支へて呉れた唯一の女性はこの姪御である。この娘の労りがなかつたら、私はどういふ凧の糸の切れ目をしたか判らない》（さの原）

といわせるようになった。かの子の死の傷手から少し立ち直りかけると、一平は鈴子をつれて、かの子の好んだ浅草の汁粉屋へつれていったり、

「嫁にいったら、亭主がどういう遊びをするかくらい知っておいた方がよかろう」

などといって、大川口の料亭へ同道し、芸者をあげて遊ばせてやったりした。

かの子が生前、この父親の顔も覚えない薄倖の姪に心をかけ、天性の美声で身を立てさせようと考えたり平凡で幸福な結婚生活をさせようと考えたりしていたのを識っていた一平は、かの子の遺志を継ぐように、鈴子の結婚の相手を探してみたり、琴を習いはじめた鈴子を名取りになるまでがんばるよう励ましたりするのであった。

そのうち一平は、この純真な血のつながらない姪に惹かれている自分の心の中に、単に叔父の

気持だけではない情味の交っていることを自覚せずにはおられなくなった。

《おまへは桐の花に花桔梗《ききやう》を混ぜたやうな声を持つてゐる。この声の耳触りはわたしの永年世俗に従ふための克己努力によつて殻に殻を重ねてしまつた松株のやうな心に容易《たやす》く浸透してわたし自身の中なる本質のナイーヴなものをわたし自身に気付かせる。

おまへの姿は可憐にも瑞々しく盛上つてゐる。そしてどのやうに置き代へてもちやんとして格式の見える身体の据りに躾けで鍛へられて来たわたしの趣味の嗜慾は礼拝歓喜する。

おまへの容貌は純真の美そのものであると共に家附の娘のウール・ムッター（根の母）の格が豊かにしつかりした顎の辺の肉附に偲ばれる。わたしに何か言はれて詩を想ふやうに嬉しさうな眼で上眼遣ひに考へる。それは夢の国に通ずる》（生々流転）

市塵庵春雄に描写させている蝶子の外貌は、そのまま家付娘の格調をしっかりと身に具《そな》えた美しい豊かな鈴子の外貌でもあった。

この若い姪への自分の不思議な情熱に気づくと、突然、二十年の強いられた禁慾の堰《せき》をきって、一平の体内には若さと情熱が青春のようにみなぎりほとばしってきた。

小説の中の春雄は、ある日蝶子に、思いつめた恋を打ちあけ、お艶との生涯での苦しみを訴え、生れてはじめて、自分のためにする恋を叶えてくれという。蝶子の貞操と引きかえに、自分の命を投げうっても、即刻、獄に下ってもいいというせっぱつまった口説き方だった。

《斯《か》くて永らく女から遠ざかつてゐたわたしは女の肉体なるものに仄《ほの》かな月明りを感じ、神聖な白い碑を感じ、長生の霊果を感じるのだ。この頃よく〳〵考へてみるのにわたしは生涯に自分自身のためとして何一つこの世にいのちを彫り止めたものがないといふことが判つた。それがいまわたしはわたしの恋ごころを必死の鑿《のみ》としておまへの肉体の壁にわたしのいのちを彫り止めようと企てさした大きな原因らしい》（生々流転）

春雄の蝶子の肉体に対する憧れは、かの子の禁慾の呪縛から解き放たれた一平の、鈴子の現身《うつしみ》に対する憧憬と同一のものとみなしていいだろう。

小説の中で春雄は結局、蝶子に自分の恋を打ちあけ、蝶子から同情の接吻を与えられただけで、引き下ってしまう。

現実の一平の恋は、鈴子を説き伏せようとして、鈴子の煮えきらない態度を、処女のはにかみと不決断とみた一平が、二十八年前のように、多摩川を渡り、勢いこんで大貫家の奥座敷へ嫁を貰いに乗りこんでいった。

常識の埒外のこの求婚は、一平が真剣で大真面目であればあるほど、大貫家の人々をとまどわせた。鈴子がこの年まで縁づかなかったのは、むしろ、大貫家という家柄と鈴子の美貌に釣り合う相手がないと選り好みしていた結果なのだから、人生の大半を終った叔父からの求婚など、思いもよらないことだった。鈴子の養父になっている喜久三は、狂気の沙汰だといってこの話を一蹴した。

この時一平はすでに五十三歳であった。

箱入娘の鈴子もまた、この叔父に好意と愛情は抱きながら、この風変りな求婚を受けとめるだけの心の成長がなかった。

第二十四章　誇　り

《ハアちゃんいろ〳〵心配かけて済まなかつた。藤田君の寺木曾川の流れを瞰下した志津御料林の紅葉の山を前に勝景の地。寺は普請して清楚、それと布団や寝衣まで新調して僕を迎へて呉れた。久し振りで熟睡した。

こゝまでまだ俤《おもかげ》に捉はれて山水も何も眼に入らなかつたが一夜の熟睡と山水の気は僕を蘇らせた。気付いてみるのに僕は元来大河の性弁財天の愛児、滔々洋々と流れて行くべきだ。一つや二つの俤踏みつぶしても前途に在るところの幾つかの若さ幾つかの芸術的生活を享受すべきだ。この意味で実に僕は自由の身に立つてゐるのに気付いて勇躍歓喜した。かの子が生前の労に酬ゆるため僕に遺して呉れたものだらう。

ひるがへつてたつた一つの俤――この俤の娘にはちよつとした小狡さと臆病がある、これ僕をしてもう一歩踏み込まさなかつた由縁だ――に捉はれてその俤の娘を背負ひ込み、またその仕立や庇護のため一生を棒に振らうとした危機を顧み負惜みでなく慄然とした。

汽車で来しなに車窓から諏訪湖岸の柳の枯れ枝垂《しだ》れた姿が実にしなやかでやさし味があるあの近くに温泉宿でもあるだらう。あすは帰りにそこへ泊つていよ〳〵自由の身の享受の出発を切る。喜んで呉れ給へ。この次は二人で一しよに旅に出たいな。

藤田氏の寺観音が本尊かの子の写真祭つてある》（未発表手紙）

木曾田立滝の絵葉書二枚に、びっしり書きこんだもので、切手をはってありながら、あて名を書く場所がないので封筒に入れ、送っている。長野県田立村にある禅乗院から岡本一平が出している。

宛先は青山高樹町三の岡本方新田亀三。昭和十四年十一月八日の日付。おそらく「生々流転」の連載の原稿整理も脱稿して鈴子への求婚が破れた直後、失意と疲労を癒すため、新田にすすめられて出た旅先からのものである。

禅乗院を守る藤田湫漣《しうれん》はかの子の和歌の高弟で、かの子の訃を聞いた時、悲しさのあまり、信州の寺を出てかの子の墓詣りをし、信州に帰るまで、列車の中も道も泣きづめに泣き、一平に逢っても悔みの言葉も出なかったという純情な人であった。かねがね一平に、心身の保養に、自分の寺へ来て休むようにとすすめてきていた。

一平は鈴子事件で、さすがにショックがひどく、信州の旅を急に思いたったのである。静かな景勝の山寺で、漸く落着きをとりもどした一平は、かの子の入定《にゆうじよう》の日にちなむ八の日に、新田へ近況を報じる気になったのであろう。

新田とは、かの子没後も、青山の家で、共に悲しみをわけあって暮してきていた。かねがね一平は、かの子のために前途の可能性をすべて棒に振り、かの子に愛し取られてしまった新田に対して愛憐の気持を抱き、自分の弟子たち以上に親身な慈しみの情を持っていた。新田から、かの子の真実の生態を打ちあけられた後も、一平には新田を憎むことも嫌悪することも出来なかった。かの子という異常な女の生涯に、自分のすべてを犠牲にして賭けた男ふたりの哀しさが、今やその長い苦楽を共にした共同生活の中で、もう肉親以上の血のつながりを感じ、わけあっているのであった。

《そも〳〵お艶といふ女の異常な魅気の制禦的な親和力がさうさしたのか。二人は兄弟とも叔父、甥とも、何とも名状すべからざる親身の繋りになつてゐる。今、わたしから離縁し去つた後のお艶の内実の良人は秋雄であつたと知つた。わたしに死んだお艶に対する未来永劫の義務と思つた一部の権利を放棄する念が萌《きざ》し始めると共に、その空間への心の軽さ、また寂しさが襲つて来る。それはまたわたしへの欺き手の組合人と知りつゝ矢張りわたしを秋雄へ慕ひ寄らさせずには置かない》（生々流転）

とあるが、そのまま一平の新田に対する真情であろう。

ふたりの男はかの子の死後、互いに相手が自殺するのではないかという懸念のため、見張りあい、自分の後追い心中しかねまじい傷心を忘れることが出来たともいえる。

恒松が去って以来、新田はかつて恒松のしていた岡本家の家庭的な事務一切を引きうけるような立場になっていた。それはかの子の死後も変りなく、実際一平は、新田が居なくては一日も暮してはいけない状態におかれていたのである。

もちろん、一平は新田に鈴子に対する恋の経緯もすべて打ちあけ、相談相手にしていた。かの子に対して守りぬいた禁慾も、かの子と新田の実情を知ってからはもはや人情上のひとり角力の誓いと義務で、こっけいで無意味である。そう思うと、急に二十年間の禁慾で貯えられた精力が、一平には総身にみなぎり煮えるようで、始末に負えない感じがしてきた。

新田は一平の悶えを察して、

「身体に色気が籠ってるのじゃないですか、試しに金で買えるような女で放散してみては」

とすすめたりしたが、二十年の禁慾にかけた自分の純情誠実が今更に惜しく、とてもそんな軽々しいことで解決しようがない。鈴子の純潔な肉体の壁に自分の命を彫り刻もうとした望みが絶たれた今日、一平は、自分の精力と、とみに目覚めてきた慾情のはけ口をどこに求めてよいのやら、めどもつかないのであった。

旅に出て見て、はじめて、一平は、これまでとはちがう軽い気持で、二十年の解禁をしてみようかという気持がきざしてきた。

鈴子に対する自分のせっぱつまった感情も、客観的にふりかえるゆとりも出て来た。一平は鈴子の世馴れない純な親しみ方や、人一倍ゆたかな心の優しさから出るいたわりを、愛情と錯覚していたところがあった。鈴子ひとりに自分の恋を打ちあけ、求婚した際の、鈴子の煮えきらない態度も、ただ娘の羞恥のさせることと察し、相当、鈴子の心に自信を持っていたのではないだろうか。一平にとっては大貫家に求婚にゆくということは形式で、断られた時は、鈴子が家を捨て、自分の懐に飛びこんでくるというくらいの自信と目算があったのである。鈴子との結末は、現実にはあくまで一平の夢を破り、惨めな老いらくの失恋という形に終って一平を傷つけたのである。
要するに、鈴子への恋の一方的な一平の心の進行の時期は、「生々流転」の終章の、春雄の独白が書かれる頃と平行していたことに気づかされる。一平は鈴子への恋がつのるにつれ、その記念をかの子の小説の中に織り込み、人知れず、永久に残して、鈴子と自分の想い出にしようという野心を抱いたのではないだろうか。その上、それは、自分を裏切ったかの子に対しても、ちょっと粋な復讐の仕方になるのではあるまいか。かつて、かの子が一平に、自分の気ままな恋を通させる時、

「ね、パパ、いいでしょう」

と、可愛く、ひたむきにねだったように、一平は心の中で、

「なあ、カチ坊、いいだろう。これくらいのいたずらを、読者にも後世にもさせてもらって……お前の小説の中で思いきったあそびをさせてもらうよ。ね、いいだろう?」

と、珍しく甘えていったことであろう。

《二十五日の手紙着
風邪の由、充分静養あれ。浜松へはまたいくらでも来る機会があるから今度はよしにした方がいゝ。手紙の様子で安心はしてゐるが、もし僕帰る必要があればいつでも即刻帰るから電報なり電話なりでいつて来給へ。それがないうちは平癒に向ひつゝあるものと思ひ予定通り二十九日までこつちにゐる。和田穂のやつに毎日見舞つて来るやう命じ給へ。
風邪の原因の一つは、あの道玄坂の夜、君はモテ過ぎてヌキ過ぎたのぢやないかねモテ過ぎるのも考へものだ。アッコージョン奮発して十二オクターヴ八十五円のを買ふ事にした。折角買ふならこの位のでないと飽きが来るといふ衆議による。
鈴子燕列車よりの葉書をよこす。おばあさんのお伴で神戸のをぢのところへ行く途中の由。

当地名士の家柄の一つ高杉弁護士の夫人相当完全なウールムッターなりとき〴〵会ふことにする。八重子といふここの宿の女中でおとなしくて寂しい娘二十八、これを第二夫人にする話を進めてゐる。

当人は月三十円もくれればいゝ、といつてる。なにしろ生活そのものがロマンチックな日々、酒なぞをかしくて飲んでゐられるかつてんだ。

絵はいくらでも注文あり、たいした盛況だ。成金で市中眺望よろしき別邸を僕に提供するといふ人あり。そこへまず弁天庵の額を掲げることにした。

身体大切に。　　　　パ、

ハアちやん……》（未発表手紙）

《出発の際はあわただしく失敬した……略……

鈴子さんの気持聞いてみると仲々曲折してゐてやゝこしい。けれども今度の事は結局は鈴子さんのためにもいゝと思つてゐる。

こゝへ来て八重子さんをみるとおとなしく内気で悧巧でやつぱり掘出しものの感じがする。一つも圧迫感が無いので楽だ。

八重子さんにシモヤケが癒《なお》る話をしたら悦んだ。すべて事は順当に運びこの宿屋からは二十日に暇を取り二十五日僕迎へに来て家へ連れて来る手筈になつた。ここの宿屋の夫妻も大乗気、母兄も賛成、周囲も賛成、八重子さんも僕もなか〳〵信用がある。

○信州の藤田啾漣に女中を頼むためにちよつと好意を示しとかねばならない。啾漣は亀井勝ちやんの署名の著書を欲しがつてゐたから彼の著書「東洋の愛」と「人間教育」？　ゲーテのことが書いてある本を本屋から取寄せといて下さい。

○川端康成に服地送つてやつて下さい。

以下〇印のところ用事二つ頼みます。

ハアちゃん　　　　　　　　　　　　　　　パヽ》（未発表手紙）

共に浜松市鍛冶町の旅館仲屋から、青山の新田あて出したもので、昭和十四年十一月二十七日に一つの封筒に入れて出している。信州の旅についで、浜松の旅へ出た時のものである。

もう、この時、一平は再婚の相手を発見し、鈴子に対する恋は、あっけないほどあっさり過去へおしやっている。

八重子は小柄できゃしゃで、ほっそりした顔立の、むしろ古風な美人だった。およそ、かの子や鈴子のような豊満型の美女とは対照的な印象だった。男に圧迫を感じさせない無性格さ、無知さ、非個性さ、そういうものがすべて、一平の何より安らぎと憩いを欲している心に、湯のように温かくなつかしく滲透してきた。もう奉仕者から奉仕される立場に還りたくなった一平に、八重子はあつらえたような女だったのである。

八重子を青山の家につれかえり、時局柄大げさに披露もしないまま、一平は新しい生活に出発した。

それを機会に新田も、かの子との生活から解き放たれるべく、想い出の多い青山の家を出て、故郷に帰ることになった。

かの子が逝って十カ月、生前、あれほど、強烈に男の心を捕え、瞬時の気のゆるみも与えなかったかの子にしては、眠後の執着のなさが不思議なほど、男たちを自分の想い出と呪縛から解き放つことが急であった。

故郷に帰った新田は老父の守っていた病院の再興に全力を注ぎ、たちまち村の中心人物になっていった。かの子に愛し取られて、自分の本業、本道から外れて何年をすぎていただろう。はじめてかの子にめぐり逢った日から数えると十六年がすぎていた。

新田も翌年になってきん子という妻をめとって、平凡な生活の礎をいっそう固めた。しかし、一平の結婚を認めたかの子の霊は、新田の幸福な結婚には嫉妬したのか、きん子は新婚の夢も新しい昭和十六年の暮には、もう急逝していた。

素直で美しく明るい新妻に、かの子とは全くちがった新鮮な愛情を抱いていた新田にとっては思いがけない打撃だった。

互いに結婚して、今では家ぐるみで親類のようなつきあいをはじめていた一平は、きん子の急逝にも、丁重な慰めの手紙を送っている。

太郎は昭和十五年八月、独軍のパリ占領と同時に脱出して帰国した。

昭和四年十二月、故国を後にして以来、実に十一年ぶりの帰国だった。渡欧の際、若冠十八歳の少年だった太郎も、すでに数え年三十歳の堂々たる芸術家に成長していた。パリでは、すでにその力量を認められた新進気鋭の画家であった。

一平は太郎の帰国の時、神戸まで迎えに行った。

燈火管制のきびしい真暗な神戸の町のホテルの一室で、パリで別れて以来の父と子とはじめての夜を迎えた。

故国へ帰りついた興奮で寝つかれない太郎の気配を察して、隣の寝床から一平が声をかけてきた。

「眠れないのか」

「うん」

「今日は疲れているだろうから、話は家に帰ってゆっくりしようと思っていたのだが……」

そんな前置をして、一平も、寝られなかった目をみひらき、

「語りあかすか」

と坐り直した。太郎ははじめて、一平の口から、太郎の知らなかった父と母との生活の秘密を、隈なく語り聞かされた。

まるで自分の若い日そっくりになっている太郎に、一平は不思議な信頼感を抱き、ふと、心がゆるんだのだろうか。これだけは口にすまいと思っていた、かの子の油壺での発病の話も、新田との秘密も、すべて語った。まるで懺悔するようなくどくどしい語り方だったが、太郎はそれらの父の、ぐちともくりごとともつかぬ告白のすべてを、優しく聞きとってやった。

最後に、一平は、ちょっと照れながら、

「実は青山の家には、女がひとりいるのだ」

といった。太郎はその一言ですべてを察した。

「お父さんはさんざんお母さんに喰われてきたんだもの、これからは自分のために生きればいいさ」

「うん……」

涙もろくなっている一平は、目をしばたたかせてうつむいてしまった。八重子をもらう前に鈴子に求婚して断られた話まで打ちあけてしまうと、心が軽くなった。八重子も鈴子も同い年で、太郎より一つ年下なのに、一平ははじめて気づいた。

目の前に成長した太郎を見ていれば、鈴子も八重子も、太郎の嫁としておかしくない若さなのだった。

「お前、結婚はどうなんだ」

「まあ、婚約者のような女がないでもない」

一平はすぐ、同じ船で帰国して埠頭で紹介された、清楚な令嬢を思い浮べた。音楽の勉強をしにパリに行っていた女性で、太郎は由紀子さんと呼んでいた。

一平は八重子がすでに妊っていることも告げた。

「そいつはいい。おとうさん、これから大いに若がえるんだね」

一平には太郎の素直な喜び様が有難く嬉しかった。八重子と結婚して以来、とにかく一平は周囲から冷たい目をむけられている。何しろかの子が死んで以来、ほとんど毎月、何かの雑誌新聞に、めんめんとしたかの子追慕の一平の文章ののらないことはなかったのである。かの子のように生前夫に愛され、死んで後もこれほど追慕されるということは女冥利につきるというわけで、一平は未知の読者や世間に、理想の夫として思い描かれている。その一平が、まだ一周忌も迎えないですでに娘のような女をめとり、子まで妊ませているのである。

一平はやっぱり狸だったというかげ口も少なくなかった。若い弟子などは面と向かって、かの子に対して裏切りではないかとつめよる者さえあった。

太郎は、一平の話を聞いただけで、それらの世間の誰よりもよく理解し、一平の新生を素直に祝福してくれるのだ。わずか十八年しか共に住まなかった太郎が、あの鋭い少年の目に、父母の生活の真髄を如何に正確に映しとっていたかに気づき、一平は改めてぞっとする想いだった。

太郎は帰国して一カ月すると、九月にはもう二科特別展にパリから持ち帰った絵を出品して二科賞をとり、十一月には銀座三越で個展を開き、その特異な画風を認めさすという精力的な活躍ぶりを発揮した。

ただし恋愛の方は、船中で恋仲になった令嬢の家へ単身求婚に出かけ、いきなりその令嬢の弟になぐりつけられ、左の目を脹《は》らし、丹下左膳のような顔付になって帰ってくるという始末であった。時局は、次第に戦争一色に塗りつぶされてきている時であり、恋だの、愛だのということばを口にするだけで、若い青年に一概に軟派不良のような印象を与えるという時代になっていたのである。

《――なにしろ凹凸の多い、そしてまだ金のかかるコースに在るむす子です何事も兵役を済まして後の事です入営は一月下旬らし》

と新田に一平が報じているように、翌々昭和十七年一月二十日、太郎は東京駅集合で大陸へ召集されていった。昭和二十一年六月復員するまで足かけ五年、太郎は大陸戦線に在り、またしても縁の薄い父と子は離れ離れの生活になった。

一平は、漫画集団の世話人にされたり、町会の理事にされたりして、公私共に多忙な生活をはじめた。八重子はいづみにつづいて、また年子を妊り、十七年十月には男子を出生した。和光同塵からとって和光と名づけた。戦線の太郎からは、「バンザイです。早く名前をしらせて下さい」という喜びの便りがとどき、一平を感激させた。

新田からも季節季節に、珍しい鳥肉や松茸や猪や新茶などを送りとどけ、一平を喜ばせた。

《時局下防空準備をしながらかういふみどり児を育てて行くのは並大抵のことではないとは思ひますが、しかしかういふフニヤ〳〵柔かいものを抱へてこの時局を乗切つてこそ、仕甲斐ある仕事にも感じられます。……略……納税報国の儀、昨年の十一月、女史の思ひ出や追悼に関する僕の嘗て書いた文章を集め小学館から出したところこれが一万部売れ、第二期四期の納税もこれが基本で目出度く納められました。いつたい本屋は本年度から紙配給を五割六割減らされ出版なるものがずゐぶん苦しいことになりますがこれも一つの貴い試練としてこの方面の本を書く仕事も励んで行くつもりです。……略……何といつても女史を担つてあのやうな神経を庇《かば》つて荒波の世間へ押し出さうとしてゐた長年月間の心労や脅えを嘗《な》めたものにはもうたいして恐しいことも難儀なことも無いやうな気がいたします。それで一時的や神経的な喜憂、難易感に気持が高低することもありますが腹の底では人間相手の世渡りなどこれからの生涯に取つて余技のやうに軽々と感じられてゐます》（未発表手紙）

こんな一平に新田は、万一の場合は、八重子と赤ん坊を預ろうといって来たが、一平はまだそれほど事態を切羽つまったものと考えていなかったので、好意を感謝するだけでその話は沙汰やみになった。五十七歳で孫のような赤ん坊を年子でふたりも持った一平は、若かりし昔、健二郎が死んでも、二階から下りて来なかったような気丈な父親ではなく、まるで世間の好々爺然とした溺愛の仕方であった。八重子との毎日にも、一平は心和み満足しきっていた。

鈴子がやはり、結婚話のすべてを断り、遂に琴曲の道で名取りになり、舞台数もふんでいると聞いても、平静な心で、その前途を見守ってやるような心境だった。

そんな一平の姿を、青山界隈の人々は、

「一平先生は、かの子さんがなくなってから、まるでだらしなくなった」

と評していた。ふたりの赤ん坊をかかえ、八重子が手のまわらないせいもあるのか、一平は本来そういうなりが性にあっているのか、その頃ではみなりなどいっさいかまわなくなり、綿のはみ出た、ぼろの下がったどてらの懐に、いづみを抱き、素手で菜っ葉や、こんにゃくをつかんで買物から帰る姿など、平気でさらして歩くのだった。

かの子というはりつめた氷のようにきびしく純一な支えを失った一平が、生活にもその性格の上にも、一種の格調の高さを失ってきていたことは否めない。新田にむけて書いた綿々とした手紙の中にも、それが如実にあらわれている。そこにはもう闘士も芸術家もいない。ただ愛する妻子を守り、ねぐらを守る平凡で情味の深い、一人の温厚な初老の男がいるだけである。

昭和十九年になって、八重子が三人めの子を妊った。もう東京では、食糧にも不自由になっていたので、一家はついに八重子の郷里である浜松へ疎開することになった。

作家も画家も従軍や徴用で、雑誌も統制で出なくなり、戦争一色にぬりつぶされ、もう文学も芸術もない有様になっていた。

思えばかの子は、最良の時代に死んでいったといえる。たとい生き長らえていても、もはや、小説発表の舞台がなくなっていたのである。

八重子は二十年一月、浜松で三番めの女の子おとはを産んだ。一家はまだ東京にくらべて物資も豊富で人情にもゆとりのある浜松で、比較的のどかに平和な炉辺の幸福を味わっていた。

経済的にも小学館発行の「かの子の記」が一万部売れたため、物価高を見込み、一平が無収入になっても、二年は徒食出来る現金が貯えられていた。その外、青山の邸を朝日新聞の社員に貸した家賃も入ってくるし、朝日新聞からの一平への手当百円はまだつづいていた。

その上、一平の絵を欲しがる土地の人々に、金よりも一平の絵がものをいい、物資は不自由なく集まってくるのであった。一平はここで生活のための絵を書くかたわら「歌ふ仏菩薩」という原稿二百五十枚を書きあげた。

要するにかの子の遺稿整理が終って以来は、岡本家の家憲である芸術の仕事から遠ざかっていたことになる。

平和な浜松の生活も、そこがまた要疎開区となったため、一平はついに家族をひきつれて岐阜県西白川の新田の家に疎開していった。

新田はすでに再婚しており、和光と同い年の男の子もいた。

《もし手不足で貴兄お望みとあらば、貴医院の事務を執ることも平気です》

という覚悟でした疎開だったが、なじみのない新しい新田の妻や子と、八重子や子供たちの間に、わずらわしいことが多く、ほどなく、同村の他の家に二階借りをはじめた。

昭和二十年八月の終戦は、その家で迎えたのだった。

翌二十一年六月、太郎は中国より復員して来た。青山の家の前に立つと、そのあたり一面焼野原だった。何の目印も置いてない焼跡に立って、復員疲れの太郎はその場にへたへたと坐りこんでしまった。茫然とした空白の時間がすぎ、漸く、気づいて区役所に出かけていった。そこではじめて一平の疎開先を知った。

西白川村の疎開先で、太郎は一平に五年ぶりで逢った。はじめて逢う弟妹の顔も見た。

神戸で太郎を迎えた夜のように、親子は久しぶりで枕を並べて語りあかした。

アトリエも、パリから持ちかえった画材も、過去の作品も、すべてを戦災で灰にしてしまった太郎の再起の困難さを、一平は誰よりも知っていた。

「先ずお前が東京で再起することが先決問題だ」

一平は断乎としていった。疎開先を引き揚げ、共に再建に努力しようという太郎の意見に対して、

「一つの家から二人の芸術家の並び立つのを許すほど世間は甘くないんだよ。おかあさんとぼくの場合をみてもわかるじゃないか。今度はお前の番だ。おれはやっぱりもっと引っこんでいよう」

といって腰をあげなかった。

東京に帰り、太郎は対極主義をとなえて目ざましい勢いで作品の発表を開始しはじめた。

一平は、そんな太郎の再建ぶりを「どうも少し早すぎる」などといいながら、さすがに嬉しさをかくしきれない表情だった。白川村を出て美濃太田に移り住んでいた。

昭和二十三年十月十一日、一平は前日からほとんど徹夜で原稿を書きつづけていた。ようやくペンを置いた一平は、八重子にすすめられて機嫌よく風呂に入った。思いきり熱くたかせた風呂に入った一平は、真赤にゆだって出てくるなりその場に倒れた。脳溢血で、即死だった。

報せを聞き東京から駈けつけてきた太郎は、遺骸をとりまく村の人々の手前、必死に悲しみに堪え合掌すると、すぐその場で一平の死骸をスケッチしはじめた。

仕事部屋の壁には、太郎に書かせた『文学青年』という文字がはりつけてある。その下の机に、書き終えたばかりの原稿用紙が開かれていた。すでに雑誌に六回連載した一休禅師の伝記である。机のまわりには白木の箱がいくつも重ねてあった。中には本がつまっている。いつでも東京へ帰れるように、木箱をつくって、荷造りの便まではかっていた一平だった。このごろでは、「さあ来年はいよいよ東京だ」といい暮していた。太郎はそれを見、死顔をながめ、涙がせきあげて筆をとめた。

《スケッチが終ると、私は亡骸を抱いた。そして、父の額に手をあててみた。面貌は全く平常と変りないのに、肌はゾッとするほどつめたく、身体は何かのつくり物のように硬直していた。父の死は無惨な実感となって胸をしめつける。私は総身の温みで父をあたためた。

老いてからも、さまざまの労苦が絶えなかった父が、やっとどうやら生活の平和を楽しめるようになった途端に死んでしまった。生涯を通じて報いられることのなかった人知れぬ苦悩、きびしい精神生活を知っている私は、改めてその全貌をうち眺めて慄然とするのである。……略……急に私は狂ったようになった。

「おやじをこの儘にしておいてくれ、灰などにしないでくれ」

抑えていた悲しみが堰を切って流れ出た。私は全く取り乱してしまった。人々は抱えるようにして、私を隣室につれて行った。やがて納棺になる。

「俺の凱旋《がいせん》の時はこいつを着て行くのだ」

と、日頃父が言っていた、母が生前、不手際に縫って父に着せた浴衣（父が絵を描き、母の字が染めつけてあり、浴衣地として一般に売り出されていた）、その冥途への晴着を着ていた。

——そうだ、凱旋だ。——と思った。

いよいよ出発の時になって、私は人々に言った。

「おやじは立派に仕事を成し遂げて死んで行ったのです。おやじ自身、死ぬことをいつも凱旋だと言っていました。皆さん、こんなことは普通のことではないでしょうが、おやじにとっては、これは晴れの出発ですから、岡本一平万歳を三唱してください」万歳がおわると、しばしの間、声がなかった。

みな泣いた。

火葬場は、一里ほど離れた田圃の中にある。真夜中であった。田舎のことゆえ、霊柩車の設備もなく、寝棺はリヤカーの上に乗せられ、生前父の世話になった人たちがそれに荒縄をつけて引き、先に立った。他の一台には、いっぱい薪が積んであった。

総勢二十人足らずであったろう。月光の下を、線路を越えたり畔道を通ったりして、無造作にリヤカーの上に乗せられて、最後の場にいま父は臨む。この余りにもわびしい野辺の送り——これがかつては、宰相の名は知らなくとも、岡本一平の名を知らぬ者はなかったというほどに一世を風靡した人の最後を飾る有様と思えようか。この片田舎で生涯を閉じてしまった父が、かえすがえすも気の毒でならなかった》(父の死)

かの子の死から丁度十年めに当る秋であった。

多摩川の下流にかかる二子大橋を川崎市の方へ渡りきると、すぐ川の堤防の川上よりの方に、蒼穹にむかって白い炎を吹きあげているような、異様なモダンアートの彫刻が聳えているのに気付かされる。

昭和三十七年十一月、かの子の育った二子玉川の地元の有志の発議によって計画され、地元の殆ど各戸から、またはかの子の生前の文学を愛する人々から醵金《きょきん》され、岡本太郎の制作によって建てられた文学碑である。

幼い日のかの子が無限の憧れと夢をはぐくんだ多摩川の流れを見下し、青春の日のかの子と一平が、愛を誓いあった鎮守の杜の境内の一隅に、白く優雅にたくましい文学碑はそそり立っている。それはかの子の文学碑であると同時に、稀有な愛に結ばれ芸術への殉死をとげた一平、かの子の生々世々の愛の記念碑でもあった。除幕式は太郎と一平の遺児たちの手によって幕がひかれ、かの子が生前最も信頼し、敬愛した川端康成によって祝辞が読まれた。

「この誇りを一平、かの子の霊に捧ぐ」

太郎が彫りこんだ無限の意味を含むことばであった。

白い炎のような、あるいは白い翼のような「誇り」の聳えたつ秋晴れの蒼穹をみつめていると、いつかその空が、無数の川のいのちをのみあわせた果しもない大海に見えてくるのだった。そして、どこからともなく、かの子の歌声がはためく風にまじって朗々とひびきこだましてくるようであった。

大海洋《おおわだ》の果の果なる天心か
　地軸にかわが生命《いのち》繋《かか》れる

岡本かの子年譜

年号	生　涯	関係事項
一八八四年 明治十七年		十一月三十日、長兄大貫正一郎生る。
一八八六年 明治十九年		六月十一日、岡本一平、北海道函館に生る。父竹次郎、母正の長男。
一八八七年 明治二十年		二月二十三日、次兄大貫雪之助生る。
一八八九年 明治二十二年 零　歳	三月一日、東京市赤坂区青山南町三丁目二三番地、大貫家別荘で生れた。父寅吉二十五歳、母アイ二十四歳の長女。大貫家は神奈川県橘樹《たちばな》郡高津村二子二五六番地に代々居住する大地主で、大和屋と号し、いろは四十八蔵を構え、幕府御用商を務め、苗字帯刀の家柄を誇っていた。	欽定憲法発布。 岡本一平、両親、妹たちと上京。
一八九二年 明治二十五年		五月六日、妹キン生る。

三　歳

一八九三年
明治二十六年
腺病質のため、二子に帰り、同村の鈴木家に里子に出され、爾来、もと薩摩藩祐筆の妹である未亡人を乳母として保育された。

四　歳

一八九四年
明治二十七年
三月二十六日、弟喜久三生る。

五　歳

一八九五年
明治二十八年
両親と同居し、乳母から音楽、舞踊、「源氏物語」、「古今集」の手ほどき、習字等を授けられた。同村円福寺、鈴木孝順の松柏林塾に通い、漢文を習った。
胃腸病で東京に多く住み、保養、通院に明け暮れていた父が帰った。
四月、妹チヨ生れ、十月、死亡。

六　歳

一八九六年
明治二十九年
四月、高津尋常小学校入学。

七　歳

一八九七年
明治三十年
眼疾のため、休学して京橋竹河岸の寮に乳母と移り、京橋宮下眼科に通院、歌人井上通泰博士の治療を受けた。家に強盗が入り、沈着な行動をして賊を愕かせた。
二月十六日、弟喜七生る。
七月、正一郎不慮死。

八　歳

一八九八年
明治三十一年
九　歳
復学、成績抜群、殊に書道、作文に優れていた。
十一月、与謝野鉄幹、新詩社をおこす。

一八九九年
明治三十二年
十　歳
溝ノ口高等小学校入学。
五月三十一日、妹貞生る。

一九〇〇年
明治三十三年
十一歳
乳母の指導ではじめて作歌を試みた。
四月、『明星』創刊。

一九〇一年
明治三十四年
十二歳
溝ノ口高等小学校卒業。兄雪之助の影響で文学書に親しみだす。初潮を見る。
八月、与謝野晶子の「みだれ髪」刊行。

一九〇二年
明治三十五年
十三歳
十二月、選抜試験を受け跡見女学校に入学。校長跡見花蹊の薫陶を受け、和歌を服部躬治に習った。最初、寮生活をし、後晶川の下宿に同居した。
九月、雪之助府立一中に転校。晶川の号で詩歌の投書をはじめる。

一九〇三年
明治三十六年
十四歳
六月十日、妹糸生る。

一九〇五年 明治三十八年 十六歳　大貫野薔薇の雅号で『女子文壇』『読売新聞』文芸欄等に歌や新体詩を投稿しはじめた。　夏、岡本一平、上野美術学校に入学。

一九〇六年 明治三十九年 十七歳　『文章世界』に「胡蝶怨」がのる。与謝野晶子をはじめて訪ね、七月号の『明星』から大貫可能子の筆名で歌がのりはじめる。春、谷崎潤一郎とはじめて逢う。

一九〇七年 明治四十年 十八歳　三月、跡見女学校卒業。一時二子の家に帰った。音楽学校箏曲科へ入学を志望し、果さなかった。一週一回、馬場孤蝶宅でヨーロッパ文学の講義を聞く。この会で平塚らいてう、山川菊栄等を識る。東大法科生松本某との間に恋愛事件おこり、松本は強度の神経衰弱の果、急逝した。　晶川、新詩社に入り、詩や翻訳を発表。田山花袋、「蒲団」を『新小説』九月号に発表。十月十九日、弟伍朗生る。

一九〇八年 明治四十一年 十九歳　夏、寅吉と共に信州沓掛に避暑し、追分の旅館油屋に滞在中、同宿の上野美術学校生、中井金三を通じ岡本一平の存在を識る。青山の寮の近所に住む伏屋武龍と恋愛し、両家の親の反対にあい悲恋に終る。　乳母死す。十月、『明星』廃刊。文壇は自然主義全盛となる。

一九〇九年 明治四十二年 二十歳　『スバル』の同人として活躍。秋、晶川の下宿ではじめて岡本一平と逢う。　一月、『スバル』創刊。三月、一平、美術学校卒業。

一九一〇年　眼疾のため、根津権現付近の下宿に住み、東大病院に通い、一平との恋　九月、第二次『新思潮』創

明治四十三年
　二十一歳
愛進む。
秋、和田英作の媒酌で一平と結婚。戸籍面では八月三十日入籍。京橋区南鞘町の岡本家に舅、姑、小姑たちと同居する。

一九一一年
明治四十四年
　二十二歳
二月二十六日、長男太郎を二子の大貫家で出産。赤坂区青山北町六丁目五〇番地にアトリエ付二階屋を新築し、親子三人で暮す。青鞜社社員となる。
一平は帝国劇場のバック書きをした後、『朝日新聞』のコマ絵を書き、夏目漱石に認められる。

一九一二年
明治四十五年
（大正元年）
　二十三歳
一平、朝日新聞社員となり、収入増大につれ放蕩はじまり、夫婦の危機に陥る。
十二月、第一歌集「かろきねたみ」を青鞜社より刊行。全部肉筆の木版刷り、一平の装幀、収録歌七十首。

一九一三年
大正二年
この年後半より約一年間、夫婦間の危機、最も深刻悲惨な時期に当る。
八月二十三日、長女豊子生れ、十一月、神経衰弱のため、岡田病院に入

刊。
晶川同人に加わる。谷崎潤一郎、『新思潮』に発表の「刺青」「麒麟」で文壇に認められる。

正月、晶川、ハツと結婚。
三月、第二次『新思潮』終刊。
八月、平塚らいてう主宰の、文芸雑誌『青鞜』創刊。
父寅吉、高津銀行の取付騒ぎの責を負い、破産に瀕す。
谷崎潤一郎、「羹」に晶川をモデルとする。

一月、晶川の長女鈴子誕生。
十一月二日、晶川、急性丹毒症のため急逝。
晶川訳ツルゲーネフ「スモーク」刊行。

一月二十七日、母アイ死亡。
『女子文壇』終刊。

二十四歳　院。

一九一四年
大正三年
二十五歳
四月十一日、長女豊子死す。
初夏ごろより早稲田の文科生堀切茂雄（二十一歳）を識る。
六月、一平、「探訪画趣」を刊行。
一九一五年
大正四年
二十六歳
一月二日、次男健二郎誕生。
堀切茂雄と恋愛に陥り、茂雄を同居させ、一平、かの子、茂雄の深刻な三角関係となる。
七月十五日、健二郎死す。
七月、堀切茂雄が、かの子との恋のいきさつを小説「冬」に書き、『早稲田文學』に発表。
九月、一平、「マッチの棒」を刊行。
一九一六年
大正五年
二十七歳
春、一平は豊年斎梅坊主に弟子入り、浅草の小屋でかっぽれを踊る。
茂雄は肺を病み、かの子の妹きんと恋愛生じ、かの子の怒りに触れ、郷里に帰る。
一月、『婦人公論』創刊。
二月、『青鞜』廃刊。
宮本（中條）百合子、「貧しき人々の群」を『中央公論』九月号に発表。
谷崎潤一郎、「亡友」に晶川をモデルとする。
十一月、一平、「物見遊山」刊行。
一九一七年
春、一平と共に植村正久を訪ね、キリスト教によって救われようとして
夏、堀切茂雄死亡。

大正六年
二十八歳
果さず、夫婦して仏教にすがり、親鸞に傾倒してゆく。

一九一八年
大正七年
二十九歳
二月、第二歌集「愛のなやみ」を東雲堂書店より刊行。収録歌五百三十七首。
恒松源吉、安夫兄弟が下宿する。
五月、芥川龍之介、「地獄変」を『大阪毎日新聞』に発表。

一九一九年
大正八年
三十歳
芝区白金三光町二九三番地に移転。
太郎を慶応義塾幼稚舎の寄宿舎に入れる。
『解放』十二月号に処女小説「かやの生立」を発表。
一平、この頃より漫画に、漫文に、小説にと八面六臂の大活躍をし、一世の流行児となる。
一平、『新小説』に「泣虫寺の夜話」を発表。
秋、一平の父竹次郎（可亭）死す。
八月、一平、「欠伸をして」を刊行。

一九二一年
大正十年
三十二歳
仏教研究に熱意を示し、原田祖岳師、鶴見総持寺管長新井石禅師らのもとに参禅する。また高楠順次郎博士の指導を得て「大蔵経」の閲読を開始する。九條武子、宮本百合子、川端康成等と交友する。
二月、第六次『新思潮』創刊。一平、「へぼ胡瓜」「泣虫寺の夜話」刊行。
労働文学盛んとなる。

一九二二年
大正十一年
三十三歳
一平の人気は頂上を極め、家庭内は平和に明け暮れた。かの子は短歌から小説に転向しようと、秘かに志し、日夜、猛烈な勉強を続けた。三月、一平は婦女界社より世界一周の旅に上り七月、帰朝。
恒松源吉、一平の留守中にチブスにて急逝。

一九二三年
戯曲「夫人と画家」を『新思潮』七月号に発表。

大正十二年　三十四歳　七月末、一平、太郎と共に鎌倉駅裏の「平野屋」に避暑し、隣室に投宿中の芥川龍之介を識る。

九月一日、同宿で関東大震災に遭い、石見の恒松安夫の実家に難を避けた。

芝区白金今里町に転居した。

慶応病院の医師新田亀三を識り恋に陥る。

禅の研究社の山田霊林と識る。

一九二四年
大正十三年　三十五歳　中央公論社の名編集長、滝田樗蔭の訪問をうけ、春季特集号に「さくら百首」をのせる。

九月、青山南町三丁目二四番地、十二月に同町六丁目八三番地に転居。

かの子の恋を受け入れた新田亀三は、北海道の病院へ左遷され、爾来三年間、かの子は新田と一平の間を往復する。

一平、「金は無くとも」「増補世界一周の絵手紙」「どぜう地獄」「紙上世界漫画漫遊」「漫助の社会改造」刊行。

一九二五年
大正十四年　三十六歳　五月、第三歌集「浴身」を越山堂より刊行。収録歌六百九〇首。

七月、「浴身」の出版記念会が京橋東洋軒楼上で行われた。

仏教に関するエッセイ、コントを『禅の生活』『大法輪』等に発表。

一平、「弥次喜多再興」刊行。

一九二六年
大正十五年
（昭和元年）　三十七歳　『禅の生活』の短歌欄の選者となる。
戯曲「ある日の蓮月尼」等を試作。
一平、「一平傑作集」「人の一生」刊行。

一九二七年　仏教研究家として世に識られる。四月、ＪＯＡＫから「摩耶夫人について
七月、芥川龍之介、自殺。

昭和二年 三十八歳

て」を放送する。

七月、芥川龍之介の自殺についてショックをうけた。日舞を花柳二之輔、洋舞を岩村和雄に習う。この頃より肥満がいちじるしくなった。

新田が北海道より帰り岡本家に同居する。


一平、朝鮮に旅行する。

一平、「富士は三角」を刊行。

一九二八年
昭和三年 三十九歳

三月から十二月まで『読売新聞』宗教欄に「散華抄」と題し随筆を発表。その中にリーディングドラマとして「阿難と呪術師の娘」、他に「寒山拾得」を書いた。


二月、九條武子死す。

一平、「手製の人間」「新漫画の描き方」を刊行。

林芙美子、『女人藝術』に「放浪記」を発表。

プロレタリア文学隆盛。

一九二九年
昭和四年 四十歳

五月、「散華抄」を大雄閣より刊行。

十二月、「わが最終歌集」を改造社より刊行。収録歌九百五十一首。

十二月二日、一平、太郎、恒松、新田等、一家を挙げて渡欧の途についた。


四月、太郎、上野美術学校入学。

六月より一平、「一平全集」全十三巻を先進社より刊行。

一平、「指人形」刊行。

一九三〇年
昭和五年 四十一歳

一月十三日、パリ着。見物を終え、太郎をパリに残し、一家はロンドンに着く。ハムステッドに居を定める。六月、アイルランドに行きグレゴリー夫人に逢う。七、八月、パリの太郎、夏休みでハムステッドに滞在。

秋、最初の脳充血に見舞われる。

十一月末、ロンドンを引揚げパリに移り、パッシー区のアパルトマンに入る。

一九三一年
昭和六年
四十二歳

七月末、ベルリンへ移り、カイザア・フリードリッヒ街のアパートに住む。

太郎はセーヌ県シアジール・ロア市の私立学校の寄宿舎に入った。


九月、満洲事変勃発。

林芙美子、秋、シベリア経由でパリへ行く。

一九三二年
昭和七年
四十三歳

一月十一日、ベルリンを発ちウィーン着、イタリア各地を旅行して二十日、ニースを経てパリに赴いた。一週間パリで太郎と最後の時を惜しみ、二十七日ロンドンに向かった。三十一日アメリカへ出発、二月から四月までニューヨーク、シカゴ等を見物、サンフランシスコに行き、ここより海路を日本へ向かう。六月八日、横浜着。

新居を赤坂区青山高樹町三番地に定めた。

七月、JOBKより五日間の連続仏教講話「新時代の仏教」を行う。


一月、上海事変起る。

弟喜七、自殺。

太郎、この年よりサロン・デ・スユール・アンデパンダンに出品をはじめ、アブストラクシオン・クレアシオン協会会員となり、芸術運動に参加する。

一九三三年
昭和八年
四十四歳

『文學界』に毎月金銭的援助を申し入れ、同人会の場として自宅の一間を開放した。

十二月、二回目の脳充血を発病、数日で恢復した。


太郎、作品「空間」をスュール・アンデパンダン展に出品。

十月、『文學界』創刊。

十一月、「日本ペンクラブ」創設。

十二月、父寅吉死亡。

プロレタリア文学衰退に向かう。

一九三四年　昭和九年　四十五歳

春、胆石を病む。

仏教ルネッサンスの機運に乗り、仏教関係の講演、放送、著述に多忙を極む。

九月、第一随筆集「かの子抄」を不二屋書房より、十月、「観音経を語る」と「綜合仏教聖典講話」をそれぞれ大東出版社より刊行。

十一月、「人生論」を建設社より、「仏教読本」を大東出版社より刊行。

十二月には「阿難と呪術師の娘」が六代目尾上菊五郎により、東京劇場で上演された。

一連の禅小説を『大法輪』『禅の生活』『雄弁』等に発表。「ある時代の青年作家」「かの女の朝」等を試作したが発表に至らなかった。


新田、腎臓結核を病む。

太郎、「傷ましき腕」を国際超現実派展に出品。

一九三五年　昭和十年　四十六歳

「上田秋成の晩年」を『文學界』八月号に、「荘子」を『三田文學』十二月号に発表したが世評からは黙殺された。

『短歌研究』に毎号、和歌、随筆、歌論を発表。


太郎、協会を脱退する。

五月、パリの太郎の画友、クルト・セリグマン夫妻来日。

一九三六年　昭和十一年　四十七歳

三月、紀行文「世界に摘む花」を実業之日本社より刊行。

「鶴は病みき」を『文學界』六月号に発表、実質的には文壇デビュー作となった。戯曲「敵」を『三田文學』六月号に、「渾沌未分」を『文藝』九月号に、「春」を『文學界』十二月号にそれぞれ発表。

十月、第一小説集「鶴は病みき」を信正社より上梓。

一九三七年　昭和十二年

一月から十二月まで六回「肉体の神曲」を『三田文學』に連載。

「母子叙情」を『文學界』三月号に発表、大好評を博し、ために各雑誌

太郎、ソルボンヌ大学に入り、哲学、社会学から民俗

四十八歳

より注文が殺到した。「花は勁し」を『文藝春秋』六月号に、「高原の太陽」を『むらさき』六月号に、「過去世」を『文藝』七月号に、「金魚撩乱」を『中央公論』十月号に、「落城後の女」を『日本評論』十二月号に、その他「老主の一時期」「川」を矢継早に発表した。『短歌研究』にも殆んど毎号短歌を掲載。

九月、第二創作集「夏の夜の夢」を版画荘より、十二月、第三創作集「母子叙情」を創元社より、第二随筆集「女の立場」を竹村書房より刊行。

学に移る。

七月、日華事変はじまる。

恒松安夫、恋人を得、かの子の怒りを蒙り岡本家を出る。

一九三八年
昭和十三年
四十九歳

前年に引きつづき、爆発的に創作を発表した。

「狐」を『文學界』一月号に、「やがて五月に」を『文藝』三月号に、「自作案内」を『文藝』四月号に、「巴里祭」を『文學界』七月号に、「東海道五十三次」を『新日本』八月号に、「老妓抄」を『中央公論』十一月号に発表、「丸の内草話」を『日本評論』十二月号から翌年にかけて連載、その他「四郎馬鹿」（のちに「みちのく」と改題）、「快走」等の短篇を発表、このうち「老妓抄」は問題作となり、世評頗る高かった。座談会にも活躍し、『文藝』一月号の「志賀直哉の人と芸術」に小林秀雄と、『婦人画報』七月号に「恋愛と結婚」を円地文子等と語った。『短歌研究』にも毎号寄稿。

パリの太郎の協力を求めて「やがて五月に」を仏訳し、ゴンクール賞かフェミナ賞を得ようとはかったが、訳しきれず果さなかった。五月、第四創作集「やがて五月に」を竹村書房より、六月、第三随筆集「希望草子」を人文書院より、十二月、第五創作集「巴里祭」を青木書房より刊行。

林房雄、『文學界』六月号から三カ月にわたり「岡本かの子論」を発表。

年末、油壺の宿に作歌のため出かけたが、三回目の脳充血に倒れ、自宅に帰り静養する。

一九三九年
昭和十四年
五十歳

新年を迎えても尚病床にあり、一平と新田との献身的な看病をうけていた。二月十七日、病勢あらたまり、小石川帝大病院へ入院、翌十八日午後一時半永眠。二十一日、一平と新田で多磨墓地に土葬、二十四日、新聞を通じ喪を発表する。悲報はパリの太郎にも伝えられた。

四月七日、文壇の追悼会が丸の内東洋軒で盛大に開かれた。

「鮨」を『文藝』、「家霊」を『新潮』、「娘」を『婦人公論』の各一月号に発表。

遺稿のうち、「河明り」は『中央公論』四月号に、「ある時代の青年作家」は『文藝』、「雛妓」が『日本評論』の各五月号に発表され、長篇「生々流転」は『文學界』四月号より十二月号まで連載された。

三月、「老妓抄」が中央公論社より、五月、「丸の内草話」が青年書房より、六月、「河明り」が創元社より、七月、「鶴は病みき」が新潮社より刊行された。


四月、一平「生命の娘かの子」を『中央公論』に発表。『文學界』『短歌研究』は「岡本かの子追悼号」として各誌それぞれ四月号をあてた。

新田、一平の許を去り郷里の家に帰る。

秋、一平は晶川の遺児大貫鈴子に求婚し拒絶される。

十一月、信州から浜松へ旅をし、浜松で識った山本八重子と年末より同棲する。

一九四〇年
昭和十五年
歿後一年

「女体開顕」を『日本評論』二月号から十二月号まで連載。「宝永噴火」を『文學界』七月号に掲載。その他「かの女の朝」「好い手紙」「或る日の幻想」「秋の夜がたり」等の短篇は創作集に収録された。「武蔵・相模」「富士」の二長篇も発表。

二月、「生々流転」、五月、「岡本かの子集」を改造社より、六月、「丸の内草話」を青年書房より、九月、歌集「深見草」を改造社より、十一月、第四随筆集「池に向ひて」を古今書院より刊行。新潮文庫より「新選岡

八月、太郎、帰国。

九月、太郎、二科賞を受く。

十一月、太郎、銀座三越で帰国第一回個展を開く。

亀井勝一郎、九月「岡本かの子論」を書く。

新田、郷里で結婚。

本かの子集」「雛妓」を刊行。

一九四一年
昭和十六年
歿後二年
三月、短篇集「鮨」を改造社より、九月、「散華抄」を大東出版社より、十二月、新潮文庫より「夏の夜の夢」を刊行。
二月、一平、八重子の長女いづみ出生。
太平洋戦争勃発。
十二月、太郎、「母の手紙」を婦女界社より刊行。

一九四二年
昭和十七年
歿後三年
八月、「観音経を語る」「人生読本」を大東出版社より刊行。
一月、太郎、出征。
十月、八重子、和光を出産。
十一月、一平「かの子の記」を小学館より刊行。

一九四三年
昭和十八年
歿後四年
四月、「光をたづねて」を大東出版社より、六月、「女体開顕」を中央公論社より、八月、「かの子短歌全集」第一巻を昭南書房より刊行。

一九四四年
昭和十九年
歿後五年
四月、「風雅の開顕」を建設社より刊行。
一平、一家をつれ浜松へ疎開。

一九四五年
昭和二十年
歿後六年
一月、八重子、おとはを出産。
一平、「歌ふ仏菩薩」を執

筆。
一平など岐阜西白川村へ再疎開。
八月、終戦を迎える。

一九四六年
昭和二十一年
歿後七年

一月、「生々流転」を鎌倉文庫より、九月、「人生論」を建設社より、十月、「やがて五月に」を近代社より、十一月、「岡本かの子小説選集」（三巻）を八雲書店より刊行。

六月、太郎、中国より復員、対極主義を称えて作品を発表。
一平一家、白川村から美濃太田に移住。

一九四七年
昭和二十二年
歿後八年

二月、「岡本かの子全集」（全十六巻）を実業之日本社より刊行（四九年三月、九冊で中絶）。
三月、「河明り」を養徳社より、四月、「岡本かの子選集」を万里閣より、六月、「仏教人生読本」を日華社苑より、十二月、「母子叙情」を日本社より、「金魚撩乱」を地平社より刊行。

九月、八重子、みやこを出生。

一九四八年
昭和二十三年
歿後九年

七月、「家霊」を文藝春秋社より、九月、「生々流転」を文芸詩集社より、十月、「河明り」を新潮社より刊行。

十月十一日、一平、岐阜県加茂郡古井町の疎開先に於て脳溢血で死去。享年六十二、法名は一溪斎万象居士。太郎、画文集「アヴァンギャルド」を月曜書房より刊行。

一九四九年 昭和二十四年 歿後十年	七月、「生々流転」を小山書店より、十一月、「散華抄」を大東出版社より刊行。新潮文庫より「巴里祭」、小山文庫より「生々流転」を刊行。	
一九五〇年 昭和二十五年 歿後十一年	一月、「母の手紙」を月曜書房より、八月、「岡本かの子集」を新潮社より刊行。新潮文庫より「母子叙情」「河明り・雛妓」「老妓抄他八篇」を刊行。	太郎、「アヴァンギャルド芸術」を美術出版社より刊行。
一九五一年 昭和二十六年 歿後十二年	四月、「岡本かの子集」（日本小説大系53の中）を河出書房より刊行。角川文庫より「生々流転」を刊行。	太郎、「戦後作品個展」を日本橋三越にて開催。
一九五二年 昭和二十七年 歿後十三年	十一月、「巴里祭・鶴は病みき」（現代日本名作選）を筑摩書房より、十二月、「母の手紙」を宝文館より刊行。	太郎、十一月より翌年五月まで、フランス、イタリア、エジプトを廻る。
一九五三年 昭和二十八年 歿後十四年	角川文庫より「女体開顕」を刊行。	太郎、「青春ピカソ」を新潮社より刊行。パリ、ニューヨークにて個展開催。
一九五四年 昭和二十九年	二月、「岡本かの子集」（現代日本文学全集45の中）を筑摩書房より、六月、同じく（昭和文学全集38の中）を角川書店より刊行。	太郎、「今日の芸術」を光文社より刊行。

歿後十五年　角川文庫より「老妓抄」「巴里祭」「金魚撩乱」「花は勁し」を刊行。

一九五六年
昭和三十一年
歿後十七年　九月、「岡本かの子集」（日本国民文学全集27の中）を河出書房より刊行。岩波文庫より「河明り・老妓抄」を、角川文庫より「やがて五月に」「鶴は病みき」を刊行。

太郎、「芸術と青春」を河出書房より、「日本の伝統」を光文社より刊行。

一九五八年
昭和三十三年
歿後十九年　太郎、「日本再発見―芸術風土記」を新潮社より刊行。

一九五九年
昭和三十四年
歿後二十年　太郎、画文集「黒い太陽」を美術出版社より刊行。

一九六一年
昭和三十六年
歿後二十二年　「母の手紙」が角川書店より刊行の「世界の人間像」の中に収録される。

太郎、「忘れられた日本―沖縄文化論」を中央公論社より刊行、毎日出版文化賞を受賞。

一九六二年
昭和三十七年
歿後二十三年　十一月、故郷二子の多摩川畔に、地元有志の発議により、太郎、制作の文学碑「誇り」が建つ。

八月、岩崎呉夫、「芸術餓鬼岡本かの子伝」を七曜社より刊行。

一九六三年　七月、「岡本かの子集」（日本文学全集56）を新潮社より刊行。

五月二十日、恒松安夫死去。

昭和三十八年
歿後二十四年

一九六五年
昭和四十年
歿後二十六年

五月、瀬戸内晴美、「かの子撩乱」を講談社より刊行。

一九六六年
昭和四十一年
歿後二十七年

二月、「岡本かの子集」（日本現代文学全集71の中）を講談社より刊行。

十月、小幡欣治脚本「かの子撩乱」を芸術座が上演（東京宝塚劇場）。

一九七〇年
昭和四十五年
歿後三十一年

十一月、瀬戸内晴美脚本「かの子撩乱」を手織座が上演（東京朝日生命ホール）。翌年十一月、再演。

一九七一年
昭和四十六年
歿後三十二年

一月、「岡本かの子集」（現代日本文学大系72の中）を筑摩書房より刊行。

九月四日、新田亀三死去。

一九七四年
昭和四十九年
歿後三十五年

三月、「岡本かの子全集」（全十五巻、補巻一、別巻二）を冬樹社より刊行開始（五三年二月完結）。

一九七五年
昭和五十年
歿後三十六年
一月、瀬戸内晴美、戯曲「かの子撩乱」を冬樹社より刊行。

一九七八年
昭和五十三年
歿後三十九年
十二月、「岡本かの子集」（筑摩現代文学大系42の中）を筑摩書房より刊行。
七月、瀬戸内晴美、「かの子撩乱その後」を冬樹社より刊行。

一九七九年
昭和五十四年
歿後四十年
二月、「岡本一平・かの子展」開催（東京日本橋高島屋）。

一九八六年
昭和六十一年
歿後四十七年
十二月、「岡本かの子集」（昭和文学全集5の中）を小学館より刊行。

一九八九年
平成元年
歿後五十年
三月、生誕百年記念「岡本かの子の世界展」開催（川崎市市民ミュージアム）。

一九九〇年
平成二年
歿後五十一年
七月、「岡本かの子作品集」を沖積舎より刊行。

一九九三年
平成五年
歿後五十四年
六月、「岡本かの子全集」（全十二巻）を筑摩書房より刊行開始（九四年七月完結）。
八月、久威智、「岡本かの子研究ノート」を菁柿堂より刊行。

一九九七年
平成九年
歿後五十八年
十二月、尾崎左永子、「かの子歌の子」を集英社より刊行。

一九九八年
平成十年
歿後五十九年
五月、三枝和子、「岡本かの子」を新典社より刊行。

二〇〇〇年
平成十二年
歿後六十一年
九月、小幡欣治脚本「かの子かんのん」を民芸が上演（東京紀伊國屋サザンシアター）。

解説・解題

解説

瀬戸内寂聴

「田村俊子」は、「花芯」の悪評のため、文芸雑誌から完全に干されていた辛い時期に書き出したものであった。

小田仁二郎、田木敏智、鈴木晴夫と私の四人で出していた同人雑誌『無名誌』の第三号に、書き出しの「田村俊子・東慶寺」を載せている。一九五九年（昭和三十四年）七月である。

これは三十枚の短いものであったが、出た後すぐ、思いがけない反響があり、「瀬戸内晴美が硯を洗った」という批評が出て、それにつづいて似たような好評が目に入った。私としては嬉しい一方、自分の硯は一度も汚したことはないという自負もあり、こうした好評にも素直になれないものがあった。それでも、手応えに励まされ、続いて書いた。

終戦後、北京から引揚げ、離婚して、小説を志して以来、私ははじめて田村俊子の作品に触れた。その読後の感動は、それまで聞かされていた俊子の数奇なドラマティックな生涯への興味や面白さの比ではなかった。改めて、俊子以前に女の作家として名乗りをあげた樋口一葉の著作も読み直した。

明治に生れ、大正、昭和と生き、バンクーバーで十八年暮し、上海で昭和二十年四月、終戦も見ずに死亡した俊子の生涯は、波瀾に富んでいたが、決して惨めなものではなかった。

近代日本の文学史の中で、女性の作家として最初に名乗りをあげたのは樋口一葉であった。しかし二十四歳で病に倒れ夭逝した一葉は、死の直前数々の名作を残したが、死ぬまで文筆だけでは生活をまかないかねていた。

田村俊子が出て、はじめて、職業作家として、女も経済的自立が出来ることを示したのであった。その発見は私を驚かせた。その頃、一葉の天才ぶりはつとに世間に喧伝されていたが、田村俊子の名も作品も、すっかり世の中から忘れ去られていた。

こつこつ俊子のことを調べるうちに、日と共に私はすっかりこの女作者の人と作品に魅了されていった。

特に、俊子の人柄が、様々に伝えられ、どれが真実の俊子か像を結びかねるのを知って、これほど人に誤解される俊子という人物に、身近な親愛感が湧くのであった。私もものを書きはじめたとたん「花芯」事件で、心外な誤解の矢表に立たされて苦い思いをなめていた。自分の屈辱を雪《すす》ぎたいという想いが、死後も、誤解による伝説のつきまとう俊子の真実と真価に迫りたいという願いを起させたのであった。

俊子の作品は、発表の頃文壇で圧倒的評価を受け、流行作家のはしりとなった。華やかな立場であったにもかかわらず、それほど多作ではない。また他者が俊子について書いたものも、全盛期の三、四年を除けばほとんどない。幸い、まだ俊子と面識のあった人々が生存していることが、何よりの強味であった。私は何のつてもないまま、その人々に近づき、話を聞くという方法をとった。

一番、俊子と深くつきあった女性が、ロシア文学者の湯浅芳子氏と、俊子の熱烈なファンで、俊子を最後まで敬愛しつづけた山原鶴女《たづ》であるということがわかってきた。この二人は、都合よく、雑司ケ谷の山原家に同棲していた。

山原鶴女は、茶号を宗雲と呼ぶ江戸千家の茶道の宗匠であった。その住居は、松寿庵と称し、鶴女はそこで弟子をとり茶道を教えていた。金沢の出身で日本女子大を卒業した後、女子大の寄宿舎の舎監を長く務めていた鶴女は、立居振舞の優雅さの中にも、一筋、凜とした筋金が通っていた。

私は鶴女に近づき、俊子の話を聞き出すため、紹介もなく出かけて行き、先ず茶道の弟子入りをした。子供の頃、裏千家の師匠のところへ通って以来、抹茶茶碗を持つこともなく過ぎていたので、突然の週一日の稽古は思ったより骨が折れた。それでも根は好きな道なので、結構楽しみながら通っていた。何カ月過ぎた頃だったか、ある日稽古の後に残るようにと、鶴女が私に言った。人々が帰ってしまうと、鶴女が色白の頬に、かすかに皮肉っぽい微笑を浮べておだやかに口を開いた。

「ほんとの目的は、何で通ってるの」

私はとっさの言葉も出なかった。

「はじめからただお稽古に来てるとは思えなかったけれど、まあ、熱心に通ってくるし、真面目にお稽古も受けてるし、いったい何のためかと思って」

「いえ、ただお茶が好きで……」

「嘘おっしゃい。何か目的があるんでしょう。私の目はまだ節穴じゃありませんよ」

私は鶴女の慧眼に恐れ入ってしまった。下手な言訳は無用だと、その場で手を突いてしまった。

「申しわけございません。実は田村俊子のことを書きたいと思いまして」

鶴女は、やっぱりという顔で表情を和めた。

「それなら、はじめから、そう言えばいいのに……でも、まあ、そうは言っても二階の人がねえ」

と、上目遣いに二階を見上げて声を低くした。その頃、もう私も、この家の二階に住んでいる湯浅芳子氏が、この家ではどんなに重い存在で、松寿庵に君臨しているかは承知していた。たまにしか稽古場を覗かないが、渋い和服に男帯を締め、白髪のシングルカットに、眼鏡をかけた湯浅氏は、一見男のようだった。口調も男言葉だったが、声は澄んだアルトで美しかった。

弟子たちは言わず語らず、鶴女との関係を察していた。まるで夫婦のような二人の態度や言葉づかいに、レズビアンの間柄だということは歴然としていた。弟子たちの行儀作法には、鶴女より湯浅氏の方がずっときびしかった。

鶴女は日を改めて来るようにとだけ言い、その日はさしてとがめだてもなく帰された。そのうち連絡があり、私は稽古日ではない日の夕暮れ、松寿庵を訪れた。その日は湯浅氏が、二、三日外泊して留守らしかった。

テープレコーダーも持たず、私は鶴女が記憶の糸をたぐりよせては、なめらかに語ってくれる俊子の想い出話を、一句も聞き洩らすまいとした。メモも取るのが失礼なようで、ひたすら頭におさめこんだ。

長い話の後、

「実は湯浅さんはね、俊子さんを誰が書くのも厭なのよ。いつか自分で書きたいと思っているのかもしれない。でもだめですね、あの人には書けません。根気がないもの」

あっさり、そんなことを言い、

「あなたが書きたがっているということを話したら、あのいつもの調子で烈火の如く怒るんですよ。ごめんなさいね。あんなやつに何が書けるか、あんたもべらべら喋るんじゃないって」

鶴女は声に出して笑った。

それからまたしばらくして、鶴女が日と時間を指定してきて、松寿庵の門の外で待つようにという。私が言われた通り、たそがれ時の松寿庵の門の外に立っていると、塀越しに、中から風呂敷包みが、どさっと投げてよこされた。

あわてて、地に落ちたそれを拾いあげると、両手にずしりと手応えのあるかさ張った重いものであった。

「すぐ帰りなさい。あなたは、それを道で拾ったのよ」

塀の中から鶴女の声がした。

その包みの中には、田村俊子が、渡燕する前に、鶴女に預けていった、鈴木悦との恋文の束と、悦の日記のノートが入っていた。この大切な資料を、鶴女は、湯浅氏に内緒で私に恵んで下さったのであった。

もちろんその後も、私は何くわぬ顔で、松寿庵に茶の稽古に通いつづけた。

小説家として認められ、流行作家となって全盛を極めていた最中、俊子は突然、恋人鈴木悦の後を追ってバンクーバーへ渡っている。

二人とも既婚者だったので、まだ姦通罪のあった当時、二人の不倫は国内では許されなかった。私の「田村俊子」はこの貴重な資料がなくてはとうてい書けなかったし、私の後につづく田村俊子研究家たちも、この資料なくしては、二人の真の恋の経緯を理解することは出来ない。

資料の入手方法が、私の「田村俊子」では曖昧なのは、ひとえに湯浅芳子氏の逆鱗に触れることを恐れたためであった。

書きはじめた頃は湯浅氏の目を逃れていた。『無名誌』第三号（昭和三十四年七月）に「東慶寺」の章をはじめて発表した後、たまたま『文学者』が再開することになった。その復刊第一号の『文学者』（昭和三十五年一月）に、「田村俊子」の続きを書くようにといわれ、その年の十二月号まで書きついで、私は最後まで書きあげることが出来た。途中「豊橋行」だけを『無名誌』第四号（昭和三十五年九月）に発表している。

『文学者』に載りはじめた頃、文藝春秋の編集局長車谷弘氏から、仕上ったら文藝春秋から出版しようという話が持ちこまれた。

その頃は湯浅氏も、すべてを承知されていたが、出来がよいということで大したとがめ立てもなく、「田村俊子」が出版された時には、はじめて設けられた「田村俊子賞」の第一回の当選作として選んで下さった。

田村俊子賞は、遺族のない田村俊子の印税を預る「田村俊子会」で設けたもので、俊子の印税のつづく限り、出そうということになっていた。計画したのは「田村俊子会」の主催者で、すべての実権を握っている湯浅氏であった。選者は、湯浅芳子、阿部知二、草野心平、武田泰淳、立野信之、佐多稲子、山原鶴、小林哥津子であった。阿部、草野、武田、立野は、俊子の上海時代に親交があった。小林哥津子は『青鞜』の同人で、俊子の最も旧い友人であった。

俊子が『青鞜』に書いた「お使ひの帰つた後」の中に、江戸芸者の俤を見るようなすっきりした顔立ちと表現し、美しく可憐な下町情緒をたたえた娘とほめた人であった。明治の天才的版画家小林清親の娘で、老いても昔の美しさを残していた。ひかえめだが意見を言う時は、はっきり主張するところに『青鞜』の残り香を感じさせられた。

湯浅氏は短気な独裁者で、しまいには、草野心平氏と大げんかをし、ついに佐多さんも突然、選者を降りられた。むしろ、夫を寝とられた怨みのある俊子のために、自分の感情を殺して、よくそれまで努められていたと思う。何かの拍子に佐多さんの我慢の緒が切れたのだろう。しかし、今ではその頃のすべての選者は彼岸の人となった。田村俊子賞は湯浅氏の独断で、突然中止されてしまった。

田村俊子会は名前だけ一応私が預っている形だが、もう俊子の印税の入る期限も切れており、僅かな残高の貯金通帳が残されているだけである。

「田村俊子」が出版された後になって、俊子会では四月十六日の俊子忌に、吉屋信子氏に、俊子が生前借り倒していた五百円の返済として、湯浅氏から、夏目漱石の俊子あての直筆書簡を進呈している。吉屋さんに俊子の借りた金は、五十円と私は書いた。山原鶴女も湯浅氏も、五十円と頭から思いこんでいたので、私はそれを聞いたまま書いてしまった。その時、私が吉屋氏にもお伺いして裏を取ることを怠ったのであった。その件で吉屋氏は不愉快に思われたであろう。昭和三十七年十月、中央公論社刊の「自伝的女流文壇史」の巻頭に「上海から帰らぬ人」という題で、俊子との交遊をつぶさに発表されている。それで、借金は五百円だったと判明したのであった。

それらを、私は「田村俊子補遺」として書いている。

補遺の中には、他に、「もう一人の女」と題して、鈴木悦が単身帰国後、盲腸の手術で死ぬまで共に暮していた女のいたことも明している。これは、豊橋で『不二タイムス』を発行していた杉田有窓子という方から伺った話であった。悦は日本に帰る時、船中にひとりの女をひそませていたのであった。もちろん、俊子には知らせていない。不幸な結婚をしたその女は、悦にカナダでめぐりあい、夫と子供三人を捨て、悦に従って帰国したらしい。帰国後は豊橋でも東京でも常に悦と暮し、妻のように振舞っていたという。

杉田氏にも俊子はさんざん借金している。

今度、私の「田村俊子」刊行後、判ってきた事実によって、この全集収録に当り、本文に加筆したところがある。たとえば、俊子の作品「あきらめ」は調査の結果、一等当選ではなかった。その時入選作に一等はなく、二等の「あきらめ」が、最高当選となったのだった。しかし、俊子も夫の田村松魚も、一等らしく口にもし、書きもしていたので、いつの間にか一等というふうに信じられていたようである。

また、俊子の両親のことも、本が出版されたあとで、俊子の従兄弟に当る真穂三七郎氏の訪問を受けて、父方のことがわかった。父了賢は、茨城県北相馬郡藤代町（元大郷村）に生れている。東本願寺の末寺来応寺の十二世皓全と、母みちの間の五男として生れている。

東京本郷の金子民蔵方へ移籍され、後、金子方から蔵前の佐藤家へ婿養子に入り、家付娘のきぬとの間に俊子を産んでいる。了賢は事業好きで、浅草の十二階荘を建てたという話も身内には伝わっているが、経営が下手で、次々事業に手を出しては失敗している。

母きぬは、子供のような若い役者と一緒になり、晩年は男に若い嫁をあてがい、淋しく死んだといわれている。顔半面にひどい火傷のようなあざがあったという。

れっきとした血縁が名乗り出た以上、俊子の印税は当然、真穂氏に渡るべきだったが、湯浅氏は全然、取り合わず、真穂氏を追い帰してしまって平然としていた。

「俊子は身内なんかに全く愛情も義理も感じない人間だった」

という湯浅氏の一言に、誰も反対する者はいなかったのである。私の短篇「いろ」は、きぬをモデルにしたものだという話は、第一巻の解説にも書いてある。

「田村俊子」によって、私の文壇での足場が確立した形になり、実質的にはここから、私の小説家としての出発が始まったのであった。「田村俊子」を書きあげた自信が、私につづいて「夏の終り」のような私小説的な作品を書かせたのであった。

講談社文庫版「かの子撩乱」に名解説を頂戴した上田三四二氏は、「田村俊子」を私の出世作と呼び、「夏の終り」を作家としての地位を確立したものと定められた上で、

「前者は伝記的な作品、後者は私小説的な作品である。外観はいたく異っているが、私は瀬戸内氏のなかで、以後、これら二つの系統の作品が、二本の平行する棒のようにではなく、一本の、ねじり合わせた縄のようにあい補い、互いに表裏をなしながら創られつづけているのに注目する。言いかえれば、その源流をなす『田村俊子』と『夏の終り』の二つの作品は、いちはやく、そこ

に補完の関係を全うしていて、『夏の終り』に小説化されたような生活の背景なくしては、『田村俊子』は書かれ得ず、また、『田村俊子』を通過せずして『夏の終り』を作品化することは、困難だったのではないかと想像する」

と書かれている。作者としては、自分では説明しかねることを明快に指摘していただき、有難かった。

「かの子撩乱」は一九六二年（昭和三十七年）、『婦人画報』に七月号から連載し、三十九年六月号までつづいた。

当時の『婦人画報』の編集長は矢口純氏で、有吉佐和子さんに名作「紀の川」を書かせた名編集者であった。

岡本かの子を書いてみないかと、雑然とした編集室で言われた時、私は即座に「書きます」と返事していた。

かの子が小説家として私の目に触れたのは、一九三七年（昭和十二年）からであった。かの子はその前年から「鶴は病みき」を『文學界』六月号に発表し、実質的には文壇デビューをとげていたし、十月には第一小説集「鶴は病みき」を上梓していたが、四国の片田舎で女学生だった自称文学少女の目には触れていなかった。

私がかの子の作品にはじめて接したのは、昭和十二年の「母子叙情」からであった。この作品の大好評のため、この年、かの子は「花は勁し」「過去世」「金魚撩乱」「落城後の女」「老主の一時期」「川」とほとんど毎月、矢継早に作品を発表した。その仕事ぶりは目の覚めるような華やかさで、私は次々むさぼるように読みつづけた。かの子の小説は、それまで私が愛読していた林芙美子や平林たい子たち女流の作品とは、全く違った強烈なオーラを発していて、衝撃的だった。

美文調の絢爛たる文章なのに、それが旧めかしい感じを与えず、むしろ、作品の一つ一つがこれまでになく斬新で、読みながらドキドキするような興奮を与えられた。

県立高女の三年生で十五歳だった私は、それ以来、かの子の作品を見のがさず読むことが楽しみになった。当時の私は、かの子と一平の夫婦について全く予備智識がなかったので、世評に高かった「母子叙情」よりも「花は勁し」「金魚撩乱」が心に焼きついた。前年の作品も探し、「渾沌未分」では水中の接吻の見事な描写に息をつめた。

かの子が突然急逝したのは昭和十四年二月で、それを知った時の驚愕も忘れられない。

小説家を志してからは、岡本一平や太郎の芸術家としての業績も識り、天才一家の世間の常識を越えた生活様式にも智識がついたが、まさかかの子を書こうとは考えていなかった。

「かの子撩乱」の連載を始めた同じ年の十月から私は『週刊新潮』に「女徳」の連載も始め、これは二年間つづいたから、二つの大作を平行して書く羽目になった。私は四十歳になっていて、すでに才女作家として華々しい活躍を見せていた曾野綾子、有吉佐和子の二十代の若い作家に比べると、いかにも出足の遅れた出発だったので、内心焦りもひがみもあった。けれどもかの子が、長年の悲願である小説家として活躍し始めたのが四十八、九歳だったことを思えば、心慰められるものがあった。しかし、かの子が五十歳で死亡したことにも思いをはせれば、あと十年の間に、私は何程の仕事が出来るだろうと、心が冷えもするのであった。

連載は順調に進み、私は次第に明かされてくるかの子の人並外れた感情の起伏に振回されながら、いつのまにか、かえって被虐的な快感を覚えはじめていた。かの子を取巻く、夫一平、息子太郎はともかく、二人の他人の男が同居している生活構成には驚かされた。

書き出した頃、かの子の生家の大貫家には、まだ兄の大貫晶川未亡人初さんも、娘の鈴子さんも生存されていて、初さんからは実に貴重な話を聞かせてもらったし、残っていた土蔵の中から、数多くの晶川のノートや、谷崎潤一郎の手紙なども取り出して見せてもらえた。

一平が求婚に訪れた時のままの大貫家が、門ごとそこに残っており、谷崎が泊り、かの子が太郎を産んだ広い客間もそのままだった。その隣に新しく大貫病院が建っていた。今は、その旧い邸もなく、大貫病院も最近解体されたと聞く。たった一つ残っていた土蔵の運命も、保存運動が動いていると聞いたばかりである。

それでもすぐ近くの多摩川の畔に建った太郎作のモニュメント「誇り」は、かの子と一平の業績の証として、今も天をさして白い炎のように延び上っている。

かの子は明星派から出発した歌人として名を成したし、仏教研究家としても、一流扱いされていたが、それにあきたらず、少女時代からの夢であった小説家に、死ぬ直前になりおおせたのであった。

かの子の生前を知っている現存の人々に出来る限り会って取材したが、この時も田村俊子の時と同じようにテープはとらず、メモもほとんど取らなかった。素手で向いあう場合と、器械を二人の間に置く場合とでは、全く相手の気持の緊張度がちがう。メモを取られていると思うだけでも無意識の警戒心が起る。

私は自分の頭の中に太いアンテナと細いアンテナがつまっていて、太いアンテナに引っかかったものだけが大切なのだと思っていて、専らそれに頼った。

何といっても、大貫家の座敷で、かの子の妹のきん女にお逢いした時と、飛驒の白川村へ新田亀三氏を訪ねた時の印象の強烈さとの、収穫の大きさは忘れられない。

きん女は、いつでも一家中でのタイラントだったかの子に横暴に振舞われて、女王に仕える召使のようにこき使われていたが、それを苦にもせず、かの子を敬愛しつづけ、おとなしく仕えていた。

かの子の恋人の堀切茂雄がかの子の感情の激しさに疲れきって、きん女のおだやかさと秘めた知性に頼ってきた時、同情から恋になった。それに気づいたかの子の逆鱗にふれ、かの子の一方的な考えで、ほとんど強制的に、きん女は気の進まない相手に嫁がされてしまった。

そんな場合、かの子の横暴をなだめる力を両親も晶川も持っていなかった。いわば、きん女は、かの子のわがままの犠牲者であった。そのきん女が凛とした姿で背筋をのばし坐っていた。滲み出るその人の気韻の高さが、あたりの空気を払っていた。

「姉はわたくしども一族の代表者でございます」

はりのあるやや高い美声が歌うように言う。

「ああいう強い個性の芸術家が一人誕生するためには、まわりの者はみんな肥料に吸いとられてしまうのでございましょうか。姉の芸術のかげにはそれはそれはたくさんの犠牲が捧げられております。でも、姉のおかげでわたくしどもの一族の血の中にこめられていた憧れや、苦悩や淋しさが表現されたのですから……」

というきん女の言葉を聞いた時、私は「かの子撩乱」の主題が決ったと思った。

新田亀三は、かの子が一平以外に愛した男で、一平は堀切茂雄の時同様、自分の家に引き取り、同居させた。慶応の優秀な外科医だった時、かの子に見染められ、いろいろな曲折の末、かの子の家に同居し、かの子の死ぬまで、一平と三人で暮した。もう一人のかの子の崇拝者恒松安夫は慶応の学生時代から岡本家に下宿していたし、一家をあげて渡欧する時も新田と共に同行していたが、かの子との関係は肉親愛のようで性的ではなかった。

恒松は恋人と結婚し、岡本家から出て行ったというより、かの子の怒りによって追放された形になったので、かの子の死を看とったのは、一平と新田の二人の男だった。

かの子が言い出し、一平との間は性ぬきの夫婦生活が十八年の間、かの子の死ぬまでつづけられたが、一平は、新田とかの子の間も性ぬきだと思いこんでいた節がある。その思いちがいをかの子の死後、新田の口から報らされたということを、一平は、かの子の死後発表した遺作「生々流転」の中に書きこんでいる。かの子の生前から、かの子の小説は、一平、新田、恒松の奉仕と共同作業の上に成りたったものが多いというのが私の説であり、今もそう信じている。

この発想は太郎氏にも受けつがれていて、太郎氏の口から私は、

「芸術作品は共同で作っていいのだ。誰々作なんて書きこむ必要はないんだ」

というようなことを直接聞かされている。しかし「生々流転」に一平の筆が入っているらしいと言いだしたのは、私が後にも先にも一人であろう。

本文にその間の推理をくわしく書いている。

取材の時、太郎氏から、登場人物で新田氏だけが、現役で社会的にも活躍していられるから私生活に迷惑をかけぬようと注意を受けていたので、一人だけ仁田と仮名にした。しかし今度の全集ではじめて本名にただした。御遺族も、すでにすべてを承知されており、支障がないと思うからである。

上田三四二氏は、私の「かの子撩乱」では十三章から十五章あたり、つまり岡本家が一家をあげてヨーロッパに旅立ち二年ばかり滞欧するところで、一つの谷間にゆき当るが、十六章、つまり新田氏を白川村に私が訪ねる章で、作者自身が前面にあらわれ、体当り的に新田病院へ押しかけて行くあたりから、俄かに落込みから立ち上った、と指摘されている。

私自身もこの時の無謀な取材旅行の途中の風景や、川の音まで、今も尚はっきり記憶している。新田氏の口から直接聞いた生前のかの子が、いかにいきいきと私の目の前によみがえったか、その時の感動もまたなまなましく心に残っている。

私は身震いするような手応えを感じた。

新田氏は結婚しておられたが、今でもかの子の話をする時、美しい端正な顔にほのかに血の気が上り、初々しいはにかみの表情があらわれた。

新田氏は悪びれず、かの子を可愛く、美しかったと言いきった。

一平と恒松と新田の三人の男が、いかに全力をそそいで、かの子の小説が生れる手助けをしたかという話をしてくれる時、新田氏のおだやかな表情や、落ちついた声音にもかかわらず、私は一種の恐怖を感じ、肌に粟を生じていた。三人がサディスティックな女王にさいなまれている痛ましい奴隷のようにさえ感じられたが、新田氏の口からは、

「あの頃こそ、本当に生きたという実感があった」

と聞かされた。作中、私はかの子を三人の人形遣いに支えられ踊る文楽の人形にたとえているが、今でもその感想は変らない。

「かの子撩乱」が刊行された後、芸術座でこれが舞台にかけられた。小幡欣治氏の作・演出で、京塚昌子のかの子だった。

私はこの初日に、新田氏を招待した。氏はわざわざ白川村から上京され、かぶりつきの真中の席で観劇された。終った時、新田氏の目に涙がたまっていて、恥かしそうに笑っていわれた。

「あんまりかの子に似ていて、胸が一杯になりました。なつかしくて」

その後、私が出家した直後、私自身で書いた戯曲「かの子撩乱」は手織座で上演されたが、その時は新田氏はすでに故人になられていて見てもらえなかった。戯曲は昭和五十年、冬樹社より刊行された。

「かの子撩乱」は太郎氏にも、

「ぼくよりきみの方がずっとかの子についてくわしいね」

とほめられた。何を書いてもいいとはじめに言って下さった通り、途中で何一つ反対されたこと

もなく、書き手にとっては実にいい遺族であった。むしろ、
「きみの書くまで、かの子なんてもう世間からすっかり忘れ去られていたんだよ。『かの子撩乱』のおかげで、かの子がよみがえった。かの子の本だってさっぱり売行が止まっていたのに、この頃よく売れるよ」
と喜んでもらえたのが何より嬉しかった。また冬樹社よりかの子の全集が出たのは何よりだった。「かの子撩乱」を書く間に私は練馬から目白台アパートへ、つづいて中野本町通りへと引越して、質屋だった土蔵の二階で二年書きつぎ、完成した。

書きあげた後で、堀切茂雄のノートが手に入ったりして、色々わからなかった点が判明し、それをおぎなって、「かの子撩乱その後」を刊行した。

堀切茂雄のノートによれば、かの子は堀切茂雄を実に残酷に捨てている。

しかし、一平との間で魔の時代というものをもたらしたのは茂雄との不倫であり、そのことによって、かの子は仏教に縁が出来たのだから、やはり煩悩即菩提というべきだろうか。私は「かの子撩乱」を書き終っても、どうしてもかの子の説く仏教がわからなかった。そこで疑問として私の中に残されたものが核になり、歳月を経ても消えず、むしろその後増大して、ついに私を出家に導いたとも言えるのではないだろうか。

かの子の仏教は、あらゆる宗派を学問的に研究したが、親鸞の「善人なおもて往生すいわんや悪人をや」に救われたといい、参禅もしているし、最後は密教の宇宙の生命讃歌へと拡がっている、八宗兼学の天台宗といってもいいようである。

得度こそしなかったが、かの子は本気で仏教を自分の身にひきつけていた。

一平はかの子の死によって解放され、再婚し、三人の子をなし、太郎がパリから帰国したのを見て死んでいる。芸術の聖家族は、三人揃って多磨墓地に眠っている。（二〇〇一年一月）

解題

本巻は、著者の伝記小説の分野の口火を切った「田村俊子」と、つづく大作「かの子撩乱」とを収録した。田村俊子も岡本かの子も、ほぼ明治中期の生れであり、「目覚めた女」として、自分の生を、女性として芸術家として充実させ、両立させようと主張し、実行した人物である。世の因襲に囚われない激しい生き方に著者は共感し、その作品の新しさに注目し、田村俊子には自身の分身を見るような親しみを感じつつ、岡本かの子には憧れと多少の懼れを抱きつつ、自分の未来の渾沌の中へ分け入るような緊張感を以て描いている。

両作品とも、以後、この人物に関してこれ以上の伝記は書かれないであろう、と多くの評家を瞠目せしめた。

「田村俊子」

著者は「女子大生・曲愛玲《チユイアイリン》」によって新潮社の同人雑誌賞を受賞（昭和32年）したものの、次作「花芯」に対する評者の誤解もあり、週刊誌などの無責任な匿名コラムに扱われたりして、五年間、文芸誌からの注文が無かった。「干された」と著者の言うこの五年間は、実はのちの大成を約束する前哨として、意義深い胚胎期であったと言えるだろう。

誤解されるとはどういうことか。少女の頃から目に触れてはいたが、すでに殆ど忘れ去られていた田村俊子に、著者は改めて目を向けた。「どれほどの人間が、ほんとうにその人のすべてを、自分が望むほどに理解され、死んでいくでしょうか」という俊子の言葉が、如何に切実にひびいたか。

「十人いれば十の異見が出されるくらい誤解されてきた作家・田村俊子を書いて、誤解されるとはどういうことかを考えてみたかった。……田村俊子を書こうという気はなくて、自分を書こうと思ったんです」とインタビューで答えている（『図書新聞』昭和44・11・8）。

田村俊子と著者とには、行動や考え方の上で幾つか近似点がある。情熱的で行動力に富み、決断力強く、エネルギーが高い。根本にあるのは、世俗的な枠外の〝純粋さ〟である。

恋人を追ってカナダへ行ったり、上海の路上で孤独な死を遂げたり、謎の多い俊子の放浪の跡を掘りおこす作業は、自身の未来や可能性に光を当てるのと同じで、俊子の人生を追体験しているような興奮にかられたのではないだろうか。

「私が俊子に最もひかれたのは、彼女の純粋さであった。……世間の物差ではかる純粋さとは次元がちがっていると思う。男を何人変えても、人の夫を盗んでも、借金をふみ倒しても、友人をあざむいても、俊子は終始何と純粋に生きぬいたことか。私は私の見た俊子の純粋さを、どうしても書き表わしたくなった」（「美しく死ぬために」）

たまたま著者は、北京での結婚生活中、田村俊子の名と、日本や北京での暮しぶりをよく耳にしていた。夫の女友達、田村ふさ（俊子と同姓だが縁者ではない）から聞かされていたのである。

田村ふさと著者の夫は、外務省文化事業部補給生という資格（今でいう国費留学）で北京に渡っていた。当時ふさは、北京師範大学の教授で、同僚が結婚して日本から新妻が来る、というので、祝う会を開いた。その会場で著者とふさとが初めて出会ったのである。終戦を機にしばらくは消息が分らなかったが、ふさは帰国していて再会も果たし、更に後年、ふさが、田村俊子との交遊を含めた〝自分史〟を小説に書いてある文学賞に応募、その選考委員の一人に著者がいて、めでたく入選（第二回フェミナ賞「いきいき老青春」）、という一幕もある。まるで田村俊子を中心に、時間と空間を超えて見えない綾とりの糸が交錯したような感がある。

もう一つ、著者にとって幸いだったのは、俊子についてもっとも詳しく、重要な資料を豊富に所持していた山原鶴との縁を、東京女子大時代の友人によって得たことである。

俊子が夫（小説家としてまだ大成していなかった田村松魚）からハッパをかけられて書いた小説が入選し、作家への道が一気に拓けた、といういきさつは、著者の同人雑誌賞受賞の経緯と全く同じで、「思わず笑いだし、自分自身に納得がいって、アカが落ちたような気持ち」で、「俊子さんに救われた」と思ったという。

「田村俊子」は、『無名誌』に載った最初から読者の反響があり、出版も早々と約束される幸運に恵まれた。刊行後の書評には、伝記的記述のみでなく、犀利な作品論も展開した、著者ならではの力作、という評言が多く見られた。瀬沼茂樹がのちに、

「(俊子に関し) 誰が手をつけるにしても、瀬戸内さんを凌駕することはさしずめむつかしい。……瀬戸内さんでなければ書けない田村俊子がここにいる。田村俊子は後代に瀬戸内さんのような知己を得て、まことに幸福な作家であったといわなければなるまい」(角川文庫「田村俊子」解説) と述べている。田村俊子も幸福だが、著者も、この作によってゆるぎない自信と、前途への希望を抱く幸福を得たのである。

丹羽文雄が鋭く見抜いていた。

「(田村俊子」は) 作品としても成功をしたが、田村俊子をあますところなく摑へたことで、その後のこの人の仕事の上に一本の芯を通すことになつた。……どのやうな刺戟的な材料を扱ふ場合にも、『田村俊子』を描いた芯は生きてゐた。この人は田村俊子や林芙美子のやうな生き方をしないであらう。一本の芯のせゐである」(「瀬戸内晴美作品集」月報5に収載の推薦の言葉) と。

本篇「田村俊子」の最後に付された「田村俊子補遺」は、単行本刊行後判明した資料を元に、角川文庫版が発刊される際つけ加えられた章である。その最後の「父母」の項に、俊子の母について短い記述があるが、著者の短篇「いろ」(昭和36年、本全集第一巻に収録) は、この母親をヒントに書かれた。

「田村俊子」は、第一回田村俊子賞を受賞 (昭和36年)。四月十六日、北鎌倉東慶寺に於て授賞式が行われた。

初出 冒頭の章「東慶寺」及び「豊橋行」は『無名誌』(小田仁二郎主宰) 第三号 (昭和34年7月) 及び第四号 (昭和35年9月) に発表。この二章以外の各章は『文学者』(丹羽文雄主宰) 昭和35年1月～12月号に連載。

収録単行本

「田村俊子」文藝春秋新社 (昭和36年4月)
「田村俊子」講談社 (昭和41年4月)
「田村俊子」(新装版) 文藝春秋 (昭和58年2月)

選集
「瀬戸内晴美自選作品Ⅳ」雪華社（昭和42年8月）
「瀬戸内晴美作品集5」筑摩書房（昭和47年4月）
「瀬戸内寂聴伝記小説集成1」文藝春秋（平成元年8月）
文庫
角川文庫「田村俊子」（昭和39年2月）
講談社文芸文庫「田村俊子」（平成5年12月）

「かの子撩乱」

前作「田村俊子」によって田村俊子賞を受賞した昭和三十六年の冬、著者は、不規則な共同生活の相手、小田仁二郎との恋愛を清算すべく練馬に転居した。新たな環境と覚悟の中で、意欲的に作家生活に踏みこんだ、最初の仕事である。

岡本かの子晩年の最盛期が著者の女学生時代に当り、かの子の著作はその頃から読んでいたが、理解出来たのは女子大に入ってからで、卒業論文にかの子を選んだ。とは言ってもまだ漠然とした憧れの想いしかなかったようだが、『婦人画報』の編集長、矢口純に、「次は何を書くのか」と聞かれた時、「岡本かの子」と答え、連載が即決した。最初の締切りまでに二カ月しかなかったという。

火のついたような性急さで三十七年七月からはじまった連載のかたわら、追いかけて初めての私小説「夏の終り」を書き、この一連の小説を「かの子撩乱」と並行して書き継いだ。なおその上、十月より『週刊新潮』に「女徳」を一年間連載するなど、一挙に流行作家への道を辿る。著者、四十歳である。その当時の情況について、

「かの子は、私にとって、文学の守り神のように、その年以来、私を守りつづけてくれているような気がしてならない。私は『かの子撩乱』を書いている間じゅう、かの子の大きな目の巫女のような表情の写真を頭上の壁にかかげて、それを拝むような気持で書きつづけた」（「かの子撩乱その後」―岡本かの子全集月報4―）

と言い、「かの子」を連載しながら「夏の終り」一連の小説を精力的に書けたのも、

「かの子の緊張度の高い生命力の波長と、天性の気韻の照りかえしのようなものに支えられてであったと思う」（「かの子と仏教とわたし」―岡本かの子全集月報14―）と述べている。

田村俊子以上に無垢で純粋、と著者の見るかの子は、「感情も行動も、物事の両端をゆれ動き、その振幅度の広さ」が、「常軌を逸した感を世人に与え」ていた。著者はかの子の中の、「強烈なエゴの顕示欲、王者のような征服欲、魔神のような生命力、コンプレックスと紙一重の異常なナルシシズム」などのため、かの子の言動が「世間の常識と波長が合わなくなる」のも当然、と深い理解を示す。

著者が解き明かしているように、かの子は一小説家、一芸術家というより、「元始、女性は太陽であった」という太陽そのもののように強烈で、地母神的要素の濃い、しかも教養の深い、特異な存在である。実生活についても、虚実の定かでない噂が生前から取沙汰されていた。そのかの子に著者は敬虔な心で肉迫、取材に関しては資料収集も人に会う手筈も、すべて一人で当ったという。休む間もない一心不乱の没入ぶりに、かの子の霊が感応したかのような妙な現象を著者は体験した。一種の憑依現象であろう。

壁にかかげたかの子の写真の前で執筆していたある時、疲れて、半醒半覚の状態に陥っていたのか、いつか無意識に両掌を合わせ、「ナム、カノコカンゼオン」と念じていた。かの子が、パリの太郎に「困った時はそう念ぜよ」と教えた言葉である。しばらくすると突然、「全身に電流が通じたような状態になり」、合わせた手が上下しはじめ、「何かが乗り憑ったように自分の意志の外で勝手に動」くのを制止することが出来ず、あわてふためいたという。その後も何度か、「こわごわ、両掌を合わせ、かの子を念ずる」と、すぐ「電流のようなもの」がぴりぴり感応し、腕が上下しはじめる。「かの子はいつでも私に憑いていてくれるという、おかしな自信をひそかに持った」（「かの子と仏教とわたし」同前）。

事実、かの子の霊に導かれたかのように、奇跡的な取材の成功を収めている。かの子と感応し得る素質がなければ憑依めいた現象は起きなかったであろうし、かの子の到達した煩悩即菩提の生の哲学に共感しなければ、これほど奥深く、綜合的かつ立体的にかの子像を描き上げることも叶わなかったであろう。

刊行時、各書評は讃辞を惜しまなかった。代表として挙げれば、

平野謙「この著者ほど岡本かの子を語るにふさわしい女流作家はちょっとみあたらないだけに、終始筆に熱気を帯びていて、最後まで一気に読ませる力をそなえている。……（かの子にまつわる）誤解と訛伝をた

だして、岡本かの子の人ならびに芸術家としての生涯を、その生いたちから死にいたるまで整然と秩序づけたのが、本書の内容である」（『週刊朝日』昭和40・6・18）

和田芳恵「一等資料とはみなされない岡本一平の漫文的な自伝にまで眼を通し……かの子研究の資料がことごとくこの一冊に集まっているといっても、決して言い過ぎではなかろう。……対話者から話をひきだすときの呼吸が天衣無縫で、プライバシーを感じさせる間もない離れわざを示し、みごとに実態にせまっている」（『週刊読書人』昭和40・6・21）

小松伸六「『かの子撩乱』をよみおえ、すばらしい狂想曲をきいたあとのようにぼう然としている。……呆れるほど誤解されていた岡本かの子像も、瀬戸内さんの愛情ある筆によって、ただすものはただされ、裁かれるものは裁かれ、かの子にもうこれ以上の秘密はないと思われる決定版である」（『図書新聞』昭和40・6・5）

久保田正文も「林房雄、石川淳、村松梢風、岩崎呉夫などにそれぞれの岡本かの子の論や伝や研究やがあるが、それらのいずれにも立ちまさって」いると評言（「瀬戸内晴美作品集3」解説）。

取材に際し、著者が会うのをもっとも恐れた岡本太郎も、「非常に情熱的に、母、かの子に迫っていきながら、冷たく突っ放すところは、あくまで突っ放す。そのへんの判断は、実にたしかなものだ。偏見を持たない公平な人だから、これができるのでしょう」（『週刊文春』昭和38・7・1）と好意的である。

後年、冬樹社から「岡本かの子全集」が発刊（昭和49年3月～昭和53年2月）された時、著者は責任編集の任に当り、月報に十二回エッセイを連載している。「かの子撩乱」以降に入手した資料に基く、かの子の周辺に関する稿が主で、全集完結後、「かの子撩乱 その後」としてまとめられ、冬樹社から刊行された（昭和53年7月。のち平成6年1月に講談社より再刊）。

なお、「かの子撩乱」は劇化され、二度上演されている。

昭和41年10月　芸術座（東京宝塚劇場）　脚色・小幡欣治　主演・京塚昌子

昭和45年11月　手織座（朝日生命ホール）　脚色・瀬戸内晴美　主演・宝生あや子

手織座のために脚色した台本は「戯曲　かの子撩乱」として冬樹社より刊行（昭和50年1月）された。

初出　『婦人画報』昭和37年7月号～昭和39年6月号
収録単行本
「かの子撩乱」講談社（昭和40年5月）
「ロマン・ブックス　かの子撩乱」講談社（昭和43年1月）
選集
「瀬戸内晴美作品集3」筑摩書房（昭和47年6月）
「瀬戸内寂聴伝記小説集成2」文藝春秋（平成元年10月）
文庫
講談社文庫「かの子撩乱」（昭和46年12月）

（小島千加子）

瀬戸内寂聴全集　第二巻

発　行　　2001年3月10日

著　者　　瀬戸内寂聴（せとうちじゃくちょう）

発行者　　佐藤隆信

発行所　　株式会社 新潮社

東京都新宿区矢来町71

郵便番号 162-8711

電話　編集部 03-3266-5411

読者係 03-3266-5111

印刷所　　二光印刷株式会社

製本所　　加藤製本株式会社

製函所　　株式会社岡山紙器所

ISBN4-10-646402-0　C0393

乱丁・落丁本は、ご面倒ですが小社読者係宛お送り下さい。
送料小社負担にてお取替えいたします。
価格は函に表示してあります。

瀬戸内寂聴全集／全20巻

第1巻	〈短篇1〉	花芯・夏の終り・花冷え　他13篇
第2巻	〈長篇1〉	田村俊子・かの子撩乱
第3巻	〈長篇2〉	女徳・鬼の栖
第4巻	〈短篇2〉	黄金の鋲・蘭を焼く　他13篇
第5巻	〈長篇3〉	いずこより
第6巻	〈長篇4〉	遠い声・余白の春
第7巻	〈長篇5〉	京まんだら
第8巻	〈長篇6〉	中世炎上
第9巻	〈短篇3〉	吊橋のある駅・みみらく　他25篇
第10巻	〈長篇7〉	死せる湖・私小説　他1篇
第11巻	〈長篇8〉	比叡・草筏
第12巻	〈長篇9〉	美は乱調にあり・諧調は偽りなり
第13巻	〈長篇10〉	青鞜
第14巻	〈長篇11〉	ここ過ぎて―白秋と三人の妻
第15巻	〈短篇4〉	われもこう・風のない日々・髪　他24篇
第16巻	〈長篇12〉	わたしの樋口一葉・孤高の人　他1篇
第17巻	〈長篇13〉	手毬・花に問え・白道
第18巻	〈長篇14〉	新作長篇（予定）
第19巻	〈随筆1〉	（編集中）
第20巻	〈随筆2〉	（編集中）／著作目録・自筆年譜